百部红色经典

清江壮歌

马识途　著

北京联合出版公司
Beijing United Publishing Co.,Ltd.

图书在版编目（CIP）数据

清江壮歌 / 马识途著. -- 北京：北京联合出版公司，2021.7（2024.12重印）

（百部红色经典）

ISBN 978-7-5596-5251-5

Ⅰ.①清… Ⅱ.①马… Ⅲ.①长篇小说—中国—当代 Ⅳ.①I247.5

中国版本图书馆CIP数据核字(2021)第073656号

清江壮歌

作　　者：马识途
出 品 人：赵红仕
责任编辑：徐　樟
封面设计：赵银翠

北京联合出版公司出版

（北京市西城区德外大街83号楼9层 100088）

北京新华先锋出版科技有限公司发行

天津联城印刷有限公司印刷　新华书店经销

字数416千字　787毫米×1092毫米　1/16　28印张

2021年7月第1版　2024年12月第2次印刷

ISBN 978-7-5596-5251-5

定价：59.00元

出版前言

为庆祝中国共产党成立100周年，全面展现中国共产党成立以来中华民族辉煌的发展历程、取得的伟大成就和宝贵经验，集中体现中华民族的文化创造力和生命力，北京联合出版公司策划了"百部红色经典"系列丛书，希望以文学的形式唱响礼赞新中国、奋斗新时代的昂扬旋律。

本套丛书收录了近一百年来，描绘我国人民在中国共产党的领导下艰苦奋斗、开拓创新、改革开放的壮美画卷，充分展现我国社会全方位变革、反映社会现实和人民主体地位、弘扬社会主义核心价值观、讴歌中华民族伟大复兴中国梦的100部文学经典力作。

本套丛书汇集了知侠、梁晓声、老舍、李心田、李广田、王愿坚、马烽、赵树理、孙犁、冯志、杨朔、刘白羽、浩然、李劼人、高云览、邱勋、靳以、韩少功、周梅森、石钟山等近百位具有代表性的中国现当代著名作家。入选作品中，有国民革命时期探索革命道路的《革命的信仰》《中国向何处去》，有描写抗日战争的《铁道游击队》《敌后武工队》《风云初记》《苦菜花》，有描绘解放战争历史画卷的《红嫂》《走向胜利》《新儿女英雄续传》，有展现新中国建设历程的《三里湾》《沸腾的群山》《激情燃烧的岁月》，有寻找和重建民族文化自信的《四面八方》，也有改革开放后反映中国社会现状、探索中国道路的《中国制造》，同时还收录了展现革命英雄人物光辉事迹的《刘胡兰传》《焦裕禄》《雷锋日记》等。

本套丛书讲述了丰富多样的中国故事，塑造了一大批深入人心的中国形象，奏响了昂扬奋进的中国旋律。这些经历了时间检验的文学作品，在艺术表现形式、文学叙述方式和创作技巧等方面都具有开拓性和创造性，作品的质量、品位、风格、内涵等方面都具有很高的水准，都是有筋骨、有道德、有温度的优秀作品，很多作家的作品都曾荣获"五个一工程奖""茅盾文学奖""鲁迅文学奖""国家图书奖"等奖项。

为将该套丛书打造成为集思想性、艺术性、时代性为一体，展现新时代文学艺术发展新风貌的精品图书，北京联合出版公司成立了由出版界、文学艺术界的资深专家和学者组成的编辑委员会。他们从文学作品的历史价值、文学价值、学术价值、现实意义等维度对作品进行了深入细致的研读和筛选，吸收并借鉴了广大读者的意见与建议，对入选作品进行深入细致的分析与综合评定，努力将"百部红色经典"系列丛书打造成为政治性、思想性和艺术性和谐统一的优秀读物，向伟大的中国共产党成立100周年这一光荣的日子献礼！

目 录

序 章

一

一九六〇年五一国际劳动节的前一天，从汉口开往北京的快车，正在华北大平原上奔驰。现在正是黄昏时候，太阳庄严地落到远远的西山背后去了，天边燃烧着的彩霞也慢慢地熄灭了。蜿蜒的西山，在明净的淡青色的天幕上，画上一条柔和的曲线，在曲线上浮动着几片灰色的云和几只归鸦，在曲线下闪动着几点星火和村子里升起来的炊烟。天色慢慢地黑下来了，大地一片寂静。

在软席卧车的走道上，任远默默地站在大玻璃窗前已经很久了。他不是在欣赏北方大平原上特有的落日胜景，而是触景生情，陷入了深沉的回忆……

那是在二十三年前的夏天，卢沟桥事变爆发以前，任远和他在北平工学院要好的一位叫柳一清的女同学，参加了民族解放先锋队所组织的农村工作队，到农村去宣传抗日，他们就被分配在西山脚下一个山村里工作。现在还能从火车上依稀辨认那个山村的方位，那是一段充满着革命激情的生活，到现在任远似乎还能听到那些激昂慷慨的演说，那些农民家里油灯下诉说不完的辛酸历史，那些关于人生哲学、关于人类理想的热烈的争论，特别使他不能忘怀的是柳一清那动人的歌声。正是在这黄昏时候，从那田野上，从那枣树林边升了起来，和那夕阳的金光一样明亮，似乎现在还听得见饱含着感情的《五月的鲜花》：

> 五月的鲜花，
> 开遍了原野，
> 鲜花掩盖着志士的鲜血，
> 为了挽救这垂危的民族，
> 他们曾顽强地抗战不歇。
> ……

后来卢沟桥事变发生了，任远和柳一清奉了党的指示，绕道从平汉铁路南下到武汉去。记得也是这样的黄昏，也是在这大平原上飞驰的火车车厢里，他俩并肩地站在玻璃窗前，观赏平原落日，他们深深为祖国的壮丽河山所激动，又为敌人踏碎祖国的河山而愤慨。他们特别怀念美丽的故都。那为敌人的铁蹄践踏着的古城呀，你等着吧，我们一定要回来，要带着刀剑、乘着风暴，重新回到你的怀抱里来！他们不禁激昂地唱起《打回老家去》的歌子来……

现在，任远向自己的肩旁看了一眼，空无一人，他的眉头紧锁起来。曾经和他在火车上低声倾诉抗日救国的热忱和向往于美丽的革命理想的人，曾经和他并肩站在火车窗前，一同欣赏祖国壮丽河山的人，早已不在人间。她为了祖国、为了革命，十九年前，在国民党的监狱里献出了她那正像火一样燃烧着的青春。她生下的女儿才满一个月，就随她入了监狱。她牺牲后，女儿下落不明。

任远从敌人的追捕中改名换姓，坚持工作，为了革命，在天南地北奔走。他和群众一起忍受过多少艰难困苦，也享受过多少战斗胜利的欢乐。他曾经多次穿过敌人阴谋设下的罗网，也曾经多次为同志的不幸牺牲而震悼，他和同志们一起，更加忘我地工作起来。为了党的事业，他远行千里，在闭塞的山林茅屋里，和农民兄弟商量过武装暴动；也曾经蜷伏在污浊的贫民窟里，和工人同志讨论过罢工斗争。他扮成游乡货郎，在运送布头针线的时候传播革命道理，也曾经站在大学讲坛上，用真理的烈火去点亮青年们的心。他的衣襟上扑满过中原的滚滚黄沙，浸透过江汉的迷雾淫雨，堆积过高原的凛冽霜雪，映照过滇池的湖光云影。他就是在这些群众的革命斗争中，磨炼自己，改造自己，使自己在艰苦的斗争中，逐渐变得坚强起来。一任风云变幻，江河长逝，他总是跟着党走，坚持革命。但是，在回忆那艰苦的岁月时，他不能抑制自己对于英勇牺牲的战友和柳一清的怀念，也不能打消他对于寻访柳一清的遗女的信念。他不止一次梦见过柳一清和同她一起牺牲的战友，也不止一次梦见过他的女儿。

一九五八年的冬天，任远到北京开会，遇到他和柳一清的老上级钱瑛同志，谈到了寻访柳一清遗女的事。他的老上级批评他在这件事情上"孤军奋战"的错误做法，说他也算得是一个老干部了，竟然在这个问题上忘记了向党请示和依靠群众。任远解释说：

"这样一件个人私事，怎好去麻烦党呢？"

"这怎么能算是一件个人私事呢？"钱瑛同志严肃地说，"柳一清同志是我们党的好女儿，为革命事业英勇牺牲了，只留下这一点骨肉，直到现在下落不明，我们能不管吗？要知道，这不仅是在给你找女儿，更重要的是在寻找烈士的后代呀。"

这一句话把任远说开了窍，他回去后报告了省委，省委把他介绍给公安厅，徐厅长亲自接见他，热情地告诉他：

"不要说是寻找一位烈士的遗女，就是一件普通的失踪案件，我们也要认真查找。你放心，我们一定要弄个水落石出。"

看起来无论什么事情，只要一落进它自己发展的正常轨道里去，便显得大有希望了。

但是事情进行得并不是十分顺利的，一年过去了，公安厅的工作组，虽然下了不少功夫，掌握了大量线索，并且找到过几个烈士遗孤，但是柳一清的小孩仍然没有下落。

不久以前，工作组给任远去了一封信，说是又找到了一个女孩子，是民政局收养的一个孤儿，名叫张元青，在工专上学，今年二十一岁，据说她的妈妈就是为革命牺牲的，时间地点和柳一清同志牺牲的时间地点一样，只是这个孩子比要找的孩子大一岁。在来信中还附了一张这个孩子的照片，请任远看看，到底是不是柳一清的女儿。

任远强力抑制自己因兴奋而发抖的手，拿起照片迅速地看了一下，面孔好熟呀！难道真的找到了吗？但是他擦了一下眼睛，再仔细看时，不对，和柳一清的样子完全不同，可以肯定这不是柳一清的女儿。但是，这是谁的孩子呢？怎么面孔这么熟呢？任远冷静地回忆了一阵，哦，想起来了，这个孩子不是跟章霞的样子和风度一模一样吗？对了，这一定是章霞的女儿。

章霞是和柳一清一块儿工作过而又在国民党的监狱里一同斗争过，后来又一块儿牺牲了的一个女同志。章霞入狱的时候，是有一个一岁左右的女孩子，这个孩子在章霞入狱之后，任远亲自叫人去抱了回来，在自己身边养了一阵，是后来自己调动工作了，才通过组织送回章霞的老家去的。怎么后来变成孤儿了呢？怎么又这么巧，无意之中被找到了呢？

工作组来信说，当他们去查问情况的时候，这个女孩子十分兴奋，她非常想找到自己的亲人，她简直认定她已经找到了自己的爸爸了。她还托工作组转来一封信。任远把这张信纸展开，满纸燃烧着炽热的感情。这当然是不奇怪的，当一个孩子忽然有一天发现自己结束了孤儿的命运，怎么能不高兴呢？她在信里最后说：

爸爸，我相信你就是我的爸爸。妈妈牺牲以后，许多年来，我一直在等待你来找我。现在，果然来了……

任远读罢，心里一阵激动。任远知道，她并没有找到自己的爸爸。她的爸爸名叫童云，也是一位党员，和柳一清前后被捕，他在狱中经过党的教育、同志们的帮助，以及斗争的锻炼，逐渐坚强起来，最后被敌人杀害了。这个女孩子在这个世界上再也找不到自己的亲爸爸了。

怎么办呢？任远毫不犹豫地决定，先承认自己就是她的爸爸，而且要认真地把一个爸爸的责任担当起来。找到章霞和童云的孩子，他真的和找到自己的孩子一样地高兴，何况章霞是为了完成党的重大任务，才抛下孩子到监狱里去，而牺牲了自己的呢？何况章霞入狱前曾经把孩子托给他照顾呢？

任远写了一封信，把真情告诉了工作组同志，同时写了一封热情洋溢的信给自己新认的女儿。

今年四月，任远在上海参加一个会议。一天晚上，他忽然收到工作组从武汉打来的电报，说他的女儿终于被他们找到了。女儿现在的名字叫伍春兰，在北京工业学院学习。要他会后速去武汉转北京，和自己的女儿团圆……

任远拿着这封电报当然非常高兴，但是马上就怀疑起来，难道这一次是真的找到自己的女儿了吗？上一次以为找到了，结果是找到了章霞的女儿。这一次又是找到了哪一位烈士的后代呢？要知道，在中国长期的革命斗争中，这样的烈士后代是很不少的呀。他把手里的电报翻来覆去地又看了几遍，一点也不错，明明说是找到了他的女儿。他拿着电报到隔壁房里给同来开会的老钟看，高兴得在老钟背上捶了一拳头，笑着说：

"我又找到一个女儿了。"

老钟先是一愣，很快就弄明白这是怎么一回事，他紧紧握住任远的手，也兴奋得一时不知说什么才好。

二

在上海开完会的第二天，任远就赶到武汉去。他才在招待所落了脚，就马上用电话和公安厅联系上了。

不多一会儿，公安厅工作组的同志来了。几个人都是喜笑颜开的样子，一看就知道，只有打了大胜仗的人，才有这样的神情。他们热烈地向任远道了喜，工作组的燕侠同志把一个卷宗翻开，用他那公安人员惯常使用的、准确而有严格逻辑性的语言，不慌不忙地说道：

"我们是在一九五九年一月二十四日，奉厅长指示，承办这一件查找柳一清烈士遗女的案子的。我们当时了解的情况是这样的：这个女孩是在柳一清同志牺牲的时候失踪的，时间已经过去十八年，当时女孩大约才一岁，没有名字，也没有特征。这是一件困难的案子。我们工作了半年，证明有三个人知道小孩的下落。第一个是当时敌军统特务站的站长陆胜英，这个人下落不明。第二个是军统特务站的副站长薛吉武，这个人在一九五一年被镇压了，死无对证。第三个人是看守所长黄银，已经在解放战争中被我军击毙。很明显，要查小孩下落，只有找寻陆胜英的下落。据一些自新特务的坦白，有的说他已经逃到台湾去了，有的说他已经死了，有的说他早就洗手不干，退伍回家了。这些混乱和互相矛盾的证词，使我们很失望，但是在查找过程中，我们听到了有关柳一清烈士的英雄事迹，这些英雄事迹鼓舞了我们，我们……"

燕侠的叙述无疑问是很有条理的，假如任远是在处理自己的日常工作，听到别的同志发言这样有条有理，他一定会很高兴地听下去的。但现在他却缺乏耐心了，因为他最关心的不是查找小孩过程的精确分析，而是查找小孩的结论。他明明知道中途打断燕侠的话是不礼貌的，但他还是忍不住插进去问：

"同志，你可不可以先把结论告诉我，到底小孩找到了没有？是不是真的找到了？"

燕侠和工作组的其他同志都笑了。他们现在才觉察到，在这样一个令人激动的场合，慢吞吞地作这样冷静和客观的分析，是不合时宜的。燕侠有几分抱歉似的转过话头来说：

"结论是肯定的，柳一清烈士的女儿是找到了。我们拥有无可辩驳的充分证据：第一，我们有这个小孩的养父养母签了字的谈话记录；第二，我们有这个孩子的照片，曾经把它送到我们厅里技术处和柳一清同志的照片验对过，没有错误，写有正式的证明；第三，我们还有很多旁证，比如……"

任远又打断了燕侠的逻辑语言，插进去问：

"可以先把小孩的照片让我看一下吗？"

"当然可以。"燕侠把一卷装订整齐的卷宗送到任远面前，打开来指给他看，"这就是这个孩子最近的照片，在北京工业学院大门口照的。这前面许多张是她在不同年龄时照的。"

"啊！"任远才看一眼就惊叫起来，"是她，是她，一点也不错，简直像是柳一清同志又复活了！"

任远站起来，笑着走向工作组同志的面前，似乎现在他才想起来，应该对工作组同志表示谢意。他紧紧地一一握过他们的手，说道：

"感谢你们，非常感谢你们，更感激我们的党，要不是有党的关怀和你们坚持不懈的努力，我是永远找不到这个孩子的。"

任远坐下来，翻了一下卷宗，笑着对燕侠说：

"好吧，现在我能够安静地听你们说查找小孩的过程了，随便怎么详细都行。"

于是燕侠又开始了他那有条有理的叙述。

原来，工作组在研究分析了各种情况之后，便把全部希望寄托在找到陆胜英这个特务头子的下落上。但是提审了许多特务，都说不知道，或者更准确地说，他们不愿意说出陆胜英的下落。后来从一个曾经在陆胜英家里做过佣人的老太婆那里得知，陆胜英的老婆可能是卜溪人，姓甚名谁不知道，但是听陆胜英经常叫她老婆"芝兰"。这总算有一点头绪。工作组立刻顺着这个线索到卜溪去，正好赶上县里开五级干部会，在会议结束时由县委宣布要查找一个特务的事。这个特务的老婆名叫芝兰，是本县人，要大家回忆一下。群众路线的力量真是伟大，果然在一个公社里有个老会计回忆起来，说一九四九年快解放的时候，有一个本地女人叫任大妹的，带回来一个军官模样的人，样子和工作组说的有几分相似，住不几天，他们又走了，不知道到哪里去了。但是她的弟弟任在田是本社五大队的社员。工作组连夜连晚赶到五大队找任在田。果然任在田说他有个姐姐叫任芝兰，嫁给一个叫罗英的国民党军官，可是后来离了婚，他姐姐又改嫁到鄂城去了。才有一点线索，又要断了。

工作组决心去找这个罗英的老婆。自然，不能幻想这个老婆会说出实话来，工作组就充分运用已经掌握到的当时特务活动情况的资料，假冒陆胜英当时的同事去找她，谈了许多当时有关陆胜英的活动情况，果然她信以为真了。她暗示陆胜英已改名罗英，逃到嘉县一个山上隐藏去了。但是由于工作组同志谈话时过于着急，引起这个女人的某些怀疑，她再也不说一句话了。

工作组估计，这个女人一定会去通风报信，便一面发电报到嘉县公安局查找这个叫罗英的人，一面连夜赶到嘉县去。到了嘉县，公安局果然已经在一个人民公社里查到一个叫罗英的饲养员。据公安局了解，这个罗英是在解放前夕以国民党部队的一个司务长的身份出现在这里的，那时兵荒马乱，溃兵很多，罗英和一个本县籍的国民党军队士兵一块儿回来。他住在一个庙子里，卖狗皮膏药混日子。后来他参加了清匪反霸和土地改革的斗争，表现十分积极，分了田地。再后来他又积极参加了互助组、初级社、高级社，一直到参加人民公社，当一名饲养员。一九五八年冬天，交他养的牛冻死了两头，据分析是有意破坏，就把他送到县里管训队去管训。这家伙很狡猾，在管训队里他坦白得最好。当时也曾派人到他的家乡去查对，的确有一个叫罗英的人，二十几年前就出去当兵去了，未见回来。果然是一个老当兵的，因此以为他不过是一个流氓成性的老兵痞子，仍旧把他放回去当饲养员，谁也不知道他是有名的特务头子。

说到这里，燕侠的眼光离开了卷宗，抬起头来对任远说：

"你看，一个罪大恶极的反革命分子，在解放前就散布种种空气，为自己掩护，又偷偷到国民党部队去当司务长，然后到农村潜伏下来，达十一年之久。要不是这次找寻烈士遗女，他就会漏网了。这也算我们这次工作的一件有价值的副产品。"

任远听到这里，非常高兴。哦，原来是他！二十年前柳一清立的誓言终于实现了："从天涯海角把他们追回来，送他们到断头台上去，一个也不要留情。"任远说：

"不能说这是副产品，这正是一种非常有价值的正产品。这分明告诉我们：还有潜伏的反革命，还有埋得很深的特务没有挖出来，我们不能麻痹……哦，对不起，我打岔了，你说下去吧。"

"这个特务很狡猾，他根本不承认他叫陆胜英，一口咬定叫罗英，在国民党部队当过司务长，并且举出一个和他一块儿当兵的本地农民来作证。我们去查证，那个农民证明罗英是一个老兵，在他们连里当过一阵司务长。我们正在怀疑，忽然发现他的老婆任芝兰偷偷通风报信来了，我们采取外松内紧的办法，暗地监视，果然这家伙趁一个月黑风高的夜晚偷偷逃走了。"

"啊？"任远吃惊了。

"你不用着急，我们早已为他张开了网子，他自己落进这网子里来了。"

"这就好极了。"任远这才感到放心了。

"我们也以为这就好极了，其实不然！我们再三追问他贺国威和柳一清被杀害的事，并且问他把柳一清的小孩弄到哪里去了，他却老是一句话：'我记不得，反正我没有杀。'我们不追问他小孩的事，他也老说：'反正我没有杀。'就在这个节骨眼上，我们没有把他看管好，他畏罪自杀了。你看，好容易找到的线索，一下又断了。正以为有了希望，忽然又一次陷入'山重水复疑无路'的困境。"

"哎呀，糟糕！"任远也叫起来了。

"更糟糕的是我们犯了一个错误，我们以为新的线索完全没有了，就进行分析推断：陆胜英越是反复说他没有杀死小孩，这就越更证明小孩的确是他杀死的，因此，我们以为案子走到这步田地算是到了头了，可以结案了。所以我们给你写了一封信，并且报告了厅长。但是我们受到了厅长的严厉批评，他说：'你们这种结论，是纯粹的主观主义，违反了公安工作人员的根本准则。去认真检查一下吧。'这时我们也收到你的来信，表示不同意……"

"我对于这个结论表示不同意，倒不是出之于理性的判断，却是由于个人在感情上无法接受。"任远说，"我总认为，这个孩子不应该死，因此一定活着。"

"我们把工作认真总结了几天，决定重整旗鼓，认真发动群众，调查研究，果然，在'山重水复疑无路'的时候，忽然'柳暗花明又一村'了。"

燕侠说到这里，停了下来，任远以为他是讲得口干舌燥了，赶忙给他又倒了一杯水，但是燕侠没有喝，他看了一下表，吃惊地说：

"嘿！只顾说话，差一点儿误了时间。我们已经给你女儿的养父母说过了，等你一到就去看他们。他们非常希望看到女儿的亲爸爸。这样吧，下面的查找过程，可以看看这个报告上的大概叙述，你留下看一下吧。总之，不管怎么复杂和困难，只要依靠群众，就能够取得胜利。但是，对你说这些干什么，我们还是马上到你女儿的养父母家里去吧。"

"他们的情况怎么样？"任远很关切地问。

"很好的人，养父的名字叫伍忠良……"

"什么，什么？伍忠良？"任远问。

"伍忠良，一个工人。"燕侠说。

"真是叫伍忠良吗？真是一个工人，不是一个农民吗？"任远继续追问。

"真是叫伍忠良，真是一个工人。"燕侠说。

可是工作组另一个同志补充说：

"我好像听他说，原来他是农民，就是收养了柳一清同志的小孩后，敌人追查得紧，他才带着小孩跑进城里找地方躲起来，后来找到一个看电线杆子的小事。"

"哦，原来是这样，原来就是伍大哥。"任远感动地说。

"你认识他吗？"

"认识，认识。"任远说。

"他怎么说不知道你呢？"

"那时候我们今天姓张，明天姓李，我的真名他当然不知道，可是一见面，他就认识了。"

燕侠说："原来是这样，伍忠良真是一个好同志，他现在是党员、模范工作者，并且已经提拔成为技师了。这自然是现在的情况。那个时候，收养柳一清女儿的工夫，日子却难过得很。听说那时他两口子已经有了一个孩子，后来又生了一个，加上养女，一家五口人，收入微薄，的确是困难。但是听说伍忠良同志宁肯自己不吃，自己亲生的孩子少吃，也要叫柳一清烈士的女儿吃饱。听这个孩子的养母说，刚把孩子抱回来的时候，脸上白卡卡的，只剩下一把骨头了。她又没有奶，只好煮面糊糊给她吃。哭得凶了，只好把自己没奶的奶头塞在她的嘴里让她吸，以致生出奶疮来。最焦心的是这个孩子的身体很弱，三天两头病，出麻疹的那一回烧得昏死过去了。他们夫妻俩日夜守着，生怕有个三长两短，怎么对得起柳一清烈士呢？他们说，哪怕把他们身上的血抽出来一滴一滴喂她都行，只要她能活出来。还好，总算把这个孩子拉扯长大到六岁了，是该上学的时候了。可是伍忠良同志哪里有钱来供几个孩子上学呢？伍忠良同志毅然把大儿子停了学，跟自己看电线杆子去，腾出钱来叫这个女孩子去上学。他一心一意要把这个孩子教养成为第二个柳一清，继续为她妈妈的事业去奋斗。这个孩子果然不错，在学校里一直品学兼优，现在是一名共青团员，在北京工业学院学习。"

任远听着，早已感动得用手绢偷偷揩眼泪。他感慨地说：

"啊，这是多么好的同志，真是像金子一样闪闪发光呢，这就是工人阶级。我真不知道要怎样感激他们才好。让我快点去看望他们吧。"

任远站了起来，准备要走，忽然想起，说道：

"现在怎么办呢？难道我就是这样两手空空地去看他们吗？"

"恐怕他们是不肯接受你的礼物的，但是他们曾经提出，他们没有柳一清同志的照片，他们很想有一张，你就给他们带一张去吧，这是最好的礼物了。"燕侠说罢，就带着任远坐车到伍忠良家里去了。

三

任远才跨进伍忠良的家门，抬头一看，暗地叫道："果然是他们。"他三步当作两步跨进屋里，就叫起来：

"伍大哥，伍大嫂，你们好。"

伍忠良和他的妻子汪贞听到这个声音，也觉得在哪里听过，抬头看去，也似乎在哪里见过。伍忠良把眼睛眨巴两下，忽然想起来了。他走向前去，紧紧握住任远的手，叫道：

"啊，原来你就是伍先生呀。"

"是的，那个时候是伍先生，现在我叫任远。"任远也紧紧握住伍忠良的手，欢喜地叫道。

"哦，我说是谁呢，原来是你。"汪贞也高兴地叫了起来。

任远走过去又握住汪贞的手，说："好嫂子！"又回头抓住伍忠良的手，不住地摇动。原来他在路上准备好了的、热情而得体的感谢话，忽然全都从他的脑子里跑掉了，一句也没有说出来，只老是说一句话："谢谢你们，谢谢你们！真的谢谢你们！"似乎除开这一句话以外，他再也没有别的话好说了。

伍忠良和汪贞也是一样激动，不知道要说什么话才好。

还是燕侠来打破这个僵局，笑着说：

"好了，大家都坐下吧，坐下来你们两家亲人谈叙谈叙吧。"

"哦，好，好，请坐，请坐。"伍忠良似乎才找到了话头。

"你看我，连茶沏好了也忘了倒。"汪贞也责备自己，在小桌边倒茶给任远。

任远现在心情才平静了一些，对伍忠良和汪贞说：

"大哥，大嫂，幸喜得你们救了这个孩子。二十年来，我总在想，这个孩子在哪里呢？没有想到是你们收养了。这二十年也多亏了你们了。"

伍忠良听到任远这样说，反倒抱歉起来，说道：

"真是对不起，那个时候，柳大姐牺牲了，后来听说你也牺牲了，春兰……哦，就是……这孩子成了无父无母的可怜孤儿，烈士后代，我就……却不知道你还健在，害得你找了这二十年。我在解放后入党的时候，曾经向党交代过这个孩子的来历，当时党组织告诉我说：'既然她的父母都已经牺牲了，你就代替党把这个孩子养大吧。'我就把她当作我的亲生女儿养起来了。我一想起柳一清在监狱里领导我们进行斗争，我一想起柳一清最后和贺国威、章霞三个同志那样英勇坚决地走上刑场，我就下定决心，要把这个孩子教养成为一个好接班人，要对得起党，对得起柳大姐……"

伍忠良感觉到自己的喉头里堵上了一件什么东西似的，说不下去了。任远急忙劝住：

"伍大哥，不要难过了，你很对得起党，对得起柳一清同志。"

"是呀，"伍忠良用手无意识地揩一下眼睛，说道，"现在好了，这个孩子算是无病无痛地长大了，也还算有出息。现在我的责任算是完成了，你们父女也该团圆了，我祝贺你们。你就把孩子带回去吧。名字……"

"不，不，不！……"任远急得不知道一连串说了多少个不字，又不停地摇手，"不！亲爱的伍忠良同志，汪贞同志，我的好大哥好大嫂，我虽然生了她，你们却养了她，你们费了多少心血，冒了多少风险，吃了多少苦头，担了多少惊怕，才把她养大，并且把她教养成人呀！你们是她的重生父母。我已经再三考虑过，今天就是来向你们郑重声明的，你们原来的关系一概不变，名字也不要改，还是叫伍春兰，她仍然是你们的孩子，永远是你们的孩子。"

"那怎么行呢？她是你的亲生女儿嘛。"

"不，伍大哥，你是一个共产党员，你一定明白，我现在知道她还活着，并且很好地成长起来，不愧为柳一清同志的后代，能做一个共产主义的接班人，我就心满意足了。她是党的女儿，人民的女儿。我的确很希望到北京去看看她。但是我是想去告诉她，她有一个怎样的妈妈，她的妈妈和无数先烈曾经为了这个新社会流血牺牲，她应该怎样热爱我们这个新社会，应该怎样保住我们的人民江山，应该怎样去为建设共产主义而献身。"

"是呀，这也是她的亲生妈妈的愿望。"伍忠良说着，从一个抽屉里拿出一个皮夹子，打开了皮夹子，抽出一个小纸卷，那纸卷用油纸结结实实地包裹起来，捆上麻绳。伍忠良一面打开这个纸卷，一面说道：

"我把小女儿抱回来的时候，还在她的身上发现了一个小纸卷，没有落款，但是我想一定是柳一清烈士写的。"

"什么？什么？"任远吃惊地说，站了起来，"什么小纸卷，让我看看。"

任远从伍忠良手里接过那个小纸卷。纸卷揉得很皱，纸色已经变得很黄了，任远一看就认出是柳一清的笔迹。是用铅笔写的，字迹很潦草，看来是在匆忙中写的。任远的手有些发颤，他费力拿稳纸卷，读了起来：

> 霞嫂子，我去了，你要好好看顾我的孩子。

在这张纸的下半截，还有一段话，他又念起来：

> 我的宝贝，你的妈妈去了，去接受一个共产党人的最后考验去了。你的命运到底怎样，我无法知道了。但是我多么希望你能够活出去呀！活出去为我们的理想，为妈妈……

"这张条子没有写完，大概……"任远再也说不下去了。

燕侠在旁边看着，也很激动，他说：

"这是柳一清烈士留给她的女儿的遗书，大概是走上刑场以前，匆匆忙忙写的几句。"

伍忠良说："是柳大姐的遗书，我们保存好了，准备等春兰大学毕业了才给她看的。"

"这前面一张条子是给谁的？谁叫霞嫂子？"燕侠问。

"就是章霞，也在这个监狱里，也被杀害了，就是你们找到的那个张元青的亲妈妈。"任远说。

"我认识，"伍忠良说，"她就住在我住的牢房楼下，和柳大姐住在一起，后来她被判了刑，挪到别的牢房去了。最后还是被特务拉出去，和柳大姐一块儿杀害了。"

"看来柳一清烈士写这张条子的时候，还不知道章霞也要牺牲，她以为可以把孩子托给章霞，谁知道……"任远说。

"章霞恐怕也没有看到这一张条子。"燕侠分析。

"没有看到。"伍忠良回忆说，"那时我已被放出来了，我头一天晚上，听到沙田坝那边到处在打枪，第二天一大早就听说外边的同志打了监狱，我挑个担子去打听消息，一到了那里，啊，就看到贺国威、柳一清和章霞同志被先后押出来了。我看到柳大姐抱着她的孩子。"

"你怎么救出孩子的呢？"燕侠总不忘了要了解一个案子的每一个细节。

"看来柳大姐存心抱孩子一块儿去牺牲，可是被特务夺了下来，丢在路边。特务押柳大姐上山的工夫，许多老乡拥过去，把小孩遮住，我就抱起孩子，装在我的菜担子里，用菜盖上，偷偷挑走了。"

"特务没有追查吗？"

"怎么没有，追得好紧！我就是这样才不种田了，搬到城里躲起来，后来当了工人的。"

"啊。"任远陷入了回忆，自言自语，"我相信小柳是看到她的孩子被救走了的。"

"我想她会看到的。"伍忠良点一下头。

"算了吧，不要谈这些过去的事了，孩子是活出来了，长得很好。"汪贞想把大家从这种回忆中唤回来，她想把空气弄得活泼一些，本来这应该是一个欢乐的日子嘛。但是她一时似乎也想不出什么办法来，只有把开水壶提来给任远上开水，但是任远还沉溺于过去生活的回忆中。

她忽然想起一个话题来了。她从抽屉里一个信封里抽出一张照片来，送给任远看，她说：

"好，你来看看这张照片吧，这就是你的女儿在天安门前照的照片，刚才寄回来的。"

"不，你应该说'这是我的女儿的照片'才对。"任远纠正说，把"我的"两个字说得很重。他接过女儿的照片来看，还是柳一清那么一个样子，站在天安门前照的，在她后面高处，有毛主席的像，那样慈和地望着这个孩子。

"好了，我看你们不要再争论'所有制'的问题吧。就说'这是我们的女儿的照片'吧。她是革命的女儿，我们大家的女儿，连我也有一份。"燕侠说得大家都笑了起来。

"对，"任远接着说，"她是我们大家的女儿，现在她被党培养着，将来去为党工作。"

"是呀，春兰这孩子从小就很乖，将来一定能好好为党工作。"汪贞很高兴，终于把大家引到新的话题上来了，"解放那年，她才九岁；她很有志气，才建立少年儿童队，她就参加了，不久还做了队长。说起来也是真巧，有一天中午，春兰回来迟了，我们问她到哪里去了，她说：'今天去参加革命烈士迁葬纪念会去了。'我们问她哪个革命烈士？她说：'男烈士姓贺，女烈士姓柳和姓章，听说他们都是老共产党员，过去就在这一带活动，被反革命捉去杀掉了，现在才找到了埋葬他们的地方，政府把他们的坟搬过来埋在五峰山上，还立了纪念碑，今天开了纪念会。'我们一听，她说的不是别人，就是她的亲妈妈。春兰她爸……哦，就是忠良问她……"

"不，你就说'春兰她爸问她'吧。"任远又纠正养母的话。

"好吧，就是春兰她爸问她吧。春兰她爸问她：'春兰，你说这三位烈士好不好？''当然好，好极啦，我还代表少先队讲了话哩。''嗬，你还讲了话了，你讲什么了？''我讲贺叔叔、柳姨姨、章姨姨为了我们儿童的幸福牺牲了，我们一定要学习他们，好好学习，天天向上，将来替他们报仇。'她爸爸说：'是呀，是呀，要向他们学习，要替他们报仇。特别是那位柳姨姨……'我生怕她爸爸再说下去，说漏了话，一面给她爸爸递眼色，一面用别的话岔开了。"

"最有意思的是她特别爱到五峰山烈士墓园里去玩。"伍忠良也接着说，"她常常带着他们少先队到那里去过队日。还在墓前把柳一清烈士的革命斗争故事讲给队员们听。这是她小的时候我讲给她听的。我最不能忘记的是我们搬到汉口来以前，我们一块儿到五峰山烈士墓园向贺、柳、章三位烈士告别。我最后站在柳一清烈士的墓前，默默地说：'我们算是把你的亲生女儿带大了，现在她就站在你的面前。我们马上就要把她带走了，你放心吧，我们一定把她教养成人，继承你的事业。'那时，春兰在一心一意用野花编织一个花圈，她编好后，放在墓前，还作古正经地举手行了队礼，说：'贺叔叔、柳姨姨、章姨姨，再见。'你看，她就是这样乖。"

任远听到这些描述，激动得很，恨不得插上翅膀，立刻飞到北京去看一看这个有志气的女儿，并且告诉她：

"柳一清烈士就是你的亲妈妈……"

四

任远回到招待所，就对燕侠说：

"我想看一看我的女儿。"

燕侠说："我们已经安排好了，发了电报给北京工业学院党委会，说你马上就去北京团圆。"

任远说："不，我不是说北京的女儿，我是要看看武汉的女儿。"

"武汉的女儿？……"燕侠起初不明白这是什么意思，但是马上想起来了，说，"哦，你是要看我们找错了的、你冒认了的那个女儿吧？"

"不能说找错了，也不是冒认。章霞和童云的女儿应该是我的女儿，就是我的女儿。"任远说。

"那好呀，明天上午我们去工专把她接来看你就是。"燕侠说。

"不，今天，就是现在，我就想看到她。"任远固执地要求。

"可以，我们现在就叫车去接她来吧。"燕侠现在才理解到任远的心情了，决定马上去接张元青。

燕侠下楼的时候，任远特别向燕侠打招呼：

"千万注意，不要说漏了嘴。"

过了不到一个半钟头，任远听到楼梯在响，有燕侠说话的声音，任远不知道为什么感觉很紧张，他努力把自己镇定下来，看着房门。

房门突然开了，还没有经过燕侠介绍，任远就看到一个瘦高个儿的女学生从门外边扑了进来，扑向任远的怀抱，叫起来：

"爸爸，爸爸！"

"啊，女儿。"任远搂着女孩子，高兴地笑了。

这女孩子尽力在任远的怀里钻，想贴得更紧一些，想叫自己的亲人好好地搂一搂自己，二十一年来，她从来没有得到这样一种亲人的温暖。她喃喃地叫：

"爸爸，我的爸爸，你到底来了……"女孩子忍不住哭起来了。

"好了，女儿，让爸爸看一看你吧。"任远把女孩子的头扳了起来，用双手捧着，仔细地看。这个孩子在二十年前，从章霞屋里抱回来的时候，曾经和任远住过一段时候，小不丁点的，现在却完全长成一个大人了。除开身材有点像童云外，这眉毛，这脸蛋，这神情，特别是这一双眼睛，和章霞的一模一样，那样诚恳、朴实。这的确是章霞的孩子。

任远用手拍一拍女孩子的脸蛋，说：

"不错，一点也不错，就是你。"

"好了。"燕侠也感动得很，他凑过去说，"现在你父女俩该好好谈一谈了，不要再难过了。"燕侠说罢，出门去了。

任远拉女孩子在长沙发上坐了下来，女孩子特别乖，紧紧地偎着爸爸，希冀着爱抚。任远用手臂把她搂着，对她说：

"真的，你说说看，你这二十年的日子是怎么过来的？"

女孩子说了："我也不知道怎么过来的。我一到懂事的时候，就被一个老奶奶养着，我就叫她奶奶。后来才知道不是我的亲奶奶。我小时候看到别人都有爸爸妈妈，又有兄弟姊妹，羡慕死了。我问奶奶：'我的爸爸妈妈呢？'奶奶不说话，只是叹一口气。我问急了，她才说：'他们出门去了，没有回来。'我心里很不高兴，这个爸爸妈妈不好，出门就不回来，连女儿都不要了。我有时拉着奶奶的手说：'我要爸爸妈妈。'她被缠得没有办法，只好诓我：'爸爸妈妈一定会回来的，你等着吧。'

"到解放的前一年，奶奶忽然病死了，我就没有人照顾了。只有在这一家邻居、那一家熟人家里混日子，后来日子难过，只好在这村那村里讨吃了，混了又快一年，解放了，不久就有民政局的同志来了，说是清查烈士后代，要把我接到武汉去。他说：'你的妈妈是烈士，被国民党杀害了。'我才知道我的妈妈死了，再也不会回来了。但是我的爸爸呢？我问来的同志，他说不知道到哪里去了。他们把我送进子弟学校学习。可是我不知道我的爸爸妈妈是谁，他们说我的妈妈姓张，就给我取名张元青。"

任远用手抚摸着她的头发，感叹地说：

"是呀，你的妈妈牺牲了，她的名字叫章霞，是一个好妈妈……"

"妈妈……"女孩子低下了头，轻声哭起来。

"不要哭吧，你要学你妈妈那样，变得坚强些。你要感谢党，是党养大你的，让你受教育。你应该高兴，因为你现在又找到一个爸爸了……"任远说漏了一个字，马上改口，"是的，现在你找到爸爸了。"

女孩子一点也没察觉，她完全相信搂着她的就是她的亲爸爸。她继续讲她过去的生活：

"我在读书的时候，时常一个人在想：爸爸，你在哪里？为什么不回来？有时晚上睡着了，梦见爸爸回来了，提了一个大提包，笑着进来，用手搂我；我也搂上去，搂空了，却是一个梦。但是我想，妈妈既然是烈士，爸爸一定是一个革命者，一定是忙着革命去了，没有工夫来看我。但是我相信，爸爸总有一天要来找我，果然，公安同志来找我来了，我到底找到爸爸了。"

女孩子那还带着泪珠的眼睛忽然绽开出欢乐的笑影。她那样沉醉地用脸贴在爸爸的胸前。

"啊，是呀……你找到爸爸了……"任远沉默地看着这个女孩子，微笑着。过了好一阵，他又重复说：

"你找到爸爸了。"

<h2 style="text-align:center">五</h2>

"各位旅客注意，本次列车终点站——北京就要到了。"列车的广播员用清脆的声音报告。

任远从沉思中醒了过来。这时，火车已过丰台，灯火辉煌的北京遥遥在望。他越走近北京，心里越是有说不出来的激动。

从火车上可以隐约地看到由明亮的电灯泡缀成的北京新火车站的轮廓，真是漂亮极了。北京正以盛装迎接明天的五一国际劳动节。

火车慢慢地进站了。任远从车上走下来，穿过漂亮的地下道，走出堂皇的车站大门，有一位穿黑呢制服的同志迎上来问他：

"请问，您是不是任远同志？"

"我是任远。请问你是……"

"好极了！我是北京工业学院党委派来迎接你的。我一看就知道是你，你很像你的女儿——不，应该说，你的女儿很像你，只是没有戴眼镜。"

"真的吗？"任远听了这几句话，心里已经是波涛汹涌了。他梦想近二十年之久的团圆，真的就要在眼前实现了吗？

他跟着这位院党委派来的同志坐进汽车，从东长安街开向天安门。啊，好一派欢乐景象！通街站着十分明亮的灯柱，有如绚烂的千树繁花，耀人眼睛。从灯柱上的喇叭里传来动人的音乐，特别是《东方红》，听起来十分悠扬。欢乐的人们成群结队地走向天安门。任远的眼睛润湿了。多么美好的夜晚呀。

任远才在北京工业学院的党委办公室里坐下，就感觉很紧张。他在火车上曾经想到，和他的亲生女儿团圆时应该说些什么话，现在似乎一句也想不起来了。他努力镇定自己，并且暗暗约束自己。自己已是近五十之年的人了，也曾经受过许多革命风波，在党委会这样多同志的面前应该保持应有的镇静。

一个同志去叫女儿去了，其余的同志和任远谈了起来。党委办公室主任向他介绍说：

"你的女儿现在名叫伍春兰，是一个很不错的共青团员。去年考进我们学院，学习机械。"

"啊，学习机械？"任远惊叹一声，"她的妈妈也是学的机械，也是在北京。她妈妈想学机械来报效祖国，那时候根本不可能。这个未完成的志愿，不期而然现在由她来完成了。"

党委办公室主任继续介绍："几天以前，我们接到电话，说伍春兰是烈士的女儿。并且说她的身上有一块黑斑，叫查对一下。我们叫她到校医室去查对了，根本没有。我们和她都以为是弄错了。今天下午我们又接到电话，说伍春兰的确是柳一清烈士的女儿，已在她的养父母那里查对清楚，而且她的亲爸爸今天晚上就要到北京来团圆。我们把这个情况详细告诉了伍春兰。她说她知道柳一清烈士，但是不知道就是她的亲妈妈。更不知道还有一个找了她近二十年的爸爸，而且就要来看她。她哭了一场。"

在这样一个时刻，虽然党委办公室主任的介绍是很生动的，任远也没有心思来听。他老是盯着房门，他想象当门一打开的时候，是怎样的一个人出现在他的眼前呢？

门打开了。在门口站着一个身段不高的年轻女孩子，用疑惑的眼光望着屋里的人。任远暗地一惊，这简直是她的妈妈复活了啊：那矮而矫健的身段，晶亮的眼睛，乌黑发光的头发，随时准备发笑的嘴角……

"是她，就是她！一点也不错，她就是我的女儿！"任远猛然站起来，奔到门口，把她拉了进来，抱在自己怀里，用嘴不断地吻她的头发。"女儿！我的女儿！快二十年了，我到底把你找到了……"任远说不下去了，他的眼泪一点也不听他的约束，像泉水一样涌出来，滴落在女儿的头发上、衣襟上，他喃喃地说：

"女儿，我的女儿！"

女儿受不住爸爸的感情激流的冲击，伏在爸爸的怀里也哭了起来：

"爸爸！……"

在屋里的几个同志，谁也不想说一句话，谁也不愿意来劝慰。这样的事情，这样的时刻，难道不应该让他们痛痛快快地哭一场吗？这是欢乐的眼泪呀。

过了几分钟，任远用手绢轻轻揩了女儿的眼泪，笑了起来，把女儿的脸捧在双手中，仔细地看。"好了，女儿，不哭了，这是我们应该快乐的时候。让我来看看你，让我来好好看看你。"他把女儿的脸摆过来摆过去地细看，看她的眼睛、鼻子、嘴巴、头发。他忽然在她的额上头发边的绒毛里发现一个不很明显的发旋，他惊喜地说：

"不错，一点也不错，你的妈妈也有这样一个发旋。你知道你有一个亲妈妈吗？"

"今天下午党委会的同志才告诉我的，说柳一清烈士是我的亲妈妈。柳一清烈士我从小就知道，但是不知道是我的亲妈妈。"女儿说了。

"是呀，柳一清烈士正是你的亲妈妈，你有一个多么好的亲妈妈呀！"爸爸不胜感慨地说。

党委的同志觉得应该让他们父女俩好好谈谈。办公室主任说：

"任远同志，我们向你祝贺。我们在招待所里给你预备了一间房间，你们父女到那儿去痛痛快快地叙一叙吧。"

这样的安排真是再好也没有了。于是任远提起自己的简单行李，准备随他们到招待所去。女儿马上从爸爸的手里抢过手提包来：

"爸爸，让我来提。"

"真是我的好女儿。"任远感觉很幸福，他用手抚着女儿的肩头，一块儿到招待所去。

党委的同志告别后，父女俩坐下来，起初，一句话也不说，任远只是凝然不动地呆望着女儿，把女儿也望得不好意思起来了。还是女儿先开了口：

"直到今天下午党委找我谈话，我也还不知道这到底是怎么一回事。党委的同志告诉我，说我的爸爸要从武汉来看我，我还以为是因为我许久没有给家里写信了，我的爸爸妈妈……"女儿忽然停住了，感觉为难起来，她现在有两个爸爸和妈妈了，她现在正坐在她的亲爸爸面前，该怎样称呼她的养父养母呢？她的亲爸爸给她解围说：

"你说吧，你说吧，他们是你的爸爸妈妈，你就叫他们爸爸妈妈吧。"女儿才又继续说起来：

"我以为是我的爸爸妈妈想念我，要到北京来看我。他们是很爱我的，如果我十天半月不写信，他们就着急地写信来问。党委同志说，完全不是那么一回事。说我是烈士的女儿，亲爸爸还在，今天晚上就到北京来看我。我过去是完全不知道您的。"

"女儿，你过去不知道最好，我过去知道你却找不到，那才真叫不好受呢！但是现在一切都过去了。让我们感谢党，感谢人民的公安部门吧。没有党的亲切关怀和公安部门坚持不懈的努力，我们是不可能团圆的。"

任远把一个小皮夹子打开，取出一张半身照片给了女儿，对女儿说：

"这就是你的亲妈妈，你看和你有多像。你要永远记住她，她不但是一个勇敢的革命战士，并且是一个很好的母亲。你不知道她是多么爱你呀。就是在监狱里，在那死亡的深渊里，她一面和凶恶的敌人进行斗争，一面用她的全副心力来养你，希望你能够活出来。她巴不得把她的最后一滴血都挤出来喂你，要你长大，为她、为革命复仇。你知道吗？她在百般的刑法拷打中昏死过去了，苏醒过来的第一件事，就是挣扎着爬上床，抱起你来，把她那早已干瘪的奶头塞到你的嘴里。你知道吗？当她走向刑场以前，也坚持着给你喂一阵奶，把她最后的一口奶喂给你，希望你……"

爸爸的喉头哽塞了，他又从小皮夹里拿出一张纸条，交给女儿，对她说：

"这就是你妈妈留给你的遗书，这是她走上刑场以前，匆匆忙忙写给你的，没有写完。"

女儿接过纸条一看，脸色陡然变了，她一个字一个字地默默念着妈妈留给她的遗书，忽然伏在爸爸的膝上喃喃地说：

"我的好妈妈……"

女儿想要哭，可是她忽然抬起头来，忍住了，大张开泪眼说：

"不！"

爸爸高兴地抚摩着女儿的头发说：

"对，对，你真是你妈妈的好女儿，应该这样坚强，像你的妈妈那样，像她的许多革命战友那样。让我们永远记住他们，以他们为榜样，做一个真正的共产主义的战士。你的妈妈和其他许多烈士，前仆后继，为我们创立了这样一个美好的社会，你们努力学习，努力去建设它，努力去保卫它吧。"

女儿听了爸爸这样说，她非常想从自己妈妈的身上汲取力量，她说：

"我妈妈的革命斗争事迹，我从小就听到过一些，我一直对她怀着极其崇高的敬意，把她当作自己学习的榜样，但是关于她的详细情况，我还不十分清楚。"

爸爸说："你的英雄的妈妈，还有跟她在一起斗争的许多同志，特别是贺国威和章霞同志，有许多可歌可泣的革命斗争事迹。现在让我来告诉你一些吧。"

女儿兴奋地抬起头来，凝然不动，望着爸爸的脸，眼睫毛上挂的一两颗泪花还在电灯光下闪亮。爸爸用平静的声调开始了：

"那是在一九四〇年……"

第一章

一

一九四〇年的冬天。

柳一清大清早起来，把一串红辣椒挂在窗户外边，这是表示安全的信号。地下党的特委会今天要在这里举行重要的会议，特委的几个负责同志要到这里来，省委新派来兼任特委书记的贺国威同志也要到这里来，他要来传达南方局新的重要指示。

这里是特委的秘密机关，坐落在五峰山背后，清江岸边一户姓伍的农民家里。这个地方特别僻静，不当大路，很少有人到这里来。特委的妇女部长柳一清和她的丈夫——特委副书记任远——住在这里，这里就算是特委的机关了。

任远现在的公开身份是一个失了业正在候差的小公务人员。他以失业贫困、在城里租不起房子、又害怕日本飞机轰炸为理由，搬到这里来住。为了和这家农民拉一个"家门"关系，他化名伍家驹，于是柳一清也就自然而然地成为"伍太太"了。

一年多来，他们和这户贫苦农民相处很好，虽然这户农民仍然尊敬地称呼任远为伍先生，称呼柳一清为伍太太，他们却认可任远和柳一清称呼他们为伍大哥和伍大嫂了。

伍大哥的名字叫伍忠良。他和这个山区地带的许多贫苦农民一样，靠租种地主的几亩田过日子。一年起早歇晚，风里来雨里去，要是天老爷不"扯拐"，落够了透雨，收获的谷子能敷得够地主老爷的铁板租，剩下几颗谷子来，和着瓜瓜菜菜，干的稀的，能够凑合填饱肚子，就算万幸。但是这个山区苦旱，常常在谷子扬花的时候来一个打头旱，那就坏了。缴不上地主老爷的租谷，只好欠租，去换一张上面写着各种奇怪名目的高利贷借约，这就像一根打着活扣的绳子套在颈子上，越挣越紧，一辈子也翻不得身了。这个伍大哥眼下就还欠着租，欠着债。还算好，他们只有一个儿子，再没有老的小的要赡养，同时他们住在城市近郊，可以在田边地角种一点时鲜蔬菜，担到城里去卖，挣几个活钱来敷住地主老爷的利钱。冬天农闲了，还可以去山区当"背脚子"，给那些商人做牛马，在那阎王路上流汗水，挣几个力钱来补贴家用。总算能在自己家里暖和的火塘边安安生生过一个年，不至于临到大年三十，冒着风雪，到深山野地里去"躲年"，也就算得比上不足，比下有余了。

但是听伍大哥讲，近来也不行了，日子更加不好过了。他担到城里去卖的蔬菜，常常碰到那些烂兵，不讲道理，估赊估抢，白送不说，还要你给他们担回营房去。他们说这就叫作"拥护抗日"，叫作"有力出力"。有时候还要碰到那些满脸鸦片烟霉气的师爷，在腋下夹一个什么"公事"本本，拿着算盘，忽然走到你的面前来，二话不说，就给你在本本上挂上一笔，扯下一张收据给你，说是什么"抗日捐"，什么"防空捐"，还有什么"伤兵慰劳费"，名目很多，反正要你出钱。没有钱，你的那个菜担子就靠不住了。出去当"背脚子"吧，更是危险。好多人一出去就杳无音讯，因为到处在拉壮丁。伍大嫂对柳一清说："哎呀，那才是活造孽呀。他们说啥子有力出力，到处乱拉，拉来就用索子一串串地穿起，像赶猪赶牛一样。一天给你喝两碗稀汤汤，饿得三魂掉了两魂，连枪杆杆都没有摸到一下，就沟死沟埋，路死路埋了。你说造孽不造孽！"就因为这样，伍大嫂生死不叫伍大哥出远门去了。就是现在，晚上睡觉还要放机灵一点，说不定保长半夜三更，带几个保丁，拿根绳子就来找你来了。为这件事，柳一清还特别给来的同志打招呼，最好晚上不来，免得狗一叫，主人又得受一场虚惊。

一年多来，任远和柳一清也对伍大哥做了一点政治工作。他们在这一带山区农村做农民工作已经有了一些经验，他们很了解这样的农民，在他们的身上蕴藏着无限的革命潜力，都像干柴一样，只要用革命的火星去点一下，马上就会劈里啪啦地烧起来了。像伍大哥这样的农民，经过他们一年多的教育，本来可以发展成为党员的，但是任远和柳一清必须严格遵守秘密工作的纪律，在机关所在地的群众面前，绝对不容许暴露自己的身份。只能由柳一清和他们摆摆家常，做些培养工作，准备将来通知本地的农民支部来发展他成为党员。

伍大哥对"伍先生"的困难处境十分同情，看起来是知书识礼、规规矩矩的公务人员，平白无故却失了业；更麻烦的是在失业中，偏偏"伍太太"又怀了孕，日子就更艰难了。总算还好，"伍太太"无病无灾地生下一个胖女儿。今天胖女儿刚好满月。

昨天下午，柳一清就对伍大哥和伍大嫂说，头一胎孩子满月，怎么穷也要给孩子做个满月酒，还请了城里的几个朋友来吃满月酒。伍大哥伍大嫂认为这是理所当然的事。

柳一清挂好安全信号，便提着菜筐子往外走，她要到清江农场去。在那里，一个叫童云的技术员家里设立着特委的交通站，她要到那里问一下任远回来了没有，同时她还要取回书报和各地发来的秘密信件。自然，为了装幌子，她还要到垭口小场上去割点肉，打点酒，买点菜回来。柳一清在门口碰到伍大嫂，伍大嫂问：

"伍太太，你到哪里去？"

柳一清回答："我到垭口场上去买一点菜去。"

伍大嫂说："不要去买菜了，我这里给你洗了一筐子菠菜呢。——唉，穷人家没有办法，不能给你那个胖女儿送一个'红封'，只好将就送一点菠菜，算尽一点心，你就不要见外哟。"说着，她走进灶房里去，提出一筐绿茵茵的鲜菠菜来，交给柳一清。

柳一清接过来说："这就领情了，伍大嫂，礼轻人情重嘛，不要说见外的话。"说罢，把菠菜提进屋里去，回头又出门，对伍大嫂说：

"我还要去垭口一下，去割点肉，打一点作料，买一瓶酒去。"

伍大嫂问："伍先生还没有回来吗？"

柳一清回答："说的是昨天一定赶回城里，大概等一会儿就该到家了。"

柳一清说罢，提起菜筐出门去了。

柳一清匆匆地从半山腰的山路上走过去。这个时候，五峰山顶上的浓雾已经散了，太阳还没有升起来，那明亮的霞光映照着山顶上的青松翠柏，使五峰山在早晨清新的空气中，显得特别秀丽。一条薄薄的雾带在半山上横抹过去，假如那山顶上青得发黑的松柏树林像五峰山的一头秀发的话，那么这条雾带就像一条透明的纱巾，缠在五峰山的颈上，把五峰山打扮得越发漂亮了。清江绕着五峰山脚下流了过去，但是山脚下的浓雾还没有退尽，只听到江水咆哮的声音，却看不见白浪滔滔的景象。江边城楼还只能见到模糊的轮廓，从那上面传来一声两声凄厉的号音，使人感觉冬天山城的雾越发变得滞重而寒冷了。然而那江边山村里的雄鸡，却是那样热烈地叫着，此起彼落，发愤要驱赶尽这一江浓雾，迎来冬天的朝阳。

柳一清走到垭口上去，这里有二三十家铺子，都已经开门了；场口的肉架子上也已挂上半边猪，可是买肉的人却很少。物价近来涨得更快了，一般下力的人，还有那些公教人员，都在这物价的重压下啼饥号寒，哪里还敢奢望吃到肉呢！柳一清走拢肉架子，迟疑一下，还是硬着头皮去割了两斤肉，又在附近酒铺里买了一瓶酒，放进篮子，就顺着垭口石板路走下江边去。

她走到场口，迎面来了一队壮丁——叫作"壮"丁，其实是一种夸张的说法。一个一个骨瘦如柴，枯黄的脸，上身穿着草绿色的短单军衣，肚脐眼都露出来了；下身穿一条实在不能再短的短裤，在垭口的冷风中打哆嗦，那风要是再大一点，是完全可以把他们吹倒的。就是这样，那些当官的还怕他们跑了，用一根绳子把他们从头到尾穿成一串。穿得十分特别，这也许可以说是一种"发明"吧，他们把绳子穿在每一个壮丁的短裤里。你要想离开这一串，势必要脱掉短裤，但是脱掉短裤就是赤身露体，在光天化日之下，你就再也莫想走路了。在这一串的最后，倒真是有一个"壮丁"，长得浓眉大眼，吃得肥头大耳的，一手牵着绳子头，一手拿着鞭子，在嘴的这一半边叼着一支烟卷，另一半边正在吐出许多脏话，催大家快走。

垭口两边的人都让开了，沉默地望着这种每天见惯了的景象。柳一清却是第一次看到，陡然从心里冒出三丈火来。这些农民兄弟本来都是生龙活虎的小伙子，他们的双手一动，就可以叫大地变色；现在他们却被饿得半死，被捆着送上前线，去对付武装到牙齿的日本帝国主义。柳一清的愤怒的眼光，并没有引起那个军官的注意，谁把这个穿着褪了色的老蓝布短袄的家庭妇女看在眼里呢！

柳一清按住心火，顺着石板路走下去。快到江边，她发现才不过一个月没有来，景象又有不同了，最显眼的是在原来写着"抗战到底"标语的粉墙上，现在重新刷白，写上"服从军令政令"、"反对封建割据"的时新口号了。在那粉墙下面的渡口上，进城去谋衣食的人们正在等着宪兵检查，他们站在河边的冷风中，望着对面木然立在那里的城楼。柳一清厌恶地吐了一口痰，拐进清江农场里去了。

二

柳一清穿过满满挂着鲜红橘子的橘树林，走向她十分熟悉的坐落在农场角落里的那间小木屋。在半路上她看到了童云。这样早，他就已经起来，在一心一意地侍弄他的蜂箱了。柳一清一直走到他的面前站住了，他还没有发现。童云正在抽出一块一块的蜂巢来仔细观察，用小扫帚轻轻扫着蜜蜂，蜜蜂嗡嗡地飞起来，在他的手上爬着，上下左右飞动，并不螫它们熟悉的主人。但是对于新来的站在旁边的客人却不能容忍，飞来缠绕，柳一清不得不躲开，叫起来：

"哎呀——"

童云听到人声，抬头看是柳一清，连忙站起来，说：

"哦，是小柳来了。"

柳一清笑着说："我来了好久了，站在你身边你也不知道。"柳一清本想说："你对于蜜蜂真是入了迷了。"可是话到嘴边又忍住了，只问一句：

"嫂子在家吗？"

"她在家里。"童云把蜂箱的盖子谨慎地盖好，说，"我看一看，天气冷起来了。"说罢，和柳一清一块儿走回小屋去了。

他们走进小屋，章霞已经起来。她那才满周岁不久的小女儿还在小床上沉沉地睡着。柳一清走拢去在那发红的稚气的小脸上摸了一下，向章霞打招呼："霞嫂子，你好。"章霞也照她自己尊敬柳一清的称呼叫："柳大姐，你来得好早。"

柳一清走近章霞身边去，章霞正在小窗前的书桌上用手按着一本厚书一本正经地阅读。柳一清把那本书翻过来看，是斯大林的《论列宁主义问题》。柳一清笑了，对童云说：

"这大概又是好心的丈夫给布置的任务吧。"

童云和章霞都笑了，没有说一句话。柳一清却收敛笑容，正经地说：

"老童，读这些经典著作是好事，但是你知道，霞嫂子是一个家庭妇女，认得的字很有限，她接近革命的道路和你我是不一样的，你我主要是从书本开始的，她却是从自己的痛苦生活中开始的。要她读这样的大部头书，只能叫她倒胃口。"

童云还是像过去一样，抱歉地笑了一下，没有回答。因为他忽然发现有一只小蜜蜂飞进屋里来了，正在玻璃窗上瞎撞。他急忙把玻璃窗打开，把小蜜蜂放了出去，看它飞远了，才满意地关上了窗子。

章霞说："他就是这样，什么也不给我说。"

童云说："有小柳给你说，比我强十倍。"

章霞按照过去的老规矩，只要柳一清来了，她就避开，以便于他们接头谈话。她站起来说：

"我出去买点橘子去。"

柳一清马上拉住她的手说：

"霞嫂子，今天你不忙走，有一个好消息要告诉你呢。"

章霞的脸马上兴奋得红了起来，她知道这是一个什么好消息，她已经等待这个好消息很久了。她捏着柳一清的手，大张着眼睛，望着柳一清说：

"真的吗？"

柳一清笑着点一下头。

童云一时却想不起来，他问：

"你两个又在捣什么，当面瞒着我说小话。"

柳一清说："霞嫂子最关心的事，你都忘了？"

"哦。"童云想起来了，一定是关于章霞入党的事了。他也很高兴。他培养了这几年，总算有一个结果了。他问：

"批准了吗？"

柳一清点了一下头。

章霞什么话也没有说，一直笑着。她忽然站起来说：

"嗯，我还是要去买一篮橘子去。柳大姐，你等我，千万要等我哟。"说罢，高兴地走出去了。

童云按照过去柳一清来的惯例，从一个秘密的地方取出最近到的书报和各地来的秘密信件，交给柳一清。他站起来打算走出去继续侍弄他的蜜蜂。柳一清阻止他说：

"老童，慢点，我们还有正经事没有谈呢。"

童云留下了，但是对于柳一清说的这一句话却感觉很不入耳，照她说来，似乎他去侍弄蜜蜂，就算不得什么正经事了。

柳一清说："目前形势紧张起来了，你考虑过交通站的工作，要作些什么新的安排吗？"

这一句话却把童云问住了，说实在的，他根本没有考虑，因为他不相信国内的形势真的紧张起来了。他反问柳一清：

"现在的形势真的有些紧张吗？"

柳一清听了十分奇怪，难道童云真的被蜜蜂迷住了，一天一天脱离政治了吗？她不回答，反过去再问他：

"你说呢？"

童云说："我说不上来，不过那天陈醒民同志来吹了一阵，听他说来好像还不是那么紧张。大可不必张皇失措……"

"什么？张皇失措？他是这样说的吗？"柳一清一听到陈醒民说这样不负责任的话，已经有些不愉快，听到童云又违反组织纪律，和陈醒民乱拉横的关系，更是生气了。她责备童云说：

"你怎么又让他到你这里来瞎吹呢？你是知道的，你的关系从他的手上转到我的手上来了以后，你和他就没有任何组织关系了。你们什么时候才能改掉这种危险的自由主义呢？"

童云听到柳一清这样的严厉批评不止一次了。可是他总是碍于情面，不能拒绝陈醒民来拜访他。他怎么好拒绝呢？陈醒民是他的入党介绍人，并且过去一直是他的上级领导。老上级要来看望一下老下级，怎么好拒绝？并且他住的这个清江农场，正在城外渡口边，当着大路，陈醒民常在城里办完事，出城过渡，一抬脚就跨进清江农场歇脚来了。他能把人家撵走吗？

过去童云听到柳一清这样的批评只是听着，今天他听了，却不知道为什么有几分反感。他素来是一个不大喜欢和人争论的人，也不能不解释几句，他说：

"他是我的老上级，我怎么好赶他？并且他在政治上又没有什么问题嘛。"

柳一清说："不是有没有政治问题，这是组织原则问题，他来是他犯错误，你接待他，是你犯错误，你为什么一定要跟着他去犯错误呢？"

这一句话可把平时不大肯生气的童云也微微激怒了。他对于柳一清和陈醒民的关系，早就有一些看法。他上一次参加了贺国威主持的批评陈醒民的会，他对柳一清的批评态度感觉特别不舒服，他认为柳一清对陈醒民的成见实在是太大了。

那是在一年以前，南方局有个巡视员到这里来检查工作，发觉这个特委内部有严重的思想斗争，这正是六届六中全会党内反对新的右倾机会主义以后。南方局指定在省委负责的贺国威同志来主持特委，兼任特委书记，在传达和讨论六中全会精神的会上，陈醒民的右倾观点受到了严肃的批判。陈醒民是一个在政治风向上有特殊敏感的人，他感到他所犯错误的严重性，便把大家揭发出来的材料全部兜了起来，特别是咬着牙齿把柳一清给他准备的"苦杯"吞下肚去，作了听来相当深刻的检讨。因此，陈醒民虽然不能再担任特委秘书的工作了，贺国威仍然叫他担任一部分学生工作，柳一清也勉强同意了。

柳一清过去到这一带山区来工作，一直和陈醒民在一起，陈醒民并且担任组长，因此她对于陈醒民的错误观点了解最多，在那个会上她也揭发最多，甚至对于陈醒民的一些生活作风也作了批评。柳一清是一个烈性人，她看不惯的事，不管是大是小，都像放连珠炮一样地通通通地放出来了。

童云是参加了那次会的，他对于柳一清批判陈醒民的那些右倾思想是同意的，但是对于柳一清批评陈醒民的生活方面的一些作风却总觉得有些过分。特别对柳一清在揭露时那样无情、批判时那样尖锐，觉得有些受不了。他认为柳一清是有些意气用事了。今天柳一清忽然又向他提出批评，要他不再和陈醒民往来，甚至向他提出不要去跟着陈醒民犯错误的警告，他也微微有些生气了，但是他还是按住自己的火气，很委婉地对柳一清说：

"小柳同志，你是我的上级，不知道我可以不可以向你提一点意见？"

柳一清从来是心直口快的，说话不大讲究方式，她没有意识到她今天对童云的批评惹得童云生了气，她还是那样满不在乎地说：

"行啦，谁规定下级不能批评上级？你要批评我，你就痛快地说吧，无论你是机关枪，还是大炮，都一齐开吧，我是不怕的。"

童云还是那样拘谨地说：

"我觉得，你对陈醒民同志有相当深的个人成见。"

柳一清听到别的还好说，一听到说她对陈醒民批评不对，特别难以接受，甚至有几分冒火。她不满意童云，为什么他对于他的入党介绍人的错误，似乎根本看不见呢？她正言厉色地说：

"我觉得我对陈醒民同志的批评并没有什么错误，这是在特委会上贺国威同志作了结论的。难道他大加发挥的那套'抗日民族统一战线高于一切，一切通过抗日民族统一战线'的机会主义政治路线是正确的吗？难道他那种'无条件争取合法'的组织路线是正确的吗？难道他那种把学生工作放在农民工作之上，过分强调知识分子的桥梁作用是对的吗？难道他现在不领导你了，还老跑来拉拉扯扯是对的吗？难道……"

童云插进去说："你看你，我才说一句话，你倒真的向我开起机关枪和大炮来了。"

柳一清笑了起来，她知道她的老毛病又犯了。她抱歉地说：

"哦，对不起，我是有些激动了，还是听你的吧。"

童云说："你批评的那些原则问题，我是同意的，我是说你批评的态度、批评的方式方法有些问题。我觉得有些事情不要说得那样尖刻，有些事简直可以不提。陈醒民同志对你最有意见的就是在这方面。"

柳一清说："他向你举过这方面的例子吗？"

童云说："举过，譬如说，他和一个女教徒结婚，不得不随和一点，到教堂用宗教仪式举行婚礼，这算不得什么原则问题吧；又譬如说，你揭发他信仰马列主义却把外国神父送给他的一个金十字架一直保存着，他对我说，他保留这件东西不过是保留一件精致的艺术品作个纪念罢了，并且他表示愿意交出来，当作党费交给党，你却挖苦说：'我们不要上帝来交党费！'这未免太尖刻一点吧……"

"这个……"柳一清耐不住又想要插话。

童云打了一个手势，柳一清明白自己又急躁了，她按住自己的火气听下去。童云说：

"又譬如说，他欢喜一些文明行为，欢喜保持那种君子风度，不喜欢那种粗俗的态度和不卫生的习惯，这对于一个党员有什么妨碍呢？你却对于他喜欢把痰吐在白手帕里的习惯也看不惯。"

柳一清说："也许我的批评方式和态度是有问题，从他不能接受我的这些批评就证明我的失败，但是这些生活作风不能说和思想全然无关。而且，也许我真有成见了，我怀疑他向你说这些，是用小问题来表示他对于原则批评的不满意呢。"

童云说："我想对一个人总应该多从他好的方面去想，少从他坏的方面去猜测才好。"

"你们尽在说些什么？"章霞提着一筐子橘子走进来了。她责备童云说：

"看太阳到了哪里了，你都不想一想，她的娃娃在家里不知道哭成什么样子了。"

童云笑着说："呃，是要女人才想得起女人的事来。"

柳一清也笑起来，说："真的时候不早了，我这个女人倒把女人的事也忘记了。"她转过身对童云说：

"不扯了吧，我们以后还可以再扯。不过，不管怎样，你应该拒绝陈醒民再来找你，这是组织纪律！"

柳一清说得很硬，童云却只笑了一笑，没有说话。

柳一清提起菜篮子准备走出去，章霞把提来的一筐子橘子交给她，说：

"柳大姐，你的孩子今天满月，我不能来吃满月酒，送你一筐橘子，拿回去大家吃。"

童云说："哦，对了，差点忘记了。上回你出院的时候，医生不是说，满月以后，还要你到医院去作一次产后检查吗？你什么时候去？"

柳一清说："我身体好好的，简直不想去检查了。"

章霞说："这可不能马虎，还是去检查一下好。"

柳一清说："好吧，等有工夫了我再去。老童，你还是通过旧关系，帮我在医院打个招呼吧。"

童云点了一下头。

章霞跟着柳一清走出房门口,说:

"我送你一下。"

柳一清本来要拒绝她的,但是看到她那一脸兴奋的红光,知道她一定还有话要说,便点了一下头,一同走进橘树林。

真的,章霞再也没有今天这样兴奋的了,射在橘树林上的太阳似乎也比往常明丽一些,那橘树叶似乎也比往常青翠一些、新鲜一些,连那叶子上的露水似乎也比往常晶莹一些,更不消说那挂在橘子树上又红又大的橘子了,是那样的红,像火一样,不,更像在书本上看到的红旗那么红呢。

章霞对她的丈夫童云是很爱的,也很感激他,是他把她从毫无希望的悲惨命运中救了出来,给了她生命,还给了她爱情,还把她引导上做一个正直的人的道路。但是她近来越发对柳一清产生一种特殊的感情,是柳一清才把她引导上一条真正光明的大道,在她的眼前为她打开一个美丽世界的大门,她是多么向往那个没有剥削、没有欺诈、没有痛苦的幸福世界呀。她愿意为这个世界去献身,但是她不知道她有没有这样的资格。柳一清鼓励了她,教育了她,现在又介绍她入党,而且今天又是柳一清第一个给她带来她一生最快乐的消息:特委已经批准她入党了。她现在就要像她的丈夫那样,像柳一清那样,变成一个真正的革命者了。就要去为解放那无数的陷入她过去那样悲惨命运的妇女而献身了。

章霞不自觉地挽着柳一清,并肩在树林里走着,不说一句话。快到农场门口了,柳一清就要和她分手了,章霞终于费了很大力气,从她的嘴里挤出几个字来:

"柳大姐,什么时候……"

柳一清完全理解章霞,甚至比章霞的丈夫童云还要理解她一些。柳一清搂着章霞的肩头,亲热地但是严肃地说:

"这几天我很忙,过几天我来找你进行入党谈话,然后就可以举行入党宣誓了。"

章霞听得入神了，一句话也没有说，听任柳一清和她分开走了，一直等到柳一清走到石板大路上去了，她似乎才想起来了，追上去说：

"柳大姐，你要快来哟！"

三

柳一清提着菜篮子在五峰山上的半山横路上慢慢走着。寒冷而潮湿的雾向山谷里退去了，有几分血红颜色的太阳挂在东边天空里，温煦拂人。清江曲处的滚滚白浪已经看得十分清楚了，正在峡谷里奔腾叫啸，向江边的石崖撞去，爆发出愤怒的浪花，卷向前去，后面的浪又跟着闯上来了。在那白崖顶上屹立着一块巨大的红色石壁，那块石壁在太阳光下闪闪发亮，柳一清总把它认作一面永不收卷的红旗。山乡的老鹰是很多的，柳一清一看到有老鹰从五峰山顶的松林上那样傲然地飞了过来，飞向对面的红色石壁去，她就兴奋起来。她几乎每一次从这山路上走过，只要一看到那滔滔的白浪，那红光闪闪的石壁，那雄健的苍鹰，有时候还会在山道上看到飞驰而去的野马，她就兴奋得不得了。她感觉她全身的血都沸腾起来，以飞快的速度在全身回流。她是多么希望变成一只苍鹰，以闪电般的速度，飞腾而去；或者变成一匹野马，在那崎岖不平的山道上狂奔叫啸；至少也要像那片片白浪，不惜粉身碎骨，向阻挡它前进的任何顽石猛烈撞去。——但是她现在呢？她现在却是以一个家庭妇女的身份，住在前面不远竹林背后静静的农家小院里，守着孩子，在厨房、摇篮边转来转去，忍受着人家叫她"伍太太"，过着人们看来很"幸福"的家庭生活。眼见着贺国威、老任和别的同志为对付已经掀起来的反共高潮，日夜奔忙，自己却没有分，这和她那烈火般性格多么不相称呀。这一年多来，真是把她憋坏了。

一年多以前，柳一清在山区农村里做党的组织工作，她正干得起劲，谁知她接到通知，工作有了调动。党要她和她久已相好的任远结婚，到特委任妇女部长，并且担任"坐机关"的工作。这对于她的确是一个很大的转变。她费了好几天工夫进行思想斗争，才下定了决心。她亲自去置买一套成家的锅碗瓢盆，把自己改扮成一个无知无识的家庭妇女，每天买菜做饭、洗衣服、做针线活儿。还要和左邻右舍的家庭妇女去交往，摆些无聊的家常，听些张家长李家短的闲话，说些米贵柴贱的家务事。只有到了晚上，她才关起门来，补偿白天浪费了的时间，拼命阅读革命书籍、抄写秘密文件、编制密语密码。这些工作，还加上她组织交通站、出去跑跑妇女工作，都耗费不完她那旺盛的精力，还亲自担任交通，远道去重庆，到南方局汇报过工作。

她的心境才安定下来，却遇到一件新的烦恼，她怀孕了。生下一个白胖的小女儿是令一个母亲高兴的事，但是这却给她的工作带来许多不便。幸喜她已经亲自培养好交通站站长童云的爱人章霞，不久就可以入党，入党后就可以替她"坐机关"了，她又可以全力出去"跑工作"了。她看到了那在松林上空疾飞过去的老鹰，十分高兴。她想象不久她就可以像那只老鹰，在那广阔的天空去飞翔，去号召同伴，冲向那一团一团压过来的乌云，准备搏斗。

柳一清的喉头发痒了，自从她改扮成家庭妇女以后，她那嘹亮的歌声，许久听不到了。今天在这无人的山道上，看着这样壮美的景色，她怀着愉快的心情，再也忍不住了。她一面走着，一面轻轻地哼了起来：

快乐的心随着歌声跳荡，
快乐的人们神采飞扬；
我们的歌声唤醒了城镇，
也唤醒偏僻的大小村庄；
这歌声给我们最大的力量，
引导着我们奔向前方，
谁永远能跟着它一路前进，
他一定永远不会灭亡！……

四

柳一清回到家里，才打开门，就听到她的小女儿在床上哇哇地哭得很伤心，大概已经哭了不少时候了。柳一清却并不马上把孩子抱起来，因为她依照科学的方法，给孩子定出严格的生活纪律，不到四小时绝不喂一次奶。她看了一下放在桌子上的旧怀表，时间还不到九点钟呢。孩子的哭声像刀子刮在她心上一样的痛，可是她却忍耐着，到廊檐下锅灶边把肉洗好，放进砂罐里，搁在炉子上炖起来，再回到屋里。她看那块旧怀表慢腾腾地走着，一直等到九点钟了，她才慌忙地把小女儿从床上抱了起来，一面拍她诓她，一面解开上衣把奶头塞进小女儿的小嘴里去，小女儿就不哭了。她用手指头点一点小东西的鼻子，生气地说：

"你只知道吃，吃，吃，一点纪律都不懂，你知道吗？要遵守纪律！"

看来小女儿对于妈妈的纪律是没有什么印象的，她的确只知道吃，这就是她现在的唯一任务嘛。大概由于妈妈的手指头点她的鼻子用力过猛，把奶头从小女儿的嘴里拉出来了，于是小女儿很不满意，哇哇大哭起来，向妈妈抗议。妈妈赶忙把奶头又塞进小女儿的嘴里去，诓她说：

"哦哦哦，我的小宝贝，我的小淘气……"

"伍先生你回来了？"柳一清忽然听到门外边伍大嫂在打招呼。

"嗯，回来了。伍大嫂你好。"果然是任远的声音。

伍大嫂说："伍先生，你出去好久啊，难为了伍太太一个人在屋里。"

任远在解释："为了生活，也说不得啦。"

"就是的。"伍大嫂同情地说，"唉！这个世道。"

任远问："伍大哥呢？"

"你问的是我那背时的那一口子？一清早进城卖菜，这个时候还不见回来，兵荒马乱的，唉！"

一会儿，任远就走进屋里来了。

任远这次出差又有十几天了。他是在上次特委开会后，出发到南路几个县巡视工作去的。今天回来开会，恰逢小女儿满月，十分高兴。他一进门就抱起小女儿亲了起来。由于他那长期没有刮掉的胡子刺痛了小女儿的嫩脸，小女儿并不感觉这是爸爸对自己的亲热，哇的一声哭了起来。妈妈狠狠地把爸爸推开，责备他：

"你这是干什么？"

"你不知道，我在外面跑，多么想念你们……"

"难道我不是一样吗？"柳一清反问任远。真的，自从他出去巡视工作后，哪一天不想念着他呢？国民党的反共高潮又掀起来了，到处在侦察和搜捕共产党员和进步人士，他能躲过那些猎犬的追踪，平安地通过那些关卡吗？他长年累月，背着一个小斗笠，穿着草鞋，在风里雨里，来来去去，现在没有生病吧？……他现在到底在哪里呢？他正在崎岖的小路上奔走吧，或者已经在那荒山野店里住下了……不，也许他为了在那穷乡僻壤埋下革命的火种，正在山村里农民同志家里，参加支部会议呢，他正在用他那锋利的语言，像火一样去燃烧农民的心呢……现在他回来了，平安无事，精神挺好，她是很高兴的。但是她有一种女性固有的矜持，按捺住自己胸中正在沸扬的感情。她把已经吃饱睡熟的小女儿放在床上，轻轻地、庄重地走到丈夫的面前坐下，冷静地望着丈夫那风尘仆仆然而却是神采焕发的脸，无声地笑着。

任远往前靠了一靠，拉住柳一清的手说：

"时局这样紧，你一个人在家，又正在坐月子，我生怕你病了。"

柳一清双手一摆，笑着说：

"你看我不是好好的吗？"

任远情不自禁，伸手捉住柳一清的肩头，仔细看看柳一清的面色，望着她那深沉的发着光芒的大眼睛，凝然不动，过了一会儿才满意地说：

"很好，是很好，"他又补充一句，"哦，我还差点忘了，有人托我问你好呢。"

"谁？"柳一清问。

"就是响水沟的王万年。"任远说，"他说你过去在那里说过，这一辈子就在那里安家落户、闹革命、搞建设，永远和他们在一起，谁知道你走了后，再也不回去望他们一眼，也不带个信儿去，怕早把他们忘了。"

"啊，我多想念他们，多想念响水沟。就是因为你把我拉回来'坐机关'，连信也不能带一封去。"柳一清很有几分惋惜的样子，又怀着极大的兴趣问：

"他们怎么样了，你告诉我吧。"

"很好，我在那山沟里住了几天，党员比你离开的时候又增加了许多，他们还暗地里抓到十几条枪。他们老是提起你给他们摆的那个好日子，在山林水边，到处插上红旗，游击队神出鬼没，打击敌人，人民又坐了江山，像红军过路的时候一样。他们说，如果日本鬼子打过来，那些'刮民党'跑了，我们就可以打出旗子来干，该多好呀。"

"那时候我一定要去和他们一块儿干。"柳一清兴奋地说。

"那些农民小伙子、大姑娘真是太好了，天不怕地不怕的。"任远说，"可是他们现在真遭罪，'刮民党'的保甲长横行霸道，到处拉壮丁、敲竹杠，整得鸡飞狗跳。官府的、地主老爷的这样租那样税，名目都说不清，反正按倒你刮，刮。那些青年气得不行，问还有个什么办法治他们没有。我和他们研究了一下，暂时利用合法手段，跟他们先斗一下。反对乱拉壮丁、乱要捐款，搞合理负担。他们开始搞起来了，劲头不小。"

"好极了，让我去和他们一起干，至少让我去看看吧。"柳一清要求。

任远点头说："你向老贺说说看，我想你一从机关解放出来，就可以到那里去，那里本来就是你过去开辟的'老根据地'嘛。"

柳一清满意地笑了起来，并且说："那时候我再也不叫这该死的'伍太太'了。"

"伍太太，"外边伍大嫂在叫，"你炖的肉漫出来了。"

"嗯。"柳一清回答。

任远开玩笑地说:"你不是还答应人家叫你太太吗?伍太太。"

柳一清用眼睛"狠"了任远一眼。开门出去,到廊檐下往肉罐里加一碗凉水,回到屋里,把门关好,和任远算账:

"混蛋,你还叫我太太!"她用拳头在任远的胸上擂起来。

任远招架着说:"好了,我再也不敢叫了,太太。"

"你还在叫,你还在叫!"柳一清又擂起来。

"好了,好了,再也不敢叫了,我的部长同志。"

柳一清这才满意地笑了起来。

五

隔了一会儿,贺国威同志来了。他是一个瘦瘦长长的人。由于他的骨架很大,又很瘦,偏又穿在一件宽大的蓝布长袍里,空荡荡的,飘来飘去。长期坐牢,出来又一直忙着工作,脸色很不好看。但是精神却很好,在两条浓得不能再浓的眉毛下面,闪动着一双智慧的眼睛。那是一双能够透入肺腑的眼睛,似乎只要你站在他的面前,他就可以把你的五脏六腑全看穿了。他的头发和胡子黑得出奇,短桩桩头发总是不屈不挠地挺立在头上,那胡子却是挑衅地向四面张着。他一进屋来,打了招呼,把他拿来做幌子的"红封"放下,就一直坐在桌边,那样自足地看着周围的一切。忽然他发现在墙上贴着一幅字,一看就知道那是柳一清的娟秀有力的笔法,写的却是贺国威不久以前作的一首曲词。

那是贺国威刚来的时候,还没有找到住的地方,就暂时寄住在柳一清这里。他对于柳一清他们住的这个地方十分满意,小竹篱笆院子深深埋在竹林里,前临白浪滔滔的清江,后当青松翠柏的五峰山。闲着无事的时候,他喜欢到那江边看清江在峡谷中奔腾叫啸而去,更高兴爬到五峰山顶上去,向四方瞭望。看近处,那江边断崖绝壁上生着古傲的松树，迎风独立，呼呼作响，那种挺拔的雄姿，使贺国威肃然起敬。望远处，那白云缭绕，掩盖住祖国的多少好山好水呀。他极目向东方望去，似乎望到吴头楚尾，望到钟山下的石头城，那里是他蹲过几年牢的地方。望到雨花台，啊，多少自己亲密的战友，在那些风雨的夜晚，被拉到这里，唱着《国际歌》，把他们的鲜血洒在祖国的土地上。现在这个城市，连这个雨花台，都落到敌人的铁蹄下去了。那些不屈的英魂在哪里呢？可恨这个小朝廷，从南京逃到武汉，从武汉又逃到重庆，偏安一隅，守着残山剩水，简直把这大片大好河山早忘却了。想到这里，他感到满腔的愤怒。

他又把头转向北方。啊，在那巫山秦岭的北面，就是中原和长城内外了，想象那里烟尘滚滚，当是抗日的兄弟们在纵马驰骋吧。他更极目从西北方一块白云的空隙里望去，那里该是延安了，那抗日的中心、革命的圣地，党中央和毛主席，正在那里运筹帷幄，决胜千里咧……

他想到这里，心里像清江的怒涛翻滚起来了，一种莫名的力量在他的心中冲动。他下山回来，马上俯在小桌上写出一首登山望远的曲词来。他取名叫《清江曲》：

清江水，浪滔滔，壮士登山歌且啸。忍看万民陷水火，痛恨虎狼当大道。看那边，金陵春梦暖，认贼作父，沐猴丑戏，唱得正热闹。看这边，峨眉日月长，化敌为友，人肉筵席，摆得兴致高。待何时。猴儿戏打翻，人肉筵推倒，旧河山，收拾好？

清江水，浪滔滔，壮士登山歌且笑。放眼北国烽烟处，抗日英雄意气豪。望华北，铁马挥金戈，风尘薄天，晋冀鲁豫，烽火遍地烧。望江南，战旗卷残云，杀声动地，江淮河汉，樯橹起怒涛。眼见得，金瓯重收拾，人民齐欢笑，新日月，红旗飘！

任远和柳一清读了这首曲词，十分高兴，特别是柳一清，兴奋极了，她说：

"我也常常看这清江的滔滔白浪，我也常常登高远望，我望到东方，我那沦陷了的江南故乡，有说不出的向往；我望着北方，对那烽烟滚滚的长城，有无限的思念。我也有激情，却找不到寄托我的激情的形式，现在好了，你这首曲词可以让我寄托我的感情了。太好了，真是太好了。"

柳一清最喜欢唱歌，也能够作曲，虽然不很高明，但还可以上口。她花了几个晚上，把贺国威的这首曲词谱成歌，把自己的感情尽情地倾注进去。她低声唱给贺国威听过，贺国威也还满意。柳一清不舒服的是，她现在是一个家庭妇女的身份，被剥夺了歌唱的权利，她多么想放声歌唱一回呀。

现在贺国威看到柳一清把他那一支登山远望的曲词写来贴在墙上，并且把题目改成《清江壮歌》了。

贺国威指着墙上说："这个题目改得好，只是曲词本身还不够壮罢了。"

任远说："让我们用革命斗争来写一支壮歌吧。"

柳一清加上一句："假如有必要，要不惜用鲜血来写这支革命的壮歌哩。"

贺国威说："不，我们并不希望用自己的鲜血来写，我们要用刀和剑作笔，蘸敌人的鲜血来写革命的史诗。"贺国威指着墙上又问：

"你怎么把它写来贴在墙上呢？"

"我喜欢它。"柳一清说。

"你喜欢它，就把它埋在你的心底吧。你知道，就凭这一支'壮歌'，却真可以叫你流血哩。"贺国威说。

任远接着也说："我看还是取下来的好，不要给自己做广告了。"

柳一清不高兴，但是又不能不同意，她说：

"我多么想再唱一回呀。"

正说着闲话，忽然闯进来一个人，原来是特委组织部部长王东明。真的，他是猛然闯进来的，在身后还带进来一阵风。他是一个矮笃笃的结实的人，头上戴一顶毡窝子帽，身上穿的对襟短棉袄、大脚棉裤，倒很像一个小买卖人。但是却没有小买卖人那种油滑的习气和狡黠的眼睛。老是那么无忧无虑地笑着，一看就是一个心地明净、一眼就可以看透的人。别看他举止很粗，却对小孩特别喜欢，他在柳一清坐月中来看过两三次了，说是有事，其实来看柳一清的小宝宝，也是重要原因。他一进门就去逗小孩，把他也拿来做幌子的"红封"硬要叫小孩的小手抓住，说：

"小布尔什维克，看你也是喜欢红色的，你这样早早赶来，是要来和我们一起打反动派的吧。"

"不，"贺国威说，"但愿我们这一代就把国内一切反动派都打倒，把帝国主义赶出去！让他们好好去建设共产主义。"

大家都来了，唯有陈醒民还没有到。陈醒民现在虽然没有参加特委会，可是还担任一部分青年学生工作，因此今天也吸收他来参加，不知道为什么还没有到。柳一清说：

"过去他是很遵守时刻的，今天不知道为什么迟到了。"

正说着，陈醒民就来了。他带来了特别丰盛的礼物，他不只是做样子送来一个"红封"，却在红封里包了几块银元，还提来一块腊肉，还带来一顶漂亮的红丝绒小帽。这不是因为他对于柳一清的小孩有特别的感情，而是因为他素来喜欢交际应酬。而且他的经济状况比谁都好，他和他的妻子在一个叫清江中学的教会学校里教书，收入本来不坏，更不同的是他还有一个"吃教饭"的哥哥，在本城天主堂里当神甫，和外国那个主教很要好，自然属于"高等华人"一流，收入是很可观的。这个哥哥总嫌他的弟弟在中学教书很清苦，不时给弟弟送点钱呀什么的，陈醒民自然就感觉更宽绰了。

陈醒民是一个很有教养的人，身上穿得干净体面，胡子刮得光光的，态度雍容典雅，嘴角总是挂着微笑，随时准备和任何人打招呼，说体面的寒暄话，马上取得别人的好感。他的人还没有进来，声音却早已进来了：

"伍太太，给你道喜呀。"

陈醒民进门来和大家打了招呼："哟，我倒来迟了。"他把腊肉放下，

"红封"交给柳一清，把小红丝绒帽子戴在小女儿的头上，然后高兴地搓一下手，不自觉地举起右手在小女儿戴的红帽子上面似乎要做什么，嘴里还打算说什么。

"你要干什么？老陈，"柳一清笑着对陈醒民说，"你又要来你那老一套吗？"

柳一清说的陈醒民的"老一套"，就是画十字和念"God bless you" [1]。陈醒民过去曾经是虔诚的天主教徒，就是参加革命了，他一时还没有丢掉他那一套长期习染的宗教习惯，柳一清过去和他相处最久，是深知的。今天看他高兴得忘形，下意识地又举起手来，因此提醒他。陈醒民放下手来，也笑着说：

"那一套早已还给上帝了，阿门。"

柳一清还是开玩笑地说：

"可是有时候你的手和嘴巴不肯听你的大脑的指挥哩。"

陈醒民也有意无意地反攻一句：

"那不过是你的主观臆断。"

任远从屋外走进来，收拾桌子，说：

"你两个一见面就是一个钉子一个眼儿地扯些什么。准备开会吧。"

六

特委会议开始了。

在未开会之前，首先进行安全布置。在屋里把方桌拉开，王东明把提来的麻将牌摊开，贺国威、任远、王东明和陈醒民各坐一方，把麻将洗好，装作打牌的样子。柳一清则以一个主妇的身份，里外张罗，大半时间参加在屋里进行的会议，过一会儿到廊檐下的灶上看看煮的米饭，

---

[1] 英语，意为"上帝保佑你"。

同时负责望风。任远为了可靠，还亲自走出房去巡视一阵。他们住的这个地方虽然僻静，可是最近听说，清江对面隔这里十几里路的河边，新近设立了一个既不是军事机关也不是民政机关的性质不明的单位，有些不三不四的人，在进进出出，最近还开来保安团的一部分部队在附近住着，这是不能大意的。任远走出院坝去看了一下。小院坝和竹篱外没有人，伍大哥进城卖菜去了，还没有回来，伍大嫂正在正屋里洗菜做饭。篱笆边上的蜡梅花在阳光下兴致勃勃地开着，小狗躺在篱笆门边晒太阳打盹儿，真是一片宁静景象。

会议开始了，首先由省委贺国威同志传达南方局的指示。他说：

"目前的国内形势是日本的诱降阴谋加紧，国民党的反共逆流高涨。我们的政治方针是：坚持抗战，反对投降；坚持团结，反对分裂；坚持进步，反对倒退。"贺国威把这个方针作了详尽的解释后，他又说：

"我们是在国民党地区进行活动的地下党，我们适应这个方针的组织路线是：长期隐蔽，积蓄力量，等待时机。我们的一切工作都要按照这个精神重新加以布置。"于是贺国威对于党组织的一些活动原则，提出自己的一些看法和意见，请大家讨论。

在讨论中，意见并不是完全一致的。王东明说：

"中央的方针我完全拥护，可是这长期隐蔽，隐蔽到哪一年？不把人都憋坏了吗？蒋介石要投降，当儿皇帝，就让他投降去，我们去抗日。把我们已经组织起来的农民，搞他娘的一个暴动，杀开一条血路，冲过长江汉水，到大洪山打游击去。"老王素来就是个急性子人。过去在湘鄂西苏区干过赤卫队，就是以猛冲猛打著名。现在来干地下党的农民工作，本来就有些憋不住。过去在特委会里他老是主张组织农民，抓枪杆子，准备武装暴动，每一次都遭到陈醒民的反对，说他只凭老经验办事，完全不懂抗日民族统一战线是怎么一回事，还给他扣上单纯军事观点和盲动倾向的帽子。他很生气，每次都和陈醒民进行了针锋相对的辩论。后来贺国威传达六中全会精神，肯定了他组织农民和武装农民是对的，他高兴了，在四处跑得更勤了，对于搞武装特别热心。他已经暗中抓到了一些枪杆子了，巴不得马上干一场，现在贺国威又传达要长期隐蔽，他一下转不过弯来。

贺国威说服他："农民武装总有用到的一天，以蒋介石为代表的中国大资产阶级，愈来愈害怕我们，反对抗日，只要日本兵一打过来，他们不投降也会溜掉，这边的抗日重担就落到我们肩上了。我们就要开展游击战争，那时候农民武装就用上了，但不是今天。"

陈醒民猛一下听到贺国威的传达，也有一些思想不通。自从在那次特委会上贺国威传达六中全会精神，他受到批判后，他就努力要纠正自己的右倾观点，因此他在领导学生运动中，放手展开了斗争。虽然学校中的党员因此暴露得太多，不得不撤退一些，但是他认为那是斗争不可避免的事，"打仗哪能不死人呢？"他又重新组织力量，准备反攻，把敌人在学校的那股逆流打退。特别使他高兴的是他又发现了一批新生力量，正在组织团体，出版壁报。最近他在高农专科学校就发现一个"野草社"，很有劲头，他还通过高农校的未暴露的党员黄中经和这些青年见过面，鼓励他们坚持斗争。他特别欣赏"野草社"的那个叫易师白的青年，能说会道，精干有为，不怕天不怕地的。他很高兴他在纠正自己的右倾思想后，工作取得新的进展。他今天本来是想在特委会上汇报他近来在学生工作中取得的进展，让大家可以看到，他以事实纠正了自己的右倾思想。谁知道来会上一听，满不是那么一回事了，中央提出要长期隐蔽了，自己在学生中做的那一套，看来又不对了。他倒忽然想到，过去批判他的右倾是不是正确的？你看中央不是又叫隐蔽吗？现在会上不是在批评老王的想法不对头吗？

但是他现在来不及思考这些问题了，他认为他有必要马上把自己的思想搞通，坚决表示拥护中央的指示，他从各方面考虑都必须这么办，于是他的思想就通了。他没有汇报在学生运动中冲锋陷阵的事，因为他感觉这显然是很不合时宜的。他表示坚决拥护中央指示，并且跟着贺国威批评王东明。

他说："老王同志，你那武装暴动的老一套，完全是儿戏，可以说是盲动主义的残余思想又在作怪了。我坚决拥护中央指示，必须长期隐蔽，再不要搞活动去刺激敌人了……"

"我不同意你这种看法！"柳一清还没有等陈醒民说完，就打断他的话说，"什么武装暴动老一套？什么盲动主义又作怪？中央的长期隐蔽、积蓄力量的方针，和右倾机会主义毫无共同之处。什么刺激不刺激？要革命就难免刺激。蒋介石嘛，你刺激他，他要杀你的头，你不刺激他，他还是要杀你的头，除非你不革命。"

"你看你说到哪里去了。"陈醒民受到柳一清的抢白，很不高兴。但是他知道自己是有教养的人，不能和她一样，他按住自己的火气，冷静地说：

"我以为讨论问题，不要意气用事。"

任远也觉得陈醒民发言的气味是不对的，但是他同时觉得柳一清说话也未免太冲了，他想约束一下自己的妻子。他说：

"老陈的话是有些值得研究的，不够全面，可是小柳，你怎么一说话就是这样刀枪剑戟的？"

"什么？"柳一清不以为然，她把她的锋芒转向任远，"副书记同志，各打五十板，难道这就是你的原则性吗？"

任远没有回话，陈醒民却说了：

"难道给人家随便戴上帽子，就是你的原则性吗？"

贺国威不得不说话了，他说：

"老陈表示拥护中央长期隐蔽的方针是好的，但是理解得很片面。中央方针是一个不可分割的整体，我们不能消极地去理解长期隐蔽，更要注意积蓄力量的一面，不然时机等待到了，我们拿什么去斗争呢？老王主张马上搞武装暴动当然也不行，但是他主张组织农民、武装农民、准备斗争却是必要的，这才是积蓄力量，不能算是盲动主义。"

王东明插话："这帽儿给我戴过一百次了，我就是不戴！"

贺国威把会议引上正轨，对大家说：

"我们在国民党统治区做党的工作的，现在最要紧的是贯彻中央的方针，团结最大多数的人，坚持抗日，反对蒋介石投降日本的阴谋。同时我们在组织上必须把力量着重放在城市工人和农村农民的发动上，目前我们一定要把城市的一大批力量逐步转移到农村去，要在农村建立秘密的基地，要抓武装。一旦蒋介石投降了，一旦日本帝国主义打到这里来了，我们就要发动抗日游击战争，在这里坚持抗日。但是蒋介石是最怕我们发动群众、坚持抗日的，所以他总想发动反共高潮，消灭我们。现在形势一天一天紧张起来了，随时有可能发生突然事变，蒋介石是惯于搞这一套的。不能再迁延误事了，我们还是讨论紧急措施吧。"

任远同意贺国威的意见，他说：

"我们目前，首先在城市里进行组织疏散，还要在党员中进行一次革命气节道德的教育。同时，现在就检查一次秘密工作，把漏洞堵起来……"

"嘘！——"柳一清听到外面狗叫起来，有人讲话的声音。她急忙跑到廊檐下的灶边去烧火，看是什么人来了。在屋里，大家就把麻将牌搓得哗哗地响起来。

柳一清看见从篱笆门外进来三个人，开口在问：

"主人家在屋里没有？"

"是哪个在问？"伍大嫂从堂屋里走出来，看见三个公务人员模样的人站在阶沿边。

"大嫂子，吃过饭了？我们是来找躲飞机警报的房子的。你这里有空房子没有？"那三个人说着就走上阶沿，向柳一清望了一下，并且往屋里看了一眼。

"我就只剩这两间空房，伍太太住了，再也没有了。"伍大嫂回答。

"哦，没有就算了。这倒是一个躲飞机的好地方。"那三个人说罢，便退了出去。

柳一清机警地到篱笆门边上望一下，看见这三个人往后山坡上去了，一面走一面在指手画脚，又指这所房子。柳一清回到屋里就问：

"这几个人来得奇怪，早不来，迟不来。是不是你们哪个带'尾巴'来了？"

大家都摇头，表示没有。

贺国威问："往常是不是常有人来问房子？"

柳一清回答："没有，简直没有。"

任远说："这就值得注意了。哪个来的时候在一路上发现形迹可疑的人没有？或者在路上碰到过什么人没有？"

大家都说没有。唯独陈醒民说：

"形迹可疑的人倒没有，我只是在山垭口碰到我哥哥那个教堂的人。他问我到哪里去。"

贺国威着急地问："你怎么说？"

"我说有个朋友的小孩满月，我吃满月酒去。"

"他问你在什么地方吗？"任远问。

"问了。我说就在前边不远。"陈醒民说。

"你怎么这样说？"王东明有几分生气。

"他看到我提一块腊肉嘛。"陈醒民解释。

"他看到你往这边来了吗？"贺国威问。

"看到了。但是这有什么关系呢？他就是跟我到这里来，我们不是真的在吃满月酒吗？"陈醒民还是那样满不在乎。

贺国威从来是一个最有涵养的人，也几乎不能按住自己的火气，生气地说：

"同志呀，这是机关！懂吗？这是特委机关！今天我们是在这里开特委会议，不是在吃满月酒，懂吗？你这才真是儿戏！"

大家都觉得很紧张，又很生气，可是陈醒民还是那样不动声色地坐在那里，十分镇定。贺国威皱着眉头想了一下，马上就作出决断：

"今天的会就散了，马上做样子吃一点饭，赶快疏散。以后按原定口号分别碰头布置。"

陈醒民还不以为然，冷冷地说：

"我真不明白，即使这三个人值得怀疑，为什么和我认识的教堂的熟人联系在一起了，恐怕你们是太神经过敏了吧？"

任远气愤地说："你认为教堂里你的熟人就是靠得住的吗？我看你是麻痹到家了！"

"大概他以为那是从上帝那里派出来的人，总是可靠的吧。"柳一清补了一句。

陈醒民并不计较柳一清这种不友善的挖苦话，他知道柳一清是一个女人，女人嘛，是难免有些妇人之见的，何况她又是这样一个"泼"的女人呢？他仍然微笑地坐在那里，不说一句话。

七

大家装作猜拳行令很热闹的样子，吃了一下满月酒，马上就要分散了。贺国威向王东明布置任务，要他赶快出发到北路几个县去巡视，传达新的精神，从新布置工作。未出发前，把这个城里已经"红"了的同志都立刻撤退，特别是学生中那些"红"了的要先撤走。王东明告辞走了。

贺国威又对陈醒民说："你最好不要再教书了，暂时撤退到重庆去，我们把你的关系转到重庆去，派人来找你，看来，你的处境可能不是很好的。"

陈醒民还是不以为然，说："我还是思想不通，这样惊慌失措，未必是正确的。但是，我服从组织决定，等学校一放寒假，我马上辞职走路。"

贺国威问他："你不能马上走吗？"

"现在丢了差事就跑，不更是打草惊蛇吗？"

贺国威说："不，我看还是马上走安全一些，你不要顾你哥哥介绍你的面子了。"贺国威一下就把陈醒民的心事猜着了。

陈醒民迟疑一下，说："我总觉得……不过，好吧，我回去考虑一下。"

贺国威看得出来，陈醒民的思想并没有弄通，因此决定再和他个别谈一次，让他弄通思想，马上去重庆。因此，贺国威对陈醒民说：

"这样吧，我们再谈一次，时间地点我设法通知你。"

陈醒民告辞走了以后，剩下贺国威、任远和柳一清三个人。贺国威说：

"看来你们不能住在这里了，应该搬家，而且今天下午就搬走。我想把我住的地方告诉你们，让你们去住。我回去给房东说一下，一定行。你们走以前，要给这个伍大哥、伍大嫂扯一个故，说得'圆范'一些。无论如何不能叫他们知道你们搬到哪里去了。"

任远说："好吧，我们马上就搬。只是我们占了你住的地方，你到哪里去安身呢？"

贺国威说："我现在是单身汉，不要紧，哪儿都可以混一下。"

任远说："我明天就下乡，到南路几个县去巡视，传达精神，布置工作。还不如你就和小柳扮成假夫妻暂住一时，你就说你的家眷来了，我是送你家眷的朋友，岂不更好说些？我今晚住一夜，明天一早就走了。这样省得你去找新的住处困难。"

柳一清说："这个主意很好。"

贺国威说："也好，我们等一会儿一起担起行李走吧。"

任远、柳一清两口子的行李本来不多，不过是一个铺盖卷和一口小书箱，还有一箩筐锅碗瓢盆之类的杂物，一会儿就收拾好了。柳一清特别仔细地从墙上揭下她写的《清江壮歌》。贺国威说："算了吧，不要带走，把它烧了。"柳一清看了又看，无可奈何地塞进灶里去了。他们两人去向伍大哥、伍大嫂辞行，说任远在乡下找到一个小学教员的工作，马上要去。伍大哥听了，大吃一惊，说："你们怎么走得这样忙？怎么没有先给我们打个招呼？"任远解释说："今天上午朋友来吃满月酒才告诉我的。并且说明天刚好有公共汽车要开，错过机会等汽车不容易，所以今天晚上进城去住，明天天不亮就上汽车走了。"

伍大哥完全相信任远扯的故。他们两夫妻硬是舍不得这个好心的"家门人"，但是有什么办法呢，人家失业这样久，好不容易才找到一个饭碗，能不让去吗？伍大哥一番好心，坚持要来帮忙挑行李进城。任远当然不能答应，好说歹说才说脱了。任远和贺国威两个人挑起担子，柳一清抱起小孩，向伍大哥和伍大嫂辞行，两夫妻依依不舍地送了好一程，才望着他们走了。

贺国威住在城东郊易家湾的一个老百姓家里，化名文彬，掩护职业名义上是教育厅的录事。贺国威把任远和柳一清带到自己的家，已经是掌灯的时候了。贺国威把编好的一套对房东说了，于是柳一清又变成了"文太太"。

晚上他们研究了一阵工作。谈到了陈醒民，柳一清说：

"我和老陈打的交道不少了，也许是我的胸襟太窄，真的心怀成见吧，我总看他鼻子不像鼻子，眼睛不像眼睛。"

任远说："老陈是有许多毛病，但是你不应该这样看他，他在上次会上已经作了深刻的检讨了嘛。"

柳一清说："深刻的检讨，看来也许是那样。但是我总觉得在老陈身上有一种我所感觉得到而不能捉摸的东西，我总闻到一股很不对劲儿的气味。"

贺国威虽然和陈醒民相处不长，却也和柳一清一样感觉到了这股气味，并且已经能够分辨这种气味，不过他还是说：

"像老陈这样一个本来有一切条件变成'高等华人'的人，居然参加了革命，改造起来本来要比别的同志慢一些。"

柳一清说："但是我看他总认为自己很聪明，并不诚心去改造自己，不是快一些和慢一些的问题。"

任远说："越是这样，越要好好帮助他改造才是。"

柳一清说："帮助他，我根本没有这个信心。"

贺国威说："帮助是必要的，改造却主要靠自己。不过，现在最要紧的，是赶快把他疏散走，看来他十分麻痹，这里潜伏着一种危险。"

他们继续闲谈了一阵，谈学习，谈思想改造，甚至还谈到文学和音乐。柳一清才发现贺国威是一个十分健谈的人，不仅学识十分渊博，更是一个十分富于感情的人，和她过去的印象简直不一样。过去开起会来，贺国威是不大随便发言的，甚至连笑容都没有一个，只有到了重要关头，他才三言两语地说出很有分量的话来。那些话有严格的逻辑性和高度的原则性，很有说服人的力量，这是那种在严峻的革命斗争中经过长期考验的人惯常使用的一种语言，总是闪耀着真理的光辉。柳一清过去总是感觉到从这样一位领导同志的身上有汲取不尽的智慧和力量，她不知道这种智慧和力量从哪里来的。她也和任远说过，任远说："那是从长时期的革命斗争实践里锻炼出来的，是书本上所没有的。"但是，他经历过一些什么样的革命实践呢？过去她曾试探地问过贺国威，贺国威总是不肯说。今天晚上的机会很好，他们谈到思想改造，谈到世界观的形成等问题，贺国威谈得很随便、很风趣。有时也就谈到他过去经历过什么困难，进行过什么斗争，犯过什么错误，取得过什么胜利。柳一清才知道，贺国威看来很温文尔雅，像个学者，写出那样激昂慷慨的《清江壮歌》，又像个诗人，大概也是一个知识分子吧，原来却不过读过几年私塾，长时期做过店员工人，在药铺里学徒弟。更不知道他曾经经历过那样艰苦的监狱斗争……

"更艰苦的斗争还在前边，还有更长的路要我们去走。"贺国威最后总结似的说，"但是我们有了这样一个党，有了毛主席和他领导的党中央，革命胜利不会太远了。"

贺国威看了一下自己的表，说：

"嗬，快半夜了，今晚上谈得太多。明天一早老任还要出发，该休息了。你们就在里屋歇吧，我在外屋桌子上蜷一下就天亮了。"

"那怎么好呢？"任远和柳一清都不好意思。

"怎么不好？老任今天回来，明天又要走，一整天就是开会搬家，难道不该你两口子叙一叙吗？"贺国威说罢，抱起一个被卷就走出房去，并且把门反扣起来。

任远和柳一清对望一眼，笑了。

他们两个人其实一夜晚都没有睡觉，明天一大早任远要走了。任远今天才回来，他们还来不及叙别，明天却要告别了。柳一清为任远收拾换洗衣服，忙了好一阵，怕他带多了太累，又怕他带少了着凉，东拣西挑。小包袱收拾好了，又怕草鞋打他的脚，用破布条把草鞋耳子裹了起来，还不忘了要他带着万金油、仁丹之类的时令药品。任远默默地望着自己的妻子为他忙着，他的心里有说不出的激动。

柳一清检查了一下，才放心了。她又向任远千叮咛万叮咛：

"出门在外，要知道照顾自己，老本钱总要保住才是。工作紧，难免要赶路，但是不要赶得前不挨村，后不靠店，半夜三更还在山里跑。遇着拦路贼，倒不打紧，最多把你的衣服剥掉罢了，要是遇着狼群虎豹,怎么得了呢？你知道有人在担心你吗？你知道她为什么担心你吗？"

任远激动地点一下头，说：

"我知道，你不单是为关心自己的亲人，你最担心的是我们的工作，我们共同的事业。你放心好了。我一定听你的话，正像客店门口纸灯上写的那两句忠言：'未晚先投店，鸡鸣早看天'，这是几百年来的旅客们总结出来的经验嘛。何况目前的反共政治风暴正紧上来了。"

柳一清说："正是这样，我最不放心的是时局紧了，你出去在政治风波中奔走，有无数的陷阱埋设在你的周围，只待你偶然不留神，就掉了进去。"

任远说："其实最值得担心的是你。这个城市是反共政治风暴的旋涡，在这样的环境中，需要我们更坚定、更勇敢，同时还需要更细心、更机智。不用的文件都烧掉，进出门要注意动静。随时要准备应付突然事变，应付最坏的事情。党要我们学习《革命气节道德的教育提纲》，不是没有原因的，我们是知识分子出身，正在改造之中。"

柳一清没有想到任远想的竟是和自己想的一样。她说：

"是的，近来我也想得很多，什么可能出现的事我都想到了。现在环境很困难了。我想，在顺利的环境中要做一个英雄并不困难，在严重困难的斗争环境中要做一个坚定的普通一兵，却不是容易的。我是准备接受任何考验的。"

任远说："是呀，有两句诗说，'岁寒知后凋，时穷节乃见'，就是这个意思。但愿我们永远做一个坚定的普通革命战士，谁也不掉队，不做逃兵，不当俘虏。"

东西已经收拾停当，两人紧挨着坐在床上，在桐油灯下沉默地对看着，似乎还有许多话要说，却又不知从何说起。任远终于打破了沉默，说：

"你刚满月，要注意身体。老童不是说医院约好了，满月后要去作一次检查吗？我看还是去检查一下吧。"

柳一清说："我在月中身体很好，不到二十天就起来到处走动了，我看不一定要去检查。"

"我看还是去的好。"任远这样说了几句，似乎又没有什么可说了。他们又沉默地对看着，不说话，也不想睡。

忽然听到小家伙在脚边翻身，柳一清起来给换了尿片，她又睡熟了。任远望着小女儿那稚气的小圆脸，听她那平静而均匀的呼吸，有说不出的高兴。他说：

"我们这一代今天的艰苦奋斗，就是为了换得他们这后一代将来的幸福。"

柳一清笑着说："你不要说得那样遥远。我想是：我们今天的艰苦奋斗，就能够换得我们明天的幸福。是我们这一代，不要等到下一代。"

任远说："那样当然更好。"

他们俩又闲谈一阵，实在太困了，才吹熄了灯，打起盹儿来，这时窗外的月亮落进屋后的竹林里去了，天忽然变得十分黑暗，寒风飒飒，远村近村，鸡鸣不已。

任远从窗口望了一下，说：

"外面好黑呀。"

柳一清也望了一下，却说：

"但是你看，天快亮了！"

第二章

一

国民党的第二次反共高潮掀起来了。

整个国民党统治区刮起一股黑风，到处变得天昏地暗，这个作为一个省的临时首府的山城自然也不例外。报纸上满纸的反共叫嚣早已不是什么稀奇的事了。最叫人惊异的是居然有一个国民党的有名官员在报纸上大发议论，说就是因为共产党发动抗战，才使他们失地千里，破坏了他们的幸福生活，共产党因此就是十恶不赦的"罪魁"了。他们提出来的唯一"救国之道"，就是"毁弃抗日民族统一战线，而代之以东亚反共战线"，他们并不因为他们唱的调子和东京、南京的一模一样而感觉不好意思。这算什么呢？在这个山城里正在谣传日本的代表作为"蒋委员长"的贵宾到了重庆呢。

在这个不大的山城里，不知道什么时候埋藏了这样多牛鬼蛇神，现在都从它们那黑暗肮脏的角落里爬到光天化日之下活动起来了。城里的进步书店早已被查封，经理和店员都失踪了。各种抗日群众团体都被查封了。邮政局里进行公开的信件检查，连学校图书馆里稍微讲点抗日道理的书，都被认为是危险品，加以销毁了。最严重的是在城门口和渡口新设立了检查站，随便检查行人，自然他们也就可以随便逮捕一切他们认为应该逮捕的人。半夜三更突击检查户口，把人抓走的事，更是不少。

陈醒民也听到了这些风声，但他还是满不在乎，这不是因为他比别的同志更勇敢些、更沉着些，而是他有他自己的看法。不管怎样，国共合作还是大家公认的，党中央的代表也一直住在重庆，这些隔重庆远的地方，有时起一点小小风浪，并不要紧，过一些时候就会平息的。即或捉住了他，又怎么样呢？不过和前两年他在农村办合作社的时候一样，被当作"不受欢迎的人"押送出境就罢了。何况他认为在这个城市里，他有得力的掩护，这阵黑风根本不会卷到他的头上来呢！

是的，在这个山城里，他有一个做神甫的哥哥，在哥哥的背后还站着外国的主教。他的哥哥和外国主教是在省政府流亡到这个山城来以后，也跟着搬到这个山城来的。他们在武汉就是以能拯救人们的灵魂出名的，经常在省政府走动，到了这个山城，自然也算得这个山城的头面人物了。这个外国主教名叫汉福莱，就是陈醒民的教父，曾经把一个精美的金十字架亲自挂在陈醒民的颈上，为他祝福过。这个十字架，陈醒民为了掩护，最近还找出来挂在身上。因此陈醒民便觉得很放心了。这个主教也的确认为，他的教子虽然曾经离经叛教过，但是他认为，上帝还会承认陈醒民将来可以随着他的一家搬进天国里去居住，《圣经》上不是有"浪子回头金不换"的故事吗？

陈醒民一家人都是教徒。他的爸爸是一个极其虔诚的教徒，他的哥哥曾经被主教送到外国学过神学，回来后就进教堂做神甫。他自己是他的哥哥一手培养，从教会小学一直读到教会大学的。过去他一直很感激他的哥哥，并且曾经认为他的哥哥的道路就是他自己将来的道路。

但是在"一二·九"学生运动中，抗日救亡的风暴卷起来了，上帝也没有办法阻止教会大学的学生要爱自己的祖国，陈醒民在北平辅仁大学也卷进抗日救亡的怒潮中来了。起初他参加了一些学生进步活动，废寝忘食地阅读一些救亡小册子，这些书远远比《圣经》更富于吸引力。他又进一步读了一些共产主义的经典著作，虽然他还不很理解，但是那上面描绘的新社会，似乎也比天国更可以接近一些。而且由于他有点小聪明，能够背诵书中的一些精辟词句，其熟练程度虽然不如他的哥哥背诵《圣经》那样滚瓜烂熟，但是也能够引经据典而不必去翻书了。

他的样子文雅，在清瘦的面孔上配上一双聪慧灵活的眼睛，嘴皮很薄，从那里随时准备发出令人愉快的语言。他的服饰体面，头发平顺，胡子刮光，具有文明人的一切卫生习惯，连吐痰都是吐在自己的小白手绢里，藏在西服裤兜里。他经常笑容满面，随时准备向任何人提供头等的服务，特别是对于女同学。因此他在学校里很快赢得许多人的好印象，成为活跃分子。

在"一二·九"那些激烈的斗争日子里，假如他算不得是站在斗争的最前列的话，可是从来也没有落在最后；在街头上和警察的水龙进行搏斗中，他虽然没有被浇成冰棍，可也淋了一些冷水；他虽然没有挨过警棍，可也在警棍下逃脱过不止一回。他因此变得更为愤激了，并且在运动以后毅然参加了民族解放先锋队。

寒假期间他回到武汉他的家里，他再也不愿意恭恭敬敬地听他的哥哥讲上帝的训诫了，也不到教堂去做礼拜了。他开始怀疑他的哥哥投靠外国人爬上去的道路未必是很好的道路，他感觉在他的面前出现了一条新的道路，可能比他的哥哥走得更其辉煌的道路。他眼见他的哥哥在外国主教面前那样卑躬屈膝而感觉恶心。有时他就和哥哥顶撞几句。但是，他的哥哥是一个颇得上帝之道的人，不管他的弟弟怎么骂他，他总是那样不生气，微笑着，口中念念有词："上帝会宽恕你的。"

抗日战争爆发前两个月，他报名参加了由"民先"队员组织的农村工作队，到西山边一个村子里去宣传抗日。在那个农村工作队里他碰到了任远、柳一清，还有他的一个很漂亮的女同学，叫华芝君。有的人背地说他是被华芝君吸引去参加的，这并不确实，他的确是自愿报名参加的。不过华芝君同时参加了这个工作队，或者确切地说，华芝君比他早一点报名参加罢了。陈醒民一向对华芝君有好感，他早已下定决心要把自己的一切奉献给华芝君，而同时把华芝君变成他的"灵魂的俘虏"。

因此到工作队后，他以华芝君的当然保护人自居，于是引出这种似是而非的议论，他是不在乎的。

陈醒民对于农村工作十分陌生，而且兴趣不大，但是他没有像另外一个同学那样随便溜掉，他仍然坚持留下了。因为他"俘虏"华芝君的工作还没有获得显著成效，甚至还倒退了，华芝君似乎隔他更远了。

他们起初到这里来的时候，还常常在清晨或黄昏，一同在田边小路上闲游，望着瑰丽的朝阳和落日，谈着各种各样美丽的梦想。现在华芝君却简直像着了迷似的整天和柳一清在一起跑来跑去，对于那些烦琐的平凡的工作津津有味，简直忘掉了他向她谈的那些高尚而有趣的事情了。他知道这都是柳一清勾引的结果。

他对于柳一清特别反感。她老像一把野火，东烧西烧；老是那样发狂一样地又跑又跳，说话很憨，笑得粗野，哪里像一个受过高等教育、有教养的人呢？哪里像一个女人呢？更叫他难堪的是柳一清常常把他的善意和礼貌，横加贬斥。有一次，他们几个人走一个独木小桥，他搀扶了华芝君过去以后，又去搀扶柳一清。柳一清摔开他的手，大踏步地从独木桥上走过去了，回头对他说：

"少来你那一套臭规矩吧，难道我要你搀扶着去革命吗？"

陈醒民简直不能理解，说：

"这打哪儿说起？什么臭规矩？Lady first[1]，难道你不懂吗？这是礼貌嘛。"

"得了吧，"柳一清马上就顶了回来，"收起你那些礼貌吧。这是侮辱，这是对于女人的侮辱！那些资产阶级的老爷们在家里、在舞场上、在咖啡店里、在娼妓院里玩弄女人，把她们当作贱物，痛骂她们、毒打她们、践踏她们、出卖她们。但是这些老爷们在公共场合里，还要虚伪地向人们表示，他们对于女人是多么尊敬和爱护呀，为女人开车门，走路搀扶女人，在戏院的大厅里为女人脱大衣穿大衣，让她上车上船走在头里，Lady first 嘛。看来这是多么漂亮的君子风度呀。但是他们一回到

---

[1] 英语，意为"女士优先"。

家里，关起门来，就要女人给老爷们脱衣服、拔靴子、打水、端饭，并且照样毒打她们、糟蹋她们。这叫什么礼貌？这是侮辱，还加上欺骗！"

陈醒民只好摇着头叹气："唉，唉。"对这种女人你有什么办法呢？

时局越来越紧了，从各方面的情况看来，战争是不可避免的了。日本正在忙着运兵入关，在北平附近活动得很厉害，战云密布。陈醒民接到他的哥哥来信，告诉他从外国人那里得到的可靠消息，要他赶快离开北平回到武汉去，迟了就走不通了。陈醒民考虑了一下，决定回去，这倒不是由于家命不可违，而是他早就不想留在这个工作队里了。他觉得队里的这些人，都是一些过于认真而又不讲求实际的人，特别是柳一清，简直像一个狂人。看样子他们是自不量力，存心要等日本人打过来，留在这山里打游击的了。这是陈醒民无法同意的，他认为在他的生活前面还有着光辉的途程，还有许多伟大的事业等着他去做，留在这个山沟里无声无息地做一名游击队员死去，是太不值得了。

他立志要保护华芝君，不忍见这一枝花被人错误地引向狂风暴雨中去，遭到摧折。因此他鼓起勇气去说服华芝君和他一块儿到武汉去。他说：

"我觉得你和他们一块儿留下，是很欠考虑的。许多人都往大后方撤退，我们为什么非留下不可？大后方不是一样要我们去唤醒民众吗？而且还有学业，不能半途而废。"

华芝君对于陈醒民说的这番道理，虽然不能反驳，但是要她离开柳一清他们，她却不愿意。她越来越觉得这些人是那样的光明磊落，富于朝气和理想，在他们的身上有一种她所不能捉摸、但是她热烈追求的东西。现在要把她拉走，就像把她从一个向她开着大门的花园门口拉走，这是她难以接受的。但是华芝君是以温良端淑出名的，不愿给陈醒民难堪，只回答一句：

"让我考虑考虑吧。"

谁知第二天陈醒民却遇着一个十分难堪的局面。柳一清把华芝君拉到陈醒民的面前来，催着华芝君说话，华芝君迟疑一下，终于说出一句话：

"我考虑……我留下了，你走吧。"

"对了。"柳一清不客气地接过话去说，"你逃命去吧，我们并不稀罕。但是华芝君你是拉不走的。好了，你走你的阳关道——不，应该说：你走你的独木桥，我们走我们的阳关大道。从此咱们就 Goodbye[1] 了。"

陈醒民面红耳赤，勉强辩解：

"你把话说到哪里去了？笑话，离开这里，就不能革命吗？"

"你革你的命去吧。"柳一清说。

陈醒民怒冲冲地走了。柳一清指着他的背影对华芝君说：

"这是革命长流中的一个小泡沫，从历史垃圾堆里冲出来的小泡沫，看来亮晶晶的，只要风浪一起，就破灭了，还要发出臭气。"

二

陈醒民回到武汉后，没有多久，又和他的哥哥、爸爸顶撞起来了。他认定他们的事业并不能救中国。当人们的肉体在被敌人无情地杀戮和践踏的时候，所谓拯救灵魂，便成为一种荒唐的欺骗。这时抗日战争爆发了，武汉掀起了热火朝天的群众运动。他身上具有的政治敏感的本能，促使他下决心走出家门，投入到抗日救国的事业中去。他是很擅长讲话的，他在大学里学到的革命道理，并没有从他的脑子里跑掉，他用他那富于煽动性的语言，赢得了多少人的赞叹。他的工作很有成绩，重新成为抗日宣传中的活跃分子，并且因此被吸收入党，开始了他的革命生活。为了纪念他这一生的这个重大转变，把自己的名字改成陈醒民，立意要去唤醒民众，起来革命。他在入党的时候，并没有把他从农村工作队逃走的事向组织作交代，他认为这样的鸡毛蒜皮，没有必要交代。

陈醒民入党后，被介绍到党举办的汤池训练班去学习。他到了那

---

[1] 英语，意为"再见"。

里才知道这是专门培养到农村去做党的工作的干部的，名义上是到农村去给农民办合作事业。对于下农村，陈醒民是缺乏思想准备的，但是自己才入了党，应该约束自己，服从组织决定才是，于是他打起精神来学习。

他在这个训练班里又碰到了柳一清，他问起任远，知道他在武汉做工人工作，自然也问起了华芝君，知道她已经到延安去了。陈醒民并没有在柳一清面前夸耀他的先见之明，也没有讽刺柳一清他们打游击的理想落了空。他是一个有教养的人，知道应当怎样宽恕别人。

他在训练班学习得很好，还是那样谈笑风生，还是那样引经据典而无须查书，还是那样有礼貌地微笑着，随时向你提供头等的服务，自然还是那样在雪白手绢里吐痰。他在作思想总结时，痛切地批判了自己不愿搞农村工作的错误思想。他在全班作了示范的思想总结，得到许多同志的赏识。只有一个人抿着嘴，不相信地听着，这个人就是柳一清。

训练班结业后，陈醒民请假回到武汉家里去辞行，他的爸爸留不住他，可是他终于对他的老年爸爸让了一点步，答应和他爸爸看中的一个很漂亮的女教徒结婚，而且答应随和一下，到他哥哥的教堂按宗教的仪式举行婚礼。

陈醒民又回到训练班，他被派到山区去做农民工作，并且担任组长，柳一清就编在他这一个组里。和柳一清同组，并不能使他感到愉快。这个柳一清老是在工作中不顾组长的威信，提出许多反对意见。甚至批评他摆起"救世主"的架子，拿着合作基金，去向农民"布施"，就像城里那些"基督教救世军"到贫民窟里施舍稀粥一样。陈醒民当然认为自己不是这样的，他认为他们的身份既然是合作指导员，就要发放贷款，而不要在农民中去偷偷摸摸地做秘密组织活动，至少目前不应该这样做。他知道这是当地官绅绝对不容许的。这些人，了得！一手遮天，杀人比吐口痰还随便。陈醒民是组长，他要对全组同志的安全负责的，因此并没有把柳一清的批评当一回事。并且在工作中"创造性"地发展了"抗日民族统一战线高于一切"，"一切争取合法"的理论。

后来这个地区党的特委会建立起来了，陈醒民被调到特委担任秘书，专门负责学生工作。从此他就专门做地下党工作了。地下党的清贫生活，使他的身体变得瘦弱起来，不幸染了轻度的肺病。特别使他苦恼的是他没有职业掩护，活动很不方便。

由于他到本地教会医院去看病的偶然机会，听到说他的哥哥和那个外国的主教在武汉沦陷后就搬到这个山城来了，哥哥在本地天主堂做神甫。这使他十分高兴，没有来得及向组织请示，他就到教堂去看他的哥哥去了。

他在教堂里，见到了他的哥哥、爸爸，还有那个外国主教。更使他高兴的是他的妻子也搬来了。他在教堂里住了两天，他看到哥哥家里那种安静的环境、那种舒适的生活，和自己过的这种寒碜的生活，真是一个在天上，一个在地下。何况还有妻子的温存，爸爸的爱抚，哥哥的劝勉和外国主教的亲切训诲呢？

当他说他到这里来不久，还没有找到职业，他的哥哥马上答应介绍他到这里的一个教会学校——清江中学去教英文。从此他就有一个可靠的职业掩护了。他和他的妻子搬到学校里去，从此结束他那没有职业的、东奔西窜的生活。他的哥哥常来看望他，他也有时候到他的哥哥家里去。他的哥哥不念旧恶，仍然对他很好，问他的冷暖，怜惜他的身体，给他炖番茄牛尾汤喝，临别还常常给他一点钱或者一两瓶鱼肝油之类的滋补品。

当然，他绝不会因为这样就不干他的革命工作了，他仍然努力工作，就在他教书的学校里也开展了学生工作，组织学生读《大众哲学》，出版壁报，呼吁抗日救国。学校的训导主任虽然恼火，也把他莫奈何，因为他是教会介绍来的，牌子顶硬。当这些活动传到他的哥哥和爸爸的耳朵里去后，他的爸爸很生气，训他：“你干那些不三不四的事，我看是中了魔道了，再不回头，上帝不能宽恕你，看你怎么去受‘末日审判’！”

他的哥哥却和他的爸爸大不相同，很了解自己的弟弟，自从陈醒民答应到教会学校教书，他就放心多了。他知道他终归能感化自己的弟弟，重新做上帝的奴仆。因此他心平气和地说：“不要紧，弟弟，我相信你会得到主的宽恕，民主世界主张信仰自由，你爱信什么就信什么吧。只是，你要略微注意一下你的环境，不能做得过分了。我劝你，你尽可以信仰什么抗日呀，救国呀，甚至共产呀，但是你现在在教会学校教书，宗教的法事，你总应该随和一点才好。并且你似乎应该留心现在的政治气候。"

陈醒民认为他的哥哥真是一个好人，一个道地的民主自由主义分子，是这样的开明和容忍。他想，哥哥劝他的是对的，为了职业掩护，是要随和一些才好。他回到学校，果然把他的活动收敛了一些。有时也逢场作戏去教堂坐一会儿，遇到外国教徒也用"God bless you"来打招呼了。甚至把压在箱底几年的金十字架也找出来。这个金十字架上刻着一个极其精致的耶稣受难像。他把这个金十字架重新挂在贴肉的汗衫内面。当然，他想这不过是为了掩护罢了，同时他也实在爱这件神圣而精美的艺术品。

现在反共高潮眼见得掀起来了，他更觉得他的哥哥叫他注意政治气候，真是有先见之明。他更放心，在他的哥哥以及他哥哥背后站着的他的教父，那位有势力的外国主教的掩护之下，不管政治气候变得多么恶劣，他是连伤风感冒之类的小毛病也不会害的。

但是贺国威却老是要他撤退到重庆去。这样明摆着的好掩护，不加以利用，真是叫人想不通。很可能这里面有另外的原因吧？他想。

三

快半上午了，山城的雾完全散尽了，冬天的太阳明晃晃地照着大街。从雾里醒过来的山城又热闹起来了。

这个本来十分偏僻和冷落的山城，由于国民党搬来一个流亡省政府和一个战区司令长官部，就变得热闹起来了。特别是因为近来前线事实上已经休战，日本货通过平静的前线，公开走私，像潮水般涌过来，这个山城就更显得畸形繁荣起来了，不要说大街上摆满了走私的洋货摊，在两旁的铺子也有很多正在刷洗和油漆，有的还把低矮的屋檐锯掉，装修成假洋房子，准备迎接这些"下江人"。特别兴盛的是那些饭菜馆子，茶楼酒肆。各种各样的人，得意的政客、发洋财的走私商、从前线逃下来的耀武扬威的军官，他们不理睬老百姓说他们"前方吃紧，后方紧吃"的讽刺话，心安理得地进进出出。那茶房挺精神的吆喝声，菜刀剁在砧板上的声音，临街楼上人们吃着喝着喊着笑着的声音，还有夹杂着那卖唱的歌女凄凉的歌声，杂凑成一支奇异而热闹的交响曲。看来真是一片升平景象，哪里像一个临近前线指挥战斗的中心呢？

真正点缀一点抗战气氛的，或者说，能够令人想起战争的，是那一串串用绳子穿着、被鞭子赶着从大街上穿过去的"壮丁"；还有那些不愿做亡国奴、跋山涉水逃到这里来的难民，弄得走投无路，偏又不愿意寻短见，跳进现成的清江里去，便在这大街旁边，用粉笔在地上，或者用一张土纸写着自己的苦况——"告地状"，希望那些从他们面前踏过去的脚停下来，同情他们，给一两个小钱，买块烧饼过日子。

在这条大街上，也还有越来越冷落的，那便是卖书报的"战时文化服务处"。这个书店也曾经繁荣过一阵子，原来是一个三开间的铺面，后来不知怎的，慢慢地就不行了，书店由三开间缩成两开间，再由两开间又缩成单开间。现在，索性连"文化"的存在也是多余的了，干脆被人在门上交叉地贴着两张大封条，盖着不知什么机关的大红印。那门板哭丧着脸，终日站在那里。相反地，就在隔壁的"且宜居"酒楼却展劲地膨胀起来。这个酒楼起初不过是一个小饭馆，接着扩大为备办"江汉大菜、南北正味"的酒楼，接着又适应需要，扩大为中西大菜，外带茶楼和书场。已经把书店的两开间吞并了，现在正在向这被查封了的单开间发展，装修门面，准备迎接更多的到这个山城来的客人——或者更准确地说，新来的山城主人。

上午十点钟，陈醒民准确地按照贺国威通知他的时间，到东大街"且宜居"茶楼去接头。他才走到茶楼下，已经看到贺国威站在楼上栏杆边，像无意之中碰到一个熟人似的，向他打招呼：

"陈先生，进城来办事呀，来来来，上来喝杯茶再去吧，时间还早得很呢。"

陈醒民顺着贺国威的话，也打了招呼，走上楼来了。贺国威已经选了一个最嘈杂的茶座坐下，隔壁是大菜间，一间一间的包房正在热闹地进行着酒宴。他们两个人落了座，泡好了茶，贺国威轻声地问陈醒民：

"你留心后面长了尾巴没有？"

说实在的，这一点陈醒民倒真没有留心，他一路走来并没有往后看一眼，因为他根本不相信真有什么人会跟他。但是他知道在这种场合应该说什么，才免得自己被动，他随便回答一声：

"留心了，没有。"

于是贺国威就放心地和他谈起来了。

谈的还是老题目，要陈醒民赶快撤退到重庆的事。贺国威问他：

"你打算什么时候走？"

陈醒民一听到这话，心里就隐隐有些不愉快，但是又不好发作，他说：

"我还没有打定主意呢。你说的是老问题，我可还有一个老想法。"

贺国威问："什么老想法？"

陈醒民说："还不到时候，老这么张皇失措，对工作未必有什么好处。"

贺国威实在没有想到陈醒民还是这样麻痹，他提醒说：

"难道你没有看报纸，江南发生了大事变吗？"

陈醒民说："那是在敌后，并且为的是枪杆子的事。"

贺国威说："无论在哪里，无论为什么，万变不离其宗，他们想要消灭我们。"贺国威停了一下，严肃地说：

"我看现在不是争论的时候了，现在是执行决定的时候了。"

陈醒民说："决定我服从，但是我的思想疙瘩，也希望有解开的时候。"

贺国威喝了一口茶，把自己的气顺一顺，说：

"好吧，你谈谈也好。"

陈醒民也端起茶碗来，喝了一口茶润一润喉头，说：

"上次开会批判我的思想右倾，我接受，并且努力在工作中纠正错误。我现在在学校工作刚才做得有点起色，重新聚集一些进步力量，在学校里是蛮有把握打退三青团掀起的逆流的，现在却要我放弃，落荒而走了。假如……"陈醒民迟疑一下，到底还是说了，"假如上次批判我是正确的话，那么，现在似乎尽有够多的东西值得批判了。"

贺国威没有想到，陈醒民上次那样沉痛的检讨，竟是言不由衷的，现在借题目翻案来了。他更没有想到，陈醒民近来在学校竟然还在搞什么打退逆流的活动，这和中央方针是不合的，而且也从来没有向组织报告过。但是现在已经来不及去批评他了，而且这个地方也不宜谈得太久，只好斩钉截铁地说："别谈了，执行组织决定吧。你有什么意见……"正说着，贺国威看到一个不三不四的人，从他们的茶桌边走过，贺国威马上改口说：

"你们学校这个月发薪水是按几折？我们是按八折发的哩。"

陈醒民也敏捷地改口回答：

"我们教会学校好一点，按的九折。"

等那个人走远后，贺国威继续说：

"你到重庆，马上来信，以便把你的关系转过去。"

陈醒民看到贺国威这样的严厉态度，想来去重庆的决定是无可更改的了。嗬，竟然是这样的，没有他讲理的机会了，也好吧，看来在贺国威的领导之下，特别是和任远、柳一清这班人共事，他是不可能有什么大作为的，到重庆换个环境也好。于是他肯定地回答：

"好吧，我等学校一放寒假，马上辞职走路。"

"你不能马上就走吗？"

"离放寒假不过十几二十天了，现在忽然丢了就跑，不是反而惹人注意吗？我看我有我的哥哥作掩护，条件不坏，一二十天总混得过去的。"

"你以为从你哥哥那里能够得到可靠的掩护吗？"

陈醒民蛮有把握地说："能够，我哥哥是一个民主自由主义分子，比较开明，从来不干涉我的信仰，对我从来是很好的。他那里不行，还有外国主教，那是我小时的教父，对我也好。他在这里是很有面子的人物，难道他们还能看着我有三长两短，不给掩护吗？"

贺国威的确吃惊，万没有想到陈醒民竟是这样的糊涂，看来柳一清对他的看法是不错的。这样的糊涂思想，现在再危险不过了。贺国威不住摇头，说：

"不对，不对。你在他们身上寄予幻想，是危险的。"他轻轻对陈醒民说，"你知道，上帝和共产主义从来是不相容的。你还是快走吧，也不要告诉你的哥哥和那个外国人。"

"你是共产党！哈哈……杀呀……"

陈醒民正要想解释，忽然从隔壁包房里，冲出一个军官模样的人，手里举着酒杯，喝得大醉，一摇一晃地冲到陈醒民的面前，大声叫喊。陈醒民下意识地打了一个冷战，以为出了什么事了。

那个酒疯子又把杯子转向贺国威："哈哈，干一杯！"又转向大家，大叫："干！在皖南把共产党军队全部消灭了，兄弟们，干一杯呀……"

贺国威看到陈醒民平常满不在乎，在这一场虚惊中，却那样神色仓皇，几乎要露馅。贺国威连忙站起来，对那个醉汉说：

"老乡，你喝你的酒，跑到这里来捣什么乱？"

"你是什么玩意儿？……嘻嘻，干一杯！"

"你原来到这里逃酒来了。走走走。"从隔壁包房里又走出几个军官。拉着那个醉汉进包房里去了。

陈醒民心里还在怦怦地跳，他对自己也很不满意，在贺国威的面前，竟然作了这么不漂亮的表演。他想马上走了，说：

"好吧，我走了。"

"不忙。"贺国威示意叫他坐下，"沉着一些，坐一会儿，说几句应酬话再走。"

陈醒民马上恢复自己的笑容，喝了几口茶，随便说几句应酬话，才站起大声告辞：

"好，我有事，先走一步了。"

说罢，他就下楼走了。

"噫！"贺国威暗自吃惊，当陈醒民下楼以后，刚才那个不三不四的人，也跟着下楼去了。怎么回事？难道陈醒民真的已经被盯住了吗？他若无其事地喝了一口茶，站起来靠近栏杆，向街上随便望去，他看到陈醒民在前面走，那个不三不四的人尾在后面，远远地。陈醒民完全没有注意，连头也没有回过来看一次，逍遥自在地走出东门去了。

"糟了！"贺国威明白，他自己也一定被盯住了。但是这算不了什么。他又喝一会儿茶，从容地站起来，付了茶钱，走下楼去。他在街上走了一程，他发觉有一个特务跟上了。他在热闹的人群里和大街小巷转了几圈，终于丢掉了这条讨厌的"尾巴"。

四

贺国威回到家里，马上告诉柳一清：

"坏了，陈醒民已经被盯住了。"

柳一清听了，十分着急。她说：

"那就坏了，陈醒民这个人要有三长两短，保不住……"

贺国威说："现在我们还不作这样的估计。最要紧的是赶快设法通知他马上溜掉，敌人才开始跟他，大概还弄不实在，不到动手捉他的时候，还有办法溜掉。只要他一去重庆，漏洞就堵住了。其次要赶快通知切断和陈醒民的一切关系。"

柳清说："第一个要通知的就是童云，他们过去往来多。"

贺国威说："好，你去通知童云马上疏散，马上！坚决走，不走就停止他的关系！我去看老王回来没有，要他注意。"

柳一清快走出门了，贺国威又赶出来对她说：

"你去的时候，进出要看好风色，不要随便回来。"

"嗯。"柳一清马上下山到清江农场找童云去了。

柳一清在农场外面作了仔细的观察，看不出有什么动静，她慢慢地走进橘子树林。那绿叶中挂满了金色的橘子，香气袭人，冷清清的，到处是一片恬静的景象，住在这里面的人，真是可以忘掉外面那些尘世的嚣烦、忧虑和恐惧呢。

柳一清穿过橘子树林，在童云的小屋外边找到了童云。他还是那样一心一意地在收拾蜜蜂箱子，正在给那些蜜蜂安排温暖舒服的过冬的房子。

童云看到柳一清来了，并不那么热烈地打了招呼，把她引进小屋里去。章霞一听到是柳一清的声音，就赶到房门口来迎接柳一清，她拉着柳一清的手说：

"到底把你盼来了。"

童云以为柳一清是专门来和章霞进行入党谈话的，他把柳一清引进屋里来，便以为他的任务完成了，转身又想回到他的蜜蜂箱那里去。

"老童，你不要走，专门有事找你的。"柳一清说罢，回过头来对章霞说，"霞嫂子，今天还不能谈话，还要等一些日子。"

章霞无可奈何地笑了一下。

童云还是那样冷淡地说："什么事？"

柳一清说："特委决定，要你马上疏散，马上，现在就走。"

这一句话不仅使童云吃惊，章霞也十分不安地望着柳一清。

童云问："为什么？"

柳一清说："老贺发现陈醒民已经被特务盯梢了，随时有可能发生突然事件。他是知道你这个地方的，这个人嘛……"柳一清没有继续说下去，她知道童云和陈醒民一向要好，这一句话一定是不中听的。

童云不大相信柳一清的话，说：

"哪里的事，他刚才还来这里坐了一阵，才走的。"

是这样，陈醒民在"且宜居"茶楼和贺国威分手出来，心里很不痛快，他过了渡一抬腿就拐进清江农场找童云来了。现在似乎只有童云还可以谈一谈了。他一进门坐定，就对童云说：

"不行了，我们这号子人吃不开了，要叫滚蛋了。"

童云听了这么一句很不是味的话，吃惊地望着陈醒民。

陈醒民把刚才和贺国威相见，贺国威劝他，不，是命令他到重庆去的事，对童云说了，当然不是按贺国威的原话来说的，而是按他自己的理解来说的。说了以后，他又长吁短叹地说：

"从上次挨了批判，我在他们面前就不像个人样了，左也不是，右也不是，动辄得咎。"他停了一下，感慨地说：

"我明白，这不过是柳一清在我的身上下了烂药，在老贺面前，她不定一天要奏我几本哩。"

童云听了，感觉陈醒民的话里夹杂一些对柳一清的成见，不对头。而且童云认为，出于组织纪律，他不应该接待陈醒民了。但是碍于情面，又见陈醒民正在气头上，他没有把上次柳一清严格约束他不要和陈醒民往来的事告诉陈醒民，因此，他也就不好拒绝陈醒民来坐坐，只是并不附和陈醒民的牢骚话。

陈醒民坐了几分钟，感觉无聊，最后愤愤地站起来说：

"唉，我真不明白，为什么一定要把我撵走。他们对我到底是怎么一个看法？我看是天下本无事，庸人自扰之罢了。过去批判我右倾，我看现在倒有尽多的右倾够批判的了。"说罢，大大咧咧地走了。

"什么？"柳一清听说陈醒民刚才还到这里来过，大吃一惊，站了起来，她问，"什么时候他来过？"

"刚才，走了还不到两点钟。"章霞说。

"糟了，说不定你们这里也给特务盯住了。"柳一清说，"霞嫂子，你出去看看，是不是在农场里外，有什么不三不四的人。"

章霞出去了，柳一清回头严厉地批评童云：

"老童，怎么搞的？还让老陈来找你？上次不是给你交代了吗？怎么你老是对他碍不过情面？"

童云一听柳一清的批评，虽说有几分不自在，心里还是接受柳一清的原则性批评的，但是柳一清忽然来动员他马上疏散，他也不禁有感触了。到底贺国威和柳一清对陈醒民和他自己是怎样一个看法呢？

"柳一清同志。"童云平时叫柳一清为小柳，今天他改口叫柳一清，并且加上同志两个字，可见其严肃了。童云说：

"你们对陈醒民同志是怎样一个看法，我不管，我只问你们对我到底是怎么一个看法？"

"对你有什么看法？"柳一清莫名其妙，问童云，"老童，你这话是什么意思？"

童云说："为什么专要疏散我？"

柳一清说："陈醒民既然已经被盯住了，又冒冒失失到你这里来过，你这里是很危险的……"

正说着，章霞进来了，她说：

"我前后左右都看了。看不出什么来。"

"你看，你看，"童云马上就找到证据了，说，"根本没有什么问题嘛。"

柳一清说："不，我是相信老贺那双眼睛的，他看问题比我们深远得多了。他分明看到陈醒民被盯住了。很有可能是这样。盯陈醒民的只有一个特务，他从你这里走了以后，特务又盯着他走了，所以你这里就没有事。现在正是时候，你还是马上离开的好。"

童云听了柳一清的这个分析，觉得也是道理。但是要马上走，未免太仓促了。他问：

"真有那么严重吗？连一两天都蹲不得了？"

柳一清看到童云的思想这么麻痹，有些不耐烦，但是她又不想把老贺说的，童云要不走，就切断组织关系的话告诉他，只是严厉地说：

"不行，组织决定，必须马上走。"

章霞劝道："你还是走吧，不怕一万，只怕万一，柳大姐说的总是为你好嘛。"

童云无可奈何，只好说：

"好，我服从组织决定。"

章霞送柳一清出来，说道："慢点，让我先去看看。"章霞在农场内外又看了一阵，没有什么可疑的人，才叫柳一清出来。在门口章霞问柳一清：

"柳大姐，你什么时候再来？"

柳一清说："时局紧了，工作忙，一时还说不准什么时候能来。"

章霞说："越是紧了，我越想帮忙做点事情。"

柳一清很高兴，在这样紧张形势下，章霞没有退缩，反倒想多做点事，是好样的。柳一清说：

"好吧，我尽快来。这样吧，这一阵你有什么事要找我，你就去《清江日报》登个广告，照这样登。"柳一清从提篮子旧报纸上撕下一块来，在上面写了两行字，交给章霞，说：

"见报的一天开始，三天内，每天早上你到垭口场菜摊子边等我，我会来找你。我想找你，也是一样，你留神报纸广告。但是注意，你不能告诉任何人。来的时候，还要留神后边。"

章霞点了一下头。

柳一清要走了，又停住再对章霞说：

"你回去马上打发老童上路，就先到附近几个农场打个圈圈，过些日子再说。你一定要劝他走，他不走，你撵也要撵他走。"

章霞送了柳一清回转来，马上给童云收拾几件换洗衣服和日用小东西，劝他快出去躲一下。好说歹说，总算把丈夫打发上路去了。

五

陈醒民从童云那里出来后，到哪里去，他犹豫起来。看来到重庆去是肯定的了，难道走以前，不去向他的爸爸和哥哥告别，就偷偷溜了吗？这成什么话呢？他不知道贺国威为什么不主张他再去看他哥哥。他们对于宗教未免有太多的偏见了，对于他的哥哥更是估计错误，其实他是一个民主自由主义分子，是很通情达理的人，而且对自己的弟弟一直很好，这次去重庆的路费他也还要向他的哥哥多要几个，宽绰一点总要好一些。

陈醒民正这样想着，实际上他的脚已经把他带到走向天主堂的道路上去了。

天主堂坐落在城边不远的地方，风景十分优美，那教堂高高的尖顶上有一个发黑的十字架，陈醒民看到那个十字架，心里有一种恬静的感觉。几个月来，工作上、思想上都不痛快，一种退出是非地的感情，使他走近十字架，感受到一种莫名其妙的愉快。

他走进天主堂的小花园，看到那蜡梅花开得正好，香气四溢，他的烦恼、不平，也一扫而尽了。他走向他的爸爸的房里去请了安以后，就直接到他的哥哥的房里去了。他的哥哥正在和那个外国主教研究什么问题，想来无非是关于拯救凡人的灵魂的问题吧。

是的，他们正在研究如何拯救一个人的灵魂。

"哦，弟弟，你来了。"他的哥哥分外亲热地打招呼。

那个汉福莱主教也站起来拉住陈醒民的手，说：

"孩子，我的可怜的孩子，你看，你比过去瘦得多了。"

陈醒民在那舒适的摇椅上坐下来，他的哥哥给他倒了一杯清茶，还送来一盘子橘子。屋子里生着洋炉子，陈醒民才从外面进来，感觉特别暖和。那窗台上一盆水仙花，开得正好。这种生活，陈醒民过去是过惯了的，那时并不感觉怎样，现在从那外面的冷风中走进来，从他那人世的嚣烦、争斗、忧患中走进来，他有一种特别的感觉。这种生活，隔他是如此的远，却又是如此的近。

他喝了一口茶，对他哥哥直截了当地说：

"哥哥，我想到重庆去了。"

哥哥并不吃惊，用眼睛向主教无声地说了什么，主教点了一下头。哥哥问他：

"为什么？"

"我想重庆地方大些，又是抗战中心，到那里去，比在这山角落里更有出息一些。"陈醒民说。

哥哥说："学校还没有放寒假呀。"

陈醒民根本没有想在他的哥哥面前多作掩饰，因而也一直没有精心研究如何说得更圆活一些，哥哥这样一问，倒把他一时难住了。但他是一个乖觉的人，总可以随机应变的，他说：

"学校的功课已经上完了，找人代看一下考卷就完了。我想早一点去，好找事情一些。"

这个理由也算说得过去，主教问：

"打算什么时候走？"

"马上。"

哥哥和主教暗地又交换了一下眼色。可是陈醒民正坐在那张摇椅上舒服地轻轻摇着，正低着头欣赏手里拿的那只古色古香的宜兴陶茶杯，并没有理会哥哥和主教的神色。

哥哥用很沉静的声调说：

"弟弟，你到哪里去，我们都会同意，到重庆去更不用说了。不过，我和你的教父很久以来就想找你好好谈一谈，你现在要走了，我不能不说了，弟弟。"

哥哥拉一把椅子到他的身边，很亲切地继续说：

"我和你的教父，还有许多教友，都曾经在你的身上寄托过很大希望，但是事实上你使我们很失望。这也罢了，我们并不要勉强一个人去信仰什么，每个人都有自己的信仰自由。但是这几个月来，时局变了，外边风声很紧，我们就很替你担心。在这个世界上，除开你的教父、你的爸爸、你的妻子和我以外，未必有什么人对你的安全、前程和幸福更关心一些。我想坦率地问你：你的走是和时局有关系吗？"

陈醒民抬起头来，看他的哥哥那样诚恳的样子，看到他那开始发白的两鬓，毫不迟疑地回答说：

"可以这么说。"

主教拉了一把椅子，正对着陈醒民，用双手轻轻捧起陈醒民的头，用很流利的中国话对他说：

"孩子，我的孩子，望着我，用眼睛望着我的眼睛。"

陈醒民张眼望着教父那双碧绿的眼睛，他觉得它们是那样的温柔、慈和。教父说了：

"孩子，我的可怜的孩子，这不是一天两天了，我总是从你的眼睛里看出一种疲乏、恐惧和不安。你对我说说吧，难道你在生活中感受到什么危险吗？你说吧，我们将尽力来庇护你，要拯救你的灵魂，我将天天为你向慈爱的主祷告，乞求赐给你平安。”

陈醒民迟疑了一下，到底还是说了：

“这怎么说好呢？当然……但是，一到重庆就好了。”

“不，不，孩子。”教父更亲切地捉住陈醒民的两个肩头说，“不能这样，应该对主忠实，我们都是他的忠实的奴仆。来吧，孩子，跟我来吧。”

主教站了起来，想拉陈醒民到那黑暗的忏悔室里去“办告解”。

每一个天主堂里都有这么一间黑暗的密室。据说教徒在这间密室里，可以把自己一切不可告人的秘密，哪怕是心中偶然一闪的邪恶的思想，对神甫讲出来，神甫绝对保守秘密，并且可以替他们向上帝祈求转祸为福的办法。因此，除开上帝和它的信使——神甫以外，再也不会有第三个人知道了。

陈醒民对于这一套玩意儿，自然是熟悉的，小的时候，不止一次，也是在这个教父面前，在黑屋里向冥冥中不可知的上帝祷告，把自己拿了人家一个小玩具，或者在背地咒骂了老师的事向神甫“告解”。但是现在，他是一个共产主义者，早已不信这一套骗人的把戏了。陈醒民迟疑着，思虑着，没有站起来跟教父走去。

哥哥催他说：“弟弟，去吧，你快去向主忏悔吧。你不向主表白你的真情，我们怎么帮助你呢？”

陈醒民想，去向冥冥中莫须有的上帝“告解”，有什么用？对哥哥说出自己的真实处境，才能真正得到切实的掩护和帮助。他对哥哥说：

“要说，什么地方不可以说呢！”

“那好，你就说吧，弟弟。”哥哥不放弃这种有利的时机，只好免除神圣的宗教仪式了。

于是陈醒民把他真实的困难处境，把横在他面前的可能危险，说了出来，要求哥哥和教父援助他。但是他还没有把他是一个共产党员的身份告诉他们。就是这样，他的哥哥已经祷告起来：

"啊，我的主呀，降给我们力量吧。让我们拯救你的一个仆人免于堕入魔障吧。主呀……"

前些日子，国民党保安司令部的一位高级军官叫陆胜英的，来教堂拜访过他和外国主教。陆胜英提供了一个情况：根据调查，有个来历不明的青年到高等农业专科学校去鼓动学生秘密结社，很可能是"异党分子"。经过侦察，这个人叫陈醒民，是清江中学的教员，天主堂神甫的令弟。陆胜英要求外国主教和神甫帮助他们弄清楚这个情况。

外国主教和陈神甫听到这个消息，很是不安，他们原以为陈醒民不过是年轻好胜，在农村办过几个月不切实际的农村合作，后来到这里来就到清江中学教书去了，虽然也有一些偏激行为，在学校宣传抗日，慢慢都纠正了。最多不过是一个激烈的抗日分子罢了。

那个陆胜英却作出十分奇怪的论断："一切激烈的抗日分子都是异党分子。"

外国主教说："但是他近来大有进步，常常到教堂来做弥撒了。"

那个陆胜英却说："这样看来，更是一个我们有兴趣的人物。"

于是陆胜英说服外国主教和神甫，和他合作，弄明陈醒民的身份，共同来把这个向地狱走去的"上帝的浪子"挽救回来，使他免于沉沦之苦。他保证陈醒民的生命安全。

今天虽然还没有弄清楚陈醒民是不是一个"异党分子"，但是可以证实他已经中了魔道了，他的灵魂必须拯救了。陈神甫不住地念着：

"主呀，主呀……"用手划着十字。

还是外国主教比较冷静一些。他说：

"这样吧，孩子，你就准备到重庆去吧，求主保佑。"

陈醒民说："好的，哥哥，你给我准备路费吧。我过两天就动身了。"

陈醒民走了以后，外国主教和陈醒民的哥哥商量了好一阵，还是外国主教见识广一些，提出了拯救陈醒民的灵魂的切实办法。陈醒民的哥哥马上打电话给保安司令部：

"喂，请陆胜英先生屈驾到敝堂来一下，有要紧的事要商量……嗯，是的，是的，是关于拯救灵魂的事……"

六

过了两天，正是礼拜天，陈醒民的哥哥通知他到教堂去。陈醒民想，大概是叫他去拿路费吧。他这两天的确听到风声比较紧，他听说有的学校的进步学生又被逮捕了一批，其中也有他认识的。他感觉恐慌了，这两天他老觉得有一个什么恐怖的阴影在身后跟着。原来他总以为是特委神经过敏，惊慌失措，或者故意要撵走他，现在他自己在小小的风浪面前，却真正惊慌失措了。他有几分失悔，没有早几天走。他接到他哥哥的通知，马上就去，他越走近教堂，越增加了几分安全感。

他走到教堂门口，听到教堂唱圣诗的声音，教徒们都已经进去做弥撒去了。他忽然发现三四个不三不四的人，在教堂门外闲溜达，显然他们不是做弥撒来的。陈醒民似乎发现这几个人在注意看他，他略微有些惊诧，但是马上又镇定了，这可能是自己的神经过敏罢了。他昂然走进教堂去，坐在前排。

他的哥哥在上面讲道，用温和的眼睛扫了他一眼。一本正经地继续向下面坐在长凳子上的、无精打采的善男信女，描绘天堂的美丽。他讲得活灵活现的，真好像他才在那里游历回来似的。他还大讲只有天上的主，才能挽救那些为魔鬼所诱惑的灵魂，免于沉沦地狱之苦。

教堂的气氛十分庄严肃穆，陈醒民感觉从外面的种种忧患、猜疑和人世风波中陡然走到这里来，心境平静多了。他忽然觉得教堂真是一个好地方。他的哥哥那样平静的声调、那样慈和发光的面孔、那样温柔的目光，使他感觉十分亲切。

弥撒完了，他的哥哥亲热地走到他的面前，用手摸一下他的头，默默为他祝福。

"Peter（彼得），来吧。"他的哥哥忽然亲切地唤起他的教名来了。接着，把他引进自己的读经房间，斯文有礼地请他在沙发上坐下，然后很平和地对他说：

"Peter，你祈求主的恩典吧。我和爸爸已经为你向天上的神祷告过不知多少次了。你大概还不知道，上帝的惩罚在等待着你这个中了魔道、离经叛教的人哩。"

陈醒民不明白地问他哥哥：

"你这话是什么意思？"

"报应。老弟，报应。他们在门口等你哩。"

"什么？"陈醒民一下就变得清醒了，他想起了他在教堂门口看到的几个不三不四的人一定是特务。他不觉战栗起来。他总以为他的哥哥和外国主教是两个善良的人，是和那些魔鬼样的特务绝不相同的。他从来没有想到，他的哥哥和那个外国主教为了决心挽救他的灵魂，早已和国民党的特务挂了钩，并且在他的脚边设下了圈套。可是就在这时，陈醒民还在幻想他的哥哥可以救他，他说：

"哥哥，你救救我吧，让我从后门逃走吧！"

他的哥哥还是那样慈和地说：

"你放心吧，老弟，我们是一定要救你的。上帝是仁慈的，绝不会让你落到魔鬼的手里去。"

正说着，旁边一个门开了，穿着黑色教袍的外国主教走了进来。他微笑着，手里拿着挂在胸前的、闪闪发光的十字架。他径直走到陈醒民的面前，用十字架在他的头上画了一下，用手摸着他的头，像一个慈爱的爸爸摸着自己儿子的头一样，用流利的中国话说：

"我的孩子，向主忏悔吧。你受了魔鬼的愚弄，只有求主的恩典，才能拯救你的灵魂。他们把什么都对我说了。可怜的孩子，回头吧！忏悔吧！"外国主教的声音简直有些发抖了，他举起他的十字架，等待着陈醒民跪下去，向天主告罪。陈醒民呆呆地望着那发光的十字架。

"是浪子回头的时候了，老弟，外面那几个人正是来救你的，免得你再堕落，他们已经跟踪你好多天了。"

陈醒民一下全都明白了，这不是明摆着的圈套吗？他万没有想到那样慈祥的上帝的使徒，竟是这样的。他感觉有些气愤，猛然站起来说：

"不行，我要走！"

"你要走？那么你戴上这个和我们一块儿走吧！"通礼拜堂的门忽然开了，就是在教堂门口看到的那三个特务一拥而入。为首的一个的手里，举起一副和外国主教的十字架一样发亮的手铐，气势汹汹地走到陈醒民的面前，想要套在他的手上。陈醒民吓得脸色惨白，顿时跌坐在沙发里去了。

另外一个特务走上前来，对他说：

"我们打开窗子说亮话吧，你到底要怎么样？悔过书，我们昨天就送来给你哥哥了，你是在上面签个字交我们拿走呢，还是戴着这副洋手镯子跟我们走？"

"是呀，是呀，老弟，在天主的面前，你就选择吧。"陈醒民的哥哥在经桌上拿过一张纸来放在他的面前，并且把墨水瓶和古典式的鹅毛蘸水笔拿过来放在他的面前，劝他道，"老弟，签一个名字是轻而易举的事，你有什么必要去替魔鬼受罪呢？"

陈醒民的头要炸裂了，他失悔事先没有防备，以致落进这样一个陷阱。他昏昏沉沉地抬头一看，看到凶神恶煞的特务和那举起的发亮的手铐；看到外国主教还是那样慈祥地微笑着，举起发亮的十字架。他低头一看，看到面前小桌上的那一张纸，上面端正地印着："……年幼无知，误入歧途，志愿即日起脱离奸党，服膺三民主义……"他只要在这上面签一个字，便什么事也没有了……他的眼睛发花了，在他面前闪现出贺国威的严肃的面孔，还有柳一清那双讥笑的眼睛……

"不，我不能……"他忽然叫了起来。

"不能，就戴上走吧。"特务抖动着手铐更走近一步。

陈醒民把手猛缩到身后，大叫：

"不，不，你们凭什么要抓我走！"

"陈先生，你就不要和我们再打哈哈了。我们跟你也不是一天两天了，你的哥哥和这位外国主教，为了拯救你的灵魂，早已把你的情况告诉给我们了。况且你的部下和你的上级都把你供出来了，你还装什么糊涂？"

"怎么？他们都……"

"孩子！可怜的孩子！赶快忏悔吧。"外国主教摸着他的头，又回过身来对特务们讲，"先生们，请到外面去坐一会儿吧，让他好好地想一想。可怜的孩子。"

陈醒民的哥哥把三个特务带到外屋里来了。他说：

"先生们，请你们回去报告吧，我和主教负完全责任，今天下午就把悔过书送过去。"

"那也好，您和外国主教，难道我们还信不过吗？听您的好信就是了。不过，"为首那个特务进一步讲，"他知道的共产党想必不少，我们在这里正发愁找不到线索呢。所以他写了悔过书，恐怕也还结不了案呢。"

"这个，你们放心吧。只要他走了这第一步，还怕他不走第二步、第三步吗？"

"好极了，神甫说得透彻，真是透彻极了。"特务们满意地退出去了。

神甫再回到他的小房里，他看到他的弟弟不知道为什么伏在悔过书上痛哭。小桌上，乱扔着那管蘸过墨水的鹅毛笔，墨水洒满一桌。外国主教仍然微笑着，手里举着发亮的十字架，站在那里。

七

陈醒民写了悔过书后，心里混乱极了。幸好特务大概是看在他的哥哥的面子上，并没有进一步来麻烦他，也许事情就这样过去了。他想，还是赶快跳出这个是非坑，远走高飞到重庆去吧。

他不知道就在他住的房间的隔壁，他的哥哥，还有那个老是微笑着的外国主教，正在悄悄地和一个特务精心设计一幕好戏。最后，那个特务站起来说：

"就这么办吧。他要不肯说，就只好照这第二方案来办。第二方案还是不行，就照这第三方案来办。但是请主教和神甫放心，只叫他稍微受一点皮肉之苦，对他绝不会怎样的。"

"是呀，这一点很要紧，千万不要伤了他的筋骨。只要我们把他的灵魂拯救过来了，在我们教会中，他还不失为一个俊杰之才哩。"外国主教微笑着说。

"也许，他还要和我们在一个锅里舀饭吃，在我们队伍里面，也不失为一个栋梁之材哩。"那个特务哈哈大笑之后，告辞回去了。

当天晚上，哥哥主动来催陈醒民快去重庆，他说：

"老弟，快走吧，跳出这个是非地吧。"并且马上拿出一卷钞票来，给他作路费。

第二天一早，他向他的父亲、妻子、哥哥，还有主教告辞了，他的哥哥专门送他到汽车站，看着他上车，向他挥手，说：

"上帝保佑你一路平安。"

陈醒民长叹了一口气，总算脱离这一场灾难了，到重庆谁也不知道他自首了，革命仍然是可以干的。他举手向他的哥哥告别。

但是谁知道呢？汽车走出城去，在大桥边检查站停下来。陈醒民忽然发现就是前几天来教堂要捉他的三个人又来了，上汽车把陈醒民请了下去，一个特务对他说：

"嘿，陈先生，你到重庆去，怎么不给我们说一声？你在这里还有一些事情没有了，了清了再去重庆吧。"

于是陈醒民不得不跟着他们到特务机关里去了。

按照他们的计划，特务首先带他去参观了刑讯室。那里是暗无天日的、阴森森的黑地狱，陈醒民看了，毛骨悚然。然后带他到一间阴暗的屋子里去，在一个看来还斯文的法官面前坐下。那法官很客气地说：

"陈先生，我们欢迎你自新。但是我们还想请你用事实来证明你的诚意。"

"你们要怎样？"

"说明白点，交出你的组织来。"

这句话像一把锤子，狠狠地敲在陈醒民的头上，他发蒙了。他没有想到自新之后，也还是不看他哥哥的面子，还没有个完。他这几天思前想后，也许特务说的他的上级和下级都供出他来，根本就没有那么一回事。但是，既然已经在悔过书上签了字，也没有办法了，只要早点跳出是非坑，也就罢了。谁知没有走成，又陷进来了，而且越陷越深，还要他进一步叛变党，交出组织。他想，特务未必知道自己的底细吧，于是他回答：

"我是教书的，我没有什么组织。"

"哼！既然是共产党，却没有组织，你这是在和我们打哈哈。"

"你们既然已经捉到我的上级和下级了，你们去问他们，何必再来问我？"陈醒民说。

看来斯文的法官，变起脸来却像个凶神，哇哇地叫：

"嘿！我看真是来者不善，善者不来，不动大刑，你哪里肯说。来呀！大刑侍候！"立刻像从墙壁上冒出来的一样，四个彪形大汉像提小鸡一样把他提到一间黑屋里去了。法官对昨天到教堂去研究的那个特务交代：

"照第二个方案办，叫他尝一点味道就行了。"

陈醒民在刑讯室里被他们剥去衣服，用夹棍夹了起来。那个黑脸大汉给了他一顿鞭子，可是举得重，下得轻，陈醒民觉得还吃得住。夹棍又夹了几下，陈醒民觉得有一点疼，但是也不是不可忍受的。他现在想，在悔过书上签了字，已经是自首了，如果再往前走一步，交出了组织，党纪森严，将来不会有好下场的。也许现在熬过这皮肉之苦，他们不知底细，会看在外国主教和他的哥哥的面子上，放过了他。他决心挺一挺看看。于是他真的咬住牙齿挺住了。

这倒把法官弄得不好办了，动轻刑，他挺住不肯说；动重刑，又有约在先，不能伤了筋骨。怎么办呢？好容易掉在嘴里的一块自来食，岂能轻易放过？况且这一带的共产党组织始终没有破坏成功，还要指望从这个人的身上找线索呢。于是法官和几个特务研究一下，决定采取第三个方案。他吩咐今天暂时把他押下去关起来。

第二天晚上，陈醒民又被押到法官面前来了。虽然这个法官今天的脸色很不好看，一股杀气，但是陈醒民似乎反倒镇定一些。他庆幸他闯过了第一关，也许今天对付过去了，他们就会放他回去。那个法官问他了：

"陈醒民，你考虑一天，怎么样？你的组织是交出来还是不交出来？"

陈醒民小声地回答："我说过我不过是一个教书的，是个单线普通党员，没有组织可交。"

"混蛋！"那法官把桌子一拍，大叫起来，"你自首了，却没有诚意。哼，你不交出来，我就杀你的头！不要说杀你是杀的真共产党，就是错杀三千，也没有什么。你是要死要活？"

陈醒民说："我硬是没有可交的嘛。要是有交的我还不说吗？"

"你在讨死！好吧。来人呀！给我绑出去黑打了！"

几个特务跳了出来，把他绑得结结实实的，架往后面小山去了。陈醒民被押进了刑场，心里慌起来了。他恍恍惚惚地看见地上已经躺着一个血肉模糊的人。特务把他拖到血迹里站起来。特务才把手一放，他就吓得倒下去了。

"把他拉起来！"一个特务喊。

另一个特务就把他拉起来勉强站住。那个特务用手枪瞄着他的前额，问他：

"你还有什么话说？"

陈醒民几乎昏过去了。难道这一生就这样完了？我还有温柔的妻子，还有那白发苍苍的老爸爸，自己还有锦绣前程……一连串问题在他脑中迅速闪过。眼前还忽然闪动着他的哥哥那凄苦的面影，那老是微笑着的外国主教，和他胸前那发光的十字架。那个十字架变得越来越大了，站在地上了，好像是立在他的坟头上……

"啊！不……"他忽然哭喊起来。

"怎么样？你说不说？"揪着他的特务问他。

"到底说不说？"那个举枪的特务用枪对着他的眼睛大叫：

"我给你三秒钟：一！二！……"

陈醒民望到枪筒的那个黑洞洞在眼前扩大了，里面是一个黑暗的无底洞，有一只手伸来要把他拉进去。他忽然瘫在地上，完全垮了，像泥塑的偶像被暴雨冲垮了，只剩下一堆烂泥。从这堆烂泥里发出模糊不清的声音：

"我说……我说……"

第三章

一

陈醒民把胡子刮光，梳理一下散乱的头发，多少有几分好奇心地把刚才发给他的那套绿呢中校制服试穿在身上，在穿衣镜前打两个转身，欣赏一下。——因为他现在已经是国民党"军统"特务站的中校参谋了。

这种耸肩凸胸的制服，是适宜于那种身体健壮、趾高气扬的人穿的，陈醒民把自己那瘦小的、干瘪的身体穿进去，简直就像小孩玩的那种在竹竿上套上宽大单衣的木偶人一样，显得空荡荡的、轻飘飘的，毫无一点神气了。他那蜡黄的面孔、浮肿的眼皮和迟滞的目光，充分表现出他那内心的空虚和迷惘。

这些日子里，他像做了一场噩梦，才醒了过来。他想起他这过去的半生，有说不尽的感慨。他认为，人生就是这样地难以捉摸，一切都是让命运在那里随意摆布，由不得自己。他从一个上帝的门徒，偶然变成一个激烈的抗日分子，进一步又偶然成为一个"共产主义"的战匕，现在忽然又被人从死囚牢里提了出来，给他挂上中校参谋的牌子，变成一个三民主义的信徒了。特别使他惊异的是，他的每一次转变，都使他在人生的途程中上升一步，现在已经爬到中校的地位了。他似乎豁然觉悟了，过去对什么事都过于认真、过于执着，真好像世界上有个什么东西，值得自己去为它终生奋斗、为它舍生忘死似的。现在才明白，值得他认真对付的只有自己的幸福和锦绣前程……

陈醒民想到这里，心里马上就宽敞得多了。他把那套制服脱下来，仍然穿上自己的蓝布棉袍，到特务站去听候差遣。昨天陆胜英已经对他说过了，希望他和他们在一起，认真来干一番"事业"。

他明白，他现在既然是三民主义的信徒，就必定要效忠"党国"。他的主子在他的领子上挂上中校牌子，这当然不是无所谓的，他应该努力去做一些和这个官阶相称的事业。因此，他积极地把他过去曾经联系的学生党员和学生进步分子，凡是没有疏散的都提供线索，或暗地指认，叫别的特务去捉了。只有几个例外，比如在高农专校的黄中经和易师白，还有他教书的那个清江中学的两个学生党员，还没有听说捉进来。他去向陆胜英提过建议："那高农校的黄中经是党员，那个易师白是'野草社'的激进分子，这两个人不要放跑了。"

陆胜英看到陈醒民回心转意后，积极效忠"党国"，十分高兴，但还是不同意抓这几个人，他说："这几个人没有什么了不得，已经上了网了，什么时候想捉，只要把网拉起来，捉了就是。"但是陈醒民不明白为什么别的学生捉了，这几个学生却不捉呢？管他的呢，不再去想这些了，他现在的职业是毋庸他多动脑筋的了，只要绝对服从，执行命令就是了。

陆胜英似乎不在乎这几条小鱼，而在大鱼。他已经几次三番地来动员陈醒民，要他设法彻底破坏特委，把地下党首脑机关一网打尽。陆胜英告诉过他，假如他帮助完成了这样伟大的"事业"，他的领章上将不只是两朵花变成三朵花，甚至还有全金板子的希望。全金板子，好家伙，不就是准将吗？这自然是很富于诱惑力的，陈醒民决心去碰碰运气看。

陈醒民装作没有发生过任何事情，又回到他教书的教会学校去。只说是病了，在他的哥哥那里休息了个把星期。他去找到他所发展和领导的两个学生党员，很关心有没有"上边"的人来找过他。当他听说没有人来找过，多少有几分失望。等了几天，还是不见柳一清或者贺国威本人来，也不见派别的人来找他。他只好改变主意，偷偷地带两个特务，突然到五峰山背后清江边的那家姓伍的农民家里去。他以为可以突击到特委坐机关的柳一清，但是到了那里，扑了一个空。

他把姓伍的农民叫了出来问话：

"任远和柳一清搬到哪里去了？"

伍忠良完全莫名其妙，他不知道任远和柳一清是谁。他反问：

"你说的哪一个？"

陈醒民才想起来，任远和柳一清在这里住的时候，是化名姓伍的，于是再问：

"就是在这东厢房住过的伍先生和伍太太，他们搬到哪里去了？"

伍忠良说："哦，你问的是伍先生伍太太，他们搬走了啦，就是给女儿做了满月酒就搬走了呀。"

"搬到哪里去了？"

"听说是在乡下找到一个小学教员差事，他们进城搭汽车走了。"

伍忠良说着，狠狠地看了看陈醒民，这位先生不是伍先生的朋友吗？过去也常来的，那天吃满月酒，他也是来了的，为什么他不知道伍先生和伍太太搬到哪里去了，倒问起我来了呢？伍忠良要问个明白，他说：

"噫，你先生不是伍先生的朋友吗？你都不晓得？"

陈醒民听到这种老话，在他看来，简直像隔了一个世纪的老话，十分厌烦，生气地说：

"少说废话，他们到底搬到哪里去了？"

伍忠良还是那一句话：

"你都不晓得，我咋个晓得？"

陈醒民恶狠狠地望着伍忠良说：

"告诉你，你知道这两个人是什么人？"

伍忠良说："是教书先生嘛。"

陈醒民说："哼，教书先生？他们两个都是大共产党。"

共产党？两个都是大共产党？伍忠良还是第一次听说，的确有些惊异，但是他再一想，对了，怪不得他们两个都是这么好呢。就在他们这个乡里，有几个青年农民最近常来和他说闲话，他知道共产党是专为穷人办事的，他也知道共产党的死对头就是穷人痛恨的那号人。伍忠良看到站在他面前的这个神气活现的先生，和站在这位先生后面两个凶神恶煞的家伙，他完全明白，这是怎么一回事了。不要说他不知道，就是知道，也不能说。他倒反过来问陈醒民：

"你先生不是伍先生伍太太的朋友吗？他们是共产党，你先生是啥子人呢？"

这一句话真正戳到陈醒民的痛处了，何况站在他背后的两个特务在那里奸笑呢？他的脸唰地红了。他为了掩饰自己，恶声恶气地威胁伍忠良：

"你要放明白点，你窝藏了共产党，罪已经不小，你再不说，罪上加罪！那天他们搬走，一定是你替他们挑的担子吧，你挑到哪里去了？说了就没有你的事。"

陈醒民想压伍忠良，反倒把伍忠良惹毛了，他从来是一个直筒子，想到哪里，说到哪里，拐不来弯。他说：

"不要说我不晓得，就是晓得了，也不告诉你。哼，你这号子人，真够朋友！"

"混蛋！你说什么？"陈醒民也被激怒了，他简直想伸手揍这个农民一耳刮子。可怪，伍忠良反倒迎了上去，说：

"你打嘛，我看你打，我看你咋个伸得出你那个黑爪爪！"

在这样一个普通农民面前，陈醒民反倒没有办法了。打他一顿又会有什么结果呢？而且他还不能估计站在他后边的这两个特务会不会支持他。他只好虚晃一枪地说：

"你放明白点，有跟你算账的时候。"

于是他和那两个特务一块儿回到特务机关去了。

伍忠良等伍大嫂从田里回来就把这件事说了。伍大嫂着急地说：

"背时的，他们在到处捉伍先生和伍太太呢，要能报个信就好了。"

伍忠良被伍大嫂这一句话提醒了，但是到哪里去报信呢？他想了一阵，忽然想起来了，说：

"平常背来找我说话的对山坳坳里那个崔大哥，不晓得他能传个信不？"

伍大嫂说："你快去跑一趟试一下嘛，救人如救火呀。"

二

陈醒民像往常一样，径直走进清江农场童云家里去。他在橘子树林里留心走着，没有见到童云收拾他那宝贝蜂箱，走进他家里去，还是没有童云的影子，他问章霞：

"老童到哪里去了？"

章霞当然不怀疑陈醒民，但是对于他老是不遵守柳一清说的组织纪律，又跑来找童云，很不以为然。章霞回答说：

"怎么，你还不知道？他已经疏散出去了呀。"

"什么？"陈醒民大大地吃惊了，他本来早几天尽可以来抓童云的，但是他认为童云反正是捏在手心里的麻雀，什么时候想捉都行，他想最主要是抓柳一清，因此他先去突击特委机关去，谁知扑了一个空。现在赶到童云这里来，万没有想到这只捏在手里的麻雀又飞了。他吃惊地叫了起来，但是他的理智唤醒了他，他马上把自己镇定下来，说：

"哦，是呀，我就是来看看他是不是已经疏散了。现在时局的确是很紧，疏散出去是十分必要的。我就是担心他，才来看看他的。他既然已经走了，那就好了。"他故意停了一下，说几句不相干的闲话，装着不在意地随便问章霞：

"不知道他到底疏散到哪里去了，那个地方安全不安全？"

章霞当然知道童云是疏散到附近的一个县农场去了。她本待要告诉陈醒民的，陈醒民是她丈夫的朋友，又是她丈夫的老上级，有什么不可告诉的呢？可是话到嘴边，她忽然想起柳一清说的组织纪律的事来，她也亲自听到柳一清批评童云不守纪律，不止一次两次。如果自己把丈夫疏散到哪里的事，告诉陈醒民——她听到柳一清说过，他已经和她丈夫没有组织关系了——这样行吗？她把到了嘴边的话吞回去了，对陈醒民说：

"不知道他疏散到哪里去了。我也很担心，他却生死不肯告诉我，说：'党内的事你少管。'我也就不敢再问了。"

陈醒民听了章霞说的话，虽然十分失望，却不能不相信她说的是真话，这个心思简单的家庭妇女不会对他说拐弯的话的。他只好告辞出来，回特务机关向陆胜英汇报去了。

出乎他的意料，像上次一样，陆胜英仍然一点没有责备他，叫他耐心寻找新的机会。只是叫他不要把"共产党员"的牌子砸烂了。他说：

"你不要以我们这里的一个中校行事，中校，我们这里有一大堆，共产党员却只有你一个。"

陈醒民听了相当满意，他知道他在这个机关里有特别重要的地位，他应该发愤干些效忠"党国"的事，毫无疑问，这对于他是最合算的算盘了。他等待着新的机会。

果然新的机会来了。有一天，陆胜英告诉他说：

"那个农场的童云又回来了，你去看看他吧，把他稳住，才好钓鱼。"

是的，童云的确又回到清江农场来了。他出去跑了几天，总是半信半疑的，在外面东混一天，西混一天，也没有什么正经事好做。他想念章霞，想念那才满周岁的小女儿，也想念那些在北风中的蜂箱。他在那个县农场里，见到人们安安生生地进行工作，唯独他被柳一清疏散出来，栖栖惶惶，在这冬天的山道上游荡着，不知道终点在什么地方。

他游荡了几天，再也不能忍受了，他毅然决然地回到清江农场来了。他看到农场门口大路上，仍然是熙熙攘攘，人来人往，走进清江农场，他看到那橘子还是照老样子越来越红，那蜡梅花还是照老样子开着，那蜜蜂在这冬天的阳光中还是照老样子忙忙碌碌地飞进飞出，农场外清江的水，还是照老样子流着。世界上的一切事物，都照着老样子，循着正轨运行着，哪里有什么问题呢？

他才跨进家门，一股温暖的热流迎面扑来，还是家里温暖些。他对章霞说：

"我回来了。"

章霞见她丈夫回来了，十分惊异，问他：

"你跑回来干什么？"

童云说："唉，我像个游魂，在外面荡了几天，实在难受，我生活里不能没有你，不能没有孩子，不能没有蜜蜂，我受不了那些凄风苦雨、那些冷落和寂寞，我想回来看看。"

章霞对于自己的丈夫这样体贴自己，是高兴的，可是疏散出去了，这样冒失地跑回来，这多危险呀，她努力劝童云还是出去躲一躲风，童云却怎么也不干。他说：

"我看局势不一定像小柳说的那样严重。"

章霞简直没有办法把自己的丈夫撵走，可是她总是提心吊胆的，晚上窗外有一点声音，她就惊醒了，再也睡不着了，可是回头听听童云，却一直在那里酣然大睡呢。

陈醒民又匆匆忙忙地到清江农场来了，他穿过橘树林，就看到了童云又在那里忙着观察他的蜜蜂。陈醒民走到童云面前叫：

"老童，你回来了？"

童云抬头见是陈醒民，放心了，他最害怕抬头看到柳一清那束责备人时严厉的目光。他说：

"老陈，你来了，正想找你说话呢。"

陈醒民高兴地说："好呀。"

童云收拾一下蜂箱，站起来和陈醒民一块儿走回屋里去。一面走，他一面问陈醒民：

"你不是要到重庆去吗？还没有走？"

陈醒民说："快要走了，走以前我想来看看你。"

他们两个一进门，章霞就说：

"好，老陈来了，你就批评批评他吧。叫他疏散，他却懵懵懂懂地闯回来了。我左劝右劝，总是不听。"

童云说："你懂得什么？"

童云回过头来招呼陈醒民坐下，说：

"老陈，我出去跑了几天，什么事也没有，我不明白，为什么小柳老是这么催着我走？"

陈醒民冷冷地说："那不是说得很清楚吗？时局不好嘛。"

童云说："时局不好，那为什么没有听说他们疏散，光疏散你和我呢？"

陈醒民说："要疏散你，我不知道是为什么；至于我呢，我的思想不好嘛，不保险啦。"

这一句话就把童云激怒了。他愤愤不平地说：

"这明明是对同志不信任呀。时局我看倒未必。我很想找老贺谈谈。"

陈醒民兴奋起来，说：

"那好呀，一个党员向组织反映自己的思想情况，是正当的权利呀。"他停了一下问：

"你能找得到老贺吗？"

童云说："我不知道他住在哪里，小柳也没有留下地址。你能找到吗？"

陈醒民说："我是已经决定走的人了，哪里去找？我也正想找他们呢。"

章霞插嘴了，说："我看不管找到找不到，叫你们走，你们不走，这总不对吧。"

童云说："你懂得什么？"

陈醒民想起陆胜英叫他要稳住童云，他也附和地说：

"天下本无事，庸人自扰之。时局哪有什么紧？"

章霞听了这句话，十分奇怪，那天陈醒民来看童云是不是疏散走了，不是说过现在时局很紧的话吗？为什么今天对童云说的完全是另外一个调子呢？章霞问陈醒民：

"你那天来，不是说现在时局很紧，怕老童没有走吗？"

陈醒民只想到陆胜英的指示，要稳住童云，却早已忘记那天对章霞说了些什么了，这无疑是一个漏洞。他于是对章霞说：

"这正是古话说的，'此一时也，彼一时也'，时间过了，情况也就变了。现在不紧了。不然我们为什么没有事？"

章霞说："我不怕一万，只怕万一，我总是悬心吊胆的，出了事……"

童云又申斥她："你懂得什么？"

陈醒民说："我的好嫂子，你就放心吧，没有的事。"

陈醒民本来已经确信，童云不会溜掉了，他还补了一句：

"老童，我看这样吧，你再找一找小柳说说，干脆我们一块儿到重庆去，远走高飞算了。"

童云说："真的，这倒是一个好主意。"

章霞也点一下头，觉得这个主意倒蛮好。

陈醒民起身告辞，说：

"我过两三天再来具体研究研究，你就不要瞎跑了。"

从此，童云便留在家里了。一住三四天，一点事也没有，他放心了。他也并不积极去找贺国威和小柳，又沉浸到他的那几箱蜜蜂的研究工作中去了。章霞一面庆幸几天并没有发生什么事情，一面却一直心里不宁静，但是有什么办法呢？她这几天得空还是劝他走，他却老是说那一句话：

"你懂得什么？"

三

有一天早晨，天亮不久，童云刚起床，正在穿衣服，章霞已经起来，正打算到厨房去弄早饭，才一开门，忽然有两个人，也不打招呼，冲了进来。章霞这许多天一直为童云担惊受怕，现在看到冲进来的这两个人的势头，知道事情不妙，她在门口拦住特务，大声地叫：

"你们要干什么？"

童云听到声音，转身一看，一眼就看出是特务进屋了，他吓得愣住了。章霞看她丈夫还不快跑，她死命拦住那两个冲进来的特务，叫：

"快翻窗子跑！"

童云这才醒悟了，下意识地跳上书桌，想从后窗翻出去。但是忽然被一个什么人在后窗口用力推了回来，把童云推下书桌，摔在地上了。那个人说：

"童先生，还是放老实点吧。"跟着跳了进来，倒埋怨起来，"我们等你老半天了，老不起来，这后窗口真他妈够冷的了。"

童云从地上爬起来，知道糟了，但是失悔已经来不及了。只是无可奈何地问：

"你们为什么要捉我？"

还是那个特务，大概是这三个特务中的组长，回答道：

"童先生问的真是新鲜，我倒要问你，你怎么知道我们是来捉你的？你往后窗跑什么？"

这一句话把童云问得再也没有好说的了。章霞在门口拼命拦也拦不住进来的两个特务。特务把她一掌就打开了，把她丈夫在屋里包围起来，就要带走。章霞吓坏了，她不知道应该做什么，只是死死拉住童云的外衣下摆，哭天抢地地叫：

"你们不能把他带走！他犯了什么法呀？"

一个特务又把她一掌推开，骂她：

"你这个女人，婆婆妈妈的，滚开吧。"

章霞被推开了，她的手里只捏住从童云的衣衫下摆上扯下来的一块蓝布。

那一个特务组长说："你的男人犯了最摩登的法，他是共产党。"说罢，对童云说：

"走吧，童先生，知趣一点，我们也不想给你戴'镯子'了。"

这时孩子被惊醒了，在哇哇大哭，章霞把孩子抱起来，跟着特务攥出屋来，又拉住她丈夫的衣袖，叫：

"你们要捉他去，就把我也带去吧，把孩子也带去吧。"

一个特务说："咳，这个女人才不懂事咧，带你去干什么？带娃娃去干什么？你怕囚粮多了，没有人吃吗？滚开！"

童云看到妻子那样伤心，听到孩子那凄惨的哭声，心里难过极了。只好对章霞说：

"霞，是我错了。我走了，你回去吧，你要把孩子好好带大……"他再也说不下去了。章霞更大声地哭起来，仍然在后面跟着。

走到农场门口，那个特务组长问：

"常来你这里的那个陈醒民，住在哪里？"

章霞明白，特务不特捉了童云，还要去捉陈醒民，她望着丈夫，给他递眼色。童云当然知道怎么回答，他说：

"我不认得哪个陈醒民。"

那个特务笑一笑说："前几天还到这里来过，他是你的好朋友，还不认得？哼，走吧，不怕你不说。"

特务们带着童云从后面石板路上山去了。章霞看到童云低着脑袋在前面慢吞吞地、一步一步艰难地走着，那瘦瘦长长的身子在宽大的棉袍里摇来摆去。走了十几步，他回过头来，望了失魂落魄地站在农场门口的章霞一眼，禁不住也掉下眼泪来了。章霞又哭了起来。

特务们押着童云翻过垭口，顺着一条大路走下去，一直朝清江中学走去了。童云想：坏了，陈醒民的地方，他们也早已弄得一清二楚了。他的脑子很乱，他是多么失悔呀。失悔没有听柳一清的严厉的批评，没有听他的妻子的善意的劝告，却只听进了陈醒民的话，落到这步田地。陈醒民也真是，本来决定到重庆去了，却拖拖拉拉老不动身，惹来这样大一场祸事。

特务把童云带进清江中学，已经九点过了。特务们几乎没有经过什么人指引，就一直走到陈醒民住的寝室外边。特务叫开了门，童云看到陈醒民正在和两个学生说什么。他打开门看见是童云，就打招呼：

"老童，你来了。"

童云看到陈醒民这样麻痹，真是着急，他不断用嘴对陈醒民递点子，看样子陈醒民才明白了。他转身往窗口跑，想跳窗子，被一个特务跑上去拉住了，说：

"陈先生，你不要给我们开玩笑吧，你跌伤了，我们还不好交差哩。"

那个特务组长冷冷地对陈醒民说：

"陈先生，你这地方真不好找，多亏童先生带路，才找来了。"

陈醒民马上生气地走向前一步，用愤怒的眼光盯住童云：

"什么？你……"

童云听了，完全莫名其妙，一句话也说不出来。

一个特务说："好吧，我们走吧，你们扯皮的时间有的是。"

于是三个特务押着陈醒民和童云准备走了。有一个特务像忽然想起来似的，马上指着那两个学生问：

"这两个是什么人？"

陈醒民连忙支吾说："学生，这个学校的学生。"

但是当陈醒民从那两个学生身边走过的时候，分明用眉眼做了一个暗示，童云看见了，特务们却没有看见。

当陈醒民走过童云身边的时候，恶狠狠地盯了他一眼，切齿地说：

"叛徒！"并且举起手来，想要打童云。

特务马上把陈醒民的手抓住，叫：

"陈先生，你的手放规矩一点。"

陈醒民的手并没有打着童云，童云的脑门上却像被什么铁锤猛然砸着了，一阵烟雾在眼前升了起来，在蒙眬中，他忽然看到那几个特务和陈醒民都张开了铜铃般的大眼、血盆般的大口，向他扑了过来。他登时觉得天旋地转，要不是特务拖住他，他会摔倒的。

"唉。"从他的天灵盖上发出这样一声叹气，他不知道是他自己在叹气，还是别人在叹气。

四

章霞看着特务押走了童云，抱着孩子迷迷糊糊地回到屋里，她把孩子放在小床上，坐在桌边发呆。她不相信这是真的，也许不过是她这几天过于为丈夫的安全担心做的一个噩梦吧。或者他一定是一早去弄他的蜂子去了。章霞站起来，走出门去，在橘子树林边望望，没有人，又回到家里，仍然像往常一样，把童云的书桌整理好，等待他回来吃早饭。她在整理的时候，拿起童云日常用的文具，一件一件地看，又拿起童云和她两个人的合影，她发怔了，竟然笑了起来。

忽然，她抬头看到地上的一块蓝布，这是她丈夫穿的蓝布罩衫上的。完了，一切都是真实的呀！她的丈夫的确是被特务逮走了，她刚才被特务推了几把，跌在地上，腰上还疼着呢。孩子还在床上拼命哭着，声音都哭嘶了。她忽然把孩子拖了起来，冲出门去，喃喃地说：

"走，乖乖，找你爸爸去。"

这时，农场的同事和工人都知道了，过来劝住章霞，把她拖了回去。

孩子越发哭得厉害了。章霞呆坐在那里，不想理会。

有一个工人愤愤地说："这是什么世道！"

章霞好容易平静下来了，她的理智慢慢恢复过来了。她深深痛恨自己，没有听柳一清的话，把童云劝走。"他不走，你撵也要撵他出去！"柳一清的声音还在她的耳边响，她却没有能够这么办。只听信丈夫的话，听信陈醒民的话，也许没有事吧，出去东混西混，吃不好，住不好，也怪辛苦的。他不走，就该设法告诉柳一清，叫柳一清来撵他走，却不忍心这么办，看看丈夫在家住了几天，风平浪静的，也就淡忘了。"唉，我好失悔呀！"她用手狠狠打自己的头。

现在已经出了事了，她想她应该去找柳一清，把这件事告诉她才是。下午，她一个人进城去，她十分注意后面有没有人跟她，没有，既然已经抓了童云，谁还管这个婆婆妈妈的女人呢？她走进清江日报馆去，在广告科登一个遗失图章的启事：

在垭口场菜市遗失图章一枚，文曰"章柳之印"，声明作废。

第二天的早晨，章霞提了一个菜篮子，像往常一样，顺着石板路，走上垭口场去，在垭口边菜摊上，果然看到了柳一清。章霞想过去打招呼，被柳一清用目光制止了。柳一清提着菜篮，翻过垭口，向乡下小道走去了。章霞在柳一清后面二三十步远的地方，提着篮子，慢慢尾着走。柳一清在山道上走了一段，证明章霞后面的确没有人跟，才折转来走到章霞身边打招呼：

"霞嫂子。"

章霞还没有说一句话，眼圈就红了，泪花不断在眼角浮动。她好容易才说出："老童他……"几个字，就再也说不下去了。

柳一清冷静地说："我都知道了。"

"柳大姐呀。"章霞几乎支持不住。柳一清扶住她，说："不要难过，我们到那边石头上坐一下吧。"于是两个人走到前面不远路边一块大石头上去坐下，像通常赶场的人坐下歇气一样。

"他是什么时候出的事？"柳一清问。

"就是前天，一大清早。"章霞说。又问柳一清："你已经知道了？"

"知道了，当天晚上就知道了。"柳一清说。

章霞低下了头说："柳大姐，都怪我不好，没有听你的话，把他撺走……"

柳一清说："这怪不得你，责任还是要由童云自己来担负。要说错，我的错恐怕比你还多些。我知道他的思想没有通，没有做更多的思想工作，只是强制他走，结果当时是走了，可是不知道什么时候又跑回来了。"

章霞说："他出去混了几天，就转回来了。我劝他走，他总是抢白

101

我：'你懂得什么？'柳大姐，这也怪陈醒民，老童偏偏听他的话。"

"陈醒民？他又去找老童去了？"柳一清问。

"可不是，就是前几天的事。"章霞说。

"陈醒民他说了些什么？"柳一清又问。

"老陈来过两次，第一次来的时候，老童还没回来，他说就是来看看老童是不是已经疏散了。可第二次来他见到了老童，却说时局不紧了，不会出什么事。对于组织上要疏散他们，说了很多不满的话，因此老童也就更不想走了。"章霞回答说。

"哼！老童这个人！……"柳一清生气地说。

章霞喃喃地说："可怜老童……"

"可怜？"柳一清打断章霞的话说，"你不要难过了，老童这个人值不得你可怜了。"

"为什么？"章霞很奇怪地望着柳一清，这一句话听起来，未免太不近情理了。

柳一清不得不告诉她了，说：

"童云已经叛变了，已经变成一个可耻的叛徒了。"

章霞听到了，仿佛听到晴天一声霹雳。她的头发晕，眼发花，"不！"她叫了一声。她不相信，她无论如何不能相信，童云，她的丈夫，这样一个好人，把她从死亡中救出来的好人，那样善良、勤恳，怎么会忽然叛变了呢？童云在她的心中，不仅是她终生所爱、相依为命的人，而且是她信赖到一种偶像崇拜地步的好人。但是现在，忽然听到柳一清一句话，就像一股暴风吹过，在她面前一直散发着金光的巨大偶像忽然垮塌下来了，成为一文不值的一堆烂稻草和烂泥巴了。这怎么可能呢？这怎么可能呢？

"不！"章霞用怀疑和不满的眼光望着柳一清，说，"我不信，你怎么知道呢？"

柳一清心平气和，原谅章霞那样不礼貌的眼光，说：

"他是叛变了！根据清江中学的学生党员报告，童云亲自带着特务去抓了陈醒民。"

章霞捉住柳一清的手，像哀告一样地说：

"不，柳大姐，你不要这样说，我不相信！"但是她又哭了起来。

柳一清还是那样冷静地说：

"说实在的，我从主观上，也很不愿意相信。我总想，应该是陈醒民叛变，而不应该是童云叛变。童云这个人是有缺点，甚至有严重的缺点，他开始以一个爱国者探求祖国的解放，参加了革命，却不好好改造自己，一天到晚迷进他的养蜂里去，只能算一个'业余革命家'，不过我总觉得他比陈醒民还要好一些……但是，有什么办法呢？事实偏偏就是这样，是童云叛变了，是他去抓的陈醒民。据那两个学生党员报告，陈醒民正在房里和他们谈话，明明看到童云带着特务，冲进陈醒民的房里，把陈醒民抓走了，陈醒民还狠狠骂童云是叛徒。事实总是事实。"

章霞在这无情的事实面前，不得不冷静下来。她低着头在想，那天早上，特务抓住童云走出农场的时候，果然问过童云，陈醒民住在哪里，当时童云说不知道，但是特务说："你们是老朋友，还能不知道？好吧，不怕你不说！"是这样的，童云被捕的时候，陈醒民还没有被捕，很有可能，不，一定就是这样，特务把童云抓去后，到底把陈醒民住的地方盘问出来了，并且带着特务去抓了陈醒民了。是这样，一定是这样。

"可耻，真是可耻呀！"章霞抬头叫了起来。她把那天抓童云时的情况，对柳一清说了。柳一清下结论说：

"这已经很明显，无疑是童云叛变了。"

章霞把头摇了几摇，想把一种什么思想从头脑里摇落似的。她说：

"实在说，我真难相信，老童这个好人，却……"

"一个好人，不一定就是一个坚强的革命战士。要做一个坚强的革命战士，要经历过严酷的革命考验，要具有伟大的革命襟怀，要有临危不惧、至死不屈的革命情操才行。好人，不改造，常常反倒成为革命的赘疣。"

章霞听到柳一清这几句话，就像把她的心灵的门打开了，透进来一派阳光。她缓缓说：

"算了吧，他不革命，让他去吧，我还要革命，我很想做一个你说的那样的革命战士……"

章霞自己都为自己能够脱口而出说出这样大胆的话，而感觉惊异了。她想把头埋下去。柳一清却把她的头扶了起来，望着她那渴望的眼睛，说：

"你说下去，你说下去吧。"

章霞得到柳一清的鼓励，继续说了：

"请你相信我吧。仍旧和我谈话，并且……"她不敢提"入党"两个字，迟疑地说，"给我工作吧。"

柳一清十分高兴，她完全能够理解这样一个受尽了压迫屈辱、觉醒过来的劳动妇女的心情。她知道章霞说的并不是一时的感情爆发，而是从自己长期的生活体验中总结出来的，摆在她面前的除开革命，再也没有什么路好走了。柳一清捉住章霞的手，说：

"很好，霞嫂子，是应该继续前进。我们会要给你工作的，并且仍然要约你作入党谈话，举行入党宣誓的。"

章霞的眼里仍然浮动着泪花，但是那已经不是忧伤的泪花了。

柳一清说："现在你要注意的是，要特别警惕，敌人知道你那里是交通站，假如现在还没有来得及加强监视的话，不久就会这么办的。我们虽然已经发了紧急通知，叫不要再到那里接头，也可能有没有通知到的，跑到你那里来。你要留神，无论如何不要叫同志落进敌人的陷阱里去了。要想办法把他们打发走。"

"嗯。"章霞点一下头。

五

童云和陈醒民被一起抓进监狱里来了。

这不是一所正式的监狱，这是把一座地主的大庄院改建而成的。大概因为国民党的监狱早已人满为患，来不及建造新的，不得不采取权宜之计，到处设立他们叫作看守所的监狱。看守所这个牌子叫人一看，还很容易使人和监狱连想起来，于是巧立名目，叫什么特别训练班，或者叫什么集中训练营，据说这是从德国学回来的。假如说，国民党对于勘查修建工厂和抗战防务工事很不在行的话，他们对于勘查修建监狱，倒是蛮有经验的，甚至可以说是很内行的。这话的确不错，这座地主大庄院后靠高山，前临清江，高墙大院，十分坚固，果然是一个关人的牢靠地方。他们用来专门关押政治犯。军统特务站也就设在这里。于是，这里便成为特务活动的巢穴，同时也是革命志士斗争的战场，自然也是钢与渣分离的冶炼场了。但是这个监狱暂时还没有名目，在那黑森森的像老虎嘴一样的大门两边，暂时还没有挂上牌子。

童云和陈醒民被抓来的时候，已经有不少的人被抓进这个监狱里来。其中青年学生、店员、工人居多数，也有几个陈醒民一看就认出来了的货真价实的共产党人。这是陈醒民过去就认识了的。其中有一个叫石峰，是一个学校的支部负责人。

童云和陈醒民被当作重要政治犯，被推进关押重犯的牢房里去。

那个外号叫石头的石峰，尽力站起来扶住陈醒民和童云，以免被特务推跌了。他和其他难友，都热情地接待新来的战友，就像一个新战士到了战斗最激烈的战壕，大家都把最好的休息地方、最重要的战斗岗位交给他。童云和陈醒民被安置在房子里最避风、离尿桶最远的地方。

一阵亲切的问询之后，石峰问陈醒民：

"老陈，怎么搞的，你也进来了？"

陈醒民用眼睛斜看了童云一下，冷冷地说：

"别提了，有人出卖了我。"

"谁？"大家顺着陈醒民的眼神看过去，都把目光集中在童云的身上了。童云莫名其妙地微微战栗了一下，不知道为什么竟然脸红了。

"我——我没有……"他想申辩。

"哼！你这个无耻的东西！"石峰第一个骂了起来。

"混蛋，软骨头！"

"你怎么没有出去做官？还想到这里来坑人吗？"

"该死的叛徒！"陈醒民叫的声音最响。

斥骂的声音像暴雨一般淋到童云的头上，特别是陈醒民说的最后那两个字——"叛徒"，像炸雷一样落到童云的头上炸开了。叛徒？这能够随便忍受吗？他恼怒地抬起头来，争红着脸申辩：

"我……我没有出卖谁……"

陈醒民一口咬住童云说：

"没有出卖？你们听，他说他没有出卖呢。我问你，是谁带着特务到清江中学去抓我的？"

"你说，是谁？"石峰逼他。

童云真是觉得有口难辩，他自己也不明白这件怪事，只得照实说：

"是他们带着我去的……不是我带着他们去的……"

"哈哈……"大家都笑起来。陈醒民笑得最厉害，说：

"你们听，你带他们去，他们带你去，这有什么不同呢？反正是你出卖了，和他们一块儿来抓了我，难道不是事实吗？"

石峰站起来，走到童云面前，说："你，我说，你……"石峰回头问陈醒民："他叫什么名字？"

陈醒民说："叫童云。"

石峰转身对童云说："你，童云，你抬起头来，把眼睛看住我的眼睛，回答这个问题。"

童云抬起头来，用他那无罪的眼睛望着石峰的眼睛，继续地说：

"的确是这样……是他们带了我去的……"

"够了！"好几个人同声地说，"这已经够清楚的了。"

石峰说："从你那一双眼睛，我就看得出来，那是一双叛徒的眼睛。"

"不！"童云还要抗辩，但是被一片斥骂声把他从头到脚淹没了。

他觉得一时再也说不清楚，他只恨那些可恶的特务，为什么要先抓他，然后带他去抓陈醒民，这样一来，嫌疑是很难洗清的了。当然他更恨他自己，为什么疏散出去了，又颠颠倒倒地跑了回去？为什么听陈醒民的话，不听柳一清的话？为什么章霞那样关心自己，再三劝自己躲避，却都当作耳边风？是什么鬼迷了心窍？到如今失悔也来不及了。

童云带着特务去捉了陈醒民的事，不知道为什么一下在监狱里传开了。在放风的时候，大家都用手指头向他指着在说什么。谁也不想和他在一起，像避瘟疫一样地避开他，他完全被孤立起来了。

几天的监狱生活就使童云老了许多，似乎头发都白了起来。他吃不下饭，睡不好觉，他那瘦长的身体，越益像一根竹竿了。他一想起这几天的事，就像做了一场噩梦。他老像说梦话似的喃喃不休："我没有……"他感觉到一个千斤重的石头压到他的头上来，陈醒民站在那块石头上又跳又叫，巴不得一下把他压死。他又觉得在监狱里有一把无形的钳子紧紧夹住他，使他透不过气来，陈醒民正是掌钳的人。他无论如何没有想到陈醒民，他的老上级、老朋友，竟是这样一口咬住他，不分青红皂白，也不容他分说，那样的无情，也无理。不，他要反抗这种可怕的压力，他要抗辩……

六

晚上，月亮很好，月光从牢房的铁条窗射了下来，落在挤着睡在地板上的人们的身上，难友们的胸部随着鼾声起伏，那铁条的影子就像一根根弯曲的蛇，紧紧缠在他们的身上，在那里蠕动一般，叫人感受一种难堪的痛苦。童云睡不着，在角落里坐起来，贴着潮湿的砖墙。从牢窗望出去，望着月光和天上的微云；听那屋前清江的浪涛声和后面松林沉重的叹息。这种声音他在家里的夜晚，也常常听到，自然，那个时候还同时听到妻子和小孩的鼻息声，是那样的沉静和甜蜜，现在她们怎么样了？

他十分悔恨，由于自己麻痹，落进了敌人的魔掌。更倒霉的是被陈醒民一口咬定他出卖了陈醒民，叫难友们恨透了自己，这真是天大的冤枉，这一辈子难道就这样被人当作叛徒吗？再也洗刷不清了吗？难友们那些愤怒的责骂、轻蔑的目光，特别是陈醒民那种狠毒的眼光，一见就令人寒心。

"唉——"他长长地叹了一口气。

"你没有睡着吗？"在他身边传来陈醒民的声音。陈醒民坐了起来，靠着童云说：

"你老叹什么气，叫我睡不着，这月光也太讨厌。"

童云没有理会，陈醒民却执意说下去：

"唉，我也是失悔得不行。怪我们自己麻痹大意。同时，也怪你带他们来捉我……你为什么这样对不起人？我们还是老朋友嘛……我劝你，你已经错了，不能再错下去了。"

童云没有搭理他的这种栽诬，他愤怒得说不出话来。陈醒民却还是只管说下去：

"那天，你说说，你怎么把我的住址告了他们的？你不应该，很不应该，你知道这是叛变行为吗？"

童云一听到"叛变"两个字，就更受不住，往常他一辩解，难友们就群起而攻之，现在只有陈醒民一个人，他想把情况说清楚。他努力控制住自己的感情，平静地说：

"我没有叛变，我什么也没有告诉他们。"

"那么为什么是你带着他们来抓我的呢？"

"是他们带着我，我并没有带着他们。"

"那么为什么他们知道了我住的地方了呢？你真的没有告诉他们吗？"

"没有。"童云肯定地说。

"这就怪了。"陈醒民沉默了一下，好像在作冷静的思考。过了一会儿，若有所悟地说道：

"哦，难道……莫非是这样的吗？莫非他们早跟上我了吗？"

童云忽然想起来了：柳一清来通知他疏散的时候，是说陈醒民已经被特务跟上了。是了，我这几天竟然没有想到这一点。他对陈醒民说：

"可能是这样。你一直没有发现后面跟了人吗？小柳那天说老贺看到你后面已经跟了人了。"

"哦，恐怕就是这样了。"陈醒民停了一会儿，用很抱歉的口气说，"这样说来，是我错怪了你了。"

童云的心里马上像一块石头落地了，陈醒民到底比较了解他，没有叫他老挨冤枉，这样就好了。

陈醒民轻轻说："这几天倒叫你受了许多冤枉气，不过，这件事也太凑巧了，你自己也承认是你和他们一起来抓我的嘛。这件事要对难友们解释一下。不过，一下恐怕还不一定解释得通咧。不要紧，你就委屈一时也不要紧。他们就说你什么，你也别回嘴，免得惹得大家更冒火，整你一顿就吃亏了。反正我明白，我向党组织交代清楚就是了。让我慢慢地解释。"

他们两个人都沉默了。那月光无声地在屋里爬行，已经爬上墙去了。夜风呼呼地吹得更紧了。

"唉，"陈醒民又说开了头，"都怪我自己。组织再不能吃亏了。不知道老贺、小柳他们到底怎么样了？外边风声这样紧，天天都有人进来，我老看着，就怕看到老贺他们。不知道他们住的地方安全不安全，你知道不知道？我老担心他们还在城里晃来晃去，这城市小，很危险。他们要早疏散出城才好。"

童云想，陈醒民的担心完全对。他也担心，他看到柳一清每次都是从石板路走上垭口去的，十有九成还住在城边上。并且柳一清对章霞说过，她满了月还要到医院去检查身体，也是东门外，人来人往的地方，倒是不放心呢。

陈醒民又叹了一口气，说：

"但愿他们已经远走高飞了。"

童云说："谁知道呢？小柳说她还要去医院做产后身体检查呢。大半还没有走。"

"真是这样吗？"陈醒民忽然特别兴奋起来，甚至有些得意忘形。但是他清醒了，拍了一下自己的脑袋，压一压嗓子，改换成忧心忡忡的腔调，说：

"哎呀，那才危险呀。但愿他们接受教训，早点离开才好，不能再吃亏了。"

七

第二天一大早晨，才点过名，有两个特务到陈醒民的牢房来，凶神恶煞地对陈醒民叫："走！搬个地方去，要问你的案子。"陈醒民和难友们告别，接受了难友们的鼓励，跟特务去了。

陈醒民向陆胜英汇报之后，陆胜英十分高兴，陈醒民不特准确地执行了他所布置的一切，并且还有"创造性"的发现。他说："好极了，好极了。"这样死心塌地叛变共产党的叛徒，就连见世面比较多的陆胜英也觉得少见，自然是好极了。他不住拍陈醒民的肩头说：

"你老弟果真有办法，案破之后，论功行赏。"

陈醒民带着两个特务到医院去埋伏起来，只等柳一清来做产后身体检查。

柳一清生孩子出医院的时候，是曾经约好满月后去做产后检查的。可是她在坐月中身体很好，满月后身体更好，简直用不着去检查，因此就没有去。陈醒民毫无结果地在医院守了好几天。但是他很有耐心，不特因为全金板子在他眼前闪闪发光，十分诱人，他对于柳一清也特别有兴趣，因为这个女人过去一直和他针锋相对，心里积怨不少。今天，报复的机会来了。

陈醒民已经守得有些不耐烦，准备撤回去了。忽然就在这天早晨，他看到省委的贺国威走进医院来了。他怀疑他的眼睛是被金板子闪得发花了，擦了一下眼睛再看，是他，是贺国威，走到门诊部去了。陈醒民真是喜出望外，小鱼不来，大鱼却来了。

原来贺国威从夏天打摆子，一直到冬天都没有好，前几天受凉又发了。他在家里吃了奎宁还不见效，就到医院来打针。他万想不到会在这儿碰到叛徒。最糟糕的是贺国威的眼睛有一点近视，他配得有眼镜，但是不常戴上。因此，他在医院根本没有发现叛徒陈醒民在暗中监视他。

贺国威打完了针，走出医院。陈醒民叫几个特务在后面盯梢，自己怕被发现，远远跟在后面。贺国威按照秘密工作的规定，回家一定要防止"带尾巴"，他就照例到垭口小街上转了一圈。他果然发现身后有两个鬼鬼祟祟的人，他知道已经长了"尾巴"了。这并不要紧，在地下党工作中，长"尾巴"是常事，现在是设法如何丢梢的问题。丢梢的办法很多，全要靠遇事沉着不乱，临机应变，尽量利用在平时就留心到的"狡兔三窟"的退路。

贺国威走到一家卖香烟的铺子前，若无其事地买了一包香烟，趁划火柴抽烟的工夫，斜眼瞄了一下，见两个特务正站在不远的地方守着，他就大踏步走进香烟铺子里面去了。他穿过走道，进了后院，钻到一个厕所里去。他在厕所里迅速把身上穿的大衣翻转来穿上，就完全变成另外一个颜色的大衣了。他又用一张随时准备着的白帕子把头包起来，就像个病人了。可这还不行，他知道他的上嘴唇中间有一个白的刀痕，是一个容易被人记住的大记号。他从口袋里摸出平时准备好的假胡子，往上嘴唇上一贴。加上他因为打摆子，脸色本来不好看，这样一化装，俨然就变成一个四五十岁的病人了。他从容地从厕所走出来，开了小便门，穿出另一条小巷走了。在街上，他和陈醒民碰过对面，陈醒民想不到他已经丢掉了"尾巴"，而且化了装，所以没有认出他来。贺国威呢，也没有看清楚陈醒民。

那两个盯梢的特务看见贺国威走进香烟店里去了，以为这里一定是共产党的一个什么机关，就死死地守住。他们想，你总要出来，不会插翅飞到天上去。等了一会儿，没有动静，陈醒民过来一问情况，就吃惊地说：

"糟了，你们让他溜走了！"

"溜了？他往哪里溜？"特务不以为然。

"嘿，傻蛋！"叛徒责备起特务来。但是他怎么能责备特务呢？他要不是当过共产党，怎么能识破这其中的机关？

他急忙带了特务冲了进去。香烟铺的老板并不阻拦，因为这里本来是一个人进人出的通道，内院还住着好几家人家哩。他们在内院问有谁看见一个上嘴唇有疤子的人没有，内院的人都说没有看见。他们哪里肯相信，就挨家挨户地搜，费了不少功夫。后来他们发现厕所有小便门，可以通小巷子，陈醒民才明白贺国威早已从这里溜掉了。他们从小巷追到街上，连人影也没有了。

陈醒民赶回特务机关去报告。漏了大鱼，这还了得，索性一不做二不休，提前实行梳篦计划。看来地下党的特委机关总不外在东门外五峰山到土桥这一带的乡下。全部戒严，把网子拉得密密实实的，挨家挨户梳下去，要捉一个上嘴唇有块疤子的三十几岁的年轻人。

特务站站长陆胜英批准了陈醒民的计划，马上全体出动，在东门外近郊乡下实行临时戒严，挨户搜查。

八

贺国威丢了梢，马上回到易家湾家里，对柳一清说：

"有问题了，我在医院被人盯了梢。内部一定出了毛病了，这儿不能再住，马上清理东西，立刻撤退！"

他们马上把文件清出来烧了，还有一些马克思列宁主义书籍。烧了一会儿，来不及全烧了，就塞在柴堆里去。柳一清又把小窗上的绿绸窗帘扯下来，这是表示这儿已经出了事，不安全，使任远回来看见这个信号，立刻走避，不致贸然落入陷阱。他们为了避免惊动邻居和房东，什么东西都没有带，贺国威还是扮成病人，柳一清抱着小孩，扶着贺国威走了出去。

但是已经迟了，他们这一带已经落入紧急戒严区，罪恶的网子已经由陈醒民这个该死的叛徒张起来了。他们才走出去，下了一个山坡，走上小路，便发现路口有站岗的特务。特务喝令他们止步，走过来盘问他们：

"干什么的？"

"到医院去看病的。"柳一清回答。

"他是你的什么人？"

"丈夫。"

"干什么事的？"

"在教育厅当录事。"贺国威回答。并且装着有病，很吃力地从身上摸出一张证明文书来。上面有名有姓，有职业，还有照片。特务想到上面命令要捉的是一个嘴上有疤子的青年，这个有胡子的病人当然不是。人家去看病，理当放行，就放过去了。贺国威仍然像病人一样，由柳一清扶着，慢吞吞地走向大路去。

陈醒民带着一批特务，分头突击检查到了易家湾。他们发现一户人家锁了门，就去问邻居一个军官太太，这一家住的什么人。她说是住的一对夫妻，还带得有一个小孩。问她那男的嘴上是不是有一个疤子，她说，好像是有一个，不大记得清楚。

"一定是他们。"陈醒民以猎犬特有的警觉性嗅出味道来了。他们马上把那户人家的锁打开。陈醒民一进去就闻到一股烧纸的味道。他那警犬鼻子又发挥作用了。他说：

"刚才在这里烧过文件，一定走不远，快追！"

特务们追出来了。在路口碰到那个警戒的特务，陈醒民问他：

"你看到过一个嘴唇上有疤的人过去没有？"

"没有。"

"有个女人抱个小孩过去没有？"

"有。送一个病人到医院去看病的。"

"嘿，他一定是化装逃了。快追！"陈醒民说。特务们赶快从小路追了下去。果然，远远就看见贺国威和柳一清不紧不慢地向沟边大路走去。柳一清那矮小精悍的身个儿，贺国威那瘦长个儿、高肩头，陈醒民这只狗是很熟悉的。

"就是他们。你们去捉，我不露面。"陈醒民指挥说。

几个特务追下去，把贺国威和柳一清包围起来。问他们：

"什么人？"

"到医院看病的。"还是柳一清回答。

"干什么的？"

"教育厅的录事。"贺国威说罢，又摸出证明来给他们看。但是有一个特务早上曾经跟过贺国威的梢，仔细看一看贺国威的面孔，认出来了。他伸手把贺国威嘴上贴的假胡子撕下来，那块疤子就露出来了。

"好呀，你给我们唱的一台好戏！装化得不坏。先生，戏已唱完，走吧。到我们的医院去医病吧，我们那个医院设备齐全，正有医生在等着你哩！"说罢，就用手铐把贺国威铐起来，赶到下面大路上去。贺国威和柳一清都知道落到敌人的网子里去了。

当他们走到大路边，在一棵大树下，柳一清忽然蹲了下去，特务问她干什么，她说小孩尿尿了。她一面给小孩撒尿，一面装作无意，把树根下一块白石子踢下坎去。这也是告诉任远的"不安全"信号，特务一点也没有觉察出来。

他们在大路上并肩慢慢走去，沉着、安详。贺国威轻声对柳一清说：

"看来我们走上另一个战场了，严重的斗争在等待着我们。"

柳一清平静地回答："我准备接受任何考验。"

走了一会儿，贺国威又轻声说："用第一套口供。"按照地下党工作习惯，随时都准备着被捕时应用的口供，并且根据不同情况编有两三套口供。但是他们并不了解，无论哪一套口供，在叛徒陈醒民面前都是没有用的。

"不准说话。"特务呵斥他们，不准他们谈下去。其实他们也没有多少要谈的话了。他们彼此都相信，他们有共同的思想和共同的语言。

他们在大路上走着，走着，那样坦然地走着，望着这阴霾四伏的天空，望着这北风凛冽的山林。

新的斗争开始了。

第四章

一

任远到南路几个县去传达特委的决定，跑了一个多月，和贺国威约好的见面时间已经快到了，他赶着回去。他在日晒雨淋中跑了几天，终于回来了。他本来可以头一天晚上赶到城里的，但是因为城里晚上检查很严，他就在离城三十多里的一个镇上住下了。第二天一早他吃罢早饭，从容地走进城去。当他走过一家理发店时，偶然从镜子里看到自己须发蓬乱的样子。这种不修边幅的样子，不特容易引起在街上游荡的特务们的注意，而且也是很不受小柳欢迎的。于是他走进去理了一下头发，原来那样苍老而疲乏的样子一下就变了，显得神采奕奕。

他快出城的时候，看到路边有卖橘子的地摊，他才猛然想起来，应该给小柳和小女儿带一点礼物回去。橘子是大人、小孩都喜欢吃的东西，于是他买了一小筐橘子提在手里，出城走向渡口去。

许多人站在渡口，等待检查站的盘查。任远心情平静，毫无畏惧地走到特务的面前。特务向他打量一下，是个小学教员模样的人，老老实实的样子，连问也不问，向他挥一下手，就叫他上渡船去了。

任远过了渡，顺着一条石板大路上山。翻过垭口，就望得见易家湾了。任远越是走近自己的"家"，越是感觉紧张，不是因为恐惧，而是为一种喜悦所淹没了。小柳在干什么呢？现在已近中午，她大概在动手做午饭了。也许已经吃过午饭，她又开始正规的阅读了。小柳是十分用功的，她不放弃她产后休息的时间，已经读了好几本马克思列宁主义的经典著作了。小女儿现在又怎样了？也许正在床上熟睡，或者对于自己吃的午饭和妈妈有不同的看法，正在床上哇哇地用哭声来和妈妈争论呢。

任远想到这里，不禁笑了起来。他很快向易家湾走去。他走近那棵大树，要从这里岔到小路上去了。他忽然想起他出差的那天早上，小柳送他到这棵大树边的时候，和他约过的安全信号。任远装作走乏了，在大树根上坐下来歇气，又装作无意地伸手到树根下摸了一下——不好，那一颗圆圆的白石子不见了。

任远马上警惕起来，再伸手进去摸，还是没有。眼睛一溜，在树根边的小沟里发现了那一颗白石子。这是怎么一回事呢？难道真的出了事吗？他不大肯信。他想，这也许是哪一个放牛割草的娃儿无意中从树根下取出来，扔在沟里的吧？但是不管怎样，他必须警惕，这已经成了他的一种职业习惯了。

他决定兜圈子慢慢接近贺国威和柳一清住屋的附近去亲自观察一下。他装作若无其事的样子，随随便便地从小路走了上去，从隔柳一清住屋不远的一条田坡走过去。屋子周围清清静静的没有一个人影。但是当他抬头一看，不禁大吃一惊，小窗上的绿绸窗帘不见了，柳一清绝不会随便扯下安全信号的，一定是出了事了。

任远的头脑突然感觉沉重和昏眩起来，就像把烧熔的铅灌进他的头里去一样。他万没有想到兴冲冲跑回来，碰到这样一个重大的变化。他简直难以置信，他很想走到屋子前面去看一个究竟，他很盼望这不过是出于小柳的一时疏忽，引来一场虚惊罢了。但是他的政治责任感和组织纪律性不允许他这样任性。假如贺国威和小柳真的出了问题，这屋子就成为敌人设下的陷阱，只要他再走近前去几步，就会落入陷阱。

他再向那没有绿色绸窗帘的小窗望了一眼，他看到窗前的一株蜡梅花树还是那样有生气地开着透明的黄花，在寒冷的北风中摇动。他忍住难堪的痛苦，决然离开了。

任远无目的地走上大路，走向场口。他的脑子像煮开了的一锅水，翻滚不停。他无论如何不能相信贺国威和柳一清已经出了事了，他不相信贺国威这样一位精明强悍的人，轻易地落入敌人的手中了。假如真是如此，该是多么巨大的损失呀！任远想：还假如假如干什么？那残酷的事实——拉掉了的绿绸窗帘——不是明明摆在自己眼前吗？他又想到，难道小柳和他的女儿就这样好端端地给敌人抓走了吗？从此就再也没有希望见到她们了吗？她们现在在哪里？也许在受苦刑，也许根本不在人世了。无辜的小生命到世界上来还不过两个月，可是，也许被斩草除根地杀掉了。

仇恨像野火一般在任远的心头燃烧起来，越烧越旺，把他的悲伤的眼泪蒸发起来，简直要充塞天地了。任远感觉到，他现在没有权利去想别的任何事情，有许多紧急事情要他马上冷静地去处理。

任远走上垭口，站在垭口向前看去。只见五峰山顶，依旧浮云霭霭；清江曲处，白浪滔滔。他决定从石板路走下山去，试着到清江农场里的交通站去看看，那里是第一个需要堵塞的漏洞。

他走到农场门口了。他有一点迟疑，特委机关既然出了事，交通站会是安全的吗？但是他没有别的选择，这是他能最迅速地了解和判断情况的地方。他要设法混进去看一看。好在农场正在卖橘子，很多人进进出出，只要留心点就是了。任远走进农场，先经过卖橘子的地方。他手里正提着一小篓橘子，像才买过橘子的人。他站在那里留心观看童云住的房子的周围。那里一个人也没有，冷清清的。不多一会儿，童云的妻子章霞出来了，在门口竹竿上晾衣服。他看到晾的衣服中有一件蓝布长袍，这是童云穿过的，看来这儿没有出什么事。任远觉得有些放心，他留着神，慢慢地走向童云的房子。他正要开口叫"嫂子"的时候，章霞发现任远了，猛然一惊，迅速向四下一看，喊了起来：

"喂，喂，你是买橘子的吧？大门在那边，你走错路了！"说罢，眨一下眼睛，走进屋里去了。马上有一个不认识的男子从屋里走出来，很注意地望着任远。

任远明白，他已经走到陷阱的边缘了，他很平静和机智地把那一小篓橘子提得高一点，表示果然是来买橘子的，抱歉地说：

"这农场大得很，把人走得晕头转向的了。"

说罢，很自然地走回买橘子的地方，再从那里走出农场。一出农场，他立刻用小跑的步子很快走到清江渡口，顺利地跳上正要开渡的渡船。他知道那个守陷阱的特务等一会儿清醒过来，一定会来追赶他，那就麻烦了。

果然，当渡船在对岸刚靠岸，任远夹在人群中，并没有引起检查站的注意和留难，让他走过去了，他快进城时，回头看看，正看见两个特务匆匆地从农场跑到渡口。一边跑，一边喊：

"把他抓住！把那个提橘子的抓住！"

任远并不慌乱，还是很沉着地夹在人群中走。他知道隔了一个清江渡，特务是追不上他的了。至于清江这一边检查站的人听到了对岸的叫喊，也很难"把他抓住"，因为，提橘子的人实在太多了，谁知道这个"他"是谁呢？

任远迅速从小巷穿过城，走出南门，一直沿公路走去。走了二十几里路，天慢慢黑下来了，他歇在一个不知道名字的小镇上。

二

这一晚，任远完全没有睡着，无数的问题纠缠在一起，但是有一点他看得很清楚，敌人已经开始了新的进攻，而且突破了我们的防线。他只是不能明白，为什么敌人一下就攻入了我们的心脏。特委机关遭到破坏了，贺国威和小柳被捕了，交通站看来也出了事了。这的确是不可弥补的损失。另外还有什么人被捕了呢？老王和他一样，到外县去巡视和布置工作去了，而且他并不知道贺国威和小柳住的地方，回来以后不可能陷进那个预设的陷阱里去。但是他是不是知道特委机关已经出了事情呢？老王为人虽然比较粗，阶级觉悟和革命警惕性从来是很高的。

任远想了很久，想不出特委机关出事故的根源究竟在哪里。他们在原来住的地方开特委会的时候，忽然出现两个可疑人物来看房子，这当然是一种危险的信号，可能陈醒民已经被敌人盯住了。但是当天下午他们就搬了家，陈醒民根本不知道易家湾贺国威的住地，为什么事故出在易家湾呢？但是不管怎样，陈醒民总是一条可以怀疑的线索，因为陈醒民长期以来都被贺国威和特委其他同志认为是一个大弱点。因此任远确定，在未弄清楚他的情况前，绝对不可贸然到陈醒民的清江中学里去找他。

这一整晚上，柳一清和小女儿的影子总是不断闯到任远的脑子里来，他努力不去想念她们。现在正是严重关头，有更多更重大的事情需要他去考虑，一定要临危不乱，很沉着地作善后措施，把已经被敌人打开了的缺口堵好。

摆在他的面前的第一件事，就是把应该疏散的同志坚决疏散出去。虽然他完全相信贺国威和小柳同志对党的忠诚，他们绝不会动摇变节，但是他必须严格地遵照党所规定的秘密工作的纪律办事，不能把工作决定寄托在个人的主观分析和善良的愿望上。因此他决定把贺国威和柳一清所知道的党的关系都加以切断。各县县委的同志首先要作调整，转移阵地。这真是一件极其繁杂和艰巨的组织工作，既要当机立断，又要有条不紊。

要完成这样的疏散任务，任远虽然明知自己有危险，但是他必须继续留在这个城市里或城市附近，以便指挥。好在他的姓名已经改过，他也严格依照秘密工作原则，没有在哪儿留下任何一张照片或笔迹，只要没有叛徒公开指证，敌人是找不到他的。今天在交通站和一个特务打过一个照面，但是特务并没有看清楚他。任远觉得他还是可以坚持下来。

即使有危险，即使要牺牲，自己也要留下。

任远想到要完成这样多的任务，首先要和组织部长王东明接上关系。原来和他约的交通站不能用了，他只好使用原先和他约好的第二套接头办法。他决定明天一早回到城里去。

说是明天，实际上已经是今天了，任远从小栈房的破烂墙壁望出去，已经天色微明。在这个小栈房里寄住的小商贩和以背脚为生的苦力，已经起身收拾东西，准备又背上他们的生活重担，披星戴月，踏着严霜，迎着刺骨的寒风，迈上漫长的旅途了。任远再也不能合眼，他翻身起来，从包袱里取出一件蓝布旧长衫，把昨天穿过的灰布长衫换了，把昨天戴过的黑毡帽翻过来，变成一顶灰毡帽。这样，就完全改变了装束了。

任远等到天光大亮，马上出发到城里去。虽然城门口似乎加了岗，但是任远毫不迟疑地走进去，并且大模大样在大街上穿过去。他知道这样早的时候，那些特务正在床上做他们的荒唐梦哩。这些习惯于在黑暗里活动的人，夜晚对于他们是非常富于诱惑力的，各种各样荒淫无耻的夜生活往往成为他们生活下去和干坏事情的动力之源。他们哪里会一大清早就到街上来执行看家狗的任务呢？

任远一直从大街走去，走进清江日报馆的广告科去，在柜台上他付了钱，写了一个广告交《清江日报》刊登。广告登在"寻人栏"里，内容是：

> 王西光夫：自你从军后，家遭变故，父母双亡，弱妻幼儿，家计实难维持，特登报寻你。如登报半年仍不来信，妻将自谋生理。
>
> 王任氏

任远登了广告，径直走出北门去。过北大街的时候，他简直想拐进水巷子去找县委老张同志，这样就容易弄清情况了。但是他不能这样做，因为这个县委最近特委分工交给王东明去领导，他不能违反规定，随便去打通横的关系。而且，谁知道老张的情况又怎样呢？他决定走出北门，暂时在附近的乡场上兜几个圈子，等待王东明的回音。

果然，在任远登过寻人启事的第三天，《清江日报》上又登出一则小小的寻人启事：

> 在十里铺茶铺走失五岁小孩一名，穿粗蓝布棉袄、灰布罩衫，着蓝边黑布旧鞋、灰毡帽，左耳前有黑痣一颗，小名任小驹，如有寻获者送至十里铺正街任宅，备有厚酬。

任远看到这条广告，知道王东明平安无事，并且约他在五天内到十里铺正街茶铺去会一个人，这个人的特征和启事登的一样。来人口号是"任小驹"。

第二天，任远就到十里铺去了。他在正街上转了一圈，果然发现有一个半大不小的茶铺。他走进去，选一个既不当道也不太偏的茶座坐下。刚好今天逢场，一会儿街上就热闹起来了，到茶铺来喝茶的人着实不少。他一面听五颜六色的人摆各种各样的奇闻趣事，一面暗地留心进来喝茶的人。

过不多久，进来一个小贩模样的十几岁的农民青年，耳朵前面有一颗黑痣，穿一身粗蓝布短棉袄，外套灰布长衫，戴一顶半新不旧的灰毡帽，脚上穿一双蓝边黑布旧鞋。毫无疑问这就是王东明派来接头的人了。

任远等那个青年找好座位坐下后，走过去，和他亲热地打招呼："任小驹，今天赶场来了？"那个青年也装作很熟的样子让座，说："王任氏老师，你也来赶场呀。"

口号对合了，他们坐下喝茶。任远问他："你王叔叔为什么没有来赶场？"那青年乖巧得很，回答说："这里有人办丧事，要请他去点主，不能来。"哦，从这种隐语中任远马上懂得，在这一带敌人正在注意王东明，想要抓他，他不能到热闹的场合来。他们又喝了一会儿茶，一起站起来走出茶馆，由这个青年带任远到乡下去。

三

任远在一个农家里会到了王东明。王东明把他了解到的情况向任远说了。他说他去北路传达回来，贺国威和柳一清还没有出事情，他们还见过面的，但是听柳一清说，童云和陈醒民却已经出了事了。

哦，是了，任远想，一定是陈醒民坏了，牵连到贺国威和柳一清了，只能是因为这个原因，不然，敌人不可能一下就突击到我们司令部里来。他问：

"是陈醒民叛变了吧？"

王东明说："不，是童云叛变了。"

"那是怎么一回事？"

"童云本来是疏散出去了的，但是不知道为什么，他又跑回来了。他回来以后不几天，就遭特务突击逮住了。后来，他带着几个特务去清江中学把陈醒民逮走了。"

任远问："怎么知道是童云带着特务去抓走了陈醒民呢？"

王东明说："小柳告诉我，清江中学的两个学生党员亲眼得见的。去抓陈醒民的时候，是早晨吃过早饭后，陈醒民正趁休息的这个时候，和他们谈话，陈醒民被抓走的时候，还为他们打了掩护。"

"哦，原来是这样。"任远不能不相信了。他又问：

"老贺和小柳出事，又是因为什么？"

王东明说："听说是老贺在医院被跟住了的。"

任远说："哦，这也说明是童云叛变了，因为只有他才知道小柳要到医院去做产后身体检查。"

王东明还补充说："小柳说，她后来见到章霞，章霞也说特务逮童云的时候，还问陈醒民住在哪里。这更证明是童云叛变了。小柳还说，童云叛变的通知已经发了，她担心你在旅途中不能收到，该不会冒失地闯到童云家里去吧。"

任远听到这几句话，他沉默了，他望着窗外，望着那沉默的冬天的山林，望着那冻僵了的不知道通到哪里去的山路，寒冷的风无情地飞卷着满路的残枝败叶。他忽然希望这风拼命地刮起来，吹折树木，吹倒房屋，让冰雪把山盖起来，让暴风雪毁掉这一切吧。他忽然站了起来，用拳头在桌上狠狠擂了一下，从牙齿缝里爆发出话来：

"什么抗日？什么合作？他们叫的全是鬼话！这场你死我活的阶级斗争总是免不了的，他们已经开刀了，倒不如拉开来和他们痛痛快快地干一场！"

"我老早就主张这样，"王东明马上接过话去说，"什么统一战线？拉开来干一场，搞他一个暴动！他们能杀我们的人，莫非我们的枪就是吃素的？"

任远心血来潮，简直像一个点着了引线的炸弹，就要爆炸了。但是当他听到王东明说的这一番话，他马上清醒起来。贺国威被捕了，这整个地区地下党的领导责任都落到他的头上来了，他必须对党负责，必须严肃冷静地思考和对待一切问题，必须坚决照上级的指示办事。绝不可以个人感情用事。于是他用手拍拍自己的前额，努力使自己发热的头脑冷静下来。他说：

"不，不，不能这样说。党的统一战线政策我们还要坚持。现在我们还是来研究一下工作吧。"

王东明点一下头，谈起北路的情况来。他说，他已经把城里和学校里应该疏散的党员和进步群众都送到农村去了，他们原来在城市里简直没有办法活动，一到山沟里和农民结合起来，如鱼得水，要做的事情很多。那里地主恶霸和保甲长的统治虽然极其野蛮，国民党的特务却不敢到那些地方活动。我们的同志下去以后，有的当乡村小学的教员，有的变成游乡货郎，有的索性改扮成农民，就住在农民同志家里，一块儿劳动。他们正在发动农民和组织农民，建立新的支部。反对乱拉壮丁，乱派粮款。利用国民党有钱出钱的口号，搞合理负担。农民很高兴，他们说到底找到带路的人了。

"但是，"王东明强调说，"青年农民，特别是那些秘密地抓到了枪杆子的农民，并不满意这种斗争，他们说搞得不痛不痒的。他们主张上山去干，打不打旗号都不要紧。他们说：'拉壮丁整得鸡飞狗跳，别人在拿刀杀我们，你们却叫我们拿根打狗棍去抵挡，有什么用。我们也要拿刀干！'你听，他们要拿刀了。听说有些青年逼得没法，成群跑进深山老林去开荒过日子，保甲长去惹他们，他们就跟保甲长干起来了，你说，这种情况怎么办？"

　　任远听得入了神，他在南路去巡视工作，也遇到这样的情况，国民党统治的农村，实际上像一堆干柴，只要有一粒火星飞上去，就会着了。这是好事，但是现在上级并没有要他们发动武装暴动，现在只能进行一些秘密的组织活动，暗地抓枪杆子，努力搞两面政权，积蓄力量，以待时机。所谓时机，便是等日本鬼子打过来，国民党跑掉了，在这里放手开展游击战争。任远正在思考，王东明却提出他的主张来了。他说：

　　"现在老贺、小柳无故被捕，他们动起手来了，我们为什么要客气？你给我一刀，我不能还你一枪吗？不如索性把我们的枪杆子提出来，给他一个突然袭击，打破监狱，杀死特务，把人救出来，上山插起红旗干起来。"

　　劫狱？这个主意像一颗火星在任远的头脑里亮了一下，这太令人鼓舞了，这恐怕是老贺、小柳和别的同志能够出来的唯一办法了。他真想亲自带着武装，冲进沙田坝监狱里去，把监狱打得稀巴烂，把老贺和小柳救出来，哪怕要他付出生命的代价也行。

　　但是劫狱的主意行不行呢？任远用询问的眼光望着王东明。

　　王东明积极地说服任远："国民党反动派不想抗战，掀起了反共高潮，在华北和我们闹摩擦，和日本鬼子里勾外连，想吃掉我们，在皖南搞突然袭击，杀了我们那么多人。在这里又搞到我们的头上来了。他们早就是汉奸、反革命。为什么你整得我，我就整不得你？前年在鄂南，国民党勾结地方恶霸，活埋了我们十几个同志，我们后来还不是冲进恶霸家里去杀了那个恶霸，为民除了害吗？你来文的，我陪你来文的；你来武的，我陪你来武的。不斗争，哪有什么团结？"

从道理上说来，任远是完全同意王东明的这番话的。老贺传达毛主席关于统一战线中的独立自主问题，说得明明白白，对国民党里的反共投降派，必须坚决斗争。特务拿我们开刀了，我们为什么不可以以血还血呢？农民同志说得多好，人家拿刀杀我们，我们能够只拿打狗棍去还手吗？对，对，敌人拿刀了，我们也该拿刀。但是任远想，问题不在这里，问题在我们有没有这样的力量。他对王东明说：

"是要斗争，但是我们有这样一支武装力量吗？"

"大有希望。"王东明十分高兴，任远和他的观点一致。他马上解释说：

"我们现在可以集合起来行动的大概有一百多人。劫狱我想不用这么多人，因为人多了容易暴露。精精干干的三五十个人，分成三五人或七八人一组的武工队，可以活动到沙田坝。"

任远摇头说："沙田坝新近调来了保安团，监狱里武装特务怕也不止三五十个呢。"

"这没有什么了不得。"王东明轻蔑地一笑，说，"对保安团可以采取调虎离山的办法，只要我们弄二三十个人装成'土匪'，在附近山里找地主老财的麻烦，保安团调去'剿匪'，把他们带到远山里去转，我们就可以乘虚而入了。"

任远完全相信王东明的话，他知道王东明在苏维埃时代搞武装斗争就很有经验。但是还有一大堆问题没有解决，比如里应外合的问题，比如要向老贺和上级请示的问题……

"感情！"任远忽然想起贺国威告诫过他的话，"感情有时候像一匹劣性的马，只要你稍为放纵一下，它就会脱缰而去，把你的脑子当作跑马场，狂奔怒驰，一发而不可收拾。要经常拉紧缰绳，这缰绳就是理智，就是党的最高利益。"

任远想，他今天是不是因为自己最亲密的战友老贺和自己最亲的亲人被捕了，就叫自己的脑子变成感情的劣马奔驰的跑马场了呢？他的心里像十五个吊桶，七上八下。他现在像站在一条船上，船上的主要舵手贺国威不在了，他必须把掌舵的责任担当起来。这正是河上波涛汹涌、暗礁时隐时现的关头，他不能不慎重。

任远终于说："劫狱的事，现在不作决定。这样重大的行动，不请示贺国威不行，没有里应外合也不保险。"

"这倒是，里应外合很要紧。要设法和老贺挂上钩才好。"王东明也同意。

他们又讨论了一些如何紧急疏散的问题。末了，王东明起身要走了，忽然想起来，他还有一件重大的事要告诉任远。他对任远说：

"前几天这里县委老张同志告诉我，说有一个姓伍的农民，拐了几道弯，传话到县委，要找原来在他那里住过的伍先生和伍太太。问他什么事，他说：'有一个瘦瘦长长的白面书生，是伍先生和伍太太的朋友，常常来的，忽然带了两个歪人，来找伍先生、伍太太，看样子是来抓人的。叫伍先生、伍太太留神点。'县委根本不知道伍先生、伍太太是什么人，也不知道传的话是什么意思。那天我偶然听到，一猜就知道是你和小柳的房东伍大哥传的话。不知道他传话的意思是什么，这白面书生又是哪一个，大概是童云带人去你们住的老地方抓你们去了吧。"

"白面书生？"任远十分奇怪了。他想童云虽说也是一个瘦瘦长长的人，也是一个书生模样，可是他并不知道自己住的地方，伍大哥并没见过呀。常常来的朋友，倒好像是指的陈醒民了。任远说：

"这白面书生恐怕不是童云，十有九成却是陈醒民。"

"为什么？

"童云不知道我们住的地方，只有陈醒民才常去，他倒是一个白面书生。"

王东明奇怪地问："那么这是怎么一回事呢？"

"谁知道呢？"任远一时也想不清楚。

王东明问："是不是小柳已经把你们住的地方告诉童云了？"

任远马上否认："不，我不这样想，我十分相信小柳，她从来是严格遵守秘密工作纪律，不差分毫。她绝不会把特委机关住地告诉交通站的。况且伍大哥明明说那是常常来的人，这绝不会是童云。"

"那么难道说，陈醒民已经叛变了不成？"王东明在猜测。

陈醒民叛变？这像一颗火星落到任远的心上，一下把他的心点亮了。到底是谁叛变了？要照童云和陈醒民这两个人来比较，任远从来和柳一清的看法一样，说童云叛变，还不如说陈醒民叛变更容易叫他们相信一些。但是事实却是相反的，童云是千真万确地叛变了，小柳已经明明白白地告诉过王东明了。至于陈醒民，不过就是才听说的这样一个不可靠的传话。这个传话是不是中途转了几道，走了样呢？也许不过是陈醒民被捕前有紧急事要找自己，因此到老地方去找了一下。什么歪人，什么要抓人，不过都是伍大哥猜想的吧。

这到底是怎么一回事呢？真是把人弄得糊涂了。任远说：

"到底是谁叛变了，我实在想不透。"

王东明说："不管怎样，无风不起浪，这件事总是值得我们留心。"

任远点头说："是的，这件怪事总要把它的来龙去脉弄清楚才好。我想亲自到伍大哥那里去一下，把问题搞清楚。"他停一下，问王东明：

"陈醒民是哪一天被捕的，童云又是哪天被捕的？伍大哥说这个白面书生又是什么时候到伍大哥家去的？"

这却把王东明问住了。他说：

"童云是什么时候被捕的，什么时候到伍大哥家去的，我不知道，陈醒民是这月十七号早晨被捕的。童云被捕的时间要问章霞才知道，想必总在陈醒民被捕前几天吧。你到伍大哥那里去，要十分留神才好。"

任远点一点头，说：

"不要紧，我总有办法找到伍大哥的。我还要设法找到章霞问一下童云被捕的情况。"

王东明说："上次你差一点落进陷阱里去了，不能再去了吧。"

任远说："上次冒冒失失闯进去，不是章霞机灵，我就遭了。这一回我就学乖了，我找我们埋在农场工人里的同志去通知章霞出来相会。"

王东明说："那样不是又要在章霞面前暴露一个同志吗？"

任远说："不会，我有办法。"

四

任远在五峰山后的半山横路上走着，这是他过去常常走的一条路，每一条岔道、每一个崖坎、每一块石头、路旁的竹篱茅舍，以及远山近树，他都十分熟悉。只是景色已经大不如前了，现在已是深冬，路旁草叶枯黄，山林树木凋零。任远在这堆满枯草败叶的小路上走着，在北风呼啸声中走着，望着那清江边一座隐在竹林深处的农家院子，真有说不出的滋味。

那农家院子是他和柳一清曾经同住过的地方，在那里，他们曾经在如豆的青灯下，读着闪射着真理光辉的典籍和文件，翻译那些比天书还难读的各地寄来的秘写报告，为一点一滴的胜利高兴，为一人一事的失败惋惜。他们也曾为人生的理想争论得面红耳赤，也曾为女儿的平安降生而祝福，也曾在那些风雨的夜晚，用盆子罐子接着满屋的漏雨，好不容易找寻一块比较干的地方，相依相偎在一把伞下，听那叮叮咚咚的音乐，盼望着第二天晴朗的黎明。这条小路更不消说，是柳一清每天走过的地方，他和柳一清两个一块儿也走过不止十次二十次。在春天的早晨走过，在秋天的月夜走过，在这条路上他们曾经为初升的太阳惊叹，也曾经趁无人时，放开歌喉唱过革命歌曲……这一切都好像不过是昨天的事，然而……任远想到这里，他的心思如潮，他只是紧紧地握住拳头，咬着牙齿。

他已经走近那座熟悉的竹林了。他的理智告诫他不能贸然走进去，他停住脚步了。他在那里仔细地观察，又像一个过路人一样，从竹篱外小路走过，小院里一点声息都听不到。他忽然看到了，伍大哥正在下面一块菜地里拔菜。四周围能看到的地方没有一个人，他走到地边，像一个普通人一样问：

"老乡，你这菜卖不卖？"

伍大哥抬起头来了，像不相信自己的眼睛，眨了几下又看，不错，他惊叫道：

"伍先生……"

任远用眼睛回头看一看那座小院子，若无其事地问：

"你家里没有客人？"

伍大哥说："我屋里啥人都没有。"他走过来亲热地拉着任远，说：

"走，走，回屋里说去。"

任远说："不，你拔你的菜吧，我也来帮你拔，好说话。"任远蹲下就动起手来。

伍大哥说："你们搬到哪里去了？我带的口信收到没有？"

任远说："收到了，所以才来看你。"

伍大哥完全没有必要地低声说：

"哎呀，有人在找你呀。就是那个，那个白白净净的、穿得体体面面的人，你们那个常来的朋友，你们吃满月酒的时候他也来过，还提来一块腊肉。"

任远完全可以判断是陈醒民了。他还是不当一回事地问：

"他找我干什么？"

伍大哥说："哎呀，你还不知道呀？哪里是找你，我看是来捉你的。他身边还带来两个凶神恶煞的带枪的人。"

任远装成略微有些吃惊的样子说：

"哟，他这样不够朋友，不会吧？"

伍大哥反倒为任远的不相信着急起来，说：

"咋个不会？他吓唬我，定要我说出你们搬到哪里去了。"

"你怎么回答？"

"我说不晓得，本来是不晓得嘛。只晓得你们进城坐汽车走了。他就说我胡说，一口咬定我晓得，并且说你们是……"伍大哥向四面看一下，悄悄地说，"说你们是共产党，大共产党。"

任远还是不在乎地说：

"嗬，好大的罪名。你看呢？"

伍大哥不说话，眨了几下眼睛，望着任远，然后略微显出几分狡猾地笑了一下，说：

"我看，就是的。只有共产党才像你们这样子。"

任远笑着说："哟，共产党还专门有个什么样子吗？"

伍大哥说："不是样子，是人好，心好。"

任远说："那么你怎么对他们说呢？"

伍大哥说："我只说，不要说不晓得，就是晓得了也不告诉。你这位'朋友'他想打我，我送上去，他倒不敢打了，夹起尾巴就跑了。"说罢，笑了起来。

从伍大哥说的情况，任远完全可以判断陈醒民叛变了，并且带特务到这里来抓过任远。但是到底是什么时候呢？大概是童云被捕叛变，捉了陈醒民，陈醒民又叛变了，才来捉自己和小柳的吧。他问伍大哥：

"他们是什么时候来找我的？"

伍大哥说："让我想想，"他默算了一下，说，"算来怕有半月多，二十来往天了。"

噫，任远想，童云在这月的十七号才被捕的，陈醒民为什么在童云被捕以前半个月的样子，就到这里来捉他和小柳呢？这就怪了，莫非是伍大哥算错了，他问：

"你没有算错吗？"

伍大哥又想一下，扳一下指头，肯定地说：

"没有错，那天是赶场的头一天，我在屋里收拾菜担子，明天又逢场，算起来有八个场期，总有二十三天了。"

哦，这就是说，陈醒民在去年十二月二十五日曾经到伍大哥这里来想捉人。在任远面前突然出现一个新的问题：陈醒民在清江中学被捕明明在童云被捕之后，为什么他叛变后来这里捉人，却在童云被捕以前呢？这实在令人难以理解了。但是在这里他实在没有工夫来仔细想这个问题了。他决定向伍大哥告辞了。

可是伍大哥却不放他走，他说：

“过去就不晓得你们是这样的好人，晓得的时候，你们已经搬走了，今天好容易又碰上了，吃一顿菜饭都不肯干，就走了？以后到哪里请你们去。”

任远解释说：“不是不领情，今天实在是有事。再说，他们要是今天又来这里碰运气，撞住了我，岂不就发财了？我还是走开的好。”

伍大哥不能不相信这个道理了，他们要是又闯来了，咋个好呢？他只好放任远走了。他要送任远，任远不叫送，伍大哥却是依依不舍，想说什么，又没有说。任远回头说：

“伍大哥，不要送了，你要找的好人这世上多得很，只要你肯找，一定会找得到的。”

伍大哥止步不送，点一下头。任远在前边回头说：

“帮我问伍大嫂好呀。”

任远决定走另外一条路回去，他直上五峰山顶，穿过松林和茶山，从悬崖边走过去，他站在悬崖高处，望着下面那滚滚的清江，就想起贺国威作的那一首《清江壮歌》。他似乎听到了贺国威和柳一清就站在这里，在他的身边唱这首歌：

> ……
> 金瓯重收拾，
> 人民齐欢笑，
> 新日月，
> 红旗飘！

他抬头看清江对面，远远的那一片地主庄院不就是关贺国威和柳一清的监狱吗？他的心血被愤怒激荡起来了，他暗地发誓说：

“总有一天，我们要粉碎那片罪恶的房子，我们将要打破那污黑的门，老贺、小柳，还有别的难友们，我们将要欢迎你们出来，为你们擦干血迹，敲掉镣铐，交还你们战斗的剑……”

五

任远回到乡下他临时居住的地方，心里一直不能平静。到底是谁叛变了？或者说到底是谁先叛变了？

任远去找了王东明，研究了一阵，还是弄不清楚。他决定去找章霞，把童云被捕的情况弄清楚再说。

任远没有直接去找章霞，他通过清江农场中一个工人同志暗地里通知了她。

章霞自从上次和柳一清分手后，一直想念着柳一清，她希望柳一清能够早一点通知她谈话。她每天起来，第一件事几乎就是翻《清江日报》，看看有没有她盼望着的"遗失启事"。但是，过了这么多天了，一点消息也没有，这是怎么一回事呢？

昨天晚上，她到农场场部去领"平价米"，在黑地里突然有一个农场工人挨到她的身边来，在她手里放了一个搓成一团的纸条，悄悄地说："老任有事找你。"这个工人说罢，就隐没在黑暗里了，连脸面也没有看清。

她把平价米领了回来，在她的屋里监守的特务已经走了，或者说，已经撤到外边去，更阴险地埋伏起来了。不过也说不一定，近来特务守了这样久，什么也没有捞到，连那天有一个买橘子的嫌疑分子也没有抓到，慢慢就松懈下来了。这样冷的天，未必有那样忠实的走狗，肯在橘子树林里挨冻，说不定已经到哪个暖和的酒馆或者妓院里混账去了。

章霞等到深夜，起来点上桐油灯，在怀里摸出那个纸团子来打开看。她虽然不认识任远的字迹，可是条子是落的一个"远"字的下款。她不知道为什么柳一清不按约好的办法来通知她，却是由任远用他自己的名字来通知她，这个条子是不是真的呢？是不是坏人来诱她的呢？但是这个想法只在她的脑子里打了一个转身，便被她抛弃了。她相信这张条子是真的，因为她太想见到柳一清了，柳一清不来，任远来找她，当然也是可以的。不管怎样，她一定要去约定的地方看看，好在任远她是认识的。

第二天一早，天亮不久，章霞就起来了，提着一个菜筐子就走出农场去了，她留心看前后，并没有特务跟她。那个特务可能还在哪个窑子里睡觉，还没有到她家里来"上班"呢。

在约定的地方她看到任远了。任远在前面转弯抹角地走了一程，证明章霞没有"尾巴"，才和她打招呼。

章霞一见任远就问：

"柳大姐呢？"

任远的脸色顿时有些不自在，章霞却没有看出来。任远支吾一句说：

"她……等一会儿再说吧。我找你是想问你……"

章霞从任远的这一句话里听出问题来了，柳大姐怎么样了？章霞打断任远的话，问：

"柳大姐到底怎么样了？为什么不是她登报找我？"

任远不能逃避回答这个他最不愿意接触的问题，只好吞吞吐吐地回答：

"她……她……已经被捕了。"

"什么？"章霞像谁在她的头上打了一棒似的，晕了一下。她不相信，这怎么可能呢？她是那样一个精明能干的人，怎么也会像童云一样，落进敌人的魔掌里去呢？她说：

"我不多几天前，最多不过十天以前，我还见到她的，她还答应过几天就找我去谈话。还要为我……"章霞再也说不下去了。她十分难过，就要为她举行入党宣誓的人，怎么忽然就被抓走了，再也见不着了。童云才被抓走，柳大姐又被抓走，为什么灾难总是一串一串地落到她的头上来？

任远冷静地说："事实就是事实，她是被捕了。我上次到你那里来，她就已经被捕了。"

章霞自从她的丈夫被捕后，她认为她是世界上最不幸的人，后来柳一清告诉她说童云已经叛变了，她虽然很失望，慢慢也就看开了。现在任远失去了一个好的妻子和同志，比她更不幸。她却连一句安慰话也没有对任远说，她想说两句，却怎么也搜索不到合适的话。她想了好一阵，才想起一句话，她问任远：

　　"柳大姐是怎样被捕的呢？"

　　章霞问了这一句话后，她忽然想起来了，莫非……莫非又是他……她简直不愿意想到他，但是她又强烈地希望不是因为他。

　　任远回答说："很有可能和童云有关，因为出事的根子在医院，只有童云才知道小柳要到医院去检查身体。"

　　章霞听到这个回答，不觉打了一个寒噤，她听到了最不希望听到的结论。她恨恨地说：

　　"哼，又是他！"

　　任远说："不过还说不一定，我找你来，就是想弄清楚这个问题。你把童云被捕的情况告诉我一下。"

　　章霞说了童云被捕的情况，她特别提到敌人问过童云，陈醒民住在哪里，证明柳一清对她说过的判断，是童云出卖了陈醒民。

　　任远忽然插话："不，你说清楚一点，童云到底是什么时候被捕的？"

　　章霞说："就是在这个月十七号，快吃早饭的时候。"

　　"什么？你没有记错，是十七号吗？是在早上吗？"

　　章霞完全不能理解为什么任远这样问她。她肯定地回答：

　　"是的。"这个日子，这个时辰，她一辈子也忘记不了的。

　　任远沉默了，低下头去。章霞完全不明白这是为什么，她自然更无法知道任远的脑子里的思潮正在高速地翻卷。任远忽然抬起头来说：

　　"这真是太奇怪了。"

　　章霞问："什么太奇怪？"

　　任远说："很有可能，并不是童云叛变了。"

　　这一句话简直又像一个晴天霹雳落在章霞的头上。这怎么可能呢？柳一清不是对她分析得清清楚楚的，而且证据确凿，是童云带着特务抓的陈醒民吗？他怎么会没有叛变呢？……但是章霞的脑子里忽然透过一片亮光，就像漆黑的大海上忽然升起一片太阳光一样。要是他没有叛变，该多好呀。

任远忽然用肯定的口气说：

"不是童云叛变了，倒是陈醒民叛变了！"

章霞心里高兴，但是又怀疑自己的耳朵，是不是听差了。她说：

"我简直不明白你说的话。"

任远还只管在那里自言自语：

"是的，是陈醒民叛变了，童云没有叛变。"

章霞还是莫名其妙地望着任远，期待他的回答。任远似乎现在才看到在他面前还坐着章霞，而且正用那样殷切期待的眼神望着他。他像才打了一个胜仗一样，开朗地笑了，对章霞说：

"可以肯定，你的童云并没有叛变。你不是说，童云是十七号早上快吃早饭的时候被捕的吗？我们知道陈醒民在清江中学是十七号吃过早饭后就被捕的，两个人被捕相隔不过一个钟点，从你们农场走到清江中学就大概要一个钟点，这就是说，童云一被捕，马上就供出陈醒民，并且马上带特务去捉陈醒民，才有可能。你想童云被捕，怎么能不被带回特务机关，经过审讯，便在几分钟内叛变了呢？"

章霞听神了，大睁着眼睛，连嘴也合不住了。任远说：

"这还不说，我们就暂且假定童云是被捕后在半路上就叛变了，但是我前天才得到确实证据，早在童云被捕的许多天前，陈醒民就曾经带领特务，到我们原来的特委机关去捉过我和小柳了，只是我们搬了家，没有捉到罢了。那么陈醒民还没有在清江中学被捕，倒已经成为特务，并且带人去捉我和小柳了。"

章霞笑起来了，笑得那样高兴，简直说不出话来，只是"呵！呵"地惊叹，佩服任远分析的精细和正确。

任远最后下结论说："大阴谋！大阴谋，这是一个大阴谋！"

章霞问："什么大阴谋？"

任远把这个疑案的关键打开后，思路就变得非常活跃了，他几乎没有怎么思索就说：

"这样一来，陈醒民在监狱里和监狱外都在冒充好人，童云却是猪八戒照镜子，里外都不是人了。"

章霞着急地说："这怎么可以呢？这怎么可以呢？老童倒是受了老大的冤枉了。没有想到陈醒民这家伙这样阴险。"

任远说："陈醒民自然是坏透了，可是在他的后面，一定是有特务机关在指挥。他不过是一条卑劣的走狗。"

章霞说："可是柳大姐只知道是童云叛变了，陈醒民却是被童云害了的人，谁知道陈醒民才是真正的害人精，老童却是受害的人。"说罢，她忧伤地摇一摇头，喃喃地说：

"这怎么办呢？这怎么办呢？"

任远点一下头，说：

"是呀，问题看来是弄清楚了。在这外面，陈醒民也害不着人了，可是在监狱里，他却用童云来顶了他的罪，可以欺骗人，可以害同志。这倒怎么办才好呢？"

章霞只知道着急，为她的丈夫受了不白之冤难过，却想不出什么办法来。任远一时也想不出什么好主意，他自言自语：

"要能给监狱里的同志通个消息就好了。"

章霞也说："怎么能和他们通消息呢？"她不知道是在问她自己，还是在问别人。

任远说："一定要想法通个消息。再不能叫陈醒民在监狱里害人了。同时，我们还想告诉他们，我们要准备劫狱，打进去救他们出来，就是不知道行不行。"

"打进去救他们出来？那太好了。"章霞笑了起来。

"但是监狱的一道铁门，隔开两个世界，谁能送得进消息呢？"

章霞想了一下，忽然问："监狱在哪里？"

任远："你问它有什么用？"

章霞说："我想去试试。"

任远笑一笑说："你怎么能去试试呢？"

章霞说:"我给老童送衣服去,我要去看看他,能叫进就进,不叫进,能把衣服带进去也好。"

任远不相信这个办法,但是目前实在也找不出别的办法。他对章霞说:

"这个办法试一试倒不要紧,不过十有九成是行不通的。"任远又说,"这样吧,你无妨先送一件两件衣服去试试,假如行,我们再设法夹带密写给小柳。"

章霞说:"好,监狱在哪里?"

任远说:"就在沙田坝,清江边上那座大地主庄院里。"

章霞说:"我知道了,是不是那一色白粉墙的大院子?"任远点一下头,章霞又问,"我要送得成,怎么告诉你呢?"

任远正在考虑,章霞继续说:"还是像柳大姐和我约的那样,在报上登一个遗失图章启事,我就到这里来等你吧。"

任远说:"不,你去登报比较麻烦,并且这样约见也容易被敌人盯梢,你还是写一封信,写'本城高级农业专科学校交章远收',把章远当作是你的弟弟。我有办法收到。"

六

章霞回来,一整晚上没有合眼,这些日子来,她晚上睡不好觉,是常事了,可是都没有像这一晚上那样翻来覆去,十分不自在。

过去,她从柳一清那里知道她的丈夫叛变了,她虽然也难过了一阵,可是后来她努力想从自己的记忆中抹掉童云,抹不掉,她就尽力不去想他。她总想用柳一清的那一句话来说服自己:"老童这个人不值得你可怜了。"

可是今天从任远那里知道,她的丈夫并没有叛变,真正叛变的却是陈醒民,她回来后激动得不得了。到底还是一个好丈夫,而且受了天大的冤枉，而且直到现在，他还被柳一清，被监狱里一切难友，当作叛徒看待，却几乎没有办法来辩白，他是多么的痛苦呀。被自己最亲近的人，被同志们误解，世界上还有什么比这更痛苦的呢？自己要能到监狱里去，把这个消息送进去，该是多好呀，但是……章霞忽然想起来，难道她就是只想到给自己的丈夫申冤吗？不，不，那天任远给她说，不能叫陈醒民在监狱里再害人，对了，这才是最主要的。自己是一个被批准入党的人了，为什么只想到给自己的丈夫申冤，却不更多想到党的事情呢？特别是要把老任他们准备劫狱，搭救他们出来的消息告诉他们，这才是更其重要的嘛。她有几分责备自己，她想来想去，她觉得她应该努力设法进去，给党办好这一件事情……

章霞在床上睡不着，连躺在床上都觉得是一种莫大的痛苦，她一定要赶快去监狱闯一闯试试看，能见到他当然好，不能见到，能送东西进去，就赶快叫仟远夹密写进夫。任远和柳一清都是搞密写的能手，她丈夫过去告诉过她，一定能把消息带进去。

第二天天亮不久，章霞起来，草草吃罢早饭，托邻居照顾一下小女儿，说她要给童云送冬衣去，她就夹一件棉袄出发了。

她找到这个监狱并不困难，在沙田坝这一带再也没有比这个地主庄院更大的了。她想象一定有非常高的墙和一扇大铁门。其实不是，这不过是一座八字朝门，朝门上还有一块金字大匾。朝门的正门是紧紧关着的，只有旁边的小门开着，门上什么牌子都没有，门口有两个兵背着枪守着，看来也并不怎么精神。从门口望进去，只见有一些凋零的花木，冷清清的，这哪里像一个监狱？

章霞抱着衣包走近前去，向那个站岗的兵说：

"老总，我找个人。"

那个兵误会了，以为她是要找哪个特务人员，因为他从来还没有遇到什么人要来见关押的犯人的。他问：

"你找哪一个？"

章霞说："我找童云。住在这里面的。"

那个兵真就把她带进八字朝门，到一个接待室里找传达去了。章霞很高兴，觉得进门还算顺当。

传达问章霞："你找哪一个？"

章霞说："童云。"

那个传达想了一下子，说："我们这里没有这个人。"

章霞说："他们说是在这里嘛。"

传达又问："他是在这里做什么的？"

章霞说："我也不知道。"

那个传达只好叫她在传达室里等着，他到上面去问一下。章霞从传达室的窗口望出去，上面有一排大瓦房，两边有厢房，在上房和厢房交界处各有一个垂花圆门，圆门外有一道铁栅子门，死死关着，铁栅子门里是木板门，也死死关着，看不到里面。她想童云他们一定是关在这里面了。

她正想着，有一个人随着传达下来了，并不是童云。那个人很惊诧地问章霞："你找哪一个？"章霞照说了，那个人断然地说："我们这里没有这个人。"但是却又问："你是他的什么人？"

章霞说："我是他屋里人。"

那人摇头说："你走错了地方了，我们这里没有。"

章霞有点奇怪，任远不是明明白白说的这里吗？这沙田坝再也没有什么别的大房子了。她对那人说：

"他明明被你们逮来关在这里，怎么不在这里？我给他送衣服来的嘛。"

那个人吃惊而且生气了，叫：

"你胡说！哪个逮了你丈夫？哪个告诉你的？我们这里是机关，给我滚出去！"

章霞还想申述，那个人凶恶地喊：

"卫兵！给我轰出去！"

马上有个卫兵进来，生拉活拖地把章霞拉出去了。那个人还在训斥那两个卫兵：

"混蛋，怎么许她进来的？"

章霞没有办法了，她也不敢肯定是不是这里，只好走到沙田坝去了。

她在沙田坝小场上一个小茶馆里坐下歇气，这时还早，从这里过往的客商和背脚子都不多。章霞问那个来添开水的堂倌：

"那个大院子是什么机关？"

那个堂倌顺着章霞的手指远远望去，又细细地看了章霞一眼，连忙摇手说：

"嘿，问不得，问不得！"

章霞说："是关人的地方吧？"

那个堂倌狡猾地笑一下，摇几下手走开了。

这就非常明显了，是这个院子，没有错。章霞马上付了茶钱，又向那个大院子走去了，那堂倌奇怪地望着章霞的背影。

章霞又走近八字朝门，走到卫兵面前去，这一回那两个卫兵明白了，迎着章霞，把她挡住，对她说：

"你又来了，捣什么乱，滚！滚！"

那一个刚才带她进传达室的卫兵骂：

"妈的，你刚才不说清楚，就说找个人，找个人，我以为你找哪个当官的呢，原来是来找他妈的犯人的，哼！"

章霞从这一句话完全肯定是这里了。她向卫兵求情：

"老总，费心，他们把他逮来了，衣服没有带够，这么冷的天……"

"滚！这个婆娘才不识好歹呢，你晓得你到了什么地方了？"还是那一个卫兵威胁她说。

章霞说："我送件衣服来，犯了王法了？"

"少说废话，再不滚，老子用这个启发你！"另一个卫兵用枪筒比了一下。

章霞坐在田埂上，装哭起来：

"我的男人犯了什么法，你们捉了来？不让见，连衣服也不准送，什么衙门都没有这样狠。"

头一个卫兵冷笑说：

"哼，你男人没有犯法，还能到这种地方？你晓得这是啥子衙门？你来……"

第二个卫兵感觉他的伙计已经说漏了，再叫他说下去，有失体统了，马上鼓了他一眼，打断他的话说：

"少跟她废话。快滚！"

说着，那个卫兵拉章霞起来，就往来路上推，把章霞跌跌撞撞地推着走开了。

章霞失望了，她虽然肯定了这个地方是特务机关，却没有办法进去，连送东西也不行，她只好无精打采地走回去，在过沙田坝小场的那个茶馆的时候，那个堂倌奇怪地望了章霞几眼。

章霞回到家里，突然感到筋疲力尽了，连小孩在床上哭，都不想去抱。失败了，消息送不进去了。

邻居几个女的过来安慰她，也愤愤不平地发了一阵议论，但是有什么办法呢？这个世道，哪里有说理的地方！

这晚上章霞更是通夜不安，一会儿坐起来，一会儿睡了。她听到前面清江那咆哮的声音，后面松林在北风中呼呼叫啸。章霞想得很多，却始终找不出一个主意来。她无论如何要完成这个任务，她一定要进去，她要向柳一清告发，陈醒民是一个大叛徒。不，她要亲自当着柳一清，当着她的丈夫，当面撕破陈醒民的假面具，她要当面痛骂他一场……

章霞迷迷糊糊地睡过去了，忽然她起来走出去，走到那座监狱门口，没有见到守门的卫兵，她毫无阻拦地走进那座八字朝门，穿过花园，走近铁栅子门，那圆门就呀的一声自己打开了，她走进去，那是一排一排的，像她在城里衙门口看到的那样的牢房，漆黑无光。她走进一间里，在那里，她看到了她的丈夫，她欢喜地叫了起来："老童，告诉柳大姐，是陈醒民叛变了，你……""滚出去！谁叫你来的？"一个兵举起枪给她一枪筒子。

"哎呀！"章霞醒过来了，冰冷的月光在她丈夫经常办事的书桌上凝然不动，原来是一个梦。

"怎么办呢？怎么办呢？……"章霞反复地念叨。

突然，在章霞的脑子里有一粒火星亮了一下，是那样明亮，一下把她前面的道路照得通亮。她非常高兴，几乎要大笑起来："好了，我到底找到了办法。"她自言自语地坐了起来，她看到窗外橘子树的模糊的轮廓，她知道不久就要天亮了。

她匆匆地爬了起来，点亮桌子上的桐油灯，她找出一张信纸来铺在桌子上，拿起笔就写了起来。她平常对于捏笔杆子，很不习惯，今晚上却不知道从哪里飞来神力，帮助她像流水般写下去了。

她写完后也不看一遍，就封进一个信封里，在信封上写着"本城高级农业专科学校交章远收启"。下款落的是"本城章寄"。

然后她又从抽屉里找出几张白纸来，裁成纸条，用毛笔在上面写起大字来。当她写完的时候，天已经大亮了。

她给小孩穿上厚厚的棉衣，又放回小床上去，小孩居然睡得很熟，没有弄醒。章霞俯下身去，很想把自己的女儿摇醒，她望着女儿那睡意很浓的眼睛，细声地说：

"孩子，我的乖乖，你好好待在家里吧……唉，乖乖呀，妈妈有事要出去了。妈妈，还要回来……"

她的眼泪成串地滴在小孩的脸上。孩子对于妈妈要去完成一项庄严的使命，却似乎并不了解，只把眼睛睁开一下，又迷迷糊糊地睡着了。章霞擦干掉在孩子脸上的眼泪，亲了几下，喃喃地说：

"孩子，我的乖乖。"

章霞洗了脸，随便吃了一点东西，她去找平素和她很要好的一个工人的妻子，叫她过来，对她说：

"我还是要去试一试，我一定要去见见孩子的爸爸，把衣服送给他，我可能有两天耽搁，请你看一看我的孩子，吃的东西放在小橱里，穿的东西已经穿在她的身上了。假如……"

章霞迟疑了一下，她不知道是不是应该这么说，想了一下，还是说了：

"假如我过两天还没有回来，我写了一封信，要我的一个弟弟来把小孩接去，我过几天回来，再接转来。"

章霞把钥匙交给那个朋友，拿起一个衣包，就要出门，她忽然又转过头来，一个巨大的力量，把她重新推向在屋角的那张小床，她俯下身，望着还沉睡着的孩子的脸，她不忍心把孩子弄醒，不由自主地轻轻在孩子脸上亲了几下，低声地说：

"睡吧，乖乖，等着妈妈，妈妈还要回来……要回来……乖乖……"

她抬起头来，拿起衣包，走出门外以后，才用毛巾蒙住她的眼睛，擦掉眼泪，决然地走出农场大门去了。

过了两天以后，任远从高农专科学校的同志那里得到一封信。那封信是放在学校门房外边的木头信插里的，所有投递不到的信，都放在那里，等候它的主人。

任远一看信封，就知道是章霞写来的。他打开信封，抽出信纸，读了起来：

远弟：

　　我想了很久，还是决定去看你姐夫和柳妹。我一定要把你的心事告诉你姐夫和柳妹。

　　我不知道我还能回来不，假如不能回来，弟弟，请你照顾我的孩子。将来告诉她，妈妈丢下她，实在也是莫奈何呀！

　　弟弟，我没有先告诉你就去了，姐姐有什么对不起你的地方，原谅她吧。

霞姐

任远看完了信，十分激动，他没有想到，章霞为了完成任务，竟丢了自己的孩子，不顾一切地去了。没有想到她没有和他商量，就自己贸然行动，又多一个同志落到敌人手里去了。任远叹了一口气，走了出去，叫人赶快去把章霞的孩子抱回来。

第五章

一

　　贺国威和柳一清被特务逮捕到沙田坝的监狱里来了。他们两个被分别关在两座破旧的谷仓里，谷仓里十分黑暗，只有从木板缝里透进一线光明。黑暗对于一个革命者说来，并不可怕，对于柳一清更是这样。她甚至对于她被关进这样一个奇怪的地方，有一种特别的感觉。她过去读过许多革命的先驱者坐牢的故事，他们那种大义凛然、襟怀磊落的气概，常使她十分感动，但那还是书本上的事，坐牢的滋味她一次也没有尝过，没有什么体会，也不知道自己在和先辈们一样的环境中，是不是也能怀抱和他们一样高尚的情操。现在她也坐牢来了，而且带着一个才生下不久的孩子来坐牢，而且一来就坐进这样一个黑暗的谷仓里，她是有一种特别的感觉的。

　　她和她的小女儿在黑暗的谷仓里坐了几天，特务始终没有来提她出去审问。她知道这不过是暴风雨前夕的平静，严重的斗争就要到来。她面对就要到来的斗争毫无畏怯的感觉，相反地倒有一种渴望这种斗争的感觉，就像一只矫健的海燕渴望着暴风雨一样。是的，她忽然想起高尔基歌颂海燕的诗篇来了。这篇诗过去曾经给予她一种巨大的精神力量，现在更不消说了。她轻声念了起来：

白蒙蒙的海面的上头，风儿在收集着阴云。在阴云和海的中间，得意洋洋地掠过了海燕，好像深黑色的闪电。……它在叫着……这叫喊里面——有的是对于暴风雨的渴望！愤怒的力量，热情的火焰和对于胜利的确信……

她最后举起手来，在黑暗里激动地叫出声来，念了这一篇诗的最后一句：

"让暴风雨来得厉害些吧！"

这几天来，她很少想到她将要面临什么样的斗争，她也想象不出来。但是她却想得很多很多，她回顾了自己的一生。她到这个世界上来才不过二十六年，这不过是在生命长河中短短的一段。但是在她看来，却是多么富于色彩的一段呀！在这一段里，有清澈的平流，也有汹涌的激流；有美丽的浪花，也有轩然的大波……她想到她在短短的五年之中，从一个单纯的工业救国论者转变成为热心的抗日进步分子，然后又在党的教育下，投身到无产阶级革命的旗帜下来，参加了它的先锋队伍，这经历了多么巨大的变化！而现在，却要像她所景仰的革命先辈一样，在监狱里、法庭上，甚至刑场上，和敌人去进行决死的斗争了。

往事像电影一般，在黑暗谷仓的墙壁上，一幕一幕地展现出来了。

柳一清生在一个小公务人员的家庭，少年时代在南京上中学。她在下关看到江面上停着许多挂着各种外国旗的军舰，公然把大炮对着堂堂的首都。她又在街上，常常一面看到那些外国人对中国的穷苦同胞拳打脚踢，横行霸道，同时又听到从外国来传教的"救世军"，在那里瞎说关于天堂的鬼话。而那些"高等华人"却是那样对外国人曲意奉承，她的内心感到深深的屈辱。她听信老师的论断，这都是由于中国积弱太久的缘故，所以积弱又是由于中国工业落后，只有振兴工业才能救国。于是她发愤读书，高中毕业后她考进了北平工学院机械系，而且是机械系仅有的两个女生之一。

当她去注册入学的时候，老师劝她不要读工学院，在他们看来，一个女人上大学，不过是为了提高自己的身份，以便待价而沽，找一个有地位或者有钱财的阔人，当一个有文化教养的太太，在社会交际场合中能够给自己丈夫增加声誉，在家庭中能够用音乐、绘画、诗歌来安慰自己的丈夫，能够很合乎科学地养下孩子，并且亲自教养自己的孩子成为体面的少爷、小姐，也就够了。至于学习制造机械、做枪炮、修铁路、开矿山等粗重的工作，女人的智慧和体力都是难以胜任的。柳一清却不相信这一套，她一心一意想工业救国，而且以优等成绩在大学学习了两年多。

但是在一次校庆中，机械系迎接返校毕业同学的同乐晚会上，她的幻梦破灭了。在那个晚会上，大家要那些老大哥谈谈毕业后出去为国效劳的情况。他们几乎无例外地表示失望，他们说他们抱着满腔热忱，想在祖国的工业战线上大显身手，结果都被兜头泼了冷水。有的分配到经济领导机关，不过是在办公室里做点抄写工作。政府组织这大大小小的委员会，其实不过是装点门面，向外国佬借钱打内战罢了。另外一些同学说，他们倒是进了工厂，起初也很兴奋，以为可以发挥才干。干了一阵，他们才知道，他们的职业不过是帮资本家当监工，这些国货工厂的老板，其实不过是外国资本的买办，主要是日本资本的买办。他们的工作就是把日本货弄来改头换面，冒充国货，贴上"完全国货"的商标，去欺骗中国人罢了。

柳一清第一次听到这种骇人听闻的议论，心里想：男同学还不免去做高级办公室里的必要的"摆设"，女的呢，肯定要去做受人凌辱的"花瓶"，至多也不过去替资本家作帮凶，欺压工人，欺骗人民罢了。她完全失望了，工业救国对于她竟然成为恶毒的嘲笑，她的好梦破灭了，被人无情地引进一条死胡同里，再也找不到出路了。"唉，祖国往何处去？自己的出路又在哪里呢？"

他们开的那个同乐晚会一点欢乐也没有，有的同学悄悄地哭了起来，有的同学如醉如狂地哼起"我的祖国，我的母亲"的悲伤调子，直到深夜，还不散去。柳一清也哭了。

从此以后，柳一清再也不死啃书本了。她开始读一些报纸，上海出版的一些杂志和讨论抗日救亡以及青年修养的小册子，她想从这些书报里去找寻答案。她开始模糊地认识到，现在不是什么工业救国、国货救国、读书救国的时候，更不是那些混账的什么读经救国、做水陆道场救国，以至打太极拳、踢毽子、放风筝救国的时候。不打倒日本帝国主义，求得民族独立，根本谈不到发展工业。但是这个政府却一直在和日本帝国主义讲"敦睦邦交"，唱"中日亲善"，"经济提携"的调子，在国内一直还在叫"要攘外，先安内"，并且内战打得火热，这到底怎么办呢？

这时期，"一二·九"学生救亡运动爆发了。柳一清也跟着同学上街去了。听到那些热忱的演说，读到那些进步书刊和传单，她开始相信一种真正救国的道理。

在一次学生集会中，警察包围了学校，动手乱打人。柳一清正要逃走，被一大个子警察一把抓住她的头发，拉倒在地，用大皮靴踏在她的胸上，挥动警棍正要打她的时候，忽然有一个男同学从警察身后夺过棍子，顺势狠狠给了警察一棍子，把他打了一个跟跄。他叫柳一清快跑，爬球场的高脚凳子跳墙逃走。柳一清爬上高墙，却不敢跳，后面那个同学一面招架警察，一面爬上高脚凳，翻上墙头，回头使劲用脚一蹬，蹬翻了高脚凳，警察再也没有办法上墙来了。那男同学先跳下墙，叫柳一清顺墙溜下去。柳一清还没有落地，那男同学就用双手接住她，两个人一起从小胡同里跑出去了。

在路上，他们互通姓名，她才知道这个同学名叫任远，也是工学院的同学。他们一面走一面议论起来。柳一清说：

"我没有想到他们这样残暴，讲演抗日也有罪了。"

任远说："哼，你恐怕还不知道他们杀了多少抗日救国分子吧？"

柳一清说："他们这样残暴无道，对敌人却这样卑躬屈膝，中国非亡不可！"

任远说："不，中国不会亡。灭亡的只能是他们。人民已经起来抗日，一小撮反动分子是休想拦得住的。"

柳一清从此和任远接近起来了。任远给了她许多新书看，还有油印的秘密小册子。她突然感觉到在她的面前展开一个新的世界。她知道共产党才是坚决抗日救国的，是多灾多难的中国人民的真正救星，她知道已经有了一个抗日中心，革命的圣地——延安。她像一个久久在荒原上彷徨的人，口干舌燥，忽然找到一个甘洌的清泉，她尽情地喝个不止。

柳一清跟着任远热情地参加学生运动，越来越活跃了。她的心情舒畅，老是那样笑容满面，不知道疲倦地跑来跑去，像一团火一样，流到哪里，哪里就能听到她那尖细的嗓子在又说又笑。于是大家给她取个诨名叫"流火"。

不久任远就介绍她参加民族解放先锋队。在她宣誓入队的那一天晚上，她吃罢晚饭就在任远约好的地方等他，生怕迟到了。她的心里波涛起伏，难以平静。她等了很久也没有见任远的踪影，她简直想埋怨任远。但是当她看一看校园里的大钟，不禁哑然失笑，隔约好的时间还差一个钟头呢。她心神不宁地在校园中走来走去，她期待着她一生中这个庄严的时刻到来。

她随任远走进一个小屋子，那里有几个同学，平时也是认识的。当她照人家告诉她的做法，举起手照一张小纸条念宣誓词的时候，她的声音打颤，全身出汗，握紧的拳头几乎要捏出汗水滴下来了。当那个监誓的同志和她握手，向她道贺，叫她一声"同志"的时候，她的眼泪差一点流了出来。她努力忍耐着，因为她发现任远正大睁着眼睛，兴奋地望着她的眼睛哩。

抗日战争爆发以前，柳一清已经和任远感情很好了，她觉得在她的感情天地中要没有任远是不能想象的了。所以任远和其他几个"民先"队员决定到西山边一个农村去做抗日宣传的时候，她也怀着满腔热忱，自己背着行李，和他们一同出发了。

这一群青年对于农民群众工作是很陌生的，连自己的生活也是不好对付的。有一次柳一清和任远轮到做饭，他们到井边打水，虽然他们都算得是有知识的人，而且柳一清还是学习机械的，但是把吊桶放进井里去，拉来扯去弄了半天，那吊桶就是不听他们指挥，连一桶水也打不起来，还是一个农民来解救了他们。柳一清对于自己十分失望，她叹气说：

"唉，我们这种知识分子，到底有什么用处呢？"

柳一清的这种感受在她开始做群众工作的时候，越更强烈。当她和几个同学兴高采烈地拿着漂亮的壁报，戴着草帽，到附近一个采石场去向工人宣传抗日，他们声嘶力竭地讲不抗日要亡国的道理，那些工人却无动于衷，仍旧在那里埋着头，顶着毒太阳捶石子，最多抬起头来怀疑地看他们几眼，大概以为这几个少爷小姐模样的人，是吃饱了饭，没有地方消遣，到采石场里寻开心来了吧。柳一清和大家失望地走回去，一路上叹着气。

黄昏时候，山村是安静的。在西山脚下展开一片金色的平原，村落上空升起了一缕缕直直的炊烟。这时本来可以听到柳一清的嘹亮的歌声的，从那村边小枣树林里，从那村外的田野里。今天却到处都很沉静，柳一清闷坐在窗前，任远无可奈何地陪伴着她。工作队的党员队长金铭回来了，一看就知道是怎么一回事。问柳一清：

"怎么的？我们的'流火'，点不着了？"

柳一清突然问道："我想不通，难道这就是中国的无产阶级吗？"

金铭问任远，任远说明缘由，金铭笑了，说：

"他们是无产阶级，却不知道你们是什么阶级，看你们的打扮、腔调，也许是老板派来的吧。你们口口声声说救国，救什么人的国家？救他们的老板的那个国家吗？看你们这样的打扮，他们有理由不相信你们。要是他们有自己的政府，为了祖国，舍生忘死，他们也肯干。"

晚上，金铭把大家找来，研究怎样接近群众，要紧的是和群众打成一片，休戚相关，同甘共苦，和他们交上知心朋友，千万不要是以"救世主"自居，向他们去"施舍"知识的样子。

柳一清又算开了窍，懂到一点自己过去完全没有想过的道理。她按金铭交代的办法去做，果然就逐步地交上朋友了。柳一清想，与其说是她去向群众宣传抗日，还不如说是这些穷苦工人和农民在教育她还恰当些。

北平沦陷了，他们在这山村打游击的理想没有能实现，接到党的通知，绕道撤退到武汉去。他们两人由金铭带到董老那里去，由董老介绍他们去鄂豫皖边区七里坪的党训班里去学习了一个多月，任远被派到武汉做工人工作，柳一清被介绍到党办的汤池农村工作训练班去学习。柳一清在那里实现了她长久以来渴望的理想，参加了党。

柳一清在训练班毕业后，曾经被分配回她的老家苏北去打游击，她非常高兴有机会去当一个普通的战士，到战场去冲锋陷阵，和敌人进行面对面的搏斗了。她总觉得她有满腔热血，要找个合适的地方，喷洒出来，才感觉痛快。她写了一封信到武汉去向任远告别。信里说：

> 我上战场去了，我不知道我们是不是还有可能相见，我们过去相约抗战胜利后就结婚的话，已经没有什么意义了，因为我这次回到故乡，是抱着把自己的鲜血洒在故乡土地上的决心的。我也许见不到胜利了，只希望你在胜利后，到我的坟头来献一束花，告诉我："我们胜利了……"

但是她回苏北的愿望没有实现，去敌后的通道被敌人暂时切断了。党就把她派到偏僻的山区地带做地下党的工作。

起初，她是不大习惯的，但是她慢慢克服了生活上和语言上的困难，在山里奔走，风里来，雨里去，和那些最穷苦的农民结成生死的朋友，和他们一样吃，一样住，滚一样的草荐，吃一样的玉米糊糊，生一样的疥疮，害一样的疟疾，忍受一样的痛苦，也怀抱一样的希望。在昏晨月夜，在豆棚瓜架下，温习过去红军经过这里的故事。听农民摆谈豪绅地主的千奇百怪的剥削压迫手段，他们的刻骨仇恨和种种巧妙的斗争方法。许多农民对她说："那个日子一定要来！""那个日子"，是大家都明白的，无须解释的，那就是红军来了，打土豪，分田地，穷人翻身做主、扬眉吐气的日子。"那个日子一定要来"，这是山区农民的雷打不垮、火烧不灭的信念，是对于斗争的渴望，也就变成为柳一清的坚强的意志。

她永远不能忘记那些在农民家里给农民举行入党宣誓的夜晚。她看到在暗淡的桐油灯下，那些朴实和毅勇的农民面孔，他们噙着泪水，举起握得紧紧的战栗的拳头，跟着她一起念入党誓词，和她一起低声地唱着：

　　旧世界打个落花流水，
　　奴隶们，起来，起来！……

在农村里工作，这对于她是永远不能忘怀的锻炼。她的坚定的革命到底的意志、对于革命胜利的信心，是在这里才最后地树立起来的。这两三年的工夫，比她过去二十年学到的东西不知道要多上多少倍。

她正干得起劲，她的工作调动了，调回特委"坐机关"和做妇女部长。工作性质有些变动，她起初很不习惯，但是这也是对她的磨炼。……现在，更厉害的磨炼、更严重的考验来了。

柳一清把自己走过的道路作了一个简单的回顾，她认为这几年来党没有把她放在温室里，而是把她放在革命的风暴中，放在群众斗争的烈火中去锻炼，并没有白过，她深深感觉到一股炽热的火焰、一种伟大的力量，正跳跃在她的生命之中。

二

贺国威在监狱里的一个破谷仓里坐了好几天。几天的监狱生活，对于一个普通囚徒说来，仿佛是几年，可是对于贺国威说来，却觉得一晃就过去了。他明白，严重的斗争在等待着他，在没有接火之前，有这么几天时间，让他做战斗的思想准备是很好的，这几天他坐在谷仓里想得很多很多。

他想到他过去的工作，检查自己工作中的成功和失败。他深自责备，党把这样重大的担子交他来承担，把重大的斗争任务交给他领导，可是才出马不久，就遭受这样重大的挫折。战斗司令部被敌人突然袭击进来了，司令员初战就被捉去了，这是多么惨痛的损失呀。他简直还来不及去细细思索这些问题，他挂念着的是，外面的组织到底怎样了？

他是相信任远和王东明的，他们无论在什么情况下，对党都是忠诚的，在眼前这一场政治风暴的冲击下，他们也不会张皇失措、迷失方向的。他相信他们在这惊涛骇浪中，会紧紧把舵掌稳，坚定地向前驶去，不至于把党交给他们驾驶的船，开到绝谷深渊里去。这几天来，再也没有听说有什么同志被逮捕进来，看来灾祸的漏洞已经被他们堵住了，没有再扩大。

他也想到这监狱里的斗争形势，他知道敌人是凶恶的、十分狡猾的，现在还难以估量将要到来的斗争到底是怎么样，但是他认为并不可怕，他坐牢已经不止一次了，他知道只要勇敢坚决，团结难友，进行韧性的和机智的斗争，一定可以取得胜利。敌人要把这里变成地狱和屠场，变成革命者丧志失节的地方，我们却一定要把它变成一座共产主义的学校，变成革命的第二条战线。牺牲将是不可避免的，但是可以做到一个人倒下去，却有千百个新的人站起来。贺国威对于牺牲自己已经有充分的精神准备，他在红旗下举起手来第一次宣誓的时候，就已经有了这种准备了。

但是这第二条战线上的队伍，却并不能使他乐观。在放风的时候，他看了一下，现在在监狱里的除开他和柳一清几个同志以外，剩下来的就是一批很年轻的学生党员和工人店员进步分子，这就是他能聚集起来的全部队伍。在这支队伍里，老战士很少，新兵很多，而且基本上都是知识青年。看来力量是不强的，斗争不会是轻松的。而且他明白，他的活动，由于敌人特别注意，将要受到很大的限制。

他完全相信柳一清，看来她是一个受过比较好的锻炼、自我改造比较好的女战士。她的原则坚定性和斗争尖锐性，党内许多同志都是知道的。当然，她还年轻，缺乏监狱斗争经验，她生孩子不久，带着孩子进来，拖累不小，这是她的弱点。但是他相信柳一清能够经受得住考验，她会锻炼得更为坚强，成为一个有勇有谋的指挥员。看来在这里斗争的主要领导责任势必要落到她的肩头上去了。

最使贺国威苦苦思索、不能安心的是，他和柳一清被捕的原因到底在哪里？柳一清曾经告诉他，根据清江中学两个学生党员的报告，眼见着童云带着特务去抓走了陈醒民，并且说章霞也证明先抓走了童云的。他自己出事那天，是在医院被特务跟上的，只有童云才知道柳一清要到医院去检查身体，所以特务埋伏在医院等柳一清，柳一清没有去，他自己却因为去打针被跟上了。这么说来，童云叛变了似乎是无可怀疑的。但是童云是什么时候出的问题呢？为什么事先一点征兆都没有发觉呢？相反地上次开特委会，陈醒民很明显地带了"尾巴"来了，后来在"且宜居"茶楼上和他见面，陈醒民肯定已经被特务跟住了，还害得他费了好大劲儿，才丢掉"尾巴"。这样看来，似乎最早出毛病的应该是陈醒民，而不是童云。而且陈醒民这个人，在组织上虽然入了党，在思想上其实并没有入党，他还停留在小资产阶级抗日民主思想水平上，对于共产主义，最多不过是像他所想象的上帝的天堂之类的美丽幻梦而已。他的思想一贯右倾，老是和他那个做神甫的哥哥，还有和那个外国主教、他的教父拉拉扯扯，分不清界限。特别是那次在茶楼上，一方面看出他满不在乎，思想十分麻痹，可是另一方面，当一个酒疯子来胡说两句，他却表现得十分慌张和恐惧。这样的人，是不可能经受得住考验的。所以他坚决想把陈醒民早点疏散到重庆去，消除隐患。谁知他正要动身，就被捕了。可是，他被捕后，从这几天看来，倒反显得很镇定，表现得很不错的样子。这到底是怎么一回事呢？

贺国威正在用这种无法回答的难题来折磨自己，谷仓门忽然打开，看守在叫他出去放风。贺国威站起来，才走出仓口，他就听到柳一清的声音了。她从谷仓门口下到土坝里去，生气勃勃的样子，有说有笑地走进人群里活动去了，是那样的坚定和乐观。

他看到柳一清走到陈醒民的身边去，他也走过去，先和柳一清打招呼：

"小柳，你好。孩子也好？"

柳一清说："都好，就是小家伙到了新地方不惯，老喜欢哭。"柳一清反问贺国威：

"你的身体好不好？为什么几天不见你出来放风？"

贺国威说："我没有什么，不叫出来，这是他们'优待'我，再说，我也想多养一养神。"

柳一清笑着说："你是在养精蓄锐，准备战斗吧？"

贺国威点一下头，也笑了一下。陈醒民在旁边也跟着笑了一下。不过那算不算是在笑，就很难说，其实不过是脸上的筋肉，在意志的强力压迫之下，勉强凑合着做一点笑的样子罢了。

贺国威转身向陈醒民说："老陈……"

陈醒民抬头看见贺国威那浓眉毛下的炯炯发光的眼睛，虽然很不自在，但是他不能避开他，相反地，他的上司是要他设法多接近贺国威、柳一清他们，并且有意让他们互相接触，以便从旁侦察他们的活动。何况现在是贺国威和柳一清主动来找他呢？贺国威问他：

"老陈，你怎么没有早去重庆，出了毛病了？"

陈醒民心里一惊，但是他还是把自己镇定住了，他知道这不过是一句普通的问话。他还没有想好怎么回答，柳一清却接过去说：

"还不是因为童云把他出卖了！"

陈醒民接着说："是呀，真没有想到，我自己介绍入党的党员出卖了我，这叫作'咎由自取'呀！"陈醒民说了，很想笑，可是笑不出来，倒反像哭丧着脸了。他向贺国威点一下头，就走——简直可以说是逃——到另外的人群那边去了。贺国威望着陈醒民匆匆走去的背影，在他脑子里的问号突然又长大了。

柳一清却不是这样。她进监狱后，第一次放风就遇见了陈醒民，陈醒民告诉她是童云出卖了他，柳一清完全相信，还告诉陈醒民：

"我知道了。清江中学的那两个学生党员报告过了，是童云这个坏家伙带特务去捉你的。章霞也证明是这样。"

陈醒民想笑，却马上约束自己，这种场合是不应该笑的，他皱着眉头，十分痛心地说：

"真想不到。"

柳一清说："有什么想不到，人的思想是变化的。"

陈醒民唔了两声，表示同意，故意问柳一清：

"你和老贺，怎么出了事的？"

柳一清说："谁知道呢？"停一下，她又说，"老贺是在医院被跟上的，多半还是童云这个叛徒出卖了我们。因为只有他才知道我要去检查身体。"

陈醒民心满意足地点了一下头。

柳一清过去总是看不惯陈醒民的那副样子，总觉得鼻子不像鼻子，眼睛不像眼睛，连说话的声音和腔调，连吐痰的那种派头，都叫柳一清讨厌，他的右倾思想就更不消说了。所以，过去总是一见面就一个钉子一个眼儿地干开了。她一直向贺国威和任远反映，这样的人是靠不住的。但是现在陈醒民被童云出卖因而被捕进来以后，却一直表现得不错。柳一清的脑子里虽然老是有一个问号，她却努力想改变自己的印象。要知道，这是什么地方？这才是考验人的地方，是金子，是杂铜，是烂铁，在这里的烈火中一烧，就现出原形来了。陈醒民过去在外边虽然表现不好，也许自从那次大家帮助他作了深刻反省后，现在到这里边来就表现得好了。自己过去对他老是抱一种凝固的看法真是不应该，现在一想起来还老是疙疙瘩瘩的……应该有勇于改过的气魄，让我们重新团结起来，和敌人进行决死的斗争吧。

这几天放风的时候，柳一清用坚强的理智控制自己，努力抛弃过去那些对陈醒民的先入为主的印象。她主动找寻机会，向陈醒民进行解释。今天，柳一清又赶到陈醒民身边，对他说：

"老陈同志，过去我……"

这种话，在陈醒民听起来，简直就像是骂他，感到很刺耳，但他装得很宽容的样子，对柳一清说：

"小柳，不要再提了。过去的事，都让它过去算了。"

柳一清说："是呀，让我们团结起来，准备战斗吧。"

陈醒民问柳一清："你有些什么打算呢？譬如说：在狱里的党员不应该清理出来，组织起支部来吗？"

柳一清肯定地点一下头，说：

"是应该组织起来，不过，还要问一下老贺才行。"

陈醒民觉得在这个问题上，是不便多问的，他又试探着问：

"外面的同志都安全吗？譬如说，老任、老王他们现在在哪里？很安全吗？"

柳一清当然知道任远和王东明现在的下落。但是一种长期秘密工作锻炼出来的习惯，使她只能这样回答：

"我想，他们是安全的吧。"

陈醒民发觉，在这个问题上，也是没有文章可做的了，便知趣地不再问了，只搭讪着说：

"但愿如此。"

柳一清转身看到童云还蹲在那里，对陈醒民说：

"走，我们去警告一下这个叛徒，叫他不要再干坏事了。"

陈醒民自从上次离开和童云一起住的那间牢房后，就调到另一间牢房了，两人始终没有见过面。陈醒民总是规避着和童云再见面。现在柳一清拉他去，他更不想去，他推辞说：

"时候不早了，再说，我讨厌他，对他根本没有一点兴趣！"

柳一清还是走过去了，在角落里蹲着的童云站了起来，想要走回牢房，柳一清止住他：

"慢着，童云。"

童云抬头，对柳一清说：

"小柳，你们怎么也进来了？"

柳一清一听这话，十分生气，他还要装蒜哩。柳一清狠狠地说：

"这要问你自己才明白。出卖了同志，还装蒜！"

童云两眼直直地看着柳一清，着急地为自己申辩：

"没有呀！小柳，我实在没有啊！"

"进去咯，进去咯，收风啦。"看守提着一大串大钥匙，在叮叮当当响。大家都向各自的牢房走去了。

三

军统特务站的站长陆胜英，坐在为他特制的那个大藤躺椅里，很舒服地架起二郎腿，很得意地轻轻摇摆着，那藤椅就响应着吱吱嘎嘎地为他奏出虽然单调、却很欢乐的曲子。他正在吸一支烟，喷出烟圈，一串一串地在屋里飘飞。他并不是在悠闲地躺着休息，他的脑子却是在那里为精心制造种种折磨人的计划而忙着呢。一个又一个的主意像烟圈一般，大的套着小的，小的穿过大的，连绵不断地从他那肥厚的脑袋里涌现出来。他的心境是怡然自得的。

今年他认为是他一生中最为吉利的一年。他正在发愁找不到共产党的线索，屡次受到陈老板的指责的时候，却偶然从他埋伏在高农校进步学生中的148号情报员那里，得到了共产党的线索，从这个线索又通到教堂，从教堂的洋和尚和中国神甫那里终于找到了共产党。一战而压垮了陈醒民，再战而破坏了这个地区的共产党的领导机关。眼见只要把贺国威搞垮，这一带的共产党就可以斩草除根了，那时候，啊哈，岂不是就要加官晋爵了吗？

他想到这里，心里甜滋滋的，不觉笑了起来。他忽然发现，透过眼前的烟雾，挂在对面墙上的那位"衣食父母"，也咧开嘴向他笑了起来。要不是他的身体过于肥胖，坐卧不大灵便，他真想站起来恭恭敬敬地向"他老人家"立正致敬，希望从那里获得精神上的鼓舞力量哩。

他的直接上司陈老板，到重庆参加国民党的中央全会去了，当然还不知道他这几天所建立的"丰功伟绩"，他发了一个详细的密码电报，报告这个好消息。在电报里，他很谨慎地不要把自己的功劳夸耀得太过分，还特别提到是"据钧座面授机宜，兢业以赴"，才获得这样巨大的战功。他还表示很想在陈老板没有回来以前，"乘胜追击，全线突破，毕其功于一役"，把这里的共产党收拾得一干二净。这样，等他的老板回来，他就可以期待着像倾盆大雨一般的奖赏降落到他的头上了。第一招要做的就是把贺国威打垮，要他投降缴械。

对于这一点，他是很有自信心的，他想：把我的"十八般武艺"搬出来，不怕他不投降。他对于他自己从德国集中营里学回来的"科学"和中国祖传的"国粹"结合起来的、既"科学"又野蛮的十八般刑法，素来估价很高，多少顶天立地的汉子，都在他的十八般武艺面前被打垮了。贺国威又怎能例外呢？

陆胜英越想越高兴，那腿就更自在地摆了起来，那藤椅也更大声地为它的主人奏出吱吱嘎嘎的欢乐曲来。他叫几个手下进来吩咐一番，叫他们立刻行动。

贺国威被带进一个阴暗的房间里来。一个面目可憎的人坐在一张大桌子的后面。这个人的面孔实在给人留下了不能磨灭的印象：好像是造物主倦于自己的职守，显得粗心大意起来了，或者是他忽然找到了一种简便的造人办法来了，随便摘了一个冬瓜，嵌上两颗黑豆，放在他的颈上，就成为脑袋了；用刀在大概是嘴的地方胡乱砍了一刀，大大的、斜斜的，便算是给了他一个吃饭和说话的工具了；那脸上青中带白，好像是冬瓜皮上的白粉还没有擦净呢。在这样阴暗的地方，出现这样一个阴暗色彩的动物，是不足为怪的，贺国威想。

在冬瓜脑袋的旁边，坐着一个录事，桌子前面两边站着四个彪形大汉。大概他们把所有的营养都集中到四肢上了吧，手脚畸形的大，脑袋却奇怪的小。墙上，挂着各式各样的刑具，看来他们是想摆出一个排场来，给贺国威一个下马威。

贺国威走到桌子前面，那儿有一张凳子，他若无其事地坐下了，他想爱惜一点体力。

"叫什么名字？"冬瓜发出声音来了。

贺国威默默望着那个奇怪的东西，没有作声。

"叫什么名字？"

还是没有回答。

"啪！"冬瓜生气了，用手在桌子上拍了一下，大叫：

"问你叫什么名字？"

"你不知道我的名字，为什么把我抓来？"贺国威响亮地回答。

"这是在问案子，你知道吗？"

"不知道！"贺国威理直气壮地说，"我根本不知道你们为什么把我抓来，我也不知道你们是些什么东西，我还以为是被什么土匪绑了票了。"

"胡说！"冬瓜脑袋摇起来，生气了，"我们是政府，是国民政府依法逮捕你的。"

贺国威问："什么政府？依的什么法？你们那个政府有什么法律根据把我逮来？履行了正当的法律手续了吗？我连拘票也没有看到一张！"

一连串义正词严的反问，使这个冬瓜脑袋应付不过来了，他愣了一下，然后强词夺理地叫道：

"呵哈！你问我为什么要捉你？我修了监狱，就是要捉人来装的，我就捉到了你的名下又怎的？你要拘票，这个不难，难道我修得成监狱，还写不成拘票吗？得，给他写一张。"冬瓜对录事说。

"什么罪名？"贺国威问。

"共产党危害民国，破坏抗战。"

"什么事实？"

"你是共产党，这就是事实。"

"你怎么证明我是共产党？共产党又在哪里危害民国，破坏抗战？"

"算了吧，贺先生，贺同志，你不要跟我们装糊涂了，早有你们的人检举你了。"

"谁？"

"这个……这个……总之是你们的人，你们的亲信。……哦……啊……就是你们的交通站站长……你们那个童云。"

贺国威想，看来敌人已经知道自己的真姓名和身份了。但是他仍然说道：

"敢把你说的人叫出来和我对证吗？"

"他病了，不能出庭。算了吧，贺先生，老实告诉你说，你再也不要姓什么文了，你也从来不是教育厅的什么录事，你是大名鼎鼎的贺国威先生，我们几年前在武汉就和你打过交道。你现在在共产党的省委负责，我们还是亮开来谈谈吧。"冬瓜脑袋摇来晃去，很是得意。

事情非常明白，叛徒已经把他的什么情况都出卖了。现在已经走到短兵相接的地步了，贺国威严肃地说：

"我是共产党，又怎么样？"

"好极了，好极了！是好汉子，好汉做事好汉当。"冬瓜脑袋忘乎其形，又回过头去对录事说，"记上记上，他已经正式承认他是共产党了。"然后他转过头来对贺国威说：

"贺先生，你是明白人，又是共产党里有身份的人，我们请你来，没有别的，说不上犯不犯罪，我们想和你谈判谈判。"

"谈判？为什么你们把共产党人捉起来谈判？"贺国威质问。

"请你不到，没有办法呀！"冬瓜脑袋摇一摇。

"那么，你们放我出去，我们正式谈判。"贺国威当然没有幻想他们这些刽子手会把他放出去，也没有想可以和这种野兽谈判什么，这样说，不过是"将"这个特务的"军"。

"哟，原来你这个人并不识相，给你说几句客气话，你倒以为真有那么一回事了。老实告诉你吧，我们这是在审案子，要你供出你们共产党的组织来。"冬瓜脑袋不摇了，很严厉的样子。

贺国威义正词严地说：

"共产党的组织我当然清楚，但是要我说出来是办不到的。我倒先要问你们，把我抓来，到底我犯了什么罪？"

"你的罪就在是共产党。"

"共产党有什么罪？"

"跟你说过了，危害民国，破坏抗战。"

贺国威疾言厉色地反驳他：

"共产党在哪里危害了民国？在哪里破坏了抗战？你们不抵抗，失地千里，我们共产党突入敌后，收复失地；你们大敌当前不顾团结，专闹摩擦，皖南事变，亲者所痛，仇者所快，伤了中国元气；你们走私贩毒，囤积居奇，弄得物价飞涨，民不聊生。到底是谁在危害民国，谁在破坏抗战？"

"好了，好了。我也说不来你那样多的道理，不跟你辩。今天我是奉命来办案子的，就照办案子的规矩……"冬瓜脑袋对付不来了，两颗鼠眼忽闪忽闪的，只好招架。

贺国威不等他说完，插进去说：

"你们建立特务机关，专门打杀共产党人和抗日人士，一心想搞分裂，又暗地和日本人勾勾搭搭，准备卖国投降！你们……"

"嘿，你倒说个不完了！到底是我在审判你，还是你在审判我？"冬瓜脑袋打断了贺国威的话，居然提出这样一个奇怪的问题。

"是我在审判你们。我代表中国人民在审判你们！审判你们这些鄙夫、国贼！"贺国威愤慨地说。

"好呀，咱们骑驴看唱本，走着瞧吧，看到底是谁在审判谁。"冬瓜脑袋狼狈极了，却还强打起精神冷冷一笑。

"走着瞧吧。最后你们总逃不脱人民的审判，你们逃到天涯海角，也逃不脱人民的审判。"贺国威以人民法官、历史裁判者般庄严的口吻向冬瓜脑袋宣布。

"哼！"冬瓜脑袋恼羞成怒了，冬瓜皮上的白粉中现出了红色，大声叫道，"你这个人，狗坐轿子，不识抬举。不拆了你的架子，你是不服输的。来人哪！"那四个彪形大汉像机器一样准确地拥上去把贺国威架起来。

"放开！"贺国威严厉地命令架着他的四个特务，那四个大汉被贺国威的声音吓住了，放开了手。贺国威昂起头来对冬瓜脑袋说：

"这并不表示你们有本事，只表示你们理屈词穷了。你休要在一个共产党员面前摆你们那些刑法的威风，共产党员是压不垮、砸不碎、咬不烂的！"

"哼！你就是钢板，我也要把你烧化，化成水。把他拉进去！"冬瓜脑袋往后面的刑讯室一摆。

特务又想上前架他，贺国威用威严的眼光望了特务一眼，特务不敢架他，贺国威斩钉截铁地说：

"让开，我自己会走！共产党是真金子，不怕火烧！"贺国威说罢，自己大踏步走进刑讯室里去了。

陆胜英的部下想必使出了十八般武艺，起初听到贺国威痛骂的声音，后来就听不到声音了；一会儿又听到贺国威模糊不清的、还是在痛骂的声音，一会儿又听不到声音了。

冬瓜脑袋正在为难，不知道要怎样才好的时候，陆胜英忽然到法庭上来了，他的手里拿着一张纸，有几分着急的样子，问：

"怎么样了？"

冬瓜脑袋站起来，毕恭毕敬向他的上司报告：

"这家伙硬得很，啃不动。"

陆胜英说："快不要这样干了，把他架出来。陈老板打急电回来打招呼来了。这个人来头大，共产党的重庆办事处都向中央政府提出抗议了。陈老板来电不准动刑，动他一根汗毛都要唯我们是问，要我们严密看守，一切都要等他回来，听候办理。你看嘛……"

冬瓜脑袋把那张电报接在手里看了一遍，不觉吃惊地叫了起来："啊！"他真有些着急了，不要说汗毛，连筋骨也已经动了。他赶快向刑讯室里叫道：

"把他架出来。"

那四个大汉把贺国威架出来了。贺国威用力从特务手里摆脱，他打了一个跟跄，到底用力站定了。他用喷出火焰的眼睛望着走到面前的陆胜英。

"哎呀，这是怎么搞起的？"陆胜英装作很惊异的样子，走到贺国威的面前，面向冬瓜脑袋说，"我不准你们这样胡搞，怎么你们这样对待贺先生？岂有此理！"他又转过来面带笑容地向贺国威说："真是对不起，我有事出去了一下，他们就乱来了。贺先生大概也是火气太大，把他们惹毛了。对不起。"又转身呵斥那四个大汉："还不给我把贺先生送回房去，找医生好生看看。"

这个家伙，跑出来装好人，贺国威根本不理会，当他跟跑着走出去的时候，恶狠狠地瞪了陆胜英一眼：

"哼！"

四

柳一清听说特务把贺国威提出去审讯后，就一直站在谷仓门边，从木板缝里向外边张望，可是外面一点动静都没有，院坝里还是那样沉寂、干燥和寒冷，只有干枯的柳枝在北风中摇动，到底是什么命运将要落到贺国威的头上呢？柳一清望了一会儿，又在仓库地板上走过来走过去，自言自语地说道：

"怎么还没有回来？"

"怎么还没有回来？"从仓库顶上的阁楼上也发出同样的叹息声。

柳一清住的谷仓顶上有一个矮小的阁楼，特务捉进来的人越来越多，牢房早已拥挤不堪，连侧着身体睡觉也只有轮班了，于是把这间连头也伸不起、脚也伸不开的阁楼利用起来了。在这上面现在已经关了两个"政治犯"，是两个青年学生。

这个谷仓已经很破旧了，楼顶上的木板和仓墙上的木板一样，有许多手指宽的缝子。这两个学生关在这样一个很特殊的地方，好奇心驱使他们从木板缝往下望去，光线虽然不很好，但是从那仓墙上的许多缝子透进来微弱的光线，也足以看到一个大概。他们看到的是一个女难友抱着一个小孩，在那里不声不响地沉思，他们不知道她是什么人，也不知道她在想些什么，一个人关在黑仓里，还带着孩子，也许在为自己的不幸遭遇难过吧？但是，在这几天的放风中，他们发现自己的估计是错误的。这个身材矮小、穿着粗布短棉袄的女难友，毫无一点恐惧和忧虑的神色，眼睛总是那样炯炯发光、转动有神，嘴角总是挂着谨慎的笑影。

每一次放风，她都争取出来，在小坝子里活动活动身体，特别喜欢和年轻的难友们打堆，问长道短，鼓励他们不要害怕。阁楼上的一个青年难友叫乐以明的很快和她认识了，他虽然不了解柳一清是什么人，却从看守特务口中知道是一个重要的"政治犯"，那也就是说，是一个党的重要负责同志了。乐以明很以自己能和这样的同志住在楼上楼下感到幸运。柳一清一听说他叫乐以明，也很高兴，因为她知道这是一个中学的支部书记，过去没有见过面，名字却是熟悉的，有这么一个党员在她附近，将来会有许多方便之处。另外一个和乐以明关在一起的叫吴茂荪，是一个进步分子。

乐以明听说提审贺国威，也是趴在阁楼上小木窗边望着，眼见贺国威老没有回来，也和柳一清一样，同样焦急起来。

过了一会儿，柳一清忽然听到铁镣叮当的声音，她靠近门板缝望出去，是贺国威受审回来了。啊，一身血污，被两个特务架着回来。贺国威努力想摆脱那两个特务的挟持，可是不行，一挣脱就要倒下去，还是特务把他拉拉扯扯地弄进谷仓里去了。

"不行，这要斗争！"柳一清在窄狭的仓里来回走着，恨恨地说。

"不行，这要斗争！"一连几天，柳一清放风回来，都不安地在仓里走来走去，这样恨恨地说。她看到贺国威再也没有出来放风，特务也不准人走拢去看。到底怎样了？他的刑伤是好是坏？有医生医治没有？不能忍耐对贺国威这样折磨，因为他在外面本来身体不好，还害着疟疾。他应该换一个好一点的房子，要有医生医治刑伤……怎么办呢？是的，要斗争，但是怎样斗争法呢？狱里的支部并没有组织起来，群众也没有教育和发动，大家也不了解贺国威是什么人，怎样斗争法呢？

"绝食斗争！"楼上的乐以明在楼板缝里向她这样提议。

绝食斗争当然是最好的斗争方法，然而也是最高的斗争手段，要全部难友发动起来才行。全部难友能够发动起来吗？

"能够。"乐以明说，"许多同志都对这里的生活条件和卫生条件不满，大家有很多议论。把大家鼓动起来，绝食！一定能胜利！"

柳一清和乐以明分头了解一下，看来是有发动斗争的条件的。各个牢房都拥挤不堪，吃的囚粮实在粗糙得难以下咽，这还罢了，为什么一定要在霉米饭里混上一些沙子和稗子呢？为什么不吃到老鼠屎便算是稀罕的事呢？为什么到处又脏又臭，从不打扫呢？为什么难友病了，总不派人来诊治呢？这些青年被抓进来后，既不准家里送东西进来，又不准看书报，对这些非人待遇难道就这样沉默下去吗？

看来已经有一股愤懑之情在牢房里暗自酝酿着，可以鼓动起来斗争，从改善生活条件开始，同时抗议对贺国威的虐待。

经过几天的活动，大家在牢房里，特别是在放风的时候，公开议论牢房太拥挤、饭食太粗劣、卫生条件太坏、害病的太多，情绪越来越大了，就像干柴一样，只等待一颗火星落上去。

果然有一颗火星落上去了。有一个难友进来的时候本来有病，在恶劣的生活条件下没有得到治疗而病死了。大家听到这个消息十分愤慨，斗争的烈火在监狱里燃烧起来了，而且那蔓延之快、那激昂的程度，是柳一清也没有估计到的。柳一清毅然决定，把这个斗争领导起来。

她已经和乐以明研究过了，她又找到石峰和陈醒民，石峰早就想发动这样的斗争了，向敌人冲锋向来是他最高兴的事。陈醒民起初听到，有些吃惊，有点半信半疑的样子："能行吗？"当柳一清把条件说出来以后，陈醒民马上表示支持："赞成，我早说过该把狱中的党员都清理出来，组织支部，参加斗争。"

柳一清说："现在来不及去办那件事了，还是我们几个把斗争领导起来再说吧。"

差不多在同一个时候，各个牢房的难友都为恶劣的生活条件向看守特务提出了抗议。这些小特务赶忙去向看守长黄银报告。黄银是个专门以吃酒和杀人为职业的刽子手，他曾经在许多监狱当过牢头，调到这个监狱来当看守长还是不久以前的事。他觉得他的职业就是把外面送进来的犯人，像装沙丁鱼一样，胡乱地塞到牢房里去；把这些犯人看守好，不要叫跑了；上司要叫他把哪一个犯人提出去杀掉，他就把哪一个犯人拉出去杀掉；叫砍头就砍头，叫枪毙就枪毙，叫活埋就活埋。他这样过日子用不着费脑筋，一天吃吃喝喝，倒也自在。他从来没有想到过犯人还会提什么抗议。那些小特务向他报告了，他还觉得奇怪，他到牢房里去了。他要去看看，莫非这些"政治犯"多长了一个脑袋不成？

他才一走进牢房的小院子，大家纷纷向他提抗议，人声嘈杂，简直听不出来在叫些什么。他听到有一句话："为什么不给贺国威治伤？"他觉得这些青年叫得真怪，贺国威的伤是受刑的缘故，刑伤要治好，何必弄去受刑？那不是脱了裤子放屁，多此一举？本来，对于他的上司陆胜英叫他给贺国威治伤，他已经想不通了，这些娃娃还这样叫，真奇怪！另外有一句话他也听真切了："为什么人病死了你不管？"黄银听了更觉得莫名其妙。人嘛，总是要病，病了嘛，总是要死，死了嘛，总是要拖出去挖一个坑埋了的。埋了以后，就省下一份囚粮，还没有报销以前，照例就落到他的口袋里去了。这里的事情本来就是这么简单嘛，有什么值得大惊小怪的呢？他冷冷地回答这个抗议说：

"人总是要死的嘛！"

他这一句话有如火上浇油，抗议的烈火猛烈地燃烧起来了，几乎听不出谁在叫什么。只有一句口号十分响亮：

"我们抗议！我们绝食抗议！"

绝食抗议？黄银在过去管监狱的时候，这个名词倒是听到过的，却从来也没有亲眼得见过。这有什么了不起！你不爱吃，就不吃得了，碍着我什么事？我乐得省一份囚粮。他带着看守特务理也不理地走了。

"这个混蛋，一点也不理会，非绝食抗议不可！"大家都气得大叫起来。

"怎么办呢？"乐以明向柳一清汇报情况后，柳一清想：看来改善生活条件这个题目能够动员全部难友，又遇到这个刺儿头的看守长，无异乎来"帮助"做了一场鼓动工作，把大家的斗争情绪都激发起来了。这个斗争是合理的，有希望获得胜利。但是应该充分做好准备工作，才开始绝食。

首先是提什么要求条件。经过酝酿，一致同意这么三条：第一，改善卫生条件，牢房疏散，实行消毒；第二，改善伙食，不得克扣和调换囚粮；第三，要阅读书报。有的牢房还提出第四条，要求准许亲友探监。而乐以明他们几个人则坚持要提出新的一条：改善贺国威和柳一清的居住条件，搬地方或者给谷仓开窗子，马上给贺国威治刑伤，准许柳一清给她的小孩买饼干和藕粉。

柳一清考虑了一下，前三条是可行的。第四条呢，因为敌人过去一直是不准未判决的"政治犯"和外界联系的，恐怕一时难以实现，留待以后再提。至于改善贺国威的居住条件和治刑伤，是十分必要的。但是把改善她自己的居住条件和小孩的待遇，加在关于贺国威的那一条里去，是不好的，这样会影响贺国威，她考虑还是去掉好。

但是当乐以明把这些意见传出去后，几乎一致提出，探监的事，可以不提，改善柳一清的居住条件和让小孩买东西吃，还是非提不可。这不是什么非分的要求，而是起码的人道待遇。

柳一清听到乐以明的汇报后，心里想：她现在住的谷仓里，光线暗淡，空气污浊，将来夏天来了就像闷在蒸笼里一样，她自己还不要紧，她的小女儿却是难以支持的。特别使她不安的是谷仓没有窗子，光线暗淡，小女儿到仓里来后，一直见不到阳光，似乎从来不知道世界上还有光明存在。难友告诉她，这样下去是不行的，时间久了小女儿的眼睛将要失去作用，一见光亮就睁不开，等于是瞎子。这怎么可以呢？一定要叫这个孩子活出去，一定要让她看到革命的先辈为她们缔造的光明世界；一定要叫她能够看到烟囱如林、铁路如网、一个又一个神话般建造起来的工业城市；一定要叫她能够看到那太阳明丽、百花满径、果实累累的田野。更重要的是一定让她亲身去参加共产主义社会的建设工作，替妈妈也尽一份心力。假如她的眼睛不管用了，可怎么好呢？她觉得要求把仓库开一个窗子，和让小女儿买到吃的东西是合情合理的。但是她还是怕影响对于贺国威的生活条件的改善，宁肯自己和自己的女儿忍受痛苦，不能叫贺国威受一点委屈。她再三说服乐以明，把第四条的内容改了。

提的条件酝酿定了，跟着要求大家做好思想准备，坚持到底，绝不动摇。同时，组织起互助组来，互相帮助，要求绝食的时候安静，不要使力气，特别要照顾体弱的难友。还要防止破坏分子捣乱。

第二天早上，早饭送到每一个牢房的门口，没有一个人走近饭桶，都沉默着，等候黄银来，要向他提出条件。看守特务知道出了事了，马上报告黄银。黄银才起来，还迷糊着眼，他听了看守特务报告后，满不在乎地说：

"不吃？好，给我抬回去。不信他们的肚子不饿。"

看守特务劝黄银还是去看看，他大大咧咧地去了。他才走近牢房，那些要求就像暴雨一样向他满头满脸打过来。他费了好大功夫才算从那些愤慨的声音中找出大家提的意见来，把它塞到自己的脑子里去，在脑子里作了一阵简单的反应后，他的脑子才指挥他的嘴巴，发出声音来：

"你们是到这里来坐牢的，不是叫你们来住旅馆的，坐牢有坐牢的规矩，坐什么样的牢，坐多久，这是牢里的事，没有你们七嘴八舌乱出主张的道理。给不给那个姓贺的治伤，给他搬不搬房子，你们也管不着，我高兴，就给他治，不高兴，死了也不治。他来吃官司要住什么好房子？这是他守法的地方，这是监狱，不是他的公馆，懂吗？"

他换了一口气，又说：

"你们说不吃饭了，不吃就不吃，关我毱事！"

这个家伙说罢，就命令特务把饭桶抬回去，他若无其事地喝他的早酒去了，他也不准备把这件小事向陆胜英报告。陈醒民在牢房门口叫得最响，同时也给黄银使了许多眼色，可恨这家伙糊里糊涂，竟然一点也没有看出来。

另外的看守，到底还是把绝食的事反映到陆胜英那里去了。陆胜英听到了，有些吃惊，嗬！我还没有动手呢，他们倒先动起手来了。但是当他了解到提出的那些条件，他觉得也没有什么过分的。黄银这个醉鬼糊里糊涂，反倒去火上加油，叫事情反倒闹得大起来了。至于阅读书报，他本来就有些打算，是要把"本党"的那些报纸和杂志弄一些来，叫这些青年读一读，感化感化他们。这一条也可以答应。说到贺国威，更不用说，这样一个有来头的人，陈老板都十分重视，要是招降了，说不定就要和自己平起平坐，不能小看，刑伤不但要治得叫陈老板回来看不出痕迹，还要大大改善他的生活条件才是。

但是，他能在这些"政治犯"的政治攻势面前屈服吗？不能，他还要斗一斗，然后转个弯下台。

他把黄银叫来，问他：

"犯人绝食的事，你知道吗？"

黄银迷迷糊糊地回答：

"他们不吃饭，我有什么办法？莫非把他们每一个人砍一个口口往里倒？"

陆胜英为这个糊涂的看守长有点生气，但还是按住火气，问他：

"现在你打算怎么办？"

黄银还是乘着酒兴说：

"他们不爱吃，就不吃呗。"

"老弟，那可不行。"陆胜英只好教训起黄银来了，"这台事都是你克扣囚粮，不打扫牢房引来的。你要明白，政治犯最厉害的一手就是集体绝食，这些犯人都还没有结案，要是你马马虎虎，无缘无故死了一些人，你可不大好交账哟。"

黄银听他的上司这样教训他，心里好生不舒服，这能怪我吗？只有这么几间房子，一批一批尽管往里头送，不塞进去怎么办，莫非打几排钉子把他们都挂起来吗？说到囚粮，上面发的本来不多，给你们七扣八扣，落到我这里就剩不下好多了，我有什么办法？但是黄银不想和他的上司去申辩，和顶头上司去顶杠子，总没有好处，还是顺着说算了。他说：

"那么就答应他们算了，我看那些都不过是小事情。"他又倒到另外一边去了。

陆胜英说："不行，要求是不高，但是现在还不能答应，他们越是不肯吃，你越是拿好吃的给他们吃，特别是那个姓柳的。只要他们吃起来，就失败了。"

黄银没有想到还要这么麻烦，这样一来，不特落不下囚粮，还要倒赔好菜、好饭，真不合算。但是，他只好照他的上司的命令办事。

中午时候，饭菜又抬到各个牢房门口，又是谁也没有动一下。柳一清从微弱的光线中，看到她的小桌上放着一碗大米饭，饭上面还有两片金黄色的炒蛋，另外还有一碗冲好了的藕粉。这是她进牢以来从来没有见过的。虽然蛋和饭正冒着热气，散发出香味来，但是对于柳一清一点诱惑力也没有。她倒不经意地对那碗藕粉看了一眼，要是每一餐有一碗藕粉给小女儿吃，那就太好了。但是她马上绝了这个念头，安静地躺下了。

贺国威虽然因为受了刑，一直起不来，但他仍然听到了牢房的叫声，他不知道这是在进行一场什么斗争。他偶然抬起头来从仓板缝望出去，看到特务把沉重的饭桶抬回去了，他知道这是展开绝食斗争了。绝食，这是一种严重的斗争，到底是为什么展开的？是不是有了充分的准备，能不能够坚持到胜利？但是他相信柳一清，相信这牢里的党员和进步群众，他必须无例外地立刻响应。

在中午，特务给他送饭进来的时候，他把饭碗一推，说：

"我绝食了。"

"你绝食了，为了什么？"

真的，为了什么呢？他们提的是什么要求呢？但是他毫不含糊地回答：

"他们要求什么，我也要求什么。"

绝食两天了，每一个难友都坚持下来了。连大家很看不起的童云，也跟着绝食，和别人一样坚持下来了。陈醒民咬紧牙挺着，他知道这种痛苦代价是不可避免的。比较困难的是柳一清，她的身体本来不够好。现在更差了，但是她不能叫她的小女儿跟她一起绝食，她的小女儿还不懂这个，她必须坚持给小女儿喂奶。奶水越是淡了，越是少了，小女儿就越是用力地吸，每吸一口，她的心似乎都要被吸出来了。她用意志的力量忍受这种痛苦。她明白，绝食越到后来，越要坚持，才能获得胜利，像两个人进行生死的搏斗一样，两方面都已经精疲力竭了，谁能坚持这最后五分钟，谁就胜利。她必须准备至死不屈，和大家一起取得胜利。

到第三天，当小女儿吮吸她那淡而无味的奶汁，她的头发昏，眼发黑，在黑暗的谷仓里，突然到处飞舞着金星，她昏过去了。

"大姐，大姐！"乐以明和吴茂荪在楼上眼见着这一切，心痛极了，极力想把柳一清叫醒。柳一清的神志还清楚，她听到有人在叫她，可是她想睁开眼，那眼皮竟像千斤那么重，再也抬不起来，她想说话："同志们，坚持呀。"但是她没有叫出声音来，那两片嘴皮竟像是凝结起来的两片生铁。

"大姐，大姐呀！"楼上还在叫着。

陆胜英没有料到绝食可以坚持下来，更没有想到贺国威也卷进绝食斗争中去。当看守特务报告说柳一清昏过去不止一次，贺国威也开始发昏，牢房里昏倒的不是一个两个的时候，陆胜英实在有些沉不住气了。要是他们有个三长两短，特别是贺国威和柳一清要有个什么，他怎么到陈老板面前回话呀？何况他们提的要求本来也没有什么了不起的。

怎么办呢？

他终于下决心接受这些条件了。他不准备把这件事情向他的老板报告，也严厉禁止下面的特务传出去，因为对于他来说，这并不是什么体面的记录。

五

贺国威从黑暗的谷仓里搬出来了，挪到一排平房的一间小屋里去，房子当然还是阴暗和潮湿的，然而这已经是在监狱里能找到的头等房屋了。比起谷仓来，的确算是受到特别"优待"了。何况在屋里还摆着一张木板床，一张摇晃的小桌子，两个独凳，还有一个洗脸的架子和一个面盆呢。这是陆胜英亲自下命令安排的，一种思想在顽固地打扰着他：陈老板这样重视这个大共产党，看来迟早要和他平起平坐的，甚至变成他的上级。对于这个未来的同事和上司，是不可以怠慢的。

然而使贺国威特别感觉不同的是这里比那谷仓有了光亮，向东还有一个小窗，这面小窗上虽然钉着严密的木条，但因为它是向东开的，冬天的太阳，顽强地突破那木条的阻拦，仍然把温暖和光明送到小牢房里来，落在贺国威的板床上。更叫贺国威高兴的是可以从这一面的木条缝中看到那个小坝，这是难友们经常放风的地方，他可以看到难友们的各种活动。这间屋子向西开着一个窄小的门，在门外有一个两丈见方的天井，从天井望上去，可以看到高墙外一棵古老的苍松，傲然挺立在那里。

贺国威知道他之所以能够搬到这里来，并不是特务忽然发了善心，而是难友们绝食斗争的结果。他对于难友们，特别是柳一清和别的同志们这样关心他，他是很感激的。但是，不知道柳一清现在从她那个谷仓里搬到哪里去了？

贺国威问那个给他送饭的，自然也是专门看守他的小特务：

"那谷仓里关的那个女的，现在搬到哪里去了？"——贺国威有一些日子没有见到柳一清了，不知道她是不是已经受过审，不知道她是供的什么身份，只好说"那个女的"。

那个小特务说："你说的是那个带娃娃的女人吗？"

贺国威说："是的。"

小特务说："还是在那里，老地方。"

贺国威问："她没有挪出来吗？那么给她的谷仓开了窗子没有？"

小特务说："没有。"

贺国威才知道柳一清并没有在这一场严酷的斗争中改善她的生活处境，她和她的小女儿仍然住在那个黑暗而潮湿的破仓里。他不能忍受这个，他忽然站了起来，抱起他的被卷，对那个小特务说：

"走！我还是搬回老地方去。"

小特务简直莫名其妙了，为什么好地方不住，偏要搬回破谷仓里去呢？他没有理会贺国威。

"走，给我带路，搬回去！"

小特务问他："为什么？"

贺国威说："人家带着娃娃，你们把她还放在黑屋里，不如我回去，我们调换一下，这间屋子让她来住。"

小特务说："叫你搬到这里来，是看得起你。她该住谷仓就让她去住，哪能由得你？"

贺国威坚定地说："你们不改善她的条件，我坚决不住这里。走，走走！"

小特务没有办法，只好去向陆胜英汇报去。陆胜英没有想到节外又生枝，但是他现在不想和贺国威找麻烦，一切等陈老板回来了再说，便答应给柳一清住的谷仓开一个小窗子。

当放风的时候，特务把柳一清住的谷仓门打开，贺国威看到谷仓里有一片光明。他很高兴。

贺国威勉强起来，走出小门，到那个小天井里站了一会儿。从那个小天井里望上去，可以看到一小块天空，在那棵挺拔的老松树的背后，有一块透明的蓝天，小块白云在自由自在地飞翔。这是这个多雾的山城的一个稀有的晴天，一片阳光从天井射了下来，落到贺国威的身上，是如此的灿烂，如此的温暖宜人。没有坐过监狱的人，很难理解阳光、空气——更不要说自由了——对于一个人是多么宝贵。在这里，为了获得这一片阳光，难友们曾经付出多么高昂的代价。

冬天的阳光是短暂的，一会儿就消逝了。贺国威望着从檐口忽然逝去的阳光，望着蓝天和白云，望着那棵古松，听着前面清江的水哗哗奔流和屋后松林的呼呼叫啸，产生无穷的感慨。由于自己工作的疏忽和组织的不纯，使党遭受到这样巨大的损失。个人落到这样一个小天井里来倒还是其次的事情，那些生龙活虎的革命青年和忠实的同志，还没有来得及去向敌人冲锋，就被俘虏了，和他一起关在这个黑暗的小天地里，这真是革命的重大损失。

"个人生死等闲事，革命成败总牵心……"他不禁沉吟起来。

"啊，他们怎么样了？"贺国威忽然想到远在重庆的爱人小徐和他那尚未见过面的儿子。他们到底怎样了？她已经知道我被捕的消息了吗？为了共同的理想，我们到处为家，结婚一年多了，都没有好好地相处过几天，有多少话想要告诉她，却总不得机会。

贺国威想到这里，马上警觉起来，他把头狠狠地摇了几下，似乎想

173

从自己的头脑中摇落这些个人的感情，尽力不要去想这些。他知道横在他的面前的是极其严重的斗争，个人感情的牵扯、一瞬间的疏忽，都可能带来严重的恶果。

他努力集中自己的思想，去考虑这监狱里的现实斗争。这监狱里的党员并不多，但是从这次绝食斗争看来，这些革命青年的斗志却是十分昂扬的。柳一清和石峰也算得是勇猛的战将。但是，敌人还没有发动进攻，斗争绝不会是轻松的。要把这个黑暗的监狱变成一个共产主义的学校，还要赶快作艰苦的组织工作。现在最要紧的是把狱中的党支部组织起来，形成一个战斗的堡垒，同时要赶快对这些青年难友进行监狱斗争的教育，特别是革命气节道德教育。

革命气节道德教育在外面时曾经在党内进行过，有一个从南方局传来的《革命气节道德教育提纲》，那真是字字如珠玉，是我们党二十年来地下斗争中积累起来的宝贵经验，是无数先烈用鲜血写成的。这无疑是监狱斗争的锋利武器。这个教育提纲贺国威虽然记不完全了，但主要的内容和精辟的字句他是记得的。他决定把这个提纲默写出来，传给柳一清他们，散到各个牢房去。可惜他身边没有纸，也没有笔，写不下来。怎么办呢？

贺国威走回自己的小牢房，睡在板床上，一直不安。他想了一夜终于想出一个办法来。他一早起来，就把他带来的一管牙膏取出来，用牙膏皮在他睡的木板上一划。"好极了！"他不禁叫了起来，这不是很好的铅笔吗？

但是纸呢？纸可是一点办法也没有。他也把大便用的草纸拿一张来试写一下，不行，铅皮太硬，草纸太软，一划就破，写几个大字还行，要抄一篇提纲就不行了，那样要写一大捆，怎么好传递出去呢？有了，看来还要在特务头上想办法。

看守贺国威的特务叫常来顺，是一个自作聪明又喜欢饶舌的家伙，他总是在贺国威面前尽力表现，他并不是一个随随便便侍候人的角色，而是一个很有本事、有过功绩而没有被特务头子提拔的人。贺国威和柳一清就是被他逮住并且带到牢里来的。他自己在贺国威面前吹嘘说，他曾经抓过什么重要的共产党人,曾经怎样叫人在他的威力下屈服了,又曾经活埋过什么重要的共产党人。这一点贺国威并不怀疑,这样的人手上总是沾满了革命者的鲜血的。这种人又喜欢为自己未被上司器重而不满。他在贺国威面前常发些牢骚,同时又生怕贺国威小看了他,竭力把自己装扮成这个监狱中消息最灵通的权威人士。贺国威从他长期坐牢的经验中知道,这样的特务虽然是凶恶的,但是却有许多可以利用的弱点。现在贺国威就利用常来顺喜欢以消息最灵通人士自居的特性,略加撩拨,他就会像一架拨准了机关的留声机,把贺国威想了解的消息唱了出来。贺国威为什么受到这样好的待遇、陈老板有电报回来的事,就是从这个特务口里探听到的。这个特务听说陆胜英都不敢把贺国威怎样,一切要听陈老板回来发落的消息后,对贺国威表示肃然起敬了。假如对陆胜英说来,贺国威有可能成为"新同事"的话,对常来顺这个特务说来,就有可能成为"新上司"了。贺国威看出这点,他就想利用这一点,纸的问题就要从这个特务头上想办法。但是,直截了当向这个特务讨纸是不可以的,不但这个特务不敢给,反而会惹起他的注意,要写也写不成了。得另外打主意。

这一天,常来顺又来向贺国威唠叨来了,贺国威趁他对自己表示毫无意义的关心的时候,对他说:

"常先生,我们有缘,碰到一起来了,你要肯照顾着我一点,将来我贺某有些什么办法了,是懂得怎样对得起你的。"

这个常来顺一听话头,就明白了话尾。看样子这位犯人是要出去的了,不过是迟早的问题。只要出得去,少不了他的高官厚禄,说不定就是自己的顶头上司。还是留神着一点的好。他笑一笑说:

"贺先生,好说,高攀了。"

他们东说西说,贺国威却只提出一个小小的要求,说在这里面实在无聊,要想抽烟,要这个特务给买几包烟进来抽。这种事过去常来顺看守犯人时是常常办的,没有什么,还可以落几个钱在自己腰包里,他一口答应了。

贺国威拿出几张对他说来毫无用处的钞票,交给常来顺,常来顺买了几包香烟和两盒火柴进来，交给贺国威，按起码三倍的价钱算了账，然后把剩的钱也做过场地交出来，贺国威一推说："这你就小看我贺某了。"常来顺一笑，把钱放进自己的口袋里去了。

贺国威从此就有笔也有纸了。《革命气节道德教育提纲》也暗地里默写起来了，虽然写得很慢，但总有一天会写完。

六

柳一清住的谷仓的后壁开了一个窗子，在牢门上也开了一个小出气洞。窗子虽然不大，而且钉上手指般粗的铁条，但是破谷仓一下就大放光明了。甚至还有一片阳光照进来。在小窗外边隔几尺远的地方就是高墙，墙脚的野草早已枯黄，有几根不知道名字的野藤却顽强地爬了上去，爬到墙头，不理睬北风的猖狂，尽量想去接受阳光和雨露。甚至有一些野藤毫不考虑监狱里森严的戒条，居然爬出墙外去了。还有几株野藤伸展过来，爬在谷仓壁上，爬向新开的小窗边，似乎想要偷看是什么人住在这间奇怪的房子里。

柳一清高兴极了，她迎着从小窗吹进来的凉风，尽情地呼吸了一阵，并不感到寒冷，倒是十分清爽。谷仓里的霉气一下就给新鲜空气驱逐出去了。忽然有一片阳光从小窗透进来，落到她的板床上，她用手轻轻抚摸着，像抚摸一片无比珍贵的闪闪发光的锦缎，生怕摸坏了。她抬头望见那小窗口铁条边爬着的野藤。已经是深冬了，却并没有脱尽叶子，甚至在败叶中还留着许多绿叶，在顽强地和冬天进行斗争呢。小窗外是一段高墙，墙上的草已经完全枯黄了，在风中摇动。枯草后面却能望见一片松林的顶子，听到那古松在山风中发出苍劲的长啸，令人感到沉凝和稳定……

这一切对于柳一清是这样的新鲜和亲切，好像这是她这一生第一次看到的景物，她的心里突然感觉开阔起来。她站了起来，从板床上抱起正睡着了的小女儿，走近小窗前，把小女儿雪白的脸放在阳光下，让温暖的阳光抚弄。小女儿吃惊地醒过来了，第一次把眼睛睁开。大概由于阳光过于耀眼，她又闭起眼睛来。但是她第一眼看到的煊赫的光明景象是太富于诱惑力了，她又努力睁开眼睛来，而且睁得大大的，奇怪地望着太阳，又望着她妈妈瘦削的脸。柳一清很高兴，看着小女儿那对大眼睛。她对于这一双大眼睛太熟悉了。它是那么光亮，那么动人，那么稚气可爱。

这种快乐的景象被阁楼上的乐以明和吴茂荪从楼板缝里看到了。因为光线比较亮，看得很真切。他们两个看到柳一清也因为难友们的绝食斗争而得到光明，看到柳一清和她的小女儿那样欢乐地享受这种光明，十分高兴，不禁笑了起来。柳一清听到笑声，抬起头来，望着嵌在楼板缝里的两对亮晶晶的眼睛，也无声地笑了。

"大姐，向你祝贺。"楼上的声音说。

"也向你们祝贺，向大家祝贺，祝贺我们第一次斗争获得胜利。"柳一清低声说。

陆胜英对于大家提出要看书报的要求也兑现了，向各个牢房送进一些报纸、杂志和一些书籍。但是这是一些什么样的货色呢？报纸只有国民党官方的《中央日报》和《扫荡报》，刊物只限于国民党的《中央周刊》和一个大叛徒主办的《时代批判》，至于书籍，除开汉奸周佛海著的《三民主义之理论的体系》和当今"圣经"——《西安半月记》《总裁言论集》之外，便是学校的物理、化学和数学之类的教科书。当然，英文在他们看来也是不可少的。

陆胜英为了考查大家，他还给每一个人发一本笔记本和一支铅笔，指定大家要写读书心得。只是没有给贺国威发，因为他的读书心得叫陆胜英看了，只能引起头痛病。

大家一看是这种反动透顶的杂志、臭气熏天的报纸，和一些一看就恶心的蒋介石的言论，十分不满。这种书籍特务们从来不看，据说连蒋介石自己也从来不看别人替他写的言论，现在却拿来塞给难友们看，并且还希望这些东西可以感化青年。至于理工科的书籍和英文书籍，谁也没有兴趣去啃它，谁还想在监狱里来攻读科学呢？

于是几乎每一个牢房都闹嚷嚷的：

"谁看这种报纸？尽是放屁。"

"这是放毒，不要中毒了。"

"有什么心情去啃数理化？"

有人就提议来一次"卫生大扫除"，把这些肮脏东西清除出去。有的人却不声不响，废物利用，拿来当大便纸用了。

柳一清也收到几本古老的理科和英文书籍。陆胜英决定不让她读报纸。因为这些报纸是绝不可能感化她的，理科书籍当然可以，甚至陆胜英对理科书籍还存一点渺茫的幻想，也许这些科学书籍可以把柳一清从政治的狂热中拉回来。柳一清倒是本想认真读一读的，因为她从来不悲观失望，她准备十年二十年在这里坐下去，也准备着如果能出去的话，还要为社会主义建设贡献力量，因此她必须充分利用这十年二十年，努力学习知识。就是永远不能出去也罢，她仍然不能放弃学习的机会，一个革命者总是不断地斗争、学习和希望的。

柳一清拿起书本来正想要翻开阅读，她忽然想起来，她是作为一个无知无识的家庭妇女而被捕的，在敌人没有提出公开证据以前她不能轻易承认自己的真实身份。所以，她将这些书、笔记本和铅笔推在一边，表示自己读不懂。

贺国威什么也没有捞到读，陆胜英不打算让他读任何东西。经他再三抗议，陆胜英忽然异想天开，准贺国威读《资治通鉴》。于是，一部古色古香的线装书送到贺国威的床头来了。贺国威过去曾经随便翻过这一部书，早就知道这是一部维护道统、法统，为巩固封建王朝而说教的书。但是他现在并不拒绝读这一部古书。这一部古书里有历代王朝兴衰存亡的记述，他是可以从这一大堆被歪曲了的资料中看出一些道理，总结出一些历史发展的趋向来的。贺国威就这样每天坐在床上，捧着一本线装书，津津有味地读起来。

柳一清从楼上乐以明的口中得知难友们不肯读反动书报，又是高兴，又是吃惊。难道大家竟然想在这里读到进步的书刊吗？读他们的报刊，并不可怕，只要知道这些东西是坏的就不要紧了。从这些反动报刊中还可以看到国民党的假把戏和真面目。读这些反面东西，组织大家讨论，也是可以起思想教育作用的。

柳一清把这个道理告诉了乐以明，要他传话出去，她还提到要读英文和理科书籍。她说：

"我们革命本来是为了建设，要建设没有科学知识是不行的。至于英文，那不过是一种工具，可以为他们反革命服务，也可以为我们革命服务，许多先辈坐牢，都把学外国文当作重要工作呢。"

乐以明把这些话传开以后，牢房的情况马上变了，连那些看守也莫名其妙。这些青年原来大喊大叫不看，有的在撕报纸，有的在踢杂志，现在却不嚷不叫了，有些人规矩地读起来了。他们以为这些反动书报真有那么灵验似的："哼，不怕你们吵呀闹的，你们到底读起来了。不给你大鱼大肉吃，草根树皮你还是要啃的，啃久了也就习惯了。"

看守贺国威的常来顺，看到贺国威这样一个顶天立地的人也读起陆胜英给他安排的《资治通鉴》来，他没有想到书竟有这么大的力量。在送水的时候，他以情报权威的身份把难友们读书的事告诉了贺国威，他说：

"真是莫名其妙，一会儿绝食，要读书报，一会儿叫喊不读书报，现在却规规矩矩地读起来了。"

贺国威听了，没有说什么，满意地笑了一下。

第六章

一

陈老板从重庆回来了，叫陆胜英去汇报。

陆胜英在去长官部的小山路上走着。往常他出门是要坐拱杆轿子的，那种轿子的杆子前短后长，三人换抬，行走如风，一闪一闪的，十分气派，今天他却不敢坐拱杆轿子到长官的公馆里去抖威风，只好委屈他那两条粗短的腿了。

他的身体由于有过分充足的营养，十分肥胖，更因为他的身材不高，越发显得身体的高度和宽度上有些比例失调了。但是他的仪容并不粗俗，在富态的圆脸上透出一派自满的神气，略微开了顶的脑袋上，头发梳理得十分整齐。要是在他的胁肘下挟一个装讲义的皮包，在手指上再染上一点粉笔白灰，一眼看去，倒像一个很有学问的大学教授，谁能想得到他是以杀人作为自己的终生职业呢？谁又相信那个脑袋瓜子里不是装的各种深奥的科学知识，却是装的从德国学回来各种"格杀打扑"的"科学"和凶狠毒辣的阴谋诡计呢？

今天天气相当冷，他的头上却微微冒出汗来，他张嘴喘着气，吐出白色的水汽。肥胖，对于他本来是地位、身份和教养的外部标志，今天却成为一种难堪的负担了。

但是他的心境却是十分愉快的，甚至可以说是十分兴奋的。他一路走，一路想，今年可算是流年吉利，在他一生反共的事业中，从来没有像今年这样获得赫赫的战果，他觉得他有理由期待和这种战果相称的报酬。

他在他的陈老板面前装出十分冷静和认真的样子，报告了破坏共产党组织的经过，他在报告中十分巧妙地透露出他自己如何下了苦功夫，如何机智和聪明地打败了共产党，同时总不忘记说明这都是由于他的老板的英明领导。他特别提到要不是由于老板的远见，在学校的进步学生中埋伏了一个148号情报员，这次是不能希望打开这样的辉煌局面的。

陆胜英报告完了。他尽力掩饰住自己脸上的欢喜颜色，心里却老等待着像倾盆大雨一般的夸奖落到他的头上。谁知陈老板却并没有满足他的希望，倒冷冷地问他：

"现在你打算怎样对付他们呢？"

陆胜英得意地回答："把我的十八般武艺都搬出来，不怕他们不投降。"陆胜英总是对于他的十八般武艺寄予极大的信心。

他的老板却说："恐怕不那么简单吧。"说罢，从沙发里站了起来，点燃一根纸烟，一面吸着，一面在华贵的地毯上走过来走过去，在他自己喷出的浓烟中穿来穿去，还用手不断搔他那花白的头发。

陆胜英认为他的老板总是低估了他的"十八般武艺"，他证明说：

"他们的那个陈醒民一打就垮了，才不过用了'野外审讯'这一招。"

陈老板转过身来，盯住陆胜英看了一眼，说：

"你以为贺国威会是像陈醒民这种稀松的玩意儿，一砸就垮吗？我看陈醒民口说是入了共产党，其实他根本还没有入共产党的门道儿哩，算得什么共产党？现在站在你面前的对手就不同了。贺国威是这里共产党的核心人物，连他们的共产党驻重庆的代表团都为他的被捕，提了抗议，是一个大有来头的人物。对付这样的共产党，靠匹夫之勇是不行的。不能用硬砸的办法，这种人物是砸不烂的，要用软化的方法，慢慢地来。要待之以上礼，晓之以大义，说之以利害，花时间跟他磨才行。"

陆胜英不说话，在细细领略老板的指教。老板又说了：

"你不是压过一回了吗？没有结果吧？"

陆胜英不知道是谁把他初审贺国威对他用刑的事报告了老板，他支吾着辩解：

"那不过才稍微动了他一下……"

"不行。"陈老板说，"以后没有我的命令，谁也不准对他用刑。这个人，我在重庆研究过了，一定要把他争取过来，把他从共产党那里瓦解出来。"

陆胜英问："那么对那个叫柳一清的女共产党怎么办呢？"

陈老板笑了起来，却不说话。他又点燃一支纸烟，很舒服地跌坐进沙发里去，跷起二郎腿来，一连吸了两口烟，喷了一阵浓烟，才慢腾腾地说：

"柳一清的情况就不一样了，她不如贺国威重要，但是也有油水。而且最重要的，她是一个女人，懂吗？一个女人，就有天生的弱点，外国有一句名言：'女人，女人，软弱就是你的别名。'何况她还是一个拖着孩子的女人呢？遇着硬的要软来，遇着软的却要狠狠地压，压得她气都喘不过来，直到她投降为止。在这里，也许你那十八般武艺能有用呢。"

"遵命！"陆胜英高兴地回答。

"不过你要注意。"陈老板看到陆胜英那样摩拳擦掌的样子，不能不交代一下，"对她动刑也要有个分寸，无论如何不能把她整死了。你要亲自看着点，不能把她交给你手下那些家伙去胡搞。你要明白，也许只有从她的身上才能打开一条攻垮贺国威的路子。"

"是。"陆胜英站起来，想要告辞。老板却用手示意，叫他继续坐下，并且把香烟罐子推到他的面前去，看来还有什么从长计议的事呢。

陈老板把烟头丢进烟灰盘里去，顺手从桌上拿起一个精致的小玩意儿，是用黄杨木雕刻的小狼狗。这种玩意儿和各种古物在长官的接待室里摆得实在不少，甚至可以说摆得太多了，到处伸手可以拿到。在墙边一个古色古香的陈列架上就简直不是陈列，而是堆积起来了。这样拥挤着的古物、工艺美术品和满墙挂着的名人字画正是一样的格调，总是企图说服到这个客厅里来的客人，这个客厅的主人是一个很风雅高洁的人。的确，他也因此而赢得"儒将"的雅号。

陈老板在桌上摆弄的那个雕刻的小狼狗，真像活的一样，在追逐另一个用炭精雕刻的黑色小兔。然后放下，站了起来，望一望窗外萧索的花园，又点起一支烟来，慢慢地吸着，慢慢地说着：

"捉住几个共产党，哪怕就是捉住几个共产党的头子，把他们消灭掉，这不是事情的结尾。不，不，这才是开头。最要紧的是消灭产生共产党的根基，就要把那些误信马克思的邪说、误入共产党迷路的青年争取回头，跟着我们走。可惜我们有许多人舍本逐末，只知道捉呀，打呀，杀呀，却总没有和共产党争夺群众的信心，不懂得'攻心为上'，收拾民心要紧。我们一定要用总裁'精神感召'的办法，和共产党争群众、争青年，不但在社会和学校里这么办，在监狱里也应该这么办。"

陈老板说到这里，停了一下，很有几分感慨的样子。然后用询问的眼光看陆胜英一下，就转到别的目标上去，说：

"你看共产党一到监狱里，就煽动青年搞你一个绝食斗争，不就说明争夺群众的重要性了吗？"

陆胜英正吸着烟，听到这话，大吃一惊，纸烟差一点掉到地下去了。幸喜得老板在看别的地方，没有发现他的狼狈模样。这真怪了，监狱里绝食斗争的事，又不知道是谁密报了，看来黄雀之后，还有打弹弓的人哩。陆胜英站起来，想要解释：

"这件事……"

"坐下。"陈老板用手一挥，阻止陆胜英说下去，陆胜英只好诚惶诚恐地坐下了。陈老板也坐下来，用有几分疲乏的眼睛望着陆胜英，一点责备他的意思也没有，轻声细语地讲道：

"是呀，老弟，共产党是不好对付，我和他们打交道近二十年，头发都为他们而发白了，看来斗争还方兴未艾，不知何日是了哩！你抓了贺国威和柳一清后，再也没有抓到什么比较重要的共产党，可见他们已经封住了缺口，转移阵地了。最近接到各县县党部报告，乡村里出现不少抗租抗粮的事，还有反抗抓壮丁的事，这不是共产党在活动，谁在活动？他们从城市散布到乡村里去，就更不好办了。"

陈老板禁不住轻轻叹了一口气，但是他自己知道，在下级面前流露这种失败情绪，对于士气不利。他马上变了口气，精神振作起来，对陆胜英说：

"我们一定要有信心，打杀不是唯一的办法，要以组织对组织，以宣传对宣传，用精神感召，争夺青年。这是一场严重的争夺战，因此，你不要以为把那些左倾青年抓来关上，就万事大吉，你要在监狱里办起'战时青年训练班'来，找人去讲课，叫他们的叛徒去现身说法。总之从思想上去瓦解他们，感化他们。也只有这样，才能水落石出，暴露出真正的共产党。你懂得这个道理吗？"

陆胜英对于老板讲的道理，虽然一时还了解得不透彻，却不得不连连点头，表示同意。

"并且我还要告诉你，"陈老板说，"我一回来，参议长就来找我，说他那里闹起来了。有些参议员，特别是本地的那些参议员，收到什么学生家长请愿团的请愿书。那个农专的吴景中教授，还有本地别的几个绅士，代表请愿团到省参议会请愿，说他们的子弟被无故非法逮捕了，要求马上无罪开释。你是怎么搞的？他们连关人的地方，连你的名字都知道了，这是怎么走漏了消息的？你知道这对于我们办民主政治很不利吗？同时，你把那些教授和绅粮的子弟也糊里糊涂抓进去干什么？"

陆胜英想要说明什么，陈老板用手阻止他，继续说下去：

"从这一点说来，你也有马上办'战时青年训练班'的必要。先把牌子挂起来，找人去上课，准备应付参议会派人来检查。必要的时候，你把重要的政治犯转移地方，在现在的地方真办起训练班来。"

陆胜英听说要他办青年训练班，却着实为难，这和他的职业本能太不相称了。他在德国学的就是"格杀打扑"，说到阴谋逮捕、百般刑法、枪毙、活埋这些本事，他是精通的。但是现在要他把双手上的鲜血擦干净，戴上白手套，装出学者模样，摇身一变，像陈老板那样，成为"青年导师"，这未免太难了。——但是陆胜英已经在官场中锻炼出一种本事，绝不可以在主子面前表现得无能，他装成豁然贯通的样子，表示同意，说：

"卑职心领神受，一定遵办。"

陆胜英站起来告辞，陈老板随便问他一句：

"那个陈醒民怎样了？"

陆胜英忙说：

"很好，埋伏得好好的。"

陈老板高兴了，说：

"一定要埋伏好。准备将来把他和一批青年放出去，再搞到共产党组织里去，一进一出就够共产党吃喝的了。看来你在德国学的这一套，倒是顶有意思的，哈哈。"

陆胜英也跟着主子笑了起来。笑得比主子还要开心一些，他得意地补充说：

"我还有一招儿呢。"

"什么招儿？"老板问。

陆胜英说："和陈醒民一起进监的还有一个叫童云的共产党，是共产党的交通站站长，不过听陈醒民说，这个人是一个技术专家，是一个蜜蜂迷，容易搞垮。我们把陈醒民打扮成英勇的共产党的时候，硬给这个童云戴上一顶叛徒的帽子，把他放进监里，叫陈醒民一口咬住他不放，让共产党怀疑他、歧视他，陈醒民可以借此金蝉脱壳，埋伏起来，又可以趁势拉这个人一把，把他搞垮。"陆胜英喘了一口气，又接着高兴地说，"已经搞得差不多了，他已经很孤立了，连那个女共产党头子柳一清都信任陈醒民，仇恨童云了。"

陈老板欣赏地微笑着，看着自己部下那略微秃了的头顶，从那里居然能产生这样许多花招儿，老板分明是高兴的。他问陆胜英：

"你打算怎样搞垮这个人呢？"

"这个不难。"陆胜英更高兴地说，"打算把他搞得孤立了的时候，我们乘机用他着了迷的技术来动摇他，最好是请建设厅长出面来保他一下，促使他自新，这个人是有希望打垮的。"

陈老板点了一下头，不过进一步指点说：

"何必要找建设厅长出面？你自己不可以客串一回吗？"

"好，好。"陆胜英一听就明白了，他的老板果然比他还高明一着呢。

二

有一天早晨，童云被人叫到监狱里的办公室里去。他还没有坐下，就有一个胖胖的人，放下他的公事皮包，走到童云面前来，十分客气地招呼他，拉他坐下，很抱歉的样子说：

"哎呀，真对不起，真对不起，我这一向出差去了，回来才听说，就赶来了，怎么可以对你这样一个技术专家采取不礼貌的行动呢？"

童云不知道说话的是一个什么人，也不知道他说的话是什么意思，没有搭腔，只是望着那人彬彬有礼的面孔和很像学者的略微开了顶的头。

那个人继续说："听说你是一个养蜂专家，这是国家的有用之才呀，我们每年花很多钱到美国、英国、德国请些专家来振兴实业，其实我们眼前就有许多专家，我们自己的专家，还没有人尽其才，甚至弄到这里来了，真是不对呀。"

童云对于眼前对他说话的这个人，开始产生一点好感，不管怎样，他说的这几句话总还听得入耳。在童云的同行中，就有许多非凡的人才，有志气，有抱负，并且有学问，却总是穷途潦倒，不受重视。这个政府宁肯花很多钱到外国去请些不学无术的流氓之类的冒险家来，整天大吃大喝、胡说八道，弄一笔钱就跑了。童云就亲眼得见过一个还怕蜂子螫脸的所谓养蜂专家，要戴铜丝网做的头罩，才敢到养蜂场去……童云正在想这些事，那个人又说话了：

"我们对于童先生的学识，早有印象的，中国的养蜂事业，正待你去发挥你的技术专长，这是国计民生的大事嘛，唉！"那个人说到这里，忽然不说了，把两只手平平地摊开，很恳切地摇了一摇头，不胜其惋惜的样子，"可惜，可惜，童先生不幸也卷入这种政治旋涡，很令我们遗憾。特别是你这样一位高才，竟然罹牢狱之苦，我们听到了，也于心难安，像你这种专门人才，打起灯笼也找不到多少，何必卷入这个主义那个主义的纠纷中去呢？中国需要的不是什么主义，而是切实的富国强兵之道。胡适之先生就说过，"那个人用手梳理了一下稀疏的头发，简直像一个教授在讲坛上讲话一般，继续说道，"他说'少谈些主义，多研究些问题'，就是这个意思。鄙意以为我们的当务之急，是早日抗战必胜，建国必成，童先生自有贡献于国家之道，那就是专志于你的养蜂事业，跳出政治是非圈来。"

童云仍然没有搭腔，但他觉得，这个人讲的有些话，他是不能同意的。比如胡适之的那套不谈主义的话，在党内是早就受到过批判的。中国是很需要爱国主义坚持抗战的，至于共产主义是人类最高的理想，有什么不好呢？不过站在他面前的看来是一个技术专家，说出这样的话，也是情有可原的。看起来这个人很讲道理，说的话还中听，面目和善可亲，和那些抓他进来的凶神恶煞的特务比起来，大不相同，他不知道这到底是一个什么样的人，他疑惑地望着。那人若有所悟，微笑着说：

"哦，我还没有向你自我介绍呢。鄙人名罗士英，现在省建设厅工作，担负一点技术工作，嘻嘻，一点技术工作。鄙人是奉了厅长之命，前来看童先生的。厅长说，建设工作还有很多要仰仗童先生的地方。"说罢，从他的公事皮包里摸出一张名片，上面印着"罗士英"几个字，官衔是建设厅的农业技正，是美国什么大学的博士。

哦，原来是他。童云过去也曾听说过这个名字，是个搞农业技术的，可是从来没有见过面，不想竟然到这里来看他来了。

童云不无几分高兴，问：

"罗先生到这里来是……"

"没有什么，没有什么，我是奉了厅长之命，专程来看一看童先生的。"罗士英一点架子都没有，很有礼貌地微笑着。"当然，我们也还有一个技术问题想来请教童先生。"罗士英又补了一句。

"什么事？"童云问。

罗士英说："是这么一回事，这里平民教养院里办了一个养蜂场，养了许多桶蜜蜂，最近忽然大量死亡，没有死的也逃走了许多群，这么冷的天，逃出去的也十有九成冻死了，找不回来了，不知道这是什么缘故。你可不可以屈驾到那里去看一下呢？"

一提起蜜蜂来，童云就大感兴趣，好像在这个世界上再也没有比蜜蜂更其重要的东西，再也没有比养蜂更有趣味的事情了，他关切地问罗士英：

"是洋蜂还是土蜂？是老桶还是新桶？放在什么地方过冬的？"

罗士英似乎也受了这个蜜蜂迷的感染了，也显出忧心忡忡的样子回答：

"这个我还不清楚，唉，要是童先生能够去看一看就好了。"

童云打从心里是很愿意去看看那些正在受难的蜂群的。但是他看一看坐在办公室里监听他们谈话的两个特务，他才明白这不是他坐在清江农场他的办公室里，和各个县里来的技术员讨论养蜂事业，而是在监狱的办公室里了，他想去看看，也是做不得主的。

罗士英见童云抬头看一看办公室里的特务，明白童云的意思是说他现在已经失去自由了，他很惋惜地望着特务说：

"唉，要能让童先生保释出去就好了。"

"不行，他正在吃官司，还没有结案呢。"一个特务说。

罗士英问："童先生的案子要怎样才能结？建设厅出面保他行不行？"

"不行，他自己不声明退出共产党，谁也不能保。"还是那个特务说。

另外一个特务却说："其实童先生的案子并不重，只要在这张声明书上签个字，以后再不管共产党的事，童先生就立刻可以恢复自由。"这个特务说罢，就从抽屉里取出一张纸来，交给罗士英，并且用手指指着那一张纸上下方的空白处签名的地方。

罗士英接过那一张纸，看了一下，觉得这件事再简单也没有了，他把那张纸送到童云面前，对童云说：

"童先生，鄙意以为你还是以技术为重，不要为那些马克思牛克思的事情吃苦头，在这张纸上签个名，和我一块儿出去吧。"

童云看到罗士英手里拿的那一张纸，上面印着黑字，是"退党声明书"，印得好好的，在左下方有一个空白的地方，那是签名用的。童云看到"退党声明书"几个又大又黑的字，他的脑子里像被一道强电流穿了过去，他全身战栗一下，那些蜜蜂似乎都飞得无影无踪了。他把罗士英递过来的"退党声明书"推开，说：

"不！"

那个说话比较和气的特务又凑上来说："童先生只要肯签字，我们可以为童先生保守秘密，不登报，不告诉别人，给童先生面子。"

罗士英也来帮腔："这的确是两全其美的办法，简直是三全其美：成全了童先生，成全了我们的养蜂事业，他们也能向上级交差。"

童云是很为平民教养院那批蜜蜂担心的，要是能让他去看一看，他是愿意的。但是要他先在这张"退党声明书"上签字，才能出去看，他是不干的。他又把罗士英固执地送到他面前来的那张"退党声明书"和抽掉帽子的自来水笔推开了。他还是那样平和地说：

"不！"

"这样，童先生的事情就不好办了。"那个特务说。

"唉，童先生，凡事要见机而行呀，建设厅出面保你，也不是容易的事，我还很费点张罗呢。"罗士英固执地劝童云。

童云还是沉默地坐在那里，不说一句话。

还是罗士英出来打圆场，说：

"这样吧，童先生退出政治旋涡的事，还可以从长计议，现在要紧的是挽救那批蜜蜂，可不可以由建设厅出名具保，你们派人跟童先生陪我们一块儿去看一看呢？"

童云觉得罗士英的这个主意似乎可以接受，但是这可不是由他做主的事。而且……他忽然想到什么，连自己也搞不清楚，他的脑子里像搅乱了的一潭浑水，他沉默着。

那个特务说："可以考虑，等我们请示了再答复吧，罗先生过些日子再来听信。"

罗士英转身对童云说："童先生，你看这样总可以吧？"

童云没有点头，也没有摇头。

三

柳一清坐在谷仓里，给小女儿喂了奶，放她在板床上睡觉，正在唔唔地拍孩子，谷仓的门忽然打开了。明亮的阳光从门口射了进来，十分明亮。

"出来！"一个声音在仓门口叫。

柳一清早就料到审问她的时刻就要到来，可是听到这粗暴的叫声，还难免一怔。她把自己镇定下来，用小被子把小女儿盖好，她看到她的小女儿睡熟了的脸，是那样稚气、美丽，那样无忧无虑，她怎么知道是在老虎嘴里睡觉呢？她怎么知道妈妈要离开她去面对极其严峻的斗争呢？

柳一清站了起来，捋了一下短头发，从容走出仓口。她为仓外炫目的阳光照得出神。她站了一下，才跟着那个特务走去。在半路上她想，到现在为止，敌人还没有公开向她提出什么证据，她还不应该轻率地承认自己是共产党员。她住在易家湾的身份是一个公务人员的老婆，一个家庭妇女，因此她仍然装着一个无知无识的家庭妇女的神态走进刑庭。

"你叫什么名字？"柳一清才站定，坐在刑庭上面的军统特务站站长陆胜英开始问话。

"文太太。"柳一清坦然回答。

"你自己的姓名，姓什么，名字叫什么？"

"现在人家都叫我文太太，娘家姓李，名字叫秀英。"

陆胜英听到这样的回答，分明冒火了，但是反而笑了起来。她装得真像呢。好吧，就顺着柳一清的回话问下去：

"就依你说是文太太，你的丈夫叫什么名字？"

"我的男人叫文彬。"柳一清想，这并没有什么难回答的，她和贺国威一同被捕的时候，已经约好了这一套口供了。

"干什么的？"

"在省政府当录事。"

"什么录事？"

"我不晓得。"

一问一答，这样利落，简直没有什么漏洞。但是陆胜英不耐烦和柳一清老兜这样的圈子了。早已从陈醒民的口里知道她就是柳一清，是有根有底的大共产党，特委的妇女部长。陆胜英冷笑了一下，慢条斯理地说：

"算了吧。不要再和我们捉迷藏了。我们还是亮开来谈一谈吧。"

柳一清还是固执地说：

"谈什么？我不懂你的话。"

"得了吧，不要再和我们打哈哈了。你的身份我们清清楚楚地知道了，你是共产党！"

柳一清听到这一句话，并不吃惊，因为这不过是一句极其普通的诈唬话。她说：

"哪个说的？"

"就是你那位文先生说的，他现在叫贺国威了。"

柳一清当然不相信这种鬼话，贺国威是何等光明磊落的人，会供出同志来吗？这简直是对老贺的侮辱，但是柳一清还是装作糊涂，说：

"我不晓得哪个贺什么，我的男人就是姓文，叫文彬。"

"得了吧，哪个是你的男人？你的男人叫任远，我们正在抓哩。你明明是共产党，还不招认？"

柳一清听到这一句话，十分高兴，从他们的口里到底知道任远并没有被特务捉住，看起来再也别想捉住他了。这就好了，许多天来，她一直担心的事过去了，心上的一块石头落地了。柳一清还是坚持回答：

"我不晓得什么共产党不共产党。"

陆胜英和旁边一个特务交换了一下眼色，笑了一下，问柳一清：

"好吧，你说你不是共产党，你敢具结吗？"

柳一清说："有什么不敢。"

于是陆胜英叫录事从桌上拿一张纸来交给柳一清，叫她签字。柳一清拿着那一张纸看了一下，一眼就看到上面有"并未参加奸党"和"信仰三民主义"之类的字句，这不明明是一张改头换面的自首书吗？这怎么能签呢？柳一清装成一个粗识文字的妇女那样，用手指头按着字一个一个地读，好容易才读完了。念到"具结人"几个字的时候，那个小特务指给她：

"就在这里签上你的名字。"

柳一清终于放下那张纸。当然不能在敌人准备的任何文件上签名，即或用"李秀英"的假名字也是不能签的，在学习《革命气节道德教育提纲》的时候，她就早已知道了。柳一清放下那张纸说：

"我不签。"

"为什么不签？"

"我不明白什么奸党，也不懂得什么三民主义。"

"奸党就是共产党。"

"我不是共产党，更不能签。"

"哈，从这一点就证明你是老共产党，不敢具结。"陆胜英像忽然捉住了人家的把柄，十分高兴地说。

"你证明你的，我反正不签。"柳一清还是坚持着。

陆胜英不耐烦再和柳一清磨牙了，直截了当地对柳一清说：

"好了，柳一清小姐，部长同志，你也装得够了，你的共产党身份应该承认了。"

这一句却真叫柳一清有点吃惊。看来自己的身份敌人已经从叛徒口里了解得很清楚了。这个叛徒毫无疑问就是童云，真可恨！短兵相接的时刻到来了，但是柳一清还是不忙自己站出来承认，她支吾着说：

"我承认什么？人证物证在哪里？"

"物证是没有了，我们还没有进你的房子的工夫，你就已经烧完跑掉了。人证嘛，倒是有一个。"

"是哪一个？"柳一清问了，她想要证明谁是叛徒。

"就是你们的交通站站长童云先生，柳同志，你没有想到吧？你们的童云同志没有把你介绍到天主堂医院去检查身体，却把你介绍到我们这个思想医院来了。"陆胜英嬉皮笑脸地说。

哦。这已经很清楚了，果然这个该死的叛徒就是童云，连他要介绍自己到天主堂医院去作产后检查的事都供出来了，老贺是在天主堂医院被盯了梢，才出了毛病的，这当然是童云出卖的了。柳一清想到这里，一股无名孽火在胸膛里猛烈地燃烧起来，她早已忘记了她在特务面前假扮成一个家庭妇女的身份，她忽然抬起头来，恨恨地说：

"童云！这个该死的叛徒！"

"哈哈，部长同志，你到底还是招认了。"陆胜英得意忘形地大笑起来。

"是的，我是一个共产党员，又怎么样？"柳一清把头昂得更高一些，她那双眼睛里闪射出逼人的光芒，望着陆胜英，高傲地说。

陆胜英说："那好，你能承认你是共产党就好。我们就来打开窗子说亮话吧。共产党到了我们这里，只有两条道路：一条路是乖乖巧巧地悔过自新；一条路是杀头。看你选择哪一条。"

柳一清毫不含糊地回答说："我根本不承认你们给我摆的什么道路，我的道路是共产主义的道路，是胜利的道路。哼，怕杀头，就不当共产党了！"

陆胜英还想说服柳一清："你真是这样硬吗？你的骨头再硬，硬不过我们铁打的刑具，你的脑袋再硬，枪子儿总是穿得过去的，不要后悔不及哟！"

"没有什么后悔的。共产党人做事光明磊落，从不后悔。"

"柳小姐，你这是何苦来呢？何必以身试法，去受皮肉之苦呢？"陆胜英总幻想可以用他的口才叫这个女人屈服，继续说，"多少英雄好汉都在我们这些刑法面前乖乖地低头了。"

柳一清简直感觉这是对她的莫大侮辱，她生气地叫：

"哼！你们那些刑法，不能叫一个真正的共产党人动摇分毫。"

"你不要嘴硬，你先去见识见识一下吧。"陆胜英也为自己失败了的口才而生气，他决定先吓唬这个女人一下。

柳一清被带进一间阴暗的房里，一股刺鼻的血腥味，扑面而来。她刚走进去时，只觉得阴森森的，什么也看不清楚，真好像到了传说中的阎王殿。柳一清虽然看到这间血腥的刑讯室，令人生厌，但是她绝不闭着眼睛不看。她更振作起精神来，狠狠盯着这些刑具，毫无惧色。她想，难道一个有革命决心的活人还害怕这些死的铁东西吗？那个坏蛋把她又带到一堆刑具面前，津津有味地用从外国学来的行刑的专门术语向她介绍那些最新"科学"刑具的名称。柳一清听着，不动声色，虽然她开始感觉恶心。

柳一清被带到另一间屋子，血腥味更重。在墙角躺着一个受刑的人，用很低弱的声音在呻吟，听起来好像是一个女人的声音，两个特务在给她的头上泼冷水。她听到这个呻吟的声音非常熟悉，好像是章霞，难道她也被捕了吗？不可能吧？柳一清想，莫非敌人想查问任远他们的下落，把章霞抓进来了吗？柳一清一想到任远，想到王东明，想到其他的同志，心里就热乎乎的。怎么样了？同志们呀，敌人正在到处张着网子等你们呀，你们知道吗？柳一清想到这里，不禁担心起来。

带柳一清参观的特务看出柳一清神色有些不自然，以为他们的神经战产生了效果，于是把她带出来，带到陆胜英的面前。

陆胜英问她："怎么样？长了一点见识了吧。"

柳一清镇静地回答说："不错，我是长了一点见识了，我越更相信，中国的革命是非常必要的，中国人民实在不能再容忍你们这种罪恶的统治了，这种统治是非打倒不可的！"

陆胜英冷笑了一下，继续说："少讲那些大道理，还是说眼前的吧，你到底考虑了没有？"

柳一清声严色厉地说："我考虑了。我考虑在将来的人民法庭上，要怎样审判你们这些刽子手、杀人犯！"

"哼！"陆胜英冒火了，大声地叫，"你的嘴巴刁得很，不叫你吃点苦头，你不知道厉害。来人哪，把她拉进去！"

还是那四个四肢畸形发达的彪形大汉，像机器一样的准确，跳出来把柳一清架进去。柳一清"哼"了一声，努力摆脱特务的挟持，从容地走进刑讯室里去了。

四

陆胜英用苦刑没有能够压服柳一清，他又想起他的一个"绝招儿"来了，这个"绝招儿"曾经用在陈醒民身上，一下就把陈醒民打垮了。难道柳一清这个女流之辈就真的不怕死吗？他很为自己能想到这个主意来对付柳一清而高兴。

晚上，陆胜英叫把柳一清提出来过堂受审。

柳一清被带出谷仓，她知道她才和敌人面对面地斗了一个回合，摆在她眼前还有一系列的残酷的斗争和严峻的考验。她不能小视敌人，卑鄙、凶横、残忍和狡猾，这人世间一切坏的字眼都不能形容她面临的敌人。他们是中国的最后一个反动王朝，他们继承中国几千年封建王朝的罪恶统治手段，还从德国、意大利法西斯老祖宗那里学到许多杀人的"科学"，他们是会把这一切都压到她、贺国威和难友们的头上来的。她现在是在贺国威之后，上第二阵，决不能示弱，一定要顶住敌人的疯狂进攻。

柳一清一面想着，一面慢慢走出谷仓。她不知道晚上提堂是要做什么，他们又要玩什么新花样，也许又要在她身上试一试什么新的"科学"刑法吧。她才走进刑庭，就觉得今天的景象和往常大不一样。上首中间坐着肥胖的陆胜英，他还是那样皮笑肉不笑地冷冷地坐在那里。在他的左右新加了两个凶恶的家伙，看来一脸杀气。两边，那四个喝人血的行刑手之外，还多了几个提着手枪的特务。屋子里灯光暗淡，鬼气森森。他们到底要干什么？

柳一清还没有坐定，陆胜英旁边的那个家伙就吼开了：

"柳一清，今天是你的末日到了，你到底打算怎么样？"

末日？这是什么意思？难道他们今天晚上就要杀害自己了吗？看今天刑庭上他们的架势，是这样的，他们在用刑法攻不垮的时候，是可能采取这样最后的手段的。柳一清真是没有想到，她到这个战场上才不过打了一个回合，却就要牺牲了。牺牲，她并不觉得可怕，从进牢的头一天，她就有这样的思想准备了；不，可以说，在她站在红旗的面前，向党宣誓的时候，她已经有这样的精神准备了。但是她没有想到这个日子来得这样快，这样突然。她还没有来得及把狱中党支部组织起来，把难友们组织起来进行几场斗争，就要和他们永别了。她有一些失悔，她失悔出来的时候没有向难友们告别，没有向仓库阁楼上的党员乐以明交代一些事情，没有得机会向贺国威告别。还有，她出来的时候，她的小女儿正熟睡着，她没有把小女儿弄醒，叫她睁开眼睛，好好看妈妈几眼；她也没有好好亲一亲自己亲生的骨肉，向她告别，就再也见不到她了。

但是现在柳一清根本不能多想这些了。敌人已经大声地在向她挑战，她不能不接受这种挑战。她毫无一点恐惧的神气，说：

"哼，末日？我们共产党正像旭日东升，说什么末日？你们这样倒行逆施，才是真正隔末日不远了。"

陆胜英用手势制止了他旁边那个凶恶的家伙继续咆哮，用很平和的口气说：

"柳小姐，我们今晚上的确不是来和你开辩论会的。我们是奉命行事，的确是你的末日到了。不过现在还给你最后留一条生路，你到底想不想悔过自新，现在你必须选择了，没有第二次的机会了。柳小姐。"

柳一清从陆胜英嘴里听得出来，今晚上的确是她接受最后考验的时刻到了。她斩钉截铁地回答：

"我说过无数次了，无过可悔！既然落到你们手里，要打要杀，随你的便。这笔血债，总有人要和你们算清的。"

"好一个刁嘴婆娘！"陆胜英旁边那个恶汉又叫起来，"我杀死一个共产党，等于踩死一只蚂蚁。你还放刁，好，对她宣判！"

柳一清冷冷地讽刺他说："你叫喊些什么？你以为声音大，真理就在你那里吗？你以为你会杀人，你们就坐稳了江山吗？"

"宣判，宣判，死刑！"那家伙气得不得了，他没有想到他的那副仪容、那副架势、那种威胁的口气、那样震动屋瓦的声音，居然不能吓倒柳一清。

柳一清站在那里，不动声色。在陆胜英另一边的那个家伙，站起来捧着一张纸，煞有介事地念了起来。到底念了些什么，柳一清根本没有去听，只听到最后宣布：

"判处死刑，立即执行！"

那一个恶汉又嗥叫："把她绑了出去！"站在两边的几个大汉，拿着绳子拥了上来，把柳一清五花大绑起来，就要往刑庭外边推走。

"慢着！"陆胜英从上首走了下来，走到柳一清面前，装得很和善地对柳一清说，"到了这种时候，难道你一点也不考虑吗？柳小姐。"

"没有什么考虑的。"柳一清连正眼也不看一下陆胜英，就走出刑庭去了。

特务们推推拥拥，把柳一清带到屋后山边的空地上去。柳一清沉着地走着，在黑暗里什么也看不清楚，抬头只看到几颗寒星在天空眨眼，空地后面是黑黝黝的一片大山，松树在夜风中呼啸。最后的时刻已经到来了。

柳一清缓缓走着，唱起《国际歌》来：

起来，饥寒交迫的奴隶！
起来，全世界受苦的人！
……

"不准唱！"特务在叫喊。柳一清一点也不理会，继续唱她自己的：

满腔的热血已经沸腾，
要为真理而斗争！
……

特务把她带到一个岩坎面前站定，两个刽子手举起了手枪，向柳一清的头上瞄准。刽子手旁边站着才赶上来的还喘着大气的陆胜英。陆胜英只要把手一扬，枪声一响，子弹就会从柳一清的额头上射进去。柳一清这时什么也想不到了，她只想尽快利用这最后的几秒钟喊出她的最后的口号，她大声喊起来：

"中国共产党万岁！"

陆胜英并没有马上扬手，他又走近柳一清的面前，说：

"柳小姐，你这样年轻，何苦来？"陆胜英用手示意，叫刽子手把举起的手枪放下来，又对柳一清说：

"生死之间，只等你一句话了，再给你三分钟考虑考虑。"

"我一秒钟也不考虑！"柳一清马上大声回绝。

"你真的死不改悔？"

柳一清一句话也不说，大张着的愤怒的眼睛，在黑暗里闪闪发光。

"好。开枪！"陆胜英把手一按，大声命令。

"砰！砰！"两下枪声响了。

柳一清听到枪响。但是，她并没有倒下去。奇怪，她觉得她还能够思想，还有知觉。她分明听到砰砰两声，子弹从她的耳边嗖嗖地飞过去了，甚至她还看到在黑暗中子弹飞过的两道红线。她不知道这是怎么一回事。这是真的？还是在做梦？她的手被绑得死死的，不能动弹，她知道这并不是在梦中。她努力张大眼睛看，是的，是的，她还能看到站在面前的刽子手。她甚至还能看到远远的山下人家的星星灯火……

她晓得她并没有死，感到头上没有流血，也没有受伤。哦，她想起来了。她过去听到一个老革命讲过敌人有"野外审讯"的把戏，叫你在这最后的时刻动摇，在死亡面前投降；最低限度可以吓破你的胆子，在精神上瓦解你。今天看来，他们正是玩的这个把戏。起初她并没有想到，现在明白了。她的理智完全恢复了，她像一棵挺拔的青松，顽强地站在黑暗中，眼睛闪闪发光，她大声地叫：

"开枪呀，你们这些混蛋！"

第七章

一

　　陆胜英勉强在自己肥厚的脸上挂上一些廉价的笑容，吃力地移动他那粗短的腿，到贺国威住的小屋里来了。他要来完成一件他既不胜任、也不愉快的任务，这个任务是他的陈老板给他的，要他用一切办法来软化贺国威。封官许愿、金钱美女，什么都行，甚至向他阿谀逢迎、屈膝献媚都行，只要把他拉过来就好办了。这样一来，不特这一个地区的共产党组织可以彻底粉碎，而且可以把这样一个人物送到重庆，大事渲染，公开展览，对共产党进行一场漂亮的心理战、宣传战。让共产党看看，你们为他而提过抗议的人物，而今也叛离你们，走到三民主义的旗帜下来了，而且给了他高官厚禄。你们听着吧，谁要过来，都是一样。这该是多美的事！——这是陈老板在重庆研究好了的方案。

　　这件事情陆胜英要是做成功了，无疑立了一件大功劳，对于自己的前程也是大有好处的。但是这的确不是一件容易的事，特别和陆胜英的性格不合，说到搬出他的十八般武艺，在几步之内，叫别人血流成河，他是连眼也不眨一下的；要说施展一些阴谋诡计，叫别人糊里糊涂就落入他预设的陷阱，他自认为还没有遇到过对手。但是现在却要他去下软功夫，去拉拢，去说服，却着实使他为难了。

上次他想"乘胜追击"，对贺国威使出他的看家本事，谁知一点也没有啃动，倒差点把门牙也啃缺了。他对他的老板说："我从来没有见过这样炖不烂的老牛筋。"他的老板说："你啃不动这条老牛筋，那是你的火候还没有到家，还没有把他炖烂，你知道炖老牛筋的办法吗？要用文火慢慢地炖，才炖得烂。贺国威既然已经落到我们的锅里来了，只要长期炖，不愁炖不烂他，世界上有炖不烂的老牛筋吗？要是把他炖烂了，吃起来是很有味道的呢。"

老板的这一席话，可真把他的脑子里的油腻化开了。今天他就要去找贺国威试一试。

"真对不起，真对不起，这几天叫贺先生受了委屈了。"陆胜英一走进贺国威的小屋，就点头哈腰地说。贺国威坐在小桌边的床头上，吃力地用戴着手铐的双手，在翻看《资治通鉴》。他看到陆胜英这位军统特务的显赫人物忽然到来，并且想来奉送一些虚假的奉承和微笑，他就注意起来了。他冷冷地看着陆胜英，看他到底要耍些什么把戏。

"来人啦，把贺先生的镣子下了。"一个特务闻声而至，并且按照预先安排好的程序，送上开贺国威的手铐的钥匙。陆胜英亲自动手把贺国威的手铐下了，还不住地说："对不起。"

贺国威十分恼恨他这种过于露骨的虚伪，当陆胜英亲自动手给他开手铐的时候，他恨不得用手铐顺势向陆胜英那肥胖的头狠狠砸下去，看看流出来的到底是不是人血。

贺国威活动活动手上的筋骨，直截了当地问陆胜英：

"你要干什么？"

"没有什么，没有什么，来谈谈，随便谈谈，嘻嘻。"陆胜英笑着说。

贺国威不能忍受这种可厌的做作，问他：

"打开窗子说亮话，你到底要谈什么？"

"好说。贺先生干脆，我也干脆。"陆胜英说，"自从我们把你请到这里来以后，这件事竟然惊动了陈老板，他传下话来了：他赞赏你的人格风度，说要不是误入歧途，倒不失为党国的栋梁之材，可惜就是……"

"可惜我没有给你们做鹰犬吗？"

"可惜走错了道儿。"

"我一点也不失悔我走上我选择的道儿。只有共产党才能救中国。"贺国威清楚地回答。

"算了吧，贺先生，谁能救中国，我们不去做这些无益的争论。我们来商量一件事情吧。陈老板吩咐，不能叫你住在我们这里受委屈，在城里已经给你准备了公馆，请你搬进城里去住，谁也不来打扰你，让你好好想想……"陆胜英献媚地说。

"我哪里也不去。既然到这里来了，就住在这里。"贺国威回答得很干脆。

"住在这里，就有这里的规矩，恐怕你未必满意。"

"谁要对你们满意，谁就没有希望了。"贺国威说。

这一句话使陆胜英听了十分恼火，但是他不能不按住自己的怒火，主子交给他的任务，还一点头绪也没有呀。他装得很冷静地说：

"贺先生，兄弟有一言奉告。你也不失为共产党里的一位人物，古话说，'识时务者为俊杰'，何况陈老板又很欣赏你这个人才，说不定我们将来还会共事，在一个锅里舀饭吃哩。"

贺国威听到他讲的这种混账话，心里冒起火来，本想狠狠地驳斥他一顿，但是他想到，和这种人永远没有共同语言，与其和他做无聊的争辩，还不如息养精神好。贺国威坐在那里一语不发了。让这条狗爱吠到什么时候就吠到什么时候吧。

陆胜英却以为贺国威开始把他的话听进去了，大有希望了，他的老板给他的这件苦差事，说不定就能急转直下，获得结果。那时，他就可以到他的老板面前去大吹大擂，不仅有本事捉到共产党，而且有本事把共产党拉过来效忠"党国"，这岂不是一大功劳吗？荣誉、地位，继之而来的财富，使他迷了心窍，他得意地拿出一盒烟来，送贺国威一支，见贺国威没有理会，便自己打火抽了起来。喷了几个得意的烟圈，又开始他的说教：

"贺先生，我说的都是心底话。什么红的白的，什么这个党那个党，都是假的。要喂饱肚子，要升官发财才是真的。现在摆在你面前的，正是一条飞黄腾达的阳关大道，只要你念头一转，黄金屋、颜如玉，不是都到手了吗？"

贺国威听他越说越不入耳，居然妄想把这种可怜的奴才哲学拿来动摇一个为马克思列宁主义武装起来的共产党人，真是蚍蜉撼大树，可笑不自量。贺国威很想发作，但是一想，算了吧，让他废话连篇吧，没有那样多的精神去和他打嘴巴官司，索性闭起眼睛养神吧。陆胜英大概由于利令智昏，或者他本来只有这样一点知识，居然以为贺国威已经听进去了，在闭目思考呢。于是他更加带劲起来，他说：

"兄弟肚里没有多少墨水，大道理我讲不来，可是我见过的世面还是不算少。青年人总是血气方刚，喜欢时髦，爱叫喊什么社会主义啰，共产主义啰。共产主义到底值多少钱一斤呢？好多青年就是这样毁了自己的前程。真问他共产主义是什么，他也说不清。不过，不过……"陆胜英感觉牵涉到这些理论性问题，还是少说为妙，于是转了话题，说，"不过先干一阵共产党，再倒戈过来，也不失为一条上进的捷径，譬如，譬如你们的……"陆胜英忽然不说了，他本想举一个叛徒叛变当官的例子，但是在这里，除开陈醒民，再也找不到第二个，而陈醒民是不宜于暴露的。

"譬如我们的什么？"贺国威问了，这一句话他倒是很有兴趣的。

陆胜英马上改口说："譬如，就譬如说你贺先生吧。"

"譬如我？"贺国威又奇怪，又生气。

"嗯，就譬如你贺先生，"陆胜英对于自己的急智不觉有点欣赏，笑了起来，继续说下去，"你要是识时务，顺风转舵的话，'将'字号的官儿是十拿九稳的。陈老板着实看得起你的才干哩。"

贺国威听来听去，还是这种不堪入耳的脏话。他不想再听下去，又把眼睛闭起来养神。陆胜英仍然是那样眉飞色舞地说个没完。看来他对于自己的说服能力是具有很大信心的。贺国威却什么也没有听进去，只觉得那破锣一样的声音在耳边响，使他不能静心养神。于是他装作打起盹儿来。陆胜英正说得得意，忽然看见他的对手当面打起盹儿来，不觉生气地粗声叫道：

"贺先生！"

贺国威睁开眼睛，迷迷糊糊地站起来，伸了一个懒腰，说：

"你的膏药卖完了吗？"说罢，走向洗脸盆去。

"怎么样？"陆胜英莫名其妙地问。

"我要洗洗耳朵，然后养一下神。"贺国威悠然地说。

"什么？"陆胜英冒火了。

"洗一洗耳朵。"贺国威还是那样淡然地说。

"混蛋！"陆胜英没有想到他说得舌干唇焦，费了半日之功，却得到贺国威这样一句侮辱性的回答。他气坏了，用拳头在桌上一捶，恨恨地说：

"哼！要不是陈老板……我要好好整治你一顿！"

"我明白，狗总是很喜欢咬人的，但是它要看主人的脸色。"贺国威还是冷冷地说。

"嘿！——"陆胜英气得咬牙切齿，把烟卷头在桌上压得粉碎。

二

过了几天，陆胜英又把他那肥胖的身体勉强塞进贺国威住房的小门，兴冲冲地对贺国威说：

"恭喜，恭喜，贺先生。"

上次陆胜英企图用他那种奴才哲学——这种哲学在国民党的官场里是很吃得开的——来说服贺国威，可以说他把他能想得到的好话都说尽了，谁知贺国威却像擀面杖灌米汤，滴水不入，反倒受了一顿奚落。他的老板算是知道他的部下的本事的，所以特地又派两个说客来帮助陆胜英，而且派来的是两个高级的官员，是反共的专家，又颇有舌辩之才。陆胜英十分高兴，所以走在前头来报"喜"。他想，这总该能惊动你贺国威了吧。

贺国威没有理会他，不知道他又来捣什么鬼。陆胜英不考虑贺国威的反应如何，只管说他的：

"贺先生，恭喜你官星高照。我早就说过，我们迟早要在一个锅里舀饭吃，果然如此。陈老板赏识你这个人才，委任你去做丰县县长，就要你去走马上任。那个地方虽说是苦寒一点，但是越是山高皇帝远的地方，越是好当自在王。"

贺国威虽然不理解陆胜英在胡说什么，但是他明白，新的战斗又开始了。他不耐烦地问：

"你胡说什么？"

"我说的都是真的，我是特来报喜的。我们陈老板派人来说，他本人很想来看你，因为事情忙，不得工夫。他派民政厅的朱厅长拿着你的委任状来看你来了。陪着他来的还有本省有名的绅士、国民参政员苗老先生。他们都已经到了外面了，我是先来给你报信，也算是来贺喜的。"这个特务头子一板一眼地说，真像一回事。说罢，他急急忙忙摸出钥匙把贺国威脚上戴的大镣下掉，转身退出去了。

过了一会儿，陆胜英果然引进来两个人。贺国威不动声色，安然坐在小床上。陆胜英卑躬屈膝地把进来的这两个人安顿好座位后，向贺国威介绍说：

"这位是民政厅朱厅长。"

这位朱厅长贺国威早就知道，是一个有名的"摩擦专家"，他才在太行山和我们八路军闹摩擦，把本钱摩擦光了，才调回这里来当民政厅长的。

这位厅长出乎意外地"屈驾"到监狱里来，出乎意外地谦恭，贺国威知道这不会是偶然的。他觉得敌人下这样大的本钱和他来干，他必须特别提高警惕。这位厅长很谦虚地站起来，向贺国威伸出手去想和他握手。贺国威却只是奇怪地把伸在他面前的这块肥厚的手看了一下，似乎这只手有什么特别值得他研究的地方。他想，就是这种手沾满了共产党员和人民的鲜血，他能伸出自己干净的手去和这种肮脏的手相握吗？不，不能。他非但没有伸出手去，反转把自己的手藏在自己的身后。这使得这位厅长很难堪，不知道要怎么才能把自己伸出去的手缩回去。陆胜英看见这种情况，明显地怒形于色了。但是他也不得不强自按住，急忙引见那位干瘦老头。他说：

"这位就是苗老先生。"

"苗老先生的道德文章在我们省里是无人不知的。"这位朱厅长乘机说一句下台话，收回了自己的手。

"不敢当，不敢当。"这位苗老头儿说。他或者本来没有握手的习惯，或者接受了朱厅长的前车之鉴，只把双手一拱，就坐下了。

贺国威过去是听说过这位苗老头儿的。这是一个以维护礼教而闻名的老朽。这种老古董早就陆陆续续埋进地里去了，现在剩下来的不多，可以算得奇货了。国民党不知道在什么时候忽然发明一条真理：中国之所以积弱，都在于人心不古，世风日下，要挽救这个国家，必须从恢复固有道德入手。那就是要讲求忠孝仁爱、礼义廉耻，就是要尊孔读经，就是要把曾国藩这个大奴才的家书作为正心、修身、齐家、治国、平天下的准则。并且为了挽救这沦亡的旧道德，创立了一个"新生活运动"。这分明是他们再也不能照老样子统治下去了。一切德国的、日本的、意大利的各种牌号的法西斯主义灵药，一切英国的、美国的、法国的千奇百怪的民主政治丹方，都不能维护他们的统治，不能挽救他们日暮途穷的命运的时候，便不得不从祖传的膏丹丸散中去寻找灵丹妙药。于是就把这些腐朽的旧道德观念抬出来，加以打磨洗刷，盖上青天白日的商标，拿去推销。于是像现在陈列在贺国威面前的这个半死不活的老朽，也代表国民出来参政来了。

贺国威看到这个"人命危浅，朝不虑夕"的老头儿也被用来参加他们的战斗，觉得十分可笑。看来他们除开陆胜英这种血腥的刽子手和苗老头儿这种古董外，再也拿不出什么斗士来了。想到这里，贺国威忍不住笑了一下。

朱厅长从贺国威的脸上发现笑容，他感觉还有希望，于是热忱地把他手中拿的委任状，送到贺国威床头的小桌上，客气地说：

"主席久闻你是一个有为的革命青年，他现在推行新县制不遗余力，也是为了要唤起民众，一致抗日，所以特来请你去屈就丰县县长。这就是你的委任状。"

贺国威好奇地拿过那张委任状，打开来看了一下。他还从来没有看见过这种委任状。上面果然端端正正写上了他的名字，后面还盖了一个省政府的大红方印。就是为了这一张纸，多少人恨不得把自己的头削得尖尖的，到省政府去到处钻营，上下打点；就是为了这一张按其价值来说还不值五分钱的纸，有的人不惜倾家荡产，不惜把自己的亲妹子送去给大官儿当姨太太。现在，他们竟妄想用这一张纸充当贺国威的卖身文契，要他出卖灵魂，出卖自己终生信仰的马克思列宁主义和自己的母亲——中国共产党。他们未免过于迷信这张纸的神通了。

贺国威感觉这是对他的极大侮辱，他把这纸一下就撕成几块，扔在地下。

"你这是干什么？"陆胜英大大地冒火了。

"我以为这一张纸的价值还不如一张草纸，一张草纸还能派上擦屁股的用场，这张纸却什么用场也没有。"贺国威微笑着说。

"我看你这个人是狗坐轿子，不受抬举。"陆胜英愤愤地把委任状的碎片捡起来。

"不要紧，不要紧，贺先生不愿屈就，也不勉强。"朱厅长的涵养到底比陆胜英深些。或者是由于完成任务的必要，不能不继续装出貌似和善的样子，说：

"我们倒是想来和贺先生讨论一下富国裕民、匡时救世的道理。"

贺国威明白，他们就是奉命做说客来的。他本来不耐烦听他们的那些鬼话，但是为断绝他们的诱降念头，并且借此狠狠驳斥他们一顿，他先发制人地说：

"你们说要和我讨论富国裕民、匡时救世的道理，但是你们却把我抓起来，用苦刑和死亡来威胁我，世界上有这样讨论问题的方式吗？这本身不就是对你们极大的讽刺吗？"

"暂时使你行动不自由，也是出于不得已。因为你们共产党不仅在前方不抗战，发展势力，游而不击，不服从军令政令，而且在大后方也潜伏捣乱，破坏抗战，所以有整肃后方、消弭乱萌的必要。"朱厅长以为他用这些天天在国民党报纸上看得到的陈词滥调，自欺欺人之谈，就可以说服贺国威了。

贺国威起初不知道这场战斗会是多么复杂激烈，他想既然是陈老板派出来的，既然是这个赫赫有名的双手沾满——或者更清楚地说——全身浸透共产党人和革命人民鲜血的反共专家亲自出来当说客，而且还加上一个国民参政员之流的人物帮助上阵，和他战斗，总是很有几个回合的吧。现在从他们的立论看来，并不比那赤裸裸的刽子手陆胜英高明多少。贺国威觉得可以从容应战了。他侃侃而谈：

"你们说到这里，我倒建议你们去照一照镜子。到底是谁在抗战，谁在破坏抗战？是谁不战而失地千里，是谁深入敌后，收复失地？是谁坚持抗战到底，是谁明来暗去，和日寇勾勾搭搭？现在半壁河山沦入敌人之手，你们国民党连公开对日本宣战都不敢，更不要说在政治上一党专政，厉行法西斯暴政了。这个监狱囚禁大批有为的抗日青年，就是铁证。更何况你们在经济上倒行逆施，你们这些贪官污吏投机取巧，大发国难财，弄得物价暴涨，民不聊生。你们对共产党在敌后从日寇刺刀下夺回来的抗日游击区恨之入骨，不惜勾结日寇，封锁扫荡，对抗日部队不惜包围歼灭，新四军事变就是明证。你们口口声声说不服从军令政令，难道你们投降敌人的军令，我们能接受吗？你们卖国求荣的政令，我们能服从吗？真是那样，中国人民将陷于万劫不复之境，一点民族正气也会泯灭了。你们有脸在一个共产党人面前来说共产党不抗战吗？"

贺国威一气说下来，有如烈火，如暴雷，如疾风骤雨，没头没脑地倒在敌人的头上。他稍微停顿一下，笑一笑说：

"这倒好像是一条真理：越是寡廉鲜耻的烂娼妓，越是喜欢骂人家良家妇女不贞洁，却永远不愿意自己照一照镜子。"

这一席话把这位厅长说得张口结舌，无言答对。他无论如何没有想到这样一个不过三十来岁的青年，竟是这样地能言善辩。他只气得不住地说：

"岂有此理！岂有此理！"

陆胜英在一旁听了，又是生气，又有一点高兴，他在心里说："你们以为我这个粗人不行，啃不动他，你们今天是亲自来见了阵了，你们肚里有墨水的人，还不是一样被他弄得哑口无言吗？"

"鄙人也有一言，就教于贺先生。"那个坐在椅子上半闭着眼半睁着眼的苗老头儿，看到民政厅长难以招架，也不能不强打起精神来勉力接战。说实在的，他是连国民党的报纸也不看的，因此像民政厅长说的那套从报纸上背下来的陈词滥调也没有。他的脑子里只装满了孔夫子传下来的忠孝仁爱、礼义廉耻之类的古董。这些古董现在被国民党奉为国宝，因此苗老头儿也就自以为还有几句话可以拿到桌面上来说一说。而且眼前形势紧张，也只能抓到这些生了锈的武器来上阵。他慢腾腾地说：

"贺先生想必也是出自书香门第。"这位苗老头儿自以为是地猜想，像贺国威这样小小年纪，居然在自己的谈话中能够引用古辞成语，一定是书香门第出身。其实他不知道贺国威的父亲不过是一个穷苦的乡村医生，而他自己不过是一个中药铺的小学徒。苗老头儿继续说：

"书香门第的子弟要紧的是讲求忠孝仁爱之道，礼义廉耻之义。试问：游而不击，抗上作乱，可谓忠乎？不认父母，无视天伦，可谓孝乎？欺骗青年，贻误后生，可谓仁乎？阶级斗争，残酷无情，可谓爱乎？至于先生面辱长辈，是为无礼；辞不就官，是为不义；游击区穷索豪富，是为寡廉；共产共妻，是为鲜耻。"这位苗老头儿说得得意，竟自摇头摆尾起来。

陆胜英听这个老头儿摇头晃脑地哼了一阵。不知道说了些什么，但是想必很有道理，于是也跟着摇起头来，望着贺国威，好像在说："看你还有什么话说。"

贺国威听到这个老朽把这些陈旧武器拉出来上阵，觉得实在好笑，便不假思索地回驳他：

　　"我倒要请苗老先生恕我直言无'礼'。像你这样大的年纪，真可算是风前之烛、瓦上之霜，还被他们牵着鼻子，弄到这个是非场来，参加你力不胜任的斗争，未免可怜。至于你哼哼唧唧地说那套忠孝仁爱、礼义廉耻的话儿，是不值一驳的。我们根本不屑于用你们那些陈旧的道德框框来衡量我们的共产主义道德。我们有我们自己的、人类历史上最新最美的共产主义道德标准。我们坚持抗战，不怕牺牲，忠于国家和人民的革命事业；我们知道怎样去爱人民，恨敌人，为全世界人民的解放而坚决奋斗；我们边区没有贪官污吏，没有剥削欺压，这才是真正的守廉知耻，这才是我们新的道德标准。"

　　民政厅长忽然聪明地想到这样谈大道理是谈不过贺国威的，因为道理根本就不在自己这一边，他决定不和他去争论是非的大道理，他想还是谈谈利害的好。于是他说：

　　"我看还是不谈这些空道理好。我们还是先不论是非，且说利害吧。我想贺先生大概也明白自己现在的处境，并不是座上客，而是阶下囚；不是你慷慨论道的时候，而是你生死存亡的关头。这其中的利害想必你也明白，现在已经到了抉择的时机了。真正是一言可以转祸为福，一言可以死无葬身之地，你倒要打算一下才好哩。"

　　"对了，这才是最要紧的。"陆胜英说。他觉得在一个犯人的生死问题上，他是有发言权的。"你到底是要死要活，早作打算吧。"他对贺国威说。

　　贺国威明白，今天这场战斗就要结束了。他说：

　　"原来你们今天来的使命是决定我的生死的，为什么不早说清楚，省得费这半天唇舌。老实告诉你们吧，我贺国威是顶天立地的共产党人，既然到了你们这种地方，我就没有心存侥幸，为了革命，为了中国人民的解放事业，在生与死的两条道路中，我宁肯站着死，决不跪着生！"说罢，他睡在床上，闭目养神，不再理会他们了。

　　弄到这样一个僵局，是朱厅长来的时候没有想到的。他还想作最后的努力。他装着心平气和地说：

"贺先生也不必往一头想，凡事要权衡轻重，计较得失。我实在告诉你吧，我们看得起你这种有作为、有骨气的青年。我们不要求你什么，只要你说一声，从此洗手不干共产党了，我们马上就放你出去。出去之后，你愿意帮我们去推行新县制，那很好；你不愿意，也不勉强，你自谋出路。一不要你交出组织，二不要你登报自首，你看这样够宽大了吧？"

贺国威知道他们又在要以退为进的阴谋诡计了，但是他知道敌人总是敌人，狗嘴里吐不出象牙来，绝不能对敌人存任何幻想。于是他继续反击道：

"什么宽大不宽大，你们逮捕我根本是违反国共两党的协议的。要么你们承认错误，无条件放我出去；要么就由你们办吧，历史将要最后清算你们。我再也没有话可说了。"说罢，他又闭上了眼睛。

两个说客没有得到任何结果，只好悻悻地退出房去。在门口，那个半死不活的老头儿摇起头来，说：

"唉！孺子不可教也。"

贺国威听到了，根本不想再理会他。对于这种僵尸，向他的脸上吐一口唾沫，都是不能容忍的浪费！

三

陆胜英的十八般武艺和陈老板派来的两个说客，都没有能把贺国威奈何。贺国威住在他的小房里，这几天既没有提审他，也没有人来打扰他。只有常来顺，这个专门派来服侍他也是看守他的特务，每天都要来打一会儿小麻烦。他已经习惯于这个特务的打扰了。

贺国威的手铐去掉了，换成脚镣，这就方便得多了，可以自由地拿起《资治通鉴》，躺在床上或者坐在桌边阅读了。看了一阵，有些疲倦了，就起来走到小院天井中去站一会儿，看那块小小的天空和天上飘过去的片片白云，看那几棵青松的挺拔劲儿，等待着太阳光照射下来。天井里十分安静，除开自己挪动时脚镣的叮当声外，什么也听不到，有时有几只小麻雀飞到房檐上来，奇怪地看着这天井里的客人，还叽叽喳喳地议论起来。不，也许不是议论，是给这个戴铁镣的人唱歌呢。麻雀的音乐才能显然不很高明，唱得乱七八糟的，不成一个和谐的曲调，但是在贺国威听起来，叫得这样繁密热闹，却也别有一番生趣。有时候，后面山林上的天空中传来几声高亢的老鹰叫声，好像是在呼唤战友去战斗，又像是在找寻对手挑战，贺国威听到了，精神特别振奋，这些便算是他的一种精神享受了。

这几天特有的平静使贺国威的心境更加不平静了，他知道这是阶级斗争的激烈战场，一时的平静更意味着剧烈的斗争就要到来。他不知道这种斗争将要在哪里爆发、采取什么形式，但是一定要到来。敌人一连对他实行硬的强攻和软的招降，都没有得到结果，敌人的本事大概也不过只是这么几招儿了。但是监狱里其他的难友怎样？柳一清是不会有问题的，敌人已经向她猛烈冲击过了，她都挺住了。其他的难友怎么样？能挺得住吗？

个人的斗争是不够的，必须要把监狱里全部难友组织起来，形成一个战斗集体，要叫敌人打不烂、拆不散、拖不垮。要做到这一步是有希望的，抓进监狱来的大半是进步青年，其中大半又是长期在我们党的影响之下的学生青年，只要领导得当，可以把动摇的稳定下来，把坚强的组织起来，跟我们去战斗。我们不特可以在这第二条战线上打胜仗，而且一定要把监狱变成共产主义的学校，通过斗争锻炼，在这里将要成长出一批革命青年。他们将来是能够出去的，那就会像种子一样，撒到各地去，生根发芽。革命后继有人了，自己能不能活着出去，又算得什么呢？

摆在眼前的紧要任务是赶快把监狱里的党支部建立起来，作为领导斗争的司令部。现在要做的事就是在难友中普遍进行革命气节道德教育，知道怎样去对敌人进行斗争……这些事柳一清是不是都想到了？同志，你一个人能够打退敌人的进攻，显然是不够的，你还要学习做一个指挥员呢。

《革命气节道德教育提纲》，贺国威已经背着抄写了许多日子了，可是还没有写完，因为那个特务常来打麻烦，只能夹在《资治通鉴》中抽空写几个字，铅皮写起来又很不方便。但是不应该这样替自己解释，应该赶快做。谁知道敌人正在计划什么样的阴谋，总要走在敌人的前面才好。

想到这里，贺国威的脑子里热烘烘的，十分不安。"得赶快做！"他自言自语走回小房去，从床边枕下拿出一本《资治通鉴》来，打开书本，从夹页中抽出一张香烟纸，他用一小片铅皮在上面吃力地写了起来。

"哈。贺先生！"看守特务忽然出现在小门口，叫了一声。贺国威大吃一惊，以为常来顺已经发觉他在写什么了，他敏捷地把《资治通鉴》翻了两页，低头只顾读自己的。常来顺走到贺国威的面前，满意地发现他所看守的人始终如一地在啃陆胜英给他准备的精神食粮。这个情况他已经向陆胜英报告过许多次了，看来陆胜英是相当满意的。常来顺在小凳上还没有坐定，就说开了：

"你们共产党里的怪人真多。"

贺国威判定常来顺并没有发现自己在密写文件，放心了，但是他并不想马上和他搭腔。根据他过去和这个特务打交道的经验，为了表示自己的消息灵通，他是会义务地提供一些情报的。果然，他自告奋勇地说起来：

"你看怪不怪，人家生怕到这里面来，来了生怕出不去，却偏有人自己往这里面钻，不去请她，她倒自己来了。"

贺国威没有说话，不知道他说的是什么意思。常来顺又说下去：

"就是前几天一个晚上，有一个女人竟胆敢到这附近的场上贴起标语来，这不是在太岁头上动土吗？把她抓了进来审问，她却说她想进来看她丈夫，送衣服来，门口不让进，她就这样进来了。真怪。问她丈夫是谁，原来就是你们的那个童云。"

贺国威听到这里，注意起来。这女人不就是章霞吗？她为什么要进来？她为什么要自己跑进来？他无意地问常来顺：

"是怪，这个女人现在哪里？"

常来顺说："把她隔离起来审问，什么话也不肯说。就说是想看她的男人。其实，何苦来，她的男人童云不久怕就要出去了，建设厅长派人来了，说他是个技术专家，要保他出去哩。"

贺国威猜测常来顺说这些话的意思是什么，无非是告诉他童云已经叛变了。这个消息自己早就知道，还没有到监狱里来就听柳一清汇报过了。值得注意的是为什么这个特务故意来透露这个消息呢？常来顺又自作聪明地向贺国威说教：

"凡是愿意出去的都能出去，只有像你，还有你们那个姓陈的，叫陈醒民的，都是茅厕边上的石头，又臭又硬，才出不去。"

这又是什么意思？为什么单单把陈醒民抬出来？陈醒民被捕，没有叛变。可是在这里面表现好的人多着呢，为什么常来顺一个不提？特别是柳一清，受了刑法，不屈不挠，他全不称赞，却偏来称赞还没有受过刑的陈醒民"又臭又硬"呢？

常来顺这个特务像已经完成了任务，没有话说了，退出房去了。这却在贺国威那本已不平静的心中引起轩然大波。章霞突然自己进监狱里来了，常来顺来向他透露童云叛变了、陈醒民是好样的，这到底是怎么一回事？……

"啊！难道是这样吗？……"贺国威躺在那里想了一阵，他忽然自言自语，不安地坐了起来，把手里拿的线装书放下了。他艰难地走出小屋，在那天井里站了好一阵。麻雀还在檐口吵嚷，天上白云还在飘荡，那松树还是那样在北风里站着不动，可是他什么也没有看到，什么也没有听到。太阳没有了，天慢慢黑下来，并且冷了起来，他才转回小屋。他用手在桌上按了一下，又自言自语：

"一定要弄个水落石出。"

贺国威躺在板床上又想了好一阵，常来顺刚才来说的话，当然不是无所谓的，他感觉到有一种预感，一种危险向他爬来，他一定要弄清楚这是怎么一回事。他前后左右又想了一阵，最后用手在板床上一拍，决然地说：

"好吧，我就借你的头来试一试。"

四

常来顺又来了。贺国威更加认真地读起《资治通鉴》来，甚至细声诵读一些片段。常来顺满意地看到贺国威在规规矩矩读《资治通鉴》，对贺国威说：

"贺先生，真是用功呀。"

贺国威说："这部书我越读越有味道。"

常来顺又企图做他很不胜任的说服工作，说：

"贺先生这样有学问，何必在这里受苦？"

贺国威马上接上去说：

"你以为我真的不想早一点出去吗？其实不然，只要条件合我的心意，我还是想出去的。"

常来顺突然感觉到贺国威今天说话这样通人情，他以为他的说服工作发生了效果，十分兴奋，甚至可以说是得意忘形了。问贺国威：

"贺先生的合意条件是什么？"

贺国威道："这个，你就不用问了，到时候我才说。"

到时候？到什么时候？常来顺想不通，但是有一点已经是很显然的了，贺国威总有一天要出去的，到时候一定会出去的。这样的大共产党要是出去了，少不了他的高官厚禄。而且十有八九，还是干自己的同行，吃反共的饭。说不定就是自己的上司呢。这个念头他早已想过，今天看来，越更是这样了。常来顺多少有几分奉承的意思，说：

"贺先生，像你这样的才干，陈老板都看上眼，只要肯出去，还少得了你的大官做？"

贺国威笑了一笑。

常来顺说："说不定还是干我们这一行吧？"

贺国威又笑一下说："照你这么一说，你想我要当你的'同事'吗？"

常来顺说："哪里的话，恐怕是我们的上司呢。"

贺国威说："先别说什么上司、同事了，现在你要肯照顾着我一点，将来我有办法了，我一定好好地多照顾你。"

常来顺高兴极了，这个未来的上司这样对自己好，不能不说是自己的一种运气。他说：

"贺先生，好说，好说，嘻嘻，嘻嘻。"

贺国威说："那么，请你再帮我出去买两包香烟可以吗？"

常来顺一口答应说："小事，小事。"

贺国威又拿出钱来，交给常来顺，常来顺接了钱，出去了。

下午，常来顺仍然以两三倍的高价买了五包香烟回来，偷偷交给贺国威。他把余钱照旧假意地退给贺国威，贺国威照旧真心推却，说："你看你这还像话吗？"于是他照旧把余钱放进自己的口袋里去。

贺国威当时打开一包，抽出一支送给常来顺点起来，自己也点上一支，吸上一口，满意地说：

"还是这个牌子的香烟最好。"

常来顺说："这是从日本占领区那边走私运过来的，是武汉英美烟草公司出的老牌子，来得不易，所以要贵一些。"

贺国威完全同意。他把香烟放进抽屉里去，还没有关好抽屉，忽然想起来似的又拉开抽屉，伸手进去摸出两包香烟来，送给常来顺，说：

"你拿两包去抽吧。"

常来顺推辞说："不，不，我自己买得到的。"

贺国威把烟送在常来顺手里，说：

"你看，这就不成话了，烟酒不分家嘛。"

常来顺接着香烟，口里说不，手却遵照他的脑神经的指挥，把两包香烟放进自己的口袋里去了。

常来顺叼着一支香烟正要走，忽然折转身对贺国威打招呼："香烟可是要藏好啊。"贺国威笑着点一下头。

常来顺走了，他很高兴结识了这样一位很够朋友的人，这位"未来的上司"。他觉得今年他的运气再好也没有了。

五

放风的时候到了。

贺国威提着沉重的铁镣，慢腾腾地跨过小院门槛，走下石阶，到那个小土坝里去。他平常不大出来到那里去，一则因为脚上有脚镣，行走实在不便；二则他的行动总是容易招惹特务的留神，他不想去给难友增加麻烦。所以他平时只在小屋外的小天井里站一站，舒一舒气。今天他却不管怎么吃力，也要到小土坝里去散步。

他听到被小门隔开的另外几个院子里关的难友，闹闹嚷嚷地出来放风来了。他也看到这一个院子里关的难友都出来了，彼此打着招呼，随便说着话。这是多么好的青年，一个个生龙活虎的样子，全无一点垂头丧气的神色，只是都太年轻，有的简直像不过十六七岁的小娃娃，也被特务逮来了。大家看到贺国威，都向他打招呼。上次绝食斗争大家是知道这样一个共产党领导人的，只是出来得少，还不熟识。

大家对于柳一清却很熟识了，不特知道她带着孩子坐牢，还是那样无忧无虑、有说有笑，而且知道她受到酷刑和野蛮的假枪毙，没有动摇她一分一毫。她又总是不放弃放风的时候，从谷仓里走出来，在土坝里和大家在一起，做体操，说笑话。

今天柳一清看到贺国威出来了，知道大概有什么事吧，她瞄好一个机会，走到贺国威身边去，向贺国威打招呼：

"老贺，你出来了。"

贺国威没有工夫来说闲话，只问她：

"陈醒民在哪里？"

柳一清指着墙角落石坝边说：

"那儿不是？"

贺国威说："我很怀疑到底是谁叛变了，我要假装露点风，看陈醒民到底是真金子，还是假金子？你以后留心一下厕所边围墙的动静，看看敌人在那里干什么。"

"哦。"柳一清的脑子里像突然被一道阳光照亮了一样，她一下明白了，她觉得一件叫她一直想不通的事情，忽然弄通了。

贺国威走向陈醒民，和他打招呼。

陈醒民对于贺国威实在有点害怕，连面也不敢再见，但是陆胜英要他到狱中来，就是为了探听动静的，人家找上门来了，哪能还躲开呢？现在贺国威已经走到自己面前，并且向他点头打招呼了，他只好装作热烈的神情走近贺国威，说：

"老贺，你的脚上负担这样重，还出来干什么？"

贺国威说："我有事找你。"

于是他们两个走到土坝角落的一块阶沿石上坐下了。贺国威说：

"放风时间不长，我就三言两语告诉你吧。"

陈醒民很有兴趣地问："什么事？"

贺国威说："章霞也进来了。"

陈醒民很惊异地看着贺国威，这真怪，为什么贺国威的消息和自己差不多一样灵通呢？他问："你怎么知……"他没有说完，他知道这样发问是不合适的，于是马上改口说，"她为什么进来了？"

贺国威说："不知道，我是听说的。"

陈醒民装作无意地问："谁说的？"

贺国威说："不管他。我要找你说的是另外一码子事。"

"什么事？"

贺国威忽然放低了声音，几乎是对着陈醒民的耳朵说：

"我看这里戒备并不很严密，你我不想办法，再也出不去了。我想我们要组织越狱才好。"

陈醒民的眼睛忽然发亮起来，这可真是一件了不得的大事呀。他很有兴趣地问：

"你打算怎么办？"

贺国威低声说："我看厕所那里墙不高，从厕所里爬上去翻墙，院坝里看不见。"

陈醒民说："是个好地方，什么时候越狱？"

贺国威轻声地笑，说：

"哪能那么简单？里面还没有串联好，外面接应的也还没有拉通，怎么敢贸然地干？"

"哦。"陈醒民同意贺国威的谨慎，但是他绝不能只停留在这样一个轮廓打算上，他迫切想知道贺国威越狱计划的细节。他问：

"里面怎样串联，外面怎样接应？"

贺国威说："给你说，就是要你们分头开始做准备工作，你们暗地串联。至于外面的接应么……"贺国威更细声地附在陈醒民的耳边说，"我自有办法。"

自有办法？这太叫陈醒民摸不着头脑了，这实在是一个比什么还要紧的关节，他必须弄清楚。他像很关心地说：

"这件事不简单，要仔细哟。和外边老任他们怎么联系得上呢？"

贺国威神秘地笑了一下，说：

"你干你的去，不用问，我已经找到门路了。"

好家伙，他已经找到门路了，这就是说，贺国威已经找到内外联络的办法了。陈醒民不觉大吃一惊，他本来还想问，他怕引起贺国威的怀疑，再也不敢问了，只是说：

"要快一点呀。"

贺国威说："我走了。"说罢，站起来要走，又对陈醒民说：

"这件事要保守秘密，千万不要告诉童云。"

陈醒民说："谁告诉他呢？那个叛徒。"他对于贺国威十分信任自己，很高兴，简直太高兴了，他不禁咧开嘴笑了起来。

贺国威也笑了一下，走了。

六

"不得了呀，有紧急情况报告！"陈醒民一跨进陆胜英的办公室大门，就嚷起来。就像一只猎狗闻到了野物的气味，发狂地在主人面前又跳又叫，告诉主人："你看我发现了多么好的猎物。"

陆胜英对于陈醒民这条猎狗的确是十分赏识的，像这样叛变得彻底，这样尽忠于新主子的叛徒是不多的。更其宝贵的是，他还没有暴露面目，他还以一个共产党的英雄人物的面貌在狱里进行活动呢。一等他把狱中的共产党的活动弄清楚后，就把他放出去，再到外面去抓一把共产党去，实在太妙了。

今天早晨，看守长报告，陈醒民送出暗号，表示有重大情报报告，陆胜英上午就以提审的名义把陈醒民叫了出来。陈醒民一进办公室就这样又紧张又高兴地大嚷大叫了起来。

"陈先生，请坐吧。"陆胜英让陈醒民在沙发里坐下，给他倒了一杯茶，并且送一支香烟给他，安慰他说，"陈先生辛苦了。坐下，吃口茶，慢慢地说。"

陈醒民也故意卖关子，你都不紧张，我紧张成这样子干什么？我不说，看谁先开口，他端起茶杯来喝了一口茶，又把香烟点了起来。他是不会抽香烟的，但是他仍然点上，这是消磨时间的手段。

"陈先生，到底有什么紧急情况？"陆胜英终于先开口问了。

陈醒民神秘地把眼睛眏了一下，向左右看一眼，陆胜英会意，向坐在角落的一个秘书，还有站在门口的一个特务一扬手，叫他们出去，亲自把门关上，对陈醒民说：

"你讲吧。"

陈醒民霍地站起来，走到陆胜英面前，细声地说：

"他们要越狱！"

"哦？你怎么知道的？"

"昨天下午放风的时候，贺国威出来亲自对我说的。"

陆胜英很得意，他在共产党里埋的这一颗钉子起了作用了，他高兴地说：

"好，好，你说说。"

于是，陈醒民把贺国威对他讲的越狱计划一字不漏地对陆胜英说了。陆胜英一面听，一面在屋里走过来走过去，不住自言自语："没有想到，真没有想到！"他转过身问陈醒民：

"你看他们在牢里是不是活动起来了？"

陈醒民说："我看不出来，他叫我开始活动。"

陆胜英说："那还好，牢里的犯人还没有煽动起来，里面只要加紧防范就不怕。但是他们怎么和外面勾连起来，却还不清楚呀。"

陈醒民说："他就是不说，他说反正已经找到了门路了。"

"门路，门路……"陆胜英用手拍着自己的脑门，一面想，一面说。

陈醒民忽然想起来了，他说：

"贺国威昨天还告诉我说，章霞进来了。"

陆胜英问："哪个章霞？"

陈醒民说："就是不请自来的那个乡下女人，童云的老婆。"

陆胜英说："哦，那个女人啊，整了她一顿，连几句话都说不清，土头土脑的，像个傻东西，她一口咬定说就是要来看她的老公的，看不出有啥。"

陈醒民说："我知道，这女人是个家庭妇女。但是我说的不是这个，是贺国威怎么也知道章霞进来了？"

陆胜英被陈醒民这一句话提醒了，说：

"是呀，这个女人是隔离起来审问的，贺国威怎么能知道呢？"

陈醒民说："贺国威说，他是听说的。"

陆胜英问："听谁说的？"

陈醒民说："谁知道呢？"

陆胜英在屋里走了两圈，狠狠吸着香烟，忽然站住。用拳头在桌上捶了一下，把烟灰盘都震得跳起来，说：

"哼，明白了，从这一句话就看出'机关'来了。贺国威还能从哪里听说呢？"

陆胜英把烟蒂头在烟灰盘狠狠压熄了。走到门口，把门打开，喊：

"叫常来顺来！"

常来顺来了，站在门口叫：

"报告。"

"进来！"陆胜英生气地叫。

常来顺进屋里来了，看到陆胜英的颜色不很对，不知道要问他什么，他的心里有鬼，说不定给贺国威买烟的事发了。不过，这也算不得大不了的事。他振作精神站定，说：

"站长有事叫我？"

陆胜英不说话，在常来顺的周围转了一圈，看常来顺的身上，又看他的脸色，最后把眼光落在常来顺的眼睛上，常来顺被看得有些不自在了，想逃开陆胜英那锋利的眼光，可是逃不脱，显出老大不安。

陆胜英说："是呀，有事问你。贺国威这几天情况怎样？"

常来顺说："很好，很好，他在埋头读《资治通鉴》。"

"噢——"陆胜英又问，"他没有到哪里去吗？"

常来顺回答："没有，就是昨天出去小土坝放过风。"

"噢——"陆胜英又问，"他没有问你什么吗？"

常来顺说："没有。"

"噢——"陆胜英一连几个噢，似信不信，倒把常来顺闹得心里嘀嘀咕咕的，不知他到底要问什么。

陆胜英又开口问了："你对他说过什么吗？"

常来顺一口否认："没有，我什么也没有对他说，我怎么能对他说什么呢？"

陆胜英的眼里冒出凶焰，狠狠望着常来顺，大声问：

"硬是这样吗？那么，他怎么知道那个女人，那个叫——"

陈醒民补充说："叫章霞。"

"对了，那个叫章霞的女人进来的事呢？"

糟了，常来顺知道他这个消息灵通的"权威"出了毛病了。多半是陈醒民从贺国威那里知道了，这小子，居然密报到他的头上来了。常来顺无法辩解，只是支吾着说：

"这个……这个……"

陆胜英看出来了，越更生气，逼问常来顺：

"这个什么？"

常来顺还"这个这个"地支吾两声，他看到支吾不下去，只好说了：

"我……我随便说的。"

陆胜英把桌子一拍，大叫："混蛋！随便说的？"陆胜英走到常来顺的面前，用阴险的眼光盯着他，多少带有几分嘲弄的口气说，"你还随便替他办了一点什么吧？"

常来顺想：糟了，他知道今天叫他来，一定是来理抹他偷偷替贺国威买香烟的事了。他妈的，又是陈醒民这小子密报的吧，哼，你走着瞧吧，到老子头上动土来了。现在怎么办呢？给犯人买点吃的什么，落一点钱，过去也不只他一个人干过，查出来也不只他这一桩，至多坐两天禁闭也就罢了，就认账吧。不，不能。说不定他的上司并不知情，不过是吓唬他一下罢了。这次他给贺国威买的五包烟，给了他两包，那三包他已经叫贺国威藏起来了，没有第二个人到贺国威那里去，谁能知道呢？还是不认账的好。即或查出来再认账，也不过多坐天把禁闭。于是他一口咬定："我什么也没有替他办过。"又补充一句，"我怎么能替他办什么呢？"

陆胜英已经从常来顺那惊疑不定的眼神中看出他的破绽来了。他马上叫几个特务进来，在门口他悄悄对两个特务吩咐几句，特务飞跑着去执行去了。然后叫一个特务马上搜查常来顺的身上，那特务当着陆胜英把常来顺的口袋翻过来，别的什么也没有，只有一包还没有抽完的香烟。陆胜英亲自把常来顺的衣服捏来捏去，衣服边都捏过了，什么也没有。常来顺奇怪，这到底是要干什么？看他什么也搜不到，有几分放心了。他重新穿好了衣服鞋袜，坐在凳子上，装出有几分委屈的样子。

"找到了。"另外两个特务匆匆忙忙地跑了进来，一个特务的手里拿着三包香烟和两盒洋火，另一个特务手里拿着一包香烟，都是一个牌子："强盗牌"。一个特务报告说：

"这三包香烟和两盒洋火是从贺国威的抽屉里找到的，其中有一包已经抽了几支，随后又到常来顺房里找到这一包香烟。"

陈醒民帮腔说："刚才从他身上搜出来的一包，也是这个牌子的。"于是他把那一包也放在桌上，和那四包并放在一起。

原来刚才陆胜英吩咐那两个特务突击检查贺国威的房间，然后再检查常来顺的房间。他们突然在贺国威的房门口出现，并不使贺国威惊奇，相反他倒更有兴趣地眼见着将要发生的一切。他昨天晚上早已把那三包香烟，规规矩矩地放在抽屉里，等待着他们来检查。他又把刚才写完的《革命气节道德教育提纲》折成很小一块，压在床板脚的下面，外面一点也看不出来。这两个特务今天来检查，首先就发现了三包香烟和两盒洋火，然后在房里到处检查，把那部《资治通鉴》翻遍了，贺国威的身上也搜查了，什么也没有。贺国威故作惊诧地问：

"你们干什么？你们这是干什么？"

"哼，你自己明白。"一个特务说。

他们马上到常来顺住的房间里去，从抽屉里也找到同样牌子的一盒香烟，急急忙忙拿来向陆胜英报功来了。

"好呀！"陆胜英咬着牙齿说，"你什么也没有替他办，这是什么？"陆胜英抓起一盒香烟在常来顺眼前一晃。

常来顺什么话也没有说了。替贺国威买香烟的事给捉住了，少不了要坐几天禁闭。他只好认账了，说：

"我就是替他买了几包香烟。"

陆胜英用更为阴险的眼光看着常来顺，问他：

"你还替他办过什么事？"

"没有，别的什么事我也没有办过，请站长查，查出来听凭处分就是。"常来顺这一回倒是说的老实话，他没有替贺国威再办过什么事情。

陈醒民以稀有的猎犬的鼻子闻出一点什么来了，他在陆胜英耳边悄悄说了几句什么，并且用手指一指桌上的香烟。陆胜英却并不夸奖陈醒民，只冷冷地点一下头说："早知道了。"

陆胜英把桌上的几包香烟都打开来，把包装纸和烟盒翻来翻去地看，什么也没有。然后，他把从常来顺身上和房里搜出来的香烟一支一支地掐断，捏散，大家都莫名其妙地注视着，特别使常来顺不明白，这是干什么。

忽然，陆胜英从一支香烟里的烟丝中捏出一个小纸卷来，这个小纸卷很小很小，不注意是很难察觉的，假如要吸的话，这纸卷烧掉了也不会感觉到。陆胜英却把它找到了。陆胜英又从另外一包香烟的一支烟里，找到另一个小纸卷。他紧绷着脸把那两个小纸卷打开，上面有像是用铅笔写的英文字母，陆胜英怎么也念不通。他把纸条放在桌上，用手指着问常来顺：

"你说，这是什么？嗯？"

常来顺像听到晴天一个霹雳，为什么香烟里会有小纸条呢？他简直吓得糊涂了，一句话也说不上来了。他只能回答：

"我不知道。"

"哼！你不知道？"陆胜英气极了，伸手就给常来顺狠狠一个耳光，把他打得几乎摔倒，"你说你没有给他办别的事，这是什么？"

陈醒民很高兴，他来报的信果然是实在的，这一次立的功不小。他凑向前去，拿起纸条来看，他认为他还可以再立一次功。那纸条是用香烟里的薄纸写的，字好像是用铅笔写的，却又比较模糊，他努力辨认，终于认出来了，那上面是用拉丁化拼音文字写的，拼音文字他虽然不熟，可也勉强认识。他认了一会儿，笑起来了，说：

"哈，找到了，找到了，你看这上面写的什么？"

陆胜英摇摇头说："谁知道写的什么，念不通。"

陈醒民得意地说："我倒认出来了。"

陆胜英马上问："写的什么？"

陈醒民念了起来："时间地点告来人。"

陆胜英说："哼，这不是清清楚楚的吗？"他上去就给常来顺一拳头，恶狠狠地说：

"给我跪下！"

常来顺下意识地跪下了，他头脑里发晕，但还摸不透是什么灾难临头了。

陆胜英坐在桌后，用手拍桌子，问常来顺：

"好呀，你他妈的跟了共产党跑了？给我从实招来！不然老子马上枪毙你！马上！"

常来顺现在才意识到大事不好了。他向陆胜英申辩：

"站长，这是冤枉呀，我就只给他买了几包香烟，别的什么也不知道呀。"

陆胜英问道："这纸条从哪里来的？为什么在你的身上和你的家里？"

常来顺说："我实在不知情，我给他买了五包烟，当时他就顺手给我两包，这纸条哪里是他写的！"常来顺想起来的确是这样，他买了五包烟，贺国威收下才放进抽屉就拿出两包来给他了，这哪里是贺国威写的呢？

"哼，他妈的，你硬是吃了共产党的迷魂汤了，你还要替他洗刷吗？"陆胜英骂道。

陈醒民也凑合两句："不要掩盖了，我们早就知道这里面玩的什么鬼把戏了。"

陆胜英恶狠狠地叫："你说不说？贺国威叫你把香烟拿去到哪里接头，快说！"

常来顺哪里说得上来，耷拉着脑袋，什么也说不上来，只是哼哼：

"我是冤枉的。"

陆胜英跳了起来，叫："好吧，你倒变成共产党一样的顽固疙瘩了。你不说老子非枪毙你不可。"他回头吩咐道：

"来人哪，把他弄进去，叫他受个够，看他招不招。"

几个大汉跑来，不由分说，把常来顺拉走了。常来顺只是一口咬定：

"我冤枉呀，我冤枉呀！"

陆胜英马上布置把牢房加强警戒，把厕房后墙加高，安上刺铁丝，并且叫人把贺国威小房通土坝的门封了，再也不准他出去放风，一个人单独关在独院里，看你能怎么样。

陈醒民还没有走，期待着主子的夸奖，却并没有如意。陆胜英只是吩咐他：

"陈先生，你回去留神点吧。看他们在干什么。"

他失望地又回到牢房去了。

第八章

一

　　贺国威静静地躺在板床上，听到天井那边有咚咚咚的敲打的声音，他想这一定是敌人在把天井通外面小土坝的小门钉起来，不准他到小土坝去放风了。他从此不能和难友们见面了，也见不到柳一清了，只能从小窗望得见难友们在小土坝里的活动，望得见对面柳一清住的谷仓。难友们却再也看不清他了，因为那小窗是一扇小格子窗，钉得死死的，里面可以贴着格子窗眼望到外边，外边却看不清里面。这对于贺国威说来是不愉快的事，但是今天他听到那咚咚咚的单调的声音，好像听到了什么美妙的音乐一样高兴，因为一切事件正照着他所预料的进行着。

　　今天早晨他就有所察觉了，早晨给他送水送饭的再不是往常的常来顺，而是另外一个特务。当贺国威装着无意地问："常来顺呢？"那个特务冷冷地看了贺国威一眼，说："你说他呀，哼！"但是他又马上改口说，"他有事情。"

　　什么事情？是不是一切照贺国威设想的那样发生了？今天特务把他

227

到外面放风的门钉住了，昨天忽然有几个特务来突击检查，并且把他托常来顺买的几包香烟抄没了。把这两件事拿来印证，又想到特务总不忘记在童云的脸上抹黑，却同时说陈醒民是"又臭又硬"，那么事情已经十分明显——叛变的肯定是陈醒民，而不是童云。

贺国威心里感觉有些热烘烘的，身上却是冷得叫人打寒战。他没有想到敌人除开用残酷的刑法来压迫他、用高官厚禄和美妙的谎话来诱降他以外，还同时使着这样毒辣的阴谋诡计。看来他们企图把陈醒民打扮成为一位英雄人物，却诬赖童云是一个可耻的叛徒，这绝不会是无所谓的。不管他们想搞什么鬼，现在既然已经证实了，就应该马上通知柳一清，把陈醒民的画皮扒掉，在难友们的面前公开揭露他的叛徒嘴脸，打破敌人的阴谋。

但是，糟糕！敌人把自己和难友们隔离起来，不准他出去放风，怎么能把这个信送给柳一清呢？他写的《革命气节道德教育提纲》已经抄好了，压在床脚下，也要快点传给他们，组织难友们学习呀，怎么办呢？

> 太阳出来又落山，
> 监狱永远是黑暗，
> 守望的狱卒，
> 不分昼和夜，
> 站在我的窗前，
> ……

贺国威忽然听到从隔壁传来女人的歌声。隔壁本来是空着的，不知道为什么又关了人了，大概是特务抓进来的人太多了，实在关不下，不得不把这一块"禁地"也利用起来。这屋里关的是些什么人？贺国威在板壁上竭力找寻一个缝隙，终于在柱头边找到了一个很小很小的几乎难以察觉的小缝隙。从这个小缝望过去，他看到一个家庭妇女模样的女人，不作一声，老实地坐在板床上。另外有两个年轻的女学生，很年轻很年轻，恐怕还不到十八岁，还不足国民党《六法全书》上规定的"犯罪"年龄呢。她们的脸上显得那样稚气和天真，简直感受不到她们被抓进监狱的严重处境，甚至还感觉到几分浪漫主义的趣味。她们有说有笑，不住地哼着《囚徒之歌》，像她们在小说中读到的那些先烈们坐牢一样。

贺国威想，国民党真是变得神经衰弱起来了，把这样天真烂漫的女孩子和无知无识的家庭妇女也抓进来了。这并不表示他们厉害，正表示他们的恐惧。也好，就让这些人到这个"共产主义学校"里来学习和锻炼一下吧。

"你叫什么名字？"一个女学生在问另外一个女学生。

"我叫叶启贞，一中的学生。"另一个女学生回答，同时又回问，"你呢？"

"我叫许淑，农专的学生。"头一个女学生回答，并且加了一句，"我们以后都是难友了。"说了，还很高兴地笑了一声。

"那么你叫什么名字呢，大嫂？"还是头一个女学生在问，当然是在问坐在那里不作一声的家庭妇女了。

"我叫章霞。"

"你是哪里的？"另一个女学生在问。

"我住在清江农场。"

哦，章霞？住在清江农场？原来就是她！贺国威过去没有见过章霞，可是听柳一清向他汇报过不止一次了：她是交通站童云的老婆，是一个劳动妇女，十分淳朴，在政治上进步很快，要求入党。已经批准她入党了，只是不知道柳一清给她履行了手续没有。

这样就好了，不管她入党没有，总是一个可靠的人，可以通过她来传话给柳一清了。贺国威用手轻轻在板壁上敲："笃笃笃，笃笃笃！"他从小缝望过去，章霞仍然坐在那里，简直没有听到，那两个女学生却听到了，她们两个对望着神秘地笑了起来，这不是和她们在小说中看到过的情景一模一样吗？有难友要向她们传递什么消息了。许淑正要靠到墙边来，听到隔壁小声在叫："章霞，章霞。"哦，原来是找章霞的。她对章霞说：

"有人叫你。"

章霞完全没有这种狱中传话的经验，连书本上的知识也没有，她莫名其妙地望着许淑。许淑凭她从书本上获得的一点间接经验，教导起章霞来了，说：

"隔壁有人在叫你，你就照样在板壁上敲三下，回答他吧。"

章霞这才明白了，但是她并不想回答，还是许淑一再催促她，她才照许淑说的那样，在板壁上也敲了三下："笃笃笃！"但是她不知道这样会产生什么结果。过了一会儿，她就听到一个很小很小的声音在叫：

"章霞，章霞！"

章霞奇怪，这是谁在隔壁叫她的名字呢？噢！莫不是童云刚好关在隔壁房里吗？她很兴奋，要真是这样，那才是天从人愿哩。她对着板缝轻声问：

"谁叫我？"

"章霞！我是贺国威，柳一清的好朋友。"

柳一清的好朋友？那一定是一个党员了，大概就是老任说的和柳大姐一块儿被捕进来的负责同志吧，哦，想起来了，任远说的那个人就叫老贺。

"老贺同志，叫我有什么事吗？"

"我有非常重要的事情，要你转告柳一清，我这里还写得有一张条子，你要想办法交给她。"从板缝传过来的声音说。

啊，原来贺国威是要她作她丈夫作过的交通员工作，党这样信任自己，章霞不禁一阵激动。她想：我虽然没有入党，可是已经被批准入党了，就应该像党员一样地接受和完成任务。于是她对板缝说：

"好！你说吧。"

"你告诉柳一清，尽快告诉她，肯定是陈醒民叛变了，不是童云叛变。"

章霞听到后，十分高兴，贺国威同志已经知道是陈醒民叛变，而不是自己的丈夫叛变，这就好了。她对着板缝向贺国威说：

"我知道了。我要进来告诉你们的正是这件事。"

贺国威听到这一句话，十分奇怪，陈醒民叛变的事，是他费尽心思，想法试验，刚才判断出来的，怎么她倒知道了，并且正是为这件事情进来的呢？他问章霞：

"你怎么知道的？"

章霞说："我知道了，老任告诉我的。"

"哦——"贺国威听到后，他很高兴，看来任远他们也弄清楚是谁叛变了。这样一来，陈醒民就不能再在外面起破坏作用了，很好。但是陈醒民在这监狱里还没有为大家识破呢，必须快点揭穿他，免得害人，于是他对章霞说：

"告诉小柳，要揭露陈醒民这个无耻的叛徒。"

"是"章霞愉快地回答。她又说："我还有一件重要事情要报告，老任他们要……"章霞忽然放低声音，把嘴紧挨着板缝说话，"他们想劫狱，要打进来救你们出去，问你……"

什么？老任他们想劫狱？贺国威心里震荡了一下。劫狱要是真能成功，同志们和难友们都可以获得自由了，而且这恐怕是自己和柳一清能出去的唯一机会了。敌人既然这样以武装非法逮捕我们，我们为什么就不可以武装劫狱呢？但是，劫狱，这是多么严酷的斗争呀，老任他们在外面是不是把情况都弄清楚了？有没有把握成功？我们有一百多个秘密的农民武装队员，枪支虽然差一些，可是那些农民青年都生龙活虎，斗争意志坚强，采取突然袭击，是可以打得好的。但是敌人方面的力量，他们了解吗？这里面有几十个特务，都有短枪；听常来顺说，有个什么保安团长常来找陆胜英打牌，可能这附近驻得有保安团的部队，这就不简单了。假如情况不明，贸然行事，劫狱不成，自己和柳一清可能牺牲，倒没有什么，但是有些难友，本来将来有希望出去的，也可能在突围过程中或死或伤，这就不值得了；同时我们的武装也可能遭到损失，这就更不好了……这件事可以干，但是要详细调查，谨慎从事才好，不过，自己自从被捕以后，已经不能执行特委书记的职务了，也不能开特委会了，他们其实用不着请示，应该由新的特委会慎重作出决定来。至于狱里同志，只要能联系上，配合组织行动就是了。

章霞一时没有听到回答，她知道贺国威正在考虑。过一会儿，她听到贺国威那平静而镇定的声音：

"你赶快告诉小柳，设法建立内外联系，快送信出去，告诉老任，这件事可以办，但要慎重，并且要特委正式作出决定来才办。"

章霞回答说："好。"

贺国威又说："还有一个文件要托你带给小柳。"过了一会儿，章霞就看到板缝里一点一点地送过来几张香烟里的薄纸，上面写着密密麻麻的字。章霞接过来就卷了起来。那两个女学生，看着几张纸神秘地从板缝里送了过来，特别感兴趣，很想拿过来看一看，上面到底写的是什么。可是章霞拒绝了，她从她的丈夫过去做交通工作中知道这个常识，党组织的秘密文件，无论是什么性质的，做交通的没有权利打开让人家看，自己也不能看。她把那几张纸卷成一个很小很小的纸卷儿，藏在贴身汗衣的小口袋里。并且很严肃地告诫那两个女学生：

"对什么人都不要说。"

贺国威从板缝里看到这一切，看到章霞这样严肃地对待一个普通的文件，十分高兴。

许淑和叶启贞没有想到这样一个不声不响坐在那里的家庭妇女，竟是一个在她们看来十分老练的地下工作者，马上对章霞表示尊敬，并且想起刚才还教导章霞敲墙回答的事，不觉红了脸。她两个异口同声地问章霞：

"好嫂子，你是共产党吧？"

章霞笑一笑说："我还不是呢。"

那两个女学生用吃惊的眼神对看着。

"霞嫂子，揭露陈醒民的事，叫小柳过两天再说吧。"忽然从隔壁传来贺国威的声音。

章霞听了，莫名其妙，难道陈醒民这个大叛徒还不应该揭露吗？但是她还是毫不含糊地回答贺国威：

"嗯。我告诉小柳。"

二

新来看守贺国威的特务忽然带着陆胜英来看贺国威来了。贺国威放下手里拿着的《资治通鉴》，看到陆胜英那样从容地从小门走进来，脸上勉强贴上一片嘲弄人的笑容，仍然掩盖不住生就的一脸杀气。这并没有使贺国威感觉奇怪，因为陆胜英怀着恶意来盘问他，正是他所设计的程序中必不可少的一个节目，果然照他设想的出现了。

陆胜英跨进门来，不说话，慢慢地走到贺国威的面前，用阴森的目光盯住贺国威，看了好一阵，就像狼盯住它所捉住的一只羊一样。就凭它的这种冷酷无情和嘲弄的眼色，就可以叫它的猎获物骨头都吓得酥软了。但是贺国威并不是羊，他不特不感觉有什么恐惧，反倒看着陆胜英那装腔作势的样子，感觉好笑。他冷冷地看定陆胜英，看他到底怎样发动他的攻势。

陆胜英的凶狠的眼光没有能实现他预期的效果，多少有几分恼怒。他只好坐在小凳上，但是他总觉得他今天是站在居高临下的主动地位上，胜利正在等待着他。他把手一挥，叫看守特务退出去后，开口了：

"贺先生这许多日子来好吗？"

贺国威不理会他。陆胜英便随便拿起贺国威正在读着的《资治通鉴》，看了一下，又放下了，说：

"贺先生倒是挺安心呀，真是'两耳不闻窗外事，一心专读圣贤书'呀！"

贺国威生就不是一个沉默寡言的人，他总在这里要把自己锻炼得更深沉、更冷静一些，但是总不容易做到。一个人的个性是很不容易改变的，他不能忍受敌人的撩拨而一言不发，他说了：

"安心怎样，不安心又怎样？"

陆胜英说："得了吧，贺先生，你那脑子正忙着呢。可是，我告诉你，我的脑子也不是在歇凉。"

这使贺国威断定了他对陆胜英的来意是估计对了。这正合适。他故意莫名其妙地问：

"你这话是……"

"贺先生自己明白。"陆胜英很平静地说。同时从口袋里拿出一包香烟，抽出一支来点上。贺国威注意到陆胜英抽的正是常来顺替他买过的"强盗牌"。陆胜英很有意思地又抽出一支来，递给贺国威：

"请抽烟吧。"

贺国威摇头，拒绝了。

"贺先生不是很喜欢抽烟的吗？"陆胜英巧妙地用这一句话来点了题，觉得自己很聪明，暗暗地笑了一下。

贺国威照着扮演一幕有趣味的戏剧要求的那样，装作有些张皇的神色，好似自己真有什么短处给人家捏住了一般，掩饰自己地说：

"我不懂你说些什么。"

"贺先生是聪明人，这个都不懂？"

"你到底要来盘问我什么？"

"没有什么，关于抽烟的小事情。"陆胜英故意停住不说下去，慢慢地抽烟，把纸烟拿在手里玩来玩去，欣赏他喷出来的一串烟圈，像欣赏自己的什么杰作一般。贺国威装作有点紧张而又故作镇静的样子，叫陆胜英看到了。陆胜英过一会儿才慢慢地说：

"贺先生不抽我的烟，恐怕再也找不到替你买烟的人了。"说罢，淡淡地一笑，他以为这最后的一句话是一把锋利的刀子，插到贺国威的心上了。

贺国威装得真像有一把刀子插在自己的心上一样，显得张皇失措，显得吃惊地说："什么？……"但是好像自己发觉说漏了嘴，马上又故作镇静的模样说，"我不懂你的话。"

陆胜英愉快地笑了起来，他越是看到贺国威张皇失措而又故作镇静，他越是认为自己的判断十分英明，也就越想嘲弄这个叫他十分头疼的对手。好，你也有这样尴尬的时候！他把香烟一连抽了几口，把烟头丢在地上踏灭了，又把香烟盒子从口袋里摸出来，有选择地从香烟盒里抽出一支来，放在手里玩弄，说："这烟就是不错。"冷笑两声，看了贺国威一眼，又盯住香烟，像自言自语似的说，"很有味道，还可以当信封用。"他又看了贺国威一眼。

贺国威几乎想笑起来。世界上再也没有一个道地的蠢材要在人面前装出聪明相，更叫人可笑的了。可是他不能笑，不特不能笑，而且要照陆胜英所期待的那样，显出更张皇不安的神态来。贺国威费了好大的劲儿，才使自己装得叫对手看来还够满意。

陆胜英高兴得很，他也装出很惋惜的样子，叹一口气说：

"可惜送信的这个信差，辜负了贺先生的一片苦心。"

贺国威装作惊异地问："什么信差？我不懂。"

陆胜英说："这香烟贺先生从哪里弄来的？"

贺国威故作掩饰地回答：

"那有什么，我想抽烟，你们有人肯帮忙跑腿，我就买了。"

"谁替你买的？"

"你们的看守常来顺。"

"买几次？"

"两次。"

"是这个牌子吗？"陆胜英拿出烟盒来问。

"就是的。"贺国威看一下，回答说。

"你给常来顺香烟吗？"陆胜英又问，脸色有些严峻。

贺国威满不在乎，回答说：

"那有什么？他肯帮忙，替我买了香烟，我顺手就给了他两包……"

"哼，好一个顺手！"陆胜英打断贺国威的话，说，"贺先生还顺手在香烟里夹了一点什么，是吗？"

贺国威故意以显得莫名其妙而又欲盖弥彰的神色问：

"什么？"

陆胜英站了起来，仔细用手指甲从这一支香烟里剔出烟丝，抽出一

235

个小纸卷儿，他打开来，在贺国威的面前一抖，问：

"贺先生，这是什么？"

贺国威装得故意不认账，说：

"我不知道。"

陆胜英狡猾地狞笑一下，咬着牙齿说：

"贺先生，算了吧，这一台戏也演得够了。好汉干事好汉当，自己放明白点。你不要以为你的本事高强，我陆某一天到晚在打梦觉，老实告诉你，我吃这一行饭也不是三年两载，你那些花样少来吧。"

贺国威望着陆胜英手里拿着他写的纸条，简直高兴得想跳起来。他当然不能这样做，他还是照着陆胜英所要求于他的那样，呆呆地望着那张纸条，张口结舌，似乎说不出一个字来。

陆胜英看到贺国威那样一副尴尬相，心里简直酥了。他完全弄明白了，是贺国威收买了常来顺，替他送纸条子出去，幸喜被他埋伏的叛徒陈醒民发觉，中途截住了。他得意地说：

"贺先生，我很抱歉，你的那位忠实的信徒，只好把你的信送到阎王殿里去了。"

贺国威知道陆胜英一定会杀掉常来顺了。他更装出垂头丧气的样子，不发一言。

陆胜英自以为完全胜利了，他讽刺贺国威：

"贺先生，你费尽心机，没有想到到头来不过是竹篮打水，一场空吧？哈哈哈哈……"陆胜英大笑着走出去了。

贺国威也打算笑，他尽力约束住自己。他站起来走到门口，看到陆胜英确实已经走远了，他才回过身来，痛快地大笑起来：

"哈哈哈哈……"

贺国威情不自禁地哼了起来：

快乐的心随着歌声跳荡，
快乐的人们神采飞扬，
……

三

当陆胜英到贺国威的牢房里故意奚落贺国威的时候,隔壁的许淑和叶启贞,当然还有章霞,一起附耳在板壁上听。她们听出来了,贺国威收买看守特务替他送信出去,没有成功,被陆胜英这个凶恶的特务头子察觉了,从香烟里搜出条子来了。这实在是一件叫人惋惜的事,她们听到陆胜英那样得意忘形的讲话,也听出贺国威那样狼狈不堪,十分难过。特别是陆胜英离开前,那样像魔鬼一样的大笑声,叫她们听起来毛骨悚然。将要有什么样的命运会落到这个革命老战士的身上来呢?

但是,奇怪得很,贺国威等陆胜英走了以后,却反而哈哈大笑起来,这是为什么呢?许淑不能不问个明白了。她用嘴对着墙缝轻轻地问:

"你笑什么呢?"

贺国威回答说:"你听说过有一句名言吗?谁笑在最后,谁笑得最好。我在特务后边笑,我比他们笑得要好。"

许淑还是不明白,问:"这是什么意思?"

贺国威说:"你们过两天就知道了。"

章霞知道在这样的场合是不应该深问下去的,对许淑说:

"不要问了,过两天再看吧。"

贺国威问:"你是什么学校的学生?为什么被捕呢?"

许淑说:"我是农专的学生,我们和国民党投降派,还和三青团的走狗进行了坚决的斗争!"她把"坚决的斗争"说得特别有力。

贺国威不禁为这个热情而天真的女学生笑了。他又问:

"你们怎样进行坚决的斗争呢?"

许淑说:"我们组织了'野草社'出壁报、开会、斗争,可带劲哩。"

贺国威感觉奇怪，党所决定的隐蔽方针，早已传达，为什么农专还在进行这样激烈的斗争呢？他问：

"你们'野草社'是谁在领导？"

许淑说："我们吗？当然是党在领导。"声音里很有几分骄傲的味儿。

这就很清楚了，贺国威想，是陈醒民在联系农专的党组织，看来陈醒民不仅没有执行党的隐蔽政策，甚至没有传达到农专去，让这些青年在那里乱干，吃了亏了。现在，既然这个女学生被捕进来了，"野草社"的其他学生，其中可能还有党员，也一定会被捕了。漏洞，漏洞，补不起来的漏洞！

许淑，还有那一个不大肯说话的女一中学生叶启贞，这时的想法却不一样，她们被捕了，在她们看来，这是一种光荣。在这里，她们明明白白地看到了共产党人，可以和他们谈话，请教，和他们一起进行监牢斗争，像她们在小说中看到的那样。她们更高兴的是和这样一个重要的共产党人——贺国威关在一起。什么危险，什么艰苦斗争，在她们脑子里似乎都没有什么印象。一脑子的浪漫主义幻想，她们又哼起《茫茫的西伯利亚》来了：

> 茫茫的西伯利亚，
> ……

这声音婉转而富于感情，贺国威的心被这歌声激荡起来了，于是他循着隔壁的《茫茫的西伯利亚》的歌声，接着唱了起来：

> 难友们，不要呻吟，
> 我们得把牙根咬紧，
> 又粗又长的铁链，
> 把我们捆成一条心，
> 我们冒着黑暗前进，
> 我们迎着黎明前进！

许淑简直为贺国威的歌声吃惊了。她没有想到贺国威会唱歌，而且唱得这么好，感情激越而深沉。使人想象在那风雪弥漫的西伯利亚，充军的革命者，被铁链锁成一串，正在那没有尽头的茫茫原野里，迈着艰难的、却是坚定的步子，顶着大风雪，一步一步地走着，脚镣在雪里沙沙沙沙地响着……

"你唱得真好。"许淑激动地说。

"是吗？"贺国威笑了。贺国威想起来，他很久很久没有唱歌了。他在年轻的时候，在大革命的年代里，也是一个热情奔放的歌手，后来做地下党工作，不容许他放声歌唱，只能在没有人的地方自己哼哼，但是他多么渴望着有一天能让他放声歌唱呀！他知道那要在漫长的革命斗争胜利之后，或者在抗日根据地才行，做地下党工作是没有这样的机会的。他没有想到，现在他坐牢来了，倒是可以放声歌唱，没有什么顾虑的了。他今天跟着隔壁的青年哼《茫茫的西伯利亚》，才忽然想起这一点来。是的，我为什么不歌唱？他们把我跟其他的同志们隔绝起来了，但是声音他们是隔不断的。我何不用歌唱来和同志们相通，用歌声来激励同志们去和敌人战斗呢？

不久以前，用《夜半歌声》的调子作了一首《狱中歌声》，这首歌是怀念他的战友和爱人徐真的，更是为了表白他的铁石般的坚贞和宁死不屈的英雄气概。于是他唱起来了：

> 黑夜阻着黎明，只影吊着单形，
> 镣铐锁着周身，怒火烧着赤心。
> 蚊成雷，鼠成群，灯光暗，暑气蒸，
> 在没有太阳的角落里，
> 谁给我同情慰问？
> 谁抚我痛苦的伤痕？
> 我热血似潮水的奔腾，
> 心志似铁石的坚贞。
> 我只要一息尚存，

誓为保卫真理而斗争！

啊，姑娘，去秋握别后，

再不见你的倩影。

别离为了战斗，再会待胜利来临。

谁知未胜先死，怎不使英雄泪满襟？

你失去了勇敢的战友，是否感到战线吃紧？

我失去亲爱的伴侣，岂不感到征途凄清！

不，姑娘，你应该补上我的岗位，

坚决地打击敌人！

愿你同千千万万的人们，

踏着我们的血迹前进！

啊，姑娘，天昏昏，地冥冥，

用什么来纪念我们的爱情？

唯有作不倦的斗争；

用什么来表达我的愤怒？

唯有这狱中的歌声。

　　起初贺国威似乎还不大习惯高声歌唱，后来越唱越激昂，越唱越大声了。这声音传得很远，传到每一个牢房的角落，认识他的不认识他的难友都听到了。这是抗议，这是号召，这是宣誓！贺国威到牢里来再也没有这么高兴过，他又找到了一个新的斗争武器。就是铜墙铁壁，也不能把他和难友们隔断了。

　　可是这却恼了陆胜英和他的狗腿子，看守贺国威的特务跑来制止他：

　　"不准唱！"

　　"不准唱？嘴巴长在我的身上，你不准唱？"贺国威笑了起来，他索性再唱起来。特务正在把贺国威莫奈何，忽然从其他牢房传来了歌声，而且不止一个牢房，此起彼落都唱了起来，似乎都为贺国威的歌声唤醒了一般。那特务为这山崩地裂的歌声吓呆了，他简直以为这监狱就要垮台，抱着脑袋跑掉了。

许淑从来是歌唱的积极分子，但是她从来没有听过贺国威唱的这一首歌子，她为那愤怒和激昂的歌声感动了，她在墙缝问贺国威：

"你唱的是什么歌？谁作的？"

贺国威随便回答："是一个难友，一个同志作的。"

"真好。"许淑说，"你教我们唱吧。"

四

许淑十分满意她能够和贺国威这个老革命住在隔壁，她看到贺国威和章霞所做的那种神秘活动，又听到贺国威唱的激昂慷慨的《清江壮歌》等歌曲，使她兴奋得不得了。她知道在贺国威的身上还有更多的革命斗争故事，她很想知道，并作为自己学习的榜样。她用嘴对着墙缝，轻声地喊："贺老师。"——她不知道应该叫贺国威什么好，她觉得她还不够资格叫他同志。

贺国威很喜欢这样的青年，她们虽然并不知道在革命的途程上有多少艰险和风波，但是那种天真无邪，向往革命的劲头却是可贵的。贺国威听到许淑在叫他，大概又是要求他讲革命故事吧，昨天他已经给她们讲了一个小故事，关于过去监狱斗争的故事。今天大概又提出要求了。贺国威对着墙缝说：

"做什么？你不要叫我老师吧，叫我大贺就行了。"

"给我们再讲一个故事吧。"果然是提出这样一个要求。

贺国威乐意接受这个要求，这些青年都像一张洁白的纸，是可以画上精彩的革命图画的，他不想放弃这样的机会。于是他说了：

"好吧，我今天给你们讲另外一个人的故事，是一个女同志，也像你们一样是一个学生，她的名字叫流火……"于是贺国威把柳一清的故事讲给她们听，把柳一清怎样从一个爱国的工业救国论者，在

"一二·九"学生运动中转变成一个积极的抗日分子，又怎样在党的教育下，在农民群众中去受锻炼，把自己转变成为一个彻底的无产阶级战士的改造过程，以及后来被捕了，又怎样坚持斗争，毫不屈服的故事，讲给她们听。最后他说：

"我讲的故事完了。这就是一个革命的知识分子所走过的道路。也是每一个中国的知识分子所应该走的道路。"

许淑感动地说："我也愿意走流火所走过的道路，我虽然还不是一个党员，也决心在这监狱里和敌人战斗到死。"

"不，不，"贺国威说，"你们不能这样。你们是要斗争，但是要为活着出去而斗争。你们是有希望出去的。你们一定有亲自看到祖国解放的幸运。但愿你们在这里接受锻炼和考验，出去以后，就像一颗经受过严冬考验的种子，埋进温暖的土层，只等春天一到，就生根发芽，伸枝展叶，开花结果去吧。"

"但是你呢？"许淑着急地说。

"我吗？"贺国威坦然地说，"也许有那么一天，有同志来为我们打开黑漆的大门，我能跟你们一块儿出去。但是就是我永远不能出去了，又有什么关系？好比接力赛，我跑了自己应该跑的一段，他们不容许我再跑下去的话，那么，你们就把这支革命的接力棒接过去，坚决跑向终点去吧。我即使没有来得及听到那到达终点的胜利欢呼声，又有什么呢？一个革命者总是把生死置之度外的……"

"砰！砰！"贺国威还没有说完，忽然听到屋后传来两声清脆的枪声。

章霞问："这是什么声音？"

贺国威回答："是哪里在打枪？"章霞有几分紧张，难道是什么同志牺牲了吗？贺国威判断，这不会是什么同志牺牲了。当章霞她们几个正在隔壁焦虑的时候，他却十分高兴，因为他知道事情正在照他预计的那样发展。他正想对章霞说，要她快去告诉小柳，揭露陈醒民这个叛徒。忽然有人来了，原来是新派来看守贺国威的特务进来了，一进门，那个特务颇有几分得意地说：

"贺先生，听到了吧？"

"听到什么？"

"刚才打了两枪，你没有听到吗？"

"怎么样？"

"你的那个忠实的交通员常来顺，已经把你的信送往阎王殿里去了，哈哈！"

"你们这两枪打得好。"贺国威心里高兴，却冷冷地说。

"是好，陆老板特地叫我来给你报喜的。"这个特务说罢就大模大样地走了。

"谢谢。"贺国威笑起来了。

贺国威等特务走远了，他马上在墙缝上对隔壁的章霞说：

"霞嫂子，你听见了吗？他们来道喜来了呀，哈哈哈哈。"

章霞和许淑、叶启贞莫名其妙，可是贺国威不想解释，只是说：

"你快告诉小柳吧，可以马上揭露陈醒民了。"

五

天慢慢地亮了。柳一清一睁开眼睛就为那小窗子口铁栅栏上镀的一点阳光吸引住了，这是一个晴朗的春天早晨呢。这种晴朗的早晨在这多雾的山城是不多的。她马上爬了起来，并且兴奋地把小女儿也抱了起来，让她到窗口去呼吸一下自由而新鲜的空气。她和她的女儿在窗口望见那铁栅栏边爬着的野藤，在朝阳里是那样的生机勃勃，才张开的嫩叶是那样青翠欲滴；微风吹来，窸窸窣窣地响着，像在唱一支什么抒情曲子一样。从小窗口抬头望去，高高的墙头上杂草又复活了，在杂草中忽然开着一朵两朵不知道名字的红花，十分鲜丽，由于背景衬着早晨洁净的蓝天，红花更显得像被血染过一般。小女儿大概也为这她从未见过的春天的景象吸引住了，小手拉住铁条，用稚气的眼睛呆呆地望着。

"放风啦，到外面集合！"看守特务正在哗啦啦地开锁，叫大家都出去。这到底是为了什么？往常没有这样做呀。柳一清思索着，放下小女儿，也出去了。

大家都不知道要发生什么事情，慢慢走进院坝里来站着。章霞也出来了，她不住用眼睛打量，看柳一清在哪里。看到了，在那边，章霞急急忙忙走过去，走到柳一清的身边，叫一声：

"柳大姐。"

柳一清回过头来一看，是章霞。她上次在刑讯室里看见的那个女人，就觉得像是章霞。前两天，从小土坝隔墙的门望过去，又曾经看到过一个有点像章霞模样的家庭妇女，但是她不相信。她认为特务没有理由要把她逮进来，也就没有在意。现在回头一看，就在眼前，果然是章霞，还是那样一个道地的家庭妇女的打扮，不说一句话，老老实实的。柳一清不能不吃惊。她为什么也被逮进来了呢？

柳一清问："嫂子，你为什么给逮进来了？"

章霞说："不，是我自己进来的。"

柳一清简直不相信自己的耳朵，她再问：

"什么？你自己进来的？"

章霞说："嗯，是我自己想办法进来的。"

柳一清更不明白了，又问：

"自己想办法进来的？怎么回事？"

章霞回答说："是这样，老任给我说……"

老任？柳一清一听到这两个字，心里就难免激动起来，她打断了章霞的话，问道：

"老任？老任怎么样了？"她不等章霞回答，又补问一句，"他还好吗？"

"老任很好，几天前我还看到他的。"章霞回答。

"哦，哦。"柳一清笑了起来，她的心里为一种喜悦充满了。几个月来，她虽然明明知道任远没有被逮捕进来，可是一直不知道他的消息，他从乡下回来了吗？回到家里看到不安全的信号了吗？敌人在到处搜捕他，他到底怎样在敌人设下的罗网中间同死亡捉迷藏，并且战胜了死亡呢？老任，老任，你到底怎么样了？现在好了，章霞说几天以前还看到他，这就是说，他不但很安全，而且还在战斗。她感到很高兴，又问章霞：

"他给你说些什么？"

章霞说："他给我说关于童云的事……"

柳一清问："老任说童云怎样？"

"老任说，童云没有叛变，是陈醒民叛变了！"章霞毫不含糊地回答，"是他害的童云，特务捉了童云，又带着童云去捉陈醒民，那是假的。老任还说，你和老贺也是陈醒民出卖的。"

柳一清听了，忽然觉得心上的一块老大的石头落地了。几个月来，她总是疑惑着，总觉得应该是陈醒民叛变，这样才合情理。但是在监狱里却偏偏是陈醒民表现坚定，童云却老是灰溜溜的，很不争气的样子，看来似乎不是陈醒民叛变。她曾经努力扭住自己的思想，要努力从自己的思想中去掉先入为主的成见，要努力排除对陈醒民的不良印象。她几乎是强迫自己的感情，去和陈醒民和解，重新团结起来。可是那只是在理智的压力之下才去做的，在感情上却还是不能接受的。她那次去警告童云不要再做坏事的时候，听到童云申辩，他从来没有出卖过同志，她回来想了又想，总希望着，也许不是童云叛变吧？现在忽然听到章霞这样说，她马上就觉得，这个结论才是可以接受的。但是她又简直不敢相信，以为是自己的下意识在作怪，她再问：

"老任真是这样告诉你的吗？"

"是的，我就是为这个进来的。"章霞说。

"是老任叫你进来的吗？"

"不，是我自己想办法进来的。"章霞说。

"自己想办法进来？想什么办法？"柳一清简直不明白了。

章霞说："我从老任口里知道童云没有叛变，受了冤枉，陈醒民这家伙这样坏，却还装好人，里里外外害人，我恨极了。老任着急消息送不进来，我试探了几次也没有办法，后来我就趁晚上，在这监狱外小镇墙上贴标语，他们就把我逮进来了。"

柳一清万没有想到章霞为了想告诉这个消息，竟然想出这样一个办法，情愿自己进来坐牢受罪，真是太叫人感动了。她用手拍一下章霞的肩膀，紧紧握住章霞的手，说：

"哎呀，我的傻大嫂，你怎么自己跑进来？……但是，你真好！"

章霞并不激动，她小声地说：

"老任还叫我告诉你，他们想武装劫狱，救你们出去。"

劫狱，这是多么激动人心的消息啊。真要成了，这个活地狱将被踏平，枷锁将被打碎，敌人将被消灭，贺国威，还有许多其他同志和难友，自然还有她的小女儿，都要获得自由了。她不由得轻声叫：

"那太好了！"

章霞说："贺国威同志就关在我隔壁，我告诉了他，他叫我告诉你，赶快把监狱内外的联系建立起来，并且快点送信出去给老任他们，劫狱的事由特委决定，他认为可以干，但要小心准备好。"

柳一清兴奋极了，肯定地说："好。"

"贺国威同志还叫我告诉你……"章霞还没有说完。

"站住！不准动了。"看守长黄银站到石条上去，忽然大声地叫。周围几个看守特务也在喊："不准动！"章霞只好不说了。

"听着啦！"黄银用他那破锣嗓子叫开了，"告诉你们，共产党想在这里搞暴动。哼，真是做梦！你们不要去跟着上当。你们看，那高墙，那铁丝网，你们爬得过去吗？那墙外边还有保安团一团人在等着你们哩，你们去试试吧。告诉你们，不要听共产党的话，他们想搞暴动的人，查出来了，昨天已经，已经，枪毙啦！"

大家叽叽喳喳地议论起来了，原来昨天下午在屋后山边有两声枪响，是这么一回事。

"不准说话。"黄银又叫起来，"告诉你们，老老实实给我在这里待着吧！"他说不下去了，这个看守长肚子里实在没有多少词儿，只能这么说几句。于是他叫一声："解散！"便下台走了。

虽然只有这么几句，却很简单明了，几个"告诉你们"，使柳一清完全清楚了。刚才章霞告诉她的和现在特务说的，以及加高了的围墙和铁丝网，完全能说明是怎么一回事了。敌人的阴谋，到底没有逃过贺国威那双眼睛。她回过头问章霞：

"老贺叫你告诉我什么？"

"他叫我告诉你，马上揭露陈醒民这个叛徒！"

"对，马上揭露，我们找他去！"柳一清似乎早就有这样的思想准备一样。

她们在石条旁边找到了陈醒民。他故作安静地坐在那里晒太阳。柳一清和章霞走过去，陈醒民站起来打招呼："小柳。"转身又对章霞说："嫂子，怎么你也进来了？"

章霞老实地说："我进来了。"

柳一清知道时间有限，必须赶快。她问陈醒民：

"老陈，你知道刚才黄银说的是什么事情吗？"

陈醒民很坦然地回答："不知道。"

"你都不知道？"柳一清说。

陈醒民刚才那种安详的脸色没有了，有几分惊异地望着柳一清，问：

"小柳，你这话是……"

"我的话是说，你应该知道！"柳一清的脸色十分严峻。有几个难友不知道发生了什么事，围过来了。

陈醒民有点紧张，特别是看到有几个难友围了过来。但是他忽然冷静起来，对柳一清说：

"小柳，你说什么？我不懂你的意思。"

"你不懂？"柳一清仍然努力按住心头的怒火，用冷静的声音问，"你知道昨天为什么杀人吗？"

陈醒民的脸色唰的一下变青了，支吾地说：

"你说的真奇怪，我怎么会知道他们为什么杀人呢？"

"你怎么不知道呢？那么，我再问你，是谁叫他们去加高围墙和安上铁丝网的？"

陈醒民已经感觉到不对了，但是周围围过来的难友更多了，要走是走不掉的，只好勉强辩解：

"你可不要误会了，冤枉人啰！小柳同志……"

"叛徒！谁是你的同志？"柳一清生气地说着，转过头来对大家说，"难友们，陈醒民是一个大叛徒，假装好人潜伏在我们中间搞阴谋的。是他出卖了童云，出卖了我和贺国威同志。贺国威同志已经把他试出来了，这个该死的东西！"

柳一清说罢，就想动手抓陈醒民，周围的难友也怒目盯住他。陈醒民明白了，原来贺国威来找他说准备越狱的事，完全是假的，是来试验他的；看来常来顺的事，也是用来试验他的。已经露了底了，没有办法了，于是他露出了原形，忽然把头一扬，大声叫起来：

"怎么样？是我捉了你们，你敢把老子怎么样？"

"你这个叛徒，把我整得好苦！"忽然一个拳头猛地击在陈醒民的背上，大家一看，却原来是童云。他那苍白的脸上，突出一双愤怒的眼睛。

"啊，童云！"大家异口同声地叫了起来。

原来童云到这个院坝来听特务"训话"后，看到柳一清和一个女的走向陈醒民，他发现那个女的很像自己的老婆章霞，他不敢相信自己的眼睛，但是又不能不相信。他想看清楚，却已经被许多难友遮住了。他站得远远的，听到柳一清在问陈醒民的话。一直听到柳一清最后说的几句话，他才明白了。几个月来，自己在监狱里被难友们怀疑、歧视，有口难辩，原来是陈醒民害的。他气极了。当他看到陈醒民最后露出叛徒的凶神恶煞的原形时，他再也忍不住了，给了他背上一拳头。

石峰更是气得七窍生烟，他照着陈醒民的脸，左右开弓，就是两耳光。陈醒民大叫：

"来人啦，他们打人啦！"

几个看守特务跑过来，一看是陈醒民挨打，赶紧上前援救，大叫：

"滚，滚回去！"

大家只得散开，陈醒民趁势溜走了，像一个夹着尾巴的狗溜走了。他的嘴脸已经暴露，再不能回牢房了，只得向特务的办公室方向逃去。一面跑一面还几次回过头来，用那阴森森的狗眼，盯着难友们，在咆哮：

"你们等着吧！"

这突然发生的一幕活剧搞得看守特务们十分慌乱，好几个都跟着陈醒民跑了过去。一时都顾不得管束犯人回牢房。

"哈哈哈！……"大家都笑了起来，童云也情不自禁地笑了。几个月来，他从来没有这样开心地笑过。

柳一清却没有笑，她皱着眉头，走到童云面前，神情十分严肃，紧紧抓住童云的手，说：

"老童，原谅我吧！"

章霞十分高兴，任远交给她的任务已经完成，丈夫的冤枉也得到昭雪，她算没有白白进来。她赶到童云面前，也捉住童云的手，叫一声：

"童云……"什么话也说不出来。

童云看到自己的妻子，又欢喜，又难过。他问章霞：

"你怎么也进来了？"

"我就是为这桩事进来的。现在好了，叛徒揭露了，你不要难过吧。"章霞看到童云紧锁着的眉头，安慰他说。

"哦，哦，"童云摇摇头，对章霞说，"我不难过，我不是为这个难过，我是……"

"快回去！快回去！"特务们又回过来驱赶他们回牢房去，大家只得走开。章霞趁着人乱的时候，把贺国威要她交给柳一清的东西塞在柳一清手里。

童云一回到牢房，同牢房的难友都来慰问，有的来向他道歉。石峰过去总认为是童云叛变，对他恨之入骨，他看到童云那种抬不起头来的样子，越更相信他是叛徒，所以总是不断讽刺和打击他。现在证明完全弄错了，他以一个共产党员应有的坦荡胸怀，又到童云面前去道歉：

"童云同志，我太冒昧了，你能原谅我就原谅我吧，你不能原谅我，就骂我一顿，打我一顿也行。"

许多难友都说："真正的叛徒被揭露了，这是一件好事，让我们更好地团结起来，进行斗争吧。"

难友们的安慰，并不能使童云宽心，相反他更难过了，他低头闷坐在那里，大家更是莫名其妙，空气显得相当沉重。童云抬起头来看了一下，意识到也许大家以为他不肯原谅人吧，他马上对石峰说：

"不怪同志们，要怪就怪陈醒民，也要怪我。"

"怪你？"大家更不明白了。

"是要怪我。"童云继续说，"怪我在外边不听小柳的话，却只听陈醒民的话。我本来已经疏散出去了，又跑了回去，才上了陈醒民的当，落进敌人的圈套。被抓进来了，我还是不警惕，又受了陈醒民花言巧语的骗，把小柳要到医院去检查身体的事，告诉了他，以致贺国威同志和小柳都吃了亏。我犯了不可饶恕的大错，我对不起党，我多恨我自己哟！……而且，他们还想要我去……"童云把头低下，他没有把建设厅罗士英来保他，出去看蜜蜂的事，特务想要他秘密自首的事说出来，他羞愧得再也说不下去。过了老大一阵，他才继续说：

"刚才小柳说要我原谅她，你们也说要我原谅你们，我能够原谅小柳，原谅你们。可是，我能够原谅我自己吗？……"

第九章

一

陆胜英还没有等陈醒民报告完，就用手在桌子上啪地打了一巴掌，大发雷霆起来：

"混蛋！你怎么把你的身份在他们面前暴露了？"

陆胜英生气，因为陈醒民经不住柳一清他们三问两问，就把自己的叛徒和特务的身份暴露了。其实这还不是最主要的原因，最主要的是他恼恨他自己糊里糊涂，上了贺国威一个老大的当，他们不特把陈醒民的叛徒身份揭露了，还叫自己动手宰了一个其实没有过错的部下。这件事要是让陈老板知道了，脱不了责任；要是让自己的部下明白了内情，更不好交代。于是，他把满腔的恼怒倾倒到陈醒民的头上来了。他恨恨地对陈醒民发泄一顿，最后问陈醒民：

"陈先生，你知道你在我们这里的价值在哪里吗？"

陈醒民当然知道他在特务机关的价值是什么，就像一头猎犬知道自己在一个猎人面前的价值到底是什么一样，所以猎犬在找寻猎物的时候，会那样狂奔怒驰，那样凶叫猛咬。陈醒民自己想，他也不是没有尽力效劳，破坏了共产党特委的领导核心，立功也不算小，但是他并没有得到像一头猎犬在打猎后所获得的一块肥肉那样丰盛的报酬。这次自己隐秘身份的暴露，其实也不应该归罪于他。所以当陆胜英向他头上倾倒斥责和愤恨的时候，他不仅觉得冤枉，而且怀着愤懑。他居然顶了几句：

"我知道我的价值。但是浪费了这个价值的并不是我。并不是我暴露我的身份的。"

陆胜英越更生气了。好家伙，竟然敢揭他的短处来了。他猛地从沙发上跳了起来，而且使出他自己认为最有威胁力量的姿态，用阴森森的眼光，紧紧盯住对方的眼睛，背操着手，在对方面前走过来，走过去，不说一句话。

陈醒民果然有些害怕起来，不敢正眼看陆胜英那双凶暴的眼睛，胆怯地低下了头。

陆胜英本想还要发作一顿。但是他忽然想到，陈醒民到底知道不知道常来顺其实是忠实的特务，被他自己误杀了呢？假如陈醒民知道了这个秘密，只要对其他特务泄露出去，有人到陈老板那里告他一状，真是吃不消的。因此他必须弄清楚这一点。于是他把态度放得和缓一些，对陈醒民说：

"当然，你的身份不是你自己暴露的，主要是被贺国威和柳一清发现的，但是你应该死咬住不认账。"

陈醒民解释说："他们咬住不放，说为什么围墙加高了，又安了铁丝网，为什么常来顺被杀了。"

陆胜英故意试探陈醒民，问他：

"常来顺不是被贺国威收买了吗？难道不该杀掉吗？"

"常来顺被杀，是不是我们上了贺国威的当了？"陈醒民老实地说出了他自己的看法。

"什么？"陆胜英吃惊地叫了一声。不好，果然陈醒民已经知道他冤杀了自己部下，这样一个短处捏在这个家伙的手里，是很不妙的，看起来这一条狗不特已经变成一条不中用的癞皮狗，而且明显地成为自己的威胁了。这一条狗是已经到了"狡兔死，走狗烹"的地步了。但是现在绝对不可以动声色，不能叫他察觉。于是陆胜英改变了颜色，只是以诧异的眼光看着陈醒民，问他：

"什么？你以为是这样吗？"

陈醒民听到陆胜英吃惊的叫喊，使自己的头脑清醒过来了，很明显陆胜英很害怕有人知道他误杀了常来顺。哼，你这个短处，我是捏住了的。咱们走着瞧吧。但是他想，他现在在陆胜英面前这样说，显然是失了言了，假如不设法掩盖过去，说不定会有灾难落到他的头上来。因此，他马上改口说：

"当然，从那香烟和条子的铁证看来，常来顺的确是被贺国威收买了，常来顺是死有余辜的。"

"对了，本来是这样嘛。"陆胜英口里说着，心里却盘算着："哼，你还想在我面前耍花招儿吗？等着瞧吧！"

陆胜英等陈醒民退出办公室以后，才疲乏已极地倒向他那特制的藤沙发，在那里哼哼地生闷气。他精心设计的一套花样，被贺国威识破了，被柳一清揭穿了。偷鸡不着，倒蚀把米，反倒给他们借自己的手杀了一个忠实的部下。他恨贺国威恨透了，他巴不得马上把贺国威提出来，把他一刀一刀地割尽，才解心头之恨。但是他终究不敢这么办，陈老板早有指示，没有得到他的批准，贺国威的一根毫发也是不敢动的。他连提贺国威出来审问也不敢，他害怕贺国威在他的部下面前公开揭露他误杀了常来顺的事。因此，他只能咬牙切齿，怀恨在心罢了。

陆胜英想，陈醒民的面目被揭穿后，再也没有什么用处了，相反的，童云却在政治犯的面前恢复了名誉。但是，童云这个技术迷在政治上是有明显的弱点的，上次用技术去动摇他虽说没有成功，可是他并没有严词拒绝。这个人要是真能拉过来，让他以一个共产党的新英雄面目埋伏起来，会有很大的用处。这倒不失为一个"失之东隅，收之桑榆"的办法。

陆胜英想，现在用让他去看蜜蜂的办法太慢，不如索性把他叫来，打开窗子说亮话，要他给我们办一点事，不答应就把"十八般武艺"摆出来，狠狠压他，再不干就当他的面狠狠整他的老婆。过去因为要他顶陈醒民这个叛徒的角色，一直没有动过他，这个人么，看来比较软弱，压他也许能行……陆胜英越想越美，他简直感觉到已经把童云压垮，把他拉过来了。这一回连你贺国威也想不到了。陆胜英是一个很会自我陶醉的人，他想到这里，不觉把二郎腿又摇起来，那藤椅又为它的主人奏出吱吱嘎嘎的欢乐曲来。

陆胜英找了两个手下的特务来研究一下，并且叫陈醒民来，要他现身说法，向童云劝说。于是，他马上叫人去喊童云来。

二

自从昨天陈醒民的叛徒嘴脸被揭露，童云的政治名誉被恢复后，同牢的难友，特别是石峰，老是来亲近他，向他表示歉意。越是这样，童云越是难受，他一想起因为他迷恋技术，脱离政治，听不进柳一清的劝告和警告，结果不特自己上了陈醒民的大当，被他出卖了，尤其使他难以原谅自己的是老贺小柳，党的这样重要的负责同志，也因自己的过失而陷入敌人的罗网。柳一清竟然不计较这些，反倒向他来要求原谅，这真是太叫人难受了。石峰越是来亲近他，越是来向他讨好话，他越是不舒服，甚至比过去石峰那样讽刺和打击他还要不舒服一些。当石峰又来对他表示歉意时，他对石峰说：

"石峰同志，你不要再这样了行不行！我实在受不住了。"

石峰简直不明白，他诚心诚意请求童云原谅，童云倒反而不愉快了。他奇怪地问童云：

"为什么？"

童云低下头，慢腾腾地说：

"你不知道……"

的确，石峰哪里知道童云正在为自己曾经被邀请看蜜蜂的事而惝惝不安、深深责备自己呢？

正在这时候，特务来叫童云来了。同牢的难友不知道将要发生什么事情，但是想来总和昨天的事有关，大家都来鼓励他：

"你去挡头一阵，我们坚决支持你。"

童云坚定地点了一下头。

童云跟着特务走到前面的办公室里去，一进门就看到陈醒民坐在那里，他以为是走错了地方了，想退出去，陈醒民站起来对他打招呼：

"老童，进来，就是这儿。"

特务硬要童云进去，他只好进去，他非常不乐意看到陈醒民，他把头摆向一边，不看陈醒民，陈醒民却死皮赖脸地转过来想找童云说话。他说：

"老童，我现在就实对你说了吧。他们今天叫你到这里来，就是要你自己来选择自己的道路，生和死两条路，由你自己选择，看你走哪一条。你是一个有技术在身的人，本来可以跳出这个政治是非圈，过你的好日子去，何必去为那些冰冷的马克思主义原则和谁也没有见过的共产主义理想，丢掉自己的脑袋呢？你想想，你的脑袋都没有了，那些共产主义原则，那些幸福社会理想对你还有什么意义呢？"

童云万万没有想到，他的老上级、入党介绍人、过去曾经向他诉说过多少美妙理想的人，今天在他面前竟然有脸向他说出这样恬不知耻的话。一个人的灵魂腐烂了，是多么可怕！童云把头又转过去，厌恶地说：

"我不想听你的话。"

"你听也得听，不听也得听。我说的还是好听一点的，待会儿还要听到不好听的呢。"

陈醒民正说着，从门口走进来一个人，童云一看就认识，这不是建设厅的农业技正罗士英吗？今天他来干什么？难道是来找他出去看蜜蜂吗？

这个罗士英这一回来没有上一次那么诚恳和热情了，虽然还是那么微笑着，并且还是像学者一样，用手绢擦他略微秃了顶的头上的汗水，他一进来就对童云说：

"童先生，怎么样？你的老上级对你说的话，你听得进吗？"

童云完全莫名其妙，用惊异的眼睛望着这位罗士英：

"罗士英先生，你说的……"

"我说的是陈醒民先生的话，你听进去了没有？陈先生，来来来，我们介绍一下吧。"

陈醒民便向童云介绍："这位就是军委调统局的陆胜英站长。"

"什么？"童云怀疑自己的耳朵是不是听错了，他不是有名的农学家罗士英先生吗？怎么忽然变成军统特务站站长呢？他问陈醒民：

"他不是罗士英先生吗？"

扮过罗士英的陆胜英有趣地笑了起来，说：

"一个人的名字本来不过是一个符号罢了，什么时候需要用什么名字，就用什么名字，何必那么认真？你们干共产党，不也是今天姓张，明天姓李吗？"

童云感觉有谁在他的头上打了一棒，打晕了，连坐在椅了上也有些摇晃了。他无论如何没有想到这些特务竟是这样的诡计多端，到处编织着阴谋的网子，想叫他掉进去。他恨他自己，为了技术上的爱好，竟然差点跟这个特务出监狱去看蜜蜂，又庆幸自己还没有受他们的骗，落进他们的阴谋中去。

陆胜英忽然从脸上抹去笑影，一下在那张胖胖的阴暗的脸上显出一条一条的横肉，凶神恶煞的模样，对童云说：

"童先生，我们还是言归正传，来研究一下你的出路吧。"

"我的出路？"

"对了，老童，你的出路，刚才我已经给你说过了，一条光明大道，一条绝路，让你去挑。"陈醒民从旁来帮腔了。

"童先生，我们打开窗子说亮话吧，陈先生的共产党牌子打不响了，我们想借重一下童先生，还是来和我们合作吧。我们也不要你办什么手续，只要你肯给我们办一两件好事，童先生，还有尊夫人，都可以出去了，而且可以论功行赏。再也没有这么便宜的买卖了。"陆胜英认真地说。

"什么？"童云简直生气了，"你们要我去干那种肮脏的事？我不干！"

"在这个世界上，什么是肮脏的，什么是干净的，就很难说了。依我看，世界上再也没有比金子更干净的了，黄澄澄的、亮晶晶的，你报告一回，就能拿到好些金子呢。"陆胜英还是那样一本正经地说。

"我不干！"童云几乎是叫了起来。

"你不干？到了这种地方，就由不得你了。"陆胜英的脸色越发不好看了。

"老童，识时务者为俊杰，到了这匹山，就唱这里的山歌。人生在世，草木一秋，无非是为了活着罢了，难道你真不想活了吗？"陈醒民又来宣传他的"叛党哲学"来了。

"我不干，你们找愿意干的人干去。"童云仍然坚持着。

"哈——"陆胜英忽然发出像狼一样的嚎嚎叫声。"我看你这个人敬酒不吃吃罚酒。给你面子你不要，好，来人哪！"一声令下，从门口冒出几个早已等在那里的大汉，手里提着鞭子和霍霍作响的手铐脚镣。陆胜英叫：

"姓童的，怎么样？想尝一尝味道吗？"

"老童，老童，你这是何苦来？那味道真够你受呀。"陈醒民作最后的努力。

童云起初是有些吃惊，可是他忽然想到昨天柳一清走到他的面前，那样恳切地向他请求原谅，他想起同牢的难友那样安慰他和鼓励他："你去吧，我们坚决支持你……"不，我必须坚持，准备接受落到头上来的任何灾难，一定要学柳一清那样。童云心里镇静一些，他坐着不说一句话。

"把他拉进去！"陆胜英简直是在咆哮了。

三

陈老板叫陆胜英办"战时青年训练班"已经很久了，陆胜英总是感觉为难，没有办起来。最近陈老板把他叫去训了一顿，说他只知道打杀，不懂得领袖的"精神感召"的伟大作用。并且告诉他，最近在省参政会上，听到不少关于这个监狱的议论，要省政府"彻查具覆"，不改成青年训练班，就难以掩人耳目了。要他定期把"战时青年训练班"的牌子挂出来，马上开学，陆胜英只好回来硬着头皮，把"战时青年训练班"建立起来。或者更恰如其分地说，在这个监狱的大门口，挂上了一个油漆得很漂亮的"战时青年训练班"的大牌子。国民党是很擅长于搞这种表里不一、名不副实的花样的。比如明明是贩运鸦片烟的大本营，却要挂上"禁烟督察总署"的牌子；明明是勾引良家妇女供他们的盟军玩乐的淫窟，却要挂上文明的"国际俱乐部"的牌子；而从老根子说起，明明是"刮民党"，实行的"杀民主义"，却偏偏要叫"国民党"，实行的"三民主义"。这种怪现象看得多了，也就不足为奇。在这个监狱附近的老百姓都知道这里是监狱，现在挂上"战时青年训练班"的牌子还是监狱，你就算挂上"国民政府"的牌子，还是监狱。老百姓嘛，从来就喜欢从实际出发的。

既然叫作"战时青年训练班"，当然就要开班训练，就要装出一个文化机关的架势来，于是，今天举行"战时青年训练班"的开学典礼。

全部"政治犯"都被押着去参加开学典礼，只有贺国威和柳一清没有这份"福气"，看来这两位已经是"不堪造就"的了。去参加的人，每人发了一个笔记本和一支铅笔，据说大家听了一定有心得，有感想，要奉命记下这些心得和感想来。

在参加前，狱中支部已经接受柳一清的布置，决定抵制这个"训练班"。

大家被赶到另一个大院子里去了。在院子的大门口贴上一副对联："实迷途其未远，觉今是而昨非"。横批是："回头是岸"。

院子里的粉墙，用石灰浆粉刷一新，贴着各种标语："一个主义，一个政府，一个领袖"，"统一意志，集中力量"，"服从国家军令政令"，"反对武装封建割据"……

在阶沿上放了一张条桌，用白布蒙起来，上面放着茶壶、茶杯，居然还从哪里去弄了几本书来放在桌子上，把桌子装饰得十分体面。在条桌后的粉墙上临时挂了一块黑板，在黑板的上面就挂着他们的"一个领袖"——蒋介石的像。这个人，一看就知道很喜欢装腔作势。由于军服领子太紧，他不得不把头伸得直直的、高高的；胸前和肩头上，挂着乱七八糟的牌子、穗子和带子；手是套在白净手套里的，因此无法知道他的手是什么颜色和具有一种什么形状；戴手套的手抓着一把军刀，这是他的起家的法宝，什么时候也离不开的。

陆胜英今天把胡子刮得特别干净，衣服的发展似乎跟不上他的身体发展的速度，因而在他的身上造成一种紧张的局势。陆胜英的头发不很多了，却梳得很有条理，俨然有点学者的模样了。他的脸上今天比任何时候贴上的笑纹也要多些，甚至比他到他的老板那里去报功的时候贴上的还多些，因为从今天开始，他要把自己的血手藏起来，变成"青年导师"了。但是，从陆胜英的身上也反映出他的表里不一，他虽然装出很和气、很心安理得的样子，实际上他的心跳得很快，血液正以高速度在他的身上奔流。说实在的，叫他对这些青年实行砍杀、枪毙、活埋，他还可以眼不眨、心不跳，要叫他站在这种看来很文明的地方，实在是太难为他了。

陆胜英带着一个中年人上台了。那个中年人穿一身藏青色的哔叽制服，大概由于在黑暗中活动的时间长了，脸上黄得发青，头发却是梳得油光水滑的，苍蝇飞上去还没有站住就飞走了，大概在那上面停留起来比较吃力吧。总之，这个人以大家经常看到的，在国民党党部吃"党饭"的党棍子的标准服色和标准面孔上台去了。

陆胜英把自己的喉头清理了一下，走到条桌前，开始说了：

"各位青年，我们的'战时青年训练班'，今天开学了，我们特别请省党部的王委员来给大家训话。鼓掌欢迎！"

他说完这几句话，似乎已经费尽了他的全身力气，脸红筋涨地努力用他肥厚的手鼓起掌来，一点也不响亮。在场的特务，或者手持手枪正在值勤，无法鼓掌，或者由于事先没有给他们下命令鼓掌，竟一个附和陆胜英的也没有。至于台下的受训的青年们正在有趣地看他们玩些什么把戏呢，当然谁也没有鼓掌。于是那位王委员只好自己给自己鼓了两下掌，走到条桌前去。陆胜英却如释重负般溜下台去了。大概他对王委员的狗皮膏药也是毫无兴趣的，径自走出大院去了。

那位王委员的喉头似乎和陆胜英也有同样的毛病，他也哼哼地清理了好几下，才开始发声：

"兄弟今天，咳咳，能和诸位见面，十分荣幸。诸位，咳咳，能够上这个训练班，也是很难得的。咳咳，兄弟今天讲的题目是：'三民主义就是救国主义'。"说罢，他用一支粉笔在黑板上写上题目，然后慢腾腾地从口袋里摸出手绢来把手指头的粉笔灰擦了，放回口袋里去，然后很谨慎地翻开桌上一本书，用背书的调子说起来：

"首先，什么是主义呢？咳，主义就是一种思想，一种信仰，一种力量……先有思想，才有信仰，有了信仰，才有力量，有了力量，才产生主义……"他说这一串话的时候，居然不再咳嗽，相当流利地照着周佛海著的《三民主义之理论的体系》念了出来。

乐以明暗地给左右的难友传话："轰他！"

正当台上的党棍子又回过头在黑板上写字的时候，乐以明和几个已经被敌人知道的、公开了的党员，差不多同时站起来大叫：

"不听你胡说八道！"

这句话像一声号令，大家都站了起来，大声叫道：

"不听你胡说八道！"

"为什么抓我们来坐监？"

"为什么捉来强迫受训？"

……

童云也来"受训"来了。他不久以前才受过刑，脚上的刑伤还没有好，可是他仍然努力忍住痛苦，跟着大家站了起来，起初他没有参加起哄，可是心里却感觉从来没有过的舒服。

党棍子回过头来一看，全体都站起来了，在他的眼前只看到闪动着一片愤怒的眼睛。他无论如何没有想到在这高墙包围之中、武装戒备之下，竟然发生这样的事。他还没有来的时候，陆胜英曾经向他介绍说，这些都是一些误入歧途的青年，中毒不深，只要加以训诲，就可以回头，共产党的头子根本不准来听讲。谁知现在却把他弄得这样下不了台。于是他只好应付着说：

"诸位，诸位，兄弟，咳咳，兄弟是奉命到'战时青年训练班'来上课的，别的嘛，咳咳，兄弟……"

"混蛋，这是监狱，什么训练班？"

"为什么抓我们来？"

"滚下去！"

大家又轰起来了。童云看到这个党棍子原来神气活现，现在却被整得这样灰溜溜的，心里更是高兴。他也禁不住跟着起哄：

"不听你胡说八道！"

党棍子没有想到居然在阴沟里翻了船，吓得脸色更青了。他只好支吾着说：

"这个嘛，咳咳，关于捉你们的事，要请陆先生来回答。"

这时，陆胜英带着武装冲进院里来了。他跳上台去，举起手枪大吼："你们敢造反！"他又叫："哪个有话说？给我站出来！"

起初，大家看见他带着武装凶神恶煞地冲进来，上台大喊大叫，还愣了一下，可是当石峰站在人群里叫一声："我们不听！"就像开了闸门，汹涌澎湃的怒潮卷起来了，其中也有童云的声音，虽然他的声音和别人的声音比较起来不算大，他却是在竭力叫喊的。他看到陆胜英这个既凶恶又狡猾的刽子手也挨了大家的轰，太叫他兴奋了。

"我们不听这些狗皮膏药！"

"你为什么把我们抓来？"

"为什么强迫受训？"

"打倒刽子手！"

于是又乱成一片。陆胜英用枪比比划划，用大嗓门喊：

"不准闹！你们知道这是什么地方？"

"这是监狱！"许多人齐声回答。

"好说，你们知道是监狱，就要照监狱的规矩办事，哪个敢闹，我崩了他！"

"你开头不是说这是'战时青年训练班'吗？"人群中一个难友发问。

"这个……这个……"陆胜英早已把什么"战时青年训练班"抛到九霄云外去了，开头他说过些什么，也忘记了，现在被人一提起才想起来，这个问题是不好回答的。

大家哄堂大笑起来。童云笑得心花都开了。

大家又被赶回牢房去了。各个牢房都像煮开的一锅水揭开了盖子，在议论纷纷：

"今天才给了他一点颜色。"

"团结起来就不怕！"

……

童云从来没有今天这样痛快过，他看到大家一致起来轰垮了训练班，轰走了那个党棍子，轰得陆胜英这个凶恶狡猾的刽子手也下不来台，他几乎是难以想象的。他回想起进监狱来以后，因为陈醒民栽诬他，硬给他戴上叛徒的帽子，他努力申辩，也没有难友相信，他十分难过。后来陈醒民的叛徒嘴脸被柳一清揭穿后，他的冤枉得到了昭雪，柳一清、石峰和别的难友都来请他原谅，本来他应该高兴了，其实不然，甚至他更不好受了。因为他发现，因为他迷恋技术，脱离政治，不听柳一清的话，不特自己被捕吃了亏，还上了陈醒民的大当，无意中说出柳一清要去医院检查身体的事，因而贺国威和柳一清被这个叛徒出卖了。他犯了无法补偿的严重错误。这还不说，他还差一点又被陆胜英假扮农学家罗士英骗出去看蜂群去，幸喜没有去成，要是去了，又不知道自己要落进他们设的一个什么圈套里去，犯出什么错误来。他一想起这些来就十分难过。

他很奇怪，为什么敌人老是缠着他不放，似乎他的身上有什么特别引起敌人感兴趣的东西，这到底是什么？他曾经和石峰，还有同牢的别的难友谈论过这件事情。石峰和难友们都来帮助他分析，有的难友批评他，有的难友劝勉他，他总算清醒过来了。他才明白，他虽然具有参加革命的善良动机，却总是没有决心改造自己；他参加了共产党，却偏偏迷恋技术，脱离政治。他总是怀抱着不切实际的人道主义的幻想，不用阶级分析的观点看待人和事，就很容易受人欺骗、为人引诱，而不自觉。

他听了同志们难友们的批评，感觉十分舒服。他下定决心要永远跟着党走，要跟着大家去参加斗争，无论前面有什么危险，他都要坚持下去。不久以前，陆胜英曾经幻想要压迫他秘密自首，他当然拒绝了。陆胜英想用刑法来压迫他，他也挺过来了。他受了刑，身体上虽然感受痛苦，可是他以能经受住考验，对得起党，对得起贺国威、柳一清、石峰和别的难友们，对得起他的伴侣章霞而高兴，更加以他受刑后，同牢的难友对他的关怀和慰问，特别是柳一清也托人带口信给他，对他鼓励，使他在精神上获得从来没有享受过的快乐。

今天，他参加"青年训练班"的开学典礼，亲自参加了这一场胜利的斗争，真是太兴奋了。他现在才真正感受到一个人是多么渺小无力，而许多人团结起来，就会显示出多么神奇的力量呀。他一回到牢房就纵情地笑了起来。他说得特别多，甚至连他自己也为自己今天这样多话而奇怪起来，更不要说其他难友，听他眉飞色舞、议论横生而大为惊异了。

柳一清在仓里听到大家的吼声，像打雷一样，她暗自笑起来，这一个回合又胜利了。贺国威听到吼叫声，也为柳一清她们组织活动的成功而高兴。但是他马上想到一个严重的问题："敌人绝不会善罢甘休的，他们一定要搞新的阴谋。要防止轻敌麻痹。"于是他马上在墙缝叫许淑，要她设法给柳一清传达他的指示。

四

陆胜英没有想到今天做出这样一件丢人的事。他原以为共产党的头子贺国威和柳一清已经被隔离，不准去听讲，去听讲的都不过是一般的青年，这些青年落在他的手掌心里，还不是由他随便摆布吗？谁知闹成这样。最叫他生气的是事先一点风声也没有听到，不知他的一大堆爪牙干什么去了！

"哼！这一定是共产党策动的。"陆胜英把他下面的那些鹰犬都叫了来。他像一匹发了疯的狼，恶狠狠地在屋里走来走去，大声地叫喊。他突然走到叛徒陈醒民的面前，用发火的眼睛直射着叛徒的畏怯的眼睛。陈醒民把头低下去了，他原想尽可能少引起陆胜英的注意，进屋来就不声不响地坐在屋角里，谁知还是给陆胜英发现了，而且这样恶意地望着他，他不寒而栗了。陆胜英叫道：

"陈先生，这件事情是怎么搞起的，事前你一点也没有听到风声吗？"

"没有，一点也没有。"陈醒民惶恐地回答，"您知道，我现在不能再去他们中间活动了。"

"哦。"陆胜英又想到了，这条狗是该宰了。

今天的事，陆胜英决定对他的上司隐瞒不报，因为这件事太丢脸了。他料想省党部的王委员也不敢张扬出去，这对他也不是什么光彩的事。陆胜英现在发愁的是：他总觉得今天的事有些蹊跷，说不定共产党已经在他的脚底下烧起火来了，要怎样才能查个水落石出呢？他在屋子里转了好多个圈子，他抽了不知多少支香烟，烟雾在屋里弥漫，他就在这烟雾里穿来穿去。他忽然站定，用拳头在办公桌上狠狠一捶，自言自语：

"就这么办！"

过了几天，他又把这个"战时青年训练班"的"学员"赶到大院子里去了，他又找来一个同样梳着发亮的头发、穿着黑色哔叽制服、面黄肌瘦的党部委员之类的人，上台去讲什么"共产党破坏抗战"之类的鬼话。陆胜英还是大模大样地退出去，却又像耗子一样轻脚轻手溜回来，暗地站在后门口偷偷观察，看到底是谁在发号施令。

但是奇怪得很，大家都坐在小凳上，不动声色。虽然明显看出，大家没有听，有一些人还厌烦地打起呵欠来，甚至有少数人干脆东倒西歪地打起盹儿来，却看不出有什么异常的迹象。陆胜英不管这些，维持秩序是他的事，大家爱听不听，却是那党棍子的事了。说实在的，要这些青年听进去，他根本没有信心，因为连他自己听一阵也要打瞌睡，谁知道这些卖嘴皮子的人在胡说些什么。

陆胜英设计的这一个把戏没有成功，他越是感觉事情不妙。为什么上一次说闹就闹得翻了天，这一次说不闹就风平浪静呢？在这里明显看出共产党在做有组织的活动。他决定实行突击检查。

有一天，监狱里突然戒严，谁也不许走动，一个牢房一个牢房地搜查。闹腾了快一天，什么也没有查到，只查到有几本笔记本上画了台上讲演的那位委员的尊容和作的歪诗。特务检查柳一清的牢房的时候，特别过细，但是除开几本英文的物理、化学教本之外，什么也找不到。柳一清尽力忍住内心的喜悦："大贺的预见是多么卓越呀！"

特务们检查柳一清楼顶上三个难友的时候，查出那一指宽的楼板缝，他们认为那是一个危险的孔道，便用木板和钉子把楼板缝钉了起来。这怎么行呢？这条窄窄的楼板缝对于楼上的三个难友来说，真是太重要了。堵了这条楼板缝，就比封住他们的眼睛、闭住他们的心窍还难受一些。这条腐朽的楼板缝是他们的智慧的窗子，是他们的真理的源泉。他们从这些楼板缝中看到了世界上最美丽的东西，听到了人类历史上最伟大的真理。他们看到了真正的共产党人、真正的阶级友爱，怎么可以封起来呢？他们三个人想尽一切办法把钉上的楼板摇松了，把钉子拔了出来。但是为了欺骗敌人，平时他们把楼板虚掩着，他们要看楼下的时候，就轻轻拔起钉子，掀开楼板，重新打开他们的心灵的窗子和智慧的门户。

特务也仔细地检查了贺国威的房间，当然什么也查不到，他那里除开有一部古色古香的、线装的《资治通鉴》外，什么书也没有。特务把《资治通鉴》也一本一本地翻开，看有没有夹带。结果仍然什么也没有查到。只是使陆胜英吃惊的是，贺国威读《资治通鉴》竟然这样认真，有一些地方贺国威还用铅笔在字旁画上圈圈点点。仔细看看，原来凡是那些忠义之士为奸臣构陷，宁死不屈，那些草莽豪杰为朝廷残杀，慷慨就义的篇章，几乎都被贺国威圈圈点点。看来他从这些古时候的英雄豪杰身上吸取了不少的营养。陆胜英看到了，心里说不出地冒火，他想：活见鬼！陈老板以为叫他读《资治通鉴》，可以使他懂得忠君爱国的道理，回心转意，谁知倒起了反作用了。不行，这个人什么也不能给他读。他回头对一个特务说：

"把这部书给我收了！"

贺国威坐在那里，冷冷地看着陆胜英那样暴跳如雷，简直想笑起来，再也没有比看到敌人打了败仗以后那种狼狈景象更有趣的事了。陆胜英发觉贺国威那样安然地坐在那里欣赏自己的失败，无名孽火陡然升起。他用他那狼样的眼睛盯住贺国威的眼睛，贺国威也用带有几分嘲弄人的眼神直直盯住对方的眼睛，像两把锋利的剑直刺过去。陆胜英用他那发了潮的声音，恶狠狠地说：

"贺先生，破坏青年训练班讲课的事，肯定是你们共产党在这里捣乱，你是逃不脱责任的，你不要以为你不在场，就没有事了。"

贺国威说："是呀，我从来没有推卸过我应该负的责任呀。至于你要把我们党的工作说成是什么'捣乱'，那也只好由你说去了。不过我告诉你，什么地方有群众，什么地方就有共产党的活动。你既然捉进来这样一大批爱国青年，我们当然要做工作……"

"什么工作？"没等贺国威说完，陆胜英插进去问。

贺国威说："对不起，你不是我们的上级，我没有向你报告工作的义务。不过也可以告诉你一句，教育工作。这里是一所免费的'共产主义学校'，我们是教员，你就是'校长'了。"

陆胜英气得发昏了。岂有此理，岂有此理！说来说去，自己倒成为"共产主义学校"的"校长"了。他用手在桌子上狠狠拍了一掌，大叫：

"你胡说！"

贺国威冷笑一下说："陆先生，你何必暴跳如雷，事实终归是事实嘛。"

陆胜英恶声恶气地说："骑驴看唱本，咱们走着瞧吧，看这里到底是你们的'共产主义学校'，还是我们的监狱。你不要得意，咱们还没有完！"说罢，气冲冲地走了。

五

陆胜英没有想到，这几个月来，他的如意算盘一个一个地被打破了。他幻想收买童云，没有成功；用刑法来压他，也没有压垮。最叫他不痛快的是好不容易办起一个"训练班"来，也被他们轰垮了。一个一个阴谋都像肥皂泡一样破灭了。很明显，共产党在他这个监狱里正在进行有组织的活动。

他生气，他愤怒，他在办公室暴跳如雷。他知道这都是因为有贺国威和柳一清这样的共产党人在暗地里使法，连童云这样的人都攻不垮了。他一想到贺国威和柳一清，他的心里就烧起十丈无名孽火来。贺国威，陈老板有言交代在先，动他不得，柳一清却是可以任随他整的。于是他把心中的全部愤怒，都想倾倒到柳一清的头上去。不管你柳一清有多么硬，你终归是一个女人，而且是一个带着吃奶孩子的女人，把你抓来，狠狠地整，看你还敢不敢再放刁。

于是他下命令提柳一清。

柳一清这许多日子来，晚上没有睡好觉，昨天晚上特别没有睡好，一整晚上简直是眼睁睁地度过的。狱外河边的柳林里，夜夜有杜鹃的叫声。啊，春天是不声不响地来了。听到杜鹃的歌声是很容易使人怀念远方的。但是她却并不是因为这个才睡不着的，使她彻夜不眠的是章霞送来了贺国威的条子，在那张条子上，贺国威用很小的字写着：

"你不愧为一个勇敢的战斗员，但要紧的是做一个冷静的指挥员。"

柳一清看到这张条子，心里有些热辣辣地难受。几个月来，敌人向她实行暴风雨式的袭击，她是顶住了，没有玷辱共产党员的称号。可是要说到把监狱里的难友组织起来，进行教育，对敌人进行有组织的斗争；说到识别敌人的阴谋诡计，不至于被敌人迷惑，却是太不够了。狱中党支部虽说已经按公开了的党员和秘密的党员分别组织起来了。可是还没有形成为一个坚强的战斗司令部。敌人把陈醒民打扮成为英雄，混入狱中破坏，自己却没有能力识破，要不是贺国威用那样巧妙的方法揭穿敌人的奸计，不知要给党带来多少损失。这些日子来，狱中一直比较平静，这绝不是正常的，说不定新的阴谋正在酝酿，新的风暴将要起来。

果然，吃过早饭不久，牢门外有特务在开锁，她明白了，她揭露了陈醒民的叛徒原形，敌人是不会善罢甘休的，很可能将有新的灾祸落到她的头上来。她并不害怕，她担心的是没有把贺国威送来的《革命气节道德教育提纲》抄好送给支部。

"出来！"特务已经在门口叫了。她沉着地给小女儿盖好布片，站起来，从容地走了出去……

柳一清一连又受了两次刑，每一次都昏死过去了。她英勇地承受住落到她头上的一切灾难，没有说任何一句话，甚至把牙齿咬得喳喳响，也忍住不肯呻吟出声。她现在的身体虽然因为几次受刑，已经大不如前，但是她的意志却变得更为坚强起来，革命意志的力量是可以战胜敌人的一切酷刑的，她庆幸自己经受住了一次又一次的严峻考验。

柳一清又被带到刑庭上来了。她的身体虽然很弱，斗志依然昂扬，从她的眼睛里喷射出的仇恨，像枪弹一样落到特务们的身上，使特务们也不敢正眼瞧她。陆胜英因为自己的拿手武艺，在和这样一个普通女人的对仗中也打了败仗，十分生气。他恨不得把柳一清一下压成粉末，然后看看，共产党到底是用什么材料做成的。但是他不能这样办，他的老板再三告诫他，不能把她整死。

他今天把柳一清拉出来，并不对她存什么幻想，他是想试一试他刚才领到的一套"科学"刑具，是外国领有专利权的最新发明，据说只要把人套上这个刑具，通了电流，就可以使人神志迷乱，说起胡话来，这样套取口供就很容易了。

但是，这些新刑具并没有能够帮助陆胜英，他还没有从柳一清的口中得到一句口供，柳一清就昏过去了，在昏过去后他们更没有得到一个字。再进行拷打，也是很快昏死过去了。陆胜英没有办法，只好叫把柳一清拉回去。两个特务把柳一清连架带拖，拉回谷仓，摔在地板上。

自从柳一清被带出去以后，楼上的乐以明、吴茂荪一直很关心。当他们听到仓门被打开了，咚的一声，像一件什么重东西丢在仓里地板上的时候，马上趴在楼板缝上望下去。他们看见柳一清的脸上和手指上淌着血，衣服上也有斑斑血迹，躺在地板上很久不动，不知道是死是活。这时，她的小女儿在板床上醒了，由于找不到妈妈的奶头，手脚乱动，大哭起来，听了叫人十分难受。但是柳一清一点也没有听到，她还是像死了一般不动地躺在地板上。乐以明要不是怕外面特务听到，他简直想大声喊醒她。

过了好一阵，柳一清的身体动弹了，嘴里在喃喃地说些什么。又过了一会儿，她的手脚开始活动起来，眼睛吃力地睁开一下，但是马上又闭上了，手脚也不动了，好像沉睡的人翻了一个身又睡着了。又过了一会儿，她的手脚又开始动了。她似乎感到有什么熟悉的声音把她惊醒了，她忽然睁开眼睛，吃力地抬起头来，侧着耳朵听。她听到了，她听到了她的女儿在板床上大哭的声音。她着急了，试图挣扎起来，但是没有成功，她的骨头简直像是被一节一节地折断了。过了一会儿，她好容易咬住牙齿才挣起上身来，马上又跌下去，昏过去了。乐以明急得憋不住了，轻轻地呼唤她：

"柳大姐，柳大姐！"

过了一会儿，柳一清又醒过来。她几乎把全身的力气都使上了，才支撑住上身坐了起来。她焦急地望着在板床上哭得十分伤心的孩子，她不顾一切地用手撑在地板上，帮助身子挪动，在地板上按上一个一个的血手指印。挪了好一阵总算靠近板床了，她立刻用带血的手抓住床沿想挣扎起来爬到床上去。但是没有能够成功，她已经精疲力竭了。她嘴里唔唔唔地哼着，想哄她那在床上哭着乱滚的孩子。

她又休息了一下，积蓄了一点精力，猛然抓住板床站起来了，还没有站稳就跌坐在板床上。她终于吃力地把孩子抱了起来，毫不犹豫地拉开她那带血的上衣，把她那干瘪的奶头塞到孩子的嘴里去。孩子并不了解她的妈妈刚才经历了一场多么严重的斗争，只想到自己很久没有吃奶，当奶头一塞进她的小嘴里去，她就猛烈地吸起来，再也不哭了。柳一清的眉头皱起来了，并且用手捂着自己的额头，支撑在小桌上，以免昏倒。孩子每吸一下奶，就像刀子在她的胸口上扎一下，她尽力忍受住，但是她感到快支持不住了，头发晕，眼发花。依靠意志的力量才使她仍然那样顽强地把自己的身体支撑在小桌边，一只手撑住头，一只手紧紧地搂住孩子，使孩子仍然咬住奶头。楼上正趴在楼板缝望着她的难友看得呆了，四周沉寂，时间似乎已经停止运行，柳一清和她的孩子凝然不动，像一座雕像，在微弱的光线中闪闪发光。

柳一清仍然用手支撑着头，咬着牙齿，看着孩子吮着奶汁，慢慢睡过去的安详的样子，她那瘦削的脸上显出了笑影。

乐以明和吴茂荪看到了这种景象，十分感动，吴茂荪忍不住落下泪来。乐以明也不住用手搓他的眼睛，他伏在楼板缝口，用颤抖的声音喊：

"柳大姐呀，柳大姐……"

在阁楼的角落里，还坐着一个人，这个人是昨天才被逮捕进来的，乐以明曾经问他，他说他叫伍忠良，是一个郊区的农民。宽宽的脸，十分忠厚朴实，他似乎还很不习惯这个陌生的环境，他呆呆地望着这一切，还很不理解。乐以明问他为什么被捕了，他只摇一摇头，简单地说："不晓得。"便再也不说一句话了。

伍忠良不知道楼下仓库里关的什么人，刚才他听到楼下咚的一声，也不知道发生了什么事，他还是照老样子坐在那里。但是当他看到吴茂荪和乐以明趴在楼板缝上那样激动，那样伤心地叫起来，他却不能不注意起来。他也挪过来趴在楼板缝里望下去，他看到在一张小桌边，有一个女人，用手支着头，看不清她的面孔，在她的怀里正抱着一个小孩在吃奶。啊，在她的脸上似乎还淌着血，衣服上有斑斑发黑的血迹。

"这真是造孽呀！"伍忠良难过地说。

柳一清现在感觉稍微好一些了，她极力用手支住头，望着怀里慢慢要睡着了的孩子，望着那稚气的但是瘦削的小脸。

忽然，有一滴眼泪滴到孩子的脸上了，接着又滴上两滴，孩子惊动了。柳一清很吃惊，她以为是自己流了眼泪，滴到孩子的脸上了，她用手指摸一下自己的眼睛，并没有一滴眼泪，她相信，她并没有流泪。

那么眼泪是从哪里来的？柳一清抬起头来向楼顶望去，看到了几只亮晶晶的眼睛，嵌在楼板缝里。她知道眼泪是从那里滴下来的。她听到了乐以明和吴茂荪在轻声哭泣，吴茂荪在喊：

"柳大姐，柳大姐呀……"

但是她并不想哭，更不想流泪。是她没有眼泪吗？不。是她不想流出来，在这里，她没有权利流眼泪！

她很郑重地对楼上的难友说：

"同志们，收起你们的眼泪吧，在这里，需要的不是眼泪，是仇恨！"

楼上乐以明和吴茂荪听到这话，马上羞愧地擦干眼泪，机械地复述着柳一清的话：

"在这里，需要的不是眼泪，是仇恨！"

"咦，你是伍太太呀！"伍忠良在楼板缝里叫了起来。他是在柳一清抬头往楼顶上看的时候，才看清了她的面孔的。他禁不住喊起来。

柳一清听到这个声音很熟，但是不知道是谁，为什么叫她伍太太呢。她问：

"你是谁？"

"我是伍忠良呀。"

"谁呀？伍忠良？你是伍大哥吗？你怎么也进来了？"

伍忠良证实楼下就是在他家住过的房客，他又是难过，却又有几分高兴，他在这里碰到一个亲近的人了。他回答：

"我是昨天才遭他们逮进来的，就是被那个姓陈的，你们的那个朋友逮进来的。"

"你说的是陈醒民吧？什么朋友，那是一个大叛徒！"乐以明纠正了他。

"是呀，他是一个坏家伙。伍太太，哦……"伍忠良也觉得这个称呼似乎不怎么合适，他望着乐以明。

乐以明说："她不是伍太太，是柳一清同志，我们都叫她柳大姐。"

"哦，柳……柳大姐。"伍忠良虽然还不习惯，还是跟着叫了，"就是你们搬走以后不久，那个姓陈的就带了几个凶神恶煞的人，到我家里来，硬要我说你们搬到哪里去了。不要说我不知道，我就是知道，也不得说。他还想打我呢。"

柳一清说："噢。"

伍忠良又说："我还把这件事告诉了对面山坳里的老崔，叫他想办法告诉你们，不晓得你们知道不知道？昨天，那个姓陈的来逮我，就说是我走漏了他的消息。"

柳一清明白了，陈醒民叛变的消息一定是伍大哥告诉了党组织，传到老任口里，老任才告诉章霞的。她吃力地抬起头来，望着楼上说：

"伍大哥，你真好，谢谢你！"

六

又过了一些日子，柳一清的刑伤好一些了，一天，一个特务又打开了柳一清住的谷仓的门，在门外叫：

"出来！"

柳一清已经习惯于这种叫喊，她一点也不心惊胆战，仍然把小女儿轻轻放在板床上，不慌不忙地站起来，习惯地捋一下头发，昂然走出谷仓。特务命令她：

"抱着小孩一起走！"

这是什么意思呢？过去审问她的时候，从来没有叫她抱着小孩去，这次为什么要叫她抱着小孩去呢？

柳一清忽然感觉到，莫非自己的最后时刻到来了？对于这个时刻的到来，她早已做过思想准备，但是现在听到了，也不免一怔。不是由于恐惧，而是没有想到来得这样快。她才和敌人进行几个回合的斗争，就要牺牲了？

她停下来，转身进了谷仓，走到床边，把小女儿用她所能找到的最好的布片包着，抱了起来，一步一步地走出去。她的心是奇怪地平静，像清晨的澄清的湖水。她想她总算通过了严峻的考验，快要走完这一段不平凡的人生途程了。她对得起党，对得起同志们，她没有辱没共产党员这个光荣的称号。

"快点！"特务在催促她。

她慢慢地在小院坝里走着，她抬起头来向阁楼和周围的牢房看了一下，许多双黑眼睛大大地睁开，贴在铁栅栏上望着她。有的已经是眼泪汪汪了。这个小院坝里一点声音都没有，只听到柳一清那缓慢的沙沙的脚步声。柳一清向他们点了一下头，用十分平静的声调说：

"再见了，难友们。"

柳一清再一次回头看一看自己住过的仓库，和仓库上的阁楼，她看到吴茂荪和乐以明在小铁窗边望着，吴茂荪流着眼泪。在他们两个的后面看到了伍忠良那一双愤怒的眼睛。

"柳大姐！"吴茂荪哭出声音来了。

"不要流泪，要仇恨！"柳一清说。

吴茂荪和乐以明都赶快用手擦去自己的眼泪。

柳一清走进刑庭。陆胜英坐在上首一张条桌的那边，装得温文尔雅的样子，倒像个要开讲的教授坐在教室课桌后一样。他的嘴角忽然浮现出一片微笑，又有几分嘲弄人的神气，好像说："咱们走着瞧吧。"

陆胜英还没有打算叫柳一清坐下，柳一清却自动地抱着小孩坐在一个小凳子上了。陆胜英走到柳一清的面前来，有兴趣地望了一下小孩。小孩莫名其妙地用她的大眼睛望着她面前这一颗脑门发光得奇怪的脑袋。

陆胜英用手指头摸了一下孩子的少见阳光、缺乏血色的小脸，说：

"这娃娃长得很乖呀。"

"不许动！"柳一清生气地用手把陆胜英的胖手拨开，把小孩抱紧些。

"哟，摸都摸不得？"陆胜英还是嬉皮笑脸地说。

"摸不得！你的爪子不干净！"柳一清说。

"哼！我杀都杀得，还摸不得？"陆胜英粗暴地从柳一清的怀里夺去小孩，狠狠地丢在地上。小孩大声地哭起来，柳一清猛地扑到地上，想去抱起正在地上伸脚伸手地哭叫着的孩子。

陆胜英暗笑一下，母亲，这就是女人的最大弱点。他示意特务强力把柳一清拉开，不准她去抱小孩。柳一清挣扎着，但是紧紧地给特务拦住了。她大声地叫：

"把小孩还给我！"

"小孩不还给你了。"陆胜英说。

"你们有本事，和我来干好了，凭什么要折磨小孩？"柳一清质问。

"部长同志，要把小孩还你也不难。只要你在这一张纸上签一个字，马上就还你的小孩，并且马上放你们母女俩出去。"陆胜英又从桌上拿一份"自首书"送到柳一清的面前。

柳一清看也不看一眼，一把扯过来就撕成粉碎，坚定地说：

"你别做梦！"

"你不签，我今天就打死这个小共产党！"陆胜英从腰上抽出手枪来，向地上正在滚来滚去哭着的小孩走过去。

柳一清愤怒极了，她虽然久经酷刑，身体虚弱得很，但是在这个关头上，她不知道从哪里产生一股非常强大的力量，好像没有怎么费力就冲开特务的手，扑在小孩的身上。她怒吼着：

"不许动孩子！你们这些野兽！"

柳一清还没有来得及把小孩抱起来，特务就把她推倒在地上了。陆胜英提着枪走到小孩的跟前，用枪对准小孩的头。小孩正在地上哭得死去活来。

"住手！"柳一清霍地站了起来，走近陆胜英。陆胜英看着柳一清的眼睛里发出的森严的愤怒的火焰，下意识地退了两步。柳一清逼上前去，用手指指着自己的胸口，说：

"你先打死我！"

"你自有你的发落处。你不签字，我先打死这个小共产党！"陆胜英又举起枪对准小孩的头，威胁她说，"你签不签？"

"不签！"

"我再问你一句，你签不签？"

"不签！一百个不签！"

柳一清决然摆过头去，她不愿意亲眼看见特务枪杀她的孩子。她知道保持革命气节和保留小孩无法两全了，她宁肯牺牲自己的孩子，决不能动摇。她头也不回地慢慢走出刑庭。她毅然决然地但是很吃力地走着，像拖着千斤重链一样。她的小女儿在地上的哭声，像一根线紧紧牵住她的心，她每走开一步，在心上都增加一分痛苦。但是她仍然很镇定地走开，她的理智告诉她：不能回头，绝对不能回头！

她鼓起全身力气把自己镇定下来，并且把脚步提得高一些，把步子跨得大一些，终于走出了刑庭。她已经走到通牢房院子的走道里了，隔刑庭已经相当远，在这里应该听不到刑庭里的声音了，但是她仍然听到小女儿的哭声，就像在她的耳朵边响一样。

"女儿……"她不知道是口里在说，还是心里在想。

"砰！"一声枪响，屋宇震动，柳一清听来炸耳朵。她的脚有些站不稳，她把身子依傍在走道的木柱上。

"不行，我要转去看看！"柳一清又转过身来，向刑庭走去。但是才走了几步，她又停下了。她一咬牙齿，毅然扭过头来，大踏步走回她的谷仓里去。

她呆坐在板床上，木然地望着摆在床上的小女儿的破衣服和破尿布，又望了望小桌上给小孩喂水的小瓶子和小匙子。她心如刀割，却并不想哭，反而想笑，她喃喃地说：

"女儿，女儿，妈妈是不能投降的……"

楼上的难友知道她平安地回来了，从楼板缝里望着她。他们没有看到她的小女儿，不知道发生了什么事情。他们看见她异样地笑着，都害怕起来，急忙低声唤她：

"柳大姐！柳大姐！"

柳一清没有听见，仍然呆呆地坐在床边。一会儿，她又慢慢地在翻看这些破衣服和破布片，似乎想从这里翻出她的小女儿来。

过了一会儿，谷仓的门打开了。一个特务从门口扔进来一个破布包。柳一清一看，只当是她的小女儿的尸体，怔了一下，猛然扑上去，把这破布包抱起来。她叫了起来："我的女儿！……"但是使她大吃一惊，破布包里，小女儿在蠕动。还听到小女儿微弱的哭声。她迅速把破布包打开来，她的小女儿的手脚伸开了，哇哇地大哭起来。

她赶忙把小女儿从破布包里抱了出来，把她的全身看了一遍：噫！没有一点血，也没有一个伤口。她恍然大悟了，这些混蛋，原来是想在精神上折磨她，对她玩出这样一出卑鄙的把戏。

她高兴极了。她又用破布把小女儿重新包好，解开自己的衣襟，把奶头塞到小女儿哭着的嘴里。小女儿不哭了，很有味道地吸起奶来。小女儿吸奶的时候，柳一清虽然感觉心里很疼，但是她分明看到了小女儿嘴角边隐隐的笑纹，她吻了一下小女儿的脸，低声地说：

"我的小宝贝，我的小共产党……"

七

柳一清在敌人一连串的肉体折磨和精神瓦解面前挺住了，有如在暴风雨的海洋上屹立的巨大岩石，任风暴鞭打、恶浪冲击，仍然在黑暗的海洋上兀然不动。

她的身体遭受到残酷的刑法，变得十分虚弱，但是她的斗志却比任何时候都要昂扬。许多天来，敌人再也没有提审她，她明白这一场向她冲击来的风暴是被她顶住了。在她的面前还有什么样的严酷斗争，虽然难以预料，但是她已经有完全的自信，能够经受任何考验，甚至那最后的考验——死亡。

"不，这不是一般的不幸的死亡。"柳一清想，"这样的死亡对于一个共产党人说来，不过是伟大人格的最后完成，是革命精神的最高升华。我能做到这一步，是我的幸福。"柳一清想到这里，越更觉得安然了。

"但是，"柳一清想，"我还并不想死，我要活着，坚定地活下去，和他们斗下去，直到那最后时刻的到来。"这样的时刻到底什么时候到来，柳一清明白，这是不能由她做主的，是什么时候都可能发生的，也许明天，也许就在今天，在那漆黑的夜晚，在那没有星光也没有月亮的旷野里。必须马上做，必须赶快做，贺国威交代给她的任务还没有完成呢。

柳一清勉强坐了起来，提着受伤的手，在小桌上埋头抄写起《革命气节道德教育提纲》来。她每抄一段，就感觉身体难以支持，必须趴在桌上休息一阵。有时简直就是晕过去了。但是她的意志力量把她唤醒过来，她又抄起来。抄呀，抄呀，她觉得自己是在一个望不见尽头的沙漠里吃力地跋涉着，口干舌燥，头昏眼花，不知道自己能不能走出这一块沙漠去，但是她还是顽强地走着，又走着。

"柳大姐，你在写什么？"楼上乐以明把柳一清的活动完全看清楚了，他不能忍受看到柳一清的身体那样坏，还吃力地趴在小桌上写东西，他不能不问了。

"我在抄写贺国威同志送来的《革命气节道德教育提纲》，必须马上传到各个牢房，叫难友们阅读。"柳一清回答说。

乐以明才知道是抄的这个文件，这又何劳柳大姐亲自劳累抄写呢？他对柳一清说：

"柳大姐，你还是养伤吧，让我们来抄，我们来传出去。"

"对了，让我们抄吧。"吴茂荪说。

这是一个好主意，可是怎么送到楼上去呢？乐以明他们在楼上叽咕一阵，忽然从楼板缝里吊下来用破布条子接起来的一条绳子。乐以明说：

"柳大姐，你就把要抄的东西吊上来吧。"

那一小卷薄薄的文件和柳一清利用"悔过书"背面抄写的《革命气节道德教育提纲》的一部分都吊上去了。乐以明和吴茂荪展开来看。啊，他们马上被这个文件吸引住了。那句句箴言是多么精彩动人呀，每一句落在地上，简直铿锵有声呢。吴茂荪最激动了，他情不自禁地念了起来：

> ……共产党是无产阶级的先锋队，中国革命的胜利和世界革命的胜利只有在共产党的领导下才能实现……每一个共产党员必须无条件地全心全意地忠实于党的事业，必须在任何时候，保持"富贵不能淫，贫贱不能移，威武不能屈"的高尚的革命气节……为了革命利益，不怕一切牺牲，包括自己的生命……监狱对于一个共产党人说来，不过是另一条斗争战线……不仅要懂得爱人民，而且要学会恨敌人。不仅要勇敢地进行斗争，而且要机智地进行斗争……任何遇事动摇、临阵脱逃，甚至自首叛变，都是和共产党员的光荣称号不相容的……

吴茂荪读了一段，激动得不得了。他知道自己还不是一个共产党员，但是他进监狱里来后，他第一次看到了像柳一清这样铁骨铮铮的共产党员，是那样胸怀坦荡、意志坚定、威武不屈、贫贱不移，对敌人斗争是那样勇猛，对难友是那样关怀，对革命的下一代是那样慈爱。他第一次看到作为一个无产阶级战士的共产主义品质到底表现在哪里。现在读了《革命气节道德教育提纲》，更感到世界上没有任何事情比做一个共产党人更其庄严的了。他也要以《提纲》上说的来要求自己。他不禁反复地读了起来。

"快点抄好，快点传出去吧。"柳一清在楼下催他们。

"哦，哦。"乐以明和吴茂荪要不是柳一清提醒，他们简直忘记抄写了，他们马上动手抄起来。

伍忠良虽然识的字不多，可是在他们抄写的时候，他听他们念那些句子，心里特别痛快。他有一个强烈的愿望，他想为柳一清做点什么才高兴。他从楼板缝里往下对柳一清说：

"柳大姐，叫我做点什么事吧。"

柳一清很早就喜欢这个朴实的农民，她知道他虽然不能尽情表达他的感情，但是就凭这一句话，也就够了。她对伍忠良说：

"伍大哥，你一定是可以出去的，在这里不要你多出头做什么。你既然进来了，你就好比进了一个学校，是的，这儿就是一个'共产主义学校'，而且是免费的，你就在这儿好好和大家一起学习吧。将来你'毕业'出去，再去努力做点什么吧。"

柳一清的这几句话，伍忠良听来当然是有道理，但是他并不感到满足。他的意思是一定要为柳大姐做点什么事，心里才痛快。

他到底想到了。在吃中饭的时候，柳一清忽然发现原来吊文件上去的布绳从一个较宽的楼板缝里又吊下来了，绳头的破布里还包了扁扁的一片什么。柳一清刚一抬头，伍忠良在楼板缝里说：

"柳大姐，你收下吧。"

柳一清把布包打开来，原来是压得扁扁的一块粗米饭。她抬起头来，看到一双热烈期待着的眼睛。

柳一清想，狱中的囚粮定额本来很低，米质又十分恶劣，还要被那些大特务、小特务层层克扣，落到每一个难友口中的本来就够可怜的了。现在伍忠良却要挤出一块来让她吃，这种同志的感情比那一块粗米饭不知要珍贵多少倍，这种珍贵的感情，她是不应该拒绝的。但是这一块饭却是不能接受的，她知道伍忠良的食量本来就大，这样一来更吃不饱了。柳一清没有取下布包里的那一块饭，对伍忠良说：

"伍大哥，我知道你的好意，我领情就是，但是饭还是你吊上去吃了吧。"

伍忠良着急地说："柳大姐，我是一份囚粮养一个人，你倒是一份囚粮养两个人，你的身体又不好，没有复原，我这点意思你都不肯接受，叫我咋个吃得下嘛！"

柳一清只好取下那一块饭，对伍忠良说：

"好吧，这一块饭我吃了就是，以后可不要这样了。"

布绳收上楼以后，没有多大工夫，又吊下来了，柳一清打开小包看，又是一块米饭，这一回是吴茂荪的声音：

"柳大姐，也收下我这一份吧。"

"不行，不行，你们怎么能这样呢？"柳一清不肯收下。

乐以明说话了："柳大姐，我看你就收下吧，你的身体要紧，前面不知道还有多少斗争，要你领导我们呢，这不单是为你，也是为了我们大家呢；不单是为了我们大家，也是为了我们的女儿，她是我们的将来和希望呀。"

柳一清只好接受了，但是她只答应每天接受一块米饭。她知道难友们帮助她，不仅是出于同志间的感情，而且也是出于理智的考虑。她感激同志们对她的信赖，但是她到现在为止，还只做到了不愧为一个勇敢的战斗员，离做一个英明的指挥员还差得远呢。

又过了几天，楼板缝里又吊下布绳来，柳一清不知道今天为什么多吊下来一次，她打开破布包，看见是一些奶油饼干，十分惊奇，她还看到在一块布条上写着几个字：

柳大姐，坚强的革命战士，伟大的母亲，我们向你致敬！

柳一清不知道他们从什么地方弄到了饼干，她问乐以明，乐以明告诉她：

"这是吴茂荪的爸爸送来给他的，他的爸爸就是吴景中，是一个有名气的教授，又是一个省参议员，所以能够送进来饼干。吴茂荪他不肯吃，要都送给你和小女儿吃。"

"柳大姐，收下吧，收下吧。"吴茂荪补充说。

柳一清收下了这包奶油饼干。她一片也不吃，给小女儿吃得也不多，她很细心地把饼干保藏起来。她知道她的身体越来越坏，说不定什么时候，一点奶水也没有了，小女儿又还不能从这粗糙的囚饭中吸取营养，就有难以活命的危险，这一包奶油饼干，就是小女儿的救命粮了。

柳一清谨慎地把饼干屑一点一点地喂进小女儿的嘴里去，看到小女儿津津有味地吧嗒着小嘴唇，她不禁笑了，轻声地说：

"小女儿，我的小共产党，你要努力活下去呀。"

楼上的三位难友虽然没有听到柳一清对小女儿说了些什么，但是柳一清的活动和表情是最精确的语言，他们完全能理解。他们看了一会儿，抬起头来，互相望着，不说一句话。

"有办法了，有办法了。"三个难友忽然听到楼下柳一清在叫，不知道是什么事情。他们又趴在楼板缝上往下看，柳一清很高兴地在笑。乐以明还没有开口问，柳一清倒先说了：

"乐以明，你和吴茂苏商量一下，他可不可以写一封平安家信出去？我想搭在他的信上写一张条子送出去。"

吴茂苏听到了，马上回答：

"当然可以，但是你怎么能写呢？特务一定要检查的呀；送出去了，我的爸爸又怎么能够交得到呢？"

柳一清说："你要求特务准你写就行，我有办法。"

吴茂苏向看守特务提出，要写一封平安家信出去，并且还想叫他的爸爸多送一点饼干和衬衣进来。看守特务去向陆胜英报告了，陆胜英有些为难。他知道吴景中是一个有名气的教授、省参议员，标准的自由主义分子，虽然喜欢发点牢骚，但是这个老头绝不会成为一个危险人物，相反地，他有时发表一些言论，倒像重庆的《大公报》一样，起到意想不到的"小骂大捧场"的作用，这个人是他的陈老板推行"民主政治"绝不可少的装饰品，这个面子不能不卖。陆胜英只好答应了。"但是，"他对看守特务说，"信封信纸由我们这里拿去，写好了要严密检查才准送出去。"

看守特务拿一套信封信纸来交给吴茂苏。吴茂苏写好了一封报告平安的家信，要求再送奶油饼干和衬衣来。他把这封信用布条吊下去给柳一清。柳一清马上紧张地工作起来。她把中式信封的一头封口小心地揭开来，又把封口纸的里层小心地揭开一层纸，在这封口里层纸上用已经磨好的竹签子当作笔尖，蘸上米汤，写上很小的字，然后把这一头的封口照原样用米饭封了起来，她把信封的背面角上用笔点一个小点，就像纸上本来有的污点一样。她把信纸装进信封，用布绳吊回给吴茂苏，对他说："你在信纸上再加上一句话：'请将此信转给我校同班同学一阅，以释悬念。'就交特务送出去吧。"

吴茂荪照办了，把这封未封口的信交给看守特务，看守特务拿去交给陆胜英。陆胜英生就一副猎犬的鼻子，他不放心这种送出去的信，他不仅抽出信纸对信的内容进行反复的推敲，还把信纸和信封的表面，都用特殊的药水涂抹一遍，看有密写没有。结果证明这的确是一封普通的平安家信，就批准送出去了。

自从吴茂荪把信交给特务后，几天来柳一清一直悬念着：是不是通过了特务的特种技术检查了？吴茂荪的父亲是不是把信转到学校里去了？吴茂荪同班的党员同志是不是看到这封信了？他们是不是会对吴茂荪从狱中写出信来的事引起警觉，把信转给任远了？任远是不是能发现和猜出信中的密语？要通过这样多的关口，实在不容易呀。但是现在只能找到这样一条秘密的通路，一时再也没有别的路子了。

八

黄昏时分，山村是寂静的。任远坐在一座孤零零的茅屋外的柴门口，望着渐渐隐没在山林和暮霭中的小路。他在等王东明，他们前几天约好在这儿碰头。这是一个普通的农民家庭，任远通过一个农民党员介绍，在这儿已经住了快半年了。他的装束已经完全改换成普通农民的打扮，经历几个月的奔波，脸又黑又瘦，手里捏着一根旱烟管在吧嗒叶子烟，倒有几分像那成年日晒雨淋的庄稼汉子了。

他咬着旱烟管，慢慢地一口一口吧嗒着，看着烟斗里在一亮一亮的火光，陷入了沉思。贺国威和柳一清被捕已经半年了，他和王东明虽然已经在外边把敌人打开的缺口堵住了，可是监狱里的消息却一点也没有。任远曾经装扮成一个老实农民到沙田坝去看过，除开在那座地主院子的黑漆大门旁边看到一块"战时青年训练班"的牌子以外，什么也看不到。他从田坎上走过，他猜度着不过几十丈远，在那高墙的后边，就是贺国威、柳一清还有其他许多同志被关押的地方。他们在干什么呢？

他努力想象，可是什么也想象不到。要是能推倒这座高墙，踏平那些黑色的瓦房，突入敌人的巢穴挥戈一击，刀光剑影，该是多么痛快！虽然王东明和许多农民同志，特别是柳一清工作过的响水沟的农民同志，一直要求马上劫狱，但是政治责任感终于把他从感情的冲击中唤醒过来，他不能把党的这一些准备做抗日游击战的种子随便抛撒掉。他没有冒昧行事。但是现在在这样静静的黄昏里，独自一人，咬着旱烟管，坐在柴门边的时候，他怎么也不能排除对于同志们的怀念和对于劫狱的向往。

"你又在想什么？"忽然，一个熟悉的声音在他的身边响了。

"哦，老王来了。"任远站了起来，"不觉得天都黑尽了。"

他们两个走进一间小房，把桐油灯点起来，交换了一阵情况。自从贺国威和柳一清被捕后，他们遵照组织原则，把下面各个县委的负责同志都进行了调整，撤换了所有的交通站，把必须疏散的同志都疏散了。这样就把敌人已经突破了的缺口堵上了，党的工作又重新走上了轨道。工作的方向比过去更明确了，各个县委都从县城搬到乡下去，把工作重点移向农村，动员了大批青年学生也到农村去，有的做小学教员，有的做小贩，有的就在国民党的基层政权里谋个小差事干着，主要都是深入到贫苦农民中去，组织他们，启发阶级觉悟，把力量积蓄起来，抓到一批枪杆子，只等一声号令，就可以打出旗子来。这一带的农民由于有过去红军过路的深刻影响，发动起来并不困难，困难的倒是要说服他们，不要在不利的时候，随便行动。农民们有吐不尽的苦水，有报不完的冤仇，一当他们发现自己组织起来的力量后，一当他们抓到了一些枪杆子后，他们要求当家做主，要求斗争，是很自然的。现在当然不能举起红旗上山去干，但是组织农民对地主绅粮进行一些合理减轻负担的斗争，对于国民党乱拉壮丁，进行必要的反抗，是可以的，并且是发动农民群众必不可少的。各县的同志都这样做了，取得了不小的进展。

任远和王东明进一步研究下一阶段的工作后，已经很晚了。任远最后问王东明：

"信呢？"

"费了好大劲儿才找到了。他们把信看了后，把信封丢了，好容易在字纸堆里找出来了。"王东明从怀里摸出一封信来,放在任远面前。

任远却像得到什么宝贝似的赶快打开那一封信来看。他说:

"从监狱出来的片纸只字都是宝贵的。"

但是他翻来覆去看了好久,从信的正文里,怎么也猜不出什么特别的意思。他把信纸在灯光下照了又照,只看到一些药水的痕迹,却一个字也没有显出来,显然这封信在送出来的时候,特务已经做过技术检查了。看来的确只是一封普通的平安家书。任远感觉很失望。

王东明说:"我也反复看了,看不出有什么特别的地方。"

前几天,任远听说高农校有一个党员报告党组织,他们班上有一个被捕的同学,从监狱里给他的爸爸写了一封信出来,并且叫他爸爸把信转给他班上的同学看看。任远听到这个消息后,马上就要王东明去取回这封信来看一看,并且特别交代,信封信纸一点也不能丢,完全拿来。王东明总不肯相信,但是为了满足任远渴望狱中来信的要求,还是认真去把这封信连信纸信封找到,拿来交给他。果然不过是一封普通家信,任远现在看了也找不出什么可以安慰自己的东西来。

任远又拿起信纸,望着信后那一句附注出神。为什么要写上"请将此信转给我校同班同学一阅,以释悬念"呢?

他又翻看一阵信纸,还是看不出什么。王东明不相信地说:

"恐怕未见得像你想象的那样吧。"

"不,我总觉得大贺、小柳是会千方百计和外边建立联系的。"

任远又拿起信封来看,在灯光下照了又照,什么影子也照不出来。王东明说:

"算了吧,我给你说件别的怪事。"

任远仍旧专心看那个信封,无动于衷地问:

"什么怪事?"

王东明说道:"高农校的一个党员骆宏图报告说,他们那里最近发现一个很左的进步青年组织,叫作'野草社',十分活跃,团结了不少进步青年学生,他们还想发起组织秘密的青年团体呢,问我们可以不可以这么办。"

这一下却引起任远注意了，抬起头来问道：

"什么人搞的？谁在领导？"

王东明说："是一群进步学生搞的，一个叫黄中经的党员学生在领导。黄中经原来是陈醒民在联系，那时并没暴露，没有疏散出去。这群青年中有一个叫易师白的，思想很进步。他有一份《新华日报》，常常把《新华日报》的文章改头换面登出去。骆宏图也从黄中经那里借来看。我还带了几份回来，你拿去看吧，我今天算是饱饱地打了一顿'牙祭'了。"王东明说罢，从怀里抽出一沓报纸来，交给任远。

任远接过这一小卷报纸，看到报头上赫然有《新华日报》几个大字。任远有好久没有看到整张的《新华日报》了，现在又看到了，感觉特别亲切。在别的场合，他真是要狼吞虎咽，巴不得连纸都吞进肚里去的。但是在现在这个场合，他却连把这卷报纸打开来看一看的劲头都没有，似乎一打开，就会有什么不愉快的东西从里面跳出来似的。他紧紧握住这卷《新华日报》，皱着眉头，用焦虑的眼睛望着小窗外的黑暗，似乎看到了在那窗外的黑暗中，有什么危险的东西，在向他们身边爬过来了。他问王东明：

"这个有《新华日报》的进步分子叫什么？"

王东明说："叫易师白。"

任远说："这个易师白真是神通广大呀，我们费尽心机，也只能收到从《新华日报》上剪下来经过伪装寄来的单篇文章，他却有本事一张一张、一卷一卷地得到，这是一个什么人？"

王东明说："我打听了，这个人是一个进步分子，原来和一个叫鲁东的党员有联系，是鲁东一直在培养他，从来没有发现他和三青团、特务有什么瓜葛，一直表现进步，只是比较幼稚。鲁东后来紧急撤退，就失去了联系。陈醒民发现他那里有《新华日报》后，叫黄中经和他联系上了。听说陈醒民还和这些青年见过面，鼓励他们组织青年，要他们在学校坚决打退敌人的反共逆流……"

"什么，什么？"任远切断王东明的话，问道，"这个易师白和陈醒民还见过面吗？"

王东明回答:"听说见过一回面。"

任远又问:"那么陈醒民被捕以后,为什么没有把他们疏散出去呢?"

王东明说:"陈醒民被捕后,我们一直不知道黄中经这个同志的关系,所以没有通知他们疏散。"

"这就更怪了。"任远在小屋里走了一个来回,用深沉的眼睛盯住窗外黑暗的远方,几乎是自言自语地在说,"没有疏散,陈醒民叛变了,为什么他没有被捕呢?……"任远忽然转身对王东明说:

"也许是我的神经过敏吧。我总觉得这个易师白恐怕没有那么简单。他既然那样经常读《新华日报》,难道完全不了解目前的政治形势吗?为什么要那样锋芒毕露呢?为什么还要一心一意想组织秘密革命青年团体呢?而且,为什么陈醒民叛变以后,偏不抓他,也不抓黄中经呢?"

王东明对于这一连串的问题一个也回答不上来,沉默着。不过任远似乎也并不要王东明回答,倒像在问他自己一样。他在屋里走来走去,那桐油灯冷冷地在桌子上摇晃着。

任远走了几圈,又坐到桌边,在灯下又拿起那个信封来随便翻看。忽然,他把注意力集中到信封背面左下角的一个小黑点上了。这个黑点粗看起来,不过是这种土纸信封上常见的黑斑点罢了,仔细看去,却像是用铅笔点的。这个小黑点突然像一颗希望的火星在任远的心里爆开了。他不禁高兴地叫起来:

"你看,你看,这个小黑点。"

王东明低下头看了一下,他并不认为奇怪,这种土纸上到处都有这种小黑点。他摇一摇头:

"我还是看不出有什么特别的地方。"

"不!"任远再细看了一下,断然地说,"这信封里有密写。而且,假如不是我神经过敏的话,这密写还是小柳搞的。"

任远知道柳一清过去主持特委的机关工作的时候,为了安全传递秘密文件起见,挖空心思想了许多书写和传递秘密文件的办法,譬如在土纸信封夹层里密写就是一种。她过去常和收密件单位的同志事先约好,只要在信封的什么部位发现了什么颜色的小斑点，就是说明在这个信封的什么部位有密写，要用什么药水洗，才能显现出来。

现在，任远又发现这个土纸信封上的特别的黑点了。他小心地把信封拆开翻转过来，用水轻轻打湿，把一层一层的薄纸揭开来晾干。任远知道，柳一清在监狱里，除开竹签和米汤外，不能找到别的书写武器，这就是说，只要用碘酒就可以洗出来。任远等信封晾得快干了，用一块棉花蘸一点碘酒轻轻涂抹。哈，果然在信封的封口夹层里，出现了亮蓝色的字迹来，任远一看，就认出这是柳一清的笔迹：

　　　　立早来，知陈大病。所问可行，由委定酌办。送夹心饼干来。

任远并不费什么心思，就理会了这则密写，他翻译给王东明听：

"章霞进来，告诉我们陈醒民叛变了。所问关于劫狱的事可以办，由特委研究决定后谨慎办理。通过吴家送饼干的机会，建立监狱内外的联系。"

在这一小块纸的另外一个角上还有几个字："你要警惕！"这大概就是柳一清专门给任远个人写的。这是多么意味深长的一句话呀！是问询，也是告诫，任远拿着这一小块纸出神了。在内心里努力克制已经沸扬了的感情，默默念着："要警惕，要警惕。"

他像忽然被什么人拍了一下似的猛然站起来，望着黑暗的夜晚，对王东明说：

"老王，你明天就赶快通知农专的骆宏图他们那个小组，立刻撤退，并且叫骆宏图告诉那个党员黄中经，也立刻撤退。还有那个进步分子叫什么的？"

"易师白。"

"易师白也要撤退。我们要对进步群众在政治上负责。"

王东明答应明天就去通知，任远像往常一样，留王东明过夜，他们一起睡在一个窄的板床上，虽然一个人睡一头，还是感觉无地容身。睡下不大一会儿，王东明快睡着了，任远忽然坐了起来，对王东明说：

"老王，那个黄中经和易师白撤退的时候，我们不要替他们安排地方。要他们自己找地方，留下地址，我们以后再派人找他们去。"

　　任远又睡下了，不大一会儿，忽然又坐起来，摇醒王东明，对他交代：

　　"特别要注意，黄中经疏散到哪儿去，无论如何不能让那个易师白知道了。我总像闻到一种什么气味，就像房子失火以前，闻到了什么焦煳的气味似的。你去通知骆宏图的时候，也要事先把周围的环境考察一下，要有把握才去见面。"

　　任远说罢，索性下床来，披上衣服，他对王东明说：

　　"你睡吧，我心里燥热，想出去凉快凉快。"

　　王东明完全了解任远这个时候的心情，让他独自去了。任远开了小门出去，到那个小晒坝里去，坐在小石碌上。除开屋后竹林萧萧出声，四周什么也听不见，大地浸没在无边的黑暗中，但天上无数的星星，却是分外的灿烂光明。

第十章

一

天气热起来了。柳一清和她的小女儿住的仓库虽然已经开了窗子，还是闷热得很。最糟糕的是柳一清遭受特务的折磨，身体越更不行了，天气炎热，她的刑伤化了脓，她开始发起烧来。但是她并不想让敌人知道，去向他们乞讨不值钱的怜悯，也不想让楼上的难友知道，引起难友们的忧虑。她努力挣扎着，给小孩喂奶，喂水，盖布片，赶蚊虫，诓她睡觉。但是这一切并没有能瞒过楼上的三位难友，他们看在眼里，疼在心里。特别是伍忠良，再也忍不住了。他几乎要喊叫起来：

"不行，宁肯叫我死，不能叫柳大姐受罪！"

伍忠良的这种情绪立刻感染了乐以明和吴茂荪，并且在放风的时候，立刻又感染了知道柳一清害病的其他难友。特别是章霞听了很难过。她把这件事告诉了贺国威，贺国威沉默了好一阵。他十分难过，他不能忍受自己的亲密战友这样眼睁睁地死去，他考虑了好一阵，决定发动难友集体抗议。

章霞把贺国威这个意思传出去以后，就像一个信号，各个牢房都骚动起来。纷纷提出抗议，要求给柳一清治伤，要求派人服侍她。

这份抗议书传到陆胜英那里去以后，陆胜英派人去看了一下柳一清的病况，不医治的确有致命的危险。假如真的死了，他是不好在陈老板那里交账的，何况他正在秉承陈老板的最新指示，在精心设计一个破坏狱中共产党组织的计策呢？"小不忍则乱大谋"，于是陆胜英"慷慨"地答应派狱医去给柳一清治伤医病，也答应找个女"犯人"去服侍柳一清。这种轻易获得的胜利，柳一清知道了，虽然高兴，却很奇怪；特别是贺国威听到了，十分吃惊，敌人在玩什么鬼把戏呢？

更叫柳一清又是高兴、又是奇怪的是，敌人派来服侍她的"犯人"，不是别人，却是章霞。

陆胜英总感觉监狱里共产党在进行有组织的活动，但是究竟是哪些人在活动，背后又是谁在指挥，却一直弄不清楚。他担心这一支潜在的势力在他的脚底下活动，有朝一日会像火山一样爆发开来，这才是他的心腹大患。他以为贺国威被隔离了，最大的危险也许来自柳一清那里，应该对柳一清进行监视才行。所以大家抗议、要求派人服侍柳一清的时候，陆胜英马上就想到了章霞。这是一个道地的家庭妇女，不是共产党员，连进步分子看来也不是，什么也不懂，只是为了要看自己的丈夫硬钻进来的，进来以后一直是不声不响的样子。说不定可以利用她希望自己丈夫出去的弱点，叫她去侦察柳一清的活动，也许能捞到点什么。

陆胜英把章霞叫去谈话。他看到站在他面前的这样一个笨头笨脑的乡下女人，就觉得好办了。他并不需要转弯抹角就对章霞直说：

"你想不想出去？你想不想和你的丈夫一块儿出去？"

章霞不知道这个特务到底找她谈什么，她尽力把自己表现得无知无识的样子，不说话。

陆胜英装出很同情的样子说："你是一个家庭妇女，我们晓得，你冤枉进来吃这一场官司干什么？连你的丈夫何尝又不是代人受过？我看你们还是早点出去的好，你丈夫还是养他的蜂子去，你抱你的娃娃去。"

章霞不知道这个家伙到底要干什么，只好沉默着，一句话也不说。陆胜英继续说道：

"这样吧，你既然进来了，总是有罪之人，你要给我们办一点点好事，马上放你出去，不但放你出去，还放你的丈夫和你一块儿出去，你干不干？"

章霞问："干什么？"

陆胜英说："小事情，你搬到那个叫柳一清的女共产党房里去，和她一起住。你服侍她。你只要侦察出她的活动，报告我们，你就可以马上出去。"

哦，原来是这样。章霞明白了，是要她去当走狗，监视柳大姐呢。真是混蛋！但是她不去，特务一定要派另外一个人去，假如她是坏蛋，那就坏了。再说，她能和柳大姐，自己的引路人住在一起，真是再好也没有了。于是她装作不懂的样子问道：

"怎样侦察？"

陆胜英很高兴，这个普通女人到底心思简单，利用她想早一天出去，随便就叫她落进自己的圈套里来了。他对章霞说：

"这个很简单，你只要老老实实把柳一清在做些什么活动记住，报告我们就行了。"

章霞装出老实的样子，点了一下头。

陆胜英又嘱咐她："你不要说是我们叫你去的，你就说是你可怜她，自己要求去服侍她的。你去吧。"

章霞又点了一下头，她努力忍住才没有笑出来。

二

章霞搬到柳一清的谷仓里来了。柳一清一见是章霞，非常高兴，说："没有想到，他们会派你来。"

章霞说："我也没有想到。"然后她轻声对柳一清说："他们叫我来监视你呢。"

"这太有意思了，那你就好好地'监视'我吧。"柳一清明白敌人这次这样容易接受条件的原因了，她高兴地笑了起来。

"叫他们做梦去吧。"章霞也笑了起来。

"不过你以后还是要准备一点'告密'的材料哟。"

"柳大姐，你替我准备吧。"

章霞看到柳一清的面孔瘦得厉害，精神也比过去差得多了，可是她还是那样认真地在给自己的小孩喂奶。那小孩也只剩下一把皮包骨头，哭的声音很微弱，这使章霞心痛极了。她又把柳一清腿上的破布片解开来看，伤口已经化脓。她赶忙用开水细心冲洗。这当然是很痛的，可是柳一清若无其事地躺着，忍受着。章霞一边洗，一边忍不住掉下眼泪。柳一清却还打趣地说：

"怎么的？好嫂子，莫非你这一辈子的眼泪还没有流完吗？"

"看把你折磨成什么样子了。这个小娃娃也……"章霞说不下去了，用手背揩眼泪。

"不要流泪。在这里流泪，只会叫敌人开心。"柳一清劝住章霞。

柳一清的伤和病在狱医的诊视和章霞的尽心看护下，过了十来天，慢慢地好起来了，只是身体还十分虚弱，睡在床上几乎不能动弹。狱中的难友都很关心她的伤势。当章霞从柳一清住的谷仓出来放风时，大家都用探询的眼光望着她。章霞轻轻地点一下头，大家就知道这是表示柳一清没有什么问题，才安心了。许多牢房的难友避开特务，托章霞转达他们向柳一清致敬的意思。章霞不露声色地记住，回去就告诉柳一清，柳一清高兴地说：

"假如他们把我当作忠实的朋友，能够从我的身上吸取一点精神力量的话，这对我就是很大的鼓励。但是不要只关心我，要更多关心集体，关心大家的斗争。"

章霞看到柳一清在自己的看护下，一天天好起来，十分高兴。更叫她高兴的是，柳一清要她做秘密的交通员工作，经常传达柳一清的话给别的同志。但是另外一个念头却在她的心上滋长起来，变得十分强烈，她感觉不能压住，马上要从她的心上跳出来了。她不知道应该不应该向柳一清提出来。她好几次选择时机，鼓起勇气，想要对柳一清说了，却是话到嘴边，又停住了。最后，她决定大胆地说了。可是在柳一清面前一张口，却又吞吞吐吐地，话没说清楚，脸却憋得通红。

柳一清看出来了，对章霞说：

"嫂子，你有话就明白地说吧。我能猜到你想说什么，这是光荣的事呀。"

"我早就想对你说了，只是在这监狱里，你的身体又很不好，不知道向你说出来对不对。你既然猜中了，我也只好说了。"章霞停了一下，好像在思考要选择什么话说出来，才显得最严肃。她终于选择到了。她缓缓地说：

"柳一清同志，请让我入党吧。"

柳一清看到章霞那副严肃的、期待的面孔，欢喜得禁不住要笑起来。章霞在狱中还不放弃入党的要求，可见她的觉悟是提高了。未入狱前，她和章霞谈过话，特委已经批准章霞入党，只是还没有履行入党手续。现在章霞既然又主动地提出来了，是应该告诉她，并且给她履行入党手续的。柳一清说：

"很好，在这严峻的考验面前，你还坚持你的入党要求，证明你可以成为我们的好同志。"

于是柳一清安排了对章霞的入党谈话，首先由章霞谈她的历史。

章霞出生在一个佃农家里。她才懂事的时候，就开始帮助家里劳动。可是她的家境越来越坏，她的爸爸负债越来越多，只好把自己心疼的、不到十岁的女儿送给人家做童养媳。这家人家姓赵，是个小康之家，也就是那种既有发财致富、上升为富裕农民的希望，又可能因为一场天灾人祸就倾家荡产，降到贫困地位的家庭。这个家庭的全部成员，包括章霞——那时候她还没有这样文雅的名字，那时候她叫章小妹——在内，一共六口人：公公、婆婆和一个弟弟、一个小妹，自然还有她的未婚夫。那是一个害着病的十岁孩子。章小妹被送进这个家庭里来以后，活儿比在自己家里重得多，抵得上一个半大人干活儿了。每天天不亮就起来挑水、煮饭、割草、放牛、打柴，一直闹到半夜才能在柴屋的干草堆上睡一下。可是就这样干，她的公婆还是不能感到称心如意，似乎章小妹的劳动还顶不上她吃掉的几个包谷粑粑。章小妹并不埋怨谁，她拼命干，她相信她的亲生父母教训她的话：只要熬过这十几年，她和她的未婚夫成了亲，当了家，掌了斗梢子，提了秤耳子，日子就会好过起来了。

但是她的这个愿望并没有能够实现。她的未婚夫还不到十五岁就害肺痨病死了。根据算命瞎子推算的结果，她的未婚夫的死是由于她的命太大了，她是天上的"扫帚星"下凡，把她的丈夫克死了。这当然是一个不小的罪名，赵家再也不容她待下去了，她被打了一顿，给赵家出了气后，被踢出来了。她只好回到自己的娘家。

她家越来越不行了，一家人拼死拼活地干，还是三天两头揭不开锅。饱一顿饿一顿地混过两年后，又有一家富裕农民的儿子害了重病，要娶个女人去"冲喜"。这一回算命瞎子不知道为什么没有算出章小妹的命大，有克夫的危险，反而发现章小妹的命大还可以镇压家宅，赶走缠在那个男人身上的妖魔。于是章小妹又糊里糊涂地被人家按进新媳妇轿子里，抬到那家去"冲喜"。章小妹和那个病得要死的陌生男人拜了天地，入了洞房，并且被闹新房的人们拉来扯去，灌酒、取笑。到晚上，她的丈夫就越发地奄奄一息，睡在床上再也动弹不得，不几天就死了。

"冲喜"并没有治好人家的病，会算命的瞎子以及不会算命的睁眼人又议论起来，结果自然又发现她是"扫帚星"了。而"扫帚星"下凡又是以克夫作为专门职业的，这还了得！于是这个灾星又被赶了出来。在她身后，人们还烧了不少烂扫帚。

章小妹又回到自己的娘家。她变得有名起来，说媒的人谁也不敢来找这个"扫帚星"了。章小妹无论如何也想不通，为什么一切灾难都降到她的头上？她痛恨自己前世造孽，今生变成"扫帚星"来害人，又害自己，她简直不想活下去了。有些时候，她愤恨起来，她想要真能像在黑暗的天空中的"扫帚星"，拖着烈火般的尾巴，横扫过这个世界，自己也陨灭掉，倒也好了。

这时，本乡有一个名叫童云的穷苦的小学教员，热衷于自己的农业科学试验，把自己微薄的薪水几乎都花在搞失败了的养蜂试验上了。他一直落拓不羁，不治家业，二十几岁了，还没有讨到老婆，因为谁也不愿意把自己的女儿嫁给这样一个傻里傻气的人，跟着受一辈子苦。也有幸灾乐祸的人开玩笑地对他说，除了"扫帚星"，他这一辈子再也别想找到老婆了。

"扫帚星就扫帚星，又怎么样？"童云是崇拜科学的，他不相信迷信。

居然就有好事之徒，真来从中撮合，好像很希望看到这个不信邪的人遇到"扫帚星"，会有什么很有趣味的结局。童云也居然答应了。

章小妹是知道这个老实的小学教员的。章小妹真不想嫁给他，不忍心去害死这样一个本分人。但是命已注定，概不由己，她被人按照寡妇再嫁的规矩，装进一乘青色小轿，晚上偷偷地抬到童云家里去了。

章小妹嫁给童云一年了，两年了，出乎那些幸灾乐祸的人们的意料之外，什么事也没有发生。他们两口子的感情十分好。童云很喜欢这样一个朴实的劳动妇女，给她取了一个学名叫章霞，还强迫她识字。章霞没有预料到自己最后能遇到这样一个好丈夫，感觉很幸福。她要保持这个幸福，对于自己的丈夫照顾得无微不至，生怕突然有个什么灾难降到童云的头上来。她劝他晚上不要走夜路，不要和人家吵嘴，凡事忍让一些。他害一点小病，她就很焦虑。有时候童云为他的养蜂科学忙碌去了，几天没有回家，她就坐卧不宁，饭也吃不下去了。她每天晚上倚在门口，望着黑暗的远方和天上的星星，她生怕从黑暗中，或者从群星中突然降下一颗灾星来。她的丈夫回来后，她把她的这种担心告诉他。他一本正经地教育她：

"只有愚蠢的人才相信这种迷信，让他们去满足于自己的愚蠢吧。我们呢，只相信科学。你是被蛇咬过了，见了绳子也会胆战心惊，是可笑的。你需要学习文化，把自己变得聪明一点。"

章霞果然在自己丈夫的严格监督下学了两年文化，能够阅读一些简单的小书了。但是她主要的还是在自己的几亩地里劳动。虽然童云不治家产，章霞的劳动却使他们的日子变得宽绰起来，甚至有一点积余了。章霞已经不大相信自己的命运，也不怕丈夫出去会给什么灾星害了，她劝她的丈夫出去考学校，图个上进。果然，童云去省城考进高等农业专科学校，专攻养蜂学科。两年毕业后，他就到清江农场当了一名养蜂技术员。

童云在高等农专读书时，正是全国学生运动高涨的时候，他参加了抗日救亡的活动，思想进步了。当他到山区来从事养蜂技术工作时，遇到了陈醒民，不久就由陈醒民介绍入党。他从一个养蜂救国的改良主义派变成一个革命者了。

童云入党之后，巴不得马上把他所获得的新的政治知识全部教给章霞。他觉得他过去在家里对章霞讲过太多的改良主义道理，荒唐得很。他想马上在他的妻子的脑子里消毒，他硬指定他的妻子读一些他认为很必要的社会科学经典书籍。章霞对自己丈夫的一片好意总是报以服从，但是勉强凭借自己的一点可怜的文化去啃这种大书，效果当然是不好的。

特委在这个农场里的童云家里建立起交通站后，柳一清常常来，和章霞常接近，很要好。柳一清发现这是一个品质很好的劳动妇女，决定亲自来帮助她。她认为这个人要是教育好了，是"坐机关"的最可靠的同志。

柳一清不是用童云那种教她读书本的办法，她是用口头教育的办法，从章霞的"扫帚星"的生活遭遇谈起，谈到妇女解放、民族解放、社会解放的道理。章霞听了，感觉自己的头脑被一种奇异的力量打开一扇窗子，突然变得十分明亮起来。柳一清一年的辛苦工作不是徒劳的，就在柳一清被捕前不久，章霞主动向柳一清提出了入党的要求。并且得到特委批准，只是还没有来得及履行入党手续。

三

章霞讲完了自己的历史，最后说：

"现在我完全明白了，他们说我是'扫帚星'，是灾星下凡，全是胡说八道，我再也不承认这个吃人的社会给我安排的命运。"

"不，现在看来，你这个'扫帚星'的确是一颗灾星了。"柳一清幽默地说，"但是，你不是人民的灾星，而是这个罪恶社会的灾星。但愿你这一颗'扫帚星'真像天上的扫帚星那样光芒万丈，横扫这黑暗的天空。"

现在，柳一清开始对章霞继续进行入党谈话。因为她的身体虚弱，只要多谈一会儿话，就显得上气不接下气。但是她坚持谈下去，似乎想把她所知道的一切关于党的知识，关于革命斗争的知识，全部从自己的脑子里挖出来，灌输到章霞的脑子里去。

章霞眼见柳一清精力不济，再三要求她休息一些时候再谈，可是柳一清不顾一切地坚持谈下去。她说：

"不，同志，你要明白，他们给我留下的时间肯定不会很多了，时间对于我说来，比生命还要宝贵。我必须在这有限的时间内，为党多做一点工作，我很害怕来不及给你履行入党手续，这将引起我的终生遗憾。"

于是，柳一清又继续讲起来：

"我们谈到什么地方了？……哦，是了，我们谈到树立革命人生观的问题，谈到关于生命的问题。一个人的生命是很宝贵的，但是，只有为无产阶级革命而斗争的人，生命对他才有意义。有的人看来他是活着的，有生命的，他也吃饭，也睡觉，也穿衣服，而且浪费的粮食和布匹比谁也不少，但是，他却不知道为什么而活着，他从来没有认真地劳动过、斗争过，因而也就从来没有认真地生活过，从来没有享受过生活斗争的快乐，只是糊里糊涂地吃喝一阵子。到头来，两腿一伸，死了，还要去占一副棺材，浪费七尺土地……"

柳一清说了一会儿又不行了，吃力地喘起气来，脸色苍白，额上冒出许多汗珠。章霞摸了一下柳一清的头，发觉她又发起烧来了。章霞再也不能忍耐了，她说：

"柳大姐，你不能再讲了，我不准你再讲了！再讲我也不听了。"

"是呀，不准再讲了，休息几天吧，柳大姐。"头顶上楼板缝里也传来了难友们恳切的要求。

柳一清受刑卧床不起，直到章霞来服侍她，楼上三位难友常常在楼板缝间盯着她，随着她因发烧在床上辗转不安而痛苦，随着她的逐渐康复而高兴。当章霞对柳一清讲她过去的"扫帚星"的悲惨历史时，他们也掬了一把同情和愤慨的眼泪；当柳一清对章霞进行入党谈话，讲述革命的真理时，他们也静静地听得入神了。当柳一清讲得太多太急，以致显得声嘶力竭的样子时，他们也大大感觉不安。因此，当章霞不准柳一清再讲下去时，他们也发表他们的意见。

听到楼板缝里传来楼上难友的声音，柳一清才知道楼上三个难友也在听她和章霞的谈话。柳一清问：

"你们一直在听吗？"

"是呀，我们一直在听。让我们旁听吧。"

"也好。"柳一清同意了。

柳一清接受了大家的要求，休息了两天，精力恢复了，她又继续对章霞，当然同时也是对楼上的三个难友讲起来了。

"我们谈过生命的价值了。只有共产党人才最知道生命的价值。我们共产党人是为了伟大的共产主义理想而活着的，并且愿意为这个理想而战斗至死。我们总是竭力把自己的生命、意志和信仰化为革命的火炬，劈里啪啦地燃烧起来，给这个寒冷和黑暗的世界播撒温暖和光明。总是用自己的生命的火炬去点燃更多的生命火炬，让他们同样燃起来，燃得更大、更旺、更光明，轰轰烈烈，烛照天地！

"但是共产党人并不是像过去的历史所歌颂的那种托天举地、挥舞乾坤的个人英雄。他不过是一个普普通通的人，产生在普通的劳动人民中，和他们同呼吸、共命运。他认识到群众的革命历史有如日夜奔流的长河，自己不过是这长河中的一滴水、一朵浪花，和大家一起，推波助澜，奔腾叫啸，哪怕千回万转，总要百折不挠地、浩浩荡荡归于共产主义的大海。"

柳一清又休息了一阵，继续对章霞讲到有关党的一些知识，也讲到革命的气节。最后她对章霞说：

"你在未被捕前，党已经批准你入党了。到狱中来你还是坚持要求入党，这很好，明天我就可以代表党为你举行入党仪式。"

章霞高兴得不得了，不住地说：

"太好了！太好了！"眼睛都笑眯了。

第二天上午，章霞的庄严时刻到来了。楼上的三个难友都趴在楼板缝上，成为奇特的观礼人。

柳一清勉强从床上坐起身来，把她放在床头下的一件衬衣摸出来。衬衣上有一大片深红色的血迹，这是她上一次受刑留下来的。她用铅笔在血迹上画上一个镰刀、斧头的图形，黑铅笔画在深红色的血迹上，竟然显出金黄色的光彩。她把这面别出心裁的红旗举在手上，章霞急忙站起来，用手揩去脸上的眼泪，举起手来宣誓。

宣誓完后，柳一清把"红旗"放回她的床头下，笑着紧握章霞的手，对她说：

"祝贺你，章霞同志，从今天起，你就是一个共产主义的战士了。"

"章霞同志，我们也祝贺你！"楼上的三个难友也异口同声地说。

谁不羡慕章霞能够得到这样巨大的幸福呢？当章霞站在红旗面前举起手来宣誓的时候，伍忠良和吴茂荪也不禁紧紧握着拳头，嘴里轻轻地跟着柳一清念起誓词来。仿佛他们自己也已经立在那红旗面前，立下了自己终身不改的誓愿。

伍忠良看到章霞宣誓入党后，变得沉默起来。吴茂荪也是一样。他们两个都彼此知道心里在想些什么。过了两天，伍忠良趴在楼板缝上，对柳一清轻声地说：

"柳一清同志，我要求入党。"

吴茂荪也立刻趴在楼板缝上说：

"柳一清同志，我也要求入党。"

柳一清让他们看章霞入党，目的在于教育他们，却没有想到他们会提出入党要求。柳一清早知道伍忠良和吴茂荪的情况，在政治上是没有问题的，到狱中来后，一直表现不错。乐以明平时对他们进行教育，特别是柳一清的革命英雄气概，对他们很有启发，他们现在提出入党要求，本来是不奇怪的。可是柳一清不能回答他们提出的要求，因为章霞入党是早经特委批准了的，在这里不过补行入党手续罢了，伍忠良和吴茂荪要求入党却是新问题。从柳一清个人的愿望说来，能够多有一些难友参加到革命行列里来是很好的，但是她不能答应，这和规定是不符合的。她只好对他们解释："你们是有机会出去的，只要你们在这所'共产主义学校'里好好'学习'，接受考验，你们出去了，仍然忠于革命事业，是不愁找不到组织的。"

四

有一天，柳一清问楼上的吴茂荪：

"你家里给你送饼干进来没有？"

吴茂荪说："没有，小女儿没有吃的了吧？"

柳一清说："不是。假如你收到饼干，一定要告诉我一声呀。"

自从通过吴茂荪的平安家书给任远送出密信后，柳一清一直担心，任远是不是收到了，劫狱的事准备得怎么样了？这可不是一件小事呀，已经过了一些日子，始终没有见吴茂荪收到饼干和糖果，可能任远并没有收到她的密写，劫狱的事恐怕不行了，这唯一可以争取出去的机会，越来越渺茫了。对于她自己，这倒没有什么可怕。她只是迫切希望那些青年难友和她的女儿能够活着出去，继续举起革命的旗帜。

在这监狱里，她希望章霞能够接替她的岗位，继续战斗。这些日子来，柳一清的身体虽然好了一些，腿上的刑伤却还没有全好，不能走动。她对支部工作的领导，只有通过章霞替她传达和布置。章霞还是以一个土头土脑的家庭妇女的样子出现，活动起来甚至比柳一清更方便些。柳一清发觉章霞虽然是一个识字不多的劳动妇女，却十分准确地传达了指示，还及时反映了一些情况，甚至还出了一些主意，她很高兴找到了一个能够接替她的战斗岗位的人。

有一天，柳一清对章霞说：

"看来敌人是不会把我放过的，劫狱的事又一直没有见外面有什么消息送进来，大概是不行了。假如我有个三长两短的话，你要立刻站上我的岗位，把斗争进行到底。敌人是不会注意到你的。"

"柳大姐，你在说些什么呀，我要永远和你在一起！"章霞说。她不能想象在这场斗争中没有柳一清。

"不，不能这样说。我想过很多次了，我提出来的是一个严肃的问题，你一定要记住，将来照我说的办。你不可能也不应该永远和我在一起，你应该争取出狱，继续为党去工作。你是可以工作得好的。你认识到自己的责任了吗？"

章霞想了一下，肯定地点了一下头。

柳一清的小女儿醒了，这个小生命在柳一清的爱抚下，在全监狱难友的关怀下，特别是在章霞的照料下，身体好一些了。她没有睡着的时候，老张开她的大而明亮的眼睛，向各处张望，开始来认识这个世界了。她很喜欢望着她的妈妈的脸发笑，并且牙牙地发表自己对于各种事物的意见。这些话柳一清虽然听不懂，但是她完全能够理解。柳一清高兴地紧紧搂着她，不住地吻她。吻她头上那一团发黄的绒毛，吻她的眼睛，吻她那不住翕动着的小鼻子，吻她的雪白的脸蛋和挥舞着的小手，用亲切的声音叫：

"唔唔唔……我的小共产党！"

女儿经受不住妈妈的甜蜜的亲吻，嘻嘻地笑了，手脚舞动。在小窗外高墙上停着的几只麻雀，看到这一对母女的欢乐，用它们那并没有音乐修养的嗓子喳喳喳地唱起来，表示庆贺。小女儿发现它们了，她张着眼望着窗外。柳一清抱着女儿，勉强站起来，走到生了锈的铁格子窗前，让小女儿尽情地呼吸窗外的新鲜空气，欣赏窗外的自由生活，看那墙上的小草和红花在蓝色天空背景上摇动，听那铁窗边爬着的绿色野藤的窸窣低语。啊，那悠悠的白云多么自在地飘过去了，那山后苍劲的古松传来多么古老的歌声。

柳一清对章霞说："这孩子到这个世界上来才不过一月，就被拉进这里来了，她没有得到正常的营养，没有得到爸爸的爱抚，没有呼吸到自由新鲜的空气，没有看到各种美丽的景物，而且还不知道能不能走出这个活棺材去。唉，我是多么希望我们大家都能走出这个活棺材去，她也能走出这个活棺材去，自由健壮地长大起来，投身于革命的风暴中去呀！"她认真地说着，声调很冷静，很平淡。她歇一下，又说：

"章霞同志，我想对你提出一个私人的要求，假如我遇到了什么不幸，我希望你能继续养活她。你出狱的时候，把她带出去，努力找到老任，交他抚养。假如找不到老任，你就把她当作自己的女儿吧，教养她成人，告诉她，她的妈妈来不及看到她长大，但是相信她一定会继承妈妈所献身的革命事业，为革命复仇。章霞同志，你能够答应我吗？嗯？"

柳一清说得很平常，章霞却很激动，她满脸泪水地走到柳一清面前，把小女儿接过手来，说：

"柳大姐，你说些什么话呀！"

"不，我是认真地向你提出这个要求的，我这也不是为了我自己，你明白吗？"柳一清还是很平淡地说。

"柳大姐，你不要说了，我答应就是了。只要我活着，她就一定能够活着。"章霞勉强把声音装得严肃一些，但是她的眼睛湿了，她马上把头低下来，不想叫柳一清看到。

柳一清这才发现，自己说话时没有想到章霞也是一个有小女儿的母亲。她的小女儿才不过一岁多，可是她却为了要到监狱里来通消息，把自己的小女儿丢在外面了。虽说她留了条子给任远，要他们照顾孩子，但是孩子现在到底在哪里，生活得怎么样呢？章霞却并不知道。章霞难道不会想到自己的小女儿吗？当然不是的。但是章霞进监狱以后，却从来没有表露出对于自己孩子的深挚想念。一方面她相信任远一定会很好照顾她的孩子，一方面她认为她不能在同志和难友面前，表露自己的软弱。今天看到柳一清那样爱抚她的小女儿，她不知道为什么，掉下泪来了。柳一清了解了她的心情，紧紧搂住章霞的肩头，慢慢说道：

"好嫂子，我相信老任会很好地照顾你的小女儿，正像你照顾我的小女儿一样。"

第十一章

一

　　王东明和任远分头到乡下去准备调动武装力量。任远到比较熟悉的响水沟去。这也是柳一清过去工作的时间比较久，工作开展得比较好的地方。现在比过去开展得更好了。他深切地感到上级指示要把工作重心转移到农村去是多么重要。特别是在这一带山区，过去红军路过，留下了深刻的影响，在这一带发动群众，并不困难，困难的倒是要说服他们，不要性急，不要贸然去发动武装斗争，以免暴露了目标。任远一路上差不多都要作这样的说服工作，但是到了响水沟，就几乎说不通了。

　　响水沟坐落在大山里头，沟深谷窄，一条水弯弯曲曲流下去，到处是叠水，终年四季到处水响不断，叮叮咚咚，稀里哗啦。两边是陡崖，上面是密不透风的松树和杂木林，藤萝缠绕，走不进人。山脚沟边勉强可以耕种的石旮旯地都种上了包谷，稀稀拉拉的，收成很不好。过一个湾可以看到有那么一两户人家，都是穷庄稼户。有的穷得一家人只有一条裤子，有的要在黑夜才敢出门上坡去种地。疟疾、疥疮、虱子，和地主、保甲长一起，一年到头，恶狠狠地缠住他们。连山上的猴子和野兽

304

也来欺负他们，快到嘴的包谷，往往一个晚上就被糟蹋个精光。任远每进一次沟，看着这种情况，就感到愤慨，这样的世界，怎能不打它个落花流水？

过去柳一清曾经在这里开辟过党的工作，她没有费好大功夫，就打开了局面。大家一听说她是过去的红军派回来的，都围了过来，问长问短，总不离那一句话："红军啥子时候回来？"柳一清在那里建立了秘密的党组织，还叫人去把一直在深山里当"土匪"的王万年找回来。王万年是红军走了以后留下来的一个赤卫队员，才三十几岁年纪，却是胡子拉碴的，看上去有四十几岁了，一脸都是深深的皱纹，那眼睛却老是燃着仇恨的火焰。他从山上回来了，带回来几个农民兄弟和几支枪。他对柳一清说："红军走了，地主回来杀得我们血流成河，好伤惨呀，老子就是不投降！你叫'匪'，我就是'匪'，老子跟你干！"他们一直在深山里转悠了七八年，原来的红旗烂坏了，王万年割一块红绸下来吊在他的驳壳枪柄上，现在他还像宝贝一样保存着，还拿出来给柳一清看。

柳一清摸着红军的红旗一角，感动得不得了，说："我们这里红旗到底保住了，你真是硬骨头！穷人只要有这些硬骨头，一定能翻身。"柳一清叫王万年组织起秘密武装来，叫武装工作队。他们有时到很远的公路边，去等那些从前线溃败下来的国民党的散兵，要了他们认为是走路的累赘的枪支子弹，还发给他们两块钱当路费，这样不到一年就搞到了十几支枪了。

任远这次又去王万年家，一见面王万年就问任远：

"啥子时候动手呀？"

任远问："什么动手？"

王万年说："救柳大姐呀。"

原来是王东明上次来这里，早已把他们动员起来了。

任远说："不忙，上面还没有研究好呢。"

"还研究个啥？他们捉我们一个，我们不该杀他们两个？"

"是该杀，要准备好了才干得嘛。"任远解释说。

"再不干就快干不成了，我们是专门回来听信儿的。"王万年说。

"为什么？"任远不明白。

"听说贺龙又回来了，坐飞机从天上下来的，落在八面山那边，他又在龙山那边招兵买马立起红军来了。跟我一起的王万正和王大国下山来等你们，等呀等呀，等了好久，你们不来，他们两个不听我的招呼，到龙山找贺龙去了。我要不是听老王说要救柳大姐，我也走了。"

"哪有这样的事？"任远奇怪地说。

"这一沟都吵转了，你去问一问嘛，都说红军又转来了，都等着去当红军哩。"

"没得这个事，贺龙同志带队伍在华北抗日，哪里回来了？我们将来自己来建立一支红军吧。"任远说。

"你说建立红军，说了一年多了，立在哪里？你不晓得这沟里好多小伙子实在给'刮民党'拉壮丁拉冒了火，好多都进了山了。"王万年说。

"进山干什么？"

"在那深山老林里开荒种地哩，不信我带你去看嘛。里头也有你认得的。"王万年说。

任远想，这真是"逼上梁山"了。他决定上山去看一看。

王万年像飞毛腿一样，带着任远走得飞快，任远长期在山里走路，已经练出一天能跑一百二十里的本事，现在跟着王万年走，还要带小跑才跟得上，不一阵就弄得汗流浃背了。他们走了大半天，爬上一个高山，那树林黑森森的，看来怕人。他们走进一个背山湾里去，还没有走拢去，王万年就叫起来：

"这咋搞起的？他们不在了。"

任远和王万年走过去，一个茅草房已经烧垮了，看那木棒上的黑炭，不过是几天前才烧了的。在房子周围的茅草坡和荒地上，新烧了茅草，新开出包谷地来了，可是还没有种上庄稼。一个人也没有，这是怎么一回事呢？

王万年说："走，我们到飞龙岭去。"

任远跟着王万年又在深山老林里跑了小半天，太阳快落进松树林去了，王万年才说："到了。"他用手指着前面，那里冒起来一股烟子。他们又转了一个弯，果然看到一个新的茅草房子，上面在冒着炊烟，看来是在做夜饭了。他们才在转弯的地方，忽然听到树林里有几声"哪哪哪"的叫声，像这深山老林里一种特别的鸟叫的声音。王万年听到后，马上用一个手指放在口里吹了一声哨子，声音很响，也像一种鸟叫的声音。不一会儿从那个树林里走出一个青年来，扛一把锄头，大概才从地里回来。还没有走近任远和王万年，他就高兴地叫：

"我以为是'烂滚龙'又来了，原来是王大哥呀。"

正说着，从茅草屋子里跑出几个人来，有的拿刀，有的拿叉，有的拿矛子，还有奇形怪状的方天画戟和铁鞭，这些武器显然是从哪里古庙里向菩萨借来的，他们显然是听到了梆子般的叫声才跑出来的。一见是王万年，都笑了："我说是哪个呢。"一个三十岁左右的青年走在前面，和王万年打招呼。

其中果然有一个是任远认识的，叫王万寿，二十几岁的小伙子，是在响水沟正培养着的一个入党对象。他的手里拿着一个古代的方天画戟，很有几分英武气概，他走近任远说：

"我说是哪个？是稀客呀，老任。"

王万年、任远跟着他们走进屋子里去。里面的火塘正在烧火，烧得红红的。屋里烟子很多，呛得人难受。在烟子里跑出一个青年，对王万年说：

"王大哥，你好像是算了卦才上山的呀，刚好我们今天运气好，整倒一只獐子，你就赶上来了。"大家都很亲热地笑了。那獐子肉有点臊气的鲜味，已经闻得到了。

大家在屋里说起闲话来。那个叫罗光义的，就是走在前面和王万年打招呼的那个青年，看来是他们的领袖，把他们为什么又搬家的缘故，摆给王万年听。原来他们在猛虎山开荒开得好好的，谁知道恶霸地主王大老爷派他的狗腿子"烂滚龙"带几个乡丁上山来，叫他们回去，动手就放火烧房子，说在这些山里，你就是走几天，横顺都还是头上顶的是王大老爷的天，脚下踩的王大老爷的地，要开荒就要先立租约，看一年

307

交好多包谷。他们气得不得了，把"烂滚龙"带来的几个鸦片烟鬼的枪都下了。"烂滚龙"不敢歪了。后来他们把枪还给"烂滚龙"，叫他回去给王大老爷回话，他要把人逼凶了，大家下山来烧他的房子。罗光义笑着说：

"'烂滚龙'连滚带爬地下山去了，我们也就再搬一匹山，到飞龙岭来了。"

"嘻，你抓到了枪怎么还退给他？"王万年对于枪杆子总是特别有兴趣。

"我们这是先礼后兵呀，我们还是想在这里安安生生开荒过日子嘛。他们不再来打扰，就算了；他再来，我们夺了他们的枪就不还了，那就跟他们干开了。"

任远觉得很有道理，说：

"这样办最好。就是王大老爷想派人上来，他的那些狗腿子也不肯上来了。"

吃晚饭了。所谓吃晚饭，实际上就是一个人吃一个包谷粑粑，还有一两个烧红苕。看来平时他们的生活是很艰难的。今晚上算是"打牙祭"，吃獐子肉。大家吃得很香，就是盐困难，放得淡了一些。他们边吃边谈到大家带上来的一点粮食快吃完了，现在不得不省着吃，能挖到野菜、捡到菌子，就少吃粮食，能够套到野兽就打一回"牙祭"，但是冬天快来了，野菜挖不到多少了，野兽也不好套了，这个冬天的日子看来不大好过呢。

一个青年说："怕什么！没有翻不过去的山，没有混不过去的年。王大哥在山上搞了这几年，没做庄稼还过去了，我们做庄稼还过不去？"

王万年却说："我是靠这个去弄来吃的呀。"说罢他把他的手枪从腰上摸出来玩弄。

王万寿说："没办法，我们还不是要叫枪杆子替我们去找吃的，下山去打点'启发'，找老爷们借点粮食去？"

大家对王万年那支亮晃晃的手枪实在羡慕，在松明的亮光下，大家翻过来翻过去看。王万年把枪把子上系的红绸展开来看了又看，摸了又摸，对大家说：

"这就是红军留下来的红旗呢。"

大家都对这块红绸肃然起敬。他们知道这是代表着他们的幸福和希望的红旗。

任远在山上住了两天，才发现这真是一个奇怪的集体。他们的生活虽然很困难，精神却十分愉快，因为在他们的头顶上再也没有剥削和压迫。他们的东西都不分彼此，一块儿吃，一块儿住，一块儿劳动，真是有饭同吃，有祸同当。敌人逼着他们上山来过起这种原始的共产主义生活来了。这当然不是什么理想的生活，而且也终难逃过地主老爷的干扰，可是这里蕴藏着巨大的革命潜力，只要给他们枪，马上就可以成为坚强的战士，要他们走南闯北，打什么敌人都行。

任远做了两天工作，决定在这里建立党的小组，由王万年介绍，吸收了罗光义和王万寿两个人入党。那晚上在火塘边举行入党宣誓的时候，简直像过年一般。大家把王万年的那块红绸解下来张在茅草糊泥的墙上。罗光义和王万寿站起来对着红旗，举起拳头，跟任远宣誓。在一旁看的其他十来个青年也都站起来了，也一样捏着简直要挤出汗水来的拳头，张大眼睛，望着那面红旗。在松明摇曳不定的光亮下，那红旗似乎飘动起来了。

任远和王万年回到响水沟，听说王东明派人来找任远来了。任远马上给王万年交代一下，走出响水沟，回巴斗场去。

二

王东明来巴斗场找到了任远，说从重庆来了一个同志，叫老方，是南方局新派来主持特委工作的。他们当天晚上就开了一个特委会。任远报告了一下他最近巡视的情况，农村的工作开展得不错，问题是农民和地主保甲长冲突得很厉害，有逐步发展成为武装斗争的倾向。他又报告，正在省政府工作的老李同志，活动上层统战关系，在参议会请了愿，要求彻底查清沙田坝秘密监狱的事，结果只是迫得他们把监狱改成"战时青年训练班"，管理得稍微松一点。后来反动派在参议会里活动，把这个案子决定交给省政府去"彻查具复"，便弄得没有下文了。我们的那些统战关系还正在活动，利用他们的假民主，来攻他们的非法逮捕。

老方传达了南方局的指示：现在反共高潮掀起来了，重庆也很紧张，连党的办事处也经常处在敌人的监视和包围中，随时可能发生突然事件。关于贺国威和柳一清的被捕，党的办事处已经向国民党提过抗议了。其他一些地区也有一些领导同志被捕，也一起提了抗议。看来反动派不准备理会，而且有一种危险，凡是我们为他们提过抗议的同志，很受反动派的注意，因此有遭到暗害的危险。

"正是这样，"王东明说，"所以我们要早点动手救老贺和小柳他们，迟了怕不行了。"

任远把他和王东明研究劫狱和向贺国威请示的事对老方说了，并且说贺国威表示同意，但要由特委作出决定来。任远现在正式提出，请老方考虑。

老方说："他们秘密逮捕是非法的，我们既然已经利用统战关系进行营救无效，我们党提抗议也不理，那就只有用非法对非法，只有用武装劫狱的办法了。难道我们就眼睁睁地望着我们的同志被他们用刀杀死吗？我们就不能以牙还牙，以刀对刀吗？"

任远听了，脑子里像被一道阳光射了进去，突然变得十分明亮清楚了。他说：

"是呀，是呀，我们一直在想，国民党反动派在向我们开刀了，我们为什么不能对他们动刀呢？这个道理，我们是从农民同志那里听来的。一个农民同志批评我们说：'敌人对我们动刀，你们却叫我们拿根打狗棍去还手，我们为啥不能拿刀？'农民同志们响亮地提出口号：'我们要拿刀！'"

"对，这个农民同志批评得对，他们提的口号也很好。对付国民党的顽固派、投降派和'摩擦专家'，特别是这些以杀共产党为终生职业的特务分子，绝不能采取姑息迁就的办法。我们过去在国民党地区吃过许多亏，就是由于我们有些同志对反动派存了不切实际的幻想，想和反动派妥协，结果越让步、越迁就，他们就越嚣张，拿起刀来杀我们。过去毛主席反对过新投降主义，现在毛主席进一步教导我们：'人不犯我，我不犯人；人若犯我，我必犯人。'这是再明确也没有了。你们这里农民说，'我们要拿刀对刀'，说得完全对，他说的是真理。"

"啊，人不犯我，我不犯人；人若犯我，我必犯人！好一个'我必犯人'！太好了，太好了。"任远和王东明都惊叹起来，为这煊赫的真理光芒所震惊了。

可是老方又补充说："当然，南方局也指示我们，不到万不得已，不要轻易使用武力，使用武力一定要有把握才干，并且要适可而止。这也是毛主席提出来的'有理、有利、有节'的原则。我们劫狱一定要慎重对待，不能搞失败了，给党带来更大的损失。"

任远和王东明都很高兴，特委一致通过了必要的时候可以劫狱。现在摆在特委面前的任务是认真调查情况，细心准备。他们三个人开会研究决定：由任远继续通过在省政府工作的秘密党员同志去上层统一战线关系中进行活动，和敌人进行合法斗争，相机援救同志。同时任远和王东明按原来领导系统，分别把城市里和学校中的党员再疏散一批到农村去活动。由王东明下乡去准备武装，要他们一接到通知，就秘密地、分散地向沙田坝靠拢。到时候由老方带一点武装力量去山上活动，把沙田坝住的保安团调虎离山，同时还要积极设法通知狱中贺国威和柳一清，准备里应外合，通知他们行动的联络信号。

大家分头活动去了，王东明下乡去了，他首先到响水沟去。老方特别到沙田坝一带去熟悉情况，研究调走保安团的办法。他发现这里保安团实际上不过是一个团部外加两个连的空架子，不过一百多二百人的武装。只要把这二百人调开了，就可以动手劫狱了。任远的活动也进展得不错，但是和监狱里的联络一时还没有眉目，因为那个吴景中教授似乎暂时没有给在狱中的儿子送饼干的打算。

王东明到高农校几次，终于找到了通知骆宏图紧急疏散的机会。他对骆宏图说："你马上就走，走以前要设法通知黄中经，由他再通知易师白，他们两个也马上疏散。你们三个疏散出去的地方，不准互相知道，你记清楚了吗？"骆宏图说："记清楚了。"

当骆宏图把紧急疏散的通知转告给黄中经以后，黄中经简直莫名其妙。要不相信骆宏图吧，可是来找他的口号完全是对的。相信吧，这和他的直接上级老陈原来的布置简直完全不同。

这几个月来，他照着老陈的布置，和一批进步青年一块儿办"野草社"，办得十分出色，没有多久就团结了不少的进步青年。特别使他高兴的是易师白和他挂上钩以后，十分积极，也很听话，他和老陈见过一次面，受到老陈的鼓励以后，更是像一个勇猛无畏的英雄，率领进步同学，冲锋陷阵，所向无敌。三青团在他们办的御用壁报《锄头》上和他们斗过几个回合，便偃旗息鼓了，真正达到了老陈向他们布置的目的，在这个学校里打退了反共逆流。不久以前，易师白向他提出来，要把这一支进步力量，用像"民先"那样的青年组织，把他们团结起来。黄中经也赞成搞一个秘密青年组织，他和一些进步学生也商量过，有些人赞成，有些人却不赞成。可惜这几个月，老陈一直没有来联系，因而没有办法向上级请示。易师白一直在催问他：

"那个老陈，为什么一直不来？"

黄中经回答："我也不知道，但是地下党布置任务以后，几个月不联系，是常有的事情。"

易师白说："哦，原来是这样。但是你应该设法找到上级党，快点请示才好呀。"

黄中经答应了，正准备去找过去有过联系的党员同志，忽然骆宏图拿着口号来约会他，叫他们马上疏散。他感觉太突然了，而且脑子里一时很难转过弯子来，辛苦建立起来的进步力量，怎么舍得丢掉？他还没有来得及对骆宏图表示不同意见，骆宏图却斩钉截铁地对他讲：

"这是命令，坚决执行吧！"

黄中经思想还不通，这和老陈的布置完全不同，他问：

"老陈为什么不来找我们呢？"

"他再也不来了。"

"为什么？"

"他叛变了！"

哦，原来是这样，这自然是应该马上疏散了。他马上去找易师白，传达上级的指示，要他马上疏散出去。易师白听到了，大吃一惊，很不满意地说：

"嘿，这成什么话？你看，我们好不容易才在学校里打开一个局面，团结了进步分子，打败了三青团。即使不该马上组织地下青年组织，可是为什么要疏散出去呢？这不是太令人失望吗？为什么正在打胜仗的时候，却要临阵脱逃呢？不行，我不能这么办。我不能像老鼠一样胆小，什么事也没有，就溜得无影无踪了，这还叫革命吗？"

黄中经还没有来得及开口，易师白愤愤不平地继续说：

"这是谁告诉你的？我怀疑这是不是真的党的指示，你能不能设法叫我和他见一面，让我亲自向他详细地汇报一下情况？"

黄中经当然知道秘密工作的纪律，摇一摇头说：

"不行。"

易师白问："上次接见我的那个老陈，为什么不来呢？"

黄中经说："他呀，哼，你不用问他了。"

"那……那为什么？"

黄中经说："不要多问了，组织上决定疏散，我们就马上疏散吧。"

易师白想了一下，无可奈何地说：

"好吧，疏散吧，我们疏散到哪里去呢？"

黄中经说："你一个人自己去找一个地方，把通信处告诉我，以后形势好转了，我们会来找你的。"

易师白马上显出很不愉快的样子说：

"不行，我和你一块儿疏散，你到哪里去，我也到哪里去。上次鲁东忽然把我丢下就跑了，害得我费了好大功夫，才把你们找到了，这次又是这样吗？党可以这样无情地抛下群众不管吗？"

易师白的话的确有道理，黄中经想，为什么非要分开疏散不可呢？我们两个在一起，不是更好吗？他对易师白支吾着说：

"这个么，让我再考虑一下，再告诉你。"

黄中经当天晚上去找了骆宏图，要求和领导同志见面，问一下他可以不可以和易师白一块儿疏散。骆宏图马上很严肃地对黄中经说：

"我已经传达给你了，领导上特别交代，要你们分开疏散，你的地址，绝对不许叫别人知道。同志，坚决执行吧。"

黄中经正和骆宏图说着话，易师白忽然跟在黄中经后边来找他来了，说："老黄，我到处找你，走吧，我有要紧事和你商量。"说罢，和骆宏图打了一个照面，拉起黄中经走了。

在回宿舍的路上，易师白对黄中经说：

"我已经找到一个很安全的地方了，你和我一块儿去吧。"

黄中经说："不行，我又问过了，还是分开走的好。"

易师白奇怪地看着黄中经说：

"你问过了？哦……既然这样，也只好这么办了。"

三

陆胜英到他的老板那里去汇报工作，陈老板告诉他，最近参议会又有人在鼓捣，问省政府对于非法逮捕青年的事，为什么不赶快"彻查具复"。外面也很有些人在议论"青年训练班"的事情。显然，这些议论对于陈老板大肆吹嘘的"民主政治"，对于他要办一个"模范省"的喧嚷是很不利的。陈老板问他，叫他精心设计破坏狱中共产党的计策，设计得怎么样了。陆胜英报告说，陈醒民被揭露了，童云又打不垮、拉不动，一时还没有想到什么办法。

陈老板慢条斯理地打开烟盒，拿出香烟来点上，站起来在屋里走了几个圈子，不断地搔着他那花白的头发。陆胜英完全明白，他的老板这时正在作严重的抉择，而且大概已经找到了什么好主意，因为他又坐了下来，跷起二郎腿，很悠闲地吸起烟来了。果然，他慢悠悠地对陆胜英说：

"现在该迅速进行政治甄别，把那些左倾青年赶快放了，只把那些货真价实的共产党搞出来留下，必要的时候把他们转移到另外的地方，风声就小了。要想甄别清楚，只有钻进他们的活动里去才成，因此我决定把148号调出来，叫他把'红旗'搬到你那个监狱里去，你要想办法把他染得红红的，钻进共产党的肚子里去兴妖作怪。"

陆胜英十分高兴，陈老板把他的一张王牌148号都打出来了，这一回准能打败贺国威了。陈老板看出他的部下这种情绪，严肃地告诫他说：

"你不要以为他们是好对付的哟，你看你这个老资格，还不是上了贺国威一个老大的当吗？"

这一句话像一个晴天霹雳。他一直把误杀常来顺的事隐瞒着没有报告，怎么他的老板竟然知道了。这到底是谁站在他的后边在向他放冷箭？现在他已来不及去想这些了，他只好诚惶诚恐地站了起来，低着头说：

"卑职该死，愿受处分。"

他的老板只是训斥了他几句，就叫他回去了。说实在的，他不能把陆胜英怎么样。在他这里，陆胜英也算得是对付共产党、"格杀打扑"的第一把能手了。

四

陆胜英汇报回来后，很不高兴，他往大藤椅里一躺，像一块重东西摔上去一般，那藤椅负担不起，也吱吱哎哎地呻吟起来了。他愤愤地想，到底是谁密报了他？他马上想到陈醒民，只有他才清楚地知道常来顺是遭他误杀了的，一定是陈醒民暗地把他的隐私暴露给谁，谁又偷偷在陈老板面前密报了。好呀，陈醒民，好狗杂种，你竟要想打我的翻天印了。好嘛，陈老板今天叫我再拉一杆"红旗"到狱中来，就借你的血来染这杆"红旗"吧。

他想到这里，从藤椅里跳了起来，叫人把看守长黄银和另外两个特务叫来，研究了好一阵。然后把陈醒民叫来，对他说：

"陈先生，我们收到情报，共产党在学校里活动又猖獗起来了，特别是高农专校闹得最厉害，简直无法无天。我们决定在那里抓为首的分子，请陈先生带着黄银他们三个去行动，因为你对高农专校很熟悉。"

陈醒民自从自己的面目被贺国威和柳一清揭穿后，在监狱里再也不好活动了，也就是像陆胜英说的那样，丧失了自己的"价值"了。陆胜英劝他下海干到底，他想他再也没有什么别的出路，而且对于特务那样抱着"铁饭碗"、估吃霸赊、逍遥自在地过日子，也确有几分羡慕，便答应了。他也很想来做一番事业，在外面到处奔走，总想在什么地方碰到任远和王东明，他就算碰到了财神，可以发财高升了。但是这一阵的努力并没有获得什么效果，不要说任远和王东明的影子没有看到，连过去他领导的党员，甚至熟悉的进步分子也没有捞到一个，在清江中学他发展的两个学生党员，过去陆胜英不叫去捉，怕因此暴露了自己的叛徒面目，这回去捉，却早已远走高飞了。只是为了出个人的气，糊里糊涂地把五峰山下的那个老实农民伍忠良逮进来了。最使他不安的是，他感觉到自从上次陆胜英误杀了特务常来顺后，就慢慢对他有些怠慢了，不大相信他，并且有机会就要克他一顿。他不知道这是什么原因。今天忽然又叫他去抓人，并且由他带队，而且把看守长黄银也置于他的领导之下，他又未免有些受宠若惊了。他振作起精神来对陆胜英说："是！"他又问一句：

"捉什么人？"

陆胜英有兴趣地看着陈醒民说：

"捉一个叫黄中经的共产党员，还有一个叫骆宏图的，还要捉一个叫易师白的学生。"

陈醒民以为是捉谁呢，骆宏图他不知道是谁，黄中经和易师白却原来是他领导过的学生。上次他进来不久，就曾经给陆胜英提供情报，要抓这两个人，一个是道地的共产党员，一个是十分活跃的进步分子。但是那一次陆胜英没有批准。陆胜英对他说："陈先生的积极性，令我们高兴，但是把你认识的人都逮了进来，岂不是要引起共产党对你怀疑吗？"这果然有道理，所以当时没有去捉。陈醒民的身份暴露后，他认为再没有什么顾虑，可以动手了。他在外边东奔西跑，什么也没有捞着的时候，又建议去高农专校逮这两个人，还是给陆胜英挡住了。真不明白是什么道理。今天到底轮到抓他们了，而且把这个立功的机会给了他，这是手到擒来的事，他自然高兴。他问：

"什么时候动手？"

陆胜英对于陈醒民的积极性也表示满意，他对陈醒民笑一笑说：

"就在今天晚上。"

陈醒民说："好。"

陆胜英说："不过你要注意，你要化一下装，千万不要叫他们认出你来了。"

陈醒民说了一声："当然。"就站了起来，简直跃跃欲试了。

陆胜英用手示意，叫他坐下，对他们四个人说：

"你们今晚上行动，也要特别留神，要少惊动人，免得他们人多势众，把你们轰出来。还有，在任何情况下，不准开枪，我要的是活的。"

陈醒民又卖弄聪明似的回答：

"当然。"

陆胜英笑嘻嘻地对陈醒民说：

"陈先生，你的神通不小，今晚上就要看你使出你的本事来了，我祝你马到成功。哈哈哈。"他回头又对黄银说：

"你们都要好好帮助陈先生哟！"

黄银点头说："是！"

他们四个人一起下去——不，应该说是陈醒民领导他们三个人，下去准备行动去了。

五

天黑尽了。

陈醒民把黄银为他准备好的日本式假胡子用胶水贴在上嘴唇上，戴上一顶宽边礼帽，拉得低低的，几乎把眉毛都盖上了。穿上黑色中式密扣短上衣，在腰里别上一支左轮手枪，口袋里放好一副新式的轻巧的手铐。他的这一副打扮、戴的这一套行头，要不是因为身体太瘦，撑不起架子来，那气派真是要和站在他旁边冷笑着的老牌刽子手黄银媲美哩。

他们四个人打扮好了，在黑暗中，向高农专校走去。黑暗的夜晚，对于他们，无疑是最好的活动时刻。

他们并不费事，就混进学校里去了，而且一直找到了骆宏图住的宿舍。同学们刚上完晚自习，正回寝室睡觉，一个特务轻轻叩开门，问：

"骆宏图同学在吗？"

一个同学伸出头来，看这个特务的打扮，已经明白了八九分，马上回答：

"他不在了。"

"到哪里去了？"

"昨天晚上他接到家里来电报，说是母亲病重，今天一大早就进城坐车回家去了。"

"真的吗？"特务有些吃惊。

"是真的。你看嘛，电报还在他的书桌里呢。"那个同学在桌上拿出一张电报纸来。

"他什么时候回来？"

"他说过几天就回来。"另外一个同学回答。

"好，好，我过几天再来找他。"特务接了电报纸就退出去了。

陈醒民、黄银他们三个在宿舍外的操场上等着，特务把电报交给黄银，黄银看了一下电报，往地上一丢，说：

"坏了，昨天没有盯住他，溜了！"他早已忘记了陈醒民这个行动组长的身份，发起命令来：

"快走，别叫那两个也飞掉了。"

陈醒民被动地跟着黄银走到另外一个学生宿舍，他才知道黄银对这里看来并不陌生，进出的门道都很熟悉，简直用不着他引路，就走到黄中经和易师白住的宿舍了。

黄银叫陈醒民去叫门。陈醒民去拍门，叫：

"黄中经同学在吗？"

"找什么人？"屋里在问，电灯开亮了。

"我找黄中经同学。"陈醒民用很斯文的声调说。

门开了，伸出一个头来，是易师白，他看到在黑暗的走道里站着这样打扮的几个人，完全明白了。他砰的一声把门关上，插上门闩，对黄中经叫：

"坏了，特务！快翻窗子跑！"

黄中经像听到了晴天霹雳，但是没有时间让他思考，下意识地跟着易师白翻上后窗，跳了下去，跌了一下。易师白倒很镇定，拉黄中经起来就向操场边跑。易师白顺手在操场边的栏杆边捡起一根木棒，对黄中经说：

"你快跑，我来断后，老子和他们拼了！"

黄中经不同意，说：

"不，一起跑吧。"

黄银在门外眼见一个人把门关了，上了门闩，知道他们要翻窗逃跑，马上对陈醒民和另外两个特务下命令：

"快，陈先生，你们三个到房后去拦截，我打门进去。"

陈醒民身不由己地跟着那两个特务跑出宿舍，往屋后去了。黄银猛力一脚，把木门踢开了，一见窗户大开，就知道跑了。他几乎不费力气，纵身一跳，就上了窗台，再一步就跨过窗口，跳下去了。他在喊陈醒民他们：

"快往操场追过去，捉住他们！"

陈醒民似乎现在才意识到他是今天的行动组长，骆宏图已经溜了，眼见这两个也想溜掉，这个干系可不小。于是他拿出最后的力气，身先士卒，跑在那两个特务的前面，那两个特务渐渐落后了。陈醒民像一条凶猛的猎狗，提着左轮枪直向前追去。黄中经和易师白从操场转到墙角后面去了，陈醒民毫不迟疑地追了过去。黄银在后面跟来了，在喊：

"把他们抓住！"

黄中经和易师白转过墙角，回头看了一下，在黑地里跟来一个人，后面几个隔得稍微远一些，易师白对黄中经说：

"打这家伙一闷棒，才跑得脱。"说罢，高高举起棒子，在墙角边等着，前头这个特务追来了，他并不警觉，冒冒失失地转过墙角来，易师白照他的头上，下死劲儿狠狠打了一棒子。

"哎呀！"一声，陈醒民只觉得天旋地转就倒下去了。易师白又照他头上猛打一棒，对黄中经说："快跑。"黄中经跟着易师白回头顺操场的墙边跑过去。

"哎呀，坏了，这面没有路，墙翻过不去，怎么办？"他们没有想到走到一条死路上来了。易师白说："没有别的路了，老子跟他们拼了，打倒两个咱们就够本！"他把滴着血的棒子又举起来，站在墙边，等特务们转过来。

但是特务们不上当了，他们三个，小心谨慎地大包抄过来，一步一步逼紧了。黄银先用手枪往前一伸，马上缩回，易师白狠狠一棒打下去，落了空，棒子还没有再举起来，三个特务早已跳到他们面前。黄银大叫：

"举起手来！"

再也没有办法了，易帅白丢下棒子，举起手来；黄中经没有举手，却已经被另外一个特务擒住了。

黄银用电筒在他们两个的脸上照了一下，咬牙切齿地说：

"好呀，你们胆敢打死我们的人，回去慢慢跟你们算账，走！"

"老子跟你们拼了！"易师白忽然跳起来，想和黄银拼命，被黄银一拳头打倒在地。

"你老实点！"

特务用一副手铐把黄中经和易师白铐在一起，特务牵着走过操场，许多同学在宿舍门口议论：

"打死了一个特务！"

"抓走了两个同学。"

黄银对空放了一枪，大叫：

"回去，回去，这里没有你们的事！"

他们走到墙角，黄银用电筒照在地上，黄中经和易师白看见地上躺着一个特务，脑袋已经被打破，脑浆迸裂，面孔已经血肉模糊，看不清了。

黄银说："好吧，有你们还债的时候。"回头对两个特务说："找副门板，抬回去。"

黄中经对于易师白的英勇搏斗，十分敬佩，但是迟迟不走，却太麻痹，他们走在路上的时候，他对易师白说：

"看来上级叫马上疏散是正确的、及时的，可是我们走得晚了。"

"是呀，都怪我。"易师白不胜感慨地说。过了一会儿，他又说：

"我们要一块儿走上新的战斗岗位了，我们必须坚决进行斗争！"

"对，是应该这样。"黄中经说。

六

易师白和黄中经被捉进监狱后，和七八个难友关在一间牢房里，他们受到了难友们热情的照顾，把已经很挤的地铺，让出比较宽的一块地方给他们睡。易师白和黄中经同时说：

"谢谢同志们。"

易师白是一个十分热情的青年，在牢房里才坐了几天，他差不多和每一个难友都认识了。他热心地打听每一个难友是犯的什么案子，但是大家都遵照《革命气节道德教育提纲》上所规定的，并不对他说自己的详细情况，只回答说："和你一样，是'政治犯'。"易师白看大家都很谨慎，也就不再问了，并且表示很佩服。但是当他看到坐在他的旁边的一个青年在看国民党的《中央周刊》时，便一把抓过来，很气愤地说："同志，你怎么看这种瘟东西，谨防传染呀。"说罢，就要动手撕毁。那个难友笑了起来。一个还没有受到狱中党支部的教育的新来人，有这种情绪是很自然的。他冷静地对易师白说：

"打了防疫针的人是不害怕传染的。"

这一句话引来易师白很大的兴趣。他问：

"这样说，你是打过防疫针的吗？"

"我们都打过了，你也会打的。"

"谁来给我打呢？"

"自然有人来嘛。"那个难友又笑了一下，再也不言语了。

易师白知道这个监狱里，党一定在进行有组织的活动，他表示渴望知道这种活动，并且愿意接受党的领导，参加这种活动。

过不几天，他就实现了这个愿望。黄中经已经和狱中党支部接上了头，支部向他了解了易师白的情况，知道易师白是一个在高农专校里猛冲猛打的进步青年，特别是当黄中经向支部汇报易师白在拒捕的时候，打死了一个特务以后，支部更觉得这是一个很勇敢的青年，因此叫黄中经继续和他联系，在党的领导下进行活动。当他有一天对黄中经低声问：

"怎么不见有人来给我们打防疫针呢？"

黄中经有趣地说："已经来了。"

"我不知道呀。"易师白莫名其妙。

"现在不是就坐在你的身边了吗？"黄中经回答。

"怎么？就是你？"易师白略微表现出有些失望，他正期待着比黄中经更重要的人呢。但是他知道这种事是不能由他来选择的，他只好变得高兴起来，说：

"那好，老熟人。你和党已经挂上了吗？"

黄中经微笑着点了一下头。

又过了几天，易师白感觉有些不大愉快，除开黄中经外，同牢的难友都不愿意和他深入谈论。他估计也许对他还不够信任吧。他想，他在被捕的时候，打死了一个特务，难道还不足以表现他的勇敢和坚定吗？大概是黄中经还没有把他这一件英雄事迹对难友们宣传吧，这自然就难怪了。但是他只能埋怨黄中经，却不便于自动为自己去宣传去，这是有损于一个进步青年的面目的。于是他力求重新表现他的政治态度和进步思想来。他看到牢房十分拥挤，屋里总是有一股令人发呕的酸臭味，很多难友的身体都很虚弱，引起他理所当然的愤慨。他几乎是叫喊地说：

"这怎么能容忍呢？必须斗争，必须和他们展开坚决的斗争！"他紧握拳头，挥动臂膀。

大家对于这种生活条件当然是很不满意的，但是就是这种不够满意的生活条件，还是经过严重的绝食斗争才争取到的，一下要想提很高的要求是不现实的，而且狱中党支部在难友中享有很高的威信，党支部没有发动的事，谁也不想跟着这个新来的难友去振臂高呼。因此并没有人积极响应易师白，易师白感到有些败兴。但是他的斗争积极性并没有因此而有所顿挫，他坐在黄中经的身边，低声地对黄中经说：

"你为什么不向党组织汇报，把大家组织起来展开斗争呢？群众的利益能不关心吗？"

黄中经没有立刻回答他，黄中经想，易师白还是像在学校一样，一味想猛冲猛打，这种斗争的坚定性是可贵的，但是到狱中来了，什么情况也不清楚，怎么能提出切实的建议呢？难道只有易师白才看到了生活条件的恶劣状态吗？只有他才关心群众利益，党支部和这样多同牢的难友都不关心群众利益吗？看来易师白把问题看得过于简单了，应该对他进行教育。

当黄中经把自己想到的这些道理对易师白说了以后，易师白显出恍然大悟的样子，不断地"哦，哦"，表示同意。

黄中经和易师白被陆胜英分头传讯，不得结果，他们两个又分别被带出去刑讯去了。在走出牢房以前，易师白对黄中经激动地说：

"严重的时刻来了。"

黄中经沉着地说:"我们要经得起任何考验。"

果然他们两个都经得起考验,他们什么也没有说,一连几次刑讯,都表现得十分坚决,保持住了崇高的革命气节。特别是易师白,黄中经在刑讯室里听到易师白在隔壁被吊起来毒打,边打他边骂,直到昏死过去,拖回来泼了好几桶冷水,才苏醒过来了。一醒过来,他又骂起来,敌人简直把他弄得没有办法。当狱医来给他们治伤时,易师白竟然又骂起狱医来,拒绝医治。他又被拖出去挨了一顿,才被满头满脸裹着纱布条送回来。他大声地对黄中经说:

"请告诉组织吧,我并没有辜负党的教育,在学校里党领导我斗争过,在这里我也愿意在党的领导下斗争到底!"

易师白越是坚强,陆胜英对他越是有兴趣,一直和他纠缠不休。今天易师白又给弄出去了,大家都为易师白担心,知道他又要被特务打得遍体鳞伤,缠多少带血的纱布回来。过了几个钟头,易师白回来了,一点也没有受伤,只是拖了一副十几斤重的脚镣回来。他满不在乎,用手提起大镣的铁链走进牢房,弄得叮叮当当地响,似乎他很喜欢这种"音乐"一般,笑嘻嘻地坐下了。他对黄中经说:

"真是笑话。我姓易的是铁汉子,决心革命到底,酷刑压不垮我,几个臭铜钱还能叫我屈服吗?"于是他一五一十地把特务如何用钱收买他的经过,绘声绘色地告诉了大家。最后他把大镣的铁链丢在地上,决然地说:

"既然到了这里,就没有准备活着出去!"

易师白在狱中英勇斗争的事迹,特别是他在被捕时,打死特务的事迹很快传开了,大家都对他表示尊敬。但是他并不骄傲,他说,这都是他在学校时,党教育他的结果。他还说,他愿意接受党给他的任何任务,不论有多么危险,他愿意献出他的生命来。这种响当当的铁汉子的确是少见的,怎能不叫大家尊敬呢?

深秋已近,狱中忽然发生秋痢,拉痢疾的人相当多,传染很快。那个混蛋的看守长黄银简直没有想到要医疗和防治,狱中不得不展开改善卫生条件的斗争。在这一场斗争中,易师白表现得特别英勇,他使出他的那一股二杆子劲儿，乱打乱冲，连支部许多同志都觉得易师白是过于突出了，这样是很容易吃亏的。

果然，特务十分讨厌易师白，把他单独抓起来，除上脚镣外，又加手铐，单独关在重禁闭室里。这个室是最近才设立起来的，专门用来隔离那些他们认为最危险的"政治犯"。据去坐过回来的难友说，在那里既没有地方睡觉，又减少了囚粮，只有一个叫作窗子的小洞，光线很暗，在里面只有和成群结队的老鼠打交道。据说最令人难受的是脱离了集体，像被关在一个与人世隔离的坟墓中去了。

奇怪得很，陆胜英不知从哪里拾到一点人道主义，居然把易师白只关了几天重禁闭，又放回来了。易师白一进牢门，大家都高兴得把他举了起来。其他牢房有的难友听到易师白回来了，还通过各种办法传递纸条，向他表示敬意。

易师白收到难友们送来的这些致敬的条子，十分高兴，但是他努力掩盖这种高兴的情绪，谦虚地说：

"我是被党教育出来的，不应该向我致敬，应该向党致敬。"他说罢，把那些致敬条子一张一张折叠起来，藏在自己的身上。他坐近黄中经，对黄中经轻轻地说：

"斗争，斗争，坚决斗争，我多么渴望着斗争呀！老黄，告诉党，给我任务吧。我还想向党建议，组织越狱吧。我已经留心了门路了，只要党领导，我相信可以打出去。请让我站在斗争的最前列吧。"

黄中经劝他说："要沉着，前面斗争多着呢。"

黄中经把易师白要求参加斗争的心情向石峰反映后，石峰十分感动。这是多么淳朴而勇敢的青年呀。可惜，东错西错，他在外面竟然没有得到机会入党，在这监狱里面是再也不能入党的了，只好将来出去再说了。

石峰想，既然有这样多难友向易师白送致敬条子，足见他在难友中间有较大的影响，应该利用易师白的英勇斗争事迹来鼓舞大家的斗志。应该建议支部，以支部名义表扬易师白，号召大家向易师白的勇敢精神学习，不过这件事还要章霞再向柳一清请示一下再说。

七

柳一清虽然因为身体不好，一直起不来，但是易师白的斗争事迹，早就传到她的耳朵里来了。特别是他在高农专校拒捕的时候，打死一个特务的事，柳一清知道了，也为易师白的这种英勇行动所感动。她曾经叫支部向原来是高农专校的学生、后来被捕进来的同志打听，据说易师白在学校一直是一个进步分子，和党员一直有联系，在学生运动中也一直是天不怕地不怕的。看起来这个青年的确是一个好样儿的，进监狱来以后，表现也一直不错，敌人的酷刑并没有把他压垮，相反使他变得更为坚强了。唯一的缺点是这个人到处表现得过于突出，看来有浓厚的个人英雄主义思想。个人英雄主义是不值得号召大家学习的。而且他这样乱冲乱撞，对于整个斗争有什么好处呢？

"对了，对于整个斗争有什么好处呢？"这个思想像一个火星在柳一清的心中爆开，照清了她的思路。她想，像易师白这样一个勇敢的青年，为什么在狱外居然没有能够入党？为什么他进监狱来了以后，总是那样猛冲猛打，比一个共产党员还表现得英勇顽强呢？为什么他总是那样大喊大叫，个人突出，似乎很希望难友们了解他的勇敢呢？为什么敌人简直把他莫可奈何呢……一连串的为什么，柳一清怎么也回答不上来。这到底是怎么一回事？自从陈醒民的事揭露以后，柳一清常常责备自己，要不是贺国威，敌人的奸计就识不破，不知要带来多大危害。从那以后，柳一清就警惕多了，凡事总要在自己的脑子里多打几个圈圈，反复提几个为什么。今天章霞来替石峰请示表扬易师白的事，她不能不多想一想。最后她考虑到，不管易师白是不是好样的，表扬似乎还不必，可以一面鼓励他，一面却要告诫他，不要太幼稚了，要靠集体，要有策略。于是柳一清对章霞说：

"易师白这个同志的英勇斗争精神本来是值得鼓励的，但是同时应该教育他，斗争要有策略，有勇无谋是不能打胜仗的。胜利不能只靠单个战士的冲锋陷阵，还要靠坚强的领导、严密的组织和灵活的战术。"

柳一清最后告诉章霞说："你照这个意思去传达吧。"

在放风的时候，章霞找到了黄中经，黄中经和易师白两个正坐在墙边石条上闲谈。易师白在热烈地向黄中经提出越狱的建议和他看准了的门道。章霞走过去对黄中经打招呼，还向易师白笑了一下。章霞对于这个青年的勇敢顽强是很钦佩的，她简直想和他打招呼，但是她没这样做，只是笑了一下。黄中经知道章霞找他有事，便借故离开易师白，装着有意无意的样子，跟着章霞走去。章霞小声地向黄中经传达了柳一清的意见，黄中经也简单汇报了易师白关于越狱的建议，两人便分开了。易师白看到黄中经和这样一个呆头呆脑的乡下女人似乎很熟悉，心里十分纳闷。一会儿，黄中经又回到他身边，说了几句闲话后，黄中经便很严肃地说：

"支部叫我跟你说，你斗争英勇，是很好的，不过，你在斗争中过于突出了，这是不好的。单个人的勇敢是不顶事的，要依靠坚强的领导、严密的组织和灵活的战术。"

易师白听了，不觉一愣，心想：刚才还什么事也没有，这会儿怎么他忽然给我传达起支部的指示来了？……啊！难道那个呆头呆脑的乡下女人就是……他疑惑着，嘴里却很严肃地说：

"是呀，我知道我还有严重的缺点，我一定要遵照党支部的劝告，改正缺点。我请求党更密切地领导我，我向党保证，我一定坚决斗争到底。我要争取做一个彻底的革命者，一个党员。"

"好，好。"黄中经高兴地笑了。

章霞喜滋滋地带着易师白的越狱建议走了，她一路想，要是果真能越狱，贺国威、柳一清，还有其他许多难友，自然也有她的丈夫童云，都可以得到自由了。她一回到柳一清的谷仓里去，就高兴地对柳一清说：

"柳大姐，找到了越狱的门路了。"

柳一清莫名其妙地问章霞：

"什么越狱？"

章霞说："黄中经说，易师白向党提出了越狱的建议……"

"什么？易师白？越狱的建议？"柳一清简直莫名其妙。

章霞说："我去找黄中经的时候，他正和那个易师白坐在一起，据黄中经说，易师白又在向他提出越狱的建议，并且说他已经看到了门路了。他还要求站在越狱斗争的最前列……"

柳一清打断章霞的话，问她：

"你去给黄中经传达的时候，易师白也在那里吗？"

"不在那里，但是坐在不远的地方。"章霞回答，不明白柳一清为什么问这个。

柳一清把眉头皱起来了，很严厉地望着章霞说：

"你怎么不注意秘密工作原则呢？要知道，他是晓得黄中经的身份的，这一来不是很容易在一个进步群众面前暴露了你自己的身份吗？也怪我，和你说得太简单了。"

章霞低下了头，没有说一句话。她知道她今天太疏忽。这都是由于她太兴奋了，她对于易师白的英勇斗争精神太喜欢，对他完全信任了。

柳一清说罢，并没有理会章霞的难受，她突然为一种思想占据了：越狱？易师白向党建议越狱？并且他已经找到越狱的门路了？并且要允许他站在越狱斗争的最前列……这又是怎么一回事？为什么别的同志都想不到，也找不到这种方便的门路，易师白进来不久，居然就找到了呢？……易师白，易师白，他到底是一个什么人？……不，不，不能随便怀疑，他在拒捕的时候，打死了一个特务，黄中经亲眼得见，能够是假的吗？……可是，他既然打死过特务，陆胜英这个特务头子，又岂能和他善罢甘休？岂能不拿易师白去偿命？为什么易师白至今只受了刑法，没有别的什么事呢？啊，难道……

仓库里是阴冷的，柳一清却感觉十分燥热，她站起来，走到铁窗边，迎着吹进来的凉风，望着野藤上那快要残败的叶子，出神地想。

第十二章

一

　　黄中经和易师白又被提出去受审去了。同牢的难友正担心着呢。特务把易师白架回牢房，胡乱地摔在地上。易师白又受了刑，昏死过去了，衣服上到处都浸着鲜血。黄中经却没有回来。大家赶忙把易师白扶到地铺上去。他把眼睛睁开来望了一下，又闭上了，嘴里吐出一口紫黑色的血块，糊里糊涂地说：

　　"你们这些混蛋……你们这些混蛋……"

　　"易师白同志，是我们呀。"难友们把他摇醒过来。他吃力地望了一下周围，忽然变得有精神起来，坚定地说：

　　"请替我告诉党，我……什么也……没有说。"

　　大家都对易师白肃然起敬，真是铁打的汉子。有的难友竟然感动得哭了起来。易师白严肃地说：

　　"不要哭，我们要斗争，斗争，决死地斗争！"他毫不吃力地举起拳头，叫了起来。

　　有一个难友很为黄中经担心，问易师白：

"黄中经呢？"

"他吗？"易师白很沉痛地把头摇了几下，不愿意说。

"他怎样了？"那个难友问。易师白停了一下，才感叹地说：

"他再也不会回来了。"

"为什么？"

"他经受不住最后的考验，自首叛变了。这个可耻的东西！"

黄中经到牢里来，虽然没有易师白那样表现得突出，但是在几次刑讯中，仍然是坚持了下来，谁知道他在这最后关头叛变了。有人恨恨地说：

"时间，才是最严厉的审判官。"

"是呀，日久才见人心哩。"易师白一面呻吟着翻身，一面感叹地说。

过了两天，忽然在墙头上贴出来一张"悔过书"，在放风的时候，大家走拢去一看，末尾是署的黄中经的名字，还按得有指印。在"悔过书"的旁边贴着一张《清江日报》，上面用红笔勾出黄中经在报上登的"脱离异党启事"。同时还登了一篇黄中经招待记者谈话的报道，附有一张照片，在照片上黄中经正在举手说些什么的样子，都看得很清楚。大家一看就议论起来了，很多人都气愤地骂起来："无耻，无耻！"有的人还想去扯掉这张"悔过书"，被特务制止了。

和黄中经同过牢房的难友特别气愤，在这个监狱里的战斗集体中，竟然出现这样一个败类，大家十分痛恨。易师白最激烈，他咬牙切齿地说：

"我真是恨死了！"

过了一会儿，他又恨恨地说：

"这个叛徒不知道还出卖了多少同志。"

果然没有几天，章霞从柳一清的谷仓里被提走了。

章霞被直接带到陆胜英的面前去。陆胜英一见这样一个木脑壳，就有几分怀疑，难道她真是一个共产党员吗？这和贺国威、柳一清大不一样，完全没有他们那种气宇轩昂、傲然挺立的气派，而是半低着头，不出一声。陆胜英想，像这样一个人，一下就会压垮的。他忽然站起来，气势汹汹地走到章霞的面前，用狼一样的眼神，狠狠盯住章霞，好一阵不说一句话。章霞还是老样子，坐在那里，没有一点反应。陆胜英冒起火来，咬着牙齿说：

"哼！你以为你装得怪像！还是没有从我的手掌心跑脱。你该知罪了吧？"

"我不知道我有什么罪。"章霞还是很冷静地回答。陆胜英的威风并没有在这样一个普通女人的身上发生效果。

"啊哈？你还要装什么，黄中经把你们的什么事都供出来了，你还是老实点吧。你们在这里要搞什么阴谋都供出来吧。"陆胜英进一步逼章霞。

章霞想，果然是黄中经这个叛徒把自己供出来了，自己的身份看来是无法掩盖了。她知道在这种场合，不应该有任何犹豫，应该像一个共产党员那样在敌人的面前站起来。她忽然把半低着的头抬了起来，眼里发出炯炯的令人难以逼视的光芒，脸上凝聚着英豪的气概，坚硬、冷漠，有如用花岗石凿成的一样。她穿着粗蓝布短衫、大脚裤子，一双"改组脚"，这些构成她被看作一个家庭妇女的特征，现在一点也不能掩饰她那威武不屈的气概。她冷笑一下，对陆胜英说：

"我是一个共产党员。"

"我知道。"陆胜英说，"并且你知道狱中共产党的秘密领导人，黄中经没有说错吧？"

"我是一个共产党员。"章霞还是只说了这几个字。

"你知道这里面哪些是秘密的共产党，都说出来吧。说出来你就可以像黄中经一样，无罪开释，连你的丈夫童云都一起放出去。"陆胜英为自己没有费力就套出这个女共产党而高兴。他还梦想进一步套出共产党的活动来，他总认为这个女人比较简单，也许还可以利诱成功，因此对章霞许愿。

章霞听了，惹起一肚子怒火，她恨不得吐陆胜英一口唾沫。她昂起头来，用眼睛直视陆胜英的凶恶眼睛，说出的一个字又一个字像一颗一颗铁弹子，响当当地滚落在地上：

"我是一个共产党员。"

陆胜英气得七窍生烟,哼哼地大叫:

"你不说?自有东西叫你说,来人哪!"他用手在桌上捶得咚咚地响,章霞却轻蔑地望着他那暴跳如雷的样子。

几个大汉进来了,他们早已习惯于自己的职业,并不等自己的老板的吩咐,就把章霞架起来往屋外拖。陆胜英大叫:

"给我狠狠地整,这个乡下女人,看不出来这样硬。"

自从章霞从谷仓提出去审讯后,柳一清的心里一直不得平静。敌人为什么要审讯章霞?一定是有人出卖她了,但是谁呢?柳一清想到,章霞被提审以前,特务贴出了黄中经的"悔过书"和他在《清江日报》上登出的"脱离异党启事",还有他在记者招待会上洋洋得意的照片,看来好像是黄中经把章霞出卖了。她正想着,牢门打开了,特务把章霞拖进来丢在地板上。

柳一清迅速蹲下去看,章霞已经昏过去了,一身的衣服浸着血水,并且湿透了,特务大概不止一次用冷水泼过她的身体。

"章霞,章霞!"柳一清捧起章霞的头,着急地喊她,想把冷开水灌进她的嘴里去,但是章霞的嘴紧紧地闭着,灌不进去,好容易把她的嘴唇扳开,牙齿却像生铁凝住一样,柳一清发现在牙缝里渗出血来,在血里还混合着辣椒面,还有一股煤油的臭味。柳一清知道章霞受了"灌水葫芦"的刑法。"嗯——"过了好一阵,章霞才开始动弹了,鼻子猛烈地翕动着,忽然喷出一股煤油味的血水来。她把眼睛吃力地睁开了,看见是柳一清扶着她,她的苍白的脸上泛起一丝笑影,模糊地说:

"柳大姐,我没有……"过了一会儿,她又费了很大的劲儿才积聚起足够的力量说出了几个字来:

"叛徒……黄中……经……"

"哦,黄中经?你怎么知道是黄中经叛变了?"

章霞毫不迟疑地回答:"特务头子……当面说的。"

"哦,是这样!"柳一清的脑子里忽然不知道从哪里冲出一股巨浪来。

"该死的叛徒！"章霞恨恨地说。

"叛徒，叛徒。"柳一清不在意地随便附和着，可是在她的脑子里涌出来不知多少问号。黄中经叛变了，为什么他却忽然失踪了，躲着不出面？黄中经叛变了，为什么除开章霞，再没有一个他知道的秘密党员被提去受审？特别奇怪的是，章霞受刑讯、黄中经叛变，都是在章霞向黄中经传话以后发生的，这又是为什么呢？敌人把黄中经叛变的事情，宣传得这样有声有色，又是什么意思？……

章霞躺在那里，却没有想到这些。她深信不疑，是黄中经出卖了她的。她的身体虽然感觉很痛苦，精神却感觉分外愉快，她以自己能够经受住这一场考验而高兴，她想她一定可以经受住一切的考验。她拉住柳一清的手，内心里充满激情，对柳一清说：

"柳大姐，我很高兴……我相信，我可以永远……做一个真正的……共产党员了。"她把"永远"和"真正的"两个词说得特别重。

柳一清笑了，用手指为章霞梳理她那散乱的、为血块凝结了的头发，说：

"我也完全相信。"

黄中经出卖章霞和章霞遭受酷刑的事，以异乎寻常的速度在整个牢房里传开了。大家都为章霞的坚贞不屈表示敬佩，他们也像上次向易师白致敬一样，用各种办法传递来许多致敬和慰问的小条子。章霞读到这些条子，心里有说不出的温暖，她反复地读着，简直要掉眼泪。世界上还有什么比在患难中建立起来的同志之爱更珍贵的呢？

"'发亮的不一定都是金子'，这是什么意思？"章霞的手里拿着一张折得很皱的小纸条，打开来看到这样一句话，她不明白这是什么意思。

柳一清接过来看，啊，柳一清认识这种笔迹，这是贺国威写的。有许久没有见到贺国威了，要不是每天清晨和晚上能够听到他那声音虽然不大，听起来却十分悠远的歌声，简直以为他已经不关在这个监狱里了。他被严密地隔绝起来，从这一张条子揉皱的样子看，是经历了不简单的路程才送到这里来的。

"发亮的不一定都是金子。"啊，这一张条子像一颗火星落到柳一清的脑子里去，把她的脑子点亮了，原来在她的脑子里出现的一串一串的问号，突然都变成了惊叹号，柳一清不禁暗地叫了一声：

"原来是这样！"

章霞问："柳大姐，你说什么？"

柳一清说："这张条子是老贺写来的，他说得很对，发亮的不一定都是金子。但是，霞嫂子，你还是好好地休养吧，要准备新的战斗了。"

二

章霞又被提出去受审去了。柳一清站在牢门口望着章霞慢慢走去的背影，望着她那坚定的步伐，心如刀绞，她深深责备自己，好容易培养出来这样一个阶级战士，却由于自己安排不够细密，落到敌人的陷阱里去了。她相信章霞一定能够挺住，但是会有多少灾难落到她的头上去呢？

柳一清想：自从陈醒民的叛徒面目被揭露后，监狱里似乎平静了一阵子，但那不过是暂时的平静，新的风暴将要到来，敌人一定在酝酿新的进攻。但是敌人到底用多大的规模、用什么形式、从哪里开始进攻，柳一清暂时还摸不清楚。现在易师白和黄中经入狱了，章霞突然被提审了，敌人的进攻已经开始了，从贺国威的条子看，很有可能敌人在耍更其凶险的阴谋诡计。他们是不是想用易师白身上发散出来的光亮，来迷惑我们的眼睛呢？可是，"发亮的不一定都是金子"，必须把他的金光剥掉，还他本来面目。

陆胜英不死心，总想在章霞这样一个普通女人身上打主意。但是他已经向章霞反复问过十次八次的话：

"共产党的秘密领导是哪些人？"章霞也总是十次八次用同样一句话回答他：

"我是一个共产党员！"

残酷的刑法又落到章霞的头上，她仍然挺住，直到昏死过去。

陆胜英忽然觉察到让章霞和该死的柳一清住在一个房里，也许就是他失算的地方。无论什么人，只要和贺国威、柳一清这种共产党沾上边，马上就会被"赤化"，成为不可救药的危险分子，章霞这样一个普通女人的力量也许就来自柳一清。于是他决定不再把章霞送回柳一清的谷仓里去，而把她单独关在一个重禁闭室里，并且给她钉上大镣。章霞昏死过去后，特务用冷水把她泼了一下，没有泼醒，她被拖到重禁闭室里去了。

章霞被丢进一个小院里的土屋里，到半夜才醒了过来。黑洞洞的，她不知道这是什么地方。她起初以为还是在柳一清住的谷仓里，她的口感觉十分干燥，嘴皮似乎都要干裂了，她轻声地叫了起来：

"柳大姐，水……"

没有一点回声，只听到墙角有老鼠受了惊，从身边溜过去了。她吃力地用手摸了一下，是冰凉潮湿的土地。上面有一把枯草，她就躺在这一把枯草上。这到底是什么地方呢？她的脑子嗡嗡地痛得厉害，像被打碎了又拼起来一样，每一条裂缝都要散开了，她简直再没有力量把她的意志集中起来进行任何有条理的思考。她也没有办法翻一下身，只好这样躺着，直到天明。从墙上的几寸见方的高窗透进来巴掌大块的微弱光亮，落到她的身边的枯草上。她现在才看到这是一个窄小的土屋，土墙上还淌着水哩。除开听到窗外的寒风呼呼地吹进高窗的声音外，便是在墙角啾啾地叫着的野虫，听不到一点人的声音。这样的寂静和悲凉，简直像是被抛到世界的尽头来了。

章霞在早晨的微明中沉思起来。她被单独关到这个土屋里来了，这到底是在什么地方呢？从泼野的北风和繁密的虫声听来，这好像再也不是在监狱里，而是在一个荒无人烟的山林里。这真的是一间土屋吗？她怀疑起来，也许这淌着水的潮湿的土屋不过是一座坟墓，自己已经死了，已经到了另一个世界上来了。她感觉有些伤心，死亡对于她没有什么可怕的，但她不能忍受和难友们，特别是和柳大姐从此隔绝在两个世界里，再也不能享受和难友们一起战斗的快乐，再也听不到柳大姐的智慧的语言和看不到她的闪烁着自信的眼光了。再也没有比这更令人难堪的了。她不禁叫了起来：

"柳大姐，柳大姐，你在哪里？"

忽然她听到从远远的地方，像从一个绝谷的深处传来激昂的歌声：

> 放眼北国烽烟处，
> 抗日英雄意气豪。
> ……

这不是贺国威在开始唱他的晨歌吗？接着，从更远的地方，一种不很清楚但却更为激昂的合唱的声音，从北风中飘了进来，这分明是难友们在应和贺国威的歌声。

章霞非常高兴，她知道她并没有死去。她更其高兴的是她知道她还是被关在这个监狱里，没有被抛到荒凉的山野里。她努力挣扎坐了起来，用手吃力地把脚上的大镣铐换一换位置，使麻木的脚得到松动。哎呀，铁镣和脚上伤口上的血凝在一起了，像刀在切她的脚踝骨。她感觉全身的骨架都像散了，没有一个地方不痛。最难过的是头，头里面像胡乱塞了一把尖针一样，疼痛、麻木。但是她到底为贺国威和难友们的歌声所吸引住了，她心满意足地听着，并且低声和了起来：

> 金瓯重收拾，
> 人民齐欢笑，
> ……

忽然，有一个声音从潮湿的土墙那边传过来，接着她唱的歌唱了起来：

> 新日月，
> 红旗飘！

章霞感觉十分惊奇，难道这土屋的隔壁还关得有人吗？这到底是谁呢？但是歌声已完，再也听不到一点声音了。

章霞关在这土屋里一整天，除开特务开门来送水送饭外，再也没有听到别的人的声音。她怀疑她早晨未必真的听到隔壁有人在歌唱，这也许不过是她自己的心灵在对她歌唱罢了，她为自己的这种幻觉感觉可笑。

天黑下来的时候，特务来认真检查牢门和天窗是不是牢靠以后就走了。章霞正闭着眼睛养神，忽然听到土墙上有笃笃地敲打的声音，这和土墙角老鼠跑动的声音完全不一样，是人在敲呢。一会儿就隐约地听到一个声音从墙那边传过来：

"霞姐，霞姐！"

果然在隔壁屋里关得有人，而且一定是亲密的难友，才可能这样称呼她。她很高兴不是她一个人关在这里。她慢慢地爬过去，靠着湿墙坐下，然后吃力地用手捶土墙，并且低声地问：

"你是谁？"

大概因为她捶的力量不大，说话的声音又低，墙那边并没有听见。"咚，咚……"她又听到隔壁在用力捶墙的声音，一个更大的声音从墙顶屋瓦缝里传过来：

"霞姐，霞姐！你听到没有？"

章霞也用力捶墙，仰头用嘴对着墙顶屋瓦缝说话：

"我听到了。"

"你说大声一点不要紧，他们晚上在这里没有看守。"墙那边的声音说。

"你是谁？"章霞也用比较大的声音说。

"黄中经，我是黄中经。"

黄中经？黄中经不是叛变了么？怎么会关到这里来呢？章霞觉得很奇怪，她再也不想和隔壁搭腔了，这一定是敌人故意派黄中经来动摇她来了，她绝不能理会他。但是黄中经从隔壁坚持要和她说话，问她：

"霞姐，你怎么受了刑，被关到这里来了？"

章霞听了这句话十分生气，这个叛徒，还装模作样呢！不是你出卖了我，我怎么会被关到这里来呢？但是她没有回答，她不想理会他。

　　"我从上一次受刑后，就被关到这里来，有半个多月了。"隔壁黄中经仍然在说。

　　章霞还是不理会。黄中经却坚持说下去：

　　"他们用酷刑整我，我咬着牙什么也没有说，我很受了一些刑。"

　　章霞简直听不进叛徒说的这一套，她决定躺下不听。但是黄中经却老说不完。他问：

　　"你为什么也受刑？难道有谁出卖了你吗？"

　　章霞再也不能忍耐了。这个坏蛋，还要想来骗人呢！不如干脆戳穿了他的老底，免得他老在隔壁絮絮叨叨的，令人生厌。于是章霞对着屋顶砖瓦缝恨恨地说：

　　"叛徒，可耻的叛徒！"

　　"当然是叛徒，可是到底是谁呢？"黄中经问。

　　"就是你！"章霞直截了当地大声说。

　　隔壁突然沉默了，过了好一会儿，都没有声音。章霞想，这家伙被揭穿了，没有说的了。

　　"霞姐，你这话是什么意思？"黄中经忽然又说起来，声音带着十分焦急的意味。

　　章霞生气地一个字一个字地咬着牙齿说：

　　"什么意思？你，黄中经，是叛徒，出卖了我，就是这个意思！"

　　隔壁又沉默了，过了好一会儿，又听到黄中经在说话：

　　"霞姐，你弄错了吧？你在哪里听说我叛变了？"

　　这个家伙还想抵赖呢，干脆和盘托出，免得他再纠缠。章霞说：

　　"你还装什么蒜？你的'悔过书'还贴在牢墙上哩，你脱党的声明还白纸黑字地登在报纸上哩。"

　　"不对，不对，霞姐，我从来没有写过什么'悔过书'，更没有登什么报呀。"黄中经打断章霞的话，解释说。

　　"哼！难道你举行记者招待会，还得意洋洋地拍了照片，你能抵赖吗？"章霞愤慨地叫。

"我在哪里举行过什么记者招待会？我在哪里拍过照片？"黄中经着急地申辩。

"《清江日报》上清清楚楚地登着，还能是假的吗？"章霞质问黄中经说。

隔壁忽然又沉默了，又过了好一会儿，黄中经忽然说：

"哦，是有这么一回事……"

"哼！可耻呀。"章霞想，这家伙到底承认了。她不想再多说了，只恨恨地骂了这一句。

"不，霞姐，你听我说完。是有这么一回事，敌人有一次审问我，在场的有好几个外边来的人，我一个也不认识，也不知道他们是什么人。我决定学革命先辈一样，在敌人的法庭上义正词严地宣传我们党的主张。我记起来，在我讲话的时候，有个什么东西闪了一下光，我并没有在意。现在想起来，那恐怕就是在拍我的照片。可是那怎么能证明我叛变了呢？难道敌人的报纸登的，你也相信吗？"

章霞没有说话，她在想，真的，敌人报纸上登的，能相信吗？

过了一会儿，黄中经又说起来：

"这里面说不定有什么花招，这许多天我倒想起许多事来，我觉得易师白是一个值得怀疑的人。"

章霞奇怪地问："什么？你怀疑他？你怀疑他什么？"

"我怀疑他到底是一个什么人。有一次我们两个一起受刑，我昏过去了，被特务架回牢房。在半路上我醒过来了，我半睁半闭着眼，看到易师白也被两个特务架着在我的前面走，但是他好像受刑不重，虽是被架着，走路却挺有精神。我忽然听到易师白抬头对旁边的特务在嘀嘀咕咕地说了几句什么话，绝不像一个受刑的人对特务讲话的神情。在他旁边的特务用手戳了他一下，回头向我看一眼，易师白也回过头来看我一眼，见我像死了一样低垂着头，被特务拖着走，我仿佛听到易师白在说：'哼，他再过一个钟头，也醒不过来。'后来在牢房里我完全醒过来了，易师白却还昏迷着不醒哩。当时我想，大概是我受刑后，神志不

339

清了，在路上看到的情形不过是我自己的幻觉罢了，也就没有在意。可是这一次我却不能不怀疑了，这一次我还是受很重的刑，听见他在隔壁房里哎呀哎呀叫了一阵，后来我昏过去了，但是还没有泼水我又醒了过来，我半开着眼，看到他过来了，根本没有受刑，他和一个特务有说有笑的，他在对行刑的特务讲：'慢点！'说罢他拿一件衬衣塞在我的身边，浸了一些血，他又穿在身上了。另外一个特务说：'148号，'——我清楚地听到这样一个奇怪的叫法——'还要忍痛牺牲一点哟。'随后他们叽叽咕咕地又到隔壁房里去了。我大吃一惊，这到底是怎么一回事呢？现在想起来，我怀疑，也许他是……"

"也许他是什么？"章霞听了，也不能不怀疑起来了。

"也许他是一个大坏蛋，也许是一杆骗人的'红旗'，不，不是也许，他一定是一个大坏蛋！"黄中经肯定地说。

章霞沉默了，想了一会儿，忽然吃惊地说：

"哎呀，一定是了。敌人根本不知道我是党员，为什么那次我找你谈话以后不久，敌人就整我呢？并且一口咬定要我说出这里面党的秘密领导人呢？一定是他看见我和你谈了话，你就去找他传达支部决定了吧？他一定猜出了我的身份了。"

"糟糕！"黄中经说，他不是为他受了易师白的欺骗、为他被出卖而难过，他是为易师白的阴谋还没有为别的同志识破而着急。但是他现在被隔离了，没有办法和别的同志通消息，怎么办呢？

章霞想到的和黄中经想到的一样，只是她更着急一些，她不住地说：

"怎么办呢？怎么办呢？"

三

章霞又受了一次刑讯，她仍然挺住了，似乎除开"我是一个共产党员"这一句话以外，别的什么话都从她的脑子里忘却干净了。她的身体越来越坏，只要动刑，一定昏死过去，连泼几桶冷水都泼不醒，于是又照样拖回黑暗的小土屋里去。在那里她得不到医疗，刑伤恶化，发着高烧，她吃很少一点东西，有时候就昏了过去。章霞想，难道要在这黑暗中、在成群的老鼠的包围中，献出自己的生命了吗？对于死亡，她一点也不感到恐惧。她在这一生中，曾经好几次想到死，但总是偶然地活出来了，而且越活越有意思。她想到假如在她被侮辱和被损害的少年时代死去了的话，不过像一只蚂蚁被人踏死一样，无声无息地就从这个世界陨灭了。现在却不一样了，现在她是以一个共产党员的身份死去的，正像柳一清告诉过她的那样，她是为无产阶级的革命事业斗争过来的，曾经享受过人生最大的快乐和幸福而后死去的。虽然她没有能够和柳一清在一起走向那庄严的刑场，没有热情地和留下的难友们告别，甚至没有一个同志知道，她就无声地在这黑暗的小土屋中死去了，她也并不难过。但是现在她有一个强烈的愿望，要活下去，因为易师白是一个大坏蛋，还没有告诉柳大姐呀，怎么办呢？

章霞忽然想起童云来了。当她一想起她的丈夫来的时候，童云的影子就生动地站立在她的面前，还是那样清瘦，还是那样文静地站着不说一句话。她抬起手来，想要去拉他的手，好叫他和她一块儿坐在枯草上，她要赶快告诉她的丈夫，易师白是一个红皮白心的大坏蛋。但是她的手落了空，什么也没有抓住。她抬头看，童云似乎仍然站在那里，甚至还在微笑哩。

"呵，童云，你快去告诉柳大姐吧。"

那站着的影子似乎听懂了她的话了，忽然不笑了，而且眉头紧锁起来，眼睛里闪着泪花，那泪花像火星一样，一颗一颗地落下来，落在身旁的枯草上，把枯草点着了。过一会儿童云却不见了。哦！却原来是一片稀有的霞光从高窗投射进来，落在枯草上。

章霞一想起童云，忽然有了主意。她一定要和童云见一次面，哪怕她的最后一口气快落了，她也想和自己的丈夫见上一次面，她一定要把易师白的事告诉她的丈夫，传给柳大姐。

一想到这里，她想见童云的欲望越来越强烈了。决定用欺骗敌人的办法，来达到目的。第二天早晨，她对给她送饭的特务说：

"我不行了，叫童云来看看我吧。"

看守特务把章霞的病情和她要求童云来看她的事，向陆胜英汇报了，陆胜英几乎没有考虑就说：

"不行！这个婆娘实在可恶，吃了共产党的迷魂汤，怎么也不醒了。她要见她的老公，她不说出这里面共产党的活动，不行。再说那个童云，自从陈醒民给他们揭了底以后，他倒变得顽固起来了，给他说也说不通，诬也诬不倒，压也压不垮了。不准他们见面，除非供出人来，你就这样去对那个婆娘说。"

看守特务要退出去了，陆胜英又叫住他，对他说：

"不过要注意，这个婆娘的刑伤要是厉害了，还是要找狱医去医一下，不能真的让她死了，这样不好交账哟。"

"是，我马上找狱医去看看，都是外伤，虽说很重，只要治一下就会好的，死不了的。"看守特务说罢，退出去了。

看守特务回去对章霞说："我问过了，上级交代，你不答应我们的条件，说出这里面共产党的秘密领导人是谁，你休想看到你的老公。"

答应条件？说出狱中的秘密领导人？这是不可能的，这还不如自己死了的好。但是自己死了，易师白这个大坏蛋却没有被揭露，他混到内部来，坏处就更大了，怎么办呢？

怎么办呢？黄中经也在为同一的问题，苦思苦想，却想不出一个好办法来……黄中经忽然想起来，章霞不是说敌人硬栽诬他已经叛变，在《清江日报》上登出了退党声明，并且还硬诬赖他还举行过记者招待会吗？这些坏蛋真是凶恶，硬给自己戴上"叛徒"帽子，狱中党和难友们到底是怎样一个看法呢？也许把他骂死了。要是他再也不能从这隔离室放出去和难友们见面，他的冤枉会一辈子得不到申雪，一辈子背上叛徒恶名了。这怎么可以呢？易师白这个大坏蛋却在狱里以"革命英雄"的形象，招摇撞骗，这更是不能容忍的事。

黄中经想来想去，没有办法，他忽然想到，反正这一辈子要背叛徒的恶名声，还不如答应特务，我愿意自首，只要假自首了，他们放我出这里，有机会见到难友，我就揭穿易师白这个大坏蛋。那样敌人也许会杀掉自己吧，杀就杀吧，只要易师白能被揭穿，自己的罪名能被洗雪，牺牲又算得个什么呢？

但是，这怎么可以呢？黄中经又想起在狱中看过的《革命气节道德教育提纲》来了。那文件上面说，在任何情况下，无论是什么"苦衷"，无论用的真名假名，无论是在"自首书""自白书"，还是"声明书"上签字，只要动摇变节，向敌人自首，都是一种叛变行为，是永远得不到党的宽恕的。难道自己由于善良的动机便去向敌人投降吗？哪怕是假投降，也是变节行为，是不容许的。

四

童云的老婆章霞想看童云的事，在陆胜英的脑子里老是引起一些奇妙的幻想。也许正可以利用这两个人的夫妻之情来拉垮他们吧。他还想作一次最后的努力，于是他下命令提童云。

童云好久没有被提审了，今天忽然叫他去，不知道要干什么。

但是现在他几乎不需要难友们的"战前动员"了，他主动地对石峰说：

"老石，你相信我吧。"

石峰和别的难友们近来看到童云的精神状态越来越好，事事都走在前面抢着干，参加斗争比过去勇敢得多了，自然是相信他的。石峰对童云说：

"你去吧，我们信得过你。"

童云到了陆胜英的办公室，他不像初进监狱时那样猥猥琐琐的，也不像蜜蜂迷那样迷迷糊糊的了。他的头抬得高高的，挺着胸膛走进陆胜英的办公室。陆胜英还是那么彬彬有礼，对他很有兴趣的样子，招呼他坐下，对他说：

"童先生，近来怎样？好吗？"

童云看到陆胜英那副虚伪的样子，就感觉讨厌，他不想回答。

陆胜英又说："童先生考虑得怎样？还有兴趣到平民教养院去看一看那些遭难的蜜蜂吗？"

"蜜蜂？"童云像听到一个陌生的词儿，他为陆胜英那种嘲弄的调子生气。他冷冷地回答：

"见它的鬼去吧！"

"童先生没有兴趣去看蜜蜂，我们也不勉强。"陆胜英转过了话题，说，"但是童先生对于你的夫人还会有兴趣吧？"

章霞？呵，章霞现在怎么样了？她受了许多刑法，后来不知道被弄到哪里去了。童云问陆胜英：

"怎么样？"

陆胜英很为自己的猜测准确得意，他说：

"尊夫人病得快要死了，她想看看你……"

"什么，她病重了？"

陆胜英对童云的着急劲儿，看出味道来了，似笑非笑地说：

"她病重了，想看看你，你愿意去看看她吗？"

"当然愿意。"童云说，又补了一句，"什么病重了？她从来就是身体好好的，还不是被你们整的！"

"童先生愿意去看她，很好。"陆胜英提出他的条件来了，"那么你去劝她一下，叫她不要那么死心眼儿，交出她知道的共产党秘密领导人吧。你们马上就可以出去。"

原来是这样！童云几乎没有怎么考虑，就站了起来，像命令一般地对陆胜英说：

"送我回牢房！"

"你不想看你的女人吗？"

"我不看了。"童云说罢，就转过身去，想走了。

"童先生，难道你就这样无情？自己的老婆也见死不救吗？"

"我们是要救她的！"童云说罢，就自动地往门外走去。

"噫！"陆胜英不明白，他的幻想居然像肥皂泡一样地破灭了。他不明白为什么连童云这样的人也越来越变得这么死心眼儿。他忽然想起贺国威说过的"共产主义学校"来了。

童云回到牢房，难友们都来问他：

"叫你去干什么？"

童云把陆胜英又想来动摇他的事说了，他几乎是愤慨地叫了起来：

"他们把章霞整得要死了呀！"

章霞被隔离起来后，难友们一直不知道她的情况，不知道把她弄到哪里去了。听说她正在遭罪，快整死了，一股怒火在牢房里燃烧起来。石峰首先不能忍受，他叫起来：

"我们要救章霞！"

别的难友也跟着喊起来：

"我们抗议！"

"我们要求放章霞回来，给她治伤！"

"斗争！斗争！决死地斗争！"易师白喊得特别响亮，拳头握得紧紧的、举得高高的。

章霞被整得要死的消息，这个牢房难友们的怒吼，像野火一样，迅速传遍了所有的牢房，大家都为章霞的遭难而愤慨，大家要求绝食斗争，救章霞出来，给她医伤。

这个消息也传到了柳一清那里。柳一清听到了，十分难过。这样的战士，至死不屈，是应该用群众的力量救她出来才是。而且她最近有一个新的考虑，她认为用这个办法，要救出章霞是很有希望的。她前几天一直在想到底是谁出卖了章霞。黄中经？显然不是，敌人越是把黄中经隔开来，不叫他出头露面，越是在他的脸上抹黑，硬要把黄中经是叛徒的形象塞给大家，就越是证明黄中经没有问题，越是证明另外有人出卖了章霞。而这个人除非那个在牢房里总是努力把自己披上金光的易师白，不会有第二个人。她正在这样思考，不知道要怎样才能判明的时候，她又收到了贺国威辗转传来的一张条子，上面写着："水落石必出，图穷匕自见，要究根和底，除非搞密审。"贺国威的这个指示真是太好了，秘密审讯易师白，这样就可以弄个水落石出，图穷匕见了。

柳一清正在计划怎样搞监狱秘密审讯，忽然听到童云被传，回来报告章霞快死的消息，也听到难友们要求绝食抗议，救援章霞的呼声，更听到了易师白比谁都要表现得英勇坚决的情况。

好，在秘密审讯以前，正可以利用敌人玩的这种花招儿——想把易师白塑造成为"革命英雄"的花招儿，将计就计，等敌人答应放出章霞，给她医伤了，再进行秘密审讯。

柳一清通过乐以明作了布置，各个牢房掀起了援救章霞的抗议怒潮，站在这个抗议浪头顶上的就是易师白，他比谁都更勇敢一些，他大声疾呼，要进行坚决斗争，于是在选举抗议代表的时候，几乎各个牢房一致推举了易师白。易师白知道了，当然是很高兴的，但是他却表现出很谦虚的样子说：

"这怎么行呢？我还不过是一个新战士，我还连党员都不是呢。"

石峰说："怎么不行？你的勇敢坚强，可以保证你完成任务，至于党员，那是每一个革命者都可以争取得到的光荣称号。"

"真是这样吗？我有成为一个党员的希望吗？"易师白很有兴趣地问。

"党是向着每一个坚决的革命者敞开着门的。"石峰补充说。

"太好了。"易师白满意极了。

于是易师白表现得更为积极了。他毅然担当起代表的重任，并且去见了陆胜英，提出难友们的抗议和要求。

真是奇怪，不，应该说，易师白的神通真是广大，他去向陆胜英抗议后，陆胜英就答应放出章霞来，不仅答应放出来，并且特别优待章霞，把章霞送到监狱的卫生室去，特别请医生给以治疗。有难友到卫生室去看病，望见章霞住在一间白粉墙的病房里。

易师白回来，绝不自己表扬自己，人家问他提抗议和办交涉的经过，他也决不表露自己出了多大力气，那是和一个想入党的革命者的品格不相称的。他很谦虚地、恰如其分地说：

"我现在才知道群众组织起来有多么大的威力，我去找陆胜英提了抗议，警告他，要不答应，全体绝食到底，他就害怕了。"

石峰却说："我们的群众后盾是重要的，但是你这个锋利的矛头作用，也是不可以轻视的呀。"

易师白眼见有希望入党了，他心花怒放，他以为他今年真是流年大吉大利。

在这同时，柳一清布置好秘密审讯，只等待章霞的刑伤医治得更好一些就可以开始。童云兴奋地等待着报仇泄愤的一天快点到来。

五

吃过午饭，是特务们少来巡查牢房的时候，也是难友们看书睡觉的时候，童云看到石峰向另外一个同志悄悄地努一努嘴，那个同志就坐在铁栅子门边去了。另外的几个难友开始无所谓地坐到易师白和童云的身边来。童云知道要来的事就要来了。

石峰坐到易师白的面前去，易师白对这个外号叫"石头"的人一直有几分戒心，但是近几天来，石峰因为他当难友代表去向陆胜英斗争，取得胜利，对他另眼相看了，而且听口气，还有吸收他入党的希望呢。这太美了。所以石峰今天坐到他的身边来，他一点也不感觉紧张。他向石峰卖好地点了一下头，石峰很冷静地问他：

"易师白，你不是想争取入党吗？"

易师白没有想到，他日夜企求的事竟然来得这样快，他太兴奋了。他说：

"是呀，我多么想参加共产党呀。"

"当然，你是非常想……"童云插嘴。他差点想说"非常想钻进党里来"这一句如实反映情况的话，但是石峰看了他一眼，他改口说："你是非常想参加到共产党里来的。"

"是这样，是这样。"易师白说。

"那么我们要审查一下你的历史，你说一说，你是一个什么样的人呢？"石峰说了，神情相当严肃。

易师白没有报告自己历史的精神准备，听到这一句话，略微有点紧张。他不能一口气背出他的历史吗？他那自己认为、别的同事也赞扬的具有"光辉战绩"的历史，是背得烂熟的：他是军统特务训练班里的成绩优异的学生，在那里，他学成为一个文武双全的"全能特务"。但是他对于搞两面派的阴谋技术特别有兴趣，他精通对付共产党的"红旗政策"，于是他以各种号码的情报员的身份和特务机关联系，而以各种革命的假名字混入到这个那个进步团体去活动。工作进行得相当顺利，因此被派到延安去进抗大，他想混入革命阵营里去。但是这个理想没有能够实现，因为他经受不住真正的政治审查，而露出狐狸尾巴来了。他不得不逃出延安，回到重庆，又被陈老板调到这里来，埋伏在高级农专，他的老板在他的身上挂的牌号是'148号'，因而谐音改名"易师白"……但是他能在石峰面前背出这一段历史吗？当然是不行的。因此他要马上编出一套合乎眼前需要的"革命"历史来，的确是有一点紧张的。

但是对于易师白，这并不是什么困难的事情。他略微想一下，就编造出来了，他向石峰和童云讲他的出身、籍贯、年龄，在什么学校上学，最后怎样考入高农专校，认识了许多进步分子和党员，怎样办壁报、斗争，怎样被捕、打死了一个特务……

但是石峰实在听不下去了。童云特别不能忍耐，这个出卖了章霞，使章霞受尽毒刑的敌人，居然把自己打扮成为一个金光闪闪的英雄，他插进去问：

"你不要说那样多，你说你是一个什么样的人。"

"对了，你简单地回答一句，你到底是一个什么样的人。"石峰也说。

"噫，同志，你们问得真是奇怪呀！"易师白泰然地笑着说。

"是有些奇怪，你就老实回答吧，你到底是一个什么样的人。"石峰的话真像石头一样撞在易师白的心上，他有一点惊诧了。但是他马上把自己镇定下来，也许他们的入党就是要经过这样的严格询问吧。他沉着回答：

"我是一个什么样的人？你们都知道，我是一个政治犯嘛。"

"你知道章霞是谁出卖的吗？"童云问了。

"黄中经这个叛徒嘛，谁不知道？"易师白理直气壮地说。

"你怎么知道黄中经是叛徒？"石峰问他。

"他的自首书不是贴在那里吗？还登了报，拍了照片。"

"那他为什么忽然失踪了呢？"一个难友追问。

"我怎么能知道他为什么失踪了呢？"易师白嘴还很硬，神情却有几分紧张了，他掩饰地反攻一句，"哟，同志们，你们问我这些干什么？"

"你自己应该明白。"童云说。

易师白向周围看了一下，看见大家围了过来，神色很严峻，特别是坐在他旁边的童云，用愤怒的眼神盯住他。他感觉今天的空气不对头，但仍然努力做到不惊慌。声音提高了许多，说："喂，同志……"他指望外面能有特务听到他的话，他就得救了。

"你嚷什么？小声一点！"石峰命令他。

"为什么黄中经代表支部和你谈话以后，章霞和黄中经都被隔离了？"童云继续追问。

"这个，这个，我怎么知道，你去问特务去嘛。"

"我就是在问你这个特务。"童云咬着牙齿说。

"同志，不能这样血口喷人。我虽然不是党员，但是从狱外到狱内，我的所作所为，都是忠实于党的，哪一个难友没有看到？"易师白还想狡辩。

"哼！忠实于党？你忠实的是国民党，不是共产党。"童云气坏了，不揭他的老底，这家伙是不认账的，问他，"你到底是真受刑，还是假受刑？"

易师白无论如何没有想到童云拦腰杀出这样厉害的一枪，他愣住了，招架不住了，只是"这个这个"地支吾着。

"对了，你受的什么刑，让大家看看！"一个难友说罢，就动手扒他的衣服，另一个难友把他的裤管捋起来，大家清楚地看到，细皮白肉的，哪里也找不到一块受刑后的伤痕。

"嗬，原来是假的呀！你装得好像呀！"大家用愤怒的眼光盯住他，像火一样烧着了他。

"你们干什么呀！"易师白看到自己的面目完全被揭穿了，又提高声音，想惊动看守特务，他就得救了。谁知道现在正是中午，那些看守特务不知道到哪儿挺尸去了，一个也没有来。几个难友几乎同时上去用手掐住易师白的脖子，警告他：

"你敢叫，掐死你！"

石峰严厉地指着易师白的鼻子，细声地说：

"老实告诉你，今天是党在这里审判你。我们已经看了很久了，你休想抵赖，你要不说实话，我们一个人伸一个指头，就可以把你掐死，你叫也来不及。你要老实认了罪，说出实情，担保以后不干坏事，我们可以给你一条活命，你要放明白点！"

易师白这个"英雄"，眼见孤立无援，要硬挺一定是死路一条，管它的，先求个活路再说吧，只好低头了。石峰只有到现在才开始了真正的审问，对易师白说：

"你想活的话，我问什么，你就老老实实地回答什么。"

"是，是是。"易师白怕死得很，于是才开始说出他的特务代号是"148号"，他讲他怎样在学校里搞"红旗"，和陈醒民碰上了头，从盯陈醒民的梢，到怎样找到了童云，怎样和陈醒民的做神甫的哥哥和他的外国教父挂上了钩，商量好逮捕了陈醒民。陈醒民叛党后，又怎样叫他装成好人，稳住了童云，然后怎样逮捕了童云，并带他去假逮捕陈醒民，栽诬童云是叛徒。陈醒民又怎样从童云口中套出贺国威和柳一清的线索，逮捕了贺国威和柳一清。陆胜英怎样化装为罗士英，布置骗局，想叫童云上钩。陆胜英怎样叫陈醒民带人到学校去捉他和黄中经，他奉命打死了陈醒民，用陈醒民的血，染红了自己，树立起一杆"红旗"。他又怎样把这一杆"红旗"拖到监狱里来，怎样给黄中经献计越狱，企图破坏监狱里的党组织，怎样想找寻狱中的秘密的党员。在章霞给黄中经传话的时候，他发现了章霞，诬陷了黄中经，审问了章霞。他还讲到他们还准备把"红旗"拖出外面去，叫他和一批青年一起放出去，再到外面找党组织。最后他说：

"我说的句句是实。我再也不干坏事了，只求饶命！"

在易师白供认罪状的过程中，许多难友都气愤得不得了，恨不得伸手掐死他。还是石峰再三阻止，才没有动起手来。有一个难友问他：

"黄中经到哪里去了？"

"哦，这个……"易师白想支吾，"我不清楚。"

"放老实点！"石峰警告他。

易师白看赖不过，只好说了：

"就在前两天，黄中经已经被陆胜英杀了灭口了。"

一听到这里，难友们都气炸了，再也忍耐不住，都动起手来。童云狠狠地在他的头上敲了一拳头，易师白害怕极了，大叫起来：

"杀人啦，救命呀，救命呀！"

这几声大叫，惊动了看守特务，有两个特务跑过来一看，是犯人在打犯人，打得头破血流了。一个特务飞快地跑出去报告，一个特务开了牢门，他站在外边嚷嚷，却不敢进来。

难友们见易师白大喊大叫招来了看守特务，更是火上加油，便更打得厉害。易师白一看就要吃大亏，这个家伙是学过全能本事的，拳脚都很有几手，他跳起来招架，竟招架住了。石峰是这牢房里最有力气的人，他奋力向前，想把易师白按倒，易师白看石峰和大家一拥而上，来势不妙，便从腰里掏出早就贴身藏好的短铁尺，照着石峰的头上下死劲儿地砸去。童云在旁边看得真切，也不知哪里来的一股劲儿，奋身一扑，双手抓住了易师白拿铁尺的手，一把夺过来，反手狠狠地砸在易师白的头上。易师白立刻倒了下去，却还想挣扎起来。童云再也不顾了，举起铁尺，朝易师白的脑门心又是狠命一下，顿时易师白直挺挺地躺着不动了。

"住手！"陆胜英带着几个特务，手里提着手枪，冲了进来，正好

351

看到童云砸倒了易师白，气坏了，提起手枪向童云背上就是一枪。

"砰！"童云应声倒了。陆胜英叫特务把易师白拖到牢门口光线好的地方来看，到底伤得怎样了。一看，已经没气了。

这时大家围过去看童云，童云没有被打死，只是受了重伤。陆胜英回头对两个特务指着躺在地上的童云，下命令：

"把他拉出去，给我毙了！"

重伤的童云被两个特务拉了起来，他尽力把头抬起来，看着挤在两边牢房栅子边上送他的同志们，向他们告别，向柳大姐告别。他扬起手来，用全力喊了一声：

"中国共产党万岁！"

第十三章

一

在早晨的微明中，贺国威像往常一样，又用他那豪壮的声音唱起他的晨歌来了。他现在唱的是另外一支歌，他新近在狱中作的歌，是表现他在狱中的坚贞不屈的意志的，大家仍然把它叫作《清江壮歌》。

清江之水浪滔滔，
壮士横眉歌且啸。
为使人民求解放，
拼将热血洒荒郊。
东看雨花英魂远，
北望长城云梦遥。
雾散霞开天欲曙，
红旗满地迎风飘。

这声音穿过牢墙、铁窗，传到每一间牢房里去，大家也跟着唱了起来：

……
雾散霞开天欲曙，
红旗满地迎风飘，
迎风飘……

唱着唱着，天就亮了，那山城特有的浓雾慢慢散去。在天边，霞光万道，一片朝阳乘着歌声，笼盖着整个监狱。大家真的觉得那面鲜丽的红旗，在监狱外的田野上、在监狱后的高山顶、在监狱前的清江畔，飘动起来了，哗啦啦地响。

贺国威今天唱得特别带劲，他从隔壁这两位女学生那里，知道了昨天在监狱里曾经发生过什么事情。果然像他一直怀疑的那样，发亮的不一定是金子，易师白是一个"红旗"特务。这的确是陆胜英精心设计的一个大阴谋，这个阴谋要是实现了，不特在狱中的党员会完全暴露，被一网打尽，而且很可能他们把这一杆"红旗"和那些青年学生一起放出去，去破坏外面的组织。现在总算把这个阴谋打破了，"红旗"特务被揭穿了，而且被消灭了。使他又悲痛又激动的是童云的牺牲。童云这个同志，他在参加革命以后，不管他有多少严重的弱点和缺点，不管带着多么长的小资产阶级的尾巴到党内来，但是他到底在监狱里的斗争中，在敌人软硬兼施的阴谋诡计中，得到了锻炼，最后变得坚强起来，到死没有玷污共产党员的称号。这是狱中党支部对他进行教育的胜利。

看守特务送早饭来了。他才放下送来的饭，就喜滋滋地站在一旁，似乎有什么话要说，又不想说。贺国威想，你无非是想说昨天的事吧？他没有理会这个看守特务，只顾自己端起稀饭来喝。

那个特务到底还是忍不住，笑着说了：

"贺先生，你就要出去了。"

"什么？我要出去了？"贺国威听到这样一句话，心里暗自吃惊。

这句话是什么意思呢？在狱中对一个重要的"政治犯"说"要出去了"，这就意味着坐牢已经坐到头，牺牲的日子到来了。贺国威想，难道自己的最后的日子已经快来了吗？这当然是可能的，陆胜英的两张王牌，陈醒民和易师白都打出来了，结果还是输了，他没有别的骗得过人的花招儿，只好动刀了。他若无其事地问：

"什么意思？"

"去接你的老太爷来保你出去，你不是就快出去了吗？"

哦，贺国威万没有想到敌人在一切花招都使完，没有办法的时候，竟想出这样的诡计来。敌人用严刑和死亡来威胁过他，用名誉地位来诱惑过他，用阴谋诡计来欺骗过他，还派说客来和他辩论过，他都全无畏惧，从容地对付过去了。但是他没有料想到敌人会千里迢迢地到武汉去把他年迈力衰的老父亲拉来，当作武器，参加斗争。

贺国威相信这一关他也有把握闯过去。但是他不能不认为这是一个难关。他的父亲是一个正直而慈祥的老人，但是并不理解革命。他的父亲最疼爱他，他从小就被父亲用全副心力来抚养，对他寄了很大希望，一旦他的父亲到这监狱里来看到自己心爱的儿子遭受过毒刑，并且就要被人杀死，这对于一个风烛残年的老人，将是一个多么沉重的打击呀！贺国威相信自己就是在他的老父面前，也绝不会动摇，不会改变自己坚贞不屈、不惜一死以报革命的崇高气节。但是正因为这样，会给自己的老父带来多大的痛苦呢？

怎么办呢？贺国威不安起来。他忽然想到他的父亲现在在日本人侵占的武汉，特务怎么能够穿过前线去武汉接他的父亲来呢？于是他问那个看守特务：

"你们怎么能到日本人侵占的地方去把他弄过来呢？"

"嗐，贺先生，你是明白人，这是用不着使什么神通的。"

哦，原来是这样，国民党对共产党有壁垒森严的界限，对日本人却无所谓界限，他们早和日本人里勾外连，打成一片了。

这样说来，他们是能够把他的老父亲找来的。不行，应该通知外面的党，马上派人兼程赶往武汉去，阻止他的老父亲到这里来。他决心写一封绝笔信带去和他的老父亲告别。

贺国威花了一整天，躲避着看守的特务，按着他的父亲所能理解的文气和语汇，写好了一封给他父亲的绝笔信。第二天一大早，特务还没有来送早饭的时候，他把写好的信卷成一个小卷从秘密的板缝送到隔壁去，要许淑赶快转交给柳一清，设法送出去。

柳一清收到贺国威写的绝笔信，展开读了一遍，大大地为这一封悲壮的信所感动了。这种大义凛然的正气，真是如长虹贯日。一个人有了这样的革命胸怀，就变成一个纯粹的人、一个大无畏的人了。她觉得这是一份很好的狱中教材，她决定传抄几份给同狱的难友们学习。楼上的三位难友知道了这件事，急不可耐，他们用耳朵贴在板缝上，要柳一清念贺国威的绝笔信。柳一清念起来了：

父亲大人：

儿以革命有"罪"，被捕入狱，自分除慷慨就义外，别无他途。为天地存正气，为个人全人格，杀身取义，此正其时。行见汨罗江中，水声悲咽，风波亭上，冤气冲天。儿死何足惜，唯见革命未成，难以瞑目耳。

微闻此间已派人召大人来此，意在挟大人以屈儿，用心诡毒。然儿献身真理，早具决心，苟义之所在，纵刀锯斧钺加诸颈项，父母妻儿环泣于前，此心亦万不可动，此志亦万不可夺，盖家国不能兼顾，忠奸难以并存也。大人若果应召来此，非以爱儿，实乃害儿。此时千里跋涉，怀满腔忧虑而来；他日携儿尸骸，抱无穷悲痛以去。徒劳往返，情何以堪？万望大人止步，不以儿死为念。

胜利之路，纵极尚折，然终必导入新中国之乐园，将来红旗飞卷，大人晚景堪慰。今日虽怀失子之痛，苟瞻念光明前景，亦大可破涕为笑也。

临刑绝笔，务请节哀！

儿国威于狱中

"呜呜……"吴茂荪再也忍不住了，双手抱住头，哭了起来。伍忠良却是大张着眼睛，紧握着拳头，嘴唇在动，却叫不出声音来。

"唉，民族精英，都被他们斩尽杀绝了。"吴茂荪长长地叹了一口气。

"不，他们是斩不尽，杀不绝的。一个人倒下去，千百个人会站起来，我们没有理由悲观。"乐以明坚决地说。

"嘿，老子和他们拼了！"伍忠良用手狠狠捶打楼板。

乐以明说："需要我们牺牲的时候，我们不惜去牺牲，贺国威同志就是这样。但是我们不去和他们拼命。那太不值得了。我们是革命者，他们是特务；我们是金子，他们却是历史垃圾；我们是真正的人，他们却是披着人皮的豺狼，怎么值得和他们拼命？我们一定要设法保全自己，消灭敌人。总有那么一天，只要我们的手指头动一下，就会把他们全部压得粉碎。"

二

贺国威想用他的绝笔信去阻止他的年老的父亲到这里来，没有成功。因为任远和王东明收到柳一清送出来的信，已经很晚了。他们还来不及派人把信送到武汉去，贺老先生已经被特务不远千里地骗来，安顿在一个旅馆里了。

贺老先生是六十岁开外的人了，头发已经全白，像顶着一头霜雪。由于他是一名普通的中医生，收入微薄，一直过着清苦的生活，六十岁的人看来比七十岁的老人还要衰老，要不是自己是医生，同时，常常得到同行的帮助，恐怕早已卧床不起了。这次特务派人去武汉找到他，告诉他贺国威被捕入狱，非常想念他，要他赶快去设法营救。他听到这个消息，受了很大的刺激，几乎病倒。但是他为一种力量所支持，挣扎着，不计千里跋涉来看看自己心疼的儿子。

但是特务把他骗来了，却不准他马上去看自己的儿子，把他冷落在旅馆里已经有两天了。

　　这两天晚上，贺老先生一直没有睡着，他变得精神恍惚起来，许多往事，涌向他的心头……

　　贺国威在七岁的时候就死了母亲，由他的父亲把一个母亲的责任担当起来，一手一脚把他抚养长大。他的父亲是一个乡村中医生，收入很少，维持两父子的生活已经比较困难了，可是他的父亲还是省吃俭用，积下几文钱来，送儿子到一个私塾去读古书。老人家并不希望自己的儿子学成，将来去做一个安邦治国的人才，只想叫他认得一些字，跟着他学习中医，在乡村做一个安分守己、治病救人的医生就行了。

　　贺国威在私塾学习了几年，老师告诉贺老先生说，这孩子很聪明，不特能够流利地背诵那些"圣贤之言"，而且能够出口成章、吟诗作对，他说这孩子要早生二十年，一定可以做一个好秀才呢。

　　贺老先生听到这话，只有苦笑一下，他再也没有钱供孩子读下去了，为了糊口，只好把儿子送到省城一家他熟识的中药铺去学徒弟了。学徒弟是一种卑贱和痛苦的生活，每天天不亮就得起来，打扫铺面，挑水煮饭，侍候师父（就是这家药铺的老板）、师娘以及那些师兄师妹吃完早饭，才能喝到一口冷稀饭。白天的活儿就更不用说，忙得屁股都挨不着凳子，跑前跑后，拣菜、洗菜、切菜，还要向顾客送茶送烟。到了晚上，要给师娘倒尿罐子，夜里要等师父抽够了鸦片烟，侍候他吃了消夜，自己才敢蜷到破棉絮里睡去。他挨了几年打，师父却什么也没有教他，他只是偷偷记那些中药的名字。有一回，他的老父亲到省城来看他来了，见他那样清瘦和失魂落魄的样子，真是伤心极了，可是有什么办法呢？只有在走的时候，儿子送出门口，他才敢偷偷地拉着儿子那枯瘦的手，流起眼泪来，叹口气说："苦命的儿呀！"

　　后来贺老先生想方设法搬到省城来挂牌子行医，他的医道本来不坏，可是因为他没有钱去登广告，也没有钱去四下里打点，来上门求医的并不多，生活仍然十分困难。他幻想叫儿子跟自己学医的梦想一时仍然不能实现，只有一点使他高兴，他可以常常看到自己的儿子了。

这时候，大革命的风暴卷起来了，这个省城首当其冲，这城里的工人、店员都像发了狂似的卷到大革命的旋涡里去了。贺国威再也不想去死记那些黄连甘草、红花白芷、生姜熟地、川芎当归之类的药名了，他忽然像着了魔似的得空就走出药铺，和那些工人伙伴们一块儿上街游行开会，还日夜读着有五颜六色封面的新书和杂七杂八的报纸、刊物。他还约上一些熟识的工人和店员到他的父亲家里来高谈阔论，说些老人家无法理解的话。

贺国威的师父不能照老样子使唤这个徒弟了，很不满意，可是又没有什么办法治他，想开革他，又怕工人、店员成群结队地找他闹事，他只好去找贺老先生，要他管教自己的儿子。贺老先生有一天晚上细声细语地劝自己的儿子：

"你一天到晚不学抓药，东奔西跑干什么？"

"抓药？抓药能有什么用？"儿子回答。

"你的师父不高兴了，你端了人家的碗，就要服人家的管……"

"端他的碗？到底是谁养活了谁，还难说呢！他剥削了我这许多年，什么也没有学到，我还没有找他算账哩。"

父亲没有办法说服自己的儿子，只好叫他辞去药铺的事，回来跟自己苦挣。他说：

"那么回来跟老子学点医道吧，将来治病救人也是好事呀。"

"治病救人当然是好事，"儿子回答说，"可是当前最要紧的是救国，救了国才能救人。我们国家的病更需要医治。这个病就是被帝国主义和封建军阀这两个恶魔缠住，敲骨吸髓，虚弱不堪，真正是病入膏肓，快要不可救药了。治这个病才是第一件大事。"

贺老先生听儿子说出这样一篇大道理，无法再说什么。他虽然还不大能理解，但是他为儿子小小年纪却有这等志气，感到高兴。

大革命转入低潮，反革命得势了。贺老先生看见儿子再不是那么邀约三朋四友在家里进进出出、高谈阔论了。儿子变得沉默寡言，在圆润而稚气的脸上显出不相称的老练和沉着，在额上开始出现不应该出现的细细的皱纹，穿着普通工人衣服，不声不响地早出晚归。贺老先生明白自己的儿子正在从事一种危险的职业，但是他并不想去阻止他。只有在听说国民党在清党，白天黑夜到处抓人，城外边杀人如麻的时候，他才不能不为自己儿子的安全担心。

他每天晚上睡得很晚，也很难睡着，常常一整夜合不上眼，静听街上的动静。他一听到巷子里有人走动就胆战心惊，生怕有人来敲门。他不能忍耐地爬起来，点上煤油灯，到儿子的卧室里去。看到儿子一天奔波劳累后，沉沉地睡了，他才放心了。但是他看见儿子的脸上堆积着过多的忧患，他又心疼极了。有时，他走进儿子的房里，发现儿子也没有合眼，大概和他一样在谛听门外边的动静，便非常不安地问儿子：

"儿呀，很危险吗？你老实告诉爸爸吧。"

"爸爸，是很危险。但是不要怕。"

有一天晚上，夜已很深，他还不见儿子回来，便忧心如焚地在屋里走来走去。一会儿打开门看一下，又赶快把门紧关起来，生怕有什么人会钻进来。他实在等得不耐烦了，开门出去，独自一人漫无目的地在小巷中走来走去，东张西望地希望看到自己的儿子。但是没有看到，只好走回家里去，坐在儿子的房里发呆。他觉得他的儿子已经被那凶神恶煞般的侦探抓走了，而且不分青红皂白地绑出城外去枪杀了。听，砰砰的一阵枪响，这不是在杀人吗……贺老先生神经质地跳了起来，冲出门去。

在门口，他和自己的儿子撞了一个满怀，几乎跌倒。儿子赶忙把他扶住，奇怪地问：

"爸爸，你怎么了？"

"你没有被他们抓去吗？"他双手紧紧把儿子的两个肩头抓住，摇了又摇，在儿子的脸上看了又看，好像要弄清楚这到底是不是自己的儿子，儿子是不是还结结实实地活着。

"没有呀，我这不是好好的吗？"

"唉，儿呀，你把老子吓坏了。这个世道，怎么得了？"贺老先生有气无力地说。

"我在家里待不住了，我要走了。"儿子说。

"到哪里去？这个世道……"

"总有去处，我先到上海再说。"

贺老先生也觉得与其留儿子在家，一天担惊受怕，还不如让他去躲避的好，于是他同意儿子到上海去。

儿子到上海去后，一直没有音信，几年一混就过去了。他没有地方去打听儿子的下落，直到抗日战争爆发。

忽然，在一天傍晚，有人来叩他的门。他打开门看，一个清瘦的汉子微笑着，站在门口。这人年不过三十，却满脸爬着细小的皱纹。只是精神良好，目光炯炯，显得很老练和沉着。

"爸爸，你的儿子回来了！"他忽然听到来人这样说。他简直不相信自己的耳朵和眼睛，他擦了擦他昏花的眼睛再看，可不是自己的儿子吗？

他欢喜得热泪横流，他还像对待小孩子一样地拉着儿子在椅子上坐下来，捧着儿子的脸东看西看。然后笑了起来说：

"儿子，我的儿子。"眼泪滴得儿子满头满脸都是。

"爸爸。"儿子也端详自己的爸爸：头发白了，脸上皱纹越来越深了。

"这几年到哪里去了？怎么连信也不来一封？"

"我到上海不久就被捕了，在苏州坐了几年牢，怎么能给您写信呢？"

他明白了儿子这几年在外面吃了不少苦头。但是不管怎样，儿子现在总算平安地回到自己的身边来了。他想，现在国民党和共产党又合作了，担惊受怕的日子该有一个尽头了。

起初还好，他的儿子在武汉乡村促进会做抗日救亡工作，每天在家里大大方方地进出，没有什么。只是过于忙碌，好像一天二十四小时还不够他用似的，常常整夜不睡。于是本来不好的身体越发变得清瘦了，有时会无缘无故地发起高烧来，身上冒冷汗。贺老先生明白，这都是由于操劳过度，身体虚弱的缘故。他担心他的儿子这样下去会拖垮身体。

但是他从来不在他的儿子面前摆出父亲的威严架子，总是轻言细语地，像和儿子商量一样地劝他：

"儿呀，你这样要累垮的。一个人能挑多重的担子，自己应该明白。"

"爸爸，我何尝不想休息？工作太多呀。国民党不抗日，我们共产党不得不把抗日的担子挑起来。这担子确实不轻呵。"

"看你那个样子，你不特要把抗日的担子挑起来，你简直想把整个世界放在你的肩上扛起来。"

"我一个人怎么能扛得起呢？我们共产党是把世界的担子扛起来走，我不过是其中的一分子罢了。"

"你们共产党总是这样痴，吃亏的总是你们，别人却尽捡便宜。"

儿子笑了一下，没有回答。

过不多久，儿子向他告别了。儿子要到一个遥远的农村去工作，但是不告诉他到底是去什么地方。贺老先生明白，他的儿子再不是一只小雏儿，让他紧紧搂在怀里温存了，儿子现在已经是一只矫健的鹰，习惯于到暴风雨里去飞翔了。家庭的温暖，绝对留不住这个儿子了，他只好让他走。

儿子一去几年，一直没有消息。他只好默默地为他祝福，希望他平安无事，盼望着有一天抗战胜利了，儿子会像上次一样，一个黄昏，突然来叩开他的门，还是那样神采奕奕地站在门口……

谁知道晴天一声霹雳，国民党的特务来告诉他，他的儿子被捕了。

三

第三天早晨，陆胜英亲自跑到旅馆来看贺老先生。贺老先生不知道这是一个什么样的人，但是看他身上的那一堆肥肉，和许多人前呼后拥的样子，猜想是一个什么头儿。

陆胜英一进贺老先生的屋子里，便煞有介事地发号施令：

"怎么搞的？把老板叫来，贺老先生的屋子这样闷人和潮湿还行？换一个上等房间！"

这一下整个旅馆都忙起来了，有的帮助搬屋子，有的来送茶递烟。不过与其说是要故意显出对贺老先生的殷勤，还不如说是故意在贺老先生的面前摆威风。可是陆胜英却装出十分谦恭的样子说：

"贺老先生，这一趟长途跋涉，山高路远，真把你辛苦了。"

贺老先生从来就讨厌官场客套，何况明显看到来人的虚伪，他没有理会，也没有说一句话。

"到了这个小地方，又叫你老先生受屈了，你要多包涵点。"陆胜英还想努力在贺老先生面前树立一个好印象。贺老先生却不体谅陆胜英这一点，仍然很冷淡。他很想知道的是到底什么时候能去看自己的儿子。于是他问：

"我的儿子在哪里？什么时候去看他？"

"好说，我正是为你们父子团聚的事来找贺老先生商量的。"陆胜英还是那样很谦恭的样子，"想必你也知道，你的儿子被这里当局关押起来了，但是这是小事，案子不大，好办。我们特意派人千里迢迢请贺老先生来，是想找你商量……"

贺老先生很奇怪，来武汉找他的人明明说的是自己的儿子要看自己，怎么现在他们说是他们特意派人找他来的呢？他不禁插嘴问：

"你们不是说是我的儿子要我来看他的吗？怎么是你们……"

陆胜英这才发觉自己说漏了嘴，赶忙改口说：

"是呀，你的儿子想要你来营救他，我们也想找你来保他出去。"

"怎么保法？"贺老先生问。

"说实在的，你的儿子是一个人才，可惜误入歧途，中了共产党的魔道。想必你也知道，省主席是有名的青年导师，爱才如命，他也很有抱负，想要推行新县制，建立模范省。你的儿子青年有为，他很赏识，很想叫他出去做县长，或者到三青团里去负责。这真是千载难逢的机会呀。"

贺老先生对于升官发财毫无兴趣，没有反应。陆胜英却只顾讲下去：

"可是你的儿子执迷不悟，令人惋惜，所以请你老先生来劝导他一下，动以父子之情，促其自新转变。"

贺老先生完全明白了，这次他们把他找来，是要他来劝他的儿子投降。他先不准备表示态度，要紧的是看到自己的儿子。于是他说：

"让我和他见了面再说吧。"

"行。明天你老先生就可以屈驾到敝看守所来看他。"陆胜英说罢，假情假意地告辞出去。贺老先生这才知道这个人便是关押他的儿子的刽子手。

第二天上午，看守贺国威的小特务匆匆忙忙地跑到贺国威的牢房里来，对贺国威说：

"你的老太爷来了。"

"什么？"贺国威不禁有点惊异。

"你的老太爷来保你来了。马上要来看你。"

贺国威最不愿意看到的事要出现了，他最不愿意参加的斗争要展开了。看来小柳没有能够及时地把他写的信送出去，或者狱外党组织没有来得及阻止他的父亲到这里来。他的父亲的年纪已经很大了，身体衰弱，经历了长途跋涉之苦，还要来忍受精神上的极大折磨，怎么受得了呢？让他那瘦骨嶙峋的身体拖着沉重的脚镣，出现在风烛残年的老人面前，这实在是太难堪了。最好是不出去见他老人家，但是能办得到吗？敌人既然已经把他老人家骗了来，一定要把他拉出去见面。再说他老人家既然千里迢迢地来到这里，看不到自己的儿子也是不会走的。他估计敌人一定要动员他的父亲来劝他投降。他的父亲是一个秉性正直的人，从来讲求道德骨气，也许不肯答应他们。但是假使他们威胁他要杀死自己呢？他是非常爱儿子的，他能忍见亲生儿子被杀而无动于衷吗？这一次要给自己带来比以往任何一次更为严峻的考验是无疑的了，贺国威相信自己能够承受住考验。只是他知道他的白发苍苍的老父将要忍受失去儿子的痛苦，这对于他老人家实在是太大的精神打击，但是也说不得了。贺国威的心里虽然难过，但是他不能在处理这件个人私事中失去清醒的头脑。他马上坐下来，努力使自己镇静下来，把自己从感情的激流中拉出来，恢复自己的坚强理智。他想，自己应当有信心说服父亲，父亲是一个懂得大义的人，应当努力争取他同情革命。

正在这个时候，陆胜英亲自来看贺国威了。陆胜英微微地笑着，很有几分得意的神色，他对贺国威说：

"你的老太爷来了。他听说你在这里守法，十分难过，要求看你。我们准他来了，你马上出去见见他。"

贺国威听见这话，十分反感，明明是他们玩的把戏，把他的老父亲强拉来，却反说是他的父亲的要求，这是对他的父亲的侮辱。但是他不想去和他们辩论这个，他知道反正是要见面的了。他站起身来，冷冷地说：

"要见就见吧。"说罢就移动自己的沉重的脚步。

"别忙。"陆胜英听到贺国威移步时叮当的脚镣声，觉得这样出去见那个老头儿不好。他掉头叫道：

"来人哪，把贺先生的脚镣下了。"

"不，就这样去。"贺国威并不停止走动，毅然抬起脚来，迈过小门，跟特务走向陆胜英的办公室去。

贺国威拖着沉重的脚镣，叮叮当当地在走道里慢慢地走着，一步一步地走近特务的办公室。

他振作起精神来，用坚毅的步伐走向那个办公室的门。一个特务为他把门打开了，他立刻看见，满头白发、呆坐在那里的正是自己一别几年的老父亲。他才吃力地把大镣提起来跨过门槛，他的父亲像突然惊醒过来似的跳了起来，几步跨到他的身边，搂着他的消瘦的肩头，喃喃地说：

"我的儿呀，我的儿呀，看你给折磨成什么样子了！"他的父亲老泪横流，浑身发抖。贺国威似乎觉得自己的眼睛有点什么，但是一抬头看见陆胜英站在旁边微笑，很有兴趣地看着他们，像一个导演在看自己的演员的出色表演，他迅速站定，尽量把脸色变得冷漠一些，两眼闪闪发光地说：

"爸爸，谁叫您到这个地方来的？"

"他们说是你要我来看你的呀！"他的父亲噙着眼泪说。

"谁说的？"贺国威横眉怒目，扫射陆胜英。陆胜英没有回答，还是那样奸笑着。

"难道不是吗？他们说你日夜盼望着我来保你出去。"

"这是他们胡说！"贺国威又横了陆胜英一眼。陆胜英却满不在乎地说：

"是贺老先生自己要来的，还是你贺先生要他来的，或者是我们去请来的，没有什么争论的价值。要紧的是贺老先生已经来了，你们父子已经见面了，我们正可以来一个三头谈判，解决贺先生的问题。"他说罢，用手一摆，很客气的样子说：

"坐吧，坐吧，坐下来好说话。"

"爸爸，您怎么听他们的鬼话呢？"贺国威不理睬陆胜英，很惋惜地对父亲说。

"怎么？我们让你的老太爷免费旅行这样远，看到了儿子，还错了不成？"陆胜英辩解。

"看来，你请我爸爸免费旅行，请我住你们这种免费旅馆，要感激你们才对吧？"贺国威讽刺地说。

陆胜英知道，和贺国威舌战，是没有取胜的希望的，他转身对坐下来的贺老先生说：

"贺老先生，你亲眼看到了，你的儿子就是这样桀骜不驯。你要好好教训他，及早改悔；不然……哼！"

贺老先生一辈子没有遇到这样尖锐和复杂的情况，他不知道该怎么办，他不知道对自己的儿子该说些什么，对特务该说些什么。

"爸爸，您不该来。"贺国威又开口了。

"我的儿呀，我怎么能不来？我只要还有一口气，爬着也要来看你。"贺老先生又流下老泪，继续断断续续地说，"你的妈死得早，她就生了你一个。我好容易把你一把屎一把尿地拖大了，只说像我一样，做个本分人，过个清苦日子，一辈子相依为命，谁知……在这里……"

贺国威听了他的父亲的话，感到心里很痛，但是他的理智顽强地告诉他，是不能追随父亲的感情的野马走向危险的崖边的。他说：

"爸爸，您不要说了吧。"

"儿哪，我的心痛，我怎么能不说呀。"老父亲全身抽搐，泣不成声。

贺国威还是那样凛然不动，冷静地说：

"爸爸，您看到儿子了，您就回去吧，您的儿子向您老人家告别了。"贺国威不愿意望着爸爸那突然变得非常苍老的脸，他扭过头去，继续说：

"爸爸……从今天起，您就算……没有生我这个儿子吧……"

贺老先生没有说话，呆呆地看着自己的儿子。

陆胜英在旁边插嘴："贺先生，你这是在干什么？好像在交代后事了。我看还不至于那么悲观，事情还有挽救余地，只要你……"

贺国威听到这里，霍地转身站定了，直挺挺地，横眉立眼地望着陆胜英，用坚定的声音命令他：

"送我回牢房！"

贺国威说罢，头也不回地离开他的父亲，很坚定地跨出门槛。他是想回头再看看他的老父亲的，但是他没有回头，横着心走了。他听到他的老父亲追到门口，痛苦地在叫：

"儿呀！……我的儿呀！……"

四

贺老先生回到旅馆的第二天，陆胜英又来看他了。他又给贺老先生讲了许多好听的话，好像他们什么都好说，问题都在于贺国威太固执，一点也不懂通权达变的道理，还要贺老先生再去开导开导。他说：

"贺老先生，说老实话，我们对他也算是仁至义尽了，我们一不要他自首，二不要他投降。假如他肯改弦更张，出来帮助我们做些服务桑梓的事，要做县长也行，要当三青团的总干事也行。他实在不愿意帮我们的忙，愿意到延安，我们就送他去延安；他要到敌后抗日，我们也送他到敌后抗日去。只要他声明不在这里干共产党就行。"

这些话听起来很甜，但是还是没有能够打动贺老先生，贺老先生沉默着。

"若其不然，"陆胜英忽然用威胁的口吻说，"那恐怕就……"陆胜英把手一挥，像一把刀砍了下去，"当然，我们还是想有挽救余地，我们主席很赏识他这一表人才，不忍见死不救。所以你老先生还是再去劝劝他，动以父子之情，晓以利害。"

贺老先生没有回答，陆胜英就翻来覆去讲他那几句老话。贺老先生已经听得厌烦了，陆胜英还一点也不觉得，继续劝贺老先生。贺老先生最后终于答应再进狱里去一次。这不是由于陆胜英把他说服了，而是他想再去看一看自己的儿子。

贺国威回到自己的牢房后，努力排除脑子里的杂念，并且认真地检查自己的行为，有没有不妥当的地方。第二天早晨起来，心里就平静下来，几乎完全不想昨天的事了。他像往常一样，引吭高歌起来：

> ……我热血似潮水的奔腾，
> 心志似铁石的坚贞……

陆胜英忽然出现在他的牢房门口，嬉皮笑脸地说：
"怎么？共产党真是这样绝情寡义，不认父母吗？"

贺国威还不知道陆胜英又来干什么，说这句话是什么意思，他忽然看到他的老父亲弓着身子出现在牢房门口，他的心里不免又翻腾起来。他的老父亲又来看他来了。他从床上翻身坐起，想要下床来迎接他的父亲。但是他的脚上钉着一副大镣，要很快下床来是不可能的。他还没有下得床来，他的老父亲已经走近他的床前，用慈爱的眼光望着他，把他按在床上，叫他不要起来。

"好吧，你们父子叙一叙吧。"陆胜英说罢，退出去了。他知道前天的僵局也许主要是由于他在场才造成的，今天应该换换方式。

小屋里只剩下贺国威和他的父亲了，贺国威反而不知道从哪里说起。他脱口说出这样一句话：

"爸爸，你近来身体好吗？"他立刻觉得在最亲近的人面前，说出这样一句最没有味道的普通寒暄话，很是别扭。

父亲没有回答，只用手抚摸着儿子的瘦削的脸。过了一会儿，很难过地说：

"你看你自己的身体……你到底犯了什么罪，他们把你折磨成这个样子……"

"我的'罪名'就是共产党。蒋介石说，不杀尽共产党，死不瞑目。"贺国威说。

贺老先生听到自己的儿子这样说，心里越发不安。要杀尽共产党，岂不是儿子就没有出去的希望了吗？但是他想起那个特务头子昨天对他说的话，好像他们并不要过分为难贺国威似的。他当然更相信自己的儿子说的话是真的。但是他又很不愿意相信特务头子说的话是假的。也许这里面真还有什么通权达变之处呢，也许儿子还可以从这里找出挽救自己的办法呢。于是他试着问儿子：

"他们对我说，你是一个人才，不想过分为难你。这里，再也没有折中的余地吗？"

贺国威一听，就知道特务一定是在自己的父亲面前下了一些功夫，说了一些什么好听的话，因而在他父亲的头脑中唤起某些幻想。这是不好的，一定要打破这种幻想。他说：

"爸爸，您是个大好人，听了他们的花言巧语了。这正是他们不远千里把您接来的原因，想要您来替他们当说客，做他们的舌头。他们的花招总是这样，威胁不成，就用利诱，看来宽大得很，只要你有万分之一的动摇，对他们存一分幻想，他们就可以牵住你的鼻子，叫你一步一步跟他们走上罪恶的道路，残害革命。一个正直的人贵在名节，共产党人尤其重视革命气节。您愿意我失去名节，做千古罪人，为万世唾骂吗？"

贺老先生想，名节当然是第一要紧的。但是他们答应让儿子到延安去、到敌后去，对名节又有什么损害呢？他问儿子：

"他们对我说，只要你答应不在这里干共产党，就可以让你到延安去、到敌后去，只要脱掉他们的羁绊，成为自由的人，或去延安，或到敌后，一样革命，于你的名节有什么妨碍呢？"

"唉！我的好爸爸，您总是用好心眼看恶人，您总是对他们抱着幻想。您知道他们是什么东西？是披着人皮的豺狼。不管豺狼装得怎么善良，它总是想吃掉你。您想想看，他们若能轻易放我走，又何必把我抓起来呢？分明是想把我拖下水去，失了名节，再放我出去。这样，他们手里就有一根看不见的绳子把你拴住，你就只好做一只卑贱的猴子，由他们用棍子指挥，在他们的面前跳加官儿、翻筋斗儿了。您愿意看到您的儿子落到这种卑贱的命运里去吗？"

贺老先生把头摇了几下，表示不愿意。但是这将给自己的儿子带来怎样的结局呢？他想，为什么自己的儿子一参加革命，碰到的总是吃苦、受罪、流落、苦刑，不过三十岁的年纪，却在牢里住了许多年；现在正是雄姿英发、青年有为的时候，却被死亡像影子一样追逐着。为什么这样多灾难和不幸总是落到自己儿子的头上来呢？他叹了一口气，自言自语：

"唉，你的命运为什么……"

"爸爸，这不是命运，这是革命。"贺国威决心要冷静地对父亲讲道理，把他的父亲争取过来。不然，父亲老是纠缠在父子之情中，便会不自觉地被敌人利用起来向他进攻。他说：

"革命总是难免要遇到艰难困苦，难免要颠沛流离，有时要坐牢，甚至有时还要付出生命。但是革命并不是为了吃苦受罪，却是为了去找寻人民的幸福和快乐。革命有时候是要失败，但是我们却是为了胜利才革命的。也许有一些人来不及看到胜利就倒下去了，但是有更多的人会看到。就是倒下去的人，在他倒下去以前，也已经看到了胜利的曙光，也已经看到在他的面前展现出红旗如云的瑰丽景象了。"贺国威说到这里，抬起头来，从小窗望出去。他看到蓝天上红云飞动，好像那就是不停地飘动的红旗，他的脸上焕发出不可比拟的光彩，那么庄严、那么动人。他微笑着肯定地说：

"是的，他的确已经看到了。"

贺老先生不愿意相信儿子说的这种断头话，但是又不能不相信儿子讲的是道理。他分明已经看到摆在儿子面前的将是什么结局了。他不说一句话，默默地望着儿子的苍白而冷静的脸和一头坚硬而蓬乱的头发。他情不自禁地试着用手去理顺儿子头上挺立的头发，像他的儿子小时候那样。

贺国威忽然想起来，问他的父亲：

"爸爸，您没有收到我写给你的信吗？"

"没有。什么信？"

"我劝您不要来的信。"贺国威马上坐起身来，用手指甲在板床的木板缝里挑出来一张草纸，交给他的父亲，说：

"这就是那封信的底稿。"

贺老先生把纸片才展开，看到信末写着"儿国威绝笔"几个字，心里立刻凉了，他一句一句默读起来，才读了几句，脸色变了，手发抖了，他再也读不下去。只是喃喃地说：

"儿呀，儿呀……"

"爸爸，您真不该到这里来。现在看到儿子了，就回去吧。"贺国威正色地说。

父亲流着眼泪，沉默着。

"爸爸，不要难过了。您要为儿子高兴，儿总算没有辱没您的教诲，保持了一个共产党员应有的贫贱不移、威武不屈的气节。"贺国威继续说，"爸爸，我记得小的时候，您给我摆古，讲过多少古代的英雄豪杰，家国不能兼顾、忠奸不得并存的故事。我现在也正是这样。不，我是为了中国人民的解放，比那些人还要生得有意义，死得有价值得多。"

父亲点一下头，承认儿子说的是对的，可是……

贺国威又安慰了一阵，贺老先生才止住眼泪。他心里很悲痛，他看清楚了，摆在儿子面前的道路是：或者威武不屈，为后世人景仰；或者委身事敌，为天下人笑骂。再也没有两全之策了，他还能有什么话说呢？他喃喃地像是对自己在说，又像是对儿子在说：

"唉，名节是要保持的，名节……"

贺国威又对他的父亲劝说了好一阵。贺老先生也为自己儿子这种凛然正气所感动了，他虽然难过，却以有这样一个儿子而得到安慰。他沉默了好久，最后对儿子说：

"你的爸爸年老驽钝了，但是，你看我还能替你们做点什么事吗？"

这一句话使贺国威大为高兴，他终于把爸爸争取过来了。他本来有这样的想法，的确可以叫他的父亲为他们做一点事。他应该把狱中斗争的情况和党员的表现写一个报告，请父亲带出去交给党组织。可惜上次他的父亲进来，还没有准备到这一件事。不过现在还来得及。于是他对父亲低声说：

"我有秘密信要带出去。您可以对他们说，还想来看我一下，再劝劝我，争取再进来一次。您明白吗？"

父亲认真地点了一下头。

五

贺老先生第二次去会见自己的儿子回来后，特务们看见他的精神比上一次好得多了。陆胜英以为是他劝说儿子发生了效果，特地又跑来看他。所以当他对陆胜英说，还想去看儿子，再劝他一下，陆胜英高兴得像心里开了花，马上答应贺老先生第三次探监，并且命令旅馆好好照顾这位老先生。现在，陆胜英看来，一切希望都寄托在这个老头子的身上了。

贺国威等他的父亲走后，马上设法通知柳一清，要她把狱中的组织情况和党员的表现作一个机密报告，送给外面的党组织备查。这份材料柳一清很快就办好了，用拉丁化新文字抄好，送给贺国威。柳一清想，以后能够趁敌人不防备，带出东西去的机会不会很多了。她估计她和贺国威的"最后时刻"快要来了，她决定给任远写一封诀别信。

柳一清给任远写诀别信的这两天，感情激动，写着写着，有时竟热泪满眶。亲爱的人啊，永别了。你现在在哪里？……我以作为一个共产党人走完自己的一生的途程而感觉骄傲，我没有什么可以失悔的。只是小女儿的命运，这根共产党的幼芽会怎么样呢……她想到这里禁不住滴落了几颗眼泪在信纸上。她急忙用手指把信纸上的眼泪揩去，她不愿意叫任远在她的诀别信上发现泪痕。

贺国威向党写了一份报告，他没有来得及给他的妻子小徐写信，可是附上了他在狱中写的诗：《狱中歌声》。

三天之后，贺老先生又来探监。这一次仍然和上次一样，得到陆胜英的特许，没有特务在场监视，容许他们父子俩单独谈话。

贺国威把他的密写信揉成绿豆大一颗纸团藏在耳朵里，他当他的父亲面，偷偷用一根竹签子从自己的耳朵里拨出来，交给他的父亲。也叫他的父亲藏在耳朵里，什么检查也觉察不到。贺国威又把柳一清用几张薄纸密密麻麻写的符号和密写，以及柳一清给任远写的诀别信交给他的父亲，这个比较大一些，贺国威把这几张纸叠好压小，叫他的父亲压在腰皮带的铜扣后边，然后向他交代出去接头的办法和注意之点。他的父亲像一个小学生一样，恭恭敬敬地听着儿子的小声交代，对于这一套秘密工作感到十分惊奇。

贺老先生又出来了，他主动向等在监狱办公室外的特务说：

"有希望，我还要来劝劝他。"

陆胜英当然同意这老先生再进来劝说，只要能说得贺国威心回意转，哪怕贺老先生搬进来住都可以。陆胜英以自己终于找到打垮贺国威这一着软办法而自鸣得意。

贺老先生回到旅馆，早早地休息了。第二天清早，他吃了一点东西，对旅馆老板说要到土桥去走走，拜访他原来在武汉的一个中医同行。他走出旅馆，在朝土桥去的大路上走了几里路，他照他的儿子教他的那样，看清楚自己身后的确没有人盯梢，便从一条小路转到走向巴斗场的大路上去。"盯梢"、"接头"这些生疏的字眼，都是他昨天才第一次听到的，可是他却认真地照着规定的办，做得很机警、很准确，倒像一个老做秘密工作的。

贺老先生走了小半天，才走到了巴斗场。他进小场里去以前，又回头看了好久，断定的确没有人跟着，才进场到指定的交通站，按照严格的规定，通过交通站接头，要和任远见面。任远感觉很奇怪，为什么贺国威的父亲会到这里来，并且按照和贺国威约好的接头办法来和他接头。任远和贺老先生见了面，一切证明无误了，他才像接待自己的父亲一样接待贺老先生，把他安顿在一个可靠的同志家里。任远总想，这个老人一生受过多少忧患，到老却还受到这样重的精神打击，真是够他受的了。他感到找不出可以安慰老人的话，他更不敢在老人面前提起贺国威三个字。他只好向他说最一般的安慰话：

"贺老伯，你要好好保重身体。"

但是贺老先生从找到任远后，却变得分外地有精神，一点也看不出他曾经遭受过重大的变故，忍受巨大的痛苦。相反地，倒像变得年轻一些了，更富于活力了。当任远接受了他从狱中带出来的密件时，看他那样神秘而认真地从耳朵里挖出小纸团和从皮带扣里取出密件，倒像一个老练的地下工作者一样，不能不感到惊奇。

任远把贺老先生安排在一个可靠的同志家里住好，马上就拿着狱里送出来的密件找老方和王东明去了。

任远在老方那里把小纸团照样从自己的耳朵里挖出来，打开一看，上面写着："前事如何？"原来是贺国威问劫狱的事怎么样了。

老方说："我们发动上层统战关系来营救他们，还是没有成功。反动派是下了决心了，合法斗争无效了，我们只好用非法斗争，武装劫狱！还是通过贺老先生，再进去告诉老贺和狱中的同志们，准备里应外合。"

"但是时间现在还不能确定呀！"王东明说，"一方面我们的武装力量还要训练一下；一方面分散和隐蔽地运动到这一带来，还需要相当的时间；更重要的是这监狱外边还有保安团的一二百人，不想法调开，打响了对我们是不利的。"

"这样说来，只有临时约信号通知他们才行。"任远说，"但是临时没有人能进去，信号怎么约法？"

这的确是一个困难问题，大家想了一阵，任远倒想起章霞入狱的办法来，到时有一个同志有意叫他们捉去，就通了消息了。任远说出这个办法，老方觉得也很巧妙，但是捉进去的时间会那么如理想吗？一定会捉进这个监狱里去吗？临时又有变动，该怎么办？不能再叫人给捉进去了。还是王东明想出一个办法来，他说：

"这样吧，关他们的大院子后边是树林和草坡，到时候我们派一个放牛娃儿在后山上高声唱山歌，歌声和歌词里约上我们的暗号，当晚行动怎么唱，第二天、第三天晚上行动怎么唱，临时不能行动了，又怎么唱。这里乡下放牛娃儿唱山歌的多得很，这山唱，那山应，到处都听得到，敌人绝不会怀疑。"

"妙极了！"老方说，"我们三个臭皮匠，真倒凑成一个诸葛亮了。这样吧，老王去找一个同志的娃儿充当送信号的放牛娃儿，歌词也由你想几句告诉老任，老任赶快去告诉贺老先生，叫他快进去告诉老贺，迟了怕敌人警觉，再也进不去了。"

他们又研究一下贺老先生送信进监狱里去回来以后，怎么安顿。王东明说：

"他老人家年纪大了，我们这里要进行激烈的斗争，很不安定，还是派人送他老人家回武汉去吧。"

任远说："恐怕不行，他老人家一和我见了面，交了贺国威的信以后，老是给我说：'你们还叫我替你们办点什么事吧。'恐怕不肯走，特别是当他知道要劫狱，更不肯走。"

老方考虑了一下说："我倒有个主意，我们打仗的时候，不要让他老人家留在这里，叫他到重庆去一趟，替我们当一回交通。现在路上检查得特别严，老贺他们送出来的狱中情况应该报告上级，这个老中医走起路来，倒是不会引人注意，只是恐怕他老人家太劳累了。"

任远说："这个办法好，我问他老人家一下，他愿意回武汉，就回武汉，愿意到重庆一趟，就去一趟重庆，只是不能留在这里。"

六

任远回到巴斗场自己住的地方，已经很晚了，他才从口袋取出小柳给他写的信来读。这封信已经在他的口袋里放了一整天了，他不时用手摸一下那一张感觉有些温暖的信纸。过去他也收到过小柳送出来的密写，可都是她代表狱中党组织，以极其简短的文字写的通知，他没有收到过小柳给他个人的信。他是多么渴念着读到这样的信呀。现在果然收到了。

他才读几句，就看出这是小柳的诀别信。他竭力抑制着那激荡得无法抑制的心，细读这一封用生命、鲜血和崇高的革命激情写成的诀别信：

亲爱的远：

看来我的"最后的时刻"已经快要来了，我必须向亲爱的党、向你告别了。我很高兴终于找到机会给你写这一封信。

也许你读到这封信的时候，我已经把我的最后一滴血流在祖国的土地上，已经离开这个世界了。

这不是一个令人愉快的世界，到处充满着灾难和不幸，但是正因为这样，我才想在这个世界上活下去，改造这个世界！父母给我身体，党给我灵魂，那些普通的工人、农民兄弟给我斗争的意志和力量，你给我珍贵的爱情。可惜我没来得及利用这些做更多的事情、扫除更多的敌人、享受更多的战斗的快乐，就要离开你们而去了。

二十六个年头在生命的长河中，只不过是短暂的一瞬。但是我并不失悔我生活得太短了，因为我是曾经在这个世界上生活过来的，像真正的共产党人一样地生活过来的。在这短促的二十六年中，我并没有做出什么轰轰烈烈的事，但是我到底做了一件事，把我的鲜血洒在我们的红旗上，使我们的旗帜变得更为鲜艳。我只要做了这样一件事，我就引为我一生最大的光荣。

我最觉遗憾的是我没有来得及和你并肩看到我们向往的"那个日子"的到来。啊！"那个日子"到来了将是一幅怎样奇瑰的景象呢？红旗如云，鲜花似锦，丽日当空，欢歌满地，每一个普通劳动人民都站出来，为胜利而欢呼，都卷起袖子来工作，来劳动，献身于美好生活的建设……

这一切是多美呀，我是看不到了，但是我相信"那个日子"不久就要到来。你大概还记得雪莱的两句诗吧：

"如果冬天已经来了，

春天还会远吗？"

正是这样，不要看现在风雪交加、狂风怒吼，祖国的春天的确已经快来了。在我这牢房的铁窗外，有几株枯藤，它们蔑视这里的严寒，蔑视冬天，顽强地爬上铁窗，用它们那蕴藏着无限生命力的幼芽，来向我报告：春天又来了！

那个时候，我希望你不要忘记抱一束鲜花，走向我的墓地，告诉我："那个日子到来了。"你会听到墓木萧萧，你会看到墓草青青，也许你会坐在我的墓旁哭我吧？不，同志，你没有权利在我的墓前流眼泪，你应该站起来，向我告别。马上去工作，去战斗，去给我们的新世界增加色彩。

当然，我想你不会忘记继续拿起你的剑去追击敌人，从天涯海角把他们追回来，送他们到断头台上去，一个也不要留情！过去，我们比较多地学习去爱人民，却太少地学习去憎恨敌人。我们一定要学会憎恨，不然所谓爱就成为可笑的嘲弄。在这死亡的深谷里，我终于悟出这个道理来了，这是敌人教会我的。请记住我的话："能恨才能爱，敢杀才敢生，能恨能爱，敢杀敢生，才能革命，才敢革命！"

我们的女儿在错误的时刻来到这个世界上。她受尽困苦，居然挣扎着活出来了。在难友们的关怀下，甚至长得很漂亮。现在她开始在咿呀学语了。奇怪得很，她第一声叫出来的竟是"爸爸"。但是她未必懂得这是什么意思，也不知道正在战斗着的爸爸在什么地方。我曾经对她说："女儿，你一定要活出去，找你的爸爸去，跟他去革命，为妈妈报仇。"她似乎真同意了，又叫了一声"爸爸"，并且笑了起来。她笑得多甜呀，又多像你在笑呀。她在这黑暗的谷仓里生长，却偏偏喜欢光明，她总是想到小小的监牢窗口去，惊奇地望着透明的碧蓝天空悠然飘过的几片白云，看墙上几朵小红花在微风中得意地摇摆，听墙脚蟋蟀唧唧的叫声……看来她是很喜欢生活的，但是，她还不知道摆在她前面的生活道路是怎么样的呢。

亲爱的人，我们相处不长，却相处得很好，总算并肩战斗过一场。现在我们隔着生和死的门限，可是我总觉得我还是在你的身边。我总觉得你还是那样无所畏惧地举起呼啦啦响着的红旗，奋勇前进。亲爱的，更奋勇地前进吧，但是你要好好保重自己呀！

永别了，亲爱的同志。

一清

任远读了柳一清写出来的诀别信，十分激动，看来柳一清还不知道外边正在计划劫狱的事。亲爱的同志呀，你们等着吧，我们就要打进这个吃人的地狱，把你们救出来。我们一定要战斗着活下去，我们还要一起走很长的革命道路，还有许多革命的担子要我们一起来挑，还有许多胜利和欢乐在等着我们呀！任远想，应该赶快叫贺老先生把这个振奋人心的消息送进去，应该给小柳写一张条子，告诉她，我们就要见面了。任远用一小块纸，用拉丁化新文字写上普希金的那几句诗：

沉重的锁链将被打掉，

牢墙将要一下子崩塌，

自由将在黎明中向你问好，

兄弟们交还你的宝剑。

　　天慢慢地亮了，东方的太阳从高山的松林后边，射出第一道金箭，满天光明灿烂，黑暗逃进深谷里去了；山林中雾气腾腾，一派新生景象。任远吹灭了桐油灯，站了起来，伸一伸懒腰，就开门出去，去迎接新的一天的战斗。他从崎岖不平的山间小路走下山去，找贺老先生去了。

七

　　任远找到了贺老先生，把他写了那几句诗的一块小纸揉成一个小纸团，交给贺老先生。贺老先生并不要人教他，就塞进自己那长满绒毛的耳孔里去。任远说：

　　"请老伯快点把这个纸团送进去交给老贺，并请他转给一个叫小柳的女同志，告诉老贺，我们准备劫狱了……"

　　"什么，什么？"贺老先生打断了任远的话问。

　　"我们要劫狱，要打进去救老贺他们出来。"

　　贺老先生简直笑得咧开了嘴，问：

　　"你们能行吗？"

　　"能行，只要老贺他们能里应外合。"

　　"怎么里应外合？"

　　"你偷偷告诉老贺，赶快准备起来，我们采取调虎离山的办法把保安团调开后，就要行动。信号是在监狱后面的山上有一个放牛娃儿在唱山歌，他唱的是：

山下那个好人哟……听我说！

今夜晚你要上山哟……来找我！

……

他们在里边听到这个山歌，就是通知当天晚上半夜要打进来，假如把'今夜晚'改成'明夜晚'，就是第二天晚上，假如改成'过两天'，就是第三天晚上，您懂吗？"

贺老先生又惊又喜，笑嘻嘻地不住点头，说：

"我懂，我懂。"

"假如通知以后，临时又有变化，还是这放牛娃儿来唱，唱的是：

山下那个好人哟……听我说！

我的那个爹妈哟……不放我！

如果听到这个山歌，他们就不要动了。"

贺老先生不住点头说："好，好。"显得兴奋得很。贺老先生又问：

"还有什么吗？"

任远拿出大概有三寸长、半寸宽的一个钢锯片，还有一束绳子，交给贺老先生，说：

"这都是里面的同志需要的越狱工具，老伯能想办法带进去吗？"

贺老先生毫不迟疑地说："一定要想办法带进去，特务还没有怀疑我，带得进去。"说罢把锯片和绳子都揣在怀里。

任远又对贺老先生说："老伯送信回来后，我们打算派人送您回武汉去，我们这里要起事，恐怕照顾不过来呀。"

贺老先生那欢乐的眉头忽然皱起来了，他不高兴地说：

"不，我不想走！你们有什么事情可以叫我做的，就给我做；没有事情，我也不会碍你们的手脚。"

看来他是不愿意回武汉的了，在这里实在又没有什么事情好叫他做，不如先叫他当一回"交通"到重庆去，回来以后再安排到边远乡场

380

上去开业行医，给我们建立联络站。任远把要他去重庆一趟的意思对贺老先生说了，贺老先生马上高兴地回答：

"行。"

"不过，"任远又说，"这路程可不近呀，千数来里哩，就是坐汽车，也要走十天八天，路上还常常遇到汽车'抛锚'，一等就不知道等多久，有时候只好索性开步走了。我们怕您……"

"怕我怎么样？怕我完不成任务？你们放心，我这老骨头爬也要爬到重庆去。"贺老先生说。

"不是怕您完不成任务，是怕您的身体……"

"身体怎样？我还死不了。"贺老先生说话的神情十分严肃，"我还想活着哩，我要活着亲眼看他们的现世报应，我要活着做点叫他们讨厌的事情！"

任远完全能够理解贺老先生的心情，看样子他是想以年迈之身，补上自己儿子缺下来的战斗岗位哩。

贺老先生临着要分手，他还向任远提出要求：

"我从重庆回来了，还要给我找点事情干哟。"

第十四章

一

这两天晚上，柳一清一直没有合过眼，她是太兴奋了。

前天下午，她突然收到贺国威传来的小条子，她打开一看，里面还包得有一个小纸团。她先把小纸团打开来看，这是一块只有指拇头大小的纸片，上面写着新文字，呵！这不是她很熟悉的老任的笔迹吗？她念了起来：

> 沉重的锁链将被打掉，
> 牢墙将要一下子崩塌，
> 自由将在黎明中向你问好，
> 兄弟们交还你的宝剑。

这首诗她很熟悉，但是这是什么意思？柳一清把贺国威传来的条子打开来看，哦，老任他们要劫狱了，贺老先生带进来里应外合的劫狱通知、联络信号和越狱工具，不久就要行动了，要她赶快准备，注意信号。她昨天通知乐以明，马上告诉支部同志，这个消息现在绝对只限于党员知道，积极研究越狱办法和找寻门路。石峰、乐以明他们分头研究，看来最好的门路是从乐以明他们住的阁楼打开一个天窗，搭一块木板到高墙上去，在墙外挂上绳子，就可以顺绳子滑到墙外去。最好的办法是晚上值班看守来查房的时候，牢房里找个难友装急病，等看守伸过头来看的时候，顺势按住他的头，蒙住他的嘴，要他交出那串开牢门的钥匙，开了牢门，拖他进来，蒙在被子里看住他，牢门仍然关住，只等外面有响动，就打开院子里所有的牢门，难友们出来往阁楼上跑出去。进来营救的武装同志死守住通办公室的巷道口的门，把门顶死，不准特务从巷道冲过来……

这办法看来可行，石峰来执行，也是可靠的，但是到底这是不是就算准备好了，柳一清一直没有把握，因此她在苦思苦想，一直睡不着。清晨，柳一清起来后，虽然寒风飒飒，她仍然抱起她的小女儿到小小的狱窗前，呼吸新鲜空气。小女儿已经满一岁了，她也十分渴望自由和光明，很高兴地用小手抓住铁栅子，惊奇地望着外面。柳一清顺着小女儿的眼光望出去，在窗外一小块天空里霞光万道，朝阳升起来了，虽然太阳光还不能直射到低矮的狱窗上来，可是那灿烂的红光已分明映照在小女儿的脸上了。

"呵！春天来了。"柳一清看着爬在窗口外铁栅子边的枯藤上出现的幼芽出神。

是的，残冬已尽，新春来了。就是这监狱的高墙也不能阻止春天的脚步踏进这荒凉的地方来。且不说那些自由的鸟儿又开始在牢房上的天空飞来飞去，或者站在牢房的围墙上又叫又跳，蔑视管牢的人。在谷仓门边有一棵柳树，在那褐黑色的枝条上，也开始迸出绿色的幼芽。小土坝边的野草，也开始从冷硬的泥土中，从石头缝里，顽强地探出头来，舒展开嫩叶，把新鲜的、富于希望的绿色送到难友们的眼前。有几个难友忽然在土坝一角发现那被挖掉的美人蕉的残根，又生出乳玉般的嫩芽，他们赶快用几块破砖把它围起来，并且在放风的时候给它浇水。举几棵嫩芽马上成为难友们谈论和放风时观赏的中心，因为这是几棵蔑视权力、大胆成长的嫩芽呵。不知道是谁，还用一块竹片，上面绑一块木片，用铅笔写着："加意爱护，不得践踏！"

柳一清除开和大家一样对于那棵柳树、那些野草和美人蕉的嫩芽寄以关怀外，还特别欣赏在她的铁窗外的几枝野藤。这几枝野藤在去年曾经陪伴她一整年。深秋以前，老是用它那绿叶的抖动来取悦铁窗里的难友。冬天落了叶子，成为死灰色的枯藤，毫无生气地缠结在铁窗边，似乎已经死去了。但是柳一清用指甲去剥开一小块藤皮来看，里面还是绿的，还流出乳白色的浆来。这就是说，凌厉的北风不能冻死野藤，在藤皮里仍然顽强地跳动着生命的脉搏。柳一清发现绿色的嫩芽出现在枯藤上，她不禁十分高兴地赞叹：

"啊，春天，春天！"

今天早上，她看着这一切，更为兴奋。她知道她、贺国威和这里其他的同志，还有她的女儿都要出去，迎接这个春天。她知道在这个监狱里——不，应该名副其实地叫作"共产主义学校"里，为党所培养起来的革命新生力量，正如在北风中成长起来的嫩芽和从石缝中伸出的野草一样，接受了严峻的考验，以饱满的生命力，顽强地苗长，就快要走出这个寒冷的冰谷，去迎接祖国的春天了。同志们将要来打破这个活地狱，打碎沉重的锁链……啊，真是太好了！啊，时间呀，你快飞吧！热血呀，你沸腾吧！生命呀，你燃烧吧！柳一清简直想要唱起来。

二

上午，柳一清忽然得到一个消息，许多青年难友被叫去动员参加三青团，这到底是怎么一回事？而且听说敌人提的条件很"宽大"，只要肯参加三青团，便马上可以放出去，谁都一样。他们还做了两个样子，放了两个青年出去了，这又是怎么回事？柳一清想，看来敌人大概是不想让这个"共产主义学校"存在下去了，准备把一般的进步青年放出去，同时用三青团这条软索把他们羁绊起来。青年们能够出去，不用经过越狱的严重斗争，是好事，但是要参加三青团才能出去，是不能接受的，而且青年们也不会干。果然，许多青年被叫去动员参加三青团，都被拒绝了。陆胜英伤透脑筋，他真失悔把这些人捉进来，现在又要奉命快点放出去。他不能不按捺住性子，作"政治工作"，他把所有他估计不是共产党的青年，都叫去进行耐心的谈话，连伍忠良也被叫去了。

伍忠良在听了动员之后，冷冷地回答：

"我不晓得三青团是啥子东西，我不参加，再说，我都三十几的人了。"

陆胜英用手指一指自己那略微开了顶的头说：

"岁数不要紧，你看我还参加呢。参加了马上就可以出去。"陆胜英简直是在央告了。

"我不参加。"伍忠良还是那一句话。

"你不参加，你就准备在这里坐一辈子吧。"陆胜英威胁他。

伍忠良不听这句话还好，一听这句话，反倒火了。他说：

"你们开了这种不要钱的旅馆，要我来住，我就打算住下去，什么时候你们不耐烦了，我才走路。"

陆胜英气得发毛，但是对这样一个糊里糊涂被陈醒民乱拉进来的农民，有什么办法呢？

陆胜英和他那一帮子人，费了九牛二虎之力，吓哄讹诈，总算拉了五六个糊涂青年入三青团了，要是站在一起，也算是一个小小的队伍了。但是陆胜英显然没有完成他的主子交给他的任务。几天前，他的主子叫他去，告诉他说，全国只准备办几个大的集中营，不再到处办些不大不小的集中营，招惹是非，因此除开重庆、息烽、西安、上饶等地方外，其余都要收缩撤销。他的主子叫他尽快把这里的政治犯分别处理，把那些一般的左倾青年，特别是那些有身份的人家的子弟，尽快动员参加三青团，放了出去，这个"青年训练班"就结束了。在陆胜英看来，分别处理那些共产党，或杀或判徒刑，不过一举手之劳；唯独动员青年参加三青团的事，实在伤脑筋。算了，造个名册说他们都参加了就罢了，赶快放了，整共产党才是要紧的事。

于是陆胜英就造好名册，替他们填了入团志愿书，乱七八糟按上手指印、脚趾印，报到三青团部，就算完成任务，反正三青团那个冷衙门里也不会跑出一个什么过分热心的人，敢到他这里来查对。

办完了"入团"的事，他便开始一批一批地放人。

能够出去，这当然是好事，但是对于一些青年难友来说，却有依依惜别之情，真像从一个学校毕业了不忍离开一样。大家在这一年中，同生死，共患难，唱一样的歌，做一样的事，为一样的目的进行斗争，得到了一样的革命锻炼，现在却要分别了。有一些同志不知还要多少年才能出狱，又不知道要在什么斗争的战场上才能见面。另一些同志，像贺国威、柳一清，曾经给大家指明道路，领导大家斗争，像春风化雨般抚育大家成长起来，而自己的前途怎样，却全然不顾。这样一别，恐怕很难有再见的机会了，怎不叫人难过呢？

许多人写了激情的纸条，托乐以明和吴茂荪带给柳一清，向她和贺国威致敬，表示要以他们作为终生学习的榜样，出去后坚决走革命的道路。另外还有一些人没有写条子，却反复地唱起《清江壮歌》来。没有被放出去的难友们也合唱起来。柳一清和贺国威当然也加入了这个合唱，算是临别纪念。

乐以明、伍忠良和吴茂荪要和柳一清告别，更有说不出的难过，他们舍不得这个破谷仓的阁楼、朽烂的楼板缝和烂草堆。特别是吴茂荪，他用手抓抓这样、拿拿那样，他把他所有能用的东西，都用布条吊下去，交给柳一清，他伏在楼板缝上，激情地对柳一清告别。

"柳大姐，我们出去了，你却还要在这里面过无休止的冬天和黑夜。"吴茂荪凄然地说。

"冬天就要过去了，黑夜总有尽头。你看，"柳一清用手指着铁窗外枯藤上开始舒展的芽子说，"这不是报告春的消息来了吗？但愿你们出去参加光明灿烂的事业。我们也要出来迎接革命的春天。"

伍忠良却说："我真不想出去，我愿意陪你在这里坐下去。"

"不要这样想，"柳一清劝他，"要尽量争取出去，再把红旗打起来。"

"可是我出去找哪一个呢？"

"只要存心革命，不愁找不到党的。"柳一清说。

乐以明顾不上向柳一清表示惜别之情，他尽力记住柳一清对他交代的话，要他出去尽快和组织联系上，把密写交到。柳一清最后轻声地把出去接关系的地址和口号交给乐以明。

一切都交代完了，柳一清向乐以明说：

"请代我向外面坚持斗争的同志们致敬。我们很快就要会师的。"

小土坝里人声嘈杂，是大家出狱的时候了。柳一清对乐以明说：

"去吧。会到贺老医生，告诉他，他的儿子很好。说他儿子很快就要出来。"

柳一清说罢，抱起小女儿，走到谷仓门上的铁窗边，望了出去。三三两两的难友从小土坝走过去，在向周围牢房的难友告别。差不多每一个难友都把头转到谷仓这边来，向柳一清点头告别。有的甚至企图走近谷仓，但是被持枪站在小土坝中央的特务阻挡了。有的高声对柳一清说：

"柳大姐，再见。"

柳一清微笑着，向他们挥手。小女儿大概认为这是一种有趣的事，也学她的妈妈举起小手摇了几下，并且笑了起来。柳一清高兴地握着小女儿的手，不住地向大家摇。

大家也向贺国威这面的格子窗招手，虽然因为格子窗的格子太密，看不见贺国威的面孔，可是他们相信贺国威会在格子窗里，望着他们。大家说：

"贺国威同志，再见！"

贺国威是坐在格子窗里面，今天一清早就起来，从窗格子里望着外边。他看到这些青年，不是从陆胜英奉命办的"战时青年训练班"结业，而是从这个严峻的"共产主义学校"毕业了。他们今天就要出去，走出囚笼，远走高飞，去迎接革命的风暴去了。多好呀！他兴奋地用嘴对着格子窗，给大家送行：

"同志们，再见了！你们出去，你们要像种子一样，撒向四方，埋得好好的，等到革命的春天来了，你们就生根发芽，开花结果吧！"

有的青年回答："对，我们一定要等待春天。"

要走的人都走出去了，在土坝警戒的特务也散了，院子里突然变得十分安静，甚至有几分寂寞了。柳一清仍然抱着小女儿呆呆地站在那里，望着小土坝边，她忽然笑了。

小土坝边从坚硬的泥土中探出身来的美人蕉，开始伸展红色的叶子。无所畏惧地长起来了。谷仓边那棵柳树也仍然挺立在那里，鹅黄色的嫩叶，在闯进高墙来的春风中得意地摇摆着。

春天是真的来了。

三

陆胜英把大量的青年放出去了，监狱里突然显得又空又大。留下来的除开像贺国威、柳一清这样一些敌人已经知道的共产党员外，还有一些敌人怀疑的共产党员和非共产党员一共不过四五十个人。

敌人开始对留下来的难友分别判处徒刑，这就证明敌人在斗争中是失败了，只有使出这最后的一招儿了。有的判了三五年，有的判了十年八年，也有判得更长一些的。这几天放风的时候，互相询问被判的年数，成为一种见面礼了。

"你是多少年？"在放风的时候，石峰问一个同牢的同志。

"五年。"那个同志回答了，反问石峰，"你呢？"

"十年。"石峰回答，他发现他比许多难友都要多一些，似乎有几分骄傲。

"噢，你争取到上十年制的'革命大学'，我却是上的五年制。"那个同志表现出有几分不满意。

石峰说："这个学校未必上得成。"说罢，两人相对笑了。

是这样的，这似乎已经成为一种风气，谁要是判得长一些，谁就更其光荣一些，谁的数目字大一些，就表明谁在监狱里斗争得更坚定和勇敢一些。

章霞在卫生室里养好了伤，被放出来了。自从陆胜英的"第148号杰作"——易师白这杆"红旗"被砍倒以后，再把章霞单独关起来，已经没有什么意义了，章霞现在是该拉出来判多少年徒刑的问题了。

章霞被放了回来，特别叫她高兴的是暂时准许她仍然回到柳一清的谷仓里去。章霞一走进这个破烂的谷仓，就好像回到了自己最喜欢的家一样的高兴，她一进门就叫：

"柳大姐，我回来了。"

柳一清向跛着腿走进来的章霞迎了上去，扶着章霞坐在板床上，像欢迎一个打了胜仗归来的英雄一样欢迎她，对她说：

"啊，你到底回来了，我想你一定会回来。"

柳一清仔细地看着章霞，章霞的身体已经大不如前，但是神态却比过去坚强和沉毅得多了。柳一清捞开她的衣袖和裤腿来看，看到才好了的累累刑伤。这，在监狱里，便是战斗的记录。柳一清说：

"你是好样的。"

章霞并不很注意听柳一清对她的表扬，却着急地对柳一清说：

"柳大姐，易师白是大坏蛋，你知道了吗？"

"知道了，我们对这杆'红旗'早有怀疑了，我们已经砍倒这杆'红旗'了。"柳一清回答。

"那就好，那就好，我和黄中经知道了，送不出消息来，你不知道我们多着急呀。"章霞说。过了一会儿，她又问：

"黄中经后来不知道搬到哪里去了，回来没有？"

"没有回来。"柳一清难过地说，"他已经被敌人黑杀了。"

"什么？"章霞吃惊地问，"你怎么知道的？"

"就是易师白供出来的，我们对易师白进行了秘密审讯，他供出来的。原来你也是因为去给黄中经传话，黄中经无意中暴露了你，你才被拉去挨整的。"

"哦，是这样。不过不是黄中经暴露了我，是我自己不小心，暴露了自己的。"章霞叹了一口气说，"唉，我对不起黄中经，我起初错怪了他，谁知道再也见不着他了。"

两个人都沉默了。柳一清心里正盘算着怎样把童云的死讯告诉章霞；章霞心里也正是想到童云，他近来表现得怎样？她终于打破沉寂，开口问了：

"童云怎样？"

柳一清迟疑了一下，回答道：

"很好。"

"他还是有些打不起精神来吗？"章霞问。

"他表现得很好。"柳一清缓缓地说，"他是有过弱点，但是在最严峻的阶级斗争考验面前他可是斗志昂扬的，这次揭露易师白正是他带头的，并且是他勇敢地砍倒这杆'红旗'的。"

章霞笑了，说："我没有想到他变得这样好。"

"但是，他……"柳一清话到口边，又停住了。

"他怎样了？"

柳一清终于决定告诉章霞了，说：

"嫂子，你不要难过吧！"

"什么？"章霞从柳一清的话语和神情，突然感到一种不祥的预兆，她着急地问。

"他已经牺牲了。"柳一清清楚地说。

"啊——"章霞感到眼前忽然发黑，坐不住了，但是她把头摇一摇，努力镇定了自己。柳一清看出来了，扶住章霞，安慰她说：

"童云是我们的一个好同志，他不惜生命，为大家除去大害，你应该为他作为一个好的共产党员献出了自己的生命而高兴。"

"我高兴，我高兴……"章霞喃喃地说，似笑非哭的样子，但是她忽然低下头来。柳一清也不想去劝她止住流泪，让她流一下眼泪也许更舒服一点。但是章霞突然抬起头来，用手背和衣襟急忙擦干眼泪，简直是真的笑了起来，说：

"柳大姐，我这是真的高兴呀！"

柳一清捉住章霞的手，想说什么，但是没有说，也笑了起来。

"出来！"忽然，特务开了仓门上的锁，恶狠狠地叫道。

这是叫谁呢？柳一清想这准是叫她，她站了起来，敌人要干什么？

"章霞出来！"特务又叫了。

章霞赶快抬起头来，望着柳一清。柳一清对她鼓励地点了一下头。章霞急忙用手拢拢头发，再擦擦眼睛，生怕留有一星半点泪痕。

"勇敢地去吧。"柳一清鼓励地说。章霞点点头，跟着特务走出谷仓去了。章霞怀着走向刑场的心情，坚定地在小土坝里走着。难友们挤在牢房铁栅子门口默默地望着她那隐没进黑暗走道里去的背影。是什么酷刑在等待这一个坚强的战士呢？还是走向那庄严的刑场？

柳一清似乎在这时候才忽然想起什么来，马上扑向谷仓门口，贴在铁窗口望出去。可是章霞已经不见了。她默默地站在那里，凝然不动，望着那小土坝边正在茁长的美人蕉嫩芽……

"柳大姐。"柳一清贴在铁窗口不知多久了，她忽然听到章霞在叫她。她抬起头来，看见章霞被押着回来了，步履轻健，神色自如，甚至还有几分高兴。

特务开了仓门，对章霞说："快点收拾，我们一会儿来带你走。"说罢锁上仓门走了。

"柳大姐，我得了二十年。"章霞一进仓里来，就拉着柳一清，高兴地说。好像她获得一种巨大的荣誉似的。

"这也就是说，他们还想要你在这监狱里住十九年。"柳一清和章霞都坐在章霞的地铺上，柳一清替章霞算账。

"我现在三十二岁，十九年以后是五十一岁，我出来还可以为革命工作二十年。"章霞在算另外一笔账。

"不。难道敌人还有十九年的寿命吗？何况在这里面我们……"柳一清还没有把准备越狱的事告诉她。

"怎么样？"章霞奇怪地问。

"我正想和你谈一下。"柳一清在章霞的耳朵边细声地把她们准备越狱的事说了。章霞听着，越听眼睛越亮了，到后来简直要笑出声音来了。

"你要好好注意山上唱的山歌哟。"柳一清最后对章霞说。

"这太好了。"章霞说，"但是特务说我被判刑，要搬到别的牢房'守法'去呢。"

"你到那边马上把党员都组织起来，只要信号发了，马上就要行动起来。石峰在那边指挥，你可以和他联络一下。"柳一清说。

特务又打开了谷仓门来叫章霞走。柳一清帮助章霞收拾完了东西，章霞真有些依依不舍。柳一清拍了章霞的肩头一下，笑着说：

"我们很快就再见了呀！"

四

贺国威眼见着敌人最近的一些活动，大批青年放出去，其余留下的同志判了刑了，他和柳一清都没有判刑，显然敌人是想要动手了。那天放那些青年出去的时候，他叫柳一清向放出去的青年同志乐以明交代，要他出去马上去接头，催任远他们快一点行动。贺国威，自然还有柳一清，也还有石峰、章霞和别的同志们，天天都在听着，希望听到后山上忽然唱起他们想听的山歌来，可是几天过去了，还是听不到。

贺国威正在想这些事情，陆胜英突然带着黄银和另外一个特务进来了。陆胜英一进门就点头哈腰地说：

"贺先生，我们的陈老板亲自动大驾来看你来了。你看这是多大的面子呀！"

哼，陈老板！既然这个双手沾满人民鲜血的反共专家来看自己，这就证明敌人已经把他莫奈何了，只好把这一张最后的王牌也打出来了。看来最后的战斗已经开始了。

"他来看我干什么？"贺国威冷冰冰地问。

陆胜英心里真有三丈无名孽火，想要喷出来。好家伙，陈老板真可算是一人之下、万人之上的人物了，屈驾前来看他，他竟像没有那么一回事似的。他想拍桌子，又不敢拍，那样下虽是痛快，老板叫他来请的人却请不去了。他勉强又装出笑容对贺国威说：

"贺先生，快点去吧。许多人千里万里来求见他，等他半年一年，也不一定见得着他一面哩。你这是千载难逢呀，还不快去？"

"哈哈，叫想见他的人去见他吧，我不去！"贺国威索性又斜依在床头上了。

"嘿，我看你这个人就是……"陆胜英想说"狗坐轿子，不识抬举"，到口边又收住了，改口说，"连陈主席你都不想见，你想见谁？"

"他想见阎王吧。"跟着一块儿来的黄银气得胡乱插了一句话。

"我正是不想见这个阎王。"贺国威说罢，索性睡下了。

陆胜英真的生气了，恨不得一链子把贺国威套上，拖到办公室去。但是那成什么话？那样老板还能和他谈什么话呢？他还是死乞白赖地求告贺国威：

"贺国威先生，你就给个面子，去一趟吧。"

"我说过了，不去！"

"好，你等着吧，你看我总有办法请你出去，这是你自己敬酒不吃吃罚酒！"陆胜英气冲冲地走了。

过了一会儿，走道里有脚步声音，还不止一个人，也不止两三个人，贺国威不知道陆胜英要用什么野蛮办法来把他弄出去。他坐起来看，门打开了，陆胜英先进来，马上回过身把头垂得低低的站在门口，嘴里说：

"就是这儿。"

一个人从门口冒出来了，身个儿并不高，就是换穿着文官制服，也掩不住他那满身透出的那股子军人气息。他在竭力把自己装扮得文明一些、和善一些，然而总显出他的高傲。他昂头走进，一进门就对陆胜英责备起来："怎么的，我不是叫你要优待贺先生，怎么住这样一间小房子？"回过头来对贺国威笑着打了一个招呼：

"贺先生，委屈你了。"

陆胜英马上向前介绍："这就是陈主席。"

他马上用手亲自把一个凳子擦了好几下，才放在陈老板的身边，请他坐下。跟来的一大串人都站在门外边。

陈老板用手一挥说："叫他们都出去。"

陆胜英马上到门口甩手一挥，大家都退出去了，只留下陆胜英在门口站着，听候吩咐。

陈老板开口了："贺先生，请你不出来，我自己来看你来了。我想你总明白我的来意吧？"

贺国威当然知道他的来意，刽子手出场，还会有什么好事？他没有理会。

陈老板说："我想来郑重地、负责地告诉你，你可以出去了。"他把"郑重"和"负责"两个词说得很强调。

贺国威还是不理，在思索着这是什么意思。

"你大概不相信吧，我们打算把你送回你们的延安去，你看好吗？"

贺国威几乎并没有怎么思索，就马上回答：

"不好，你假如还以国共合作抗日为重，那就无条件放我出去。至于到延安，需要的话，我自己会走去。你们国民党把我送到延安去，那我还成个什么玩意儿呢？"

"我们送你到延安去，不准你在我们这里捣乱。"陈老板说。

"你们这里？这里是你们的吗？这里是中国，我是中国人，我爱待在哪里就待在哪里。"

陆胜英在门口听得龇牙咧嘴，可是又不敢插话，只是恶狠狠地看着贺国威。陈老板却还是笑容满面，一点也不在乎，继续说：

"你怕你被送回延安，共产党要审判你吧，那么你就去苏联吧。我们送你去苏联留学去。"

贺国威说："我哪里也不去，我是中国人，只待在中国。"

"难得贺先生这种爱国热忱，那么还是旧话重提，来帮助我们抗战建国吧。贺先生的道德学问、非凡抱负，我们都很赏识，既然爱国，难道不愿为你的桑梓服务吗？这样吧，由你选择好了，或者到省政府做一名厅长，或者当三青团省团部的总干事，你看怎样呢？"

贺国威终于笑起来了，原来还是老一套，想收买他。他拒绝地说：

"原来你还是不死心，想用你们那不值半文钱的委任状来收服我？算了吧。"

陈老板到底是有涵养的人，还是不生气，冷笑着说：

"贺先生，我们不要开辩论会了。我是为了你，看得起你这个人才，才来找你的。你何必固执己见，你们的事业已经失败，彻底地失败了。你们的特委已经被打垮了，组织已经打散。你是这里共产党的头子，这样的失败，共产党是不会原谅你的。你明白吗？"

"你们不要说梦话了。我们的特委还存在，在城市，在农村，在你们身边，在一切有群众的地方，都有我们特委的活动，你们再也别想捉住他们了。并且我们最近还补充了大量的生力军呢。"贺国威也冷笑着说。

陈老板对于贺国威说的不能不相信，这样久再也没有破获到共产党的什么重要组织，相反地他们的活动倒多起来了，特别是在乡下。但是贺国威说的补充了一批生力军，这是什么意思？他问：

"哪里来的？"

贺国威笑了一下，用手指一指陆胜英，说：

"这要感谢他，感谢这位'共产主义学校'的'校长'，是他在这儿帮我们免费培养了大量的生力军，已经毕业出去了。"

"胡说！"陆胜英在门口早就气得肚子胀鼓鼓的了，他不能不插话，"放出去的人都参加了三青团了。他们敢捣乱，我马上把他们一个个抓回来。"

"哈哈，"贺国威放肆地笑起来，说，"陆先生，且不说你那参加三青团的把戏了，那些青年你抓不回来了。他们已经像种子一样撒向四方，我已经告诉他们：现在正是冬天，霜雪凛冽，种子要深深地埋在泥土的底层，准备春天到来，才生根发芽。你挖不到他们了。"

陈老板万没有想到自己办的监狱，却替共产党办了学校。他恨陆胜英这个狗腿子，竟然上了大当。他勉强打起精神，对贺国威说：

"贺先生，不要把你们的事业想得过于美妙，你这阶下囚的命运还没有改变呢？你不想一想你的处境不妙吗？"

贺国威看陈老板也不过只是这样利诱不成，又加威胁，没有什么可说的了，最后这一场战斗快完了。他严厉地看着陈老板，说：

"谁妙谁不妙，让历史来作结论吧。"

陈老板感觉对这个人毫无办法，总是一句顶一句，针锋相对，来的时候对自己的名声、威势和说服能力所抱有的幻想，完全破灭了。他只好说：

"贺先生，我来劝你，你还是不觉悟，我们对你可算是仁至义尽了，我算是爱莫能助了，我的好话已经说尽了。"

"你的坏事也已经做绝了。"贺国威追加了一句。

陆胜英气得跳起来，跨进门来大叫：

"你等着瞧吧！"

贺国威冷笑一下，说：

"你的本事，我早瞧着了，无非是前有一个陈醒民，后有一个易师白，你那两套已经领教过了。我们是要等着瞧的。"

陈老板默默无言地退了出来，回到陆胜英的办公室，坐在桌前，不说一句话，很不愉快的样子。他在重庆和特务头子们研究好的一套"心理战"计划，完全破产了，不仅没有把贺国威这些共产党拉垮，没有把这个地区的共产党肃清，反倒在这个"训练班"里让他们真正训练了一批青年放出去了。火山总有一天要从自己的脚下爆发起来……

陆胜英看到主子的气色很不好，知道他很焦心，他凑了上去，把他屡次向主子提的建议又提出来：

"这种人都是死心眼儿，我看还是都拉出去崩了吧。"

陈老板还是呆坐在那里，不置可否。陆胜英趁势悄悄把贺国威的案卷送到陈老板的面前，并且准备好了一支朱笔，放在笔架上，等候着。另外有一个特务抱着另一堆卷宗送过来，陆胜英取出其中的一个卷，拿在手里，看着主子那阴沉沉的脸色。

陈老板忽然把眉毛一立，抓起那支朱笔来，在贺国威的卷上画了两个大字：

"处决！"

陆胜英乘势又把柳一清的卷送上去，陈老板只看了上面的名字，就用朱笔在"柳"字上狠狠地打了一点，把笔丢下，叫道：

"也给我办了！"

陆胜英又送一叠卷上去，他想趁这个机会找老板都签了。陈老板把这一大堆卷翻看了一下名字，却把卷放下了。他站起来，用手摸着皱纹密布的额头，几乎是倒下去一样地坐进旁边的一个沙发里去，把眼睛闭了起来，两手无力地垂下。陆胜英赶忙给老板倒一杯滚茶放在沙发旁的小桌上，细声地说：

"请用茶。"

陈老板又用手摸一下似乎要炸裂的头，睁开眼，端起茶杯喝了一口，才有气无力地说：

"不行，不能一下都宰了，先把这两个头子杀了再说。"

"那么剩下的这些共产党怎么处置？"陆胜英问。

"准备送到息烽去。"陈老板说了，又提醒陆胜英，"要秘密地送去，不要叫外人知道了，又嚷嚷起来。要用武装押送，不要叫半路上跑掉一个。就是杀这两个，也要秘密进行。为了不叫别的共产党知道这两个人的下落，你先把他们两个挪开，关在别的房子里，就扬言说，奉中央命令，把他们押到重庆去交给共产党的办事处去了。等其余押到息烽的人上路了，你才处决他们两个。"

"是。"陆胜英不能不佩服主子的深谋远虑。

第十五章

一

乐以明一出监狱，马上就到巴斗场去。他和任远接上了头，把贺国威和柳一清的紧急通知告诉他：

"老贺和柳大姐判断，敌人放了青年，又开始对一些难友判刑，一定是有什么大的变化了，很可能……"

任远把头抬高起来，望着乐以明，他知道乐以明下面要说什么；他不愿意听到这样的话，就阻止说：

"不要说了。"他站了起来，走到窗子边，推开格子窗，望着远远的山岭和清江。

任远去找了老方和王东明，告诉贺国威和柳一清的危险处境，他说：

"老贺和小柳派人来催促我们快行动。"

"快干吧！"王东明一听就急了。

"我们不能去干没有把握的事，要是劫狱不成，不仅老贺、小柳要牺牲，其他许多同志也要牺牲，还可能使我们辛苦积累起来的一点武装力量也葬送了。"老方冷静地说，"说实在的，我也巴不得今晚上就打进去，可是这个监狱附近的保安团不调开，我们打进那个前临清江、后当高山的监狱里去，很可能被切断退路，跑不出来。"

任远是明明知道这个形势的，他点头同意老方的看法，应该慎重考虑。"但是，"他说，"要加强调虎离山的工作，我们的武装也应该马上隐蔽地运动过来，把枪支埋在附近山里，人员出山来当野力或做小买卖混着，一等保安团挪动了，立刻动手。"

老方觉得这样很对，他说：

"我亲自去带人活动，到保安团附近去惹他一下，绑他个把小军官，看他跟不跟出去。老王马上去调我们的武装，活动过来，屯在附近，只要保安团一走，当晚就动手。老任就地指挥掩护，老王带突击队员冲进监狱里去救人。"

大家决定分头去活动。分手时，老方又说：

"经过这次劫狱，我们的武装暴露了，敌人绝不会善罢甘休，我们除开分散隐蔽少数同志外，大半的武装队员都只好疏散到大洪山游击根据地去，由老王率领，分散成三五个、十个八个地走，不能打旗号；从巴陵附近过江，到兴远一带，沿途要我们的党组织想一切办法掩护，不要去硬拼，走得脱就算数；穿过了前线，就好办了，就找得到我们的游击队了。"

王东明听到老方的布置，高兴得不得了，他是多么希望带上武装去和敌人真刀真枪地干呀。任远用手碰了一下王东明的腰杆，细声地说：

"你倒弄到一个好差事了。"

王东明开心地笑了起来。

老方亲自去调虎离山，果然有效。他们到保安团住地拉了一个军官走了，留下了话，叫保安团拿十条好枪、千发子弹来取人。这下惹毛了保安团，哪来的"蟊贼"竟敢在太岁头上动土，于是保安团派了一百多兵去跟踪追击这支"土匪"，在家里只留下几十个人。老方把保安团调到一百多里路以外去，在大山里转悠，又留了话：价钱提高了，要二十支枪、二千发子弹才取得回人来了。

王东明的突击队已经运动到沙田坝附近来了，他们把枪存放在附近的党员同志家里，许多人扮成小贩，在附近乡下和镇上活动，有些人就变成闲散的野力，到附近地主、富农家里去帮短工。任远看到调虎离山计成功，保安团只剩下不多的人看营房了。他和王东明研究，决定当天晚上就动手，由任远带二三十人在沙田坝场外的垭口掩护，顶住从场上出来的保安团的兵力，王东明把人埋伏到监狱后面的高山野林里，准备好竹竿绑成的梯子，预备翻墙用。叫本地一个党员同志的娃娃名叫东娃的，牵条牛在后山上放，他唱起山歌来：

　　　　山下那个好人哟……听我说！
　　　　今夜晚你要上山哟……来找我！
　　　　……

这声音十分高亢，越过山林，飞入云层，落到监狱里去了。贺国威听到了，柳一清听到了，石峰和其他同志都听到了。有的人在准备石头作武器，有的在找好木板。石峰在他的牢房准备好装病的人，只待晚上那个值班看守走过来……

但是情况忽然又发生了变化。下午，任远突然发现，保安团又调回来几十个人，开进沙田坝场上去，他们把哨兵伸到垭口上来了，任远只好把人带开。他马上通知王东明，今晚上停止行动，看看情况再说。同时派人去和老方联络，希望他只留几个人和敌人"捉迷藏"，其余大多数的人，今夜晚急行军，回到沙田坝附近来，以便加强掩护力量。

王东明只好又叫东娃去唱山歌：

　　　　山下那个好人哟……听我说！
　　　　我的那个爹妈哟……不放我！
　　　　……

400

"这是怎么一回事？"已经是快吃晚饭的时候了，贺国威又听到新的山歌，看来情况发生了变化，今晚上不能行动了。石峰和同志们正准备得起劲，摩拳擦掌，准备晚上上阵，听到停止行动的通知，未免有些扫兴。但是他们知道，自己的同志就在后边山里埋伏着，这两天总是要会师的。

柳一清特别相信这一点，她想任远就埋伏在隔她这牢房不远的树林里，正在向这个牢房窥探呢。到底又发生了什么情况？同志，你要小心呀。在这里，不能有个人的感情用事呀，这不是你的爱人、你的小孩的问题，是里里外外几十个同志的生命安全呀。柳一清相信临时停止劫狱，一定是有重大的变化，是我们的同志暴露了？是敌人戒备加强了？到底是什么原因？……不管怎么样，积极准备吧。风暴呀，你快来吧！

这样的夜晚是多么折磨人呀！

二

贺国威昨夜一夜没有睡着，他反复地想来想去，陆胜英把他的陈老板都请出来上阵，这就是说，他们已经打出了最后的一张王牌，既然没有一点结果，他们就要拿出最后的手段来了。首先轮到的当然是他和柳一清，也可能还有其他的同志。昨天听到了后面山上唱起了令人向往已久的山歌，以为昨夜晚老任他们就会打进监狱里来，谁知道在傍晚的时候，又听到山歌的通知，临时改变劫狱的计划了，这到底是因为什么呢？但是不管怎样，他是相信老任、老王他们的，他们没有遇到新的情况，没有特别的困难，是不至于决定了又突然改期的。昨晚上没有开始劫狱，今天晚上，或者明天后天晚上，总是要开始的。即或自己赶不上劫狱的机会，敌人就向他开刀了，也没有什么，个人的生死原算不得什么。前面已经放出去一大批生龙活虎的革命青年，这都是革命的后备力量，现在这一批同志假如越狱成功，就有了一批骨干力量了。一大早贺国威就起来，站在小天井里，望着阴沉沉的浓云密布的天空，听屋后松树的沉吟，他的心境很平静，他期待着就要到来的风暴。

突然，陆胜英带着两个特务进来了。一进小天井就笑嘻嘻地对他说：

"贺先生，恭喜，恭喜，你就要出去了。"

就要出去？贺国威一听马上就明白了。他的最后的时刻已经到来了。敌人一切阴谋诡计都使完了，这最后的一招迟早是会到来的。贺国威没有说一句话，用冷峻的眼光望了一下陆胜英，回头走回小屋里去。

陆胜英跟着进来，还是那么嬉皮笑脸地说：

"贺先生不要怀疑，是真的，我们奉中央指示，要把你和柳一清押到重庆去，交给共产党。你们受了委屈了，现在请你们挪到别的房子里去，优待优待。"

贺国威根本没有理会他，只顾自己从枕头下抽出一件比较好的夹袍来。这件夹袍是他一生缝得最好的一件衣服，一直舍不得穿，今天他拿出来穿上，连褶皱都是有棱有线的。他又把一双用土毛线织的袜子拿出来穿上。这一双袜子是小徐一针一针给他织的，入狱后，他就把它保存下来，没有穿，现在他穿上了。把袜统子尽量塞到脚镣里去，这样走起路来就感觉轻快得多。他用手提着脚上的铁链，跨过门槛，对陆胜英说："我知道，你还有这一件坏事没有做尽。"说罢，很沉着地走出小天井，向刑庭走去。那铁链在走道里地上拖着响："哗啦，哗啦……"

"贺先生，误会，误会。"陆胜英赶到贺国威的前头，回头对贺国威说，"真的只是请你挪一下房子，没有别的意思。走，走，我带路。"

陆胜英带着贺国威穿过办公室的大院子，走过一个小门，到了一个精致的小院子，走进一间漂亮的上屋，明窗净几，铺陈讲究。陆胜英说："请贺先生暂时在这里委屈两天。"说罢，退出去了。

贺国威莫名其妙，这到底是什么意思？但是他决不相信什么要放他出去，送给党的重庆办事处的鬼话。

他们到底要捣什么鬼？

今天早晨，柳一清起来得很早，因为小女儿早醒了。她把小女儿抱起来。她忽然想起她用吴茂荪和乐以明留下的旧衬衣给小女儿拼缀成的一件"新衣服"。昨天下午，她听到那支山歌后，把这件新衣服取出来给小女儿穿上，小女儿立刻比原先满身横竖缠着破布条漂亮多了。她想叫小女儿打扮得漂亮一点，出去给爸爸看一看。小女儿似乎也意识到这一点，居然摇着小手呀呀地称赞起来，同时习惯地望着铁窗外光亮的天空。柳一清顺着小女儿的眼光望出去，天空中，五颜六色的云彩变幻着，太阳就要出来了，又是一个晴明的春天。

春天，这是多么好的时光，什么鸟儿都要出巢展翅高飞，什么花儿都要把自己最体面的东西展示出来，哪怕一株小草，也要用自己新鲜的绿色，给世界添一点颜色。那些才从这监狱出去的青年，现在飞到哪里去了？在哪里享受自由的春光？

啊，春天早上的天空真美，今天就要从那美丽的云彩里降落下那动人的山歌来：

"山下那个好人哟……听我说，今夜晚……"

柳一清正在想着，谷仓门的锁在响，特务在开锁。她想，还不到送早饭的时候，开门做什么？

谷仓门被打开了，站在谷仓门外的是看守长黄银。这家伙这样早来干什么？

黄银对柳一清说："柳小姐，陆先生请你出去一下。"

陆胜英找自己去干什么？柳一清看着黄银似笑非笑的样子，心里猛然一怔，莫非……

"干什么？"柳一清马上镇定自己，问道。

"不是……哦，是这样……"黄银扯谎的本事也不高明，支吾着说，"陆站长请你挪一个地方。"

"挪个地方？"柳一清马上明白了，这一定是她的最后的时刻到来了。啊，看来昨天晚上老任他们没有打进来，错过机会了，她赶不上出去和同志们会师，和老任重逢了……这也没有什么，个人出不去不要紧，其他的同志能出去就好了，自己的小女儿能出去就好了。她相信老任他们一定能够稳稳当当地把其他同志救出去。章霞一定会找到这里来，把小女儿抱出去交给老任，不是今天晚上，就是明天……

"快一点。"黄银在仓外叫。

"你慌什么！"柳一清说。她轻轻地把小女儿抱起来，亲了一下。她解开她的上衣，把她那干瘪的奶头掏出来，塞进小女儿的小嘴里，让小女儿吃这最后的一口奶。

柳一清奶完了小女儿，不慌不忙地把小女儿放回床上去，用破布片把她盖好，轻轻地拍了几下。小女儿吃够了奶，就迷糊地闭上眼睡着了。柳一清摸了一下不懂事的小女儿的稚气的脸，忍不住低下头去，亲了一下，轻声地叫：

"我的女儿……"

柳一清忽然感觉到自己的眼泪非要流出来不行了。她猛然站了起来，她为一种强烈的感情所占有了。她想，进监狱来以后，自己从来没有流过一次眼泪，难道在自己这庄严的时刻，竟然要流下可耻的眼泪吗？不能！她把眼睛眨巴几下，眼泪就再也没有了。

她忽然想起来，应该给章霞留一张条子，把孩子交代给她。老任他们打进来以后，章霞一定会来抱这个孩子出去的。柳一清用铅笔在一张小纸上写上几个字："霞嫂子，我去了，你要好好看顾我的孩子。"

柳一清站起来，本想走出去，她忽然想起还要给自己的小女儿留几句话。她又匆匆地拿起铅笔，在那张纸上写了几句，就塞进小女儿新缝的衣服口袋里去了。

"快点。"黄银又催了。

柳一清泰然站起来，用手迅速地理一下蓬乱的头发，头也不回地走出了仓门。

黄银看柳一清光身出来，说：

"叫你挪个地方，你为什么不抱起孩子，带着东西出来？"

把孩子抱出去？看来敌人是不准备叫孩子活下去了，也罢。她马上折回仓里去，走近小女儿熟睡着的床边，抱起小女儿来，从枕头下抽出她的一件衣服，就是那件染满她的鲜血、她在上面画上镰刀斧头当作红旗用的衣服，把小女儿包了起来，口里喃喃地说：

"女儿，他们不叫你活，就跟妈妈一块儿去吧。"

柳一清抱着孩子，走出谷仓，一步一步地走下土坝，被许多牢房的难友发现了。每一个牢房的铁栅门的后面都站着人，瞪大眼望着柳一清在土坝上缓慢地走着的步伐，望着她抱着的孩子。有的人在低声议论，有的人在用手擦眼泪。忽然有一个高亢的声音在喊：

"柳大姐！"

柳一清抬头望去，是石峰；她同时看到许多牢房门口望着她的许多对眼睛，她更振作起精神来，把头昂得高高的，用坚定的步伐走着，对那一排排牢房铁栅门边的难友们说：

"同志们，再见了，你们一定会出去的！"

忽然，从许多牢房发出风暴般的喊声：

"打倒国民党反动派！"

"打倒刽子手！"

"中国共产党万岁！"

接着就听到悲壮的歌声：

清江之水浪滔滔，
壮士横眉歌且啸。
……

柳一清踏着这歌声的拍子，坚定地一步一步走过小土坝。

"这是误会，这是误会。"黄银站在土坝中，大声叫嚷，"我们奉了中央命令，贺国威先生和柳小姐要护送到重庆去交给共产党的办事处，叫他们领回去，没有别的意思，的确没有别的意思。"

"滚你的蛋，谁听你的鬼话！"石峰第一个叫起来。

"骗人，骗人，打倒骗子！"

"打倒刽子手！"

"打倒反动派！"

"中国共产党万岁！"

院子里一片口号声。柳一清当然不相信这种鬼话，还是坚定地走进黑暗的过道里去了。

奇怪得很，为什么不是把她带上刑场，却是把她引到一个独院里去呢？更叫她奇怪的是，贺国威早已在那里了。她很高兴地和贺国威打招呼：

"老贺，你好！"

"哦，小柳，你也来了。"贺国威走出小房，很高兴地走近柳一清，说，"你好吧，小家伙也好吧？"

"还好。"柳一清回答。她用惊奇的眼光问：

"这是怎么一回事？"

黄银说："贺先生，柳小姐，都不要见怪，安安生生住下吧，我们就要送你们到重庆去。"他说罢就退出小院，把门扣上加锁了。

"这到底是什么意思？"贺国威和柳一清交换了一下惊奇的眼光。

柳一清许久没有见到贺国威了，她把孩子抱进另外一间房子，放在床上，就走过来找贺国威。

他们两个谈得很多，毫无顾忌，因为院子里没有特务在站岗监视他们。他们谈到监狱斗争的得失，谈到敌人两次"红旗"阴谋的恶毒，谈到监狱内外的形势。他们也谈到他们两个人现在的处境，当然不相信敌人真会把他们送到重庆办事处去，也不相信是敌人已经发现我们要劫狱，采取这样的预防措施。到底是什么道理，一时还弄不清楚，他们似乎也不急于弄清楚，不想为个人的安危去多费脑筋猜测。他们谈得最多和最热烈的是老任他们外边的劫狱安排到底怎样了？为什么原定的计划又推迟了？什么时候再发动？贺国威很担心日子拖久了，会被敌人察觉。当然他们两人都相信，老任他们绝不会贸然行动的，也相信他们不会失去时机。贺国威又问柳一清关于狱内的配合准备工作做得怎样了。柳一清把她的布置和支部的活动，详细地汇报了，贺国威认为满意，就是不知道他们会不会随机应变。最后柳一清总有几分焦急地说：

"老任他们怎么搞的，说干又停了，什么时候再干？"

"我想一定是有什么新的变化了，我相信就在这两天，还会发动。不过，"贺国威说了自己的看法以后，又加上一句，"小柳同志，你想过没有？假如他们找不到我们，我们终于出不去，你看会是怎样？"

柳一清马上明白了，她和贺国威被关进这样一个偏僻的独院里来，我们劫狱的队伍只能临时突然袭击，救了人就跑，不可能完全占领监狱，并且占领很久，可以仔细搜查。这样一来，的确可能找不到他们。别的同志被救出去了，他们却还是被关在这里面，那样……柳一清很坦然地回答：

"那就准备牺牲吧。"

"我们是应该有这样的思想准备。"贺国威很冷静地说。

忽然，在监狱后面的山上，又响起山歌来了：

山下那个好人哟……听我说！

今夜晚你要上山哟……来找我！

……

"到底又唱起来了！"贺国威和柳一清都不约而同地叫起来，大声地笑了起来。

三

星期六的下午，快吃晚饭的时候，陆胜英收到从陈老板的办公室里打来的电话，要他约住在他附近的保安团的吴雄团长一块儿，今晚上九点钟到陈老板的公馆，听取重要指示。陆胜英还想问到底是什么事情，是不是要带什么材料来，那边只回答一句："到了你就知道了，有关材料都带来吧。"便挂断了。

陆胜英埋怨：这个小秘书，这么慌慌张张地打电话，大概是他的女朋友催得急了，要去参加周末跳舞会吧。陆胜英只好打电话给吴雄，叫他吃过晚饭就过来，一块儿早点动身，八点半以前一定要赶到陈公馆去。

吃了晚饭，陆胜英把重要政治犯的卷都叫清出来，亲自带上。过一会儿吴雄来了，进门就问陆胜英：

"什么重要指示，星期六晚上叫过去？"

"我也不知道，叫九点准到。"陆胜英说，"我想大概是关于押解共产党到息烽去的事吧。"

"怎么这样急？今晚上我们约的牌局，又闹个三缺一了。"

陆胜英叫吴雄快走，再别唠叨了，不然天黑了山路不好走。到陈公馆不比到别的衙门，是不能坐轿子去的。于是他们带两个马弁出发了。

吴雄一路上还在唠唠叨叨，总为他今晚上下决心要"翻梢"的牌局搞不成而埋怨。他又给陆胜英出难题：

"看你这一堆肉今晚上怎么搬得回来？黑漆漆的山路，高一脚、低一脚的。"

陆胜英说："我还不晓得找个地方去逍遥一夜晚，明天早上回去？"

准九点，他们两个赶到了陈公馆。他们在传达室先找老板的王秘书，传达说：

"王秘书刚才走了，大概是回家去了。"

陆胜英说："这个人才叫恍，他约了我们来，自己倒回家了。你帮我们打个电话到他家里去问一下。"

传达打电话到王秘书的家里，家里回答说，根本没有回来，听说有什么晚会，去参加晚会去了。没有办法，陆胜英和吴雄只好到省政府的晚会上去找王秘书。好容易把王秘书找出来了，陆胜英问：

"主席有什么重要指示？现在九点半都过了呀。"

王秘书搔一搔头，说：

"没有听说呀。"

"你打的电话，怎么倒没有听说？"陆胜英奇怪地问。

"我没有打过电话呀。"王秘书说，"不过是不是黄秘书打的，今天下午他值班。"

"这个黄秘书现在在哪里？"吴雄简直有几分不耐烦了。

"这就不知道了，问一问今晚上值班的罗秘书吧。"

王秘书打电话问罗秘书，罗秘书说：

"黄秘书根本没有交代今晚上还有约会的事。况且陈主席根本不在家呀。"

"这到底是怎么一回事？"陆胜英也有几分不高兴了。但是现在到哪里去找黄秘书？是不是直接问一问陈主席呢。他对王秘书说：

"请你直接去问一问陈主席吧，不要耽误了重要事情呀。"

王秘书推托不干，他说：

"我可不敢去打扰，陈主席约了几个军事长官和几位姨太太正在'人境庐'打弹子，吃鸡尾酒呢。"

"约好来见，不会不见吧。"吴雄说。

"我看你们两位还是去找个消遣的地方等一等吧，大概十一点多钟鸡尾酒会完了就会回来，回来了我去问一下。"王秘书给大家出了一个主意。

也只好这么办了，既然老板正在和女人打弹子玩，陆胜英和吴雄为什么不可以找个有女人的地方消遣消遣呢？

十一点多钟，陆胜英和吴雄又回到陈公馆来听信，一见面王秘书就说：

"我去问了陈主席，他说他不记得请你们二位来呀。不过，他说，既然来了，就进去坐一坐吧。"

他们两个跟王秘书进去，在会客厅里坐定，又过了好一阵，他们的陈老板到底回来了。看来他今晚上玩得挺高兴，花白头发梳得很光，油亮亮的，很风流潇洒的样子。陆胜英和吴雄赶忙站起来。陈老板叫他们坐下，问道：

"谁叫你们来的？"

"接到主席办公室的电话，吩咐九点准时到，有重要指示。"

"我没有叫打电话呀。是谁打的？"陈老板叫王秘书，"问一问值班的。"又问陆胜英：

"他没有说是什么事吗？"

"没有说，我们想总是关于押解共产党到息烽去的事吧。"陆胜英说。

"哦，你们打算什么时候押走？"谈到这个问题，陈老板顺便问一句。

"我们已经把出去剿匪的保安团调几十个人回来，车子也准备好了，打算过两天就押走，紧跟着就秘密处决贺国威和柳一清。"陆胜英回答。

王秘书回来了，他说：

"黄秘书今天下午值班，他说他并没有打过这样的电话，也没有别的人打过这样的电话。"

陈老板马上惊诧起来，几乎是在自言自语："怎么一回事？"他忽然转过头对陆胜英说：

"你马上给你那里打电话联系一下看看。"

陆胜英还不明白陈老板的用意，只好遵命去用电话联系一下。可是他拿起电话叫了几次，都叫不通，他转来对陈老板说：

"电话发生故障，一时打不通。"

"什么？"陈老板几乎是跳了起来的，马上命令吴雄，"你也去和你的团部联系一下看。"

吴雄去拿起电话来联系，也发生故障了。陈老板听说是这样，惊叫起来：

"坏了，你们那里一定出了什么事了。赶快，下命令给警卫连跑步前进，你们也跟着回去。有事无事，都要来电话报告。"

"啊？"陆胜英和吴雄现在才明白了，惊叫起来。

四

昨天下午，任远忽然发现保安团调回来几十个人，他担心他带的队伍只有二十几条短枪顶不住保安团的这几十个人，掩护不了王东明去劫狱，临时停止行动。可是到晚上，老方突然丢掉了保安团，只留几个队员做幌子，把其余的二三十个武装队员一下拉回到沙田坝附近来了。任远和老方、王东明见了面，商量了一下，决定还是第二天晚上迅速行动。从现有的四五十个武装队员中抽三十几个人出来，埋伏在垭口，准备顶住保安团调回来的几十个人来救援。其余十几个武装队员由王东明带着越墙进去，采取偷袭办法，救同志们出来，退进深山里去。同时叫在省政府工作的同志，打电话给陆胜英，今晚上把他们两个调到城里去，使这监狱和那支保安团的队伍没有指挥官。决定十点半就开始行动，争取把人救出来后，连夜连晚赶路，天明以前要赶到五十里路以外的我们准备好的掩护地区去，免得遭敌人搜查到了。

晚上十点钟，老方和任远已经把三十几个武装队员埋伏在垭口，向保安团住的小场警戒着。王东明带了十几个队员，都是挑的最勇敢的小伙子。他们从后山的密林出发，带着两架竹梯，悄悄地接近监狱后墙，在高墙上搭上一架竹梯子。王东明带着王万年和几个棒小伙子爬上竹梯子，轻轻剪掉带刺的铁丝网，从高墙望下去。他们选择的地方很好，正在谷仓的后边，从这里吊人下去，特务看不到。王东明、王万年带着两个人顺着才挂上的绳子滑下去了。他们藏在谷仓后边仔细观察，在院坝里值班看守的只有两个人：一个人站在院坝通往另外一个大院的巷道门口，端着一支冲锋枪；另外一个人也端着一支冲锋枪，在一间一间的牢房外边游动着。院子里除开在巷道口和牢房外檐下各有一盏昏黄的煤油灯以外，其余都淹没在黑暗之中，活动是不困难的。看来敌人无论如何没有想到我们会进行武装劫狱，他们认为高墙、铁丝网和两个值班看守已经够了。在黑暗中看不清牢房里难友们的情况，但是王东明相信他们在牢门口盼望着，暂时无法进行什么活动。

王东明叫王万年去解决街沿下的那个看守特务，叫另一个名叫王万盛的武装队员去解决巷道口的那一个看守特务。其余的武装队员有几个埋伏在仓库后边，准备接应；有几个埋伏在墙头上，用枪监视着院坝和巷道口；还有的正准备在动手以后，从墙那边拉一个竹梯子搭在墙里边，以便让难友们爬上去，翻墙上去，顺墙外的竹梯子下去逃走。墙外边也有几个端着枪，沿着外墙向两头警戒着，保护撤退的通路。一切都照王东明布置的顺利进行，只等他下命令去突击那两个看守了。

"干！"王东明轻声地对王万年和王万盛说，"千万不要打响了。"

王万年和王万盛都是过去在乡下搞武装活动时翻墙越院、突然袭击的老手，他们并不需要多吩咐，便分头在黑暗中轻脚轻手地爬向那两个看守。王万年忽然一个箭步蹿上街沿，那个看守听到声音还没有来得及回头，头上已经被王万年用手枪把子狠狠地敲了一下，他像一个布口袋似的倒在街沿上。他的手里提的开牢门的大串钥匙掉在地上，哗啦一响。站在巷道口的看守不知道发生了什么事，问：

"啥子？"

王万年装着迷迷糊糊的声音回答：

"打瞌睡哩。"

守巷道口的那个特务正要走过院坝来看，王万盛嗖地一步跳到他背后，用手枪抵住他的背，轻声说：

"你敢叫，打死你！"

王万年和王东明都跑过来，把这个特务的冲锋枪下了。

石峰和其他难友挤在牢房的栅子门边看得十分真切，他们盼望的时刻到底来了。他们自从今天上午听到后山上唱的山歌以后，就在等待着。他们本来打算让一个难友装病，叫看守特务来看的时候，趁势抓住他，取下他的钥匙，把牢门都打开来，准备里应外合。谁知今天一直有两个值班看守特务，下不得手，只好等外面的同志打进来了，见机行事。现在他们看到院子里两个看守特务都被打倒了，正是越狱的好机会。石峰轻声对王万年说：

"同志，你快把掉在地上的那串钥匙捡起来替我们把牢门开了。"

王万年正不知道打倒了特务后，怎样解救同志们，一听石峰这样说，正要到街沿上摸那串钥匙，王东明却早已摸到钥匙，在试着开牢房的门了。牢门开了，石峰第一个跳出来，他马上叫两个难友把被打昏在街沿上的那个看守特务拖进牢房里去，用被盖把他没头没脑地盖住。又告诉王东明把下了枪的这一个特务，也押进牢房里去，用一根绳子捆起来，用毛巾把嘴塞上，把他也藏在被盖下面。

石峰对王万年说："你把冲锋枪给我，让我去守住那个巷道门，不准特务过来。"

"不，你叫大家快上梯子走，你把这支手枪拿去用，这巷道，我来守住。"

王万年正要端起冲锋枪去守巷道门，石峰又说：

"不如换换衣服，站在巷道门口，那边的特务才不疑心。"

王东明说："对。"石峰进牢房去，逼着那个特务把衣服脱下来，他拿出来叫王万年穿上，把子弹带也解下来给王万年系上。王万年端着冲锋枪，站在巷道门口，对那边办公室方向监视着。

王东明也来不及在黑暗里认得谁是谁，叫大家快跟他越墙出去。石峰和几个同志都认为这样一个一个爬上去，太慢了，不如还是走他们原来就准备好的路——从谷仓的阁楼上的气窗口翻出去，他们已经物色好阁楼上的一块门板，取下来从气窗顺出去，作为跳板搭在墙头上，从那里吊着绳子一滑就下地了。这个办法果然好，王东明催大家快上阁楼走。

已经走了不少人了，王东明还没有看到贺国威和柳一清。他问石峰：

"老贺和小柳同志在哪里？"

石峰说："不知道。今天早上特务来把柳大姐带出去了，连孩子一起带出去了。我们以为是敌人警觉了，要杀她们，但是一直没有听到枪声。特务给大家宣布，说是把她和老贺同志一起押到重庆去交给我们办事处去了……"

"哪有这样的事？"王东明说。

章霞走近石峰，插话说：

"那都是鬼话，一定是把他们关到别的地方去了，说不定就关在特别禁闭室里。走，我带路，无论如何要找到他们，救他们出去。"

"对，一定要找到他们。"王东明说。

正说话间，关在牢里的那个特务，不知怎的把塞在嘴里的毛巾弄掉了，大声喊了起来：

"来人啦，犯人跑了呀！"

这一下惊动了在巷道那边的办公室值班的特务。王东明他们听到有人在跑的脚步声，马上赶到巷道口和王万年一起守住，叫大家快走。两三个特务跑出巷道口来，看到牢房外街沿上许多人在跑动，知道出了事，他们胡乱开了几枪，大声叫起来：

"快来人，犯人跑了！"

王万年气得不得了，用冲锋枪对准这几个特务就是一梭子，哒哒哒哒……这几个特务都倒下去了。有一个没有打着，倒退回巷子里跑了，他在大叫："来人呀，来人呀！"这边牢房里被关着的这个看守特务也在大叫：

"来人呀！来人呀！"

石峰提起手枪，从牢房栅子门伸进去，照着特务喊叫的地方，连开几枪，骂道：

"看你还叫不叫。"那特务被打倒了，再也不出声音了。可是这边巷道口又冲出几个特务，手里拿着电筒照着。

"打回去！"王东明叫。王万年、王万盛的两支冲锋枪对准他们扫起来，有的打死，有的打倒在地，有的就退回去了。王东明叫王万年、王万盛一定要封住巷道口，不准特务出来。他催大家：

"同志们，快走吧。"

可是石峰和章霞却不走，他们坚持要找到贺国威和柳一清一起走。

石峰说："让我们到老贺住的地方再看看。"说罢带着王东明走近贺国威原来住的房子窗外。他用枪把子几下子就砸破了格子窗，他们爬进去叫：

"老贺，老贺。"

没有一点声音，看来不在这里。章霞也爬进来了，说：

"从这里小门穿出去，走过一个院子，就是特别禁闭室，很可能在那里，我带路，到那里找去。"

章霞在前面走出小门，在小天井里正摸着去开天井的门，忽然天井的门自己打开了，冲进几个特务来。原来是特务被王万年、王万盛封在巷道那边，不得过来，他们想从这里冲出来，向院坝开枪。特务从天井小门冲进来，看到章霞他们三个人，叫起来：

　　"把这几个犯人捉到！"

　　章霞见势不对，在前面拦着特务，大叫：

　　"老石，你们快走！"

　　走在前面的那个特务用枪把子砸了章霞的脑袋一下，把章霞打昏倒了，又要来抓石峰。石峰退不及，用手枪打倒前面来抓他的那个特务。特务这才明白不是犯人，便举枪对石峰和王东明哒哒哒哒地一阵快放。石峰迎了上去，希望把特务射出来的子弹都挡住，叫一声："快走！"便倒在窗边了。王东明敏捷地跳出窗子，伏在院坝墙根。特务从窗口才一露头，王东明一枪就把这家伙的脑袋打掉了。特务们再也不敢伸出头来，可是从窗口正拼命向院坝打枪。王东明发现挂在巷道口和街沿上面的两盏煤油灯，正帮助敌人发现射击目标，他举起枪对准煤油灯叭叭两枪，就打熄了，院坝里完全黑了。可是他知道不能再坚持下去了，敌人从这个窗口射击，巷道口暴露了，守不住了。而且这时他听到监狱外的山垭口那边枪声四起，敌人的保安团打过来了。老任他们都是短枪，要是顶不住，敌人从半山腰插过去，这边就会被包围，即使难友们跑出监狱，还是跑不出他们的包围圈，那就坏了。不能在院坝里和特务对打，消耗了时间。他叫王万年和王万盛从巷道口撤退到阁楼上去掩护退却。他们才退到阁楼上，一大群特务叫着嚷着从巷道口冲到院坝里来。他们显然还不知道难友们是从什么地方越狱的，用电筒盲目乱照，用枪盲目向墙头发射，他们还没有发现阁楼这一条出路。特务们用电筒向一间一间牢房察看，全都跑了。只发现一个看守特务已经被打死了，还有一个被打昏的特务倒在那里，他有气无力地叫：

　　"阁楼，阁楼。"

　　这一句话提醒了站在街沿上的特务们，马上向阁楼冲上来。王万年用冲锋枪对着楼梯，扫射一通，打翻了想爬上来的两个特务，咚咚地滚下去了。王万年一面扫射，一面骂着："他妈的，来吧。"

特务没有办法冲上来，只能用枪向阁楼乱打一气，王万年根本不理会。

王东明看到难友们都走过跳板，滑下墙去了。他虽然因为没有找到贺国威和柳一清，没有把他们救出来而十分难过，又感到因为去找他们还丢了另外两个同志，更不好受，但是他明白，再不赶快退出去转移走，等到天明，这一批同志，甚至全体武装队员都有落进敌人的虎口里去的危险。他决然地拉了王万年一把，说：

"快退出去吧。"

他叫王万年和王万盛先退出去，他来掩护，王万年不干，说：

"你和王万盛先走，我来掩护，老子要打他个痛快！"

王东明正是担心王万年要"打他个痛快"，结果自己吃了亏，他坚持要王万年先走。他说：

"你不先下去替我掩护，我怎么下得来？快下去掩护我！"

王万年只好先下去了。敌人又冲了一次，王万盛又扫了一梭子，还是上不来。敌人不知道阁楼上有退路，一个特务在叫嚷：

"拿火来烧！"

但是用不着火来烧了，王东明和王万盛已走过跳板，越过墙头，沿着竹梯子滑下去了。他们才把竹梯子打倒，正要往树林里退走，王万年看到几个特务追到墙头上来，但是下不来，用枪朝树林乱打一气。他举起冲锋枪对准那几个在墙头上打枪的特务，嗒嗒地扫射起来，嘴里又骂：

"妈的，你们想下来？我请你们下来吧！"

果然那几个特务都应声栽倒下来了。

"哈哈哈哈……"王万年开心地笑了起来。

"上山吧。"王东明拉了王万年一把，向树林里钻进去，爬上山去赶难友们。他们才走到山腰，看到山下三路火光，夹着枪声，向监狱这边打过来。不一会儿，就遇到退过来的任远和老方。老任问王东明：

"成功了吧？"

"成功了。"王东明说，他现在不想把柳一清和贺国威没有被找到的事告诉他们。

老方说："那就快退走，天明前一定要跑出五十里以外去。这几路敌人打进监狱，找不到人，一定会马上来搜山。快走。"

于是他们都往高山爬上去了。

陆胜英和吴雄拼着老命，才勉强跟着警卫连跑步回沙田坝。看到垭口一带打得正凶，一条一条明亮的子弹线在夜空乱飞，又听到监狱方向也有枪声。他们分成两路，吴雄带领一部分人向垭口后路包抄前进，陆胜英带领一部分人打回监狱去。吴雄带的人还没有打到垭口，忽然垭口没有了枪声，他才冲到垭口，垭口下边又拼命打起来。在黑夜里什么也看不见，只好命令还击，打了好一阵，他似乎才想起来，别是误会了。他下命令停止射击，派人去喊话，原来是他团部的人。下边的人上来一看，是他们的团长，很抱歉地说：

"原来是误会！"

于是吴雄带几个人到陆胜英那里去看看，到底有什么事情。一进监狱的办公室，陆胜英正垂头丧气地坐在沙发里，不作一声，见吴雄进来，才叫起来：

"坏了，坏了，犯人跑掉了。是里应外合，外面有共产党翻墙进来，打死了人，劫走了犯人。请你马上带人上后山去搜查，追回来吧。"

吴雄这才明白，并不是误会，他才恍然大悟，山里闹土匪，原是调虎离山之计。但是现在已经跑了，漆黑的夜，上哪里去追回来，况且共产党有多少人也不知道，懵懵懂懂地去追，说不定还要吃亏。他说：

"现在上哪里追？还是明天早上去搜查稳当一些。"

这时走进一个特务来说："电话线已经修好了。"

陆胜英很不乐意地去拿起电话筒来，叫接陈公馆。他诚惶诚恐地站在那里做报告。从他那愁眉苦脸而又僵直立正的样子看来，他一定在电话中受到了不能再严厉的指责。当他报告说"重要犯人贺国威、柳一清，遵照主座指示，事先挪动了地方，因而潜逃未成，并当场打死一个重要犯人石峰和打伤一个女犯章霞"的时候，他的情绪似乎好了一些，大概在这一点上又受到了上级的夸奖了。他忽然把双脚一并，更直直地站好，像一架机器一样在复述他的主子的严厉的命令：

"是！是……明天早上把他们都公开处决了。……是……坚决执行！"

五

正如贺国威所料到的那样，由于敌人把他和柳一清跟其他难友隔离开来，劫狱的同志们虽然打了进来，却没有找到他们。打枪打得很激烈的时候，他和柳一清也曾试图冲出去，可是不成，这个独院周围都是高墙，通外边的门从外面被敌人锁上了。而且敌人特别派了两个武装特务进来，监视着他们，即使同志们冲进来，敌人也一定会开枪先打死他们的。后来听到枪声越来越远，他们知道同志们劫狱之后，已经撤退了。他们明明知道他们两个再也出不去了，而且灾难一定会马上落到他们的头上来，可是他们还是很高兴，其他的同志都出去了，个人的生死又算得什么。他们平静地等待着天明的到来。

第二天早晨，陆胜英派特务来押贺国威。贺国威只冷静地对柳一清说一声：

"小柳同志，我先走一步了。"便提起脚链，走出小院去了。

在刑庭上，陆胜英正坐在上首中间，两旁站满了提着手枪的特务。贺国威看到陆胜英浮肿的脸上那凶神恶煞的样子，实在觉得可笑。他并不想站在下首被告的位置上去，他站在旁边。陆胜英用玩弄人的讽嘲口气问话：

"贺国威，你对于昨天晚上的事满意吧？"

"当然满意。"贺国威严肃地回答。

"可是你知道你现在就要出去了，你还是满意吗？"陆胜英下来，走到贺国威的面前，用奚落的口气笑着说。

贺国威提起脚链就往刑庭外边走，说：

"少说废话，走吧。"

陆胜英似乎觉得还没有把气出够，他又跟过来说：

"你看怎样？今天到底是谁胜谁负？"

贺国威冷笑一声说：

"哼！你不要高兴得太早了，你看到底谁胜谁负吧。那时候你逃到天涯海角，就是钻到地底下去，也会把你挖出来归案法办，你等着吧。"

几个特务想上来捆绑贺国威，贺国威说：

"不用绑，我贺国威怕死，就算不得共产党。"

"好，不绑，你值价钱。量你也跑不了。"陆胜英同意不绑，叫持枪特务前引后拥，走出监狱去了。贺国威慢慢地一步一步地向监狱背后的山坡上走去，他知道这便是昨天晚上同志们越狱的路线，他抬头望去，高山密林，那便是同志们隐没的去向，他十分高兴地走上坡去。这时浓雾已经退进山谷里去了，一片一片青色的松树林，在雾里时隐时现。太阳出来了，到处充满着清新的气息。早春的早晨还有几分寒意，但那遍山坡上的草，明显地长出嫩芽，抽出绿叶。他想象那些撒出去的种子，一定会在春天发芽生叶，是什么也挡不住的。

贺国威望着天上变化着的云彩和那骄傲地在天空飞旋着的鹰，不禁更振作起精神来，唱着《清江壮歌》，走上山冈。

清江之水浪滔滔，
壮士横眉歌且啸。
为使人民求解放，
拼将热血洒荒郊！
东看雨花英魂远，
北望长城云梦遥。
雾散霞开天欲曙，
红旗满地迎风飘！

贺国威出去不多一会儿，特务来提柳一清了。柳一清泰然站起来，用手指把蓬乱的头发梳理一下，然后从床上拿起那件画着镰刀斧头的血衣，套在破衣服的外面，简直像披着一面鲜丽的红旗。她沉着地抱起小女儿，跟特务走了出去。她才走出监狱，小女儿醒过来了，孩子完全不知道这是怎么一回事，她用好奇的小眼睛望着这四周美丽的景色。这是她从来没有看见过的，她甚至高兴地笑了起来，望着天空，望着太阳，望着那青山和绿水……

柳一清不看自己女儿那稚气的脸和那笑眯了的眼睛，她抬头往山上望去，她看到贺国威走在前面，那样坚定地走着，快要走到一个小山上去了。她向贺国威走去。

在道路两边拥挤着许多当地的老百姓。他们昨天晚上听了一夜晚的枪声，今天早上一早都出来想看个究竟。他们看到遍山在布岗，那些背枪的歪人说今天要杀什么"土匪"。但是他们现在看清楚了，这些歪人押出来的分明是几个正派人，哪里像土匪呢？

柳一清走过来了，立刻震动了老百姓们。他们很注意地望着她身上那件画着镰刀斧头的血衣。特别使他们惊奇的是她怀里还抱着一个小孩。难道这个小人儿也犯了杀头之罪？

忽然，人群中挤出一个男子来。柳一清一眼就看出是伍忠良。伍忠良自从被放出来以后，他反而感到不安，因为他一个人感觉太孤单了，他的心再也不能安于天天上街卖点蔬菜了。但是他又找不到什么可以谈得来的人。昨天晚上，他也听到了河对面的枪声，不知道监狱里发生了什么事情，一早就挑个菜担子过来，想问个究竟，还没有到场口，许多人在传说，昨夜晚有人打了监狱，关的人全跑了。伍忠良听到这个消息，实在高兴。但是他没有想到这里正要杀人，而且一看走过来的就是柳一清，他简直想叫起来。

柳一清自然明白不能和伍忠良打招呼，趁伍忠良的口还没张开喊出声来，赶快用坚毅的眼光望了伍忠良一下，制止了他。

但是另外一个老婆婆的影子却闪到她的面前来，她不禁一惊。这不是过去她在这一带工作的时候拜的干妈周太婆吗？怎么把她也引出来了呢？周太婆看到是柳一清，起初愣了一下，接着就毫无顾忌地冲到柳一清的面前，要去拥抱柳一清，高声叫道：

"干女儿……"

黄银一掌把周太婆推回去了，其他的特务也来逼人后退。可是大家仍然拥挤着往前推。陆胜英从前头赶到后面来，发现柳一清还是那样慢吞吞地走着，几乎要被老百姓包围起来了，并且看到柳一清还抱着她的小孩，十分生气。他叫喊着问黄银：

"谁叫她把小孩抱出来的？"

黄银没有回答。柳一清说：

"我抱出来的。你要把小孩怎么办？"

"哼！"陆胜英气哼哼地对黄银发命令：

"把小孩拉下来！丢了！"

黄银动手从柳一清的怀里去夺小孩。柳一清把小孩搂得紧紧的不让他夺。用严峻的眼光望着黄银。孩子哇哇大哭起来。黄银正在无可奈何，陆胜英又在嗷嗷地叫：

"快点拉下来丢了！"

黄银和两个特务一起动手去夺，终于夺过去了，随手扔在路边，就想推着柳一清上山。孩子被扔在地上，忽然不出声音了。柳一清想转过头去看个究竟。她忽然听到贺国威唱《国际歌》的声音了。她抬头看去，看到贺国威已经走向山头，那样坚定地走着、唱着，在她心中唤起一种巨大的力量。她决然地站稳脚跟，甩开捉住她双臂的特务们的手，冷静地说：

"我自己走！"说罢大踏步向贺国威走去。

柳一清走了一程，情不自禁地掉转头来看她的孩子。她忽然看见伍忠良机警地蹿到路边抱起孩子闪进人群，她放心了。她用更坚定的步伐走上山去，赶上了贺国威。贺国威又开始唱起《国际歌》来：

起来，饥寒交迫的奴隶，

起来，全世界受苦的人……

柳一清马上接着唱下去：

满腔的热血已经沸腾，
要为真理而斗争！
……

章霞也被带出监狱来了。她一眼看到贺国威走在前面，跟在后边的是柳一清，手里还抱着小孩。她没有想到她竟是和贺国威、柳一清一块儿走上刑场！但是当她看到柳大姐那个活蹦乱动的小女儿，现在也要一块儿牺牲了，很不好受。她看到特务从柳一清手里硬夺下小孩，扔在路边，就推着柳一清上山，她简直想去把孩子抱起来。忽然她看到一个人在大家推推拥拥的掩护下，把孩子抱起来，就退到人群后去了。她抬头看，啊，太好了，原来是伍忠良。她简直想给伍忠良交代两句，一定要好好把这孩子养大，这是她原来向柳一清承担了的责任呀。

但是特务不容许章霞停下来，而且也看不到伍忠良在哪里了。她一步一步走上山去，走到贺国威和柳一清身边去了。

贺国威和柳一清看到押上来的是章霞，十分惊异。柳一清问章霞：

"怎么你也来了？"

章霞靠近柳一清，说：

"昨夜晚劫狱，我带同志们来寻你们，被特务打昏倒了。"

"哦！"柳一清心里很不是滋味；贺国威听到了，也很难过。章霞却没有一点难过，甚至有几分高兴，她万没有想到，竟然能和这样好的共产党人一块儿走向刑场。她笑着对柳一清和贺国威说：

"我很高兴，我能和你们一块儿走上刑场，我这一辈子算没有冤枉活了。"

贺国威、柳一清和章霞被带到山坡上的一个崖坎前面。老百姓被远远地隔在山底下。贺国威回过身来，向山下望去，一片才从东山升起的朝阳照着满山青松，照在江边的田野上，是那样明亮、那样煊赫。清江远远地流过去，绕过山角，白浪滔滔，奔腾咆哮。

柳一清和章霞也转过身来，看到山下的人群还站在那里不想散去。章霞忽然惊喜交集，轻声对柳一清说：

"你看，你看到人们背后那个挑菜担子的吗？伍忠良把小女儿挑走了。"

柳一清也看到了，不禁笑了起来。贺国威也跟着笑了。柳一清回过头来对贺国威说：

"老贺同志，再见了。"她又紧紧搂着章霞说：

"好嫂子，再见了。"

贺国威满意地望着柳一清身上那件像红旗一样的血衣，微笑着说：

"小柳同志，章霞同志，再见吧。"

章霞却高兴地说："不，我们永远在一起了。"说罢，更紧地依偎着柳一清，坦然地微笑着。

陆胜英终于气喘吁吁地爬上山来了。他举起手来命令黄银动刑。黄银在这种场合总是最积极的，他提着枪和三个特务走到贺国威、柳一清和章霞的面前，凶恶地命令：

"跪下！"

贺国威一点也不动，傲然地叫道：

"共产党是从来不下跪的！"

"我们没有学过这两个字！"柳一清也叫道。

章霞也抬起了高傲的头。

黄银想推倒他们，他们只踉跄一下，仍然坚强地站定，像三根铁柱浇铸在地上，谁也休想动摇一下。贺国威、柳一清和章霞用愤怒的眼光望着刽子手，使得黄银这个杀人不眨眼的老刽子手也胆战心惊，不由自主地往后退了几步。

刽子手的枪声响了，在他们眼前不是倒下去三个人，却似乎是升起了三块巨大的、闪闪发光的岩石，越升越高，高入云霄，任狂风呼啸，暴雨冲击，屹然不动。从那三块巨大岩石的顶峰，忽然响起炸雷一般的声音：

"中国共产党万岁！"

……

在那三块大岩石的后面飞起两只雄鹰，接着又飞起来一只；它们矫健地拍着闪电般的翅膀，冲天而起，越飞越高，穿过乌云，翱翔于碧蓝的天空中……

清江仍然在山脚下咆哮着，唱着壮烈的歌，奔流下去了。

尾　章

"你的亲妈妈和她的战友们就是这样牺牲了的。而你，我的女儿，从此下落不明。过了快二十年，现在才把你找到了。"

爸爸对女儿讲完了这个故事，深深地吸了一口气。女儿这时早已是泪流满面了，一颗颗珍珠般的眼泪从水汪汪的眼睛里流出来，在电灯光下闪闪发亮。窗外，春夜的风吹动柳条，窸窣作响。爸爸回头一看，晨曦已经从厚厚的窗帘缝里透射进来。他站起来，走到窗前，把窗帘拉开，高兴极了。呵，东方天边已经是红云烂漫，太阳就要升起来了。

在校园外的操场上，开始热闹起来。今天是五一国际劳动节，大家正准备去参加游行。正在集合的人群，穿着五颜六色的节日盛装，汇合成一个欢乐的海洋。在海洋上空缭绕着欢乐的歌声。在海洋边上，是各种标语和各种颜色旗帜的森林。

"这是多么快乐的日子呀。"爸爸不禁感叹起来，"这正是'那个日子'的景象——你妈妈生前向往的景象，我们到底看到了。"

女儿没有作声，她呆呆地坐在那里，沉浸在对于革命先辈和自己的英雄母亲的怀念之中。

"去吧，去吧，女儿，"爸爸用双手抚着女儿的肩头，轻轻摇动，说，"去参加大游行吧。和同学们一起去享受青春的欢乐吧，去和工人、农民伯伯们一起显示我们的力量吧。这些欢乐、这些胜利，是无数先烈的血换来的呀。"

这时，党委办公室主任很谨慎地推开门进来了。他来约任远和女儿一起去吃早饭，并且说党委书记想亲自来祝贺他们父女的团圆。

任远和女儿匆匆盥洗完毕，去食堂吃罢早饭，就到党委办公室里去了。

党委刘书记亲热地请任远和他的女儿坐下，很激动地说：

"祝贺你，任远同志，祝贺你们父女团圆。这件事情本身，对于你的女儿，对于我们学校的青年学生，是生动的革命教材。我们确实应该以革命的名义，让青年们想想过去。为了给他们铺成今天这样光明灿烂的前程，多少先烈抛头颅、洒热血。先烈们遗下的后代，有的已经找到了，像你们一样团圆了，有许多至今还没有找到呢！"

"是呀，我们这个学院就有不少烈士后代，"党委办公室主任补充说，"伍春兰，你们那一级不就还有一个吗？是好样的，已经入党了。你知道吗？"

"我知道，叫贺小威。"伍春兰说。

"什么，什么？"任远几乎是惊呼起来，"叫什么名字？"

"贺小威。"党委办公室主任说。

"这太巧了！"任远说，"贺小威？他的爸爸叫什么名字？"

"这个，我不清楚。"党委办公室主任说。刘书记不知道发生了什么事，望着任远。

"假如不是我想入非非，也许他就是我要找的另一个人，也许他就是贺国威同志的儿子。"任远兴奋地说，并且向党委办公室主任要求，"可不可以立刻就叫他来让我问一下呢？"

党委办公室主任出去打电话到贺小威的系总支办公室去查问。系总支答应马上叫贺小威到党委来。

"谁是贺国威呢？"刘书记问任远。

"这个，说起来话长。"任远回答，"简单地说，贺国威就是和伍春兰的妈妈一起被捕，一起在监狱进行斗争，后来又一起牺牲的一个老同志。我怀疑在你们这里的贺小威就是贺国威的儿子。"

刘书记和伍春兰都大张着眼睛，简直出神了。

过不多久，门外响起了敲门声。党委办公室主任拉开门，是一个高个子的青年学生，高高的肩头，戴着近视眼镜，头发顽强地直立着。他莫名其妙地站在门边。

"哈，简直是一个很好的'翻版'！这一定是贺国威同志的儿子！"任远站起来，走到贺小威的身边，拉着他的手问：

"你的爸爸叫贺国威吗？"

"是的。"贺小威点头回答。

"太好了！真是太好了！"任远高兴得不能再高兴，不顾礼貌地大叫，"你也算得是我的儿子。"

大家听了任远这话，都莫名其妙，望着任远。任远全然不管这屋里有许多人，他拉着贺小威和自己的女儿在沙发上坐下来，自己坐在他们中间。他对贺小威说：

"你知道吗？你的爸爸被国民党特务逮捕的时候，你的妈妈刚生下你，简直没有地方好安顿，我就只好叫你冒充我的儿子，由你妈妈带到我的老家去，在那里住了好几个月。你看，你总算得我的一个儿子了。"任远说罢，哈哈大笑。

大家都跟着笑起来，一屋子都充满了欢乐，原来是这么一回事。儿子和女儿都笑了。

"你们被送到延安去以后，我就再也不知道你们母子的下落了。万没有想到，今天在这里双喜临门。"任远说罢，张开双手，紧紧搂着两个孩子，一边一个，简直忘乎其形了。

"我妈妈也曾经谈起过你。"贺小威说。

"你妈妈现在哪里？"任远问。

"就在北京。"

"北京？太好了！"任远几乎跳了起来，对贺小威下命令似的说，"快，快去打电话，我要马上就看到她。"

贺小威点头出去打电话去了。

"这件事真太巧了。"刘书记说，跟着又补充一句哲学的论断，"自然，也是有它的必然性的。"

任远似乎现在才明白他并不是在自己的家里，在这里还有好几位主人呢。他不禁抱歉地说：

"真对不起，我太兴奋，我太高兴了。"

"这不是应该的吗？"刘书记说。

贺小威打过电话回来，对任远说：

"不巧，妈妈参加游行去了。游行完了，她就会回家的。"

"是游行快开始的时候了，让我们也去参加游行吧。"党委办公室主任建议。

"那好，让我们痛痛快快地游行去吧。"任远同意了。他又对贺小威说：

"游行完了，我们到你家里去，不，还是叫你妈妈出来到天安门去吧，我们要在天安门相见，就约在人民英雄纪念碑那里。"

"非常好的主意。"刘书记说，"万流归海，人心朝着天安门，那是欢乐和胜利的中心。"

下午，任远带着女儿，按时到天安门去了，他们向人民英雄纪念碑走去。这正是北京的日暖风和的五月天，雄伟的天安门，堂皇的人民大会堂和革命历史博物馆，庄严的人民英雄纪念碑和翠绿的松林围着巨大的广场；在广场中间的高高的旗杆上，鲜艳的五星红旗在蓝天中迎风飘扬。

广场上，人越来越多，男的女的、老的少的，都是那样欢天喜地到广场上来看热闹。

在广场中心，一队一队扛着红旗的少先队员，走得十分矫健。红旗上，火炬飞卷。他们一律穿着白色衬衣，把颈上的红领巾衬得更是鲜艳动人。男孩子的下身穿着蓝布短裤，女孩子却穿着五颜六色的花裙子。孩子们都是红光满面，显出那么天真却又志气昂扬的样子。他们在广场上散开了，东一处西一处地拉好圈子，跳起来、唱起来了。于是，朵朵鲜花在广场上开放了。

广场上的一切是这样的壮丽、和谐而富于色彩，真像一首动人的诗、一支响亮的歌、一幅庄严的画。任远从来没有见过这样美好的景象，简直看得发呆了。

"走吧，爸爸，你看，他们早来了。"

任远回过身来，跟着女儿，向着人民英雄纪念碑，三步并作两步，匆匆走去。徐真和她的儿子以同样的速度从纪念碑上跑了下来。

"老任，你好！"徐真高兴地叫道。

"小徐，你好！哦，不！"任远脱口叫出声来，才发觉还用二十年前的称呼不妥当，急忙改口，"不能再叫你小徐了，儿子都这么大了。"

"是呀，儿子大了，这新生的一代又成长起来了。"

徐真走过来紧紧握住任远的手，又搂着伍春兰，说：

"这就是小小柳吧？真是一点也不错，真像小柳复活了。"

"你看，大贺不是也复活了吗？"任远摸着贺小威的头说。

"没有想到二十年后，你还找到了小小柳，这是大喜事。"徐真更紧紧地搂着伍春兰。

"我更没有想到在找到女儿的同时，还找到了小贺，而且和我的女儿在一个大学，还同年级。"任远很高兴地补充说。

"这实在是太巧了。"徐真说。

"还有巧事呢。"任远说，"我在找女儿的过程中，还找到章霞和童云的女儿。"

"是吗？那真是太好了，只是这孩子的父母都牺牲了。"徐真说。

"所以我就把她当作我的亲生女儿认下了。"任远说。

"这样很好，所有这些烈士的后代都是党的儿女，都是你我的儿女。"徐真说。

任远说："自从你去延安以后，一直不了解你的情况。不知道你在延安听到大贺和小柳牺牲的消息没有？"

徐真回答："我们在延安听到了。是南方局传回来的。延安还为两位烈士开过庄严的追悼会，有中央的和南方局的领导同志参加，还讲了话。在《解放日报》上登载了这个消息，还发了悼念他们的文章，我还保存着呢。"

"那就很好了。他们的英勇牺牲是应该得到这么高的荣誉的。他们如果死而有知，该含笑九泉了。"

徐真点头称是。

"大贺的爸爸现在哪里？"任远又问。

徐真说："解放以后，他还很健康，在大贺的家乡行医。敬爱的周总理知道他的情况后，特别派人去看望他老人家。周总理叫对他老人家说：'你生了一个很好的儿子。'"

"大贺的确是值得周总理这样的评价，是一个很好的儿子，是人民的好儿子。"任远感慨地说。

这时，广场上越来越热闹了。许多少先队员举着鲜红的队旗，走到革命英雄纪念碑下面来。

徐真说："让我们来看看人民英雄纪念碑吧。"

于是他们再往上走，走到上面一层平台。他们围着纪念碑转了一圈，欣赏周围的浮雕后，走到北边平台的白玉栏杆边站定，望着广场和天安门。

徐真说："我每年过节都要到这里来凭吊。"说罢，很有几分感慨的神色。

任远和徐真有相同的感情，他激动地说：

"是呀，一站到这儿，就仿佛觉得贺国威和柳一清他们就站在我们身后，和我们一起在观看天安门前的欢乐景象。"

任远说罢，转过头去。大家也跟着回过头去，仰头看那人民英雄纪念碑。纪念碑像一根巨大的擎天柱，巍然矗立，衬着背后的蓝天和几片白云，越发显得崇高和伟大。

大家望着，默然不语，心灵里却都在和纪念碑讲话。后来，徐真提议：

"我们到天安门去吧。"

于是四个人手拉着手，弯弯曲曲地绕过少先队员们的无数的像鲜花盛开的圆圈，越过大街，走过华表，跨上桥头，转过身，倚在白玉栏杆上，看着毛主席的巨幅画像出神了。他们又回过身来，看着广场上欢舞着的少先队员们，像时开时合的朵朵鲜花。广场上，欢乐的歌声越发嘹亮了。他们循着在广场上的鲜花丛中挺立着的旗杆望上去，鲜艳的红旗正在蓝色的天空中胜利地飘扬。

后　记

《清江壮歌》创作的前前后后

马识途

　　我进入文坛以后，创作的第一部长篇小说就是《清江壮歌》。1960年的5月，在我的身上发生了一件使我终生难忘的事，那就是我找到了我那散失了达二十年之久的女儿。1941年年初，我的女儿在湖北的恩施生下来才一个月，就随她妈妈刘惠馨被国民党特务逮捕入狱。这年的冬天，她妈妈牺牲了，孩子下落不明。我找了二十年，没有找到，多亏党的关怀和公安部门的努力，组成专案组，找了一年半，几乎跑遍全国，才在武汉找到我的女儿。她是被一对好心的工人夫妇捡回去收养了，才活出来的。她现名吴翠兰，在北京工业学院学习。我好不容易找到女儿的事，在四川传为美谈，也特富于传奇色彩。沙汀等文学界的同志极力鼓动我就此事作为引子写部长篇小说；我的朋友和家人也鼓励我，把当时地下斗争中可歌可泣的革命事迹和烈士们在狱中英勇战斗、慷慨牺牲的事迹写出来。无疑，这对青少年进行革命传统教育是大有好处的。于是，我在沙汀的具体指导下，真的写起长篇小说来。这就是解放后我写的第一部长篇小说《清江壮歌》。但《清江壮歌》却是我一生写的第二部长篇小说。第一部长篇小说是1942年我在西南联大时写的描述抗战生活的《第一年》，王士菁曾经帮我修改过，可惜后来在流亡中散失了。

我那时正担负着繁重的行政领导工作，不可能脱产写作品。而且害怕受到"追名求利，不务正业"的批评。事实上，我已经听到"马识途在搞自留地，搞小自由"的窃窃私语。那个时候，这种话的含义就是在搞"资本主义自发"，这对于一个共产党员来说，是一种危险的罪名。我真的有些害怕，不想写了。可是，我已经从感情上"进入角色"，那些一块儿战斗过的烈士，特别是我尊敬的何功伟和我的爱人刘惠馨烈士在呼唤我，要把他们的事迹写出来。我们常常在梦中相见，他们和我谈笑风生。一种感情、一种责任感在催促我，欲罢不能。就是冒受讥讽、受批评的危险，我也要义不容辞地拿起笔写下去。因此可以说，我是在偷偷摸摸的状态中来写这本书的，也可以说是怀着一种悲愤的情怀来写这本书的。

当时我的工作虽然很忙，我仍然白天照样上班，工作量一点也不减，只有晚上回去开夜车。每晚上我几乎都熬到半夜以后。我那时的老伴王放一直支持我写，却又可怜我这么伤神。她虽然也是一直做地下工作的，而且是大学毕业生，可是在写作上，却无力帮助我，她只好陪我熬夜。她把孩子们安排睡觉后，便来陪我。她的工作也很忙，而且身体不好，营养又差，她坐在一旁，不断打盹儿。猛然醒来，便来给我的茶杯添水，有时给我煮两个荷包蛋来提精神。须知那个时期，正是"三年自然灾害"的时期，连饭都吃不饱，每人一个月十九斤粮食，还得多照顾三个孩子，两个鸡蛋岂是容易的事？夏天晚上蚊子很多，那时的房子没有纱窗，把我叮咬得受不了，妨碍思路。我老伴便为我安一张小桌在床上，挂上电灯，放下帐子，让我坐在帐子里写作。但是帐子里闷热，又为我安一个小电扇，这样总算有了一个开夜车写文章的环境。不过那时电扇的质量不好，那嗡嗡的叫声也怪烦人的，我不想用。这就给我的老伴添了麻烦，她不时进帐来给我扇扇子，真难为她了。我就这样一连开了一百八十多个夜车，加上所有的节假日，才算是拉出了初稿。有时真是筋疲力尽，到晚上一见到摆在桌面前的方格稿纸，头就痛起来。然而我终于在英烈们的精神感召下，坚持写了出来。而且写完后感到从来没有的痛快，真是如释重负。

沙汀把初稿拿去看了一下，觉得不错，决定马上在《四川文学》上连载，引起了文学界的注意。同时，成都市委书记决定在《成都晚报》上连载，那影响就更大了。据说《成都晚报》因此增加了发行量。我认识的四川大学教授告诉我，他每天一到晚饭前，就是去拿晚报，看我连载的《清江壮歌》，他说许多教师和同学都如此。后来《武汉晚报》也开始连载，据总编写信告诉我，因为故事发生在湖北，写的又是湖北的烈士，一连载就引起轰动，反应强烈。因此之故，我就进入了人民文学出版社的视野。

据说自从《清江壮歌》在报刊上连载，人民文学出版社就开始注意。不久，四川人民出版社印成征求意见本后，他们找我要去了一本，经过审读，有意出版。尤其是人民文学出版社的总编辑韦君宜，特别关注。一则是抗战初期，她和我一块儿在黄安党训班学习过，算是老相识了。她和《清江壮歌》中的女主人公的原型刘惠馨烈士，又是在那个训练班里同学，和她也熟。因此她对这部稿子更有兴趣。她通读以后，情有独钟，更为书中的革命英雄人物所感动。在这以前，她早已认可我的写作能力，曾在《文艺报》上写文章，评介我在《人民文学》上发表的短篇小说。所以，虽然四川人民出版社已决定出版《清江壮歌》，她还是力主改由人民文学出版社出版。她派了王仰晨同志到成都来，找了沙汀和我，提出由人民文学出版社出版这本书的意愿。我想，由全国最有权威的文学出版社出版，当然更好，沙汀也赞成。于是，由沙汀出面和四川人民出版社交涉，最后达成了由两个出版社同时出版的协议，稿子由人民文学出版社组织修改和审定。事情就这么定了。

此前，这部文稿，已经由沙汀同志在四川省作协组织过两次讨论会。大家一致肯定这部作品，以为不仅歌颂了革命英雄主义，而且着力表现了"父子之情、夫妻之情、母女之情"，很有人情味，令人感动。结构上悬念迭起，扣人心弦。语言上不乏幽默讽刺，耐人寻味。当然大家也谈到还有这样那样的不足和问题，我决定好好改一改。王仰晨这位老编辑很有眼光，当着沙汀的面，向我传达了他们社里的审读意见和韦君宜的看法，我才知道问题还不少。有两章需砍掉，有两章需改写。前后如何贯通，如何收尾，特别是悲惨牺牲的结尾的调子如何处理，还要斟酌。果然人民文学出版社不乏高手，提的修改意见很中肯。同时曾在南方局直接领导鄂西特委的钱瑛同志看了初稿，要我更加强第一主人公何功伟的分量。因此我决定准备用一年时间，从头改写一遍。韦君宜要我抓紧改完，他们等着出版。

但是那个时候，我的工作的确很忙，我在西南局宣传部和科委担着两份差事，更担任着中国科学院西南分院党委书记的重任，具体事务很多，忙得不可开交。要是只利用业余时间，一年内改写一遍，几乎是不可能的。韦君宜知道这个情况后，她趁我在北京开会时，带我去见了周扬。韦君宜为我说明这个情况，提出请周扬给西南局常务书记李大章打个招呼，给我修改这部作品的时间。周扬慨然同意。他大概真的在中央的什么会上见到李大章，向他打了招呼。李大章回来，在西南局办公会上对我说了，允许我每天只上半天班，抽时间修改《清江壮歌》。但是他知道第一书记会有看法，所以加了一句："工作任务不减，还要完成。"这无非是要我多流点汗水，挤时间办事，我也同意了。但就是这样，还招来有的人不满意，认为我写作是不务正业，干私活。不管他，李大章同意了就行。我就马上把修改的任务紧紧抓住，利用下午和晚上，一章一章地重写，搞了大概一年，重写了一稿。其实不止写一稿，从我女儿现在保留下来的最后一稿稿本标注的字样看，写的是第五稿了。总之，我终于完成任务，把我的定稿送到人民文学出版社去了。他们大概又作了一些小修改，便交付印刷厂排版，打出了清样。王仰晨亲自把清样送到成都来，交给我。要我把清样最后再看一遍，便最后定稿，上机印刷出书了。这大概是 1962 年的事。

但是事情突然发生了变化。1962 年，中央在北戴河开八届二中全会，提出了"以阶级斗争为纲"，在会上揭发出一本歌颂革命烈士刘志丹的书《刘志丹》是反党大毒草，还说毛主席说"以小说反党，是一大发明"。这一下株连了一大批中央要人，被批被斗、撤职查办。像国务院副总理习仲勋这样的高级领导人也未能幸免，被搞成了一个西北反党集团，习仲勋就是头脑。这书的作者更是被抓起来投进监狱，整得很惨。出这本书的工人出版社也受株连，出版社的领导坐了监狱。这件事，我已风闻，但知道详情，还是我到北京开会，到我过去的上级、中央监委副书记钱瑛家里去玩，才得知的。

钱大姐对我说了北戴河会议的情况后，告诫我说："谁也没有想到，一本歌颂革命烈士刘志丹的书，竟然是反党的大毒草。你写的《清江壮歌》也是歌颂革命烈士的，到底怎么样，你有把握吗？我看还是小心一点的好，不要出版了吧。现在有些事情你是料想不到的，弄到你头上来时，那就悔之晚矣。"她从她的书柜里取出一本小册子来给我，说："这是我写的一本怀念革命烈士的书，由中国青年出版社出版，已经印出来了，还没有发行，我从北戴河回来以后，马上通知中青社，停止发行，全部销毁。我只留了几本作纪念，这一本是留给你的。"我看了一下，书名叫《俘虏的生还》，翻看一下，我知道这是她怀念她的在大革命时代牺牲了的爱人谭寿林的。这样的书对于教育青年一代不是很好吗？我们不是提倡革命传统教育吗？竟然自行销毁，不见天日，实在可惜，也实在不可理解。不理解归不理解，眼前的事实却不能视而不见，悬在我的头顶上的那把看不见的达摩克利斯剑，是可以随时落到我的头上来的。钱大姐一番好意的劝告，我是不能不理的，我答应回去就和出版社商量，起码目前暂时不出版。不过钱大姐说："你的书虽然还没有出版，但是已经在几个报刊上连载了，影响很大，如果有问题，你也是想跑也跑不脱的了。中央正在进行全面的检查，但愿《清江壮歌》不会有问题。不过你还是要有思想准备。一有风闻，自己争取主动检讨。"我当然接受了老上级的警告。不过我心里真不是滋味。一是害怕祸从天上落，一是心里不服气：干吗歌颂烈士的书也会是毒草呢？

我回来以后，马上和人民文学出版社联系，给韦君宜写了信。她回信说，《刘志丹》一书的事，他们知道了。他们也奉命清理。她说《清江壮歌》一书，她认为是不会有问题的，他们还将继续出版。不过她叫我再认真地检查一遍，可能犯嫌的地方都加以必要的改写。她提到，最后的被屠杀的悲惨局面，一定要把调子提高一些，亮色一些。我同意了她的意见。说实在的，我真希望《清江壮歌》还是能出版，我不希望我的第一部长篇中途夭折。就是要担风险，为了纪念我最怀念的革命烈士，我也准备豁出去了。话虽然如此说，可是心里总是七上八下的；家人也为我担心，因此我决定拖后出版。但是我不想告诉出版社这个主意，只对出版社推说，我正在重看重改。我的工作很忙，能抽出的时间不多，所以一时还不能把清样改好送回去。事实上也是真如此，我的确很忙。同时我的确接受韦君宜的意见，把结尾的调子改得高昂一些，设计一场劫狱斗争，整个结尾那几章都要重写过。韦君宜同意我拖后一些时间交清样。不过编辑部还是催我赶快，说新华印刷厂的《清江壮歌》排的铅字版，摆了一屋子，等着打纸板后拆板，占了他们的铅字和屋子，是要加收租钱的。我还是稳起，不理会。

这时又出现了一个新的情况。全国阶级斗争的弦越绷越紧了，中央决定在全国农村展开社会主义教育运动，据说农村有三分之一的政权不在共产党手里，必须通过阶级斗争夺回来。于是在全国调了几十万干部下乡搞"四清"。我本来是决定第二年下去的，却因为我因事开罪了某上司，当年就被下放到川北南充县去做县委副书记，专搞"四清"。这一下我完全被卷入十分紧张的阶级斗争里去了，日夜奔忙，心情又不佳，老伴又得了重病，哪有时间来修改《清江壮歌》？干脆就放下了。在这同时，眼见文艺战线上的问题越来越多，山雨欲来风满楼，我慢慢地对于出版这本小说丧失信心了。特别是我曾到北京中宣部去开会，亲耳听到陆定一部长在一个小会上说了一句"作家是危险的职业"的话，印象深刻。我何必去从事这个危险的职业呢？《清江壮歌》不出也罢。不过仍然耐不住韦君宜的催促，而我也有敝帚自珍的心理，我还是把清样带下乡去，有时晚上得空，挑灯夜战。真的是挑灯，那些山区里只点土煤油灯。但是，这样一曝十寒，进展自然不大。

这样拖了一年多，又出现新问题。文学界展开批判这个，批判那个，人性论、人情味、中间人物，如此等等，都在被批判之列。沙汀从成都写信来告诉我这件事，特别提醒我，《清江壮歌》里正有这样的问题。既富人情味，又有中间人物，要我考虑修改。他甚至提到，书里许多地方有痛哭流泪的场景，凄凄恻恻的，虽是情之所至，可是也可能犯忌讳，要作适当的打磨。在这同时，韦君宜也一番好心，给我写信，说到同样的问题，要我注意。她沉痛地告诫我："现在不准流泪，你就暂时不流吧。"于是我就为保安全，遵命不流泪，把那些流泪的描写尽量删去。看看，我的女儿，生下才满一月，就跟着妈妈去坐牢，妈妈牺牲后下落不明，我找了二十年才把她找到，父女一朝相见，自然是涕泪滂沱。我在书稿里写到同样的父女相见的情节，却不准写流泪，这是多么不近人情的事！但是我为了自保，也顾不得了。

《清江壮歌》这部清样，人民文学出版社一催再催，我却一拖再拖，就这么拖了五年，直到1966年初，才把清样送回出版社去。他们在文字上再作些修改，马上付印，印了二十万册。1966年的初夏，我终于收到了样书。然而这时候，"文化大革命"已经是风雨满楼的架势，而我籍列"阎王殿"，已经成为被他人抛出来为"文化大革命"祭旗的牺牲品了。《清江壮歌》的出版，陡然给我这个罪孽深重的人，增加新的罪孽，多一个被批判的对象。就为这本书的出版，我不知挨了多少批斗。所幸的是，因为批斗，这本书竟成为青年们最喜欢偷偷阅读的书。我坐牢时，常常被点名拉出去到这个学校那个工厂斗争，一到那里，成群结队的青年，像看珍奇动物一样来围看"写《清江壮歌》的马识途"。批判会变成展览会。

1976年，"文化大革命"这场史无前例的大灾难终于结束了。1977年人民文学出版社和我联系，提出重新出版《清江壮歌》的事。韦君宜和我也恢复了联系，告诉我准备重新出版《清江壮歌》，要我把原书再看看，有什么修改没有。我说，没有什么大的修改了，只是把原来不得不作的某些修改又恢复过来，比如那时不准流泪，现在可以让流了。我把原书稍作字句的修改，便给了出版社。他们于1978年定稿付印了，还是和第一版一样，开印就是二十万册。据说卖得很快，后来我看到有天津和武汉印刷的版本，不知是不是加印的。1979年天津市广播电台把这本小说进行连播，听说反应不错，电台应听众要求，特来采访我，补播了对我的专访和我怎么写《清江壮歌》的讲话稿。接着，中央人民广播电台将这本小说进行连播，随后四川广播电台和武汉广播电台也作了连播。应该说，我写这部长篇小说所想起的作用，已经如愿以偿。过去为此书的创作所受的一切惊恐和磨难，都算不得什么了。

2004 年 6 月